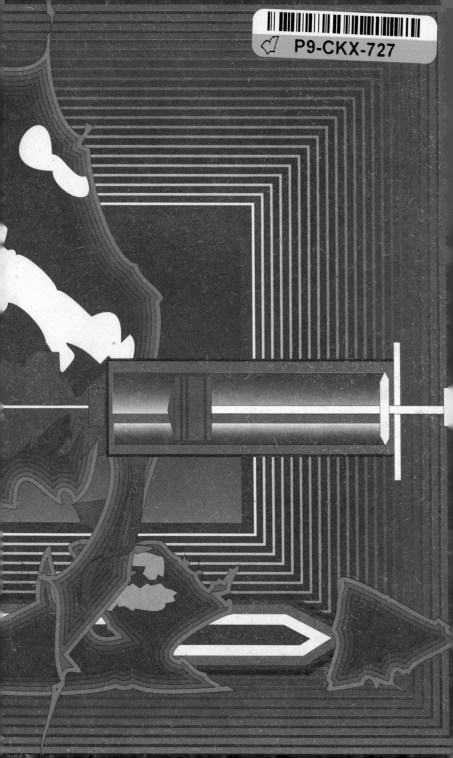

Художник А. Юдкин

Тополь Эдуард
Собрание сочинений, т.5: Журналист для Брежнева,
Красная площадь, романы. — Ростов-на-Дону:
«Гермес», 1994. — 640 с.

Т $\dfrac{4702020102-40}{У\ 36(03)-94}$

ISBN 5-87022-085-8
ISBN 5-87022-100-5(т.5)

ЭДУАРД ТОПОЛЬ

СОБРАНИЕ СОЧИНЕНИЙ

Журналист для Брежнева
Красная площадь

HER**M**ES

РОСТОВ-НА-ДОНУ

1995

Эдуард ТОПОЛЬ
Фридрих НЕЗНАНСКИЙ

Журналист для Брежнева

РОМАН

Часть 1

Москва
Понедельник, 4 июня 1979 г.
9.15 утра

— Шамраева — к Генеральному! — прозвучало по селектору, и торчавший у меня в кабинете Коля Бакланов умолк, пресек свои курортные воспоминания, удивленно вскинул брови: мол, ого! надо же! какие это у меня дела с Генеральным прокурором СССР?!

Я тоже этого не знал. Я нажал кнопку селектора, наклонился к микрофону:

— Сейчас иду.

— Игорь Ёсич,— ответил голос референтши,— по-быстрому! Ему потом на Старую площадь, в ЦК.

— Иду, иду! — повторил я в микрофон и убрал в портфель бутылку «Черные глаза», привезенную Баклановым с юга. Черт его знает, на кой я понадобился Генеральному.

Закрываю кабинет, посылаю Бакланыча к черту в ответ на его «ни пуха!» и иду к лифту. Справа от меня высокие двери кабинетов «важняков» — таких же, как я и Бакланов, следователей по особо важным делам Прокуратуры СССР. За этими дверьми в тишине и покое наших сейфов десятки крупнейших преступлений, каждое из которых могло бы стать детективным романом или сенсацией в пресловутой западной прессе. Практически через эти кабинеты прошли все ведомства страны, это дает Прокуратуре СССР огромную власть. Не зря несколько лет назад, когда МВД СССР совместно с КГБ попробовали отнять следствие у Прокуратуры СССР, Генеральный так яро встал на дыбы, что дело дошло до Политбюро. Действительно, кем бы тогда осталась Генеральный прокурор Союза ССР? Маршалом без армии...

Что ему от меня нужно? Только что я передал в суд дело министерств лесного хозяйства, речного транспорта и нескольких железных дорог. Крепкий был узелок, на двух министров и четырех начальников железных дорог есть неопровержимые улики в стотысячных махинациях. Но вызов к Генеральному – дурной признак... Пересекаю обширную канцелярию, вхожу в приемную Генерального. Вера Петелина, референтша, кивает на двойную кожаную дверь: мол, быстрей, ждет. Прохожу через двойные двери и оказываюсь в маленьком – совсем вроде бы не по чину – скромном кабинете Генерального прокурора СССР. Все его замы имеют огромные кабинеты, отделанные ореховым деревом, с мягкой импортной мебелью, а Генеральный – нет, скромен. Тайна этой «скромности» проста: сразу после революции, в двадцатые годы, в нашем здании размещался Центральный Комитет ВКП(б), и в этом маленьком кабинете, именно в этом, сидел будущий Генсек КПСС Иосиф Сталин. Таким образом, Генеральный прокурор СССР сегодня «скромно» сидит в кабинете Иосифа Сталина, за его письменным столом.

Сейчас он на минуту отрывает свой семидесятилетний зад от реликвенного сталинского кресла, на котором лежит дополнительная мягкая подушечка.

– Здравствуй, здравствуй,– протягивает он мне мягонькую старческую руку.– Садись. Выглядишь как огурчик, а просишься в отпуск. Садись.

Меня всегда удивляет его осведомленность. Не видя подчиненных порой месяцами, он знает о нас все и вся.

– Прошусь по графику, Роман Андреич.– Заранее настроенный на оборону, я сажусь в кресло возле его стола.– И путевка уже есть в Геленджик...

– Боюсь, не получится, дорогой,– сокрушается Генеральный.– Ну, а как твоя новая квартира?

И это он знает. После развода с Ирой я два года болтался по друзьям, снимал комнату то там, то сям, и никому до этого дела не было, поскольку начальство и партком не поощряют разводов. Но месяц назад я просто чудом попал в готовый кооператив – и где?! у черта на куличках, за Измайловским парком! – а уж вся прокуратура гудит: «Шамраев квартиру купил! Кооперативную!»

– Спасибо, Роман Андреич,– говорю я сдержанно.– Квартира хорошая. Далековато, но... ничего, жить можно.

– Еще бы! Рядом парк, воздух, грибы! Зачем тебе в отпуск ездить? Деньги тратить? – И его блекло-водянистые выпуклые глаза требовательно уставились на меня, словно он вызвал меня сюда именно для того, чтобы отсоветовать от этой глупости – ехать в Геленджик тратить последние деньги, когда у меня под носом, под балконом, роскошный Измайловский парк.– Или у тебя лишние деньги завелись? Ты ведь только что квартиру купил...

Я усмехаюсь. Когда у вас чисто за кормой и вы бедны, как церковная крыса, можно усмехаться даже в лицо Генеральному прокурору СССР. И я говорю с усмешкой:

– Касса взаимопомощи месткома, Роман Андреич. Можете проверить.

– Ну что ты! – он откидывается в кресле с укоризненной улыбкой, но мы с ним поняли друг друга, и он наконец переходит на деловой тон.– Нет! Отпуск откладываем, месткомовские деньги тоже нечего на ветер бросать. Знаешь, говорят: в долг берешь чужие, а отдавать свои. Кроме того, нехорошо – следователь по особо важным делам вынужден покупать кооперативную квартиру и два часа в день тратить на дорогу. Как будто Моссовет не может дать нам государственную квартиру в центре. Я поговорю с Промысловым. А ты....Вот держи эту папку. Здесь один найденный труп, а второй – ненайденный. Только и всего. Тебе это на один зуб. Только дело срочное...

Я беру у него из рук серую папку со стандартным оттиском «МВД СССР. Следственное дело № СЛ-79-1542. Начато 26 мая 1979 года». Сегодня 4 июня, то есть дело было начато девять дней назад. Так я и знал, что этот вызов не к добру, хуже нет браться за уже кем-то начатое дело. Напортачат, наследят, все нити оборвут, все улики перетасуют, всех свидетелей испотрошат без толку, преступников распугают... Да, умеет Генеральный свинью подсунуть, ничего не скажешь! И ведь как мягко стелет – квартиру предлагает в центре города! И не кооперативную, а практически дармовую – государственную. Интересно, что это за труп такой бесценный? Чей? Не дай Бог, какого-нибудь правительственного сынка или дочку кокнули. Тут будет не столько следствие, сколько «политес» – Косыгина не допрашивай, Суслова тоже, даже их референтов на допрос не вызывай, а езжай к ним как на беседу, а если пошлют к чертовой матери – пеняй сам на себя. Дело, может быть, действительно выеденного яйца не стоит, а обязательно следователь по особо важным делам должен заниматься, никак не ниже, разве можно какой-нибудь правительственный труп доверить простому следователю?! Я держу в руках эту серую милицейскую папку, держу ее, не открывая, как опасную мину, и спрашиваю:

– А чей это труп?

– А ты открой дело-то, не бойся,– усмехается Генеральный, будто читает мои мысли.– Там один труп какого-то босяка, наркомана, откуда-то с Кавказа мальчишки, а вот второй, ненайденный... Ты «Комсомольскую правду» читаешь?

– Ну, в общем, читаю...– сказал я не очень твердо.

– Такую фамилию – Белкин – знаешь?

– Белкин? Знаю.

Это была одна из трех или пяти фамилий журналистов, которые я действительно знал. Белкин, кажется – Вадим Белкин – да, читал его очерки о пустынях Средней Азии, о рыбаках «тюлькиного флота», о пограничниках – он всегда выбирает какие-то острые ситуации в обыденной жизни и пишет увлекательно и просто, почти разговорным слогом, как будто нет привычных штампов газетного языка... Я гляжу на Генерального вопросительно и спрашиваю:

– Неужели убит?

Но он не успевает ответить, его отвлекает голос Верочки Петелиной, референтши:

– Роман Андреевич, кремлевка. Товарищ Суслов.

Генеральный взял трубку со стоявшего отдельно на столике красного телефона. Я поднялся уйти, чтоб не мешать разговору, но он жестом усадил меня обратно. Сидел он, отвернувшись от меня, в профиль, две маршальские звезды на воротнике прокурорского кителя подпирали толстую, в старческих складках шею, и я подумал: да, староват стал бывший гроза Нюрнбергского процесса. Толстый, старый, измученный человек, вот кому грибы собирать в Измайловском парке, а он – нет, сидит вот маршалом в сталинском кабинете и, как всегда, на высоте, докладывает:

– Уже занимаемся... Безусловно... Лучшие силы... Самый энергичный... Не позже одиннадцатого, я понимаю... Конечно, лично буду контролировать... Безусловно, лучше живой... Нет, думаю, справимся без КГБ...

Что-то засосало у меня под ложечкой. Неужели речь идет об этом деле? И тогда это все обо мне – «самый энергичный», «лучшие силы», «не позже одиннадцатого»... Ну и влип я, кажется. С чего это я – самый энергичный и лучший? Вот Бакланов только что из отпуска вернулся, уж поопытней меня...

Между тем Генеральный положил красную трубку на красный аппарат и повернулся ко мне:

– Ты все понял?

– Что? – я сделал вид, что ничего не понял и даже не слышал.

Он присмотрелся ко мне еще несколько секунд, будто решая внутри себя и утверждая свой выбор, потом сказал:

– Слушай, Игорь Ёсич. Дело, конечно, трудное. Но выхода нет. Андропов и Щелоков только и ждут. Если я откажусь – тут же в ЦК: мол, следствие не отдаю, а от трудных дел отказываюсь. Поэтому слушай! Через десять дней, 15 июня, товарищ Леонид Ильич Брежнев вылетает в Вену на встречу с Картером. С ним едет пресс-группа журналистов, 5 человек, самые лучшие. Список утвержден давно самим Леонидом Ильичом, причем этого Белкина он лично включил в пресс-группу. И вот две недели назад этот Белкин пропал. На Курском вокзале. Встречал там какого-то подозрительного приятеля – кавказского мальчишку-наркомана, и их обоих какие-то типы прямо на вокзальной площади запихнули в машину и увезли, а через два дня мальчишку нашли за городом, под мостом, с пробитым черепом. А Белкина след простыл. То ли его тоже убили, то ли нет, но как доложить товарищу Брежневу, что журналист, которого он сам выбрал ехать в Вену, пропал без следа?

Так вот в чем дело, подумал я. Дело не в Белкине, плевали на него, хоть он действительно талантливый журналист, ну пропал – и черт с ним, это и сейчас не столько волнует Генерального и всех остальных, сколько вопрос: как доложить

Брежневу? Ведь действительно, представьте себе, как это сунуться к Леониду Ильичу, да еще накануне такой важной встречи – с самим Картером, сунуться и сказать: мы вашего любимого журналиста найти не можем. А он: «Как это не можете? А где он?» – «Не имеем понятия, Леонид Ильич...» Нет, с таким докладом, да еще перед самым отъездом, безусловно никто не рискнет сунуться к Брежневу, но, с другой стороны, как-то придется докладывать, если...

– Понимаешь, живым или мертвым он должен быть найден до одиннадцатого,– будто читая мои мысли, сказал Генеральный.– Конечно, лучше бы живым, но тут от тебя не зависит. Двенадцатого у журналистов инструктаж у Замятина и Суслова, четырнадцатого – обед у Леонида Ильича, пятнадцатого – отъезд. Но подавать четырнадцатого труп на обед, сам понимаешь, нельзя. Значит, крайний срок выяснить, что с ним,– одиннадцатое число, понедельник. В твоем распоряжении семь дней, как у Бога. Сотворишь Белкина – грудь в крестах, квартира в центре, старшего советника получишь, несмотря на... возраст.

По-моему, вместо «возраст» он имел в виду что-то другое, но удержался в последнюю секунду, заменил слово. И если бы я не подозревал себя в излишней мнительности, я бы сказал, что знаю, что он имел в виду. Он имел в виду мое еврейское отчество, а еще точнее – полуеврейское происхождение. Отчество мое – Иосифович – они давно сократили до Ёсич, а происхождение сократить нельзя, разве что сократить меня по штату целиком с моим происхождением.

Да, этот Белкин может стать моим Ватерлоо, черт бы его побрал!

– Вообще-то, Роман Андреич, я только что крупнейшее дело кончил, у меня отпуск горит. А со старшим советником я мог бы и подождать... по возрасту,– сказал я с полувызовом.

Это была, конечно, бездарная попытка уйти от этого дела. Генеральный поморщился. Он откинулся в сталинском кресле, посмотрел на меня сухо, сверху вниз:

– Вот что, Игорь Ёсич. Нами получено задание от ЦК найти этого Белкина живым или мертвым к одиннадцатому числу. И я поручаю это вам. Если сочтете себя неспособным справиться – доложите мне завтра в девять утра, я сделаю выводы.– И тут же смягчил удар, придвинулся ко мне: – Да ты не трусь, справишься. И дело интересное, я бегло просматривал. Наркоманы, журналистика. Просто дергать будут сверху. Ну, а кого не дергают? А меня не дергают? Давай за работу! – Он встал, через стол протянул мне руку: – И учти – на это дело у тебя полная свобода действий, подключай Петровку,– в общем, сам знаешь. Считай, что работаешь по заданию ЦК и имеешь чрезвычайные полномочия. Найдешь Белкина живым – вообще всех выручишь. И Замятина, и Суслова. И к тому же... но это так, на всякий случай,– прибавил он с улыбкой, словно вспомнил что-то.– Моя внучатая племянница к нему неровно дышит, к этому Белкину. Он у них на журфаке пару лекций прочел, что ли, так они там все с ума посходили. Но это, конечно, не имеет значения, там романа не было, не беспокойся.

Ага! Ну, теперь хоть ясно, что к чему. А то Брежнев! Суслов! «Комсомольская правда»! А на самом деле – внучатая племянница! Мать их!.. Следователь по особо важным делам должен искать жениха внучатой племяннице Генерального прокурора! Слуг себе развели! Ладно бы – им, у них хоть посты, а то ведь уже внучатым племянницам прислуживай! Я вспомнил это эффектное длинноногое существо с порочными юными глазками ранней взрослости – интересно, она в этого Белкина втюрилась до того, как он стал любимым журналистом Брежнева, или после?

Я вошел в свой кабинет и с досады швырнул папку с делом Белкина в угол. В полете она сбила со стола увесистое пресс-папье, и грохот пошел по коридору такой, что Бакланов выглянул из соседнего кабинета:

– В чем дело? Пиво идем пить?

– Идем! – сказал я зло.– Ну их в ж... прислуживать им! Уйду в защитники!

– Кому прислуживать? – поинтересовался Бакланов.

Я посмотрел ему в глаза, сказал с нажимом:

– Трудящимся!

Если у стен прокуратуры есть уши (что не исключено) – тем лучше, пусть слышат. А мы ушли пиво пить!

Секретно

> Прокурору гор. Москвы
> Государственному советнику
> юстиции 2-го класса
> тов. *Малькову Михаилу*
> *Григорьевичу*

СПЕЦДОНЕСЕНИЕ

В соответствии с секретной инструкцией № 24 от 5 августа 1971 года о незамедлительном донесении вам лично обо всех случаях насильственной смерти на территории Большой Москвы сообщаю нижеследующее:

26 мая 1979 г. в 6 час. 15 мин. у основания железнодорожного моста через реку Москва, в районе Царицынских прудов, в 50 метрах от платформы Москворечье Курской ж/д путевым обходчиком обнаружен труп неустановленного следствием лица – молодого мужчины на вид 17-20 лет с признаками насильственной смерти.

На теле потерпевшего имеются прижизненные телесные повреждения, как-то: ссадины, ушибы, кровоподтеки, которые свидетельствуют о самообороне. По мнению эксперта, смерть наступила от разрушения черепа твердым предметом или же от ударов о твердый предмет. Наиболее вероятной версией гибели неизвестного является то, что он был выброшен на полотно дороги на ходу поезда. Документов при трупе не обнаружено. На тыльной стороне ладони у потерпевшего имеется татуировка «Султан», в области обоих предплечий следы инъекций.

На место происшествия выезжала дежурная оперативная группа МУРа. Уголовное дело об умышленном убийстве передано по подследственности в прокуратуру Москворецкого района, на территории которого произошло преступление. Расследование дела производит следователь прокуратуры Москворецкого района Пшеничный В. Н.

Одновременно мною дано указание начальнику 2-го отделения 3-го отдела МУРа подполковнику милиции Светлову М. А. активизировать оперативно-розыскные мероприятия по раскрытию этого преступления.

Начальник МУРа ГУВД
Мосгорисполкома
генерал-майор милиции
П. Минаев

гор. Москва, 26 мая 1979 года

Как известно, пиво расслабляет, а пивной бар успокаивает. После третьей кружки «жигулевского» мы с Бакланычем решили относиться к жизни философски. Если я увижу, что это дело дохлое, завтра с утра подам заявление и уйду в отпуск, и ни черта со мною Генеральный не сделает. Такие следователи на улице не валяются. В крайнем случае уйду в защитники. А если тут есть за что зацепиться, то какая разница – бревна вылавливать в Печоре или жениха искать внучатой племяннице Генерального прокурора СССР. Второе даже интересней – все-таки живой человек. Только какое он имеет отношение к трупу этого Султана?

С е к р е т н о

Начальнику МУРа
генерал-майору милиции
тов. *Минаеву П. А.*

СЛУЖЕБНАЯ ТЕЛЕФОНОГРАММА

По делу об обнаружении трупа неустановленного лица, найденного 26 мая с.г. возле платформы Москворечье, сообщаю:
26 мая примерно в 10.30 некий Алексей Попов, прежде подвергавшийся принудительному лечению от алкоголизма, возле винно-водочного магазина в поселке Ленино-Дачное продал гр. Коркошко М. П. бриллиантовое кольцо в один карат стоимостью в 1750 рублей за 50 рублей. Выпивая в компании друзей, Попов сообщил, что ранним утром того же дня в кустах неподалеку от Царицынского пруда случайно нашел чемоданчик «дипломат» с драгоценностями.

При разговоре присутствовал агент МУРа по кличке «Битюг». По его сигналу Попов был нами задержан. В изъятом у него чемоданчике обнаружены драгоценные изделия, кольца, серьги, старинные миниатюры редкой работы. По предварительным оценкам специалистов, стоимость драгоценностей составляет не менее 100 тысяч рублей.

Ввиду того, что место находки оказалось недалеко от платформы Москворечье, где был обнаружен труп, мною были предприняты меры к опылению и изъятию следов пальцев рук на этом чемодане. Дактилоскопирование показало, что на чемоданчике типа «дипломат» имеются отпечатки пальцев правой руки мужчины, найденного 26 мая возле платформы Москворечье. Данный факт свидетельствует о том, что чемоданчик типа «дипломат» принадлежит человеку с татуировкой «Султан» и был выброшен на 850 метров раньше по ходу поезда, о чем доношу.

Начальник 2-го отделения
3-го отдела МУРа
подполковник милиции
М. Светлов

гор. Москва, 27 мая 1979 года

Следственные документы нужно уметь читать. Главное в этой телефонограмме не то, что найдены ценности, и даже не то, что они принадлежали Султану, а то, что именно он, подполковник Светлов, проявил сметку, и его оперативно-агентурные действия увенчались успехом, о чем он незамедлительно донес начальнику Московского уголовного розыска. Собственно, ради этого и составлена телефонограмма, отметил я про себя с усмешкой, зная характер Светлова – умницы и хвастуна. И перелистнул подшитые к папке страницы. Ага! Вот уже кое-что ближе к этому Белкину:

ПРОТОКОЛ
ОСМОТРА И ВЫЕМКИ ДОКУМЕНТОВ

28 мая 1979 г., гор. Москва

...При осмотре книги регистрации происшествий дежурной части линейного отдела милиции при Курском вокзале г. Москвы установлено, что 24 мая 1979 г. в 12 час. 56 мин. к дежурному линотдела капитану милиции Абдушахмину обратилась жительница города Риги Силиня Айна, 1962 г. рождения, находившаяся проездом в г. Москве. При этом она показала, что на ее глазах на стоянке такси у Курского вокзала четырьмя неизвестными злоумышленниками были насильно погружены в машину Рыбаков Юрий и Белкин Вадим. В заявлении Силиня указано, что 24 мая она и ее знакомый Юрий Рыбаков бакинским поездом прибыли в Москву. На перроне их встречал знакомый Юрия – журналист Вадим Белкин. Когда они втроем подошли к стоянке такси на привокзальной площади, неожиданно к ним подъехала санитарная машина типа «рафик», номера которой она запомнить не успела, четверо мужчин (двое были в санитарных халатах) набросились сзади на Рыбакова и Белкина с возгласами, обращенными к очереди: «Товарищи, помогите взять сумасшедших!» Оглушив Рыбакова и Белкина, они затолкнули их в машину. При этом один из них – пожилой, лет 50-55, с металлическими зубами – одной рукой держал и Айну Силиня, пытаясь затолкнуть ее в машину тоже. Укусив его, ей удалось бежать. Пассажиры из очереди пробовали задержать ее, чтобы помочь так называемым «санитарам», однако, увидев подходившего милиционера, напавшие спешно сели в санитарную машину и уехали.

Сделав сообщение, заявительница А. Силиня выехала по месту жительства – в гор. Ригу, проспект Артилерияс, 5, кв. 7.

Заявление гр. Силиня изъято для приобщения к материалам дела об убийстве неизвестного мужчины, найденного возле платформы Москворечье.

Следователь *В. Пшеничный*
Понятые

Начальнику Рижского
горотдела милиции
подполковнику милиции
Роберту Барону

ТЕЛЕГРАММА

Ввиду важности дела незамедлительно направьте в Москву гр. Айну Силиня, проживающую: проспект Артилерияс, 5, кв. 7. Ее явка в прокуратуру Москворецкого района строго обязательна.

Следователь *Пшеничный*

28 мая 1979 года

АКТ
СУДЕБНО-БИОЛОГИЧЕСКОЙ ЭКСПЕРТИЗЫ

гор. Москва, 29 мая 1979 года

Мною, экспертом С. Фрадкиной, на основании постановления следователя Пшеничного произведено экспертно-биологическое исследование проб крови, слюны, мочи, а также тканей и части желудка неизвестного, найденного возле платформы Москворечье, имеющего многочисленные следы инъекций в области обоих предплечий.

Остаточные явления – химические вещества, обнаруженные в крови и моче исследуемого,– указывают, что не более чем за 5-10 часов до наступления смерти потерпевший принимал сильнодействующие наркотики – морфий, а также производные фенотиазина (тизерцин, санапакс, аминазин – под вопросом).

Эксперт-биолог Бюро судмедэкспертиз
Мосгорздравотдела
старший научный сотрудник,
кандидат медицинских наук
Софья Фрадкина

Примечание. Общая диагностическая картина (органические изменения вен, мозга, желудка и др. органов) свидетельствуют о многолетнем привыкании организма потерпевшего к наркотикам типа морфий, анаша (гашиш). Поэтому присутствие в организме производных фенотиазина, которые считаются мощными средствами психофармакологии, является нехарактерным, но выяснить причину замены наркотиков экспертизе не представляется возможным.

Эксперт – *С. Фрадкина*

Итак, Султан, который, скорее всего, и есть Рыбаков, кололся наркотиками. Хорошенькая компания для одного из лучших журналистов страны – наркоман, спекулянт драгоценностями. Интересно все же, какую роль в этих делах с бриллиантами играл Белкин?

Ну а вот уже персонально про Белкина, наконец! На именном бланке главного редактора органа ЦК ВЛКСМ всесоюзной газеты «Комсомольская правда» написано:

С р о ч н о, с к у р ь е р о м

Прокурору г. Москвы
тов. Малькову М. Г.
копия: зав. отделом
ЦК КПСС тов. Замятину Л. М.

Уважаемый Михаил Григорьевич!
Вчера и сегодня следователь прокуратуры Москворецкого района В.Пшеничный без ордера незаконно произвел обыски в квартире пропавшего без вести корреспондента «Комсомольской правды» В. Белкина и в редакции нашей газеты.

Не желая вмешиваться в действия следственных органов, хочу отметить, что поиски пропавшего журналиста по месту работы – в стенах нашей редакции, и по месту жительства – в общежитии ЦК ВЛКСМ – на наш взгляд, бессмысленны, а произведенные обыски компрометируют не только редакцию газеты, но и органы вверенной Вам прокуратуры.

От имени коллектива редакции газеты «Комсомольская правда» прошу поручить розыск В. Белкина – талантливого публициста, одного из ведущих журналистов страны – более квалифицированному и политически зрелому следователю.

Одновременно ставлю Вас в известность, что в качестве специального корреспондента «Комсомольской правды» В. Белкин включен в пресс-группу по освещению встречи Председателя Президиума Верховного Совета СССР, Генерального секретаря ЦК КПСС товарища Брежнева Леонида Ильича с Президентом США Д. Картером, которая состоится с 15-го по 18 июня с.г. в Вене.

Исчезновением Вадима Белкина и отсутствием должных мер по его обнаружению обеспокоен не только коллектив нашей редакции, но и отдел идеологии ЦК КПСС.

С уважением

Главный редактор газеты «Комсомольская правда», член Центральной ревизионной комиссии ЦК КПСС, депутат Верховного Совета РСФСР
Лев Корнешов

Прокурору гор. Москвы Государственному советнику юстиции 2-го класса
Малькову М. Г.

Рапорт

По существу претензии главного редактора газеты «Комсомольская правда» тов. Л. Корнешова сообщаю:

27 мая мною было принято к своему производству дело об убийстве неустановленного следствием лица. С момента получения дела мною были выполнены следственные действия, которые позволили установить, что убитым является некто

Ю.А. Рыбаков, 17 лет, похищенный на Курском вокзале 24 мая совместно с корреспондентом «Комсомольской правды» В. Белкиным. (Труп опознала в категорической форме свидетельница похищения жительница г. Риги А. Силиня).

Поскольку в чемоданчике, принадлежащем Ю. Рыбакову, были обнаружены бриллианты стоимостью не менее 100.000 рублей, возникла необходимость проверки характера контактов Ю. Рыбакова с похищенным вместе с ним Белкиным. В связи с этим 31 мая в присутствии понятых – сотрудников «Комсомольской правды», живущих в одном с Белкиным общежитии ЦК ВЛКСМ,– произвел осмотр квартиры В. Белкина и выемку его личных вещей и рукописей, имеющих отношение к делу. При этом изъят и приобщен к делу один из последних командировочных блокнотов журналиста В. Белкина с пометкой «Ташкент – Баку, № 1», в котором сообщается важнейшая для следствия информация. Помимо этого, в квартире Белкина обнаружены книги, запрещенные цензурой, как-то: «Архипелаг ГУЛАГ» А.Солженицына, «Похождения солдата Чонкина» В.Войновича и журнал «Континент» № 3.

В поисках блокнота № 2 или любых других последующих записей В. Белкина мною 1 июня 1979 года был произведен осмотр рабочего места Белкина в редакции газеты «Комсомольская правда». В процессе осмотра обнаружил, что письменный стол В. Белкина практически пуст. Все рукописи и рабочие блокноты исчезли. Между тем, работающий в той же комнате журналист Тарасевич И. К. и опрошенная мною уборщица редакции гр. Урывская И. Г. сообщили, что со дня исчезновения Белкина до вчерашнего вечера 31 мая стол Белкина был завален рукописями и блокнотами потерпевшего.

Таким образом, не исключено умышленное укрытие от следствия документов, имеющих прямое отношение к данному делу.

Вместе с тем отмечаю, что трудовая дисциплина сотрудников редакции «Комсомольская правда» находится на низком уровне. Несмотря на то, что корреспондент В. Белкин последний раз посетил редакцию 24 мая, в течение недели никто в редакции не был встревожен его отсутствием. И только в результате произведенных мною обысков редактор тов. Корнешов узнал об исчезновении его сотрудника – «талантливого публициста и одного из ведущих журналистов страны».

В связи с тем, что тов. Белкин включен в состав пресс-группы товарища Брежнева на встречу глав двух ведущих держав мира, считаю, что для скорейшего розыска В. Белкина и преступников, похитивших его и Рыбакова, целесообразно создать следственную бригаду, включив в нее оперативных сотрудников МУРа. Выполнение этих действий одним следователем, в данном случае мною, крайне затруднительно, особенно если учесть, что в настоящее время в моем производстве вместе с делом Рыбакова и Белкина находится 18 дел различной категории – из них 5 крупных хозяйственных дел и 3 убийства.

Следователь прокуратуры
Москворецкого района Москвы
юрист 2-го класса
В.Пшеничный

1 июня 1979 года

Нет, мне определенно нравится этот Пшеничный! Кроме одного ляпа – приглашения понятыми на осмотр квартиры Белкина соседей, которые оказались сослуживцами Белкина,– он практически еще не сделал ни одной ошибки. Я представил себе этого заваленного делами пожилого, усталого, с зарплатой 165 рублей районного следователя. Пять хозяйственных дел, три убийства и десять дел помельче – Бог ты мой, это какой-то вертеп, это круглый день вереница растратчиков и торгашей, обманывающих рядовых граждан при помощи его Величества – дефицита; это замученные трудом, бытом и пьянством мужья, избивающие своих жен до смерти; это квартирные драки и склоки; это бесчинства шпаны, которая толчется в подъездах; это винно-водочные будни государства, в котором почти 90 процентов преступлений совершается гражданами в пьяном виде. Полмиллиона уголовных и гражданских дел ежегодно рассматриваются судами Москвы, совершаются десятки тысяч арестов, сотни тысяч задержаний, и немыслимое количество дел – около миллиона по стране в год – передаются в народные суды,– и все это – будничная, ломовая, изнурительная работа тысяч рядовых, как этот Пшеничный, следователей. Он умница, этот Пшеничный. Безусловно, нужно создать бригаду по делу Белкина, и первым кандидатом в следственную бригаду будешь ты сам, следователь Пшеничный. Несмотря на то, что на тебя пожаловался сам редактор «Комсомольской правды» и у тебя изъяли дело – это мы уладим, это я возьму на себя...

Вторым... вторым, пожалуй, можно взять Светлова – это ищейка с хорошим нюхом. Конечно, он уже подполковник, начальник отделения МУРа, то есть из хорошей розыскной ищейки стал еще и администратором, боссом, но надо бы именно его заполучить со всем его штатом...

Размышляя над этим, я вскрыл подшитый к делу большой серый конверт и извлек из него тот самый пресловутый блокнот Белкина с пометкой «Ташкент – Баку, № 1, апрель-май 79», в котором, по словам Пшеничного, «сообщалась важнейшая для следствия информация». Блокнот был исписан стремительной, малоразборчивой, а местами и вообще неразборчивой скорописью.

Вместе с блокнотом в конверте лежало 48 пронумерованных и соединенных скрепкой страниц машинописного текста, найденного Пшеничным на квартире Белкина. По-видимому, Белкин перепечатал блокнот на своей «Колибри».

Я закурил, откинулся в кресле и принялся за чтение.

РУКОПИСЬ ЖУРНАЛИСТА В. БЕЛКИНА
(начало)

Я не могу больше носить это в себе. Если я не отдам бумаге весь ужас случившегося – впору топиться в Каспийском море. А если отдам ВЕСЬ ужас – кто это прочтет, а точнее – куда это спрятать от читателей? Придется правду гримировать вымыслом, а вымысел – правдой и назвать потом приключенческой повестью...

Глава I
ГРОБ БЕЗ ПОКОЙНИКА

В мае 1979 года я, Андрей Гарин, спецкор «Комсомольской правды», самой популярной молодежной газеты в СССР, летел из Ташкента в Баку. Честно говоря, командировка у меня была только в южный Узбекистан, а еще точнее – в Сурханские отроги Памиро-Алтая. Там, в горах, экспедиция гляциологов Академии наук СССР опробовала новый метод растопления ледников с помощью опыления их с воздуха угольной пылью и сажей, и я то лазил с этими гляциологами по горам, то летал на «аннушках» с летчиками сельхозавиации.

Внизу, под нами, зеленым ковром лежали хлопковые плантации, изрезанные огромными ярко-красными лоскутами маковых полей. Начало мая – самое время цветения маков, и потому ало-багровые маковые поля уходили вверх, по склонам гор, словно пламя взбегало в горы на высоту двух тысяч метров, и только белая черта вечного снежного покрова останавливала этот пожар. Я не знаю, что больше приносит доход местным колхозам – огромные хлопковые плантации в долинах или эти горные лоскуты полей опиумного мака, который здесь выращивают для медицинской промышленности. Конечно, я наслушался тут самых фантастических историй о контрабандистах-афганцах, которые якобы приходят из Афганистана за опиумом по тайным горным тропам, и, если бы я лично не написал в свое время серию очерков о пограничниках и не знал, как тщательно охраняется действительно каждый клочок земли на границе, я, думаю, смог бы поверить в эти бредни. Во всяком случае, когда мы как-то хорошенько выпили с начальником местной погранзаставы майором Рыскуловым и я напрямую спросил его об этих контрабандистах, он расхохотался и сказал: «Это самый большой анекдот, дорогой! Здесь без моего разрешения даже ящерица не проползет через границу!» – «А с разрешением?» – спросил я. «А с разрешением – это уже не контрабандист»,– усмехнулся он и перевел разговор на другое. За день до отъезда из командировки вертолетчики Чаршанга без хлопот подбросили меня за эдельвейсами в нейтральную зону, в горную долину эдельвейсов. Конечно, дежурная служба «воздух» запросила у нас пароль, а потом дежурный офицер выматерил нас за то, что мы совершили посадку в нейтральной зоне без спецразрешения, но я взял у пилотов ларингофон и спел пэвэошникам: «А на нейтральной полосе цветы необычайной красоты!..» Действительно, Высоцкий прав – таких нежных, зеленовато-желтых и байково-мохнатых эдельвейсов, мягоньких, как лапки у котенка, я не видел за все десять дней командировки, сколько ни лазил с гляциологами по ледникам и горным хребтам Сурхана.

Теперь же я вез из командировки в Москву целый котелок роскошных эдельвейсов – черный плоский походный котелок с выцарапанными на нем фамилиями участников экспедиции, его подарили мне ребята-гляциологи для нашего редакционного музея. Я еще не знал, кому именно буду дарить эти эдельвейсы в Москве, я был как раз в паузе между очередными влюбленностями, но, зная свою влюбчивую натуру, был уверен, что эдельвейсы не залежатся в этом прокопченном котелке. Мог ли я думать тогда, что эта следующая влюбленность обернется для меня таким роковым образом? Впрочем, не будем забегать вперед, запомним только, что я увез из этой командировки целый сноп эдельвейсов, облупившийся от солнца нос, черный походный котелок, пропуск в погранзону и пропуск на Чаршангский погранично-колхозный аэродромчик, подписанные начальником ПВО Среднеазиатского военного округа генералом Федосеевым, а также несколько блокнотов с заметками для будущего очерка и здоровую усталость от хождения по горам. Конечно, пропуски в погранзону и на аэродром нужно было сдать в Управление погранвойск в Ташкенте, но после утомительного полета Чаршанг–Самарканд–Ташкент стоило ли ехать с аэродрома в Центр города только для того, чтобы сдать пару бумажек в спецчасть ПВО, а затем мчаться обратно на аэродром, чтобы успеть к московскому рейсу? Да обойдутся они без этих пропусков, решил я, к тому же надо быть последним идиотом, чтобы не оставить у себя такой сувенир – пропуск в погранзону.

Устало сидя в кабинете начальника Ташкентского аэровокзала (он вызвал к себе старшего кассира оформить мне билет до Москвы, чтобы не стоять мне в чудовищной очереди к кассе) и слушая Московское радио: «В Москве плюс четыре, низкая облачность, мелкий дождь...» – я вдруг подумал: а залечу-ка я в Баку к бабушке, поваляюсь там на бабушкином диване, порыбачу со старыми друзьями в Каспийском море, там же и очерк напишу о гляциологах, какая разница – буду я его в сырой Москве писать, в редакции, или у бабушки в Баку!

– Вот что,– сказал я седому, заискивающему перед столичным корреспондентом кассиру.– Пишите мне билет Ташкент – Баку – Москва. Я вспомнил, что у меня еще в Баку есть дела. Когда у вас на Баку самолет?

Кассир вопросительно посмотрел на начальника аэровокзала, но тому было все равно, куда спровадить московского корреспондента, лишь бы я быстрей убрался из аэровокзала и не видел, какая тут толкотня и давка за билетами, не написал об этом критической заметки в свою газету.

– Значит, сначала в Баку? – спросил начальник аэровокзала.

– Да,– сказал я решительно.

И пока кассир выписывал мне билет, зеленая и прохладная каспийская волна уже вошла мне в душу, укрыла невесомой и прозрачной плотью, и я ясно понял, как здорово я решил,– сразу после прожаренных на солнце узбекских гор, после лазаний по грязным, запыленным углем ледникам бултыхнуться в зеленую воду родного Каспия, удлинив ноги ластами для подводного плавания и охоты.

И, уже предвкушая морскую соль на губах, прохладную зелень каспийской волны и эту неповторимую морскую разнеженную усталость, я прошел сквозь толпу на регистрацию билетов, сдал свой рюкзак в багаж и с легкой сумкой через плечо вышел на летное поле, к самолету. «ТУ-104» – старенький реактивный лайнер-тихоход – стоял возле стеклянного здания аэровокзала, но пассажиров к трапу еще не пускали, шла загрузка багажа. Громоздкие, запрещенные к провозу самолетами ящики и огромные, перевязанные бечевкой фибровые чемоданы с дырочками, чтобы овощи и фрукты не задохнулись в дороге. Среди этих неуклюжих вещей мой рюкзачишко вспорхнул в руках у грузчиков как детский мяч. А затем что-то неприятное кольнуло мне душу. Я увидел, как, напрягаясь от тяжести, грузчики подняли и стали заталкивать в самолет тяжеленный цинковый гроб.

Лететь с покойником! Какой бы я ни был современный, просвещенный и образованный – примета есть примета, и я сразу вспомнил все приметы, связанные с гробом. Если гроб везут тебе навстречу – это хорошо, это значит, что неприятности и беды уже не ждут тебя впереди, а вывезены с твоего пути. Но если в пути тебя сопровождает гроб – хана дело, какая-нибудь пакость обязательно случится.

Вот гады, подумал я с досадой. Ведь нельзя покойников в пассажирских самолетах возить, только в грузовых разрешается, уж я-то все инструкции Аэрофлота знаю, девять лет летаю по всей стране без передышки. Безусловно, и тут не обошлось без взятки...

Чтобы отвлечься от этого гроба, я скользнул глазами по пассажирам, выстроившимся у турникета перед выходом на летное поле. Толпа спекулянтов, везущих зелень в Прибалтику, огромные кепки-«аэродромы», плохо выбритые или вообще небритые лица, темные мятые пиджаки, надутый, как индюк, майор-пограничник с круглым лицом, две пожилые женщины в шелковых узбекских платьях, какой-то тип в черном пиджаке с маленькой траурной фотографией покойного родственника на груди... Стоп! Я вгляделся в лицо этого типа. Да это же Зиялов, Олег Зиялов, мой одноклассник по бакинской школе, я с ним в восьмом или девятом классе учился, вместе с уроков в кино удирали, я у него на контрольных по химии списывал, а он у меня – по литературе.

– Олег! – шагнул я к нему.

Мне показалось, что на какую-то долю секунды он словно окаменел и не сразу взглянул в мою сторону (что естественно, когда тебя окликают по имени),– нет, мне показалось, что он словно сделал внутреннее усилие взглянуть на меня. Впрочем, ведь у него кто-то умер, решил я, и, видимо, это он везет гроб с покойником. В таком состоянии трудно переключиться на какие-то посторонние вещи...

– Привет! Я – Гарин, не узнаешь? – сказал я, уже видя, что он узнал меня, конечно.– Прими мои соболезнования. Кого ты хоронишь?

– Дядю,– ответил он как-то заторможенно и все еще смотрел на меня с сомнением: мол, знает он меня или не знает.

– Зиялов, мы же с тобой в одной школе учились! Что ты так смотришь? Я – Гарин, ты за мной на последней парте сидел. Помнишь?

– А-а,– сказал он нехотя, будто вспоминая с трудом.– Да, правильно...

В этом «правильно» не было ни энтузиазма, ни обычного при таких встречах дружелюбия. Я даже пожалел, что подошел к нему. И не так уж я неузнаваемо изменился за эти 11–12 лет, чтобы не узнать меня,– он вот больше моего и растолстел, и как-то обрюзг, не то чтобы постарел, но в наши 27 лет можно еще обойтись и без жировых складок на шее. Впрочем, в этот момент объявили посадку на самолет, пассажиров стали пропускать через турникет к трапу, и я поплелся за Зияловым в каком-то странном положении не то чтобы отвергнутого, но и в то же время почти непризнанного школьного друга.

Но черт его знает, подумал я, может, ему этот дядя был роднее отца, и, может быть, он поэтому в таком трансе, я ведь еще, слава Богу, никого не хоронил из близких, родители на Украине, бабушка в Баку. Ладно, не будем на него обижаться.

– Слушай,– сказал я, когда мы остановились в очереди перед трапом.– Если тебе нужна моя помощь – в Баку или в Москве... Ты в Москве бываешь?

Он опять посмотрел на меня долгим взглядом и молчал куда дольше, чем нужно, чтобы вспомнить, бывает ли он в Москве или нет.

– Я говорю, ты бываешь в Москве? – повторил я, думая вывести его из похоронного транса.– Я там работаю, в «Комсомольской правде», так что, если будет нужна моя помощь... запиши адрес. Или так звони – телефон редакции в каждой газете, спросишь меня...

– Угу,– сказал он.– Хорошо.– И пошел вверх по трапу, протянул контролерше билет.

Я обиделся. В конце концов, решил я, шел бы ты к черту. Я – известный журналист, один из лучших очеркистов в стране, мои очерки переводят в европейских, африканских и южноамериканских газетах и журналах, сам Брежнев включил меня в свою пресс-группу, а тут какой-то Зиялов не хочет со мной разговаривать! Плевать мне на него! Хоронишь своего дядьку – и хорони себе, мне это до лампочки, жаль только, настроение испортил, такое было настроение – уже предвкушал нежную зелень Каспия, подводную охоту, шашлыки из кефали на морском берегу, и – на тебе, этот дурак Зиялов со своим гробом. Впрочем, «дурак» – это я слишком, конечно, дураком Зиялов никогда не был, химию, физику и географию знал отменно, старыми книгами по хиромантии и черной магии у них была завалена в доме вся веранда. Я вспомнил, как однажды мы школьной компанией завалились к нему домой и застали странную сцену: его десятилетняя сестренка, худющее большеглазое существо с черной косичкой, прыгала через скакалку с абсолютно отрешенным лицом и остановившимися зрачками и считала немыслимое: «...пятьсот один, пятьсот два, пятьсот три», а Олег – бледный, напряженный, с выпученными глазами, потный – стоял напротив нее, смотрел ей неотрывно в глаза, и так мы и не поняли – не то он тренировал ее в Ольги Корбут, не то гипнотизировал.

Думая об этом и медленно остывая от обиды, я задремал в своем кресле.

И, наверно, я бы так и не подошел к Олегу Зиялову в Бакинском аэропорту, а получил бы свой рюкзачишко в багажном отделении, взял такси и – будь здоров, бывший школьный знакомый, двенадцать лет я тебя не видел и еще двадцать могу не видеть, но...

Когда мы, пассажиры третьего салона, последними вышли из самолета на пыльно-жаркое летное поле бакинского аэропорта Бины, я понял, что миновать Зиялова не смогу. В ожидании гроба с покойным дядей Зиялов стоял у багажного отделения, но дело было не в нем. Рядом с ним стояли еще двое: слева какой-то безликий пятидесятилетний тип с полным ртом металлических зубов, а справа...

Та, которая стояла справа, требует, извините, описания с красной строки. Я понимаю, что с точки зрения высокой литературы это может прозвучать пошлостью, банальностью, глупостью – назовите это как хотите, но если человек влюбляется с первого взгляда, это, конечно же, банально, пошло и глупо, не так ли?..

Ей было года 22, глубокие синие глаза, черные, собранные в тугой узел волосы и необыкновенная стройность во всей тонкой фигуре в стальном летнем костюмчике. Вот и все, друзья мои, ничего больше не могу прибавить, кроме того, что эта фигурка на фоне отдыхающих на летном поле «ТУ» и «ИЛов», будто реклама на дурном аэрофлотовском плакате, вошла в мою душу и осталась в ней навсегда, несмотря на все роковые события последующих дней.

Но, видимо, остатки мышления еще не покинули меня, и откуда-то со дна памяти вдруг толчком всплыло большеглазое худющее десятилетнее существо, которое прыгало через скакалку с остановившимися зрачками и считало немыслимое: «...пятьсот один, пятьсот два, пятьсот три...»

И тогда я пошел прямо к ним, к этим губительным синим глазам. Я шагал напрямую через летное поле, вопреки явному нежеланию Олега Зиялова, который стоял подле нее и смотрел на меня почти враждебно. Плевал я на него! Я шагал прямо к ней, к ее глазам, и она уже не могла отвернуться от моего приближения. Я подошел к ним вплотную и сказал ей:

– Я знаю вас. Вы – сестра Олега. Здравствуйте. Меня зовут Андрей,– и протянул ей руку.

Она тревожно взглянула на брата, но он смолчал, и она подала мне руку:

– Аня.

Рука у нее была легкая и прохладная. Я сказал:

– Мы с Олегом учились в одном классе, и я был как-то у вас дома. Вы тогда прыгали через скакалку и считали: «...пятьсот один, пятьсот два, пятьсот три...» Помните?

Она улыбнулась и пожала плечами:

– Я не помню. Но если кто-то прыгал через скакалку, то это я.

Кивнув в сторону самолета, из багажного люка которого летчики уже выгружали гроб, я сказал ей, что «приношу свои соболезнования». При этом я заметил, что Олег, Аня и этот третий, пожилой тип, крутивший на пальце ключи от машины, как-то напряглись, неотрывно следя за гробом. Впрочем, по знаку Зиялова пожилой тут же ушел к грузчикам, а я, помнится, только отметил про себя, что Аня приехала на аэродром встречать покойного дядю не в траурном, как положено, платье, а в легком светлом костюмчике, и это дало мне моральное право открыть свою сумку, вытащить котелок с эдельвейсами и всю охапку этих мохнатых и нежных цветов протянуть ей:

– Аня, это памирские эдельвейсы. Я понимаю, что сейчас не время и не место, но... Надеюсь, я вас увижу еще.– И я повернулся к Олегу: – Я могу тебе позвонить?

– Угу,– промычал Зиялов неопределенно и взял сестру за руку.

Господи, как они были не похожи! Он взял ее за руку и повел к выходу из багажного отделения, вслед за грузчиками, которые вместе с этим бесцветным пятидесятилетним типом несли гроб к выходу. Для четверых гроб явно был тяжел; похоже, что этот зияловский дядя весил больше ста килограммов. Я локтем тронул Зиялова:

– Давай поможем. Аня, держите.– Я передал ей свою сумку.

– Стой! – довольно грубо остановил меня Зиялов.

– Что? Пошли поможем.

Он покачал головой:

– Нет, мне нельзя.

И я вспомнил, что действительно, по обычаю, близким родственникам не положено прикасаться к гробу усопшего. Но меня это не касалось, я почти насильно всунул Ане свою легкую дорожную сумку, догнал грузчиков и подставил плечо под цинковое днище гроба. Конечно, это было сделано не только и не столько из желания помочь грузчикам, сколько из-за моей влюбленной суетливости и ради возможности быть приглашенным в их дом хотя бы на похороны...

В общем, как бы там ни было, я подставил под днище гроба свое плечо, и мы пронесли гроб через калитку багажного отделения и, направляясь к какой-то машине, вышли на привокзальную площадь, в толпу встречающих, но тут какой-то шестилетний пацан, гудя и растопырив, как самолет, руки, вдруг с разбегу врезался в одного из грузчиков, в переднего левого.

Не столько своим весом, сколько скоростью этот мальчишка выбил грузчика из-под гроба, словно подрубил стойку, и тяжеленный гроб резко наклонился вперед, правый передний грузчик, оставшись один, выпустил гроб, уклонившись плечом в сторону, и гроб тут же рухнул оземь почти на попа.

Притихшая толпа пассажиров охнула : «Вий ми!» – а гроб, упав, наклонился еще дальше вперед, грохнулся теперь уже боком об асфальт и раскололся по пайке цинкового ребра. Толпа застыла, мы, грузчики, тоже. Казалось, сейчас из расколовшегося гроба выпадет мертвое тело, это было неотвратимо, но... из него вывалились какие-то бумажные пакеты: часть из них лопнула от удара, и маленькие полиэтиленовые, меченные какими-то буровато-маслянистыми пятнами кусочки пленки величиной с марку пачками просыпались наземь.

Мы обалдели. Один из грузчиков осторожно нагнулся, взял целый пакетик, повертел в руках.

– Нафталин, что ли? – сказал он с кавказским акцентом.

Я заметил, что бесцветный пятидесятилетний тип, родственник Зиялова, молча пятится за чьи-то спины, сжав свои металлические зубы и не отрывая глаз от расколовшегося гроба, из которого все еще сыпались на мостовую пакеты с этой пленкой. Тут кто-то из пассажиров нагнулся, взял пачку этих кусочков пленки, растер пальцами бурое маслянистое пятно на одном из них, поднес к носу, понюхал и вдруг сказал громко, со смехом:

– Какой нафталин, слушай?! Опиум!

И, охапкой подхватив с земли пачки с опиумом, стал рассовывать себе по карманам.

Боже, что тут началось! Только что скорбно застывшая перед упавшим гробом толпа вдруг ринулась к нам, люди стали хватать пачки с опиумом, кто-то разрывал цинковую оболочку гроба пошире, доставая пачки и изнутри, образовалась давка, те, кто успел нахватать пачки и спрятать за пазуху и по карманам, не могли выбраться из толпы набегавших со всей площади шоферов такси, цветочников, спекулянтов; нас сдавили, сжали, и если бы не милицейский свисток – я не знаю, остался бы я в живых или нет. Подоспевшая милиция, еще не зная, в чем дело, полагая, может быть, что в эпицентре этой толпы происходит убийство, ринулась сквозь толпу к нам, к грузчикам и гробу, прокладывая себе путь кулаками и милицейскими свистками. Эти свистки больше кулаков отрезвили толпу, люди, расхватав пачки с опиумом, бросились врассыпную, сбежали и грузчики, и только я, еще ничего не понимая, остался в центре событий, озираясь в поисках Зиялова, его сестры и этого бесцветного пятидесятилетнего типа. Но их уже нигде не было. Мне показалось, что в стороне рванулся от площади тот микроавтобус, к которому мы несли гроб, но нет – за рулем его сидел другой кепконосец, усатый азербайджанец. Я в панике озирался по сторонам – ведь у Ани осталась моя сумка со всеми блокнотами, документами, паспортом... В этот момент черноусый милиционер-азербайджанец уже положил руку мне на плечо:

– Ви арэстовани,– сказал он с акцентом.

12 часов 57 минут

– Московское время – тринадцать часов! – простучал мне в стенку из соседнего кабинета Бакланов, напоминая, что пора идти на обед.

– Сколько?

Я автоматически взглянул на часы и пришел в ужас – уже час дня, я зачитался этими документами, а мне нужно срочно собирать бригаду. Я крикнул Бакланову:

– Нет, я никуда не пойду, извини! – И тут же снял телефонную трубку.

Самыми нужными людьми сейчас были для меня этот неизвестный мне следователь Пшеничный и старая ищейка подполковник Марат Светлов. Они уже в деле, знают подробности, вот только заполучить бы их. С Пшеничным хлопот не будет, а вот со Светловым... Я набрал номер телефона прокурора Москворецкого района, сказал:

– С вами говорят из Прокуратуры Союза, следователь по особо важным делам Шамраев. Мне нужен следователь Пшеничный.

Этого было достаточно, чтобы на том конце провода возникла короткая пауза внимания и затем стремительно-услужливое:

– Вам его позвать? К телефону?

Люди всегда глупеют, когда говорят с теми, кто рангом

выше. Я замечал это и по себе. Не на котлетный же фарш мне нужен Пшеничный, если я звоню ему по телефону! Но я не стал хохмить с прокурором Москворецкого района, я слышал, как на том конце провода отдаленный голос кричал: «Тихо! Где Пшеничный? Пшеничного из союзной прокуратуры! Срочно!»

Спустя полминуты, когда я уже начинал терять терпение, в трубке прозвучало:

— Слушаю, следователь Пшеничный.

— Здравствуйте,— сказал я.— Моя фамилия Шамраев, я — следователь по особо важным делам при Генеральном прокуроре Союза ССР. Мне нужно с вами увидеться.

— По делу Белкина?

— Да. Когда вам удобно?

— А когда нужно?

— Нужно? Честно говоря, нужно сейчас.

Я постарался, чтобы в моем голосе он услышал не только и не столько приказ сверху, сколько нормальную просьбу коллеги. Не знаю, услышал он или нет, только фордыбачиться не стал, сказал просто:

— Я могу быть через сорок минут. Какой у вас кабинет?

— Пятый этаж, комната 518. Спасибо, я вас жду.

Нет, пока мне определенно нравится этот Пшеничный! И я уже с удовольствием набрал 02 — коммутатор московской милиции.

— Девушка, второе отделение 3-го отдела МУРа, начальника.

— Светлова? Минуточку...

И через несколько секунд другой женский голос ответил:

— Секретарь отделения Кулагина.

— Светлова, пожалуйста.

— Кто его спрашивает?

— Доложите: Шамраев.

Тут ждать не пришлось, Светлов мгновенно взял трубку.

— Привет! Какими судьбами? — сказал он веселой скороговоркой.

— Привет, подполковник.— Я давал ему понять, что знаю о его стремительном продвижении по службе.— Как ты там? Совсем в бумагах зарылся или еще жив?

— А что? По бабам надо сходить?

Засранец, сразу берет быка за рога.

– Ну... По бабам тоже можно...

Я еще не знаю, с какой стороны его взять, и тяну вступление. А он говорит:

– Но для баб тебе сыщики не нужны, да? Учти, я уже не сыщик, я делопроизводитель, канцелярская крыса.

Фразы сыпались из этого Светлова с прежней доначальственной скоростью, как из пулемета.

– Ладно, крыса! А ты не мог бы бросить свои бумаги на пару часов, сесть в свою полковничью машину, включить сирены и подскочить ко мне, на Пушкинскую.

– Ого! С сиренами даже! Это что – приказ? Указание? Что случилось?

– Нет, ничего страшного. Но увидеться нужно.

– Хорошо,– бросил он коротко, по-деловому.– Сейчас буду.

Для таких, как Светлов, главное – затравка, интрига, фабула – даже в жизни. Я был уверен, что он примчится через десять минут.

В двери моего кабинета показалось любопытное лицо Бакланова:

– А как насчет прислуживать?

– Что? – не понял я.

– Я говорю, как насчет того, что надоело прислуживать трудящимся?

Действительно! Я же совсем забыл об утреннем инциденте – вот что значит втянуться в дело.

– Ну? – снова сказал Бакланов.– Может, еще по пивку ударим? В знак протеста.

– Нет,– сказал я.– Уже не могу. Сейчас люди приедут.

– Значит, ты нырнул?

– Да.

– Ладно, тогда я пошел просить работу. А то вышел из отпуска, а меня как забыли.

РУКОПИСЬ ЖУРНАЛИСТА В. БЕЛКИНА
(продолжение)

Глава II
БАКИНСКИЕ НАРКОМАНЫ

Сашка Шах стоял на атасе, Хилый Семен давал навал, а Рафик Гайказян мазал. В переводе с жаргона на обиходный язык это значит, что Сашка следил, нет ли поблизости милиции или дружинников, Семен выискивал в трамвае какую-нибудь, желательно женскую, ручку с золотыми часами (или сумочку с кошельком), сигналил взглядом Рафику и создавал в трамвае давку таким образом, чтобы уже притершийся к жертве Рафик Гайказян «смазал» добычу.

Работа эта была привычная, азартно-артистическая, все трое были артистами своего дела. Но в этот день, что называется, не было прухи. Рыжие бочата, взятые утром, оказались вовсе не золотыми часами, а так – анодированный под золото корпус, и Толик Хачмас, паскуда, ведь знает ребят не первый день – постоянные клиенты, этот Толик не дал за бочата даже одной мастырки анаши. А время утреннего давильника в трамваях упущено, и теперь, после десяти утра, только домашние хозяйки едут с рынка с кошелками, полными зелени, баклажанов, кур и редиски. Но не редиску же воровать!

Шах почувствовал первую истягивающую ломоту в суставах. Это еще было терпимо, но через полчаса, если не «двинуться», то есть уколоться, эта ломота станет невыносимо изматывающей, до боли в глазах. Нужно срочно что-то украсть и купить ханку – спасательную буро-жирноватую каплю опиума, застывшую на «чеке» – кусочке полиэтиленовой пленки.

Ага, наконец! Двухвагонный трамвай, «семерка», выскочил из-за поворота с улицы Басина на улицу Ленина, и на подножке первой двери второго вагона висел Хилый Семен. Благо двери в бакинских трамваях испокон веку никто не закрывает – во-первых, для прохлады, чтоб вентиляция была, а во-вторых, для удобства пассажиров: каждый, если умеет, может на ходу запрыгнуть в вагон и спрыгнуть с него, это в порядке вещей, даже пожилые азербайджанки порой решаются спрыгнуть на ходу, когда у поворота трамвай замедляет ход.

Хилый Семен висел на подножке второго вагона и легким движением головы показал Шаху на руку торчавшего над ним очкарика. Даже издали Шах определил, что это – «Сейко». Шах подобрался весь и большими красивыми прыжками догнал трамвай. «Мазать», то есть легким касанием пальца снять ремешок, чтобы часы как бы упали сами в подставленную ладонь, так вот «мазать» эту «Сейку» нельзя, она на сплошном браслете, поэтому работа предстоит непростая. Ухватившись за поручень, Шах запрыгнул на подножку и грубо толкнул Семена вверх, чтобы тот толкнул очкарика на маячившего у него за спиной Рафика.

– Ты чего прешь? – стал провоцировать драку Семен.

– Пошел на х...! – снова толкнул его Шах.

– Ах ты сука! – замахнулся на него сверху Семен.

Очкарик, конечно, попятился в вагон, подальше от этих хулиганов, но сзади его подпирал Рафка Гайказян, которому Семен крикнул с подножки:

– Гайка, наших бьют!

И теперь они вдвоем – Рафка через голову мешающего ему очкарика и Семен – стали лупить Шаха по плечам и голове, а Шах, будто бы озлобясь, ухватил Семена и стал стаскивать его на ходу с трамвая.

– Сойдем, поговорим. Сойдем, падла!

В этой потасовке главное было устроить для очкарика максимальную давку, и в тот момент, когда он будет выдираться из плотного кома дерущейся троицы, нужно на секунду захватить его руку с часами и зажать под мышкой так, чтобы, выдергивая руку из драки, он уже выдергивал ее без часов.

И все шло красиво, как по нотам, не зря же они прошли такую школу у Генерала – тот тренировал их месяц, профессионально, как в лучших театральных школах. Генерал был королем бакинской шпаны – конечно, не всех тех тысяч хулиганов, дикарей, босяков, аграшей и прочей неуправляемой публики, которая кишит в этом огромном, миллионном городе, а шпаны профессиональной, куряще-воровской, которую он сам и создал. Еще три-четыре года назад, когда Шах учился в седьмом классе и только потаскивал из дома тайком от отца сигареты «БТ», которые отец – полковник пограничных войск – получал в офицерском распределителе, и они с ребятами курили эти «БТ» на «горке» за Сабунчинским железнодорожным вокзалом, эта «горка» была тихим неприметным местом мальчишеских игр. В диком кустарнике, отгородившем «горку» от остального мира, можно было трепаться и курить, удрав с уроков, мечтать и ругаться матом, читать затасканные возбуждающие книжки типа «140 способов индийской любви», а внизу, под «горкой», за оградой была железнодорожная станция, оттуда уходили товарные и грузовые составы и, когда нечего было делать, можно было часами следить за погрузкой и разгрузкой вагонов, руганью грузчиков с диспетчером, суетой клиентов, ищущих свои ящики и контейнеры...

Но вот однажды на «горке» появился Генерал. Конечно, никто еще не знал его клички, просто подошел к ним какой-то старый хрыч (все, кто после сорока, были для них тогда старыми хрычами), так вот, подошел к ним старый хрыч, сказал, что он тренер по самбо и ищет ребят в детскую секцию. Осмотрев всех, он ни на ком конкретно не остановился, а увидев в руках у кого-то карты, предложил научить их игре в «секу». Ребята и до того играли на деньги – просто так, для забавы, максимальный выигрыш был тридцать-сорок копеек, но с появлением Генерала все стало медленно, но уверенно меняться: возрастали ставки, игры становились все азартней. Генерал сначала проигрывал – легко, весело он расставался с деньгами, за час игры он оставлял ребятам по восемь-десять рублей. Потом он уходил, ссылаясь на какие-то дела, а ребята продолжали играть на его деньги, отыгрывая их друг у друга. Назавтра выигравший появлялся в компании, хвастая новым ножичком или кубинской сигарой, купленной с выигрыша. Позже, через пару лет, когда Сашка стал одним из близких помощников Генерала и получил свою кличку – Шах, он понял, что все эти регулярные проигрыши Генерала по восемь-десять рублей в день были началом точно рассчитанной психологической игры. Сначала Генерал приучил их к деньгам – не только их, обитателей этой пристанционной «горки», а и еще двадцать-тридцать таких «горок» во всех районах Баку. За день он проигрывал им, наверное, двести-триста рублей, но это длилось недолго. Приучив ребят к азартной «секе», он постепенно стал отыгрывать свои деньги, и скоро вся шпана, все эти семи– восьми– и девятиклассники в самых разных концах города стали его должниками. При этом как-то само собой получилось так, что основными должниками были самые крепкие ребята, лидеры групп, и хотя Генерал первое время не требовал долг, но все равно ощущение долга родило зависимость, связывало руки и волю. А затем так же ненавязчиво Генерал стал приучать их к наркотикам – приносил всякую «паль» и «дурь» – анашу.

Колоться морфием сначала боялись, только курили анашу, но потом, когда втянулись в анашу, а купить ее было не на что, Генерал стал приносить то фабричный морфий, то «чеки» с опиумом, и потихоньку втянулись, научились прокаливать ханку опиума на огне, разводить новокаином или просто водой, пользоваться «баяном» – шприцем и кололи себе в вены морфий и опиум, а после в скверике возле «горки» ловили кайф.

Так втягивались. Генерал не спешил, присматривался к ним, иногда, как бы шутя, показывал, как «мазать» часы или бритвой срезать карман с кошельком и другие воровские фокусы, но строго предупреждал, чтобы ни на какие дела не шли. Но остановить ребят было уже нельзя, им уже нужны были деньги не только для картежных игр или чтобы отдать долг Генералу и друг другу, но и для того, чтобы покупать анашу, опиум, морфий,– тут никакая сила не может остановить пристрастившегося наркомана. Тем более подростка.

И тогда, будто под давлением, будто уступая их просьбам, Генерал разбил их на тройки и стал обучать профессиональному воровству. При этом «за науку», за карточные долги они становились его пожизненными должниками, подручными, обязанными делиться с ним частью добычи. Месяц тренировал их Генерал, это был целый курс воровских наук, включающий теорию – «воровской закон» и ритуал посвящения, а затем весь город, все трамвайные маршруты были строго поделены между тройками, и таких троек, по подсчетам Шаха, было в подчинении Генерала около тридцати. Практически на всех людных участках трамвайных маршрутов работали ребята Генерала. И это было веселое, живое дело – утром встретить своих приятелей на условленном углу, в первом же утреннем давильнике прошурудить два-три вагона, снять одну-другую пару часов или вытащить кошелек и – сразу к драмтеатру, в центр города. Там, возле Русского драмтеатра, уже с утра торчал на своем посту Толик Хачмас, торговец анашой и опиумом.

Много, в запас, ребята никогда не воровали, терпения не хватало, брали, лишь бы хватило на один-два укола и две-три мастырки анаши. Так заядлый курильщик утром думает не о пачке сигарет на весь день, а об одной сигарете, одной затяжке. А что будет потом – неважно, когда кайф пройдет – время уже будет приближаться к обеду, в трамваях начнется второй, дневной давильник, и опять можно стибрить что-то на новую мастырку, и так – до вечера. Только однажды они работали не ради денег и наркотиков, а для искусства, и тогда действительно каждый развернулся во всю свою профессиональную мощь. Дело было прошлым летом, во время футбольного матча «Нефтяник» – «Арарат». Практически этот матч должен был стать историческим сражением между Арменией и Азербайджаном, политической, культурной и национальной битвой, единственным легальным выражением старинной вражды азербайджанцев и армян. Не исключено, что в случае победы «Арарата» в городе могла начаться армянская резня, во всяком случае, накануне матча в город ввели войска и по улицам открыто ходили усиленные – по шесть человек – воинские патрули.

Ясно, что в день матча в трамваях, едущих на стадион и со стадиона, должен был произойти фантастический давильник, и было грех не воспользоваться этим. И вот Генерал по всему городу всем своим тридцати тройкам объявил конкурс: кто больше снимет в этот день часов. Как пишут в газетах, ребята восприняли этот призыв с воодушевлением и подъемом. Тем более что победителям Генерал обещал уникальный приз – настоящий браунинг.

Подведение итогов было назначено на вечер, в 9.00 в Малаканском скверике – в самом центре города, и, когда все собрались, каждая тройка стала выкладывать добычу на садовую скамейку. Кто снял 18 пар часов, кто – 23, кто – 27. Двадцать семь – это был итог работы группы Шаха, но первенство досталось не им, на две пары часов больше принес Ариф, по кличке Мосол, и Генерал действительно вручил ему маленький женский браунинг без патронов. «Ничего,– сказал тогда Мосол.– Был бы браунинг! Патроны найдутся!» А затем Генерал, тихо ухмыляясь, открыл свой чемоданчик и в общую кучу высыпал свою добычу – один, без подручных, он снял в тот день 69 часов! Вот это была работа!

Впрочем, сегодня с этим очкариком тоже все было сделано чисто, как на репетиции. В короткой – может быть, секунд двадцать-тридцать – потасовке Семен и Рафка плотно зажали очкарика, он с перепугу рванулся в глубину вагона, но рука с часами как бы случайно застряла у Рафки под локтем, очкарик стал выпрастывать ее, вырывать, и в этот момент Шах легким движением, ноготком расстегнул браслет. Больше не потребовалось ничего, очкарик сам вытащил руку из браслета, и часы, как созревший плод, упали Шаху в ладонь.

– Есть! – тихо сказал Шах Семену и ему же крикнул громко: – Ах ты сука! – и дернул его с подножки, будто увлекая в драку.

Следом спрыгнул с трамвая Рафка, и на глазах пассажиров удаляющегося трамвая Шах и Семен еще изображали «толковище» и драку, а Рафка их разнимал, но как только трамвай скрылся за поворотом, Шах достал из кармана только что снятые часы, и все трое полюбовались добычей – настоящая японская «SEIKO». Если стать у комиссионки – в полчаса можно забить их за сотнягу, но они, конечно, стоять не будут, им срочно нужна анаша и опиум, и хотя Толик Хачмас даст за эту «Сейку» товар не больше чем на полсотни – ничего, лишь бы он был на месте, этот Толик, а то еще смоется куда-нибудь, время уже одиннадцать.

Втроем, не сговариваясь, они знакомой дорогой – через привокзальную площадь – рванулись в сторону центра города, к драмтеатру. И вдруг...

Шах замер, ребята тоже остановились.

На тротуаре, прислонившись спиной к фонарному столбу, рыдала семнадцатилетняя Снегурочка – голубоглазое существо небакинской красоты. У ног ее стоял какой-то чемоданишко, в руке была открытая дорожная сумка. Бакинское солнце ударялось в ее пепельные волосы и разбивалось каким-то не виданным доселе радужным окаемом, будто каждый волос дробил солнце на радужные капли. И совсем по-детски, кулачком она вытирала неудержимый поток слез.

– В чем дело? – решительно шагнул к ней Шах.

– Ни-ни-ни в чем...– сказала она сквозь слезы.

– А что ты ревешь?

Она подняла на него голубые озера глаз, и у Шаха остановилось сердце.

– Я... я... я деньги потеряла и... и... адрес...

– Какой адрес? Как потеряла? Ты откуда?

– Я... я... с поезда, из Вильнюса... Приехала к тете. Вот сейчас. Только что. У меня здесь был кошелек,– она показала на сумку.– Там деньги были, паспорт и тетин адрес... у-у-у...– Дальше она опять разрыдалась.

– Подожди! – Он тронул ее за руку.– К тебе кто-нибудь подходил?

– Никто. Один мальчик помог на вокзале вещи донести...

– Какой мальчик?

– Никакой. Такой черненький, высокий, а что?

– В кепке?

– В кепке. А что? – Она опять посмотрела на него своими озерами.

Ребята переглянулись.

– Мосол,– уверенно сказал Рафка.

Вокзал был участком Арифа Мосола, и все трое ясно поняли, что это – его работа. Шах взглянул на украденную «Сейку», было пятнадцать минут двенадцатого.

– Во сколько пришел поезд? – спросил он у нее.

– В одиннадцать... А что?

– Ничего, поехали.– Шах взял ее чемодан, решительно двинулся к стоянке такси.

– Куда?! – изумилась она.

– Поехали! – приказал он Рафке и Семену и спросил у нее:
– Сколько там денег было?

– Восемьдесят рублей, на обратный билет. А куда?..

– Садись.

Он открыл дверцу свободного такси, нельзя было терять
ни минуты. Стибрив кошелек, Мосол извлек деньги, а все остальное должен был немедленно куда-нибудь выкинуть, в какой-нибудь мусорный ящик, урну, подворотню, но куда? Шах
даже обвел глазами площадь, прикидывая, куда бы он выкинул этот кошелек, чтобы побыстрей избавиться от улики, но
поди знай, где и в какую минуту Мосол стащил у нее кошелек, может, еще на перроне. Нет, нужно срочно ехать его
искать, с такими деньгами – восемьдесят рублей! – Мосол,
конечно, должен был в первую очередь рвануть к Толику
Хачмасу.

– Русский драмтеатр,– сказал Сашка шоферу и почти
силком втолкнул в машину недоумевающих ребят и эту
синеглазую плаксу.– Как тебя зовут?

– Лина.

– А фамилия?

– Бракните.

– Как? – переспросил он.

– Бракните, Лина Бракните.

– Ага. Хорошо,– запомнил он.– Меня зовут Саша. Запомни: Саша Романов, я твой двоюродный брат.

– Брат?!

– Да. Так надо. Если кто спросит – ты мне двоюродная
сестра.– И повернулся к Рафке и Семену: – Понятно?

– Да,– сказали те, уже догадываясь, что он собирается
делать, а он еще прибавил им по-азербайджански, чтобы Лина
не поняла:

– А кто меня выдаст, того я лично в...

Впрочем, выругаться даже по-азербайджански он при ней
не сумел, язык не повернулся сказать привычное, матерное, ну
да они – Рафка и Семен – поняли и без слов.

– А почему тебя тетка не встретила на вокзале?

– Не знаю...

– И ты не помнишь ее адрес?

– Не помню.

– А фамилию?

– Конечно, помню. Ее фамилия Бракните Нора Густа-
вовна.

Она смотрела на него с доверчивостью ребенка, нашедше-
го твердую руку взрослого, и именно этот ее взгляд, эта
доверчивость и вера в то, что он, Сашка Шах, поможет ей в
этом чужом и незнакомом городе,– именно это впервые,
может быть, испытываемое чувство, что в тебя как в мужчину,
как в защитника верит женщина,– это чувство наполнило
Шаха такой решимостью, что даже если бы Мосол встретил
его заряженным браунингом – Сашку бы и это не остановило.

Машина причалила к Русскому драмтеатру.

– Сидите,– приказал своим и Лине Сашка и почти бегом
метнулся в узкий проход между домами, в скрытый тенистый
дворик за театром, где обычно дежурил Толик Хачмас.

Слава богу, Толик был на месте. Сашка молча протянул
ему «Сейку», увидел, как вспыхнули глаза у Хачмаса, и
спросил:

– Сколько дашь?

– Одесские, небось? – лениво сказал Толик, пытаясь сбить
цену.

– Хачмас, не тяни резину! Я спешу. Это не фуфло, ты же
видишь! Настоящие, японские! Мосол здесь был?

– А что? – Хачмас разглядывал часы, или, точнее,
любовался ими.

– Он мне нужен! Он был у тебя? С башлями?

– Ну, был...

– Давно?

– Не знаю... Десять минут... Четвертак дам,– сказал свою
цену Хачмас.

– Давай обратно,– решительно взялся за часы Шах.

– Подожди. В чем дело?

– Ни в чем. К Мамеду поеду, мне бабки нужны.

– А «план» брать не будешь?

– Мне деньги нужны, деньги, понимаешь? – зло и нетерпеливо сказал Сашка.

– Сколько нужно?

– Полста. Если дашь, возьму у тебя две мастырки, даже
три,– он вспомнил про себя тоже. Две «мастырки», то есть две

порции анаши для двух сигарет,– это он имел в виду Рафика и Семена, от которых нужно быстрей избавиться, чтоб не ляпнули Лине чего-нибудь лишнего, а третью мастырку он припрячет для себя, пошабит где-нибудь на ходу, тайком от этой Лины, не колоться же при ней опиумом, но и удержаться уже невозможно – кости ломит вовсю, суставы выворачивает, ужас!

– Сорок дам,– сказал Хачмас.

– Пошел в ж...! – рванул у него из рук «Сейку» Сашка Шах.

– Подожди! Да ты что, псих сегодня? – изумился Хачмас, он действительно никогда не видел Сашку в таком возбуждении.– Держи. Три мастырки,– он вытащил из-за подкладки пиджака три крошечных брусочка анаши и приложил к ним 35 рублей.

– Эти бабки тебе Мосол дал? – кивнул на деньги Сашка.

– Ну? А что?

– Восемьдесят рублей?

– Это не твое дело. Сколько дал – все мои,– на всякий случай замкнулся Хачмас.– Ты получил бабки – вали отсюда.

Это было правильно. Никто не имеет права лезть в чужой карман, тем паче если там ворованные деньги. Сашка сунул деньги в карман, зажал в руке мастырки и вернулся к машине, кивком головы позвал Семена и Рафку. Они тут же выбрались из такси, он незаметно вложил Рафке в руку две порции анаши и сказал:

– Валите куда-нибудь, только не на «горку». Меня сегодня не видали вообще, понятно? Все! – Он нырнул в машину, сказал водителю: – Арменикенд, Дворец Сталина.

Хотя Дворец культуры имени Сталина в армянском районе Баку – Арменикенде – уже давно переименовали в Дворец культуры им. Гагарина, никто в городе не называл Дворец по-новому. Там, за Дворцом, в скверике тоже была «горка» – владения Арифа Мосола.

И когда машина тронулась, он взял Лину за руку, сказал:

– Ничего. Все будет хорошо. Смотри, это наш Малаканский сквер, а это центр города – Парапет, а это – музей Низами...

Машина катила по центральным улицам вверх, в нагорную часть Баку, и на взлобье идущей круто вверх улицы Ленина Лина оглянулась и ахнула: огромная чаша зелено-синего моря лежала внизу, а вокруг нее, в обхват, спускался к воде город – террасами зеленых плоскокрыших улиц, глыбами современных белых домов, скверами, парками. В море белели паруса яхтклуба...

– Как красиво! – сказала Лина.– А мне говорили, тут море грязное от нефти, чёрное, а оно смотрите – зеленое!

Машина тормознула возле ДК им. Гагарина, Сашка снова оставил Лину в такси, перешел через улицу и вошел в сквер. Мосол и его компания были тут, на месте. Они сидели на скамье, отвалившись к спинке,– ловили кайф после укола. Когда Сашка подошел, Мосол чуть приоткрыл один глаз, потом лениво – второй. Они никогда не были врагами, но и друзьями тоже. У каждого был свой участок, каждый соблюдал правила и не лез в чужой огород. Конечно, эти армени-кендские ребята не могли любить их, городских, из центра, но открытой вражды не было, не выдавалось случая, что ли?

Поэтому Мосол посмотрел на него удивленно и вызывающе.

– Привет,– сказал Сашка, глядя на них на всех и чувствуя, что ноги сейчас подкосятся от зависти,– ведь они все уже накачались наркотиками, накурились, укололись и испытывают то непередаваемое, воздушно-аморфное ощущение эйфории и легкости, веселья и беспечности, которое не передать никакими словами.

– Салам,– ответил Сашке Мосол.

– Дело есть,– сказал Шах.

– Говори.

Сашка посмотрел на парней, которые сидели по обе стороны от главаря,– они тоже настороженно открыли гляделки, вылупились на Шаха своими тупыми и бессмысленными от наркотика зенками. Ладно, ничего не поделаешь, придется разговаривать при них, ведь не Мосол к нему пришел, а он пришел к ним в садик.

– Хорошо. Час назад ты взял на вокзале ксиву моей двоюродной сеструхи. Маханя ее не встретила, заболела, а я опоздал на десять минут. Там еще были бабки, но бабки – это твое, я не прошу, а ксиву верни или скажи, куда выкинул.

Мосол посмотрел на него долгим взглядом, и в глубине его черных армянских глаз проснулись природная сметка и хитрость. Сашка просто видел по его глазам, как усилием воли Мосол отстраняет от себя кайф наркотического дурмана, выпрастывает из него свой мозг и извлекает единственный возможный для Мосола ответ:

– А если это не твоя сеструха, то что?

– Я тебе говорю – моя. Вон она сидит в такси, можешь пойти спросить.

– Ара, зачем бабу вмешивать,– усмехнулся Мосол.– Я тебя спрашиваю. Если это твоя сеструха – одно дело, а если нет – другое дело, точно? – спросил он у своих, и те заржали таким смехом, словно перед ними Райкин выступил.

Сашка стоял спокойно, ждал. Конечно, Мосол даром ничего не отдаст, во всяком случае, покуражится, еще бы – сам Шах стоит перед ним и о чем-то просит.

– Ладно, заткнитесь,– вдруг оборвал своих по-армянски Мосол. И сказал Сашке: – Ксиву и кошелек я спихнул, ты же понимаешь...

– Куда? – нетерпеливо спросил Сашка.

– Ну-у, в кебабный раствор, знаешь?

Шах знал. Кебабный раствор – значит, в подворотню привокзальной кебабной, в мусорный ящик, только в какой, там их штук восемь, если не десять – огромный двор, может быть, сто семей выносит мусор в эти ящики.

– Знаю кебабный,– сказал Сашка.– В какой ящик?

Мосол ухмыльнулся, развел руками:

– Не помню, дарагой. Знаешь, по спешке сбросил – может быть, в третий или в пятый...– И опять повернулся к своим: – А?

И снова эти долболомы заржали, как кони,– представили себе, как Сашка Шах будет рыться в мусорных ящиках в поисках паспорта своей сеструхи.

– Ладно,– сказал ему Сашка.– Сагол, Мосол. Спасибо,– и хотел уйти, но Мосол удержал его.

– Подожди Шах! – Он сунул руку в карман, вытащил скомканные деньги, потом вытащил такие же скомканные бумажки из другого кармана – не спеша, демонстративно, чтобы все видели, что он вытащил все деньги, какие у него были. Разложив деньги на скамье, он расправил их, пересчитал вслух: – Двадцать, двадцать один, двадцать два рубля и вот еще сорок копеек. Держи, Шах.

Сашка опасался именно этого, но именно на этом и ловил его Мосол – он отдавал Сашке деньги – все, что у него осталось от денег Лины.

– Нет, я же сказал: это твои. Ты же не знал, что это моя сестра,– сопротивлялся Сашка.

– Когда не знал – взял, когда узнал – все отдаю. Все видят? – спросил у своих Мосол.

Они подтвердили. Все видят, как Мосол выгреб из кармана все до копейки и отдал Шаху, потому что Шах сказал, что это деньги его сестры.

– Держи. Если это деньги твоей сестры, сестра для меня святое. Я тебе верю. Держи.

Деваться было некуда, Сашка принял деньги, и в тот момент, когда деньги оказались у него в руке, Мосол негромко, но твердо сказал:

– Ты взял. Все видели. Но если это не твоя сестра – я на тебя буду право иметь. Понял?

– Понял, Мосол,– сказал ему Сашка как можно беспечней.– Какой разговор? Понял. Сагол!

И пошел прочь, к такси. Деньги, несчастная двадцатка, жгли ему руки. Из-за этих копеек Мосол теперь имеет на него право – всегда, везде, в любое время дня и суток, в любой обстановке, при любом человеке Мосол теперь может делать с ним, что захочет,– бить, резать, колоть, может даже убить, и по воровскому закону Сашка не имеет право сопротивляться. Он взял деньги, он *подписал*, что Лина – его сестра, и если Мосол докажет, что это треп,– он имеет на Сашку право.

Шах подошел к машине, увидел встревоженные голубые глаза – детские, как подснежники, как у куклы,– и вдруг волна нежности покрыла все его мысли. Этот кукленок верит в него, тревожится за него, а тут какой-то Мосол – да плевать на него и на все его «права»! Сашка сел в машину, сказал водителю:

– На вокзал, в кебабный двор.

– Сначала деньги,– вдруг сказал водитель.– Уже двадцать рублей настучало, платить будешь?

– Буду, буду, держи,– и Сашка высыпал на переднее сиденье все деньги, которые отдал ему Мосол, и еще двадцатку из тех, что дал Толик Хачмач.– Хватит с тебя? Поехали!

– Ты все свои деньги отдал? – переполошилась Лина.

– А что? – спросил он.

– Я кушать хочу...

Черт подери! Этот мягкий прибалтийский акцент, эти глаза, эти волосы и эта доверчивость – непонятно, отчего у него голова идет кругом, от нее или оттого, что за весь сегодняшний день он не только не укололся, а даже не сделал одной затяжки анашой!

– Но нужно найти твой паспорт.

– Да, я знаю...– Она говорила «да» как «та», она смягчала все согласные, и ему уже в самом деле казалось, что она ему в чем-то родная, почти сестра.

Машина тормознула у кебабского раствора, Лина хотела пойти с ним, но он опять оставил ее в машине – не хватало, чтобы она рылась в мусорных ящиках! – и быстро ушел в раствор – в подворотню, где стояли мусорные ящики.

Зелено-медные мухи кружили под этим скопищем мусора, пищевых отходов и грязи. Прошло почти полтора часа с тех пор, как в один из них Мосол швырнул ее кошелек с паспортом и адресом тетки. Адрес-то ладно, можно узнать через адресный стол, но паспорт восстанавливать – целая проблема.

Сашка решительно шагнул к первому ящику, спугнул возившуюся там кошку и рывком опрокинул ящик на землю. Мусор вывалился, вторая чумазая кошка оглашенно ринулась из глубины ящика прочь. За первым ящиком Сашка перевернул второй, потом третий, потом ящик на противоположной стороне. Надо спешить. Если его случайно заметят жильцы дома, поднимут такой крик, не оберешься! Слава Богу, вот! Красный уголок красного комсомольского билета торчал в каких-то кусках хлеба. Сашка нагнулся, разрыл мусор и вытащил комсомольский билет, новенький паспорт и сложенную

вчетверо бумажку – адрес Лининой тети. Крупным, почти
детским почерком на бумажке было написано: «Тетя Нора,
Баку, Бузовны, улица Агаева, 6».

Прочитав адрес, Сашка еще подержал бумажку в руках,
подумал, а затем скомкал ее и швырнул в мусор.

С паспортом и комсомольским билетом он вышел из
подворотни и увидел, какой благодарностью вспыхнули
Линины глаза.

– Держи,– он протянул ей ее документы. И сказал водителю свой адрес: – Мельничный переулок, 8.

Он еще не знал, что скажет матери, но другого выхода не
было – для Мосола, для всей этой шпаны она должна хоть
несколько дней прожить в его семье как сестра.

Он ощутил, как давно не кололся – со вчерашнего дня!
Зверски хотелось «двинуться» или хотя бы курнуть анаши! Он
вспомнил, что в кармане у него лежит мастырка, и мысленно
хлопнул себя по лбу – идиот, он же мог пошабить в подворотне, пока искал ее паспорт! А теперь – как? При ней невозможно, она услышит запах.

Мать была дома, она изумленно уставилась на Лину с ее
чемоданом, но Сашка быстро увел мать на кухню, и у них
состоялся короткий деловой разговор. Мать давно знала, чем
занимается сын, страдала, плакала, умоляла Сашу бросить
наркотики, скрывала, как могла, от отца, постарела за последние два года на десять лет и только молила Бога, чтобы
Сашку не арестовали до призыва в армию. Армия! Ей
казалось, что это единственное, что спасет ее сына. И вдруг –
эта девочка, синеглазое существо, заморская кукла, одного
взгляда на сына было ясно, чтобы понять, он влюбился по
уши. И мать поняла, что это – редкий, посланный Богом шанс
в борьбе за сына! Почти не спрашивая, кто она и что, только
уяснив исходные данные – вокзал, потерянный адрес тетки,
мать сказала:

– Хорошо, пусть она живет у нас хоть целый месяц, Саша,
но при одном условии – ты от нее не отойдешь ни на шаг, ни
на минуту.

– Но мама! У меня есть дела...

– С ней,– сказала мать,– с ней – куда угодно. Покажи ей

город, своди в кино, на пляж, но имей в виду – такую девочку в этом городе нельзя оставлять ни на минуту, ты лучше меня знаешь, что с ней может случиться.

Он знал. В этом городе только азербайджанки могут свободно, без проблем ходить по улицам – все остальные хорошо знают, что на каждом углу, в трамвае, в магазине их могут облапать, схватить за грудь, хлопнуть по заду прямо средь бела дня. А уж вечером в каком-нибудь парке... компанией меньше десяти человек туда идти нельзя. Он видел, что мать сознательно спекулирует на этом, но он принял ее условие – а что ему еще оставалось?

– Саша, дай слово, что ты бросишь курить эту гадость и колоться, и – все, и пусть она живет здесь, пожалуйста! Ну?

– Хорошо, мама.

– Нет, не «хорошо». Дай мне слово, простое слово мужчины.

У Сашки ломило суставы от потребности в наркотиках, ныло и разламывалось тело, и в кармане лежала заветная мастырка анаши, но, поглядев матери в глаза, он сказал:

– Хорошо, даю слово.

Через час, запершись в ванной, включив душ на полную мощь и громкость, Сашка трясущимися от нетерпения руками размял этот крохотный брикетик анаши, смешал с табаком, набил в гильзу от папиросы «Беломор» и, стоя у открытой форточки, сделал несколько коротких затяжек. Облегчающая слабость успокоения разлилась по мышцам, у Сашки даже слезы выступили на глазах. Сейчас бы уколоться! Может, плюнуть на все, спуститься по пожарной лестнице на улицу, сбегать на угол проспекта Вургуна и Кецховели, там сейчас должен дежурить Керим, за «чек» опиума он берет двадцатник, потому что опиум привозной не местный, из Средней Азии или даже из Вьетнама, но это ерунда, двадцатник как раз есть. Где-нибудь в первой же подворотне он кольнет себя керимовским же шприцем и – порядок, кайф...

Нет! Стоп! Хватит! Мужчина он или нет? Или просто тряпка?

Сашка скомкал недокуренную мастырку, швырнул в туалет и спустил воду. Затем долго мылся под душем и полоскал горло, чтобы избавиться от запаха анаши.

А еще через час, когда они с Линой вошли в лучший бакинский кинотеатр им. Низами, посмотреть какую-то новую комедию, Сашка лицом к лицу столкнулся с утренним очкариком, хозяином украденной «Сейки». Бывший хозяин «Сейки» оказался директором кинотеатра им. Низами, и Сашка хорошо видел, как он ушел в дежурную комнату милиции за милиционером или дружинниками. У Сашки были секунды на размышление – бежать, но куда убежишь с Линой? И как ей объяснишь? Глядя на дверь дежурной комнаты, он боковым зрением уже засек, как стоявший у двери билетный контролер снял трубку зазвонившего телефона. Сашка ухмыльнулся: блокируют двери, бежать поздно. Он посмотрел Лине в глаза и сказал:

– Слушай. Сейчас меня арестуют. Но это ерунда, это за одну драку. Живи у нас сколько тебе надо и скажи маме, что я держу слово. Меня отпустят. Жди меня, слышишь?

К ним уже шел дежурный милиционер.

Сашка двинулся с Линой в зрительный зал. Милиционер грубо взял его за локоть.

– Падажди, стой! Пашли со мной,– сказал он с азербайджанским акцентом.

– А в чем дело? – разыграл изумление Сашка.

– Ни в чем. Там узнаешь.

Лина с ее распахнутыми от ужаса голубыми глазами замерла на месте. Сашка сказал ей, уходя:

– Не бойся. Наш адрес: Мельничная, дом 6, иди домой.

Через час Сашка Романов по кличке Шах оказался в Бакинском городском управлении милиции, в камере предварительного заключения. Его сокамерником, одним из двенадцати обитателей КПЗ, задержанных в этот день по разным поводам и без поводов в городе Баку, был я, Андрей Гарин, специальный корреспондент «Комсомольской правды».

Тот же день, 13 часов 15 минут

Все. На этом рукопись Белкина обрывалась. Я положил перед собой чистый лист бумаги и записал: «1. Пожилой, лет

50-55, бесцветный, с металлическими зубами, был на Бакинском аэродроме и на Курском вокзале в Москве. 2. Был ли гроб с наркотиками? Проверить. 3. Вызвать из Риги Айну Силиня...» Скорее всего, подумал я, Айна – это та самая Лина Бракните, возлюбленная Сашки Шаха, а Сашка Шах – это Султан. Раз Белкин назвал себя в рукописи Гариным, значит все имена вымышлены, а вот детали, факты – в них я поверил сразу. Конечно, нужно быть осмотрительным и перепроверять каждый факт по десять раз. Писатели не следователи, они не обязаны протоколировать действительность, они могут менять факты, тасовать их и даже выдумывать, но на этих страницах, которые я прочел, так много достоверных или, по крайней мере, правдоподобных деталей, что не проверить их просто грех. Молодец Пшеничный, что нашел эти блокноты, жаль только, что не нашел продолжение. Я записал на своем листе: «Блокноты Белкина – редакция «Комсомольской правды». Это еще не был план следствия или даже наброски к нему, а только первые узелки для памяти, и в эту минуту появился Светлов.

– Разрешите? – Он был в летней форменной рубашке, с новенькими погонами подполковника, в фуражке. Невысокий, плотный, упитанный сгусточек энергии с цепкими и веселыми умными глазами. Сняв фуражку, он вытер ладонью пот на ранних залысинах и прошел в кабинет.– Как поживаем, гражданин начальник?

– Пока жив,– сказал я, пожимая ему руку, и кивнул на кресло возле своего стола.– Садись. Узнаешь? – Я подвинул ему папку с делом № СЛ-79-1542.

Он открыл папку, взглянул на первую страницу, и лицо его выразило разочарование:

– А, это! Это я знаю. У меня бриллианты до сих пор лежат в сейфе.

– Хорошие бриллианты?

– Бриллианты замечательные! Редкая работа! Заберешь к себе? Я тебе советую поинтересоваться у ювелиров, кому они раньше принадлежали. У меня еще руки не дошли, но раз ты это дело берешь к себе...

– Подожди,– перебил я.– Ты знаешь про труп, про бриллианты, а кто второй похищенный – ты знаешь?

Он пожал плечами:

– Тоже какая-нибудь фарца. Да я этим не занимаюсь, мало у меня дел, что ли? Это дело, по-моему, сейчас в Москворецком районе. А как оно к тебе попало?..

– Так вот садись и читай,– я опять подвинул ему папку.– Только внимательно и до конца. Особенно вот эту рукопись...

Передавая ему рукопись Белкина, я снова обращаю внимание на то, что первая страница машинописного текста напечатана небрежно, с опечатками в тексте, а все остальные страницы чистые, даже красивые, как из машбюро, хотя Пшеничный написал в рапорте, что изъял их на квартире Белкина.

Светлов стал читать. Через несколько минут он расстегивает ворот форменной рубашки, приспускает галстук, потом закуривает и спрашивает, не отрываясь от чтения:

– Слушай, у тебя пива нет холодненького?

– Тут не держим,– усмехнулся я.– Потом можем сходить, здесь бар рядом.

В дверь постучали, я сказал: «Войдите» – и взглянул на часы. Было 13.30 минут – почти сорок минут назад я говорил по телефону с Пшеничным. Он вошел и представился:

– Здравствуйте. Моя фамилия Пшеничный.

Оказалось, он значительно моложе, чем я ожидал. Худощавый, высокий, сутулый блондин лет 32-х. Удлиненное блоковское лицо, голубые серьезные глаза. Когда он проходит в кабинет, я вижу, что он слегка волочит левую ногу. Я поднимаюсь ему навстречу, пожимаю руку, говорю:

– Шамраев, Игорь Иосифович. А это, знакомьтесь, подполковник Светлов...

– Привет, мы знакомы,– бегло, не отрываясь от последних страниц рукописи Белкина, выбрасывает руку Светлов, и Пшеничный пожимает ее, садится на свободный стул. Его глаза уже с порога оглядели мой кабинет, будто запротоколировали тут все – и меня, и Светлова, и папку с делом Белкина на столе.

Да, это именно тот человек, который мне нужен, даже лучше, чем я ожидал,– моложе. Тридцать лет – самый следственный возраст, опыт уже есть и интерес к делу еще не угас. Настоящий следственный лошак.

– Так! Ясно! – Марат Светлов хлопнул последней страницей рукописи Белкина по столу.– Тебе надо лететь в Баку и начинать оттуда. Там наркотики, этот Генерал, Зиялов. Фамилии, конечно, липовые, придуманные, но докопаться можно – кто с этим Белкиным в одном классе учился, кто у кого сочинения списывал. Это несложно. Но надо же! Наркотики уже по воздуху гробами перевозят! Замечательно! – Он даже встал, прошелся по кабинету.– Но я тебе для чего? Не понимаю.

– Видишь ли, ты прочел в деле: следователь Пшеничный считает, что по этому делу нужно создать бригаду. И я с ним согласен. Поэтому я включил в бригаду его, себя и тебя вместе с твоим отделением.

– Меня?! Да ты что?! Офигел? Щелоков меня вам в жизни не даст, ты что! Ты же знаешь его отношения с твоим Генеральным.

– Даже если я веду это дело по заданию ЦК? Мы должны найти этого Белкина до одиннадцатого, к отъезду Брежнева в Вену. И по закону я могу просить в свою бригаду любых сотрудников МВД.

– Ну, попроси! «По закону»! – передразнил он.– Сунут тебе какого-нибудь долдона, сам не рад будешь.

– Хорошо, это мы обсудим после,– сказал я.– А сначала меня интересует: ты сам-то хочешь работать это дело или нет? Смотри: наркотики, бриллианты, убийство и похищение корреспондента – полный джентльменский набор. Для такого сыщика, как ты, это в самый раз. И внеочередная звездочка на погоне не помешает. А?

– Ну ты и гусь! – усмехнулся Светлов.– Знаешь, на что подцепить. Тут только один недостаток в этом деле.

– Какой?

– Бабы нету.

– Как нету? Даже две! Аня Зиялова, в которую Белкин влюбился на аэродроме, и эта Лина, в которую влюбился Сашка Шах.

– Это сомнительно,– Светлов поморщился.– Это сочинено для повести. Тот влюбился, этот влюбился – нет, это литература. Вот гроб с наркотиками – это да, это никакой писатель не придумает. И то, что его арестовали...

– Этого ничего не было,– негромко сказал Пшеничный.

Мы оба повернулись к нему. Он уже держал на коленях свой портфель и вынимал из него какую-то бумагу.

– Во всяком случае, вот телеграмма из Бакинского управления милиции.– И положил перед нами служебную фототелеграмму.

Я взял ее, прочел вслух:

ТЕЛЕГРАММА

Москва, Прокуратура
Москворецкого р-на,
следователю *Пшеничному*

На ваше отдельное требование № 3341 от 1 июня с. г. сообщаем, что тщательной проверкой товарно-транспортных документов Бакинского аэропорта установлено, что указанный вами груз – цинковый гроб рейсом № 315 Ташкент – Баку 12 мая с. г. в Баку не поступал.

Дополнительной проверкой документов установлено, что подобный груз не поступал в аэропорт г. Баку ни одним рейсом в течение всего мая месяца, и Бакинский горотдел милиции не располагает сведениями о доставке в аэропорт какой-либо нелегальной партии наркотических средств (опиума) из городов Средней Азии.

Проверка журнала задержанных лиц по г. Баку показала, что названный вами в запросе корреспондент газеты «Комсомольская правда» В. Белкин в мае месяце в Баку не задерживался и в КПЗ не водворялся. Второе запрашиваемое вами лицо – гр. Юрий Рыбаков содержался в КПЗ с 12-го по 16 мая по подозрению в групповой краже и был освобожден ввиду недостаточности улик. Относительно проживания в Баку уголовников по кличкам «Генерал» и «Мосол» сообщаем, что сведений о таких лицах в Бакинском уголовном розыске не имеется. Также произведенная по вашему требованию проверка архива школы

№ 171 за 1967-1969 гг. показала, что в этот период в старших классах этой школы не было ученика по фамилии Олег Зиялов.

Начальник Бакинского горотдела
милиции полковник милиции
Н. Мамедов

4 июля 1979 года

— Та-а-ак...— протянул Светлов, суживая свои живые умные глазки и закуривая трубку, которая совершенно не шла к его круглому полненькому лицу. Спичка обожгла ему пальцы, он затряс рукой, но раскурил все-таки трубку, выпустил дым и произнес опять: — Та-ак! Мне это нравится. Дальше в лес — больше дров. Кто-то из них врет — или Белкин, или бакинская милиция. Ну, Белкин профессиональный врун, как все журналисты, но — история с гробом была, это я бьюсь об заклад. А то, что этот гроб не проходит по документам в аэропорту, так даже у Белкина написано, что гробы нельзя возить пассажирскими рейсами, и его скорей всего оформили за взятку как ящик или чемодан. И тут Мамедов темнит, конечно. Тут пахнет наркотиками, и очень сильно, я носом чую. Даже если Белкин вообще выдумал все абсолютно — куда денешься от того, что Рыбаков кололся наркотиками и вез чемодан с бриллиантами? За понюшку опиума такие бриллианты не дают, а за гроб с опиумом... Хорошо! — Он хлопнул ладонью по столу.— Есть один путь попасть мне в это дело. Но нужно действовать срочно. Он взглянул на часы.— Уже два часа. С часу дня мой шеф, начальник МУРа Минаев, и наш новый замминистра Чурбанов проверяют подготовку бассейна «Москва» к Олимпийским играм. Это у них ежедневный ритуал, потому что там сауна замечательная. Чурбанов — зять Брежнева. За пять лет, с тех пор как на Гале женился, от вшивого инструктора ЦК комсомола до замминистра МВД взлетел. Поэтому, если этот Белкин нужен Брежневу — Чурбанов все сделает. Так что поехали в сауну, они там сейчас как раз тепленькие. Вперед!

Приняв решение, Светлов тут же рвался в дело, как хороший

пес с поводка. Идея с Чурбановым действительно была недурна, хотя я еще не знал, под каким соусом ехать к этому брежневскому зятю и как ни с того ни с сего с бухты-барахты вломиться в сауну. Но самого Чурбанова я знал – он учился лет десять назад на юрфаке МГУ, а я вел там семинар по советскому уголовному процессу. Я стал собираться.

– А что же со мной? – сказал Пшеничный.

Я придвинул к себе пишмашинку, вложил в нее бланк Прокуратуры Союза и отпечатал:

ВРЕМЕННОЕ УДОСТОВЕРЕНИЕ

Настоящее дано следователю прокуратуры Москворецкого р-на г. Москвы тов. ПШЕНИЧНОМУ Валентину Николаевичу в том, что он откомандирован в распоряжение Прокуратуры СССР, включен в следственную бригаду и исполняет обязанности следователя по особо важным делам.

Генеральный прокурор Союза ССР
Р. Руденко

Вытащив бланк из машинки, я сказал Пшеничному:

– Спуститесь в канцелярию к Вере Петелиной и скажите, что я просил подписать срочно или у Руденко, или у кого-нибудь из замов. Потом зайдите в ХОЗУ к Праздникову, скажите, что на эту неделю нам нужна спецмашина с радиотелефоном. После этого будете ждать нас здесь и набросайте план следствия, свои соображения. Когда удостоверение будет подписано, сообщите в свою прокуратуру, что Руденко вас забрал на десять дней. Все.

Тот же день, 14 часов 30 минут

В плавательном бассейне «Москва» на Кропоткинской стоял обычный веселый гомон – несколько десятков юношей, девушек и подростков резвились в бассейне, играли в мяч, плавали наперегонки и кадрились – флиртовали друг с другом. На двух боковых дорожках тренировались пловчихи детской спортивной щколы. А вокруг бассейна, как обычно, торчали любопытные провинциалы – бассейн «Москва» входит в число московских достопримечательностей.

Но мало кто знает, что главной достопримечательностью этой московской достопримечательности является закрытая, доступная только нашей партийной и административной элите сауна. Здесь сухой пар, финское оборудование, чешское пиво, волжские раки, экспортная водка и русские массажисты. Юрий Чурбанов, моложавый сорокадвухлетний муж Галины Брежневой, приемный отец ее замужней дочери и приемный дедушка Галиного внука, нисколько на дедушку не походил. Он лежал в предбаннике, отдыхая, дюжий массажист дядя Стасик разогревал мышцы его загорелого и чуть обрюзгшего тела, а рядом такую же процедуру проходил начальник Московского уголовного розыска генерал Минаев, и оба они с явным интересом следили в окно за юными пловчихами детской спортивной школы. Пловчихам было лет по 14-15, самое время на них любоваться.

Я уже изложил Чурбанову и Минаеву свою просьбу: Белкин – любимый журналист Леонида Ильича – должен быть найден в ближайшие дни, и найти я его могу только с помощью Светлова, только если коллеги из МУРа потоварищески помогут Прокуратуре СССР. Минаев сразу разгадал мой ход, насупился, сказал:

– Так отдали бы нам это дело вообще, если справиться не можете. А то видишь, Юрий Михайлович, и следствие у себя держат, 30 тысяч следователей по стране у прокуратуры, а чуть что серьезное – сразу в МУР, помогите!

Но Чурбанов, похоже, уже неплохо был подкован в основах советской власти, и тесть безусловно просветил его в главной стратегии – удерживать баланс между тремя органами властвования: КГБ, МВД и Прокуратурой СССР, не давая ни одному из этих органов целиком исполнительскую и карающую власть. До тех пор, пока Руденко, Щелоков и Андропов соревнуются между собой, они страшны друг для друга, но как только кто-то из них возьмет верх... Чурбанов – агент семьи

Брежнева в МВД, волевым порядком назначенный Щелокову
в заместители,– живо заинтересовался делом Белкина.

– Да я ж его знаю! Вадим Белкин! Свой парень! Я его по
ЦК комсомола знаю. Ой, так больно, дядя Стасик! Игорь
Ёсич, вам нетрудно вон пивко мне подать? Угощайтесь и сами,
чудное пиво, немецкое. Я чешское не люблю, сладкое больно,
а вот немецкое – в самый раз. А что там за бриллианты ты
нашел? – повернулся он к Светлову.

Хотя, думаю, он видел Светлова первый раз в жизни, но
уже говорил ему «ты». Я видел, что Светлова это покороби-
било,– короткая тень мелькнула по его лицу, но он тут же
убрал ее, сказал:

– Бриллианты редкие, замечательные. В кулонах, в под-
весках, явно старинная работа. Я думаю, если показать опытным ювелирам, можно найти прежних владельцев и через них
выйти на...

– А где они сейчас, эти бриллианты? – перебил Чурбанов.

– У меня на Петровке, в сейфе. Приобщены к делу.

– Ну, что ж ты их сюда не привез? – сказал Чурбанов.–
Чудила! Сейчас попаримся еще разок, поедем смотреть твои
бриллианты, а там и решим.

15 часов 25 минут

МУР – легендарный Московский уголовный розыск –
размещается в левом крыле не менее легендарного дома
№ 38 на улице Петровка. На первом этаже столовая и огромный холл с памятной доской во всю стену, на ней золотом
выбиты имена и фамилии муровцев, погибших на войне и в
операциях по обезвреживанию врагов советской власти. Второй и третий этаж занимает непосредственно МУР – все его
отделы и отделения. Народ здесь работает простой и шумный,
не то что в нашей прокуратуре или, скажем, в КГБ, где все
разыгрывают из себя интеллектуалов, разговаривают только
на «вы» и негромкими, сдержанными голосами. Нет, в МУРе
мат стоит на всех этажах, с матом допрашивают арестованных, да и в разговоре друг с другом не заботятся о литератур-
ном стиле, и местоимение «вы» просто вычеркнули из

русского языка. За это Светлов называет своих подчиненных «мои архаровцы».

Мы сидим в кабинете Светлова на третьем этаже – Минаев, Чурбанов, Светлов, я и уже вызванный из прокуратуры Пшеничный. Светлов вытащил из сейфа черный чемоданчик «дипломат» и выложил на стол найденные бриллианты и золотые украшения. Да, тут действительно было на что посмотреть! Это были прекрасные, тончайшие ювелирные изделия! Я вел в своей практике не одно ювелирное дело, но, пожалуй, таких изысканных украшений из прозрачно-бледно-зеленого хризолита, таких ажурных оправ к бриллиантам в виде золотой виноградной грозди или веточки розы я не встречал давно, разве что в музеях Алмазного фонда. Безусловно, названная в следственных документах стоимость этих украшений – 100 тысяч рублей – была явно занижена, это обычная предосторожность оценщиков угрозыска, чтобы впоследствии было меньше хлопот с отчетностью.

Чурбанов поднял глаза на Светлова:

– Это не музейные вещи?

– Нет,– сказал Светлов.– Мы проверили – из музеев такие вещи не пропадали. Но, как видите, тут неполная коллекция, до гарнитура не хватает кольца, бус, серег.

Чурбанов вертел в руках самую эффектную вещицу – золотую брошь в виде розочки, украшенную хризолитом и бриллиантами.

– Галина Леонидовна эти штуки очень любит,– сказал он.– Я возьму эту до завтра, покажу ей.– И повернулся к Минаеву: – Завтра у меня заберешь. А вообще, я думаю, надо им дать возможность найти этого Белкина и остатки коллекции. Белкина действительно Леонид Ильич читает иногда, и я знаю, что после Вены он собирается писать еще одну книгу, ему нужны помощники. А эти цацки,– он кивнул на стол с украшениями,– если будет полная коллекция, МУР вполне может Галине Леонидовне на день рождения подарить, достойный подарок.

– А когда день рождения? – живо поинтересовался Минаев.

До этого момента генерал-майор Павел Сергеевич Минаев, пятидесятилетний высокий блондин с тонкими, нервными чертами лица, довольно хмуро выслушивал мои пояснения по делу Белкина и косо поглядывал на Светлова, явно готовя ему разнос за этот «прорыв» к Чурбанову. Но когда Чурбанов сам сказал, что МУР может сделать личный подарок Галине Брежневой, Минаев мгновенно оживился. Не нужно большой сметливости, чтобы понять, что на дне рождения дочки будет и сам папа, и уж если Минаеву будет позволено быть на этом дне рождения с подарком...

— В октябре,— сказал Чурбанов.— Время есть... — И встал, бросив во внутренний карман новенького генеральского кителя золотую брошь, украшенную хризолитом и бриллиантами.

Минаев повернулся ко мне, сказал:

— Светлов поступает в ваше распоряжение вместе со всем третьим отделением. Только напишите мне официальное письмо за подписью Руденко.— И добавил отдельно Светлову:

— Все, что будет нужно,— обращайся прямо ко мне, понял?

— Так точно, товарищ генерал-майор.

15 часов 35 минут

Мы остались втроем – Светлов, Пшеничный и я. Наконец-то можно было заняться делом. Впереди еще была масса канцелярской работы, а главное – большая часть одного из семи дней уже отлетела, а я еще не сделал ни одного следственного шага, кроме разве вот этого – получил в бригаду Светлова с его отделением и Пшеничного. Впрочем, это тоже немало. Пшеничный доложил:

— Игорь Иосифович, машина «МК 46-12» внизу с радиотелефоном, как вы просили. План следствия я составил.— Он положил перед собой стандартную, листов на 12, тетрадь.— Разрешите прочесть?

— Подождите! – прервал его Марат Светлов.— Кое-что нужно сделать срочно.— И крикнул в полуоткрытую дверь секретарше: – Зоя, Ожерельева ко мне!

— Тута я,— на пороге появилась статная, франтоватая фигура майора Ожерельева.

– Так! – распорядился Светлов.– Срочно в картотеку МУРа и МВД. Нужен человек с такими данными: мужчина, внешне бесцветный, лет 50-55, с металлическими зубами. К сожалению, это все.

– Но Марат Алексеич! – взмолился Ожерельев.– С металлическими зубами у нас пол-Союза. У меня папа с металлическими зубами.

– Это раз,– не слушая, продолжал Светлов.– Второе: посмотри в нашей картотеке, что у нас есть на Белкина Вадима Борисовича, корреспондента «Комсомольской правды».

Я удивленно взглянул на Светлова, он пояснил:

– Это на всякий случай. Надо бы еще и в КГБ узнать, но не хочется у них одалживаться. У них наверняка есть на него что-нибудь, раз он в «Комсомолке» работает, но, скорей, политические данные, а не уголовные. И третье... – Он опять повернулся к Ожерельеву: – Подбери человека для командировки в Баку на два-три дня. Даже пару человек, для верности. Задача простая: взять в Аэрофлоте списки пассажиров рейса Ташкент – Баку за 12 мая этого года и сличить их со списками учеников бакинской школы номер 171 за 67-69 годы. Если совпадет хоть одна мужская фамилия,– пояснил он мне и Пшеничному,– это и будет Олег Зиялов. Доложишь через двадцать минут,– сказал он Ожерельеву. И опять повернулся к нам с Пшеничным: – Так, теперь можем разговаривать. Надеюсь, Валя, я ничего не взял из вашего плана?

Я понимал, что Светлов несколько бравирует своей расторопностью и смекалкой, показушничает, но, в конце концов, он все делает правильно. Во всяком случае – пока. Идея с Аэрофлотом безусловно стоящая, хотя и не стопроцентная – в Баку и Ташкенте есть тысячи людей с одинаковыми фамилиями – какие-нибудь Гасановы, Мамедовы, Багировы и т. д.– там их такое же количество, как в Москве Ивановых и Петровых. Поэтому там может совпасть десяток фамилий, а не одна. Тем не менее идея безусловно требует отработки.

Пшеничный, придерживая свои тезисы на столе левой рукой, улыбнулся Светлову, сказал:

– Я послал в Аэрофлот требование на список пассажиров

этого рейса еще 1 июня, как только прочел рукопись Белкина. Но ответа пока нет.

– Теперь будет,– сказал Светлов.– Если к ним приедет кто-нибудь из МУРа, они живо зашевелятся.

Я увидел, что его нисколько не уязвило то, что Пшеничному пришла в голову точно такая же идея. Как человек, у которого идеи возникают на каждом шагу, он не жалел их, не скупердяйничал и не ревновал к другим. Я сказал Пшеничному:

– Пожалуйста, Валентин. Мы вас слушаем.

– Хорошо.– Пшеничный устроил поудобней свои записи и сказал: – С самого начала нужно определить или хотя бы обозначить: почему похитили Белкина. Я полагаю, что он либо знал что-то о действиях группы преступников, спекулирующих наркотиками и бриллиантами, либо вот-вот должен был узнать. Нельзя отметать и такое предположение, что они были похищены какой-то конкурирующей бандой. Ведь почти наверняка те, кто похитили Рыбакова и Белкина, убили Рыбакова.

– Это не доказано,– вставил Светлов. До этого момента он слушал Пшеничного молча, но нетерпеливо, потому что любил конкретные действия, а не рассуждения. Пшеничный же был ему полной противоположностью – дотошный и последовательный педант. Судьба дала мне прекрасное для бригады сочетание. Светлов повторил: – Это не доказано. Нет гарантии, что Рыбаков убит. Он мог под кайфом от своих наркотиков потерять чемодан с бриллиантами и выпрыгнуть за ним с поезда, стукнуться головой о камень.

– Я разговаривал с экспертами,– сказал Пшеничный.– Они считают, что парня сначала ударили чем-то по голове и проломили височную кость, а с поезда он упал на грудь. Как бы то ни было, нужно искать похитителей Белкина и Рыбакова. Что мы имеем для этого? Санитарную машину, к сожалению, без номера. И неких санитаров – может, переодетых, а может, и подлинных, один из них с металлическими зубами и явно не санитар, если предположить, что он же был на Бакинском аэродроме при встрече гроба с наркотиками.

– А что эта Айна Силиня из Риги? – спросил Светлов, думая явно о чем-то своем.– Она и эта Лина Бракните из рукописи Белкина – одно лицо?

– К сожалению, Айна Силиня уехала из Москвы 30 мая, сразу после опознания трупа, а блокнот Белкина я нашел 31-го. Поэтому вопросов, связанных с рукописью Белкина, я ей не задавал. К тому же после опознания трупа она была в таком состоянии... Но родители Рыбакова, прилетевшие потом за трупом, подтвердили, что с 12 мая по 18-е девушка по имени Айна жила у них.

– Ясно,– сказал Светлов.– Нужно вызвать эту Силиня повторно, это раз. И срочно заняться Курским вокзалом. Там полно постоянного жлобья – шпаны, алкашей, торговцев пирожками. Бью на полбанки, что там можно найти свидетеля похищения, и не одного.

– Итак, я записываю,– сказал я.– Вызвать Айну Силиня из Риги. И – Курский вокзал, найти свидетелей похищения. После распределим, кто чем занимается. Дальше.

– Пункт третий,– продолжал ровным голосом Пшеничный, давая понять, что первые два, названные Светловым, были записаны в его наметках.– Кроме Курского вокзала, нужно проехать по всей ветке Курской дороги километров за двести-триста от платформы Москворечье и допросить всех железнодорожников, кто работал в ночь гибели Рыбакова. Авось кто-нибудь видел его в какой-нибудь компании. Заодно проверить, какие поезда шли в эту ночь через платформу Москворечье...

– И что? – вмешался Светлов.– Опрашивать всех проводников? Это мы год будем работать. Нужно придумывать блицкриги, резкие ходы во все стороны. Пиши! – сказал он мне.– Предьявить драгоценности опытным ювелирам, этим я сам займусь.

– У вас все, Валентин? – спросил я у Пшеничного.

– Нет. В «Комсомольской правде» нужно допросить сотрудников. Зная, что я произвел выемку рукописей и книг на квартире у Белкина, в их числе там был «Архипелаг ГУЛАГ» Солженицына, кто-то из его друзей, я думаю, на следующий день изъял в редакции все его рукописи. Но там может быть продолжение этого блокнота, не зря же на обложке стоит цифра «один». Значит, должен быть и блокнот номер два.

— Так,— сказал я.— Теперь мы прекратим этот живой обмен мнениями и поделим работу. По-братски. Поскольку сроки у нас действительно как в блицтурнире, берем сначала самые жирные куски. Кто-то из твоих архаровцев, Марат, занимается Аэрофлотом и летит в Баку, в школу номер 171. Ты их проинструктируешь, дашь прочесть рукопись Белкина. Это раз. Я беру на себя «Комсомольскую правду», поиски белкинских блокнотов. Опознанием ценностей и бриллиантов занимается Светлов. А на Валентина выпадает Курский вокзал. Таким образом, есть работа на сегодня и на завтра примерно до полудня. Завтра во второй половине дня, если не будет ЧП, сбор у меня. Есть вопросы?

— Ожерельев, войди! — сказал в полуоткрытую дверь кабинета Светлов. Видимо, с его места было видно в щель, что там уже замаячила фигура майора.

Ожерельев открыл дверь кабинета спиной и обеими руками внес огромную пачку папок с розыскными делами, тяжело грохнул их на кожаный диван, отряхнул пыль с кителя.

— Фу,— сказал он.— 72 пятидесятилетних преступника с металлическими зубами. В Баку поедут в командировку старший лейтенант Рогозин и лейтенант Шмуглова. И вот вам данные на Белкина Вадима Борисовича, корреспондента «Комсомольской правды», 1952 года рождения.

— Чьи данные? — спросил Светлов.— Наши, из МУРа или из МВД?

— Из МВД СССР, первого спецотдела.— Ожерельев держал в руке листок бумаги с машинописным текстом.

— Читай, что там,— приказал Светлов.

— Донесение министра внутренних дел Якутской автономной республики подполковника милиции Халзанова. «Начальнику первого спецотдела МВД СССР генерал-майору внутренней службы Егорову. Сообщаю, что 16 января сего года, находясь в командировке в городе Мирный Якутской АССР, корреспондент газеты «Комсомольская правда» гр. Белкин Вадим Борисович, будучи в нетрезвом состоянии, в группе лиц принимал участие в драке работников алмазной фабрики № 7 с поварами и официантами ресторана. При задержании ругался нецензурной бранью. Следствие прекращено по просьбе редакции газеты «Комсомольская правда» ввиду нецелесообразности привлечения гр. Белкина к уголовной ответственности, о чем ставлю Вас в известность. Статистическую карточку по форме № 1 отчета о зарегистрированных преступлениях для регистрации прилагаю. Подполковник Халзанов, министр ВД Якутской АССР».

Мы со Светловым переглянулись. То наркотики, то бриллианты, а тут – якутские алмазы. Да, с этим Белкиным не соскучишься. Почему его носит по таким местам?

16 часов 20 минут

– Сегодня двенадцатый день, как похищен ваш сотрудник Вадим Белкин. Он или уже убит, или находится в руках у преступников...

Я сидел в кабинете главного редактора «Комсомольской правды» Льва Александровича Корнешова, здесь же был ответственный секретарь редакции Станислав Гранов. Огромная плоская поверхность письменного стола Корнешова была устлана стопками рукописей, гранок и свежих газетных полос завтрашнего, как я понял, номера газеты. Такие же газетные страницы-полосы были приколоты на стене. Корнешову, невысокому шатену с мягкими карими глазами, было лет сорок или даже чуть меньше, а Станиславу Гранову – от силы тридцать.

– По заданию ЦК,– продолжал я,– при Прокуратуре СССР создана специальная бригада для срочного розыска Белкина. В состав бригады входит один из лучших сыщиков, начальник отделения МУРа подполковник Светлов, несколько опытных следователей и оперативных работников угрозыска. Я руковожу этой бригадой. Мы считаем, что по роду своей деятельности Белкин имел доступ к самым разным объектам на территории СССР, в том числе к таким, как якутские алмазы, пограничные заставы, наркотики. Я хочу, чтобы вы поняли меня правильно: интересы государства заставляют нас просчитывать все версии и варианты. Мог ли Белкин вольно или невольно быть втянут в какие-то махинации с алмазами, бриллиантами, наркотиками? Юноша, которого похитили заодно с Белкиным и который был убит через два дня, явно принадлежал к уголовному миру – наркоман. рядом с его трупом найден чемодан с редчайшими драгоценностями. Разгадку мы могли бы получить из командировочных блокнотов Белкина, вот первый из них, изъятый у него на квартире. Смотрите: «Если я не отдам бумаге весь ужас случившегося – впору топиться в этом Каспийском море». Возможно, он сам описал все, что с ним произошло. Но второй блокнот, продолжение рукописи, исчез, и нам кажется – он исчез здесь, в редакции...

Корнешов взял блокнот и рукопись Белкина и стал читать профессионально быстро, словно глазами снимал текст со страниц, и одну за другой передавал их ответственному секретарю Гранову. При этом сказал мне:

– Продолжайте, пожалуйста, я слушаю.

– Мы должны найти остальные блокноты,– сказал я.

– Вы, как и тот следователь, который делал тут обыск, считаете, что их похитили сотрудники редакции? – спросил он, не отрывая глаз от белкинских страниц.

– Я так не формулировал. Но подумайте сами: 31 мая в квартире у Белкина следователь Пшеничный нашел «Архипелаг ГУЛАГ» Солженицына и рукописи Белкина, тон которых порой далеко не газетный. Понятыми при осмотре квартиры были его соседи – сотрудники вашей редакции, то есть друзья Белкина. Безусловно, через час об этом могли узнать, по крайней мере, полредакции. И среди них были те или тот, кто решил на всякий случай убрать от следователя другие блокноты Белкина: мол, мало ли что там у него написано, а вдруг что-нибудь «анти», вы понимаете... Сделано это по дружбе к Белкину, а на самом деле – во вред нашим поискам.

Тут они оба почти одновременно долистали рукопись Белкина, обменялись короткими взглядами, Гранов сказал: «Я сейчас вернусь» – и вышел из кабинета.

– Вы хотите допросить Локтеву и Жарова? Они были понятыми,– сказал мне Корнешов.

– Нет, это цепочка в никуда. Допустим, они сказали четырем знакомым, те – еще четырем, на пятом витке мы будем иметь геометрическую прогрессию; всей моей бригады не хватит допрашивать. Нет, этот путь не годится. Блокноты могли взять или друзья Белкина – у него были друзья в редакции?..

– Полредакции, если не больше.

– Или враги, чтобы бросить тень на него. Или, наконец,– что тоже не исключено,– кто-то не любит следственные органы и ставит нам палки в колеса. Так тоже бывает. Но мы работаем по заданию ЦК, и я надеюсь на вашу помощь.

– Короче, вам нужно допросить всю редакцию. Что ж, давайте начнем с меня,– предложил он мягко, но с внутренним вызовом.

– Давайте,– согласился я с улыбкой, понимая, что он конечно же ждал другого ответа: мол, «что вы! вы вне подозрений!» и т. п.– Скажите, вот Белкина не было в редакции целую неделю, и никто его не хватился. Почему? Разве ему не положено ежедневно ходить на работу?

– Формально положено, конечно. Но такие журналисты, как Белкин... Он только приехал из командировки, должен был отписаться, то есть написать свои материалы. А в редакции писать трудно. Поэтому... Вы понимаете, есть допуски...

– Лев Александрович, если бы не эти вольности с трудовой дисциплиной, если бы Белкина хватились в день похищения или хотя бы назавтра – мы бы сейчас не были в цейтноте. А то 15-го Брежневу ехать в Вену, а 4-го мы только начинаем искать журналиста из его пресс-группы. Я думаю, что в наших с вами интересах не терять времени на ведомственные перепалки, а сотрудничать. Мне нужно не допросить, как вы сказали, всю редакцию, а побеседовать. Побеседовать со всей редакцией сразу. И как можно скорей.

Он чуть помедлил с ответом, будто подсчитывал в уме все «за» и «против», потом сказал:

– Хорошо, я вас понял.– Вслед за этим он наклонился к селектору: – Женя, через десять минут – срочная летучка в Голубом зале. Для всей редакции, без исключения.– Он взглянул на меня: – Что еще?

– Личное дело Белкина,– сказал я.

– Женя, личное дело Белкина из первого отдела,– приказал он по селектору. И опять ко мне: – Еще?

– Пока все.

Я добился своего: редактор понял, что, найдем мы Белкина или нет, окажется этот Белкин жертвой или соучастником преступления, ему, Корнешову, лучше сейчас играть в моей команде, а не защищать честь мундира. И в эту минуту в кабинет вернулся ответственный секретарь Гранов. В руках у него были длинные серые узкие полосы бумаги с жирным свежим газетным текстом.

Корнешов поглядел на Гранова удивленно, тот объяснил:

– Пришлось идти в типографию, тиснуть по новой. В редакции нет ни одного оттиска этого очерка, все в цензуре.– И он положил передо мной принесенные гранки: – Это последний очерк Белкина, который он продиктовал из Баку по телефону. Точь-в-точь повторяет вторую главу этой рукописи, только без концовки, без последнего абзаца. Поэтому мы не знали, что Вадим был арестован, сидел в КПЗ.

– Бакинская милиция нам сообщила, что никогда Белкина не арестовывала,– сказал я.– Скажите, а он вообще привирал в своих очерках?

– Ну-у... Трудно сказать. Нет, пожалуй. У нас с этим жестко. Просто отбор деталей у любого журналиста – дело субъективное. В этом очерке тоже что-то типизировано, наверно. Ты с ним общался по этому очерку? – спросил Корнешов у Гранова.

– Да. Он сказал, что тут все правда, кроме фамилий. Что этого Шаха он на днях, возможно, даже приведет в редакцию. И все. И на другой день он исчез.

– Шах – это тот парень, с которым его похитили и которого нашли мертвым через два дня,– сказал я.– Но об этом я расскажу поподробней на общем собрании.

Я взглянул на часы, десять минут истекали. На пороге кабинета показалась сорокалетняя молодящаяся секретарша с розовыми ноготками. В руках у нее была папка – личное дело Белкина.

– Через минуту все будут в зале, Лев Александрович,– негромко сказала она, кладя личное дело Белкина передо мной.

Не открывая его, я спросил:

– Скажите, а что за история была с ним в Мирном, в Якутии? Какая-то драка в ресторане.

– Знаю,– сказал Корнешов.– Но Белкин не пьяница, это уж точно. Просто на каждого журналиста рано или поздно приходят из командировок такие «телеги». Я думаю, что и на следователей тоже. Он уличил кого-то в приписках, кого-то в воровстве – и, пожалуйста: раньше, чем собкор прилетает из командировки, на него уже тут анонимка или коллективное письмо. И, знаете, что любопытно? Нет чтобы пришло письмо от одного человека, хотя в одиночку люди чаще всего пишут именно правду. Этого нет. Письма коллективные. Потому что доносы строчат по сговору, чтобы больше веры было.

– Но в данном случае драка была, это зарегистрировано в МВД,– сказал я.

– Была конечно. Рабочие-алмазники набили морду повару ресторана за то, что тухлой олениной кормил. По-моему, правильно сделали – между нами, конечно. А Белкин был при этом и даже написал очерк «Драка», так и назывался, очень неплохой был материал, жалко, цензура не пропустила. Ну, а там, в Мирном, своя мафия, вот и состряпали дело на журналиста. Во всяком случае, так мы к этому относимся. Иначе в журналистике и работать нельзя. И пока вы не докажете, что Белкин действительно чем-то там спекулировал,– мы хоть и готовы вам помочь, но обвинять Белкина – извините.

Уж не знаю, говорил ли он это только для меня или в расчете на то, что Гранов расскажет всей редакции, как главный защищает своих сотрудников, но я чувствовал к нему симпатию. Он поднялся с кресла, сказал:

– Идемте, вся редакция уже в Голубом конференц-зале. Имейте в виду, что мы прервали выпуск газеты, там даже метранпажей вытащили из типографии...

– Понял,– сказал я.

В Голубом конференц-зале редакции, в том самом прославленном зале, где «Комсомолка» устраивает встречи со знаменитыми космонавтами, композиторами, артистами и путешественниками, передо мной сидело человек пятьдесят – весь состав редакции, который оказался в тот час на работе, включая машинисток, стенографисток и курьеров. Молодые, загорелые, наездившие по командировкам тысячи километров журналисты – девушки, женщины, юноши и мужчины – они смотрели на меня чуть иронично, но заинтересованно, как смотрят на мир все повидавшие на своем веку газетные волки.

Я коротко изложил им то, что сам знал об этом деле. Не форсил, не строил из себя Шерлока Холмса и «важняка», а скупо перечислил факты похищения Белкина и Рыбакова, смерти Рыбакова, причины обыска на квартире Белкина и результат – обнаружение рукописи о бакинских наркоманах и исчезновение остальных блокнотов. Я сказал, что меня не интересует, кто взял эти блокноты и по каким мотивам, просто эти блокноты позарез нужны следствию, чтобы найти похитителей Белкина и его самого – пока есть надежда на то, что он еще жив.

– Если тот, кто взял эти блокноты, не хочет себя объявлять,– сказал я,– предлагаю сделать проще. Вот я вижу здесь телефон. Я останусь возле него и просижу тут полчаса. За это время человек, который взял эти блокноты, может анонимно мне позвонить и сказать, где и когда я могу их найти. И я даю вам честное партийное слово, что никаких выяснений, кто взял эти блокноты, я производить не буду. Уже хотя бы потому,– сказал я с улыбкой,– что мне это просто ни к чему. Мне поручено искать Белкина, и я не хочу терять время на посторонние вещи.

В зале была тишина. Кто-то курил, кто-то отвлеченно смотрел в окно, а кто-то уже поднялся, спросил нетерпеливо у главного редактора:

– Все? Можно идти?

– Минуточку,– сказал я,– и еще. Если кто-то может дополнить мои знания о Белкине, о его врагах, если такие были, о его связях с какими-либо сомнительными людьми или о том, что он делал накануне исчезновения, все это, любая деталь, может помочь следствию. Поэтому я прошу всех, кто знает хоть что-то, зайти ко мне в эти полчаса или позвонить мне на работу, в Прокуратуру Союза.

Теперь они с явным облегчением загремели стульями и стали гурьбой двигаться к выходу, скептически усмехаясь, переговариваясь на ходу. Было похоже, что все уходят из зала, до одного человека. Но все же какая-то долговязая и совсем юная девица, ну не старше семнадцати лет, не утерпела, спросила, краснея:

– Скажите, все знают, что у Вадима Белкина забрали «Архипелаг ГУЛАГ». И все знают, что за хранение «самиздата», Солженицына, Авторханова и прочих у нас дают, как минимум, три года. Так? Выходит, если вы Вадима найдете, вы его все равно посадите. Так?

Я ждал этот вопрос, я очень хотел, чтоб его задали, и вот он прозвучал, слава Богу! Вся редакция задержалась у двери, ожидая ответа. Ведь именно в этом, на их взгляд, и была загвоздка.

– Нет,– сказал я,– не так. Я исхожу из того, что вы, как работники идеологического фронта, должны знать оружие своих противников, методы работы западной пропаганды. Поэтому в том, что Белкин держал у себя Солженицына, для меня нет криминала. Юпитеру это позволено. Он же не читал Солженицына вслух в Московском метро, я надеюсь.

Это вызвало улыбки.

– Сейчас же речь идет не о юридических проблемах вообще, а о жизни и смерти вашего коллеги. Даже если в его рукописях будет нечто *вольно*думное или нецензурное,– я нарочно сделал нажим на слове «*вольно*», давая им понять, *что* именно я имею в виду,– я обещаю вам, я даю вам честное слово, что это не отразится на его биографии.

– Если она продлится,– сказала девушка.

– Да,– сказал я,– если мы с вами примем срочные меры, чтобы она продлилась.

Было похоже, что я проиграл. Они скептически улыбались, их глаза выражали явное недоверие и насмешку. Молча, почти не переговариваясь между собой, они покинули конференцию, и мы остались втроем – я, главный редактор и ответственный секретарь. В глазах у Корнешова можно было прочесть немой вопрос, мол, что дальше? что еще я должен для вас сделать?

– Мы вам нужны? – спросил меня ответственный секретарь.

– Нет. Спасибо. Я посижу тут у телефона, как и сказал.

Корнешов сказал:

– Тогда мы пошли работать. Если вам что-то понадобится...

– Да, да, конечно. Спасибо,– сказал я.

И они ушли, закрыли дверь за собой. Я снял телефонную трубку, проверил – телефон работал. Я положил трубку и стал ждать. Читать личное дело Белкина не хотелось, его уже читал до меня дотошный Пшеничный, и если тут что-то было, он бы уж выудил.

Время шло. Ни звонка, ни скрипа открываемой двери. До конца назначенного мной получаса оставалось три минуты, потом две, потом одна. Я решил подождать еще пять минут, но было ясно, что мой эксперимент не удался. Отвращение к следственным органам, внедренное в общественное сознание за все годы сталинского режима, недоверие к прокуратуре, милиции, следователям не искоренить и не преодолеть вот такими попытками поговорить по душам или моим личным честным словом. Эти газетчики боятся скомпрометировать своего приятеля и попасть в сексоты, доносчики, боятся, что назавтра и к ним могут нагрянуть, перетрясти их дом, рукописи. И ведь можем, что тут темнить, действительно можем, закон как дышло, и всегда можно найти повод войти в любой дом, а можно и без повода, Боже мой, чего только не делается в нашем «датском королевстве»! Да. Но что же, бросать профессию?

С горечью думая обо всем этом, глядя на тихий закат, на уплывающее за крыши домов оранжево-желтое солнце, я еще прислушивался к шумам за дверью, ожидая, как чуда, чьих-то шагов, стука в дверь. Но чуда не было. Где-то в отдалении звенели телефоны, в машбюро трещали пишущие машинки. Я стал собирать свою папку, бумаги, рукопись Белкина, ее небрежную, с опечатками, первую страницу и остальные – отпечатанные идеально. И вдруг смутная идея родилась в мозгу.

Я встал, полистал белкинский блокнот, вырвал из середины самую грязную и неразборчивую страничку и пошел в машбюро – мимо комнат с надписями «Отдел новостей», «Студенческий», мимо сотрудников газеты, которые смотрели на меня с холодным любопытством.

Дверь в машбюро открылась легко, одним касанием руки. За дверью, в комнате, залитой одновременно лампами дневного света и заходящим солнцем, сидело восемь машинисток, с пулеметной скоростью они стучали на электрических пишущих машинках. Едва я вошел, как этот стук прекратился, все подняли на меня вопросительные глаза. Разного возраста, но с одинаковой старательностью в косметике, они восседали за своими столами как манекены – руки их застыли над клавиатурой невыключенных урчащих пишмашинок.

Подняв в воздух листок из белкинского блокнота, я спросил как можно оживленней, почти развязно, как обычно говорю машинисткам нашего машбюро:

– Девочки! Кто почерк Белкина знает? Мне полстранички отпечатать...

Все молчали, но кто-то непроизвольно повернул голову к сидевшей у окна стройной брюнетке в зеленом сарафане. Этого было достаточно. Я шагнул к этой, уже ярко краснеющей машинистке.

– Будьте добры! Сделайте мне эту страничку! Как вас зовут?

– Инна,– сказала она негромко и тут же, почти без перехода, бледнея.

Я сделал вид, что ничего не замечаю, положил перед ней страничку из белкинского блокнота:

– Пожалуйста. Вам нетрудно?

Молча, не отвечая, она вытащила из машинки прежний лист бумаги, вставила чистый, придвинула к себе белкинский лист. В комнате возобновился старательный, я бы даже сказал – чересчур старательный – стрекот машинок. Через секунду к ним присоединился треск пишмашинки Инны. Не глядя на клавиатуру, а глядя только в разбегающиеся строчки белкинской скорописи, она промчалась пальцами по клавишам без единой запинки. Это было место, где Белкин описывал, как он в один момент, с первого взгляда влюбился на Бакинском аэродроме в Аню Зиялову. Искоса наблюдая за Инной, я видел, как, печатая этот текст, она сжала челюсти и потемнела лицом. Допечатав страничку, она выдернула из машинки лист и протянула мне. Я сказал как можно беспечней:

– Большое спасибо. А то я мучился, не мог прочесть. Спасибо еще раз.

И – ушел.

Конечно, эту машинистку Инну можно было допросить немедленно. Но я не хотел спешить, не хотел делать это в редакции. Было шесть часов; два часа, оставшиеся до восьми, до конца ее рабочего дня ничего не решали. В списке редакционных телефонов среди фамилий машинисток была только одна Инна – Кулагина Инна Витальевна, и этого было достаточно. На улице ждала меня черная «Волга».

В машине водитель Сережа – мой давний знакомый, обслуживающий нашу прокуратуру уже три года,– читал «Анну Каренину». Я взял трубку радиотелефона, вызвал коммутатор Петровки и через нее – адресный стол Москвы. «Кулагина Инна Витальевна, возраст 25-26 лет, место работы – «Комсомольская правда»,– продиктовал я и через минуту получил ее адрес: «12-я Парковая,17, кв. 73».

– Вот что,– сказал я Сереже.– До восьми ты мне не нужен. Езжай поужинай или что хочешь. А я тут погуляю, мне тут все равно к восьми надо быть.

– Может, я полевачу? – спросил Сережа.

– Это твое дело.

Какой московский водитель не «левачит» в свободное время, не зарабатывает «левым образом» на подвозе пассажиров? И какое начальство не закрывает на это глаза?

– А вы меня по радио вызовете, если что, через коммутатор Петровки,– сказал Сережа и включил двигатель. Теперь, когда потекло его «левое время», ему была дорога каждая секунда.

Я дошел до угла, до газетного киоска, размышляя, куда бы двинуть свои стопы и не пойти ли просто в стекляшку на Ленинградском проспекте шашлычка съесть, когда услышал вдруг за спиной:

– Извините. Можно вас?

Я повернулся на этот тихий женский голос.

Зеленый сарафан, короткая черная стрижка над темными глазами. Инна Кулагина. А я собирался звонить ей через час, назначить встречу после восьми.

– Мне нужно вам что-то сказать. Эти блокноты у меня.

– Я знаю, Инна. Где они у вас? В редакции?

– Нет, дома. Только... – она замялась.

– Что?

– Не знаю... Там такие есть выражения... Я боюсь, что...

– Инна, давайте отойдем за угол. Тут окна вашей редакции. Может быть, вам не нужно, чтобы вас видели.

– Все равно наши в машбюро уже все поняли! – сказала она почти в отчаянье.

– Вам нечего бояться.

Я взял ее под локоть и свернул за угол, в сторону циркового училища. Веселая компания юных циркачей шла нам навстречу. Возбужденные, темпераментно размахивая руками, они хохотали, изображая кого-то, и мы услышали на ходу: «И за это ему влепили трояк!» Я подумал, что сейчас июнь, в цирковом училище как раз идут выпускные экзамены, и где-то там должен быть мой бывший «клиент», а теперь заведующий кафедрой иллюзиона и фокуса Василий Кождаев, в прошлом Цыган, Профессор, Черный и Король Птичьего рынка.

– Вот что, Инна, слушайте. Там что у него, антисоветчина в рукописях?

– Ну, я не знаю... – беспомощно сказала она.

– Хорошо. Я вам обещаю, что все, что не относится к *этому* делу, в материалах следствия фигурировать не будет. Когда я могу получить эти блокноты?

– Может быть, я вам завтра принесу? – Похоже, она уже жалела, что догнала меня.

– Нет. Мне нужно сегодня. Вы хотите, чтобы мы его нашли? – спросил я в упор.– Я имею в виду – живым, если он жив?

– Да. Конечно! – сказала она негромко.– Он всегда влезает в такие истории... Я ему говорила...

В голосе у нее уже дрожали слезы, и было бы неловко, если бы она расплакалась сейчас, на глазах у прохожих. Я поспешил сменить тон:

– Ну-ну! Все будет хорошо. Значит, мы встречаемся здесь, вот на этом углу, в восемь часов и едем к вам за блокнотами? Договорились?

– Лучше возле метро,– сказала она.– Тут все наши будут в восемь часов. Возле метро «Белорусская» в 8.15, у кольцевой. А?

– Годится,– утвердил я.– Я ваш сосед, живу возле Измайловского парка.

– Да? А как вы узнали, что я...

– Потому, что первую страницу своего блокнота он пере-
печатывал сам, наспех, с ошибками и опечатками. А дальше...
Кто-то сидел у него дома и печатал все остальное – тот, кто
хорошо знает его почерк и прекрасно печатает. Вы печатали
при нем? Он что-то рассказывал об этом Шахе?

– Нет,– она покачала головой.– Я вообще не видела
Вадика в этот раз. Он прилетел из Баку и даже не зашел в
машбюро и не позвонил мне. А потом он пропал – день, два,
три. Я не выдержала и поехала к нему. У меня есть ключ... Ну,
остался с тех пор, знаете... Я приехала поздно и ждала его всю
ночь и печатала ему то, что он начал...

Я представил себе, как в холостяцкой квартире общежития ЦК ВЛКСМ сидит всю ночь эта молодая женщина, ждет
гуляющего, как ей кажется, любимого человека и вместо
ревности, битья посуды и мебели, вместо истерик и прочей
киношной галиматьи покорно-рабски печатает на машинке
его дневник, его рассказ о том, как в командировке он в
очередной раз влюбляется и волочится за очередной красот-
кой. О, верность русской женщины!..

– А потом у него был обыск, забрали Солженицына,– продолжала она.– Когда мне сказали, я так испугалась...

– ... что на следующий день забрали все его блокноты из
редакции.

– Нет, в этот же день. Я ведь до восьми работаю, а обыск
был в шесть или семь. Через полчаса знала вся редакция. Я
осталась позже всех и... Слушайте, ему ничего не будет за то,
что у него был Солженицын?! – спросила она почти с мольбой.

– Я вам обещаю! Честное слово! – Я уже начал терять
терпение.

– Хорошо,– сказала она.– До свидания.

И ушла назад, в редакцию. Я представил, каково ей будет
сейчас работать эти оставшиеся два часа, и в размышлении,
куда же все-таки убить время, добрел до училища циркового
искусства. Что-то подстегнуло меня (скорее, просто безделье
и любопытство), и я шагнул в училище, но привычно-
натасканный взгляд дежурного вахтера тут же выделил меня

из потока шастающих в училище и обратно подростков и юношей.

– Куды идем?

Пришлось вытащить красное удостоверение прокуратуры:

– Мне нужен Василий Николаевич Кождаев.

Кирпичная морда откровенного выпивохи-вахтера тут же изменилась.

– Проходьте, конечно! Он на экзамене, на арене. Вот по этой лестнице,– теперь он услужливо показывал мне дорогу.

– Когда-то тоже работал в цирке? – спросил я его на ходу.

– Кто? Я-то? Було дило... У юности на ринге с Королевым дрался, медали имел. А опосля – в цирке гири бросал, пустые, конечно...

– Змий покусал? Зеленый? – спросил я, невольно держась за вахтера, когда мы по темной круговой какой-то лесенке спускались в специально сделанный для разных фокусов ход под учебно-цирковую арену.

– Ну! – подтвердил вахтер.– Воно ж сначала как? Примешь сто граммов для допинга, а тогда еще сто, а тогда еще... Оно ж в тей-то годы не було нонешних всяких наркотиков. Вот он, Василий Николаевич... – И вахтер, вытянув руку вверх, тронул за штанину кого-то сидящего прямо над нами.

Я чуть поднял голову и увидел, что наш люк приходится прямо под столом экзаменационной комиссии, а над ними, над этой учебно-цирковой ареной, парит в воздухе на тонком тросе молодой мальчишка, ногами играет на скрипке, а руками жонглирует какими-то огненными булавами.

– Василь Николаевич! – дернул вахтер еще раз штанину светлых и хорошо отутюженных брюк.

Знакомое цыганское лицо Кождаева выглянуло из-за стола, и, увидев меня, Кождаев удивленно вскинул черные брови:

– Какими судьбами, дорогой?!

Через минуту я уже сидел за столом комиссии, в числе бывших именитых звезд цирка, а теперь профессоров циркового училища. Было странно слышать, как бывших знаменитых клоунов, наездников и жонглеров, чьи имена были знакомы мне по цирковым афишам времен моей молодости, тут называли «профессорами», особенно это было смешно в применении к Кождаеву – его снова, как на Птичьем рынке, величали «профессором», и он при этом хитро, с улыбкой косил на меня свои черные, с огоньком глаза.

Вслед за юным скрипачом-жонглером Шиманским выступили Надя и Оля Цурюпа – две близняшки-гимнастки, потом Иван Урема – смешной, как чебурашка, мальчишка-клоун, за ним – Борис Нежданный, фокусник с картами и теннисными шариками. Две из этих фамилий – Урема и Цурюпа – показались мне знакомыми на слух, я с недоумением взглянул на профессора Кождаева. Он буквально расхохотался мне в лицо, даже хлопнул рукой по плечу:

– Вспомнили?

Теперь я действительно вспомнил. Урема и Цурюпа пятнадцать лет назад были притчей во языцех МУРа. Урема был талантливым медвежатником, вскрывал сейфы в сберкассах, а Цурюпа – красавчиком альфонсом, в две минуты способным «закадрить», «склеить», «зафаловать», или, попросту говоря, соблазнить любую, даже самых строгих правил дамочку. Наутро дамочка звонила в милицию и в ужасе заявляла, что у нее пропали драгоценности, деньги, столовое серебро и золото. При этом ни одна из них не показывала, что в эту ночь сама привела к себе в квартиру мужчину.

– Угадали! – смеясь, говорил мне в своем кабинете Кождаев.– Это те самые Цурюпа и Урема. Только дети, конечно. Я их забираю из того мира в этот. Всем своим талантливым дружкам, бывшим, конечно, пишу письма, чтобы слали мне своих детей. А они часто и не знают, где их дети. Так что кой-кого я сам разыскиваю. Смотрите...

Он открыл сейф, вытащил узкий длинный ящик.

– Моя картотека! – сказал он гордо.– Как в МУРе. По именам и кличкам.

– А Генерала у тебя там нет? – спросил я.

– Генерал? Знаю одного Генерала. Только он бездетный и умер шесть лет назад в Темир-Тау на рудниках. Кравцов его фамилия. Бездетных у меня в картотеке нет.

– Нет,– сказал я.– Это другой. Вот, почитай.

И положил ему на стол рукопись Белкина, первые две главы. Пока он читал, я с интересом листал его картотеку – тут были знакомые, полузнакомые и незнакомые имена, фамилии и клички, а рядом значились адреса их детей, возраст, данные об их способностях и даты получения от них писем и ответов. Я с уважением взглянул на бывшего Цыгана и Профессора Птичьего рынка. Тихо, без рекламы и пафоса он делает большое и доброе дело, какой-нибудь Белкин написал бы об этом звонкий очерк в «Комсомолке» или «Юности».

Кождаев закрыл последнюю страницу белкинской рукописи и взглянул на меня.

– Продолжение есть?

– Нет, но будет.

– Вы знаете, тут все клички выдуманы, и в Баку я никогда не был, все руки не доходили. И вообще тут есть кой-какая туфта, как в кино. Но вот эта история с конкурсом на то, кто больше снимает часов... Я думаю, что это Сало, он же Старшой. Как он «мазал» часы – никто не «мазал», и как он подличал – никто не подличал в нашем деле. Сажать пацанов на иглу, чтоб они на него работали,– это на него очень похоже. Я даже не удивлюсь, если он же и торговлю наркотиками там организовал, чтоб и с другого бока на своей же шпане наживаться.

– Как он выглядит?

– Да он никак не выглядит. Такой – безликий. Как вот тут описано. Правда, тут у него зубы металлические, этого я не помню, но, может, он вставил, я его двенадцать лет не видел. Паскуда! Тут за каждого пацана воюешь, а он их пачками на иглу сажает!

– Ты думаешь, что Генерал и этот тип с металлическими зубами – одно лицо?

– Конечно!..

Через двадцать минут я был на Петровке, 38, в кабинете Светлова. Вдвоем с капитаном Ласкиным мы перебрали брошенные Ожерельевым на диван папки розыскных дел, и уже в двадцатой папке в графе «Клички, прозвища, под которыми совершал преступления», наткнулись: «Старший, Сало, Пахан, Курево».

Тут же взглянули на первые графы подколотой к обложке статистической карточки: «Гридасов Семен Яковлевич, 1926 года рождения, четырежды судим за воровство и разбой по ст. ст. 144 и 146 УК РСФСР. Рост 1 м 72 см. Глаза голубые, волосы белесые, телосложение – среднее, особые приметы – передние зубы металлические. 17 мая 1973 года совершил побег из колонии особого режима № 402-77 Иркутской области. Местонахождение – неизвестно».

Тот же день, понедельник, 4 июня,
после 21.00

РУКОПИСЬ ЖУРНАЛИСТА В. БЕЛКИНА
(продолжение)

Глава III
КПЗ

Так, меня арестовали на Бакинском аэродроме из-за этого дурацкого гроба с опиумом.

Что чувствует человек в тот миг, когда его арестовывают? Первое желание – выдернуть плечо из-под руки милиционера, освободиться и крикнуть: «Вы с ума сошли? Да вы знаете, кто я?!» И тут же – руку в карман пиджака, достаешь красную книжечку «Комсомольской правды», где сверху еще значится золотыми буквами «ЦК ВЛКСМ», и все – человек меняется в лице, любой милиционер берет под козырек. О, сила красной книжки! Она открывает двери закрытых цековских буфетов и пляжей, начальственных кабинетов, билетных касс, спецраспределителей, гостиниц, складов и даже – женские сердца! Человек с красной книжкой – с хорошей, цековской книжкой – может все: пригласить девушку в Дом журналиста или в Дом кино на закрытый просмотр зарубежного фильма, получить путевку в закрытый дом отдыха, достать мясо в Елисеевском магазине, купить импортные шмотки в сотой секции ГУМа, получить столик в любом ресторане, купить «Марлборо» и пить «Скотч-виски» из редакционного буфета, нарушать правила вождения автомобиля и даже послать к такой-то матери постового милиционера! Все можно под прикрытием хорошей цековской красной книжки. Но в тот момент, когда бакинский милиционер взял меня за локоть и сказал с акцентом: «Ви арэстованы», я вдруг с ужасом понял, что спасительная красная книжка, волшебная палочка-выручалочка, вместе со всеми документами, блокнотами памирской командировки, электробритвой и еще какой-то мелочью, осталась в руках Ани Зияловой и ее брата, которых уже, как говорится, след простыл с аэродрома. А я – в затасканной ковбойке, нестираных джинсах и грязных кедах – сразу превратился в заурядную личность, в плебея.

Я оглянулся на багажное отделение.

– Послушайте, там у меня рюкзак в багаже... – попробовал я втолковать милиционеру.

– Ладно, ладно, иди! – грубо толкнул он меня в сторону дежурной «раковой шейки» – закрытого, занавешенного милицейского микроавтобуса, в котором возят задержанных и арестованных.

– Да подождите! – рванулся я.– Я – корреспондент из Москвы! Из «Комсомольской правды»!

– Документы есть?

– Документы в сумке пропали. Но может быть, они их бросили...

– «Пропали»! – передразнил он.– На себя посмотри! Жулик ты, а не корреспондент! Опиум возишь! Контрабандист! Давай, давай, лезь в машину, меньше разговаривай!..

Да, без красной книжки, без редакционного удостоверения и паспорта я вдруг почувствовал себя голым и безоружным, я сразу стал простым человеком, никем и ничем. И когда он просто взашей, как ничто, как быдло, толкнул меня в «раковую шейку», я вдруг почувствовал, как страшно, как опасно быть простым человеком...

Но затем, через несколько минут, уже когда автобусик тронулся и через решетку в крохотном заднем окне я увидел, что меня везут с аэродрома в город, я успокоился и даже с интересом взглянул сам на себя. В конце концов все выяснится, а пока – я попал в неплохое приключение. Прекрасная тема для газетного очерка или репортажа. В голове тут же возникли варианты газетных заголовков: «Гроб без покойника», «Летающие наркотики», «Репортаж из тюремной камеры» – о, от такого материала вся редакция закачается, а в «Литературке» и в «Известиях» лопнут от зависти!

Все-таки они идиоты, подумал я о милиции. Вместо того чтобы блокировать дороги и ловить Зиялова с его прекрасной сестрой (черт побери, неужели она на пару с братом занимается перевозкой наркотиков?!), так вот, вместо того, чтобы ловить Зиялова, перекрыть дороги, блокировать железнодорожную станцию и морской порт, допросить грузчиков, изъять багажные документы на этот гроб и так далее,– вместо всех этих срочных мер, доступных пониманию даже такого невежды в уголовных делах, как я, они арестовали первого попавшего человека, везут черт-те куда, теряют время. Пропал мой рюкзак, впрочем, его-то, этот рюкзак, они, наверно, арестуют, поскольку кому же его выдадут без багажной квитанции? Но вот сумка, сумка с документами накрылась...

Да, так, арестантом, я еще не въезжал в Баку... Вот уже Черный город – предместье Баку с низкокрышими домами, олеандрами вдоль улиц и трамвайными путями. Сейчас будет Сабунчинский вокзал, тут рядом, в трех кварталах, живет моя бабушка, хорошо, что я не дал телеграмму о приезде, а то было бы сейчас паники в доме! Свернули направо – значит, везут в городскую милицию как раз напротив моей школы на улице Кецховели. Потрясающе! Гордость школы, выпускник 10 «Б» класса, работающий нынче в Москве, в «Комсомольской правде», приезжает к воротам родной школы в милицейском «воронке», и его под конвоем ведут в городское управление милиции, и дежурный капитан, малограмотный азербайджанец, заполняет первый протокол задержания:

– Фамилия? Имя?

– Гарин Андрей.

– Где живешь?

– В Москве,– отвечаю, чуть передразнивая его акцент.

– В Москве живешь, а наркотики из Ташкента в Баку возишь! Что у нас тут своих наркотиков не хватает?

А он – ничего, с чувством юмора, этот капитан.

– А что у вас, много наркотиков? – спрашиваю.

Он смотрит на меня, пропускает вопрос мимо ушей,

говорит лениво:

– Документы.

– Документы на аэродроме остались в сумке. Я просил милиционера поискать...

Я еще не выбрал, как мне себя вести: выдавать Зияловых или не выдавать, все-таки школьный приятель и его сестра, в которую я втюрился с первого взгляда, но с другой стороны – как я буду выкручиваться с этим гробом, если не скажу, что его владелец – мой знакомый, зачем же я полез тащить этот гроб?

Но пока я обдумывал, сразу мне требовать какое-нибудь начальство, чтобы доказать, что я – это я, корреспондент всесоюзной газеты, или, наоборот, протянуть резину, поиграться в арест, чтобы потом красочней описать его в репортаже, все решилось само собой.

– Где работаешь? – спросил капитан.

– В «Комсомольской правде».

– Что такое – «в Комсомольской правде»? – не понял он.– Артель такая?

– Газета! – психанул я.– Ты газеты читаешь?

Капитан встал, медленно, будто лениво, подошел ко мне и вдруг почти без замаха коротким ударом врезал мне по уху так, что я не устоял на ногах, упал на грязный, в окурках, пол дежурной комнаты. Как?! За что? По какому праву? Оглушенный, держась за голову, я поднялся на ноги, а он сказал, уже садясь на свое место:

– Еще раз скажешь мне «ты» – совсем голову оторву. Понял? В своей Москве будешь наркотики продавать. Не у нас!

Теперь я молча смотрел на него, запоминая все: его лицо – эту наглую, с кавказскими глазами навыкате морду и раннюю залысину под черными волосами. Ничего, он у меня еще будет в ногах валяться, паскудина!

– Ну? – повторил он.– Где работаешь?

Да, теперь я тебе много скажу, жди!

– Я хочу говорить с начальником милиции,– сказал я как мог спокойно.

– Сейчас,– усмехнулся он.– Он тебя как раз ждет! Значит,

нигде не работаешь, просто спекулянт. По какому адресу прописан?

– Я буду говорить только при начальнике милиции. Или при прокуроре.

Он посмотрел мне в глаза, выдержал паузу, нажал какую-то кнопку на столе, за дверью прозвучал гудок, и в двери появился дежурный сержант. Капитан кивнул ему на меня:

– Забери в КПЗ! – И бросил мне презрительно: – Москвич фуев! Гётверан! *

Я давно, еще с детства знал, что больше, чем евреев, больше, чем армян, азербайджанцы ненавидят теперь русских, считают русских оккупантами, но чтобы в государственном учреждении, в милиции, вот так открыто, без обиняков, ничего не стесняясь... впрочем, а что ему стесняться, кого – спекулянта наркотиками? Он же мне ясно сказал, что у них тут своих спекулянтов хватает, и я уверен, что, поймай они своего торговца анашой, какого-нибудь азербайджанца – разговор был бы другой, во всяком случае, азербайджанца он бы не бил, это точно. А вот попался москвич – даже если я действительно корреспондент, почему бы не стукнуть, ведь нет ни свидетелей, ни закона. Была бы при мне красная книжка – другое дело, а без красной книжки и убить могут – не взыщется.

Крашенный бурой краской коридор, зарешеченные окна на уровне тротуара, так, что видны только ноги прохожих и слышны крики мальчишек, которые во дворе моей школы играют в футбол. Дежурный сержант провел меня к какой-то двери, втолкнул внутрь, а сам остался снаружи...

Внутри меня уже ждали. Привычные грубые руки тут же обшарили карманы джинсов, и только после этого дюжий русский милиционер – старшина – приказал:

– Бруки сымай, ипонать? Обувь тоже! Шнурки вынай и пояс.

Снял брюки, кеды, жду. Старшина тщательно и спокойно, почти флегматично прощупал резинку трусов, затем

---

* Азербайджанское ругательство, матерный синоним слова «гомосексуалист».

высыпал на стол содержимое карманов – полпачки сигарет, носовой платок, восемь рублей (все мои остальные командировочные деньги вместе с документами остались в дорожной сумке, в руках у Ани Зияловой). Вслед за этим так же не спеша, старательно прощупал швы джинсов и вернул мне всю одежду, кроме ремня и шнурков от кед. Пересчитал сигареты в пачке – там было шесть штук, подумал с полминуты, сказал:

– Ладно, держи, ипонать! Покуришь.

Я оделся, взял сигареты.

– Пошли,– сказал он.

Коридор как бы продолжался, но теперь вместо дверей кабинетов были металлические, с глазками и запорами, двери камер. Я насчитал их шесть. Старшина мягко, на цыпочках подошел к четвертой, заглянул в глазок, беззвучно выругался матом, потом разом отодвинул засов и открыл дверь. Смесь спертой вонищи, табачного дыма и немытых тел пахнула мне в лицо.

– Фулевый! – крикнул в камеру старшина.– Карты отдавай, ипонать?

– Какие карты? – послышалось из камеры.

– Заходи,– кивнул мне внутрь камеры старшина, и я шагнул в КПЗ – пыльную, с двухэтажными нарами, с высоким немытым зарешеченным окном камеру. В одном углу, недалеко от окна, стоял толчок с краном смыва, в другом – бачок с водой и прикованная цепочкой кружка. Вот и вся «мебель» в камере. На верхних нарах кто-то спал, а на нижних валялись и сидели человек восемь, и один из них – худой, сорокалетний, в свитере на голое тело, с татарскими глазами – пытался спорить со старшиной:

– Какие карты, старшина, ты что?

– Кончай ваньку ломать, ипонать,– спокойно сказал старшина.– Давай карты, или Багирова позову.

Я понял, что Багиров – это тот капитан, который меня только что саданул по уху так, что уже синяк над виском.

– «Багирова, Багирова»! – передразнил старшину татарин и протянул сидевшему рядом парню стопку крошечных, величиной со спичечный коробок, бумажек – рисованные на клочках ученической бумаги карты.– Шах отдай ему, х... с ним.

Шах взял карты, подошел к двери, на ходу окинул меня коротким взглядом, сказал старшине:

– Дали бы книжку почитать...

– Давай, Сашка, давай,– потребовал карты старшина.– Читатель, ипонать! – Он взял карты, спросил: – Все тут?

– Бубновой дамы не хватает,– сказал парень.

– А где она, дама эта? – спросил старшина.

– А я ее трахнул,– сказал из глубины камеры Фулевый.– А теперь она инвалиду сосет.– И расхохотался своей остроте, и вся камера тоже рассмеялась, кроме спавшего наверху инвалида с подвязанной к ноге культей.

Сашка Шах тоже улыбнулся.

Старшина ухмыльнулся беззлобно, глядя то на хохочущего Фулевого, то в глубину камеры, куда ему, охраннику, нельзя было входить без хотя бы еще одного дежурного, то на Сашку. Сашка, все еще улыбаясь, стоял у двери. И вдруг ногой в пах старшина так саданул Сашку, что тот согнулся вдвое и тут же попал подбородком на уже приготовленное к удару колено старшины, и старшина только чуть-чуть, несильно поддел этот подбородок коленом, отчего Сашка опрокинулся на спину. В тот же момент старшина захлопнул дверь, грохнул снаружи засовом и, даже не взглянув в глазок, пошел прочь – нам в камере были слышны из коридора его спокойные шаги.

Так – через Сашку – он сквитался с Фулевым, балбес!

Я смотрел на арестованных. Никто из них, даже этот Фулевый, не поднялся помочь своему сокамернику, этому семнадцатилетнему мальчишке. Сашка катался по полу, держась двумя руками за пах, хватая воздух раскровавленным и безмолвно кричащим ртом, а они, сидя на нарах, просто смотрели на него, как в цирке. В нудной камерной жизни это зрелище было для них тоже развлечением.

Я выпростал из джинсов рубаху, оторвал кусок, подошел к бачку с водой, хотел намочить, но оказалось, что бачок пуст, и тогда я просто нагнулся к Сашке и куском своей рубахи стал вытирать ему кровь с лица.

– Уйди, сука! – вдруг крикнул мне Фулевый.

Этого я, конечно, не ожидал, удивленно повернулся к нему.

– Отойди от него! Убери руки, наседка!

– Ты что, сдурел, что ли? – спросил я.

Фулевый встал с нар, подошел ко мне вплотную, и я видел, как он то ли жует что-то во рту, то ли еще непонятно зачем двигает желваками, а когда я сообразил, что он просто собирает слюну, было уже поздно – он вдруг сочно и звучно харкнул мне прямо в лицо.

Ну, такого еще не было! Я потерял контроль над собой, забыл, что я – столичный журналист и так далее. Тем же милицейским приемом – коленом в пах я достал этого Фулевого, и когда он от удара согнулся, как Сашка минуту назад, я двумя кулаками еще долбанул его по затылку. Падая, эта скотина ухватила меня за ноги, и мы покатились по заплеванному полу камеры – он пытался меня укусить, а я вытирал свое лицо о его свитер, выворачивал ему руку и не знаю, чем бы кончилась эта драка, если бы в этот момент не распахнулась дверь. Два новых милиционера ворвались в камеру, схватили обоих нас – меня и Фулевого – и потащили мимо улыбчатого старшины в комнату для допросов. Только на этот раз это была другая – без окон – комната, и там, в глухих бетонных стенах, украшенных портретами Дзержинского и Калинина, эти двое стали профессионально-умело избивать нас.

Я получил сразу три оглушительных удара – в челюсть, в печень и снова по уху – и рухнул без сознания, а Фулевый, кажется, продержался чуть дольше, не помню, знаю только, что нас обоих облили водой, заставили встать и «помириться». Мы стояли друг против друга, шатаясь, а милиционеры, резвясь диктовали нам:

– Скажи: «Больше бить не буду, клянусь!»

Я молчал, скорей не потому, что не хотел сказать, а потому, что не мог выговорить и звука разбитой челюстью. За это я тут же схлопотал от них еще удар по уху, снова скопытился на цементный пол, снова меня облили водой и подняли, и я затуманенным мозгом, как сквозь слой воды, услышал, что Фулевый прохрипел:

– Б-больше б-бить н-не б-буду...

– Клянись матерью! – приказали ему.

– Клянусь...

– Теперь ты! – ткнули меня.

Я промычал что-то распухшими губами, но они не удовлетворились, заставили промычать внятней. И только после этого нас обоих снова волоком оттащили назад в камеру, бросили не на нары, а просто за двери на пол.

Мы лежали рядом, и теперь Сашка Шах куском моей рубахи утирал наши окровавленные лица, но я уже мало что соображал, я отключился в полусон-полузабытье и пришел в себя, может быть, часа через два-три. В камере уже горела лампочка, убранная под потолком в решетку. Я лежал на нарах – не знаю, кто перетащил меня сюда с пола. Надо мной сидел Сашка Шах и переругивался с Фулевым. Сквозь боль во всем теле и полусон я слышал их голоса.

– Был бы он стукач, они б его не били... – говорил Сашка.

– Бьют и ссученных,– отвечал Фулевый.– Чтоб им верили.

– Может, и бьют, но не так. Ты что?! Смотри, что с ним сделали.

– Ну, хрен его знает... – произнес Фулевый.– Только чего он к тебе кинулся кровь вытирать. Рубашку свою порвал, прямо театр устроил. Я и решил, что он наседка. За что его взяли?

– Ну, так ты ж даже не дал спросить...

– Да-а, лажа вышла. Есть курево?

– Его же сигареты курим. Одна осталась.

Тут я понял, что они вытянули у меня из кармана сигареты, а курить захотелось ужасно, и я прохрипел шепотом:

– Курить...

Сашка поднес мне к губам свою сигарету, я затянулся жадно, глубоко, и словно что-то давящее отпустило душу. Я открыл глаза.

– Ты кто? – спросил Сашка.– За что взяли?

Я не отвечал, курил.

– Слышь? – сказал Сашка, но я опять молчал.

– Слушай, друг,– тронул меня Фулевый.– Я думал, ты – тихарь, падло буду. Но они тебя так отделали – хуже меня. Так что я – твой должник. За что тебя взяли? Тут пятнадцатисуточники сидят, «по мелкому», можно на волю письмо передать, тебе нужно?

– Угу,– промычал я.– Нужно.

– Эй, бухгалтер! – Фулевый толкнул в бок спящего рядом мужика лет пятидесяти, типичного алкаша, и тот проснулся испуганный и заискивающе готовый на все. Фулевый приказал ему: – Пиши.– И сказал мне: – Говори, у него башка светлая, он – бухгалтер, все запомнит. Запомнит и завтра на работе черканет, куда тебе надо. Они его на работу водят отсюда. Ты ему диктуй, он запомнит.

Я понимал, что тем самым Фулевый хочет меня проверить еще раз, но теперь мне было уже наплевать на него, пора было выбираться отсюда, доигрался в погружение в жизнь, идиот!

Где, в какой нашей газете можно опубликовать то, что со мной произошло? Я посмотрел в расширенные от страха и ужаса – наверно, у меня был еще тот вид! – глаза бухгалтера и сказал:

– Возьмите телефонную книгу. Найдите два телефона: корреспондентский пункт «Комсомольской правды», там Изя Котовский, и отдел пропаганды ЦК Азербайджана – там Керим Расулов. Скажите им, что я здесь. Моя фамилия Гарин.

– А кто ты? – оторопело спросил Фулевый.

Но я не ответил ему, я спросил у бухгалтера:

– Вы поняли?

– Повтори! – пнул его ногой Фулевый.

– Взять телефонную книгу,– тут же процитировал меня бухгалтер.– Найти два телефона: корреспондентский пункт «Комсомольской правды», там Изя Котовский, и отдел пропаганды ЦК Азербайджана – там Керим Расулов. Сказать, что вы здесь, ваша фамилия – Гарин.

– Ну? Точно? – даже с какой-то гордостью сказал Фулевый и спросил у меня: – А кто ты?

– Я – сотрудник «Комсомольской правды»,– сказал я.

– Писатель? – удивился Фулевый.

Я усмехнулся опухшими губами и тут же охнул от боли.

– Еф-тать! – воскликнул он.– Опиши нашу жизнь, еф-тать! С меня же роман можно писать! Напишешь? Я тебя прошу – напиши! Гляди! – Он открыл рот и еще раздвинул губы рукой и обнажил полный рот металлических зубов.– Видал? Это мне на пересылке выбили, мне еще пятнадцати лет не было. А за что? Ни за что! А теперь сюда смотри,– он обнажил локоть и показал руку всю в игольных уколах.– Видел? Пятнадцать лет колюсь. Да я тебе свою жизнь расскажу – ты такой роман напишешь, как Толстой! Еф-тать! А за что тебя замели?

Я рассказал – и про гроб с опиумом, и про Зиялова. Не сказал только про сестру, как-то неохота было впутывать.

– Целый гроб с опиумом! Еф-тать! – обалдел Фулевый.– Ты видал, Шах! Ты видал, как они на нас варят! Это ж миллион рублей! Хрен его знает – может, два миллиона! Вот это люди работают! Еф-тать! Слушай, писатель, а ты это напишешь? Напишешь, как нас с тобой тут отфиздили? А? Еф-тать, как они с тобой влипли, эти мусора? Бухгалтер, если ты не позвонишь, куда он сказал,– в камеру не приходи, понял?! А если заложишь – я тебя и из Колымы достану, учти! Перо вставлю! Ты понял?

– Понял...– испуганно сказал бухгалтер и отодвинулся от нас подальше.

Всю ночь под храп остальных заключенных Фулевый и Сашка рассказывали мне свои истории. Фулевый был вором-домушником, гастролером и наркоманом, его взяли вчера утром что называется «с поличным» – в квартире главного инженера трубопрокатного завода,– он уже точно знал, что ему «пришьют» сто сорок четвертую статью, часть третью, и впаяют «червонец» – десять лет, и он только прикидывал, куда его могут послать – на БАМ, или Воркуту, или на Нарынскую ГЭС.

Потом мы обсуждали Сашкину историю. У Сашки, по словам Фулевого, было абсолютно чистое дело. Да, он на ходу запрыгнул на трамвайную подножку, но вот, собственно, и все преступление. А дальше – те два неизвестных ему парня стали сталкивать его с подножки, били сверху ногами, а он в порядке самообороны стащил их с подножки. Кажется, там был этот «товарищ в очках», но – часы?? Какие часы? Откуда?! Я снял ваши часы? Да вы что? Вы видели, что я снял ваши часы? Ах, вы не видели! Ну так о чем речь? И вообще, гражданин следователь, как я мог снимать с него часы, если он сам говорит, что видел, как меня били те двое?! Значит, они меня били, а я в это время снимал с него какие-то часы? Так?

Фулевый так точно, так правдоподобно и подробно выстроил Сашкину защиту на следствии, что, забегая вперед, скажу, что Сашке на допросе оставалось только повторять

заготовленные реплики. Утром, после того как троих пятна-
дцатисуточников (в том числе бухгалтера) увели на работу,
Сашку вызвали на допрос, и он вернулся через час с большим
пакетом в руках – там был чурек, виноград и короткая записка: «Мы тебя будем ждать. Мама, Лина».

Но не успели мы справиться с этим пакетом, как на допрос
вызвали меня. Уже в том, что конвойный повел меня сразу на
второй этаж, я почувствовал некоторые изменения. Коридор
второго этажа был крашен не бурой краской (теперь-то я
понял, почему на первом все крашено в бурый цвет – чтобы
кровь не так бросалась в глаза, если попадет на стены), так
вот, коридор второго этажа был крашен в свежесалатный
цвет, а на полу лежала ковровая дорожка, и таким образом
было очевидно, что бить тут уже не будут,– хотя бы чтобы
не пачкать эту дорожку кровью.

В комнате следователя, обставленной не по-казенному, а
хорошим письменным столом, нормальными венскими стульями и даже холодильничком в углу, сидел за столом молодой
голубоглазый мужчина в гражданском костюме, писал что-то.

– Присаживайтесь,– кивнул он мне на стул, и я сел. Не
поднимая головы, он еще минуты четыре, если не пять, писал
какой-то протокол, потом расписался внизу и поднял на меня
глаза, откинулся на стуле.– Нда... Значит, вы – Гарин? Из
«Комсомольской правды»? А как вы это докажете?

Я молчал. Просто молчал, и все. Демонстративно.

– Ну? Что же вы молчите?

То, что он говорил мне «вы» и что привели меня сюда, в
этот нормальный кабинет, говорило само за себя. Значит,
бухгалтер уже позвонил Изе Котовскому или Расулову в ЦК,
или даже им обоим.

– Ну? Что же вы молчите? – спросил он.

Не глядя на него, а глядя в стену, я произнес:

– Не знаю, с кем разговариваю.

– А-а... – Он опять откинулся на стуле, сказал небрежно:
– Ну, а зачем вам знать? Ну, допустим, я – следователь. Это
сейчас неважно. У нас будет просто небольшой разговор,
не для протокола. Вот смотрите. Некий человек вместе с
грузчиками выгружает из самолета гроб и несет его к
выходу из аэропорта. Так? По дороге гроб случайно падает,

разбивается, и оказывается, что в нем наркотики. Человека, естественно, арестовывают, везут в милицию. Но при водворении в камеру до выяснения обстоятельств дела он оскорбляет сотрудника милиции, грозит, что всех посадит в тюрьму, что он корреспондент всесоюзной газеты, хотя у него при себе никаких документов. Видите, все занесено в протокол,– он показывает мне протокол. Дальше, в камере предварительного заключения, едва переступив порог, он затевает драку с уголовниками, избивает арестованного по кличке Фулевый. Смотрите, вот показания ваших со-камерников. Понимаете, товарищ Гарин, в нашей стране демократия и вы не имеете права оскорблять милицию и бить заключенных, даже если вы действительно корреспондент...

Я молчал. Если у них есть показания трех моих сокамер-ников, значит, это пятнадцатисуточники, и, значит, это бух-галтер настучал. Никуда он не позвонил, сука, а просто вы-дал наш ночной разговор милиции и получит за это какие-нибудь поблажки, и в нашу камеру его, конечно, больше не вернут.

– Ну? Я вас слушаю,– сказал мой «следователь».

– Я буду говорить только с начальником милиции,– сказал я.

– Опять! – поморщился он.– Послушайте... Как вас по отчеству?

– Думаю, вы уже знаете... – сказал я.

Он усмехнулся:

– Действительно, знаем: Андрей Борисович. Больше того, я читал ваши очерки – про Заполярье, про сибирских шоферов и геологов – и прямо скажу: я ваш поклонник, вы прекрасно пишете. Но! Никто не имеет права поднять руку на сотруд-ника милиции. А вы оскорбили капитана советской милиции. Вот его рапорт! Что будем делать?

– Судить,– сказал я, глядя ему в глаза.

– Кого?

– Меня,– сказал я.– Устроим открытый судебный процесс и выясним: кто на кого поднял руку. Вызовем на суд «Комсо-молку», отдел агитации и пропаганды ЦК...

Он помолчал, разглядывая меня, словно назначая мне

другую цену или прикидывая, с какой стороны зайти на этот раз.

– Нда... Странный вы человек, Андрей Борисович. Неужто вы не знаете, что у нас милицию не судят. Хотя, конечно, и у милиции бывают ошибки, мы тоже люди, знаете. Не ошибается только тот, кто ничего не делает. Ведь и газеты ошибаются, мы-то с вами знаем. Напишут про кого-нибудь, что он ударник труда, герой, а он, оказывается, жулик. Приписками занимается, очковтиратель. На него в ОБХСС целое -дело. Но ведь газету не судят, верно? Поэтому, Андрей Борисович, мы с вами свои люди. А вы сразу – суд, разбирательство при открытых дверях, отдел агитации и пропаганды! Между прочим, еще не доказано, что вы и Зиялов – не одна компания. Зачем вы с ним из Ташкента в Баку прилетели? Кто он вам?

– Одноклассник,– сказал я.– И только.

– Ну, так это еще надо доказать! – Он встал и прошелся по комнате, раскуривая трубку, и я невольно усмехнулся – так он стал вдруг похож на Сталина. Внешне совершенно иной человек, а двигается и говорит просто по-сталински.– Смотрите. С точки зрения органов это выглядит так. Два одноклассника, один из них корреспондент всесоюзной газеты, везут из Ташкента в Баку партию наркотиков, и одного из них ловят, а второму удалось убежать в неизвестном направлении. Пока. Найдем и этого, конечно. Что вы улыбаетесь?

– Нет, ничего.– Все-таки было занятно, как по-сталински у него это звучало.

– Вы напрасно улыбаетесь. Наркотики – это очень серьезно. По указу от 25 апреля 74 года «Об усилении борьбы с наркоманией» это теперь считается особо опасным преступлением. Так что по этому делу мы можем держать вас под стражей во время следствия до девяти месяцев, и имейте в виду – никакая редакция не поможет. Понимаете: девять месяцев вот в таких камерах, с уголовниками, убийцами, педерастами. В любую ночь они могут с вами сделать что захотят. Ну, потом, может быть, и выяснится, что вы невиновны, но... Этот Фулевый – он к вам не приставал этой ночью? Ведь он педик, имейте в виду! А если не станете жить с ним – придушит. А не он – так другой. Я не могу дать вам отдельную камеру, хоть вы и корреспондент. Но... – Он вскинул на меня улыбающиеся глаза: – Собственно, это ваш выбор. Мы вас можем и отпустить... А? Как насчет того, чтобы прямо сейчас, вот отсюда пойти домой, принять душ, поспать, позагорать на пляже несколько дней,– и в Москву. А?

Подлюга, он знал, на что брать! Нежная плоть зеленого Каспия накатила на меня, я представил, как именно сейчас, после этой жуткой ночи, этих нар, как можно вот сей момент нырнуть избитым телом в целительную йодистую пыль солоновато-теплого моря, а после, развалясь на пляжном песке, жариться под солнцем и пить холодное пиво...

И, будто разгадав мои мысли, эта падла открывает холодильник, и там стоят у него несколько бутылок чешского пива «Сенатор»! Вы представляете?! Я даже обалдел от этого совпадения! А он, улыбаясь, берет пару бутылок за холодные, в ледяной испарине, горлышки, ставит на стол, и открывает, нажав металлической пробкой о крышку стола, и разливает нам двоим по стаканам.

– Прошу. Чешское. Как в «Сокольниках».

Я восхитился такой идеальной психологической работой. Взял стакан, залпом выпил и спросил:

– Слушайте. Кто вы такой? Это ведь не ваш кабинет.

– Не мой? Почему вы так думаете?

– Потому что вы не стали бы открывать пиво о крышку *своего* письменного стола...

Он улыбнулся:

– Андрей Борисович, давай на «ты». Мы одногодки. И оба в одной системе работаем, только в разных ведомствах. Ну, ошибка вышла с тобой, поторопились ребята. Так они извинятся. Я их сейчас позову – и этого капитана, и двух сержантов, они тут сейчас на коленях ползать будут, хочешь?

Я молчал. Он нажал какую-то кнопку под крышей стола, в дверях тут же вырос дежурный.

– Капитана Багирова, срочно,– приказал мой «следователь».

Охранник исчез, мой «следователь» молча смотрел на меня, разглядывая. Потом сказал:

– Да ты пей пиво! Оно ведь греется... – Он открыл еще бутылку, налил мне в стакан.

Не знаю, наверно, по законам литературы, если бы эту повесть писал Гюго или хотя бы Юлиан Семенов, герой, то есть я, швырнул бы сейчас стакан или выплеснул пиво в лицо этому следователю и гордо удалился бы в тюремную камеру, где его бы еще раз избили милиционеры или уголовники. Но я не Гюго, не Юлиан Семенов, не Штирлиц. Кроме того, было непонятно, за что мне тут сидеть. Чтобы не выдать Зиялова? Так они, оказывается, уже знают его фамилию. А ради очерка о тюрьме – такой очерк вряд ли опубликуют. Короче говоря, я сидел в комнате и ждал капитана Багирова. Я еще ничего не сказал – ни «да», ни «нет», собственно, я не знал, чего он от меня добивается, этот «следователь», и почему вдруг такой политес..:.

Дверь открылась, вошел капитан Багиров – те же самые, чуть навыкате наглые азербайджанские глаза, молодая залысина на потном лбу, черные усы.

– Разрешите, товарищ...

– Отставить! – резко прервал его мой «следователь», видимо, чтобы тот не успел назвать его звание или фамилию.– Закрой дверь.– И когда Багиров закрыл дверь, он подошел к нему вплотную, сказал негромко: – Ты что, негодяй, милицейский мундир позоришь?! За что, ети твою мать, ты думаешь, тебе деньги платят? За эти звездочки на погонах? Так я их сорву сейчас к едреной матери! Ты должен видеть, когда перед тобой дерьмо всякое, а когда руководящие работники, за это тебе деньги платят, понятно?

– Понятно, товарищ... – поспешно сказал Багиров.

– Отставить «товарищ»! Тамбовский волк тебе товарищ! Ты знаешь, на кого вчера руку поднял?

– Никак нет... – поспешно ответил Багиров, потея от страха.

– То-то! Извиняйся теперь! Проси прощения! Если он скажет на колени встать – встанешь! Иначе выкину из милиции в два счета! У тебя дети есть?

– Двое детей, товарищ...

– Заткнись! И дети твои без хлеба останутся, и ты – без

погон. Или – проси прощенья у товарища Гарина. Ну?

Да, это была отвратительная сцена. Даже не спрашивая,
не раздумывая, этот боров-капитан вдруг рухнул на колени
и пополз ко мне, ухватив себя рукой за кадык:

– Мянулюм*, товарищ Гарин! Я больше не буду! Матерью
клянусь!

Я видел, как «следователь» смотрит на меня с прищуром,
ждет реакции, видел этого лживо-кающегося капитана Багирова, и все это вместе, весь этот спектакль был настолько
отвратителен, что я повернулся к этому «следователю» и
сказал с отвращением:

– Ну, хватит! Достаточно!

– Вы его прощаете?

– Да.

– Иди, Багиров, и помни!

– Сагол! – по-азербайджански стал благодарить его капитан.– Сагол, товарищ...

– Хватит,– снова брезгливо оборвал его «следователь».–
Иди отсюда! – И когда за капитаном закрылась дверь, спросил
у меня: – Теперь позвать этих двух сержантов?

– Не надо,– сказал я.– Что вы от меня хотите?

– Ну, мы ведь уже на «ты».– Он протянул мне «Марлборо».– Закуривай. Что я хочу? Чтобы ты забыл эту историю.
Никто тебя не бил, и вообще – ты не был в милиции. Зиялова
мы найдем, Зиялов – бандит, но ты не имеешь к этому делу
никакого отношения. Зачем тебе впутываться, слушай? На
следствие будут таскать, на суде придется выступать – тебе это
нужно? Вот я рву – смотри – все протоколы допросов, все
показания сокамерников. Ты не был у нас в милиции вообще,
а? А то потянется одно за другое: как арестовали? Куда
привезли? Как отпустили? За что? Ну? Рву?

– Подожди,– сказал я.– Ведь у Зиялова моя сумка с документами. Как же я без документов? Мне же нужно восстанавливать паспорт, редакционное удостоверение. Писать
заявление в милицию. А то его где-нибудь возьмут с моим
паспортом...

———————

* Мянулюм – умоляю (азерб.).

– Ага! Это ты верно сообразил, молодец. Но как, по-твоему,– откуда я узнал, что ты корреспондент Гарин?

– От бухгалтера,– сказал я.

Он усмехнулся:

– Ну, от него тоже, правильно. Но еще до него, сегодня ночью к нам позвонила какая-то женщина и сказала, что на морвокзале в камере хранения в ящике номер 23 лежат вещи арестованного корреспондента «Комсомольской правды».– Тут он открывает ящик письменного стола, вынимает мою дорожную сумку и пассом, через стол посылает ее мне.– Как ты думаешь, кто эта дама?

Я молча смотрю ему в глаза, он говорит:

– Я тоже не знаю. Аноним. Дежурный офицер, который с ней разговаривал, только записал номер ящика, как она положила трубку. Нет, она еще сказала, что ты ни в чем не виноват. Но это к делу не имеет отношения...

Конечно, я понимаю, кто это позвонил,– Аня Зиялова. Но зачем говорить им это? Кроме омерзения и желания побыстрей отсюда уйти, уже ничего не осталось в душе. Я проверил документы в своей дорожной сумочке, убедился, что все на месте: паспорт, редакционное удостоверение, водительские права, книжка «Союза журналистов» и даже деньги! – и встал.

– Я могу идти?

– Если мы договорились, конечно! А я это могу порвать?

Он все еще держал в руках протоколы допросов и показания моих сокамерников. Я был уверен, что это только копии, но мне было все равно.

Я сказал:

– Да. Можешь рвать.

Он с хрустом надорвал листы – сначала вчетверо, потом на восьмушки и демонстративно выбросил в корзину.

– Отлично. Значит, ты никогда не был в бакинской милиции, ни по каким делам, точно? Историю с гробом забыл и Зиялова тоже. Да?

– Да,– выдавил я из себя.

– Спасибо!

Он протянул мне руку, но вдруг, будто спохватившись,

открыл ящик стола, вытащил какую-то папку с надписью «Гарин А. Б. Оперативно-агентурное дело». Папка была старая, выцветшая, он открыл ее и достал пожелтевший лист бумаги, протянул мне. Я взглянул и обомлел. Это был мой почерк, перефраз Лермонтова, детские, более чем десятилетней давности, стихи, отклик на чешские события 1968 года.

А вы, кремлевские подонки,
Известны казнями и пытками отцов,
Огнем и танками поправшие обломки
Вольнолюбивых чешских городов!
Вы, жадною толпой стоящие у трона,
Свободы, Вольности и Музы палачи,
Вы танками диктуете законы,
Пред вами мир и право — все молчи!..
Но есть народный суд, наперстники
                                разврата!
Есть Суд Истории: он ждет;
Он недоступен звону злата,
И мысли и дела он знает наперед.
Тогда напрасно вы прибегнете
                              к злословью:
Оно вам не поможет вновь.
И вы не смоете всей вашей черной
                              кровью
Свободной Праги праведную кровь!

Слава Богу, подписи под стихами не было.

Он сказал с усмешкой, забирая листок:

— Я уверен, что это не твои стихи, что ты тогда просто по детской глупости переписал у кого-то. Я помню, горячее было время. Так что пусть лежат у нас, мы даже в КГБ не передали. Но если ты не сдержишь наш договор... Имей в виду — этот листочек всю карьеру ломает. Никакой Лермонтов не поможет. Договорились?

Через минуту я вышел из здания бакинского городского управления милиции на улицу. Яркое полуденное солнце ослепило глаза. Я остановился, прислушался. На улицах гудели машины, на школьном дворе моей родной 171-й школы пацаны матерились по-азербайджански, русски и армянски и гоняли футбольный мяч, старик мороженщик тащил по мостовой ящик на скрипящей повозке и кричал: «Ма-арожени прадаю!», а у подъезда Управления милиции доблестные азербайджанские милиционеры дремали в готовых к старту милицейских «волгах».

Словно женщина, которой сделали аборт, будто изнасилованный и бессильно-никчемный, я поплелся по улице Красноармейской вниз – к бульвару, к морю. Ни тогда, когда этот скотина капитан Багиров саданул меня по уху, ни даже тогда, когда Фулевый харкнул мне в лицо, я не чувствовал себя таким униженным и использованным, как в эту солнечную минуту моего освобождения.

Олег Зиялов – вот от кого они получили эти стихи десять лет назад и потому выгораживают его сегодня, подумал я. Олег Зиялов – это их человек, наверно...

Тот же вечер, 22 часа 30 минут

Да, с этим Белкиным действительно не соскучишься!

Я сидел на 12-й Парковой, на двенадцатом этаже беленького домика-башни в однокомнатной квартире машинистки «Комсомольской правды» Инны Кулагиной. Точь-в-точь такая же квартира (крохотная прихожая, маленькая кухня с балконом и одна комната 16,2 кв. метра) была у меня самого в точь-в-точь таком же белом доме-башне возле метро «Измайловский парк». Если бы не женский уют, не прозрачные кисейные занавески на распахнутом в ночь окне, не уютная софа, на которой, свернувшись калачиком, задремала сейчас эта Инна в ожидании, пока я прочту рукопись Белкина,– если бы не эти, значительные, конечно, детали, я мог бы легко представить, что сижу у себя дома, за своим письменным столом, и размышляю над очередным делом. Настольная лампа освещает машинописные, аккуратно отпечатанные Инной страницы белкинской повести, стакан крепкого остывшего чая и небольшую вазу, в которой лежат мои любимые сушки. Чай и сушки – это единственное угощение, на которое я согласился, когда мы поднялись к Инне.

Но и сушки я не грызу, не хочу хрустом разбудить Инну. Над ее софой висит фото смеющейся восьмилетней девочки, дочки Инны от неудачного («трудного», как она сказала) брака. Сейчас девочка под Москвой, в Болшево, в летнем лагере «Комсомольской правды». У меня в квартире над письменным столом тоже висит фото моего двенадцатилетнего Антошки... Ладно, не будем отвлекаться, обдумаем, «что мы имеем с гуся», а точнее – с этой третьей главы белкинской рукописи. Кое-какие мысли были по ходу. Ну, во-первых, безусловно он был арестован и находился в КПЗ – вопреки сообщению начальника бакинской гормилиции. Потому что описать КПЗ с такими подробностями может только тот, кто в ней побывал. Вообще я, конечно же, не литературный критик, но даже как следователь я заметил, что в первых главах своей рукописи Белкин еще старался сохранить газетный слог и стиль, ориентировался на цензуру, думая, наверно, написать цензурную повесть, и потому приукрашивал что-то или недоговаривал, но когда дошло до больного, когда стал описывать, как били в КПЗ,– не удержал руку, описал все подряд с ожесточением и злостью. Поэтому в третьей главе куда больше точных деталей и правды жизни. Но кто же этот «следователь» в кавычках? Ровесник Белкина, с голубыми глазами, имеющий власть срывать погоны с капитана милиции,– нет, это не просто начальник бакинской милиции, это кто-то повыше. Курит по-сталински трубку и говорит со сталинскими интонациями – значит, он и не русский, у Сталина были кавказские интонации... А с этими лермонтовскими стихами он, конечно, крепко подрезал Белкина. Действительно, ничто не проходит бесследно в нашем «датском королевстве». Бездумный юношеский стишок лег в архив МВД Азербайджана и дождался своего часа, драка в якутском ресторане легла секретной справкой в архив спецотдела МВД СССР. Невольно подумалось: а где и что лежит на меня? Ведь даже нас, Прокуратуру СССР, которой поручена проверка работы всех органов власти, включая МВД и КГБ,– даже нас раз в году КГБ «берет в разработку». И тогда прослушиваются неделю (если не больше) наши рабочие и домашние телефоны, перлюстрируется переписка, выявляются связи, знакомства, характер и содержание разговоров, и все это агентурными сведениями, справками и доносами ложится в папку в 4-м спецотделе КГБ. Никто не знает, когда именно его «берут в разработку», даже Генеральный не знает, но все мы знаем, что, как минимум, раз в году...

Я осторожно нагнулся, вытащил из портфеля привезенную Бакланычем с юга, из отпуска, бутылку «Черные глаза». Конечно, при таких размышлениях нужно было бы выпить что-нибудь покрепче, но сейчас и это сгодится, не зря, оказывается, я таскал ее целый день в портфеле. В портфеле же у меня лежал карманный нож со штопором, так что открыть бутылку без шума было делом несложным, а неслышно взять рюмку из серванта тоже не составило труда...

РУКОПИСЬ ЖУРНАЛИСТА В. БЕЛКИНА
(продолжение)

Глава IV
МОРСКАЯ НИМФА

Тихий крохотный островок в зеленом Каспийском море. Сорок шагов в длину и двести в ширину. Или наоборот – это как вам угодно. Островок в сорока минутах езды от Баку, если будете ехать по дороге на Бильгя, то перед самым поселком Рыбачий сворачиваете направо, километра полтора по старой грунтовой дороге, и вот вы на берегу моря – пустынном, выжженном солнцем. Перед вами в море цепочка крохотных островков, каменисто-песчаных и пустых. Вокруг ни души, чуть в стороне крохотный поселок Рыбачий – несколько жалких домишек и пара рыбачьих баркасов, еще дальше тонет в знойном мареве пологий каспийский берег и там, уже за горизонтом,– Бильгя с его пляжами, дачами, санаториями.

А тут – никого. Море, солнце, песок. Нежная и плотная прохлада подводного мира, куда я ныряю, вооруженный ружьем для подводной охоты. О, если бы я мог вообще переселиться, эмигрировать в этот подводный, изумрудно-коралловый, с желтыми цветами и серебряными рыбами мир! Плюнуть на газеты, гонорары, поездку в Вену и уйти под воду, вернуться к жизни наших предков, перейти в мир, где нет власти, милиции, морального кодекса строителя коммунизма и очереди за колбасой! Здесь, под водой, свои сады, свое солнце, своя натуральная жизнь... Четвертый день наш собкор Изя Котовский по утрам привозит меня сюда на своем «жигуленке», оставляет до вечера и уматывает по своим корреспондентским делам, ни о чем не спрашивая, не бередя душу, а по вечерам возвращается, и я кормлю его шашлыками из свежедобытой кефали и лобанов, и мы тихо молчим или обсуждаем мелочи жизни, вроде погоды на завтра или футбольного матча между «Спартаком» и «Динамо». Чудный Изя, мой худенький доктор,– он выхаживает меня, как больного, точнее, выгуливает к этому морю, как нянька, а потом увозит к себе, в свою холостяцкую квартиру на приморском бульваре, и мы пьем по вечерам крепкие напитки или сидим в маленькой шашлычной в бакинской Крепости.

Конечно, какая-то жизнь, какие-то разговоры, запахи и шумы пробиваются ко мне сквозь толщу моего отвращения к жизни, но я не хочу, не хочу видеть вашу дешевую жизнь! Мне, одному из лучших журналистов страны, представителю центральной всесоюзной газеты, какой-то вшивый провинциальный капитан милиции дал по морде и какие-то болваны милиционеры били по печени, по сердцу, и затем назавтра заткнули рот лживым извинением и детским лермонтовским стишком. На кой мне ваша свобода, если я должен молчать? Разве это свобода? Идите, идите к такой-то матери с вашими статьями, пишмашинками, редакционными звонками, телексами, премиями Союза журналистов и прочим дерьмом!

Боже мой, почему я не пошел на геофак, как треть нашего класса, как восемьдесят процентов нашего географического кружка при Дворце пионеров? Работал бы геологом или гляциологом в горах, в тайге, в тундре – на кой мне хрен талант журналиста, если я должен молчать как рыба. Так уж лучше стать натуральной рыбой, вот такой кефалью, лобаном, дельфином...

Море, зеленое Каспийское море успокаивало меня, качало на своих волнах, остужало приступы бешенства и бессильной злобы, убаюкивало и лечило. А на пятый день появилась Она. В морской глубине, в пенной кипени серебристых пузырьков воздуха вдруг мелькнуло передо мной бронзовозагорелое тело и вытянутые потоком встречной воды волосы. Я обалдел и чуть не выпустил изо рта дыхательную трубку своей маски. Эта почти мистическая фигура, эта бронзовозагорелая нимфа с коротким ружьем для подводной охоты ушла от меня на такую глубину к подводным рифам и водорослям, что даже за лучшей кефалью я не рисковал нырять так глубоко. Тихий всплеск ласт и очередной выброс серебристых пузырьков воздуха остались передо мной, и я закружил на поверхности моря, ожидая, когда же она всплывет.

Она вынырнула совсем не там, где я дежурил, а далеко от меня, почти у моего острова. Я увидел, как она выходит на берег, снимает ласты и садится к моему костру. Я поплыл к берегу. Когда я подошел к костру, она уже жарила на костре куски свежей кефали, и еще три рыбины лежали рядом с ее коротким, старого образца, с резиновым натяжением, ружьем для подводной охоты. Ей было 16 лет. Стройное сильное тело, привыкшее к морю, крепкая грудь в узком купальнике и сильные бедра в тугих узких трусиках.

Мокрые, выжженные на солнце волосы, карие глаза на курносом круглом лице внимательно смотрят, как я выхожу на берег, снимаю ласты и маску и плетусь, усталый, к костру. Мне, конопатому, с кожей, шелушащейся от загара, было неловко шагать под этим взглядом, надевать поспешно рубашку, чтобы полуденное солнце вконец не сожгло мое изнеженное столичной жизнью тело. Но она молчала, только смотрела.

Натянув рубашку и шорты, я улегся у костра, прежний, чуть насмешливый журналистский апломб вернулся ко мне, и я спросил:

– Ты откуда?

– Оттуда,– она кивнула на рыбачий поселок.– Держи.

И на шампуре протянула мне кусок поджаренной кефали.

Что вам сказать? Через час, одни на этом острове, мы уже целовались с ней взасос, катались по песку, она сжимала меня в своих крепких сильных бедрах, и ее карие зрачки закатывались под смеженные веки, а полуоткрытые губы хватали воздух короткими шумными глотками. Потом, устав от секса, мы голяком лежали на воде, лениво поводя ластами и чуть касаясь друг друга кончиками пальцев. Две рыбины, два дельфина, два морских существа встретились в воде, и молча, по законам естества, отдались друг другу, только и всего. А отдохнув, мы набрасывались на жареную рыбу, помидоры и хлеб, которые оставлял мне с утра Изя Котовский, и затем – опять друг на друга.

За час до приезда Изи Котовского она уплыла в свой Рыбачий, а назавтра появилась снова. Так продолжалось четыре или пять дней, и, кажется, за все это время мы с ней говорили в общей сложности минут двадцать. Все остальное было море, песок, горячие камни под лопатками, секс и снова море, его теплая, зелено-плотная купель!

Но на пятый день я стал томиться этим.

Природа мудро поступила с женщинами, дав им очистительные циклы, и, наверно, поэтому одинокие женщины могут обходиться без мужчин годами, сохраняя ровный характер, душевный покой и даже искреннюю веселость духа. Не так с мужчинами. Только женщина может очистить нас от душевных шлаков, усталости, нервного раздражения и злости. И вот Моряна – так я звал про себя мою морскую любовницу – стала тогда моим катарсисом, возвращением к жизни, она извлекла, выпила, растворила в себе и горечь унижения в бакинской милиции, и трезвое понимание бессилия перед системой, и отвращение к самому себе и своей профессии. Всё ушло. На третий день наших любовных и морских утех я снова был насмешливо-иронично-столичный супержурналист, а на пятый я уже бил копытом, как застоявшийся рысак в стойле. Ни море, ни подводная охота, ни шестнадцатилетняя любовница не утоляли моего нового приступа – действовать, куда-то лететь, ехать, что-то писать и публиковать, короче – самоутверждаться. Лежа рядом с Моряной или ныряя за ней в темно-холодную глубину подводных скал, я уже думал не о ней и не об очередной стае серебристой кефали, которая метнулась вдали, я думал о той единственно возможной форме мести, на которую я могу пойти, чтобы сквитаться с бакинской милицией. Я сам, своими журналистскими методами, выйду на бакинских наркоманов, а через них – на торговцев наркотиками – и напишу об этом детективную повесть, и там будет все правда, кроме имен и еще кой-каких деталей. И первой главой будет очерк для «Комсомолки» о будничной жизни молодых бакинских наркоманов, это я опишу, подробно, в деталях, с утра до ночи – жизнь компании Сашки Шаха, Мосола, Фулевого и им подобных. Я уже видел этот очерк, я чувствовал его, как хорошая ищейка издали чует жирную дичь. Только мне нужно самому увидеть то, что рассказали мне ночью Сашка Шах и Фулевый, увидеть и описать, как пятнадцатилетние мальчишки, шпана, с утра выходят на работу – на всех трамвайных маршрутах, на вокзалах, рынках и в магазинах. Воруют кошельки, снимают часы, срезают сумочки, а по вечерам грабят одиноких прохожих на темных улицах, и все это с одной целью – купить на эти деньги наркотики. Я должен описать, как они курят гашиш, колются опиумом на своих «горках» и «ловят кайф».

Никто и никогда в советской журналистике не делал этого, я буду первый, я – сделаю! Это как раз для нашей молодежной газеты – очерк о пятнадцатилетних наркоманах, и это будет ударный материал, сенсация, фитиль всем газетам.

На шестой день я просто не приехал на Рыбачий остров. Снова молодой, самоуверенный и упрямый, я вернулся к «нормальной жизни», на ее бакинское дно,– через адресный стол я легко нашел домашний адрес и телефон Саши Романова. Я позвонил его матери, терзаясь, что не сделал этого раньше и не знаю, где он сейчас: все еще в тюрьме или на свободе.

Саша сам взял трубку – в его деле все произошло так, как описывал в камере Фулевый: его освободили за «недостаточностью улик». Быстро, в две минуты, мы договорились о встрече на приморском бульваре, у главного входа, и при этом Саша спросил:

– А можно я буду с Линой?

В мои планы не входило посвящать какую-то девчонку в свои журналистские предприятия, но тут мне было интересно взглянуть на ту, которая в минуту отучила Сашку от наркотиков, да и вообще – она тоже могла стать персонажем моего очерка.

Они появились на бульваре, держась за руки, как дети, или, точнее, как два существа, открывших друг друга, словно новую планету. Это было именно так – Сашка Шах, крепкий, загорелый, в спортивной рубашке и одесских джинсах, и Лина – худенькое синеглазое существо с кегельными ножками и вольно распущенными по плечам льняными волосами; даже гуляя со мной по приморскому бульвару, среди людей и детских колясок, даже в кафе-мороженом, где мы сели в тесноте и тени под парусиновым тентом,– всюду они все равно были вдвоем, только вдвоем, будто отгородившись от мира биополем своей влюбленности.

В таком состоянии о чем было разговаривать с ними?

Сашка ничего не понимал, ничего не слышал и вряд ли был способен что-то понять. Все же я спровоцировал ситуацию, чтобы мы с ним хоть на пару минут остались одни,– я уговорил Лину покататься на детской карусели, и, пока она кружилась вместе с пятилетними детьми, я в две минуты объяснил Сашке свою идею – внедриться в среду наркоманов, провести с ними несколько дней, покурить, поиграть в карты, даже принять участие в каком-нибудь воровстве или краже, чтобы затем я мог сделать очерк для «Комсомолки». Однако на Сашку это не произвело впечатления. Он был словно в другом измерении, он расстался с блатным миром и перешел в другой, и все, чего я добился от него, было обещание помочь мне в этом предприятии, только «когда Лина уедет».

– А когда она уедет?

– Через три дня.

– А где она живет? Все еще у тебя?

– Нет. У тети.

– Значит, ты не все время с ней? Когда она у тети, ты бы мог мне помочь.

– Нет, извините, я прямо с утра еду на Баилов, к ней...

При этом на протяжении всего разговора он смотрел только на нее, провожал ее глазами, когда она укатывала на карусели, и махал ей рукой, когда она появлялась снова. Я понял, что тут каши не сваришь, что с этим влюбленным

Шахом говорить бесполезно. Все-таки любовь отупляет, прямо скажем.

– Ладно,– сказал я, чтобы сменить тему.– А где Фулевый?

– Его должны были пару дней назад этапировать куда-то в Сибирь, по старому делу.

– Куда?

– Не знаю...

– Саша,– сказал я,– как же так? Вы сидели в одной камере, делили на двоих сигарету, а теперь ты не знаешь, где он. Может, он еще здесь, может, ему можно передачу передать...

– А вы? – вдруг резко повернулся ко мне Сашка и, вмиг забыв о своей влюбленности, сказал в упор: – А вы не сидели с нами в одной камере? А вас не били с Фулевым? Куда же вы делись, когда вышли? Хоть бы пачку сигарет передали! А теперь... Я вам нужен, чтобы очерк написать, вот вы и вспомнили!

Он был прав.

Я смотрел ему в глаза – что я мог ему объяснить? Даже если бы я рассказал ему во всех деталях о моем разговоре со «следователем» на втором этаже Управления бакинской милиции,– это бы все равно меня не оправдало. Действительно, почему я забыл о своих сокамерниках, едва вышел на свободу? Почему не передал им – хотя бы через того же Изю Котовского – передачу, какие-нибудь фрукты, сигареты, книги. Я посмотрел Сашке в глаза и сказал:

– Ты прав.

– Вот то-то ж... – сказал он и взял за руку подбежавшую к нам Лину.– Пока!

– До свиданья,– мягко, сияя глазками, сказала мне Лина, и, держась за руки, они ушли по тенистой аллее бакинского бульвара, ушли, не оглянувшись, забыв обо мне в ту же секунду, как попрощались.

Глава V
ВЫСТРЕЛ НА ПЕСЧАНОЙ КОСЕ

Что может остановить журналиста, я имею в виду профессионала, то есть, простите за нескромность, себя самого,– так вот – что может остановить журналиста, если он уже «загорелся темой»? Я взял у Изи какие-то старые спортивные сатиновые брюки, вылинявшую майку и домашние тапочки и, переодевшись, в таком вот затрапезном виде поехал трамваем в Арменикенд, в сторону Дворца культуры им. Гагарина. Там, сойдя с трамвая, я легко нашел заросший кустарником тенистый сквер, в котором Сашка Шах навестил Мосола в день появления Лины в Баку.

Скверик был пуст, только какие-то русские голопузые пятилетние малыши возились тут с двумя сцепившимися жуками. Но я не отчаивался. Огляделся. За сквером были видны так называемые хрущобы – пятиэтажные коробки с прежде разноцветными, а теперь одинаково вылинявшими балконами. В моем наряде – в этой вылинявшей майке и сатиновых трусах – я вполне мог сойти за местного и спросил у одного из пацанов:

– Тебя как зовут? Сережей?

– Нет, я – Алик,– ответил он удивленно.

– А фамилия?

– Красавин...

– А в каком доме ты живешь?

– А вон там,– показал он на одну из хрущоб.

– А большие ребята тут бывают?

– Это которые анашу курят? – деловито спросил другой мальчишка.

– Да.

– Они потом придут, после обеда.

– А где они живут? В этих домах?

– Нет, они не с наших домов,– сказал Алик Красавин.

Этого было достаточно. Я тоже считал, что Мосол и его компания не могут жить именно в этих домах, так близко от своей «горки», где они курят анашу и колются опиумом. Иначе каждый из них был бы на глазах у своих родителей. Не зря же Сашка Шах жил на Мельничной, а «горку» себе выбрал у Сабунчинского вокзала, это пять остановок трамваем от дома. И, значит, вряд ли они тут знают всех...

Я сел на скамейку в тени деревьев и стал ждать. Не могу сказать, что это было утомительно. Стоял удивительный летний день, несколько жарковатый, но здесь, в тени деревьев и пышных олеандровых кустарников, вымахавших выше человеческого роста, было нежарко, обласкивающе-спокойно. По-моему, я даже задремал, когда услышал позади себя, в кустах, голоса:

– Тащи «баян», «баян» давай!

– Там какой-то хмырь сидит...

– Да хрен с ним! Не тяни резину! Зажигай.

Я не двигался, сидел, не меняя позы, будто и в самом деле сплю.

Чиркнула спичка у меня за спиной, и после паузы снова голоса:

– Ну что ты? Куда?! Дай я сам... И курнуть дай, курнуть!

Медовато-тягуче-пряный запах гашиша потянулся из-за кустов, и неожиданно для самого себя я громко, даже, я бы сказал оглушительно громко,– чихнул.

За кустами раздался смех. Я повернулся. Густые олеандры скрывали от меня тех, кто там хохотал, но безусловно они смеялись надо мной, над этим громким «А-апчхи!», и я – была не была! – шагнул сквозь кустарник к ним. На крохотной, в три квадратных метра, полянке, в плотном окружении кустов, кружком сидели пятеро мальчишек. 13, 14 и 15 лет. Азербайджанцы, армяне, русские. Худющий, с тонкими руками мальчишка лет 14-ти сидел, закатав рукав рубашки, одна рука выставлена прямо перед собой со сжатым кулаком и вздутыми синими венами, а второй рукой он держал шприц с мутно-беловатым раствором опиума и толстой иглой старался попасть себе в вену в сгибе возле локтя. Но от частых уколов вена остекленела, выскальзывала из-под иглы, а он все ловил ее и ловил, ковыряясь иглой в своем теле, и от этого алая струя крови медленно катилась по руке и каплями падала с локтя на землю. Но ни мальчишка, ни ребята не обращали на это внимания. Они даже на меня почти не обратили внимания, только один поднялся мне навстречу, а остальные неотрывно смотрели, как колется их приятель, и жадно курили одну закрутку анаши на всех.

– Дай пошабить, пошабить дай! – нетерпеливо потянул губы к этой мастырке тот, который кололся. Ему дали – вложили мастырку в губы, он жадно затянулся и, будто успокоившись, вдруг проткнул вену шприцем, вобрал в шприц кровь из вены, а затем откинул голову, прикрыл глаза и стал медленно выжимать эту смесь своей крови и опиума себе в вену. Я видел, что при этом не только он, но и все остальные испытывают какое-то общее, почти физическое облегчение, словно и они наравне с ним получают в эту секунду наркотик.

— В чем дело? — сказал мне тот, кто поднялся навстречу — крепкий шестнадцатилетний азербайджанец с жестко вьющимися волосами.

— Пошабить дадите? — спросил я.

— А ты откуда?

— Вообще из Москвы. А тут в гостях у брательника. Красавина знаешь? Вон в том доме. Джинсы нужны кому-нибудь? Американские...

— Фарцуешь, что ли?

— Ну... — почти подтвердил я.

Между тем шприц, который они между собой называли «баяном», перешел к другому мальчишке, и он достал из кармана так называемый «чек» — кусочек полиэтиленовой пленки с жирновато-бурым пятнышком опиума, снял это пятнышко лезвием ножа, прокалил над спичкой, ссыпал в шприц и развел обыкновенной водой из кружки. Затем несколько раз с силой сжал кулак левой руки, накачивая кровь в вену, и поднес иглу шприца к сгибу в локте. Я видел, что этот сгиб весь в красных точках от прежних уколов, как у Фулевого.

— Так что насчет джинсов? — спросил я у ребят, но им, конечно, было сейчас не до джинсов, кто-то лениво сказал:

— Это Мосола надо спросить...

И они потеряли ко мне интерес, и тот, кто допрашивал меня, Рамиз, взял шприц и тоже стал готовиться к уколу. Я сел рядом, на камень. Наверно, что-то в моем лице было напряженное, потому что один из них спросил:

— Ты что, никогда не видел?

— А у вас там «двигаются», в Москве? — спросил другой.

— Еще как! — за меня ответил кто-то. И предложил мне: — «Секу» замешаем? Бабки есть?

Я играл в «секу» один раз в жизни, на Ямальском полуострове, когда в двухстах километрах от Диксона, в крохотном ненецко-рыбачьем поселке Новый Порт, шесть суток пережидал с летчиками нелетную погоду, зимний тундровый буран. Мы тогда варили семирную уху из обского муксуна, нельмы и осетра, пили спирт и играли во все карточные игры, какие только знали. Теперь это пригодилось. У меня было при себе восемь рублей, и мы тут же сели играть с теми, кто не кололся, а только курил гашиш, или, как они говорили, «план». Я решил, что очерк о бакинских наркоманах так и начнется: «Главному бухгалтеру «Комсомольской правды». Прошу оплатить следующие расходы по командировке: проиграно в карты – 8 руб. 40 копеек, пропито – 6 рублей 12 копеек, потрачено на наркотики – 23 рубля и порваны при «отрыве» от участкового милиционера брюки стоимостью в 16 рублей». А затем пойдет подробное, почти час за часом описание нашего времяпрепровождения – я почти двое суток провел в компании этих ребят, играл в «секу», курил с ними гашиш, слонялся по улицам, удирал от милиции, бил водяные автоматы с газированной водой, продал кому-то свои джинсы за 30 рублей... Я насмотрелся и на то, как они «мажут» часы в трамваях и срезают лезвием задние карманы покупателей в очередях за маслом и гречневой крупой. Слоняясь с этими ребятами, я легко выяснил их биографии и привычки, скажем, все они практически целыми днями ничего не ели, экономя деньги для покупки наркотиков, а сосущие позывы голода утоляли каким-нибудь дешевым кусочком сладкой халвы или щербета. Но не только будни этой жизни интересовали меня. Я хотел выяснить, откуда берут наркотики все эти Толики Хачмасы, Ариф Зеленый, Магомед Гоголь и другие торговцы, почти открыто сбывающие гашиш и опиум в самых разных районах Баку. Но, как ни странно, никто из этих ребят не задавал себе вопроса: а как это организовано – сбыт наркотиков? Налицо была профессиональная сеть сбыта, но ограниченность этих одурманенных наркотиками ребят не позволяла им заглянуть дальше своей мастырки анаши и «баяна» с опиумом.

Я же тешил себя надеждой выйти через торговцев наркотиками на Зиялова (в адресном столе города Баку мне официально сообщили, что Олег и Анна Зияловы выписались из Баку шесть лет назад и местонахождение их неизвестно), но все мои попытки сблизиться с Толиком Хачмасом, Магомедом Гоголем или еще кем-то из торгашей наркотиками никакого не дали результата – они резко, почти враждебно, обрывали мой каждый вопрос, каждую пробу разговориться или даже вообще задержаться возле них дольше минуты. Взял мастырку – иди! Купил морфий – отваливай! Они даже пританцовывали на месте от нетерпения побыстрей избавиться от клиента – так, будто уже с час или полтора не могут сбегать в туалет помочиться...

Была еще надежда на встречу с Мосолом и Генералом. Имя Генерала ребята вообще не упоминали, а когда удалось навести ребят на разговор о нем, выяснилось, что последнее время они его не видят, был даже слух, что его посадили, но Мосол сказал им, что это треп, просто Генерал занят другими делами. А Мосол, говорили они, тоже ишак – втюрился в какую-то девку, выслеживает ее и уже неделю не появляется в скверике...

Мосол появился на третий день, под вечер. Это был худощавый, жилистый, крепкий, с умными острыми глазами парень не старше семнадцати лет. Несмотря на летнюю жару, он был в пиджаке советского производства, джинсах и кедах. Шагнув сквозь кусты, за которыми мы играли в «секу», он одним взглядом окинул всех и тут же спросил про меня:

– Это кто?

– Наш,– ответил ему Рамиз, тасуя карты.– Из Москвы, фарца. Он с нами уже три дня ходит.

– Ладно. Дай курнуть и кончай «секу»,– приказал Мосол Рамизу.– Ты мне нужен. И ты, Сикун.

Рамиз и Сикун были, пожалуй, самыми крепкими ребятами в этой компании. Взяв у кого-то мастырку с анашой, Мосол сделал несколько затяжек, потом откинулся на траву, сказал мечтательно и хвастливо:

– Все! Сегодня мы делаем этого Шаха!..

Я напрягся, но не подал вида, продолжал играть в эту дурацкую «секу». Мосол докурил, взглянул на часы. Ребята – Рамиз и Сикун – молча смотрели на него, ждали приказаний.

– Рано еще...– сказал им Мосол с явной досадой.– В семь часов электричкой поедем на Песчаную косу. Это их место, я засек. Завтра они уезжают, только вот им! – он сделал неприличный жест.– Сестра! Сегодня будет ему сестра, этому Шаху!

Он лежал, сощурив узко глаза и сжав губы. Потом рывком встал, распорядился:

– Пошли! Засадить надо винца! Чтоб веселей было эту сестру на хор поставить.

И увел Рамиза и Сикуна.

Через пару минут я зевнул, безразлично отодвинул карты и сказал:

– Ладно. Надоело... Пойду посплю, что ли...

Выскочив на улицу, я голоснул первой попавшейся машине, какому-то частному «Москвичу». В Баку, как и в Москве, почти любой частник готов заменить вам такси.

– Приморский бульвар!

– Деньги есть? – спросил у меня водитель.

– Есть, есть! Поехали!

– Пожар, что ли?

– Почти.

Минут через пять мы доехали до дома Изи Котовского.

Я увидел, что его синий «жигуленок» стоит во дворе, и бегом взбежал на четвертый этаж. Изи не было дома, но под ковриком меня, как всегда, ждал ключ от двери. Я вбежал в квартиру, бросился к телефону. На часах было без четверти семь. Конечно, Сашки не было дома! Телефон не отвечал.

Я открыл Изин письменный стол, пошарил в ящике. Все автомобилисты обычно имеют вторые ключи от машины и держат их где-нибудь в «тайном месте». У Изи местом для всех его вещей был письменный стол, там лежало все – от лекарств до отверток и плоскогубцев. Вывалив содержимое ящика на пол, я обнаружил ключи от его машины. Спешно переодевшись в нормальные брюки и рубашку, я прихватил деньги, редакционное удостоверение и выскочил из квартиры. Было без десяти семь.

Через минуту без всяких документов на машину я мчался по приморскому бульвару в сторону Песчаной косы. Я знал, я вспомнил, что Мосол выиграл на воровском конкурсе браунинг, и, следовательно, я должен опередить его. Под ногами, под передним сидением, у меня была монтировка – единственное оружие, которое предусмотрительный Изя Котовский всегда возил с собой.

Теперь, при редакционном удостоверении «Комсомольской правды» я даже на чужой машине чувствовал себя как в родном седле. Этим бакинским лихачам, этим азербайджанским водителям-кепконосцам я показал московский класс езды! К каждому светофору я подъезжал в ту секунду, когда он переключался на зеленый и, не останавливая машины, на второй скорости давил газ и уходил вперед, к новому светофору. Улица имени 26 апреля, кинотеатр Низами и напротив него родная редакция газеты «Бакинский рабочий», где до «Комсомольской правды» я отработал три года. Знали бы они там, в редакции, Артур Гуревич, Алешка Капабьян, Нина Крылова и все остальные, кто сейчас пролетел под раскрытыми окнами секретариата газеты! Не исключено, что и Изя Котовский там сейчас, в фотолаборатории, точит лясы...

С улицы 26 апреля – в Черный город, знакомая дорога в сторону аэродрома, только километров за пять до Бильгя нужно свернуть к морю, направо. Я шел по шоссе на скорости 120 в час, легко обходя машины и аэрофлотские автобусы, а рядом, на насыпи, тянулись рельсы электрички. Я уже видел, что явно опережаю семичасовую электричку Мосола, я даже чуть сбавил скорость. И вдруг...

Шум двигателя исчез. Машина, теряя скорость, бесшумно катила по шоссе. Я растерянно глянул на панель с приборами – японский городовой! Бензин! Стрелка бензобака лежала на нуле, и горела красная предупреждающая лампочка, а я – осел эдакий! – не посмотрел и не заправился в городе!

Матеря себя, я пристал к обочине, кинулся к бензобаку, открутил крышку и заглянул внутрь – как будто бензин все-таки мог быть там каким-то чудом! Бензобак был пуст. В отчаянье я стал голосовать каждой проезжающей машине – может, кто-то даст мне бензин, отольет из своего бака. Но теперь мимо меня ехали все те, кого я только что так вызывающе, так нагло обгонял. И потому они с мстительной улыбкой проскакивали мимо. Какой-то мужик даже показал мне язык, кто-то сделал ручкой...

И в это время промчалась электричка. Электричка, в которой ехали, я не сомневаюсь, Мосол с Рамизом и Сикуном.

Клацая по стыкам рельсов, вагоны промчались по насыпи и стали быстро исчезать вдали.

Я бессильно опустился на сиденье машины, потом снова попробовал голосовать – бесполезно! Шоссе – дорога на аэродром – считается правительственной трассой, здесь и останавливаться нельзя, даже если кто-нибудь и мог бы отлить мне свой бензин, он не станет этого делать, зачем ему рисковать автомобильными правами? Я тупо сидел в машине. Бежать пешком до этой косы? Глупо, я прибегу туда часа через полтора. Качалки нефтяных вышек, натыканные вдоль дороги и разбежавшиеся от нее во все стороны вплоть до горизонта, монотонно клевали скважины, будто повторяли вместе со мной: «И-ди-от!!! И-ди-от!!!»

Не знаю, может быть, прошло минут двадцать, когда рядом затормозила милицейская машина с крупными буквами по борту «ГАИ». Старший лейтенант милиции, молодой улыбчатый азербайджанец, уже предвкушая крупный штраф, который он сейчас сорвет с меня за остановку на правительственной трассе, лениво вышел из машины и подошел ко мне.

– И в чем дело? – спросил он нараспев. – Да-а-кументы!

Я смотрел на него, понимая, что только они могут быть сейчас моим спасеньем. Нужно было только выбрать правильный тон в разговоре с ним. Я молча вытащил из кармана красное удостоверение «Комсомолки», где на кожаной обложке, кроме названия нашей газеты, было золотом вытиснено магическое: «ЦК ВЛКСМ». Я показал ему эту красную книжку, и он тут же изменил тон:

– Ждете кого-нибудь?

– Вот что, старший лейтенант, – сказал я. – Глупость у меня получилась, бензин кончился. Отлей мне пару литров, – я кивнул на его милицейскую «Волгу». Я заплачу.

Лейтенант сокрушенно покачал головой:

– Зачем обижаешь, дорогой? Пару литров бензина для «Комсомольской правды» мы еще можем даром дать. Шланг есть?

Откуда я знал, есть у Изи шланг или нет? Я открыл багажник – оказалось, что там даже запаски нет, не только шланга. Лейтенант укоризненно взглянул мне в глаза.

– Ладно,– сказал он и тут же милицейским жезлом остановил проезжавшую мимо машину.

Через минуту, перегородив своими машинами движение на шоссе, мы поставили их так, чтобы его бензобак был рядом с моим бензобаком, а шлангом, взятым у владельца третьей машины, старший лейтенант сам перекачал мне из своей гаишной машины, наверно, с полбака бензина.

Я было сунул все-таки руку в карман за деньгами, но лейтенант взглядом перехватил этот жест, и я понял, что он действительно обидится, если я опять предложу ему деньги. Я пожал ему руку, сел в машину и погнал по шоссе. Теперь, с разрешения родной милиции, я выжал педаль газа до отказа. Стрелка спидометра завалилась направо – 130, 135, 140... Казалось, легкая, без всякого груза в багажнике, машина сейчас оторвется колесами от асфальта, взлетит. А на автотреке ВАЗа меня уверяли когда-то, что на больших скоростях «Жигули» будут стелиться к земле, конструкторы хреновы!..

Быстро темнело, я включил ближний свет и, плавно вписавшись в поворот к Песчаной косе, вымахнул на старую грунтовую дорогу, убегавшую в дюны Песчаной косы. Рядом струились рельсы электрички, а сам поезд пунктиром виден был вдали, на конечной остановке. Уже не жалея Изину машину, я снова дал максимальный газ. Баранку пришлось держать двумя руками, а спиной упереться в сиденье так, чтобы на ухабах от тряски не выбить головой потолок.

Я был уверен, что знаю место, где должны быть Сашка и Лина. Песчаная коса заканчивается двумя небольшими скалами – Каменным Седлом, за ними есть крохотный Залив Влюбленных. Там, укрывшись от посторонних глаз, десятилетиями целуются поколения влюбленных, я сам там первый раз поцеловался с девочкой из девятого класса...

Электричка отошла от станции и двинулась мне навстречу. Все! Неужели я опоздал?

Спустя минуту я уже подъезжал к пустынной станции «Пляж», откуда только что уехали последние курортники. Станция была пуста, пляжи вокруг нее – тоже. Здесь же кончалась и грунтовая дорога, и дальше, до Каменного Седла, были только песчаные дюны и мокрая кромка берега. Я бросил машину влево, к самой воде, и поднимая колесами фонтаны брызг, покатил к Заливу Влюбленных. Когда моя машина вымахнула из-за Каменного Седла в Залив Влюбленных, я увидел картину, которой боялся больше всего: на опустевшем пляже здоровые парни Рамиз и Сикун прижимали к земле избитого Сашку Шаха, Рамиз держал у Сашкиного горла нож, чтобы тот не рыпался, а в стороне, у воды, Мосол насиловал Лину. Девчонка кусалась, извивалась ужом, поджав под себя коленки, а Мосол выламывал ей руки, бил кулаком с зажатым в нем браунингом и кричал:

– Убью! Я тебя выиграл! Убью!

Другой рукой он все пытался стянуть с себя брюки...

Я включил фары, нажал клаксон и бросил машину прямо на эту барахтающуюся у кромки воды пару – Лину и Мосола. В сумраке вечера им не было видно, что это за машина – милиция? частник? дружинники? Боковым зрением я видел, как Рамиз и Сикун тут же оставили Сашку и кинулись на утек через Каменное Седло. Но Мосол...

Этот парень не терял голову в острые минуты. Ослепленный четырьмя фарами мчащегося на него автомобиля, он вскочил, прижал к себе Лину и отчетливо, чтобы мне было видно в машине, приставил браунинг к голове девушки.

Я ударил по тормозам. Машина зарылась в песок в двух метрах от Лины и Мосола. Сквозь слепящий свет фар им не видно было, кто сидит в машине. Изнутри машины я видел избитую Лину, в разорванном купальнике, голую, с детской грудью, и пушистым лобком, кегельно-стройными ногами, и Мосола – расхристанного, с полуспущенными брюками, одной рукой он цепко прижимал к себе Лину, другую, с браунингом, держал у ее лица. Увидев, что машина остановилась и смысл его жеста достаточно ясен тем, кто сидит внутри, Мосол выждал короткую паузу и стал медленно, вместе с Линой, таща ее за собой, отходить в сторону, из-под света фар. Боясь за Лину, я неподвижно сидел в машине, подавшись всем телом вперед, почти прижавшись лицом к стеклу машины. В конце концов, пусть он сбежит, лишь бы ее оставил живой. Но в ту секунду, когда Мосол уже ступил в грань между светом фар и вечерним сумраком, сильное тело коротко метнулось к нему из мрака и обоих – и Мосола и Лину – сбило с ног. И тут же прозвучал выстрел, и я вдруг почувствовал, как лобовое стекло машины стеклянной пылью брызнуло мне в лицо, на рубашку, на брюки. Сашка! Это Сашка Шах бросился из темноты на Мосола, сбил его с ног, и, падая, Мосол выстрелил. Пуля полоснула по лобовому стеклу «Жигулей», и оно разлетелось просто в пыль. Я не знаю, каким биологически-защитным рефлексом я успел закрыть ресницы раньше, чем это стекло брызнуло мне в зрачки. Скорей всего я просто моргнул с перепугу в момент выстрела, и это спасло мне зрение.

Я слышал, что рядом, на песке, идет смертельная борьба, но я не мог открыть засыпанных стеклом глаз. И тогда, ощупью открыв дверку машины, я слепо выбрался наружу и подбежал к Сашке в тот момент, когда Мосол уже зигзагом убегал от него по песчаным дюнам, а Сашка стрелял в него отнятым браунингом. Лина кричала: «Саша, не надо! Не надо!», а он отталкивал ее свободной рукой и целился снова, но тут я ударил его по руке с браунингом. Похоже, сгоряча я ударил слишком сильно, Сашка охнул, выронил браунинг, но тут же подхватил его с земли другой рукой и снова выстрелил в темноту, вдогонку, наугад. Мы с Линой повисли на Сашке, удерживая его на месте,– он рвался из наших рук, кричал в истерике:

– Пустите! Я убью его! Пустите!

Я в обхват держал его за плечи, а Лина, плача, целовала, успокаивала:

– Сашенька, все! Все! Не надо!

Голая, мокрая от слез, она прижималась к нему, невольно натыкаясь на мои сцепленные в замок руки, и я локтями чувствовал ее грудь, живот, плечи.

Глава VI
ОПАСНОЕ РЕШЕНИЕ

В ту ночь квартира Изи Котовского превратилась в настоящий полевой лазарет. Йодом, зеленкой, свинцовыми примочками и пластырями я смазывал и залеплял порезы, синяки, ссадины и ушибы у Сашки и Лины, и Изя, убитый потерей лобового стекла в его «жигуленке», ходил по квартире с мокрым полотенцем на голове и причитал, как еврей на похоронах:

– Где я возьму такое стекло? Ой, где же я возьму такое стекло?! – Потом он горестно цокал языком и начинал сначала: – Где же я возьму такое стекло? Стекол к «Жигулям» нет нигде! Лучше бы ты проколол четыре колеса! Лучше бы ты сломал три бампера! Хотя нет, бамперов тоже нет нигде. Ну, не знаю – лучше бы ты мне все фары разбил! Ой, где я возьму такое стекло?

– Изя! Это же не я разбил! В нас стреляли, понимаешь! В меня стреляли! Еще пару сантиметров левей – и он бы меня убил! Ты понимаешь? А ты – стекло, стекло. Будет тебе это стекло!

Я поклялся ему, что не уеду из Баку, пока не вставлю это проклятое стекло, что мы завтра же поедем к директору автостанции, в Министерство автотранспорта, в отдел пропаганды и агитации ЦК Азербайджана, но достанем это стекло – подумаешь!

– Я не знаю,– горестно раскачивался Изя.– Я ничего не знаю. Я знаю, что завтра мне нужно ехать по районам снимать передовых хлопкоробов, а мне не на чем ехать! Гуревич, директор АЗТАГа, разбил себе стекло – и что? Его машина стоит на станции шестой месяц! Оруджев – ректор университета! – попал в аварию, его вылечили, уже зажил перелом ноги, и всю машину отремонтировали и покрасили, а ездить не может – нет стекла! Нету! Ни в Москве, нигде! Ой, что я буду делать? Что я буду делать?!

Тут Сашка Шах не выдержал, пошел на кухню и вернулся с такой резиновой штукой – не знаю, как она называется,– которой продувают засорившиеся водопроводные раковины и унитазы. Такая глубокая резиновая тарелка с деревянной рукояткой.

– Изя,– сказал Сашка,– сходите к соседям, попросите еще одну такую штуку на пять минут.

– Зачем?! – изумился Изя.

– Ну, я вас прошу. На пять минут. Мне очень нужно.

Изя пожал плечами, пошел к соседям и через пару минут вернулся с еще одной такой резиновой штукой. Сашка взял их обе и вышел из квартиры.

– Ты куда? – изумился я.

– Я сейчас. Посмотрите за Линой...

Лина, укрытая пледом, спала, свернувшись калачиком, в спальне Изи, на его кровати. Чтобы успокоить ее от пережитого и заставить уснуть, пришлось уговорить ее выпить граммов 150 коньяку. Теперь во сне она вздрагивала, что-то шептала распухшими губками, волосы прилипали к потному лбу.

Сашка действительно вернулся через пять минут. В руках, на двух этих резиновых тарелках, как на присосках, он нес лобовое жигулевское стекло.

– Что это?! – обалдел Изя.

– Это стекло для вашей машины,– сказал Сашка, поставил стекло на пол и осторожно поддел край присоски лезвием ножа. После этого резиновая тарелка легко отлипла от стекла, и Сашка подал ее Изе.– Отдайте соседям, пожалуйста.

Изя с ужасом смотрел то на меня, то на Сашку.

– Ты вытащил стекло из чужой машины?!!

– Не на вашей улице. Там, за углом,– сказал Сашка.– Что вы переживаете? Никто не видел. И машина не бакинская, а из Кюрдамира. Эти спекулянты даже стекло искать не будут, а купят себе новую машину.

– Боже мой! – снова стал раскачиваться Изя.– Боже мой! Если меня завтра арестуют...

– За что? – спросил Сашка Шах.

– За то, что я украл стекло!

– А разве это вы украли? – удивленно сказал Сашка.

– Потрясающе! – раскачивался Изя.– Потрясающе!..

– Слушайте, Изя. Это стекло на черном рынке стоит двести рублей. Я их никогда не тибрил, ну то есть не воровал, потому что это бизнес ребят из Черного города. Поэтому, если у вас спросят на автостанции, где вы взяли стекло, скажете, что случайно купили в Черном городе. И все, и перестаньте переживать, давайте лучше чай пить. Отнесите соседям эту присоску.

И когда Изя вышел, Сашка сказал:

– Мне нужно с вами поговорить. Но при Изе нельзя. Может, мы пойдем погуляем?

– Пошли. Но нужно позвонить твоей матери, чтоб не волновалась, что ты дома не ночуешь.

– Обойдется,– жестко отмахнулся Сашка.

Минут через десять на ночной бакинской набережной я понял, откуда эта жестокость в его голосе. Тихо журчали полуопавшие фонтаны приморского бульвара, молча и бесшумно лежало за гранитной набережной Каспийское море, пополам разделенное сияющей дорожкой, пряно пахли олеандры, и аллеи приморского парка были усыпаны спелыми ягодами черного и зеленого тутовника. Изредка на скамейках под обезглавленными фонарными столбами угадывались в черноте ночи базальтово-застывшие фигуры влюбленных парочек. Мы шли с Сашкой из аллеи в аллею, он рассказывал:

– Я решил уехать из Баку. Я люблю Лину, и она – меня. Мы хотим жить вместе. Всегда. Я сказал матери, что хочу ехать с Линой в Вильнюс. Я не могу здесь остаться. Если я останусь, я завтра опять колоться начну, воровать в трамваях. Ведь тут это на каждом углу! Я знаю всех, все знают меня, и мне от них не уйти. Или я пришью Мосола, или он – меня. Вчера утром я сказал это матери. Что я должен уехать с Линой – насовсем. Я хочу снять в Вильнюсе комнату или квартиру, мы поженимся, я пойду на какую-нибудь работу и кончу вечернюю школу. А там – или институт, или армия – будет видно. Короче, я попросил у матери деньги, хотя бы в долг, две тыщи. Чтобы поехать в Вильнюс, найти квартиру, ну – чтоб начать там жить. Так вы бы видели, что началось! Как она ее обзывала! И «прибалтийская шлюха», и «распутная девка», и «проститутка» – ужас! Что она не для того меня кормила семнадцать лет, чтобы отдавать какой-то шлюхе! Что лучше бы я остался в тюрьме! Что она сама на меня в милицию донесет, чтоб меня опять посадили,– только не отдаст этой «развратной девке». И все из-за чего? Из-за двух тысяч!

– Подожди! Я не думаю, что это из-за денег. Просто вам по 17 лет, еще рано жениться...

– Это наше дело,– жестко сказал Сашка.– Это наше дело! Нам семнадцать лет, мы не дети, и мы уже живем как муж и жена. Но почему мы должны жить так, тайком, на чужих квартирах, на пляжах? Мы хотим жить как люди, нормально, нам нечего прятать. Что мы украли? Я ее люблю, она любит меня. И это все. Я попросил у матери две тысячи – я же знаю, сколько у них с отцом лежит на книжке! Что они будут делать с этими деньгами? Кому они копят?

Он умолк. Мы шли вдоль яхт-клуба. На фоне черно-лунно-желтого моря острые мачты парусных яхт казались поднятыми в небо плавниками доисторических рыб, и наши шаги мягко таяли в тишине теплой южной ночи. Сашка долго молчал, я не торопил его, я понимал, что он вытащил меня на эту прогулку не для того, чтобы пожаловаться на мать. Наконец, Сашка продолжил – уже совсем другим, спокойным тоном:

– Короче, денег она мне не дала. Даже на билет до Москвы. Но я достал эти деньги. У Генерала. Конечно, такие деньги он даром не дает, но это будет мое последнее дело. Я знаю, что вам нельзя об этом рассказывать, вы корреспондент газеты, но вы меня спасли, меня и Лину, и мне некого больше просить. Если что-то со мной случится, если меня заметут и посадят – помогите Лине ждать меня, а? Поможете?

– Что это за дело, Саша?

– Я не могу вам сказать.

– Как хочешь. Но это глупо. Ты доверяешь мне самое дорогое, что у тебя есть,– любимую девушку, и не доверяешь какую-то темную историю с Генералом. Как хочешь...

– Хорошо, я скажу. Хотя это...: Хотя, конечно, нельзя, но ладно! Только дайте мне слово, что вы – никому! А то нас пришьют обоих. Дайте мне честное слово!

– Хорошо. Даю честное слово.

– Генерал мне сказал: вот тебе тыщу рублей аванса, а еще десять получишь, когда сделаешь дело. А дело такое: отвезти в Москву чемодан с деньгами и в условленном месте обменять на рюкзак с наркотиками. Я привожу туда деньги, а мне дают рюкзак с наркотиками. С рюкзаком я похож на студента, каких сейчас тысячи. Поездом привожу этот рюкзак в Баку, отдаю Генералу и самолетом – опять к Лине. Нужно только на несколько дней устроить Лину в Москве в гостинице и придумать, куда я делся на три-четыре дня. Вы можете мне помочь?

Хорошенькая история! Корреспондент «Комсомольской правды» помогает нелегальным поставкам наркотиков! Впрочем, я для того и нырнул на дно бакинской жизни, чтобы выйти на эти сферы. Но кто знал, что круг замкнется на Сашке Шахе! Конечно, заманчиво принять участие в этой операции, а потом описать ее в «Комсомолке», во втором очерке, но тут уж точно Сашка Шах загремит лет на восемь в тюрьму. Нет, остановись, Гарин, тебя уже однажды остановили в КПЗ, а на этот раз лучше остановись сам и останови этого парня...

— Саша,— сказал я после паузы,— давай начнем с самого начала, с причины. Тебе нужны деньги, чтобы начать новую жизнь в Вильнюсе, так?

— Я у вас денег одалживать не буду! — тут же сказал он.

— Я тебе и не предлагаю. У меня нет таких денег. Хотя если бы были – почему бы тебе не взять? Но ладно, я не об этом. Я предлагаю другое. Я беру тебе билет до Москвы. За счет редакции. Там, в «Комсомолке», ты даешь мне интервью – рассказываешь о себе все, что тогда ночью рассказал в КПЗ. Если хочешь, мы в газете изменим тебе фамилию. В интервью ты скажешь, что отказываешься от своего прошлого, завязываешь, начинаешь новую жизнь.

— Нет! Я ни на кого стучать не буду!

— Подожди,— сказал я с досадой.— Никто тебя не просит «стучать»...

— Но я же должен назвать ребят – с кем кололся, воровал...

— Им тоже можно изменить фамилии, для читателей это все равно – Ашот с тобой кололся или Расим, важна суть. После этого «Комсомолка» берет шефство над тобой и над Линой. В Вильнюсе через Литовское ЦК комсомола мы устраиваем вас в какое-нибудь общежитие, помогаем тебе с работой, играем вам свадьбу – в общем, делаем из тебя газетного героя и даже первое время немного помогаем деньгами – от редакции, от ЦК комсомола. Это я беру на себя,– я уже представил, как будет смотреться на полосе «Комсомольской правды» интервью с бывшим наркоманом, полюбившим вильнюсскую девчонку и начавшим новую жизнь, честную, правильную жизнь. Еще один

ударный материал Андрея Гарина, конечно, не такой сенса-
ционный, каким мог бы стать очерк о тайных перевозках наркотиков, но тоже ничего, в ЦК, в отделе пропаганды на Старой площади, такие положительные материалы любят куда
больше, не зря за три мои очерка мне передавали личную
благодарность от Замятина, зав. идеологическим отделом ЦК,
и теперь, когда борьба с подростковой преступностью и наркоманией стала чуть ли не государственной проблемой, пора
и газете заговорить об этом, и именно такой материал, такой
положительный очерк может прорвать табу цензуры на эту
тему.

Но я зря размечтался раньше времени. Сашка сказал:

– Это все уже поздно. Я уже взял у него деньги.

– Их можно отдать!

– Нет. Дело не в том – взять или отдать. Я уже посвящен,
понимаете? Я два года работал на Генерала, но я не знал, что
он приучил всех нас к наркотикам, чтобы нам же эти наркотики сбывать. А оказывается, и Толик Хачмас, и Магомед Гоголь, и все остальные торговцы берут наркотики у него же, у
Генерала. Раньше я этого не знал, а теперь – знаю. Даже если
я отдам ему сейчас все деньги – это не важно, это даже еще
хуже, потому что я еще не в замазке, а уже все знаю. Они меня
пришьют в два счета, если я выйду теперь из игры. Нет, я уже
в этом деле, спасибо моей матери,– он саркастически усмехнулся.– Андрей, я вам доверяю. Если вы можете мне помочь
– помогите, а нет – я вам ничего не говорил вообще. Иначе
они пришьют и меня и вас. Это не какой-нибудь Мосол со
старым браунингом, это мафия, имейте в виду.

Глава VII
(Без заглавия, недописана)

Назавтра я вылетел в Москву. Саша и Лина поехали
поездом (так приказал Генерал), чтобы избежать досмотра
вещей, который ввели на всех аэровокзалах.

Передавая Саше чемоданчик с деньгами, Генерал поехал с
ним на вокзал, купил ему и Лине билеты на поезд номер 5 Баку–
Москва, купированный вагон, и распорядился чемоданчик с

деньгами уложить в другой чемодан, побольше, с Сашкиными вещами, и держать этот чемодан под нижней полкой, и с полки этой не вставать всю дорогу. По приезде в Москву прямо с вокзала ехать в гостиницу «Турист», что за ВДНХ, в пятый корпус, там, вложив в каждый паспорт по 25 рублей, получить два одноместных номера (получить один номер на двоих, не имея в паспорте штампа о браке, у нас невозможно ни за какие деньги!). И после этого сидеть в номере, ждать звонка. Только в крайнем случае, если не будет номера в гостинице или еще что – в этот же день, в шесть вечера, подъехать на такси к кассам цирка, что у Центрального колхозного рынка.

Мне это все не нравилось, я вообще устал от этой командировки: сначала вершины Памира, самолеты с угольной пылью, ледники, гляциологи, маки и эдельвейсы, а затем с небесных высот – в бакинское КПЗ, мордобой в милиции, подводная охота, мимолетная шестнадцатилетняя нимфа, четыре дня беспрерывного секса – и снова – наркоманы, трамвайные кражи, драка на Песчаной косе, пуля в двух сантиметрах от виска. Не слишком ли много для каких-нибудь двадцати дней командировки? И еще за это же время передать в редакцию два очерка и вести этот дневник-повесть!

Ладно, я отвлекся. На следующий день после драки на Песчаной косе и ночного разговора с Сашкой Шахом я вылетел в Москву. Даже не зашел к бабушке на родную Бондарную улицу, а ведь специально из Ташкента летел в Баку только для того, чтобы пожить у нее, отдохнуть. Отдохну называется!..

В Москве с аэродрома – в редакцию. В приемной главного редактора за своим столом сидела секретарша Женечка. Женечке было за сорок. Как все секретарши, она любила комплименты и мелкие или крупные подарки. Я вытащил из кармана шариковую авторучку в прозрачном розовом корпусе с плавающим внутри лебедем – производство бакинского ширпотреба, верх художественного вкуса.

– Женечка, это как раз к вашим перламутровым ногтям, делают только в Баку.

– Спасибо! – Женечка взяла ручку и поманила меня к себе поближе.– Поди сюда.

Я обошел стол, подошел к Женечке почти вплотную. Сверху, через строго-скромный мысик выреза ее официально-го серого платья угадывались, как сказал Жерар Филип в фильме «Фанфан-Тюльпан», «два холма и между ними лощи-на». Что-что, а грудь у Женечки была действительно секре-тарская. Она перехватила мой взгляд, сказала укоризненно:

– Андрюша!

– Потрясающе! – нагло сказал я.– С таким бюстом и на свободе – потрясающе!

– Ты совершенно сдурел на своем Кавказе. Слушай, только между нами, я вчера пробежала твой очерк про нарко-манов – неужели это все правда? Это же ужас!

Ага! Значит очерк уже у главного.

– И ты правда курил с ними наркотики? А? Расскажи! – теребила меня Женечка.– Это приятно? Ты привез хоть попро-бовать?

– Женя! – теперь я перешел на укоризненный тон.– Что за наклонности?! Попроси наших загранкоров – тебе из Нью-Йорка вышлют ЛСД.

– Ладно! – отмахнулась она.– А продолжение будет?

Ну, если секретарша главного просит продолжения очер-ка – можно идти спать спокойно. Я кивнул на обитую кожей дверь главного:

– У себя?

– Нет. В ЦК с твоим очерком. Только я тебе ничего не говорила.

– В ЦК – где? На Хмельницкого или на Старой площади? – Я имел в виду, поехал ли он в ЦК ВЛКСМ или сразу в ЦК КПСС, к своим покровителям Замятину и Суслову, занимаю-щимся нашей идеологией вообще.

– На Хмельницкого,– сказала Женя.– Ты знаешь, что ты уже окончательно утвержден в пресс-группу Брежнева? От «Правды» три человека, от нас ты и Агарышев из иностран-ного отдела. Двенадцатого инструктаж у Замятина и Суслова, 14-го обед у Брежнева, а 15-го отлет.– И схватилась за трубку зазвонившего телефона: – Редакция...

Я чмокнул ее куда-то выше уха и, размахивая оттиском своей статьи, пошел к себе. Все было замечательно. Очерк о гляциологах, 370 строк, шел на завтра, а материал о наркоманах уже вентилировался в ЦК комсомола, а 15-го я лечу в Вену на встречу Брежнева с Картером! Нет, мы им еще покажем кузькину мать, этим бакинским милиционерам! Завтра я еще поеду на вокзал, встречу Сашку Шаха и уговорю его дать интервью газете. А после этого можно и в Вену лететь...

Тот же вечер,
23 часа 50 минут

На этом рукопись Белкина обрывалась. Я отложил последнюю страницу и задумался. Кое-что прояснялось, а кое-что запутывалось. Генерал, он же Гридасов, дал Сашке Шаху (он же Юрий Рыбаков) чемодан с деньгами для обмена в Москве на рюкзак с опиумом или другим наркотиком. Но по каким-то причинам этот же Генерал оказался в Москве раньше Шаха и был на Курском вокзале в момент приезда в Москву Шаха и Лины. Не исключено, что передача наркотиков должна была произойти прямо на вокзале вместо гостиницы «Турист» или цирка на Цветном бульваре. Но на вокзале оказался непредусмотренный Белкин. Этого Белкина Генерал уже видел на Бакинском аэродроме и знал, кто он и что. Белкин мешал им, путал игру и вообще – опасен. Вот они и взяли их обоих. Ну хорошо, допустим – я более-менее выстроил логическую картину похищения – что мне это дает? Где найти Белкина? Кто остальные трое? Этот Генерал уже шесть лет в бегах – он и еще шесть лет может пробегать, как его искать? Нужно искать остальных участников похищения, но как? где их приметы? Нужна Айна Силиня – черт подери, в этой круговерти я забыл дать телеграмму в рижскую милицию, чтобы ее срочно прислали снова в Москву...

Забывшись, что я не дома, я достал сигарету, чиркнул спичкой и тут же спохватился, выругал себя – неуклюжий черт! Но было поздно – Инна проснулась, проворно вскочила с софы.

– Ой! Который час?

– Около двенадцати. Инна, как фамилия вашего бакинского корреспондента?

– Радий Свердлов. Вообще-то он Радий Аухман, но по материнской линии Свердлов. А Вадик здесь называет его Котовским.

– Инна, можно я от вас позвоню?

– Да, конечно.

Я набрал междугородную, сказал пароль прокуратуры и попросил срочно соединить с Баку, с корреспондентом «Комсомольской правды» Свердловым. И сказал Инне:

– Инна, садитесь. Возьмите вторую рюмку. Это прекрасное вино «Черные глаза», как раз сегодня приятель привез из отпуска. Я весь день таскал его в портфеле, а теперь пригодилось.– И в телефонную трубку: – Алло! Товарищ Свердлов? Беспокоят из Прокуратуры Союза, следователь Шамраев. Извините, что поздно звоню. С двенадцатого по двадцать третье мая у вас жил Вадим Белкин. Я хотел бы узнать...

– Жил Белкин? – перебил недоумевающий голос.– У меня? Белкин? Что вы! Я его уже год не видел. С прошлого лета...

– То есть как? – оторопел я.– Он был в Баку с 12 мая.

– Да, я слышал, что он был в Баку вроде бы проездом. Но ко мне он не заходил. То есть, может, он мне звонил, но я все время по районам мотаюсь, сейчас ведь лето, много работы...– Голос был извиняющийся, но твердый.

Вот те раз!

– Хорошо, извините.– Я положил трубку, посмотрел на Инну.

Она не прикоснулась к вину, она так и стояла посреди комнаты, освещенной лишь настольной лампой, и из этого полумрака на меня смотрели черные и глубокие, полные тревоги глаза этой обиженной, явно брошенной Белкиным, но все еще любящей его женщины.

– Что он сказал?

– Он сказал, что не видел Белкина с прошлого лета. Скажите, Инна, Вадим Белкин – он вообще выдумщик? Да вы садитесь, попробуйте вино. Ну, как?

– Вкусно,– сказала она, пригубив вино.– Выдумщик? Я не знаю. Когда он рассказывал всякие истории из своих командировок, получалось очень складно, как в книжке. И даже если это не было правдой, то хотелось, чтоб было. А как вы думаете, он жив?

Вопрос был задан быстро, как выстрел в упор. Но что я мог ей сказать?

– Знаете, Инна, я скажу вам честно. Я бы сам хотел это знать.– Я видел, что ее глаза сразу угасли, и поспешил добавить: – Но, Инна, я ведь занимаюсь этим делом только один день. Всего-навсего с сегодняшнего утра. И мы уже знаем, что Генерал – это некто Семен Гридасов, ему 53 года, рост один метр 72 сантиметра, глаза блекло-голубые, ну и так далее. На него уже объявлен всесоюзный розыск, и, кроме того, говоря между нами, с завтрашнего дня во всех тюрьмах Союза будут опрашивать всех уголовников – знает ли кто-нибудь что-нибудь об этом Гридасове. У нас это называется – оперативный метод...

В ее глазах вспыхнула надежда и уважение к моей персоне, и я не сказал ей, что всесоюзный розыск объявлен на этого Гридасова шесть лет назад, а толку нет. Но, каюсь, уж очень хотелось произвести на нее впечатление настоящего сыщика, а-ля актер Мартынюк из телесерии «Следствие ведут знатоки». Интересно, что бы сказали эти «знатоки», если бы вдруг выяснилось, что рукопись, в которой подробно описан целый ряд преступлений,– сплошные враки. Если Белкин не жил у Свердлова-Котовского, то не было острова Рыбачий и шестнадцатилетней каспийской нимфы. Не было маскарада с переодеванием Белкина в спортивные брюки и майку, «горки» с наркоманами, погони на «Жигулях» за Мосолом и выстрелов на Песчаной косе. Не было ночного откровенного разговора Белкина с Сашкой Шахом, и – выходит, Белкин не мог знать, что Рыбаков и Айна Силиня едут в Москву. Бакинская милиция отрицает историю с гробом и арест Белкина, а корреспондент «Комсомольской правды» Радий Свердлов вообще не видел Белкина в Баку. Так был ли Белкин в Баку на самом деле или не был? Если бы не труп Рыбакова, если бы не похищение Белкина Генералом-Гридасовым, если бы Белкин не передал по телефону из Баку в редакцию «Комсомольской правды» два своих очерка – «Черные ледники» и «Бакинские наркоманы»

– и если бы не тревожные черные глаза этой Инны, можно было бы спросить: да был ли вообще Белкин?..

Мы выпили с Инной еще по рюмке вина, договорились, что я буду держать ее в курсе дела, а она – звонить мне, если узнает что-то новое. Взяв рукопись Белкина, я ушел домой. На столе осталась недопитая бутылка моих любимых «Черных глаз». Инна настаивала,чтобы я забрал эту бутылку с собой, но я отказался.

– Допьем как-нибудь после, найдем Белкина. Мы ведь соседи, я у Измайловского парка живу...

А потом я шел пешком от 12-й Парковой до «Измайловской» и думал об этой Инне больше, чем о Белкине. Первый день следствия начался с «Черных глаз» и кончился черными глазами. К добру ли это?..

ЧАСТЬ ВТОРАЯ

Вторник 5 июня 1979 г.,
после полудня

В первой половине дня ничего интересного не произошло. Отправив телеграмму в рижскую милицию о срочном направлении в Москву свидетельницы Айны Силиня, я подробно проинструктировал двух улетающих в Баку «архаровцев» Светлова: а) сверить полученный в Аэрофлоте список пассажиров рейса Ташкент – Баку с архивом школы № 171, где учился Белкин; б) исподволь, неофициально прощупать грузчиков Бакинского аэропорта и выяснить, была ли история с гробом; в) войти в контакт с бакинской шпаной и навести справки о Генерале-Гридасове. Для двоих этой работы было больше чем достаточно, особенно если учесть, что действовать они должны были в чужом городе без помощи местной милиции. Едва за ними закрылась дверь, я занялся скучнейшей канцелярской работой, без которой не обходится ни одно расследование дела, каким бы срочным оно ни было.

Бакланов опять хотел вытащить меня в пивной бар, ему явно хотелось потрепаться за кружкой пива о его новом деле, но мне было недосуг – я корпел над планом расследования уголовного дела.

Бакланов ушел обиженный, я опять застучал на машинке, и в эту минуту дверь с грохотом распахнулась, в кабинет буквально вломился Марат Светлов.

– Трижды в Бога, в душу, в холеру! – понес он с порога, потный, взъерошенный, в расхристанной штатской рубашке.– На кой сдалась эта работа?! Уже вышел на эту старуху, а она дуба дала! Офигеть можно.

Ничего не понимая, я смотрел на него, ждал, когда он

выкипит. Минуты через две он поостыл, и я услышал действительно «офигительную» историю.

Сегодня ровно в десять утра Марат Светлов, отправив двух своих подчиненных в Баку, собрал остальных, чтобы дать им задания на день. В основном его второе отделение занималось раскрытием запутанных убийств и других особо опасных преступлений, и поэтому тех «архаровцев», на ком висели «мокрые дела», Светлов не стал трогать, а остальным, свободным – было их пятеро,– Светлов раздал по пачке фотографий. Снимки были, как из музея – на каждой фотограф муровского НТО запечатлел броши, шпильки, булавки и кулоны, найденные в «дипломате» Сашки Шаха-Рыбакова. Светлов приказал своим сыщикам порыскать по московским скупкам золота и драгоценностей и ювелирным магазинам и с помощью «своих людей» среди фарцы, яманщиков, темщиков и прочей шушеры «примерить» эти драгоценности – а вдруг кто-то назовет их владельца. Каждому досталось по пять-шесть периферийных магазинов. Себе Светлов взял центр.

Доехав до Сретенки и приткнув служебную «Волгу» возле «Спортивной книги», Светлов с чемоданчиком в руках прошествовал к дверям скупки золота и бриллиантов, вызвал из-за стойки заведующего и заперся с ним в клетушке-кабинете. Место было первым, поэтому завмаг как бы выполнял функции эксперта-специалиста. Увидев тончайшую ювелирную работу – все эти золотые броши, шпильки и кулоны, украшенные хризолитами, перламутром, гранатами и бриллиантами явно музейного достоинства,– Гильтбург всплеснул руками:

– Марат Алексеевич, где взяли? Музейные вещи... Нет, никогда не видел и в руках ничего подобного не держал. Разве что во время войны, при конфискации, но тоже не то было, не такая работа...

Короче, визит этот не продвинул Светлова к цели ни на миллиметр. Но Светлов не сдавался. Он съездил на Старый Арбат в один из старейших ювелирных магазинов, на Красную Пресню, в Столешников переулок, заглянул и к экспертам музея Алмазного фонда, но, кроме того, что эти драгоценности – работа явно одного и наверняка не современного, а, по крайней мере, XIX века мастера ,– кроме этих общих данных, никто ничего сказать не мог. Даже самым старым и опытным скупщикам драгоценностей в Москве эти броши и кулоны никогда на глаза не попадались.

К двенадцати дня, прервав свое путешествие, Светлов пообедал в ресторане Союза художников. Выйдя из ресторана на Гоголевский бульвар, Светлов вдруг схватился за свою лысеющую голову: «Мама родная! Как же я забыл?!» Он стоял возле старого дома, где знаменитая кропоткинская булочная, и в этом доме чуть ли не с дореволюционных времен живет один из искуснейших ювелиров столицы – Эммануил Исаакович Синайский.

Светлов почти бегом взбежал на второй этаж. Так и есть, вот почерневшая медная табличка «Ювелир Э. И. Синайский». Светлов нетерпеливо нажал звонок.

– М-а-ар-рат А-ле-ексе-ичч! Да-ара-агу-уша! Какими судьбами? – Высокий, подтянутый старикан, одно лицо с Вертинским, широкими театральными жестами обнимает старого знакомого, грассируя и чуть заикаясь.

И пока молоденькая пышечка («Племянница, Марат Алексеевич, племянница из Владикавказа, не подумайте что-нибудь эдакое!») привычно сервировала закуску под коньячок, водочку и наливку, Синайский, рассказывая какие-то байки, которых он знал тысячи, рассматривал в лупу принесенные Светловым драгоценности.

– Послушайте, моой дрр-рагой, откуда эти сокр-рр-ровища? Поделитесь с глупым стар-рр-рикашкой.

– Вы меня спрашиваете? – в тон ему ответил Светлов.– А для чего же я к вам пришел?

– Нет, правда. Вы поймали какую-нибудь кр-рр-рупную золотую рр-рыбку?

– Мелких не ловим, Эммануил Исаакович.

– Да уж, да-аа-агадываюсь! А что же нужно от меня?

– Вы когда-нибудь видели эти вещицы?

– Ка-анкр-рр-ретный вопр-рр-росик, пр-рр-рямо скажем. Слушайте, Марат Алексеевич, я от дел отошел, тихо себе живу на скр-рр-ромную пенсию и очень небольшие сбер-рр-режения, Конечно, некоторые вам скажут: Синайский – жук, денег кур-рр-ры не клюют, обеспечил и детей и внуков и пр-рр-равнуков! Какой-нибудь жлоб всегда найдется доносик настр-рр-рочить! И – начнут тр-рр-рясти старика. Но я могу в этом случае рассчитывать на вашу защиту от клеветы, Марат Алексеевич?

– Безусловно,– улыбнулся Светлов. Он был готов к этому торгу. Уж если старик ставил какие-то условия, значит знал что-то.

– Тогда выпьем, дар-рр-рагой. Р-рыбоонька, племянничка моя золотая, налей нам по р-рюмочкам...

Они выпили за «др-рр-ружбу и взаимопонимание». Затем Синайский сказал:

– Поскольку вы уже взяли последнего хозяина этих драгоценностей, то я не вижу причины скрывать предыдущего. Она-то уж во всяком случае честный человек, и ее судить не за что. Живет себе на фамильные ценности, припрятанные с прадедовских времен. Скромно живет, тихо. Одной такой вещицы ей на год жизни хватает.

– Кто же это?

– Это моя самая стар-рр-ринная клиентка Ольга Петровна Долго-Сабурова, ей теперь уже девяносто второй годок пошел, но она еще очень бодра-с, оч-чень! У них в роду все были долгожители. Графского происхождения потому что. Сестры ее младшие на военном кр-ррейсере уехали в 17-м из Петрограда и доныне здравствуют, в Риме пансионат держат. А она не поехала с ними, у нее фамильные ценности были где-то припрятаны. Вот эти самые. Ни в одном музее не сыщите! Знаете, чья это работа? Их крепостного ювелира Алексея Трофимова. Вот она на эти вещицы и живет все годы пролетарской власти. С перерывом, конечно, с тридцать седьмого по пятьдесят шестой. Тогда она была на казенном довольствии. А как выпустили, так раз в годок примерно стала она меня к себе приглашать, на Мещанку. И я ей безделушки оценивал. То есть в те годы, может, и почаще, очень она после лагеря к нашему брату-мужику была горячая, ну да теперь уже лет десять как поостыла. Не так, чтоб совсем, но всё-таки девяносто годков не шутка-с! Налей нам, р-рыбонька, еще по р-рюмашке.

– А кто продавал для нее эти вещицы? Вы?

– Нет, батюшка, увольте. Я – нет. Она сама продавала, я

ей только цену называл и имел свои комиссионные – три процента, как положено. Но только моя цена была ответственная, покупатель ей в эту цену верил, это она мне много раз говорила.

– А кто покупатель? Вы его знаете?

– Мар-ррат Алексеевич! Тут у нас недопонимание. Я думал, что вы как раз и взяли этого покупателя и, может быть, даже мне покажете. Я уж сколько лет хочу посмотреть на человека, который, не торгуясь, берет по моей цене все эти вещицы. Графиня от меня его все в секрете держит. А теперь, выходит, вы сами его ищете.

– Ищем,– сознался Светлов.– Где она живет, ваша Долго-Сабурова?

– Нда, накололи вы старичка, пр-рр-раво слово. Графиня Ольга Петровна Долго-Сабурова последние девяносто лет - за вычетом годов заключения живет в своем бывшем собственном доме на Первой Мещанской. По-новому это прроспект Мира, 17. Квартиру ей, можно сказать, от всего трехэтажного дома оставили – только одну комнату на третьем этаже. Извольте коньячку?

– Не обижайтесь, Эммануил Исаакович. Мне ехать пора.

– К графине? Не смею задерживать. Рр-рыбонька, налей посошок Мар-рр-рату Алексеевичу...

Через двадцать минут Светлов был на проспекте Мира, а еще через десять минут выяснилось, что жилица квартиры-комнаты № 47 графиня Ольга Петровна Долго-Сабурова скончалась неделю назад и квартиру теперь занимает жэковский слесарь-водопроводчик Раков.

Светлов ринулся в жэк, в кабинет начальницы:

– Где вещи старухи Долго-Сабуровой? Кто ее хоронил? Где ваш слесарь-водопроводчик?

– Старуху хоронили мы сами, за счет жэка,– сказала дебелая начальница жэка.– Где-то у нее есть племянник, железнодорожник или бригадир поезда. Мы звонили ему, а он в рейсе. Пришлось самим отвезти ее на кладбище, на Востряковское, на жэковские деньги.

– А вещи где ее? Как мне комнату открыть? Где ваш слесарь?

– Да какие там были вещи? Матрац обделанный и тряпье

старое. Не знаю, может, Раков и выкинул уже все. Я его еле
упросила эту комнату взять, временно. Они теперь иначе как
за двухкомнатную и работать не хотят. Он вчерась вселялся...

Разыскав слесаря, Светлов и начальница вошли в комнату
старухи Долго-Сабуровой. Комната была пуста. Если не
считать полдюжины бутылок водки, приготовленных к ново-
селью.

— А где ее мебель? Вещи?

— Мебель? — сказал слесарь Раков.— Рухлядь была, а не
мебель! Седни утром я все на свалку снес — альбомы всякие,
Библию, матрац, мочой вонючий. Все вчистую на свалку
выгреб и окна пооткрывал, чтоб дух вынесло. Вона эта свал-
ка, пошли покажу.

Когда Светлов, слесарь и начальница жэка подошли к
жэковской свалке, они увидели пламя костра, в котором горе-
ли альбомы, Библия, тряпье, одежда и грязно-серый матрац
старухи Долго-Сабуровой. Вокруг веселились ребятишки,
тормошили этот матрац, чтобы он поскорей разгорелся. И тут
на глазах Светлова произошло нечто. Обшивка матраца
лопнула и... и к ногам ребятишек покатились броши, кулоны,
серьги, украшенные рубинами, хризолитом, бриллиантами.
Украшений было немного — всего семь штук,— но зато какие
это были изделия ажурные, действительно музейные вещицы!

— Смотри! — и Светлов высыпал их мне на стол.— Ты видишь, какая невезуха! Всего неделю не дожила старуха-графи-
нюшка, ети ее мать! Мы бы знали, кому она сбывала эти
игрушки...

Я молча смотрел на него, потом спросил:

— Какого числа скончалась графиня, сэр?

— Двадцать восьмого мая. А что?

— А тебе не кажется это странным? Такая нелепая случайность: двадцать шестого погибает Сашка Шах, у которого
были проданные старухой кому-то драгоценности. А через два
дня ни с того ни с сего умирает сама старуха, у которой остальная часть коллекции.

— Ну, когда-то она должна была умереть? — Светлов уже
догадался, куда я клоню, но сопротивлялся.

— Да, конечно, должна была,— говорю я,— но почему сразу
после того, как с частью ее коллекции погиб человек? И что

это за племянник-железнодорожник, который не пришел на похороны тети? Это ты выяснил?

– Выяснил. Долго-Сабуров Герман Вениаминович. Работает бригадиром проводников на Курской железной дороге. Больше пока ничего не знаю.

– Уже немало.

Тут раздался телефонный звонок. Звонил Пшеничный.

– Игорь Ёсич, вы не могли бы подскочить на Курский, есть свидетель похищения Белкина.

Я бросаю на Светлова короткий взгляд.

– Сейчас подскочим,– говорю я Пшеничному.– И у меня к тебе, Валентин, еще просьба. Запиши, Долго-Сабуров Герман Вениаминович, бригадир проводников Курской жэдэ. Наведи справки – каким рейсом ездит, график дежурств в этом месяце и вообще все, что можешь.

15 часов 00 минут

Курский вокзал не только самый модерновый в Москве. Он соперничает с Бухарестским за право считаться самым крупным вокзалом в Европе. Бесшумные эскалаторы, сверкающие указатели, бесконечные ряды камер хранения и самые длинные в мире очереди в билетные кассы. Сейчас, летом, вокзал гудит, как армия в походе,– тысячи людей снуют по залам и эскалаторам, сидят и лежат на всех скамейках и креслах, на полу и в подземных переходах, и стометровая змеевидная очередь стоит к женскому туалету.

Я и Светлов продираемся через чемоданы, тюки, мешки, ведра, корзины, детей, стариков и пассажиров среднего транзитного возраста к отсеку с табличкой «Линейный отдел милиции». Линейный отдел Курского вокзала оказывается таким же зашарпанным, как и его собратья на Казанском, Павелецком и всех остальных московских вокзалах. Ничего не попишешь, такова уж специфика милицейской работы – превращать в хлев любое, пусть самое современное помещение.

Стандартный зал дежурной части уставлен стандартными дубовыми скамьями. На них жулье, воры, вокзальные пьяницы и проститутки, спекулянты, обворованные и потерявшиеся пассажиры, зареванные дети. Одних милиция задержала, другие сами пришли или привели кого-то. И все эти люди галдят, требуют, оправдываются, матерятся и наседают на дежурного по отделу – краснолицего, с тройным подбородком капитана:

«Товарищ капитан, я уже третий день не могу в этом хаосе отыскать свою жену, встали в разные кассы и потерялись. Может, ее ограбили, может – еще хуже... Помогите найти, прошу вас...»

«Послюшай, дарагой! Три мешка урюк вез, мой урюк, нэпродажный. Дэвочку такой бэленький, такой харошенький папросил: пастереги, дарагой, в туалет схадить нужно. И что думаешь? Через десять минут пришел – нет дэвушки, нет три мешка урюк, нет чемодана. Как такой дэвушка поднял три мешка – не понимаю...»

«Я им говорю: я в Одессу везу польскую косметику, для подруг. А они налетели – продай, продай! Я не хотела продавать, а они просят: у нас поезд уходит, ты еще купишь, у вас в Одессе все есть, а у нас в Норильске ничего нет... Ну, ладно, мне жалко их стало. А тут старшина подходит: «Спекуляция!»...

Ясно, что среди такого бедлама, когда каждый час пропадают и теряются чемоданы, дети, невесты, мужья, жены, к заявлению Айны Силиня о похищении ее жениха и еще какого-то корреспондента тут отнеслись как и ко всем прочим: мол, ничего страшного, найдется жених, наверно, водку поехал пить...

Не успели мы со Светловым представиться дежурному капитану, как перед нами словно из-под земли вырастает Пшеничный. Он утомлен, худые щеки ввалились, глаза красные от бессонницы, но по тому, как держится, чувствуется, что он тут уже как рыба в воде.

– Давно ты здесь? – спрашиваю.

– Почти сутки, со вчерашнего вечера. Идемте.– Слегка волоча левую ногу, Пшеничный приводит нас в угловой кабинет, мы закуриваем, и он докладывает о том, что ему удалось за эти двадцать часов.

...Искать свидетелей налета на Белкина и Сашу Рыбакова нужно было среди тех, кто изо дня в день толчется на вокзальной площади. Носильщики, таксисты, милиционеры, лоточники и спекулянты всякой мелочью. Среди них и провел эти двадцать часов Пшеничный. Методично, как утюг, он «пропахал» каждый квадрат площади, опросил, спросил и вытащил на душевный разговор десятки людей – от диспетчера до торговцев мороженым и цветами. Упорно веря, что в мире всегда есть пара глаз, которая видела именно то, что, казалось бы, никто не видел, и чья-то память, которая помнит именно то, чего не помнят другие,– Пшеничный, как по цепочке, шел от человека к человеку, от десятков «не знаю», «не помню», «не видел» и «не слышал» к старику носильщику, который сказал, что он-то сам не был в тот час на площади, но слышал, как гадалка Земфира пугала своих детей: «Будешь плохо просить, отдам в санитарную машину, пускай вас тоже увезут, как этих психов!»

Пшеничный бросился искать гадалку Земфиру и выяснил, что пару часов назад ее в очередной раз задержали дружинники и вместе с ее восемью детьми увели в линейный отдел милиции. Ребятам с красными повязками не понравилось, что вразрез с официальной пропагандой, обещающей скорейший подъем народного хозяйства и общее благосостояние трудящихся, Земфира предсказывала каким-то солдатам «войну с басурманами» и невозвратную дальнюю дорогу в чужие страны. При этом цыганка советовала всем веселиться сейчас, до войны, и взимала за совет пятерку.

Пшеничный прибежал в линотдел милиции как раз в тот момент, когда гражданку Земфиру Соколову после двухчасового допроса водворяли в КПЗ. Оказалось, что осуществить это не так просто – помощника дежурного, который пытался затолкать цыганку в камеру, окружили ее восемь детей, дергали во все стороны, шарили по карманам, наседали на плечи, притворно плакали и всерьез кусались.

Пшеничный увел цыганку в ленинскую комнату милиции и там допросил. Земфира помнила случай ареста двух психов и подтвердила, что «санитаров» было четверо и что машина, куда они затолкали «сумасшедших», была санитарной. Но примет «санитаров» она не вспомнила, как ни старалась. Зато сказала:

— Когда эта «санитарка» ушла, один алкаш мне сказал: «Берут людей прямо как в 37 году!!»

— Кто этот алкаш?

— Я его не знаю, но вижу тут каждый день — к Лидке за пивом ходит.

Лидка, продавщица пивного ларька у пригородных касс, по приметам, которые назвала цыганка, сразу назвала Пшеничному алкаша, который ему нужен. «Лев Палыч вам нужен, ясно. Он к трем приходит, как часы, каждый день. Ждите». Пшеничный высидел час у пивного ларька и дождался высокого пожилого блондина с бидоном для пива. Это и был Лев Павлович Синицын, преподаватель Суриковского художественного института, постоянный Лидкин клиент.

Налив пивца в бидон и взяв сверх этого еще кружку пива, Синицын с достоинством отошел с Пшеничным в сторонку.

— Чем могу служить?

Пшеничный объяснил. Лев Павлович, задумчиво оглаживая ладонью пивную кружку, стал неторопливо рассказывать. Да, он помнит тот день. У него тогда отпуск начался, и он пришел за пивом в неурочное время, с утра, только отстоял еще перед этим очередь за хамсой в рыбном магазине. И вот, когда он шел с этой хамсой и пустым бидоном мимо очереди на такси к пивному ларьку, он вдруг увидел странную картину: к хвосту очереди подкатил санитарный «рафик», остановился, из него вышли двое санитаров в белых халатах и еще двое без халатов и тут же набросились на двух молодых людей и девушку. Девушка не то вырвалась и убежала, не то они ее сами выпустили — этого Синицын не помнил, как не помнил номера машины, но зато он хорошо помнит, что именно поразило его в этой сцене больше всего. Нет, вовсе не то, что среди бела дня людей опять хватают и это похоже на 37 год — этому что удивляться? — сказал Синицын с грустной улыбкой, — «история повторяется сначала как трагедия, а потом как фарс», — нет, его поразило, что одним из санитаров был бывший чемпион Европы по боксу в среднем весе Виктор Акеев. Хотя, впрочем, подумал он после, а почему бы бывшему боксеру и не пойти работать санитаром в дурдом?..

Задержав Синицына, Пшеничный позвонил мне, и теперь свидетель Синицын – высокий пожилой блондин с бидоном пива – сидел передо мной и Светловым в линейном отделе милиции.

– Вы уверены, что был именно Виктор Акеев? Как вы его узнали? – спросил я, когда Синицын в моем присутствии повторил свой рассказ.

– Но, уважаемый, я же рисовальщик! – сказал Синицын. – Этот Акеев четыре года назад – до того, как стать чемпионом, – целый семестр позировал моим студентам. Я не только его лицо, я каждую его мышцу сто раз рисовал. А впрочем... Ну, как вам сказать? Тогда я был в этом уверен. Хотя он и был в темных очках и кепке, мне показалось, что это он. Но шут его знает...

– Подождите, Лев Павлович! – встрепенулся Пшеничный, до этого момента гордившийся Синицыным как своей находкой. – Вы же тогда не сомневались, это был Акеев?

– Нет, я и сейчас не сомневаюсь, но...

– Но что?

– Но все-таки странно, конечно: чемпион-санитар...

Мы отпускаем свидетеля, я забираю у Пшеничного справку на бригадира проводников Долго-Сабурова, которую он получил в отделе кадров Управления Курской железной дороги, и отправляю своего настырного помощника спать. Двадцатичасовой рабочий день просто валит его с ног, хотя он не признается в этом и просит нагрузить его каким-нибудь новым заданием. Но я просто приказываю ему ехать домой. Он живет в пригороде, в Мытищах, и собирается ехать домой электричкой, и я представляю, каково ему тащиться сейчас в переполненном поезде, и командирую своего Сережу отвезти его домой.

Между тем Светлов уже названивает в ЦАБ – центральное адресное бюро, – чтобы выяснить домашний адрес Акеева, и через минуту меняется в лице:

– Что значит «находится в заключении»?

Потом он слушает, что там ему отвечают, кладет трубку и говорит мне:

– Этот Акеев год назад выписан из Москвы в связи с осуждением и направлением в места заключения.

Вот тебе и рисовальщик! Похоже, что двадцатичасовая работа Пшеничного в минуту летит прахом, хорошо еще, что он уже уехал спать. Да я и сам не хочу в это поверить, звоню в первый спецотдел МВД СССР и получаю точную справку: «Акеев Виктор Михайлович, 1942 года рождения, последнее место работы – тренер секции бокса детской спортивной школы Ленинского района, проживающий Ленинский проспект, 70/11, квартира К-156, осужден Ленинским райнарсудом г. Москвы 24 января 1978 года по статьям 191-1 часть 2 и 206 часть 2 УК РСФСР к трем годам лишения свободы и отбывает наказание в колонии усиленного режима УУ-121 в городе Котласе Архангельской области».

Итак, старый рисовальщик обознался, не может этот боксер одновременно сидеть в котласском лагере усиленного режима и разгуливать по Москве в одежде санитара. А побег из лагеря наверняка был бы отмечен в первом спецотделе МВД.

Тем не менее, если считать не по потерям, а по прибылям, теперь мы знаем, что один из «санитаров» похож на бывшего чемпиона Акеева, и это, конечно, поможет составить его портрет – фоторобот. Светлов с довольно кислым лицом принимает мое предложение пройтись с этим портретом по автобазам санитарных машин и больниц Москвы. Конечно, этого маловато для поиска – какая-то санитарная машина и некто, похожий на боксера Акеева, но что поделаешь, других данных у нас пока нет.

Без всякого вдохновения, скорей понуро, чем с надеждой, принимаемся изучать справку на гр. Долго-Сабурова, бригадира проводников бригады № 56 направления Москва – Средняя Азия, выданную отделом кадров Управления Курской ж.д. И в графике его дежурств неожиданно натыкаемся на любопытную деталь: «Поезд номер 37 Москва – Ташкент 26 мая в сопровождении бригады № 56 отправился в очередной рейс из Москвы в 5.05 утра». Переглянувшись, берем у начальника линейного отдела расписание поездов и убеждаемся: поезд 37 проходит через платформу Москворечье в 5.30 утра. А в шесть пятнадцать железнодорожник-обходчик нашел возле платформы труп Рыбакова!

Светлов даже присвистнул – вот так раз! Больше того, из

этого же графика работы бригадира Долго-Сабурова уясняем, что 24 мая, в день нападения на Белкина и Рыбакова на Курском вокзале, Долго-Сабуров в рейсе не был, отдыхал в Москве между поездками. Это заставило нас со Светловым еще раз переглянуться – мы теперь почти не разговаривали, только обменивались взглядами. Правда, в день смерти старухи тетки племянник, судя по справке, находился уже далеко от Москвы, подъезжал к Актюбинску, и это несколько охладило наше воображение.

– Вот что... – сказал, прищурясь, Светлов уже в отделе кадров Управления Курской дороги, где мы листали личное дело этого Долго-Сабурова. – Вот что... Он холост, живет один, приезжает только послезавтра из Ташкента. Я бы пощупал его квартиру.

Мы оба понимаем, что законных оснований для обыска нет, а все, в чем пока виноват Долго-Сабуров, – это то, что он племянник умершей старухи и что поезд проходил через платформу Москворечье в ночь на 26 мая. Ну и что, скажет надзирающий прокурор и отложит, не подписав, ордер на обыск.

Но... собственно, при чем тут законность, если следователь по особо важным делам и начальник отделения МУРа хотят заглянуть в чью-то квартиру? Ведь закон – что дышло...

17.30 и позже

В 17.30 мы со Светловым уже на Смоленской-Сенной, в доме, где на первом этаже размещается кинотеатр «Стрела», а на восьмом этаже в двухкомнатной квартире, оставшейся ему от умерших родителей, проживает Герман Долго-Сабуров. Взяв понятыми сотрудников кинотеатра – администратора и билетершу, которым все равно нечего делать во время сеанса, – я и Светлов отжимаем замок на двери долго-сабуровской квартиры. Уже первый взгляд на нее говорит, что бригадир проводников живет далеко не по средствам: тут и западная радиоаппаратура, и цветной телевизор, и спальный гарнитур «Ганка». Холостяцкий беспорядок – несколько западных журналов с голыми девками лежат на диване и журнальном столике, и вообще по всему чувствуется, что этот Долго-Сабуров не теряет времени зря в перерывах между рейсами. В ванной, в шкафчике, пачки индийских и немецких презервативов с так называемыми «усиками» и без и чей-то узенький лифчик, на кухне снова порножурналы и колоды карт с порнушкой на лицевой стороне, а в баре и в холодильнике – армянский коньяк, шотландское виски, рижский бальзам и экспортная водка – то есть выбор на все вкусы. Кроме того, в холодильнике рыбец, початая банка с икрой и внушительное килограмма на три березовое ведерко с сотами меда. Короче, этот парень умеет вкусно пожить и живет явно не на свои 160 бригадирских. Впрочем, кто из проводников живет на зарплату? Все проводники так или иначе спекулируют, это знает и ребенок, в эпоху тотального дефицита на территории такой огромной страны проводники давно стали кем-то вроде снабженцев и, как теперь мы видим на примере Долго-Сабурова, очень неплохо зарабатывают.

Но даже самый тщательный осмотр квартиры не дал желаемых результатов – никаких тайников с бриллиантами, никакой валюты и вообще ничего экстраординарного, кроме разве этих порножурналов, самиздатовской копии «Москва – Петушки » и «100 уроков секса».

Через час под вздохи нетерпеливых понятых заканчиваем этот бездарный обыск, составляем по всей форме протокол, заставляем понятых подписаться под ним и несолоно хлебавши выбираемся на улицу.

На душе паскудно. Целый день работы потрачен зря. Два «гениальных сыщика» оказались на деле просто мудаками. Тычемся, как слепые котята, где-то возле молока, а найти не можем.

– Коньяк у него хороший, у падлы! – говорит хрипло Светлов и лезет в карман, выгребает деньги. – У меня четырнадцать рублей. У тебя?

– Червонец, – говорю я, не считая, свои-то я знаю точно.

Трудно поверить, что у следователя по особо важным делам и начальника отделения МУРа на двоих двадцать четыре рубля. Это кажется диким, особенно в наши дни, когда кругом пышным цветом цветет взяточничество, но... что я могу вам сказать? Иногда, все реже, правда, и среди нашего брата встречаются честные люди, хотя говорить об этом приходится теперь с некоторой стеснительностью, словно ты убогий или недоразвитый. Будто оправдываешься.

Так или иначе, мы чувствовали, что неудачи этого дня нужно залить спиртным, да и вообще – с какой стати эти проводники да «племянники» гуляют, жрут икру и наслаждаются девочками (не зря же эти порножурналы и лифчик в ванной), а мы – два крепких еще мужика, сорок с небольшим, нормальные «бойцы» и «ходоки» – поститься должны? Хрена лысого!

Подстегивая этим друг друга, мы на муровской «Волге» Светлова рулим в «Прагу». У парадных дверей, конечно, очередь уже змейкой, как всегда, на двери табличка «Свободных мест нет», и швейцар в галунах за стеклянно-зеркальной дверью стоит как памятник. Но мы хозяйски толкаем дверь, успокаиваем швейцара своими удостоверениями, и вот нас, уже почти как иностранцев, услужливый метрдотель ведет наверх. Можно занять отдельный кабинет, можно сесть у оркестра, можно – на самом верху, в зимнем саду с фонтаном. Любые места для таких почетных гостей!

Но мы ведем себя скромно, берем тихий столик в зимнем саду и, помня о своих ресурсах, заказываем официанту:

– Бутылку белой, салат и ростбиф. В четвертак уложимся?

– Уложитесь, товарищ подполковник, – улыбается он, и Светлов удивленно вскидывает на него глаза, но тот уже ушел, улыбаясь.

Мы оглядываемся. Ресторан, тихая музыка из общего зала, компания студенточек через три столика от нас, и еще одна солидная компания за столами вдоль стены – не то диссертацию отмечают, не то награды обмывают: мужчины все в служебно-официальных костюмах, женщин нет.

Ресторанная обстановка всегда поднимает настроение, тем паче предвкушение стопки и соседство с этими студенточками – мы со Светловым выпрямляем спины, взглядываем орлами. Конечно, с нашими несчастными двадцатью четырьмя рублями не разгуляешься и не угостишь этих студенточек, но потанцевать можно будет, а там жизнь покажет.

И вдруг – не помню, о чем мы говорили в ту минуту со Светловым, кажется, об улетевших в Баку «архаровцах», если они там ничего не надыбают, нас пора списывать в утиль, – но вдруг я умолкаю от неожиданности: официант ставит на наш столик трехэтажный поднос с блюдами, просто «скатерть--самобранка». Тут и спелые болгарские помидоры, и нежинские огурчики, разносолы и маслины, икра паюсная и зернистая, сациви, балык – все не перечислишь. Тут же бутылка водки в серебряном ведерке со льдом, коньяк армянский «три звездочки» и вино «Гурджаани».

– Постой! В чем дело? – говорит ему Светлов.– Мы заказали только водку, салат и ростбиф. А это не наш заказ.

– Не беспокойтесь, товарищ подполковник, – улыбается официант, – это просто наша кухня вас скромно угощает.

– Подожди, но я же тебе сказал, что у нас при себе только четвертак...

– Ну-у, товарищ подполковник... – укоризненно говорит официант. – О чем вы говорите?! Мы же свои люди. Отдыхайте. Минут через двадцать будут жареные потроха, грибы и шашлыки по-карски из свежей баранины. Персонально для вас, товарищ следователь, жарит наш повар Стукозин. Вы его помните?

– Стукозин?

Я напрягаю память, Кажется, он проходил по делу плавучих волжских ресторанов. Да, Стукозина и еще нескольких поваров, которые хоть и воровали по-тихому не зарываясь, но не кормили людей гнилым мясом, я пожалел тогда, выделил из общей группы махровых жуликов и «передал на воспитание коллективу трудящихся». Ну что ж, я не против стукозинских белых грибов, он действительно мой должник, если на то пошло, он точно мог «загреметь», я вполне мог тогда отправить его лет на пять туда, где сейчас боксер Акеев загорает.

– Как же! Помню Стукозина,– говорю я, веселея. – Привет ему!

Теперь мы на равных со Светловым. Оба «угощаем» друг друга. Он угощает меня своей муровской известностью, а я его – своим престижем следователя. И вообще жить веселей, когда тебя узнают в ресторанах и отдают долги, да еще таким способом... Надо будет сходить потом на кухню, побалагурить с этим поваром, думаю я, и мы со Светловым приступаем к пиршеству. Минут через тридцать, расправившись под закуску с бутылкой водки, чувствуем себя превосходно, кадрим девочек-студенточек за соседним столиком, танцуем с ними, потом пересаживаем за свой столик этих «птичек». Девочки легко идут на сближение, это заочницы кооперативного института, для того и прикатили в Москву на сессию из Донецка и Воронежа, чтоб не терять тут времени зря. Мне досталась упитанная крашеная блондинка двадцати трех лет, Светлову – вертлявая «бэби-вумен», эдакая пикантная малышка-брюнеточка. Розовым язычком она каждую минуту облизывает пухлые губки, отчего глаза у Светлова тут же покрываются мутной мечтательной пленкой.

Все шло как надо – танцы, девочки, жареные грибы «по-прокурорски», как аттестовал их Светлов, горячие куриные потрошки, коньяк армянский и грузинское вино «Гурджаани» под кавказские шашлычки. Досаждали только официальные тосты за соседним столом у стены, там постоянно пили «За здоровье нашего заместителя министра!», «За достижения нашего управления!».

Светлов не выдержал, спросил у нашего официанта с досадой:

– Что там за типы пьют?

– Минздрав, товарищ подполковник, – почти по-военному доложил официант. – Вон слева – заместитель Петровского – Балаян Эдуард Саркисович, до Минздрава в КГБ работал. Толковый мужик. Государственную премию обмывают за какой-то новый препарат для космонавтов.

– Ладно,– милостиво махнул рукой Светлов. – Тогда пусть гуляют. Только пусть он наших девочек не жрет глазами, этот Балаян.

Действительно, темно-карие бархатные глаза этого Балаяна – ему лет сорок пять, с пышной седой прядью в густой черной шевелюре – слишком часто останавливаются на нашем столике и рассматривают нас в упор, спокойно и подолгу. Мне это не нравится, я демонстративно, назло ему обнимаю свою блондиночку за талию, а другую руку приятельски кладу на плечо светловской «бэби-вумен» и предлагаю гусарско-небрежным тоном:

– А не завалиться ли нам на мою холостяцкую квартиру, товарищ подполковник? Потанцуем, музыку послушаем. Еще не вечер!

Девочки все равно не верят, что Светлов – подполковник милиции, а я – следователь по особо важным делам, да мы и не особенно настаиваем на этом. «Честно» им признаемся, что оба – стоматологи из «платной поликлиники», и я даже обещаю подлечить дома зуб светловской пигалице.

Короче, идет нормальный ресторанный треп, и на очередном его витке моя подвыпившая воронежская блондинка говорит, что лучше бы мы были спортсменами, она «обожает» спортсменов, ее жених держит третье место по боксу в Воронеже и тренирует секцию бокса в детской спортивной школе.

– Как Акеев, – срывается у меня с языка, но девочки не знают, кто такой Акеев, и Светлов объясняет им:

– Виктор Акеев – наш большой друг, бывший чемпион Европы по боксу в среднем весе. Он сейчас в заграничной командировке уже больше года, и вот Игорь по нему ужасно скучает, – он кивнул на меня и улыбнулся.

– Я думаю, вы можете его увидеть, – вдруг заявляет официант, подавая на стол мороженое и кофе-гляссе.

Я и Светлов разом уставились на него. Официант доложил:

– Видимо, он вернулся из командировки. В четверг он тут ужинал.

– Кто?! – подался я всем телом вперед, к официанту.

– Виктор Акеев, бывший чемпион по боксу,– сказал официант.

– Ты уверен?

– Товарищ следователь, обижаете! – улыбнулся он, но глаза в этот момент стали действительно обиженно замкнутыми.– Он ужинал здесь, вот за тем столиком. Коротко стрижен, одет в новый венгерский костюм серого цвета, рубаха голубая, без галстука. Что еще? С ним были две девушки. Одна лет двадцати трех, рост – метр семьдесят, крашеная шатенка, акцент не московский, а северный. Вторая тоже – 22 – 23 года, брюнетка, глаза синие, на Наташу Ростову похожа.

Наши «девочки» разом примолкли и протрезвели, поглядывая то на меня, то на Светлова, то на этого официанта. Нужно сказать, что и мы со Светловым тоже мгновенно пришли в себя.

– Где здесь телефон? – спросил я, и официант тут же увел меня в кабинет метрдотеля.

Я спешно набрал дежурного ГУИТУ МВД СССР (Главное управление исправительно-трудовых учреждений), заказал ему срочную установку: по ВЧ связаться с Архангельским облуправлением ИТУ и проверить, где этот Акеев – в колонии или в «бегах». Через три минуты был ответ: «Виктор Акеев, заключенный исправительно-трудового учреждения УУ-121, личный номер 1533, расконвоирован и переведен за отличное поведение и ударный труд на стройку народного хозяйства в том же городе Котлас, где и находится в настоящее время до полного отбытия срока наказания».

– Спасибо, – говорю я в трубку и тут же звоню в Аэрофлот: – Ближайший на Котлас?

– 10.40 утра.

– А раньше нет?

– Ушел час назад.

И двигаюсь обратно в зал в полной уверенности, что наши со Светловым «девочки» уже сбежали от нас с перепугу. Но ничего подобного! Наоборот, они обе прилипли к Марату, их глазки заблестели любопытством и восторгом – еще бы! Познакомились с настоящим подполковником из уголовного розыска!

– А мы-то думали, что вы нам мозги пудрите, – откровенно сказала моя блондинка. – Мы думали, вы какие-нибудь завмаги или фарцовщики, мы вам «динамо» хотели сделать, а вы...

Она смотрела на меня с восторгом и говорила теперь мне только «вы», хотя мы еще час назад выпили на брудершафт и она было перешла на «ты» так легко, будто не она мне в дочки годится, а я ей в сыновья.

– Утром летишь в Котлас, – коротко сказал я Светлову в ответ на его вопросительный взгляд. – Остальное – после. Ну что? Пора по домам, девочки. Где вы остановились? Мы вас подбросим...

– Как это?! – возмущается моя блондинка. – А кто говорил: «потанцуем, музыку послушаем, еще не вечер»?

А «бэби-вумен», облизнув свои пухлые губки, добавляет, глядя Светлову прямо в глаза:

– Так не пойдет, товарищ подполковник! Это «крутить динамо» называется. Закадрили, напоили, потанцевали и – что? А еще Московский уголовный розыск! Не то я с этим Балаяном уйду...

Пришлось отвечать за свои гусарские поступки. Муровская «Волга» Светлова всю ночь простояла под моими окнами в Измайловском парке, а утром помятый Светлов позвонил жене, наплел ей что-то насчет срочных оперативно-розыскных мероприятий и умчался на Петровку выписывать себе командировку в Котлас.

– Преступников мы еще с тобой не поймали,– сказал мне на прощанье Светлов, – а вот как насчет триппера?!

Среда, 6 июня, полдень

А к т
ЭКСГУМАЦИИ И СУДЕБНО-МЕДИЦИНСКОГО ИССЛЕДОВАНИЯ ТРУПА ГР-КИ ДОЛГО-САБУРОВОЙ О. П.

6 июня с. г. мною, судебно-медицинским экспертом морга № 3 бюро судмедэкспертизы Мосгорздравотдела Коганом А. Б., по поручению следователя по особо важным делам при Генеральном прокуроре СССР – тов. Шамраева И. И., в его присутствии и в присутствии понятых, на Востряковском кладбище в гор. Москве, произведена эксгумация и судебно-медицинское исследование трупа гр-ки Долго-Сабуровой О. П.

При этом установлено:

Наличие рвотных масс в дыхательных путях, бледные, без кровоподтеков ссадины вокруг рта, мелкие царапинки, небольшие кровоизлияния вокруг дыхательных отверстий свидетельствуют о том, что смерть наступила в результате задушения от закрытия отверстия рта и носа.

Потерпевшая могла быть задушена с помощью предмета, крепко прижатого к лицу, таким предметом могла быть подушка.

Экспертиза приходит к заключению, что смерть гр-ки Долго-Сабуровой О. П. наступила насильственным путем, а не естественным, как ранее указано в медицинских документах и справке о причине смерти, выданной Дзержинским загсом города Москвы.

Судмедэксперт *А. Коган*
Подписи остальных
присутствующих лиц...

Я сижу над этим актом и думаю, какой ценой он мне достался и на какой ляд он мне нужен. Обычно, чтобы добиться эксплуатации трупа и заставить медэксперта произвести исследование, нужно хлопотать неделю – эксперты расписаны по моргам заранее, на кладбищах не найдешь рабочих, чтобы разрыть могилу, и т. д. Сегодня все эти хлопоты я спрессовал в три часа, это стоило мне нервов, собственных денег (нужно было дать рабочим Востряковского кладбища хотя бы на бутылку), а главное – это отняло у меня целое утро. И что? Да, моя версия оказалась верна – старуху прикончили через два дня после гибели Шаха-Рыбакова. Но кто ее убил? И какое это имеет отношение к Белкину?

Сколько ни сочиняй, ничего путного в голову не приходит, и я вижу, что, кроме дополнительной работы – еще одного преступления, – ничего в моем деле не прибавилось. Что, что еще нужно сделать, чтобы отыскать этого журналиста, черт бы его душу взял! Сегодня третий день поиска, практически – по данному мне сроку – сегодня и завтра пик нашей подготовительной работы, и накопленная информация должна дать конкретные качественные результаты, но...

Мне нужна, мне позарез нужна эта Айна Силиня! Предъявить ей портрет Акеева, Гридасова и даже этого Долго-Сабурова, и если она хоть в одном из них опознает кого-то из похитителей, я вытащу за это звено всю цепь. Но если ни один из них не был в тот день на Курском вокзале, то все – три дня коту под хвост, и начинай все сначала, но как?

Я снимаю трубку, заказываю срочный разговор с Ригой, с начальником рижской милиции. Пароль Прокуратуры Союза ССР действует на телефонистку безотказно. Через двадцать секунд слышу уже мягкие голоса рижских телефонисток, и затем певучий, с прибалтийским акцентом голос секретарши подполковника Роберта Барона. Я не понимаю ни слова по-латышски, но догадываюсь: телефонистка объясняет секретарше, что звонок срочный, из Московской прокуратуры.

Наконец, подполковник берет трубку, и я говорю ему с места в карьер:

– Слушайте, подполковник. Вам что нужно? Чтобы вам Чурбанов позвонил или Щелоков?

– А в чем дело?

– Вчера утром я послал вам срочную телеграмму – мне срочно нужна свидетельница Айна Силиня. Я просил обеспечить ее явку на сегодняшнее утро. Уже двенадцать двадцать, а от вас ни слуха.

– К сожалению, товарищ советник юстиции, лица, которое вы вызываете, сейчас в Риге нет.

– А где она?

– Соседи сказали участковому инспектору милиции, что она с родителями уехала отдыхать на взморье.

– Куда именно?

– Этого они не сказали, товарищ советник... – Барон говорит по-русски с акцентом, и в голосе у него некоторая усмешка: мол, мы, конечно, выполняем ваши просьбы и вобщем-то подчиняемся вам, но в то же время... Нечего нам приказывать, у нас своя республика.

Однако мне некогда играть с ним в этот политес, я говорю:

– Слушайте, подполковник. Дело, которое я веду, связано с отъездом Леонида Ильича на Венскую встречу с Картером. В нашем с вами распоряжении считанные дни. Эта Айна Силиня должна быть у меня сегодня. Даже если вам придется перекопать все Рижское взморье. Вы меня поняли?

Он молчит. Ему нужно время, чтобы перестроиться и понять, действительно ли ему придется перекопать все

Рижское взморье или есть шанс уйти от этой работы. Он спрашивает осторожно:

— Скажите, а товарищ Щелоков действительно в курсе этого дела?

— Щелоков, Руденко, Суслов и Андропов, — говорю я. — От кого из них вы хотите получить телеграмму, чтобы найти девчонку?

— Ну-у, зачем так?.. Я не знаю... — мнется этот рижский Барон, понимая, что лучше не заставлять меня идти к Щелокову или Суслову за такой телеграммой. Если каждый начальник милиции будет требовать от министра подтверждения полномочий его помощников, это не может вызвать ничего, кроме гнева начальства. Тем более если действительно я веду дело по прямому указанию ЦК...

Я говорю:

— Пожалуйста, подполковник, имейте в виду — я веду это дело по прямому указанию ЦК, и каждый час может стать решающим. Все, кто будут способствовать успешному проведению дела, забыты не будут, вы меня поняли? Она нужна мне сегодня, кровь из носу!

Кнут и пряник — верное средство, подполковник меняет тон:

— Хорошо. Сегодня я займусь этим лично. Куда вам звонить?

Конечно, если речь идет о внеочередной звездочке и о получении полковничьей папахи, подполковник займется этим сам, лично. Я даю ему свой рабочий и домашний телефоны, телефон приемной Руденко и телефон третьего отдела МУРа, где всегда дежурит кто-то из светловских «архаровцев».

Он спрашивает:

— Я могу привести ее приводом, если она откажется ехать?

— Безусловно, постановление я подготовлю. В нашем деле формальности должны отступить на второй план.

С этой минуты подполковник Барон и вся рижская милиция начнут в прямом смысле перелопачивать все Рижское взморье, и я думаю, через час-полтора Юрмала будет просто кишеть оперработниками, стукачами, сексотами, сотрудниками наружной службы Латвийского МВД.

Я положил трубку. Теперь мне оставалось только ждать.

ждать, когда Барон найдет эту Айну, ждать, что там, в Котласе, узнает Светлов об этом боксере Акееве, ждать сообщений из Баку, ждать завтрашнего прибытия в Москву поезда № 37 Ташкент – Москва с бригадиром Германом Долго-Сабуровым и ждать, не найдет ли бригада Пшеничного на Курской дороге какого-нибудь свидетеля ночного убийства (убийства или несчастного случая?) Юрия Рыбакова.

Я сонно верчу в руках какие-то бумаги – после греховной ночи больше клонит в сон, чем к работе. Конечно, больше всего меня бы сейчас взбодрил телефонный звонок из Баку, Котласа или хотя бы с Курской железной дороги. Почему-то я не верю в то, что этого Зиялова можно вычислить, если сличить списки соучастников Белкина со списком пассажиров ташкентского рейса. Наверно, потому, что это было бы слишком просто, а мне никогда в жизни ничего не доставалось вот так, запросто. И ещё потому, что я уже не верю этому Белкину и его рукописи. Если он наврал, что жил у Свердлова, то почему бы ему не наврать, что Зиялов был его школьным соучеником?..

Не знаю, думал я об этом уже в дреме или еще бодрствовал, но когда я каким-то сверхчутьем поднял голову от бумаг и взглянул на дверь, то увидел, что в дверях стоит Генеральный прокурор Союза ССР Роман Андреевич Руденко. В маршальском мундире, гладко причесанный, он молча смотрит на меня в упор своими блекло-голубыми глазами, словно подслушивает мои мысли или читает их на расстоянии. А встретив мой взгляд, усмехается:

– Что-то не вижу огонька в работе...

Примерно раз в месяц Генеральный, согласно новым либерально-демократическим веяниям, самолично обходит кабинеты управлений и следственной части, калякает о том о сем с подчиненными, – так сказать, проявляет участие к личной жизни и условиям работы. Но сегодняшний его визит явно связан не только с этим. Я поднимаюсь в кресле:

– Здравствуйте, Роман Андреевич.

– Здравствуй-то здравствуй... – Он подходит к моему столу и теперь рассматривает меня в упор.– Что это у тебя вид помятый и мешки под глазами? Холостяк. Поди, буйствуешь по ночам?

Я стараюсь дышать в сторону, чтоб хоть не унюхал ко-ньячно-водочный перегар.

– Да уж где сейчас буйствовать, Роман Андреич? Вы мне такое дело навесили!

– Ну, докладывай. Что мне в ЦК сообщать? Будет Белкин или не будет?

– Ну-у, как вам сказать? Ищем. Нашли свидетеля похище-ния, кажется, знаем одного похитителя...

– «Ищем», «кажется»! – передразнил он меня. – Энтузиаз-ма нет в голосе, твердости. Хреново, брат. Имей в виду, четыре дня осталось. Может, тебе помощь нужна? Где твоя бригада – этот Светлов и как его... Житный? Ржаной?

– Пшеничный, – подсказываю я. – Светлов сейчас в Кот-ласе, ищет одного зека. А Пшеничный на Курской дороге. Ищет свидетелей убийства этого бакинского парня, приятеля Белкина.

– Не знаю, не знаю... – Он постучал костяшками пальцев по столу. – Тебе видней, ты в деле, но... Одного загнал куда-то в Котлас, другой ищет свидетелей убийства. Убийство никуда не денется, знаешь. А вот Белкин нужен и желательно – живой. А то как в ЦК докладывать? Что мы в своей стране человека найти не можем?

Я молчал. Сегодня в моем положении нужно молчать и ждать. Даже если бы он дал мне сейчас еще пять помощников – что с ними делать?

Подняв трубку над телефоном, он повернул диск – как будто бы рассеянно или случайно – и, удерживая повернутый диск карандашом, вдруг спросил, глядя мне прямо в глаза:

– А как ты Светлова получил? Тебе его Щелоков назна-чил?

Так вот зачем он пришел! И вот почему крутит этот диск и даже зажал его карандашом. Какая прелестная картина: Генеральный прокурор СССР боится, что телефоны его прокуратуры прослушиваются КГБ, и в разговоре со своим следователем на всякий случай отключает телефон! И при этом мы оба делаем вид, что я не вижу этого жеста, не понимаю его значения.

Коротко, в нескольких словах я рассказываю историю с зятем Брежнева – Чурбановым, с бриллиантами и с брошью, которую он взял, чтобы показать Галине. Генеральный слушал с явным удовольствием. Я даже удостоился похвалы:

— Молодец! И конечно, Щелоков против Чурбанова не пойдет, и Светлова они теперь у тебя не заменят. Но имей в виду: и Щелоков, и Андропов будут очень рады, если мы НЕ найдем Белкина. Уж они разыграют эту карту! Поэтому кто-нибудь из них может тебе и вставить палку в колеса. Так что, будь осторожен, не наломай дров. — И он отпустил телефонный диск и сказал дежурную начальственную фразу, явно напоказ: — Я думаю, тебе ни к чему просиживать штаны в кабинете. Делом нужно заниматься, делом! Желаю успеха! — Он вышел, опустив плечи.

Я снимаю трубку, вслушиваюсь в зуммер. Ничего особенного, зуммер как зуммер, да по зуммеру и не поймешь, конечно, прослушивается телефон или не прослушивается. Ладно, ну его к черту размышлять, нужно дело делать. Генеральный меня предупредил — это максимум, что он мог сделать, Светлов далеко, в Котласе, а вот Пшеничного нужно подстраховать действительно. И я набираю номер начальника линейного отдела милиции Курской железной дороги. Телефон прямой, в кабинет, из служебного справочника руководящих работников МВД СССР. И ответ следует незамедлительно:

— Полковник Марьямов слушает.

— Здравствуйте, полковник. Это Шамраев из союзной прокуратуры. Вы не знаете, где сейчас мой помощник следователь Пшеничный?

— В Подольске, товарищ Шамраев. Там штаб оперативной бригады, работающей по нашему делу. Наши люди мобилизованы с самого утра по всей линии до Серпухова. Все поднято на ноги, товарищ Шамраев!

— Хорошо, полковник. Вы не хотите туда прокатиться?

— Если нужно, я готов. Я в вашем распоряжении.

— Я заеду за вами через десять минут.

В то же время. В Котласе

— Это натуральное блядство, товарищ подполковник! Фактическое блядство! Посмотрите на этих ангелочков! Думаете, кто они? Студентки-комсомолки? Ничего подобного! Трехрублевые бляди!..

Прямо с котласского аэродрома подполковник Светлов приехал в лагерь номер УУ-121 и как кур в ощип попал в скандал, происходивший в кабинете начальника лагеря майора Смагина. Пять юных девиц, от пятнадцати до восемнадцати лет, смазливых, с припухшими губками, тесно сидели на диване и довольно бесстрашно выслушивали брань начальника лагеря. Были они не зэчки, а цивильные, вольные, студентки котласского профтехучилища.

— Ну, что мне с ними делать, товарищ подполковник? — говорил Светлову майор Смагин. — Представьте, что делают эти твари? Ночью у нас в зоне лесоповала, в тайге, никого нет, никакой охраны, потому что все зэки в лагере. Так эти шлюхи с ночи прячутся там по всяким времянкам, шалашам и ждут. В шесть утра зону оцепляет охрана, а в семь привозят зэков и зэки приступают к работе — лес валят. А эти твари тоже приступают к работе, минетчицы сраные! Научились же,... их мать, на французский манер зэков обслуживают, по сто человек в день пропускают! И с каждого по трешке дерут, комсомолки! Зэк, может, месяц этот трояк собирает по копейке, а они в две минуты отсасывают... Ну, что мне с ними делать, товарищ подполковник?

Светлов, сам утомленный ночным загулом, поспавший лишь пару часов в самолете Москва — Котлас, прячет глаза и нетерпеливо пожимает плечами. Ему не до этих студенток. Все трое — майор Смагин, подполковник Светлов и заместитель начальника лагеря по режиму капитан Жариков, высокий желчный мужчина с прокуренными лошадиными зубами, — все трое прекрасно понимают, что ничего с этими девицами сделать нельзя. Поскольку еще в 1936 году из уголовного кодекса изъяли статью о наказании за проституцию (в СССР нет проституции!), этим пигалицам максимум что грозит — штраф 15 рублей за «нарушение общественного порядка». И девицы это тоже прекрасно знают, потому всю ругань майора выслушивают спокойно и угроз не боятся.

Наконец майор Смагин выпроваживает девиц и, узнав о цели приезда Светлова, несколько меняется в лице:

– Акеев? Он на «химии», расконвоирован. Числится за спецкомендантом и работает сварщиком на строительстве химкомбината. А что с ним?

– Вы уверены, что он в Котласе? Где у вас спецкомендатура? И где этот химкомбинат?

– Я вам дам машину и провожу.

Но Светлов от сопровождения отказался, взял у майора машину и через весь Котлас помчался в спецкомендатуру. Там, минуя грудастую расконвоированную зэчку-секретаршу неполных двадцати лет с заголенными мини-юбкой ногами, Светлов напрямую прошел в кабинет спецкоменданта капитана Чабанова. И через несколько минут выяснилось, что хотя осужденный В. Н. Акеев числится на стройке сварщиком, главная его тут профессия – быть толкачом, добывать для стройки дефицитные материалы, запчасти, в связи с чем его постоянно посылают в командировки то в Архангельск, то в Киров, а то и в Москву. Кто же может быть лучшим толкачом, чем знаменитый спортсмен, бывший чемпион Европы?! Вот и сейчас главный инженер «Котласхимстройтреста» с ведома спецкомендатуры командировал Виктора Акеева в Москву, в Министерство промышленного строительства.

В бухгалтерии строительно-монтажного управления № 5 управления «Котласхимстройтреста» Светлов потратил еще не меньше часа, чтобы снять копии со всех командировочных документов Виктора Акеева и установить таким образом сроки его пребывания в командировках. По этим срокам выходило, что Акеев больше живет в Москве, чем сидит в Котласе, и командировки ему часто продлевают прямо в Москве, в министерстве. Так, в последнюю командировку он уехал еще в начале мая... Впрочем, главный инженер «Котласхимстройтреста» Коган был Акеевым доволен:

– Не знаю, какой он боксер или там сварщик, но мне бы таких штук пять толкачей – я бы этот комбинат раза в три быстрей построил. Он мне даже лимиты на арматуру в Госплане вышиб, вы представляете?!..

Покончив с бумагами, Светлов ринулся назад, в аэропорт, – он едва успевал к последнему в этот день проходящему рейсу на Москву.

Как ни странно, в аэропорту Светлова ждал капитан Жариков. Светлов удивленно взглянул на него, Жариков сказал хмуро:

– Разрешите несколько слов, товарищ подполковник?

– Да, конечно.

– Я по поводу Виктора Акеева. В конторе лагеря разговаривать было нельзя, везде уши. А дело касается майора Смагина, начальника лагеря...

– Минутку, я только закомпостирую билет.

Рейс Печора – Котлас – Москва опаздывал, как обычно. У них было время поговорить.

– Смагин хочет выдать за Акеева свою дочь, – сказал Жариков Светлову. – Она в него по уши влюбилась и крутит папашей как хочет. Поэтому он и расконвоирован, на «химию» переведен. И сейчас они оба в Москве, в гостинице «Пекин».

– Откуда вы знаете? – удивился Светлов.

– Как только вы уехали из лагеря, майор Смагин трижды заказывал телефонный разговор с этой гостиницей, с дочкой, Думаю, он хочет предупредить их о вашем визите сюда. Только телефон у нее в номере не отвечает.

– Спасибо, пойдемте со мной. – Светлов спешно двинулся к почтовому отделению Котласского аэровокзала. Здесь стоял междугородный телефон-автомат, и Светлов тут же набрал по коду Петровку, 38, свой служебный телефон и продиктовал своему заместителю майору Ожерельеву: «Елена Васильевна Смагина, гостиница «Пекин», телефон поставить на прослушивание, междугородные звонки не соединять, Смагину срочно взять под наблюдение, с ней должен быть Акеев».

Безусловно, Акеев жить в гостинице не имел права, он был без паспорта, но нелегально, за взятку мог ночевать и в «Пекине» у своей любовницы.

– Спасибо, капитан, – сказал Жарикову Светлов. – Родина вас не забудет. Я сообщу в ГУИТУ о вашем ревностном отношении к делу.

– Это еще не все, – все так же хмуро сказал Жариков.– Хотя у нас лагерь образцово-показательный и на каждом шагу плакаты висят и лозунги типа «Честный труд – дорога к свободе» и «Моральный кодекс строителя коммунизма», а на самом деле это одна показуха. Смагин заигрывает с зэками, либеральничает, оркестр тут организовал, и в результате – прошу вас... – Он открыл сжатый на протяжении всего разговора кулак. В его жесткой ладони лежали две ампулы морфина. – Это морфий. Я реквизировал у зэков во время последнего шмона. А вот это – упаковка, нашел в мусоре. – Жариков достал из кармана кусок картонной коробочки. На фабричного образца этикетке стоял чернильный штамп «Главное аптечное управление г. Москвы». – Как видите, товар из Москвы. И я не сомневаюсь, что привозит его будущий зять майора Смагина Виктор Акеев.

Нда, подумал Светлов, очень, очень хочется капитану Жарикову стать начальником лагеря, уж он тут наведет порядок! Светлов еще раз поблагодарил капитана, сказал, что непременно доложит о его работе в Главное управление исправительно-трудовых учреждений, взял ампулы морфия и этикетку и вылетел в Москву.

В это время в Москве

С е к р е т н о

Бригадиру следственной
бригады следователю по особо
важным делам при Генеральном
прокуроре СССР тов.*Шамраеву И. И.*

Р а п о р т

Сегодня, 6 июня 1979 года, мною, и. о. следователя по особо важным делам при Генеральном прокуроре СССР, и руководимой мною группой оперативных работников линейного отделения милиции Курской железной дороги произведен опрос служащих Курской железной дороги, дежуривших в ночь гибели гр. Ю. Рыбакова 26 мая с. г.

В операции приняли участие 32 сотрудника милиции,

допрошены 214 человек на 27 станциях, разъездах и платфор-мах Курской дороги от ст. Серпухов до Москвы. Всем допра-шиваемым лицам предъявлялись фото погибшего Ю. Рыбакова и фототаблицы с портретами предполагаемых участников похищения Рыбакова и Белкина – гр. С. Гридасова, В. Акеева, Г. Долго-Сабурова.

Результаты операции отрицательные, все опрошенные лица дополнительной информации о гибели Ю. Рыбакова дать не смогли...

Энергии Пшеничного может позавидовать трактор «Беларусь» или танк Т-34. Сидя в Подольском отделении линейной милиции, он уже дописывал этот рапорт, когда услышал голоса проходивших под окном железнодорожников:

– А чой-то они уборщиц не допрашуют? Уборщицы тож по ночам дежурят...

– А тебе больно надоть! – сказал другой голос, но Пшеничный уже взвился со стула, подскочил к окну.

– Эй! Стой! Какие уборщицы?

Слава Богу, все подольские уборщицы жили «на колесах» – в вагонах, что стояли в тупике неподалеку от станции. Был поздний вечер, уже давно и я, и полковник Марьямов, и все помощники Пшеничного разъехались и разошлись по домам, но Пшеничный был человеком долга и отправился допрашивать уборщиц. И вот когда он «снимал» чуть ли не последний допрос, в дело вмешался его величество случай. Явился этот случай в лице вахтера вневедомственной охраны Сытина, сожителя уборщицы, которую допрашивал Пшеничный. Слушая вопросы Пшеничного, его настырное и дотошное: «Вспомните, дежурили ли вы в ночь на 26 мая?» – Сытин, невзрачный маленький мужичонка, вдруг сказал:

– Слушай, паря, ты к моей бабе не приставай. Ты меня послухай. Я ту ночь хорошо запомнил, потому шо был именинник, ты это можешь по моему пачпорту сверить. А Паша тогда-то хворая лежала, по женской части, да. И ото я заместо нея в Царицыно дежурил. Токо я не по станции ходил, а гулял по путям, с машинистами товарняка калякал. Там у стрелки товарняк стоял с «жигулями», с новенькими, прямо с Тольятти гонют. Ото ж я с ними калякал, а тут им зеленый дали, – и где-то часиков в двенадцать или в час ночи. И токо им этот зеленый дали, а тут на путя какой-то парень выскакует с таким чемоданишком в руках. И дышит, как будто бег от кого-то, рубаха вылезла из штанов. Чем, говорит, батя, в Москву добраться? А чем доберессии, когда последняя электричка уже прошедши? Я говорю: шуруй, говорю, в товарняк, счас отходит, на «Жигулях» и проскочишь. Ну, он и запрыгнул на платформу с «Жигулями». А токо товарняк тронулся, тут какая-то машина к платформе поскакует, из ея два мужика: «Батя, не видал парня с чемоданчиком?» – «А вам пошто?» – спрашую. «А он из больницы убег, психический». А парень и правда не в себе был маненько, это я сам заметил. А они промеж собой говорят: тута он должон быть, в товарняке, больше негда. И – зырк на товарняк, вскочили уже на полном ходу почти...

Р а п о р т
следователя Пшеничного
(продолжение)

...Дополнительный опрос уборщиц Подольского железнодорожного узла показал, что в ночь с 25-го на 26 мая вместо заболевшей уборщицы Пелагеи Синюхиной на станции Царицыно дежурил ее сожитель вахтер вневедомственной охраны Николай Николаевич Сытин. Допрошенный мной Н. Н. Сытин показал, что между 0 часов и 1 часом ночи 26 мая с. г. он видел молодого парня с чемоданчиком типа «дипломат» в руке, который сел в проходивший мимо товарный поезд, и двух мужчин, гнавшихся за этим парнем и тоже вскочивших на этот поезд. По предъявленным свидетелю фототаблицам гр. Н. Сытин опознал в парне Юрия Рыбакова, а в его преследователях – разыскиваемых нами Семена Гридасова и Виктора Акеева. Свидетель Сытин опознал названных лиц по приметам категорически. Протоколы допроса и опознания к рапорту прилагаю.

И. о. следователя по особо важным
делам В.Пшеничный

6 июня 1979 г.

Тот же день, 21 час 45 минут

СРОЧНАЯ ТЕЛЕФОНОГРАММА

Москва, Прокуратура Союза
ССР·следователю *Шамраеву*
(копия – МУР. *Светлову*)

В результате проверки списков учеников школы № 171 г. Баку за 1967 – 69 гг., фамилий, совпадающих с пассажирами ташкентского рейса, не обнаружено. Завтра приступаем к розыску и допросу соучеников Белкина для выяснения круга его школьных знакомств и связей. По заявлению бабушки Белкина, гр-ки Белкиной С. М., и ее соседей, Вадим Белкин в мае месяце в их доме не появлялся.

Уважением, *Рогозин, Шмуглова*

*Четверг, 7 июня 1979 г.,
3 часа 45 минут утра*

Как сказал поэт, «этот день видал, чего не взвидят сто...».

Ночью меня разбудил телефонный звонок. Звонил Светлов из «Пекина»:

– Девочка пришла пьяная и легла спать.

– Какая девочка? Куда пришла? – не понял я спросонок.

– Не к тебе, конечно. Лена Смагина, любовница Акеева. Приехала в гостиницу «Пекин» косая в доску, ключом в дверь не попадает, и легла спать. До этого, по сведениям Центрального телеграфа, ей дважды названивал папа из Котласа. Но междугородные звонки я блокировал, ее с Котласом не соединят. Поскольку ты старший в бригаде, я хочу знать: брать Смагину сейчас и допрашивать или «повести» ее, понаблюдать?

– А ты как думаешь?

– Я думаю, взять мы ее всегда успеем. Но если она действительно влюблена в этого Акеева, она может не расколоться и не выдать его. Поэтому я хочу на другом сыграть. Я ей

Ожерельева подставлю, когда она проснется. Если ты не возражаешь, конечно. Он ей сболтнет что-нибудь лишнее, а мы посмотрим на реагаж. А?

Я знаю этот излюбленный светловский прием. Иногда он называет это «форсаж», иногда – «накрыть на стол», а вообще – это самая настоящая провокация: преступника провоцируют на быстрые саморазоблачающие действия. Ну что ж, пусть попробует, наша этика (если только таковая существует) в борьбе с преступниками допускает и это.

– Хорошо,– соглашаюсь я.– Только не переигрывай и не тяни. Акеев нужен срочно.

– А как по поводу Долго-Сабурова, племянника той старухи? Ты собираешься тянуть эту линию?

– А как же. Я ж тебе сказал: старуху кто-то придушил. В 5.50 приходит ташкентский поезд. Мы с Пшеничным делаем обыск в вагоне Долго-Сабурова.

– Ну так вставай. Уже 3.45.

Тот же день, 7 часов с минутами

Обыск мягкого вагона № 5 поезда номер 37 Ташкент–Москва длится уже больше часа, и все впустую. Давно разошлись пассажиры, сам поезд уже покинул Курский вокзал и стоит теперь на маневровых путях сортировочной станции Каланчевская, и проводники унесли в прачечную белье, а мы – я, Пшеничный и три инспектора линейной милиции Курской дороги – все возимся с этим мягким вагоном и Долго-Сабуровым. Инспекторы обыскивают вагон – тут простому следователю не справиться, нужно знать устройство вагона, его тайники, а я и Пшеничный допрашиваем Германа. Знал ли он, что у тетки есть фамильные драгоценности? В каких был с ней отношениях? Когда узнал о ее смерти? Герман Долго-Сабуров, тридцатилетний худощавый брюнет с острым лицом и упрямым подбородком, нервничает, злится, но на вопросы отвечает точно, не темнит. Да, о том, что у тетки есть какие-то старые фамильные драгоценности, знал и знал, что она изредка продает какую-нибудь брошь и на эти деньги живет, а на что еще жить старухе прикажете? Нет, он на эти ценности никогда не претендовал, зачем, ему на жизнь и так хватает. О смерти тетки ничего не знает, мы ему первые сообщаем. Кого он может подозревать в убийстве? Он пожимает плечами – пожалуй, никого, хотя шут ее знает, раньше у старухи была куча ухажеров, она лет до семидесяти, если не больше, мужчинами баловалась, так что, может быть, это кто-то из бывших... Но уж во всяком случае, не он. Опознать ценности по фотографиям не может, потому как никогда их не видел, тетка ему не показывала.

Инспекторы извлекли из холодильника и люка под полом вагона два ящика фруктов и винограда, баранью тушу и деревянное ведерце, полное янтарно-желтых сот меда.

– А фрукты зачем везете? – задаю я «умный» вопрос.

– Как зачем? Кушать. Разве в Москве достанешь такой виноград?

– А барана?

– На шашлыки, для чего же еще?

– А мед?

– Мед алтайский. От любой простуды лучшее средство. А сотовый мед мне от печени помогает, у меня холецистит.

Ну, что с него возьмешь? Я заканчиваю допрос и несолоно хлебавши отправляюсь с Пшеничным в соседнюю с Каланчевской гостиницу «Ленинградскую», в буфет – позавтракать. Сережа, водитель моей машины, читающий «Анну Каренину», задает по дороге очередной вопросик:

– Игорь Иосифович, а где в Москве была гостиница или ресторан «Англия»? В ней Облонский обедал. Я вроде все московские кабаки знаю, но «Англию»...

Я не знаю, где была «Англия», меня сейчас интересует не «Англия», а «Пекин». Я связываюсь по радиотелефону со Светловым и узнаю, что Лена Смагина еще спит, а в соседнем с ней номере уже поселился майор Ожерельев.

Тот же день, 9.30 утра

– Мудаки и дешевки – вот кто курирует нас в ЦК! Похотливые бабники! Шевцов, Титов, Павлов просто б... доложить на Политбюро о реальном положении дел. Восемь лет я требую, чтобы дали чрезвычайные полномочия по борьбе с наркотиками – и что? Ни хрена! Страну раздирают наркомания, триппер и проституция, но все делают вид, будто наша страна – одна большая целка. Конечно! При Сталине было все чисто, при Хрущеве тоже, а теперь получается, что откуда ни возьмись – сплошное блядство, алкоголизм, наркотики...

Никогда раньше, ни в одном официальном кабинете я не слышал таких откровенных заявлений, перемешанных с совершенно беззастенчивым матом, да еще из уст такой красивой, молодой и сохранившей отличную фигуру женщины. Тридцатипятилетняя блондинка, бывший мастер спорта по художественной гимнастике, Надежда Маленина, ныне майор милиции, начальник недавно созданного при Главном управлении БХСС* отделения по борьбе со спекуляцией наркотическими средствами и жена профессора Военной академии Генерального штаба, пользуясь близостью своего мужа к Устинову, могла себе позволить говорить то, что обычно мы произносим только дома, в тесном кругу очень близких людей, да и то после третьей или четвертой бутылки...

– Страну разворовывают снизу доверху, молодежь ни во что не верит, подростки ширяются наркотиками, а газеты физдят о процветании и поголовном счастье. Нужна сильная власть! Средняя Азия, Закавказье, Крым – там уже целые поля опиумного мака и конопли и целые мафии по продаже наркотиков. В Симферополе у каждого телеграфного столба растет опиумный мак, разводят на продажу. Смотри! – Она перешла на «ты» так просто, словно знала меня сто лет, хотя я узнал о ее существовании только час назад, когда решил подключить к своей работе УБХСС: ведь Светлов привез из котласского лагеря две ампулы морфия с точным адресом – «Главное аптечное управление г. Москвы». Выяснилось, что из-за угрожающего роста наркомании в стране несколько месяцев назад при Главном управлении БХСС создано специальное отде-

---

*   УБХСС – Управление по борьбе с хищениями
       социалистической собственности

ление по наркотикам. Маленина повернулась к стене, на которой висит карта СССР с разбросанными по югу страны флажками. – Смотри! Вот поля опиумного мака в Туркменистане, Узбекистане, на Кавказе, в Крыму, в Приамурье. Колхозные поля, государственные, для нужд медицины. Но ты думаешь, мне дали данные официально? Хрена! И Министерство здравоохранения и Министерство сельского хозяйства жались, как жиды на ярмарке. А почему? Потому что все куплены. Если есть поля колхозные, то значит – тут же и личные, левые. У нас же везде воруют! Никто теперь не работает там, где нельзя сфиздить что-нибудь у государства! Я-то знаю, что говорю, мне можешь поверить!..

Я внутренне улыбнулся. Уж где-где, а в ОБХСС знают об этом действительно, не зря даже себя страхуют от взяточничества– следователи здесь не имеют отдельных кабинетов, а сидят в комнатах по двое или по трое, чтобы предостеречь друг друга от взяток. Как будто нет других мест, где можно получить в лапу солидный куш от махинаторов и подпольных воротил?! Откуда тогда у обэхээсников отличные импортные костюмы, итальянская обувь, болгарские дубленки и дефицитные продовольственные деликатесы? Контролируя все сферы потребления, сотрудники ОБХСС сами стали элитной кастой сытных, элегантно одетых ревизоров, обладающих вальяжной походкой и статью респектабельных спецов. Тем контрастней была на их фоне матерящаяся Маленина, сторонница военной группировки Устинова, пренебрегающая взяточничеством и воровством благодаря генеральским пайкам своего мужа.

– Но это все лирика и физдеж, а тебя интересует конкретно, что я могу для тебя сделать. Две акции. И не столько для тебя, сколько для себя. Я к этому Аптечному управлению давно подбираюсь. Я в Госарбитраже нашла кипу жалоб Сануправления Министерства обороны, что военные госпитали получают партии наркотиков с крупными недовложениями ампул. В каждой упаковке – бой, три-пять ампул разбиты. Поди проверь – разбились по дороге или с самого начала в упаковку сунули битое стекло. Что я сделала? Внедрила своих людей на фармацевтические фабрики, но они мне сигналят, что упаковщицы на фабриках этого сделать не могут физически – все на виду. Выходит, надо делать ревизию центральных складов, а мне не дают: мол, нельзя прервать снабжение больниц лекарствами. Но теперь я их поимею вот этими двумя ампулами. Сейчас же закрою на ревизию все центральные склады. А вот с этим гробом – когда ты будешь точно знать, был гроб с наркотиками или нет? Если был, я смогу тряхнуть Среднюю Азию.

– Два человека из МУРа сидят в Баку со вчерашнего дня. Но сейчас они заняты другим, а гробом займутся на днях – завтра, послезавтра.

– Надо же, придумали, паскуды,– наркотики в цинковый гроб запаять! – восхитилась Маленина.– Между прочим, это я добилась, чтобы хоть в крупных аэропортах были собаки, натасканные на наркотики. А то раньше вообще в открытую везли и гашиш и опиум, просто в чемоданах. Но и теперь находят выход – воском заливают брикеты анаши или «чеки» с опиумом, суют в соты или в мед, и – пожалуйста, ни одна собака запах не берет. Представляешь?

Я похолодел. Всего два часа назад, на Курском вокзале, в вагоне Долго-Сабурова я видел бочонок «горно-алтайского» меда, а до этого, позавчера в квартире того же Долго-Сабурова, в холодильнике – еще ведерко с таким же «медом». И – кретин стоеросовый! – поверил этому «племяннику» в его больную печень.

Видимо, я так побледнел, что Маленина спросила:

– Что с тобой?

– Нет, ничего...– сказал я хрипло.– Я вспомнил, у меня срочное дело.

10 часов 20 минут утра

Я выскочил от Малениной и почти бегом пересек тротуар к своей черной «Волге». Рывком открыл дверь, плюхнулся на переднее сиденье рядом с водителем.

– Смоленская-Сенная, к кинотеатру «Стрела»! Быстрей!

Да, говоря попросту, меня провели, как профана. Дважды держать в руках ведра с медом-опиумом и не проткнуть эти соты хотя бы вилкой! А теперь – «Вперед, Сережа! Жми на газ!». Как же, будет тебя ждать этот племянник бриллиантовой старухи!..

Тем не менее я открываю портфель, вытаскиваю папку с бланками чуть ли не на все случаи жизни – тут и постановления об аресте, и ордера на обыск, и еще всяческие формы и формуляры – и наспех заполняю «Постановление об обыске в квартире гр-на Долго-Сабурова по адресу Смоленская-Сенная, дом 23/25, кв. 17». Теперь мне нужны понятые. При всем том, что этот обыск, как и предыдущий, далеко не законный, поскольку мы еще не можем предъявить Долго-Сабурову никаких обвинений, я все же не могу нарушать закон на каждом шагу, и хотя бы в чем-то обязан соблюдать форму.

– Тормози у райвоенкомата,– киваю я Сереже на угловой кирпичный дом неподалеку от «Стрелы».

Здесь, у подъезда, толкутся бритоголовые новобранцы, я забегаю к дежурному, тычу ему свое удостоверение прокуратуры и говорю: «Срочно мне двух понятых! Любых! В секунду!» То ли мой тон производит впечатление, то ли книжка, но он безропотно выкликает:

– Захарьев! Купала!

И два молоденьких сержанта – Захарьев и Купала – поступают в мое распоряжение, садятся в «Волгу».

– Пошел! – тут же командую я Сереже, и машина срывается с места.

Сержанты, молоденькие мальчишки, видимо, сразу после сержантской школы, с любопытством озираются, спрашивают:

– А куда едем? Далеко?

Но не проехав и ста метров, машина тормозит, я приказываю:

– За мной! Быстро!

Лифт, как назло, занят грузчиками мебели – кто-то из жильцов дома завозит новый мебельный гарнитур.

Чертыхаясь, бегу на восьмой этаж, чувствую, что сердце сейчас выскочит из груди, и на площадке седьмого этажа под выжидающими взглядами молоденьких сержантов перевожу дыхание. Наконец – восьмой этаж, дверь долго-сабуровской квартиры, я нажимаю звонок, сержанты по всем правилам милицейской науки становятся у стенки по обе стороны двери. Но никто не отвечает. Я жму звонок еще и еще раз, но – без толку, только в соседней квартире на секунду высветляется глазок, но тут же и гаснет.

Роюсь в портфеле, вынимаю перочинный нож и, уже не цацкаясь, самым варварским способом ковыряю дверь, отжимаю замок. Уже первого взгляда на квартиру достаточно, чтобы понять: Долго-Сабурова мы спугнули всерьез. В квартире нет импортной звуковой аппаратуры, нет цветного телевизора, нет западных журналов с голыми бабами и даже самиздатовской копии «Москва – Петушки».

Я напрямую иду на кухню, открываю холодильник. Конечно же, никакого меда нет, это ясно. Под недоумевающими взглядами сержантов я с досадой пинаю ногой ящик с узбекским виноградом – тот самый виноград, который был утром в поезде,– сажусь за стол и барабаню пальцами. Нужно успокоиться. Что, собственно, произошло? Проводник Долго-Сабуров занимается незаконной перевозкой наркотиков – это еще нужно доказать, но допустим. Допустим, он действительно возит опиум из Средней Азии в Москву – какое это имеет отношение к Белкину? К Акееву? К Генералу? К убийству старухи Долго-Сабуровой? Если у него такое алиби – он был в рейсе, когда ее убили, если мы упустили его с этим медом-опиумом, он чист. Он чист. И все-таки... очень уж сильно он испугался, слишком сильно – как перед бегством или арестом кинулся ликвидировать ценные вещи. Что он первым делом избавится от наркотиков, в этом я не сомневался, еще когда гнал Сережу по Садовому кольцу, но была все-таки надежда застать его дома, хотя бы застать дома и на всякий случай отправить на пару дней в КПЗ. Теперь, глядя на эту наполовину опустошенную квартиру с разбросанными вещами и следами явной спешки, я понял: этот «племянник» обвел меня буквально на мякине – на воске! – и ускользнул.

Я встал, прошел в спальню к телефону и уже протянул руку к трубке, как вдруг телефон зазвонил сам. Я замер. Брать трубку или не брать? Звонит ли это сам Долго-Сабуров, проверяя, нагрянули ли мы с повторным обыском, или кто-то звонит этому Долго-Сабурову? Как быть? Любопытство пересилило, я снял трубку после четвертого гудка, промычал невнятно, будто спросонья:

– А?

– Алло, Герман! – сказал молодой женский голос.

– У-у? – издал я вопросительно.

– Ты что? Спишь, дарлинг?

– Угу,– подтвердил я мычанием.

– Ну так проснись, слушай внимательно. Проснулся?

Возле телефона лежал спичечный коробок, я достал спичку и чиркнул ее совсем рядом с телефонной трубкой, чтобы там, на том конце провода, было слышно это чирканье, и сказал, будто закашлявшись от первой затяжки сигаретой:

– Угу! Кха! Кхм!

Кажется это прозвучало убедительно, Она сказала укоризненно и с насмешливостью:

– Хоть бы в трубку не кашлял, жопа! Так вот, слушай. Катюха сказала: сегодня МУР по всей Москве раздал фото боксера и старика. На вокзалах, на всех выездах из Москвы. Позавчера – корреспондента, а сегодня боксера и старика. Ты слышишь?

– Угу.

– Что «угу»? Что ты молчишь? – Ее молодой, грудной голос стал настороженно подозрительным, и я понял, что теперь мне придется, что называется «подать голос».

Я покашлял и сказал хрипло:

– Гхм! Кха! Горло болит. Ну?

На том конце провода повисла настороженная тишина.

Терять было нечего, я спросил, чтобы не затягивать паузу:

– Ну? А че с корреспондентом?

Короткие гудки отбоя были мне ответом.

– Трубку не трогать! – приказал я наблюдающим за мной сержантам, положил трубку рядом с телефоном и выскочил на лестничную площадку, нажал кнопку звонка соседней квартиры – настойчиво, не отрывая руки. Снова засветился глазок двери, я крикнул:

– Прокуратура! Откройте! Мне нужно позвонить! Быстрей! Срочно!

Слышу, как там возятся с замками, и наконец замшелая старуха приоткрывает дверь и я просто врываюсь в квартиру:

– Мамаша, извините, где телефон? – И уже вижу его сам,

звоню на Зубовскую, в секретный спецотдел Центрального телефонного узла.– Дежурный? Пароль «Защита», заказ – Шамраев. Срочно: номер 244-12-90 с чем соединен? Только в темпе!

До тех пор, пока вы не положили трубку на рычаг, телефон, с которого вам позвонили, не отсоединяется, так устроена вся телефонная связь в Москве, и это дает надежду «зацепить», запеленговать, откуда только что позвонили «племяннику». Конечно, плохо, что я ее спугнул, конечно, плохо, что не удалось затянуть разговор и узнать еще хоть что-то или хотя бы, жив этот Белкин или нет, и плохо, что исчез племянник, но зато ясно одно: племянник в этом деле! Племянник, боксер и какой-то старик – все связаны с делом Белкина, каждый из них должен знать, где он.

Сегодня на руках у московской милиции три фото: Белкина, Гридасова и Акеева, а Старик, следовательно,– новая кличка Гридасова. Я пробую представить, выдумать, вообразить, кто же это звонил сейчас «племяннику». «Катюха сказала: сегодня МУР по всей Москве раздал фото боксера и старика». Значит, где-то в милиции какая-то Катя работает на преступников. Красота! Не успеешь шагу ступить, они уже все знают! Но где! В каком отделении милиции эта «Катюха»?..

– Ну, что они телятся, эти телефонные техники?!

И словно в ответ на мои мысли, в трубке звучит:

– Вы слушаете? Номер 244-12-90 соединен с телефоном-автоматом у метро «Университет». Отключать?

Телефон-автомат! Конечно, звонил профессиональный человек, такую не подхватишь на простой крючок.

– Отключайте,– говорю я.– А номер 244-12-90 переведите на кнопку.

«Перевести на кнопку» на нашем сленге значит поставить на прослушивание и магнитофонную запись всех разговоров, а также фиксировать, откуда этот номер будут набирать.

– У вас есть санкция? – спрашивает меня дежурный секретного отдела.

– Считайте, что есть. У меня чрезвычайные полномочия от Генерального прокурора. Я веду дело по заданию ЦК.

– Это хорошо, но без санкции Петровки...

Не дослушав, я бросаю трубку. С этими мудаками нечего терять время. Я плетусь в квартиру Долго-Сабурова. Сержанты еще караулят лежащую на тумбочке телефонную трубку, смотрят на нее издали в упор, словно она может взорваться. Я подсаживаюсь к телефону и набираю первый номер – Петровку, отдел Светлова.

– Дежурный старший лейтенант Красновский слушает! – звучит на том конце провода.

– Это Шамраев. Где Светлов?

– Подполковник Светлов в дежурной части на связи с гостиницей «Пекин», товарищ Шамраев. Он вам срочно нужен?

– А что там, в «Пекине»?

– Объект вроде просыпается.

– Ясно. А где Пшеничный?

– Пшеничный здесь, в дежурной комнате, разбирается с двойниками поданных в розыск.

Понятно, Пшеничному все время достается самая черная работа, взвалил я на него действительно как на лошака. Сейчас несколько тысяч фотографий Белкина, Акеева и Гридасова находятся на руках у московской милиции, сотрудников ГАИ и так называемых работников агентурной службы – стукачей, тайных осведомителей, барменов в злачных местах типа пивного бара в Сокольниках или на углу Пушкинской и Столешникова. И можно представить, сколько людей, подозрительно похожих на разыскиваемых лиц, задерживают сейчас на всех вокзалах, постах ГАИ, на улицах и в ресторанах и свозят на Петровку к Пшеничному для проверки документов и достоверного опознания. Конечно, рядом с Пшеничным сейчас должна сидеть Айна Силиня, художник Синицын и вахтер Сытин. Я спрашиваю:

– А что из Риги? От Барона?

– Оттуда звонили, что подполковник Барон выехал в Юрмалу. Они там нашли свидетельницу, но она не хочет никуда ехать.

– Ясно. Записывайте. Срочно дать в розыск по Москве фото Германа Долго-Сабурова. Я сейчас на его квартире, мне немедленно замену, чтоб сели в засаде. Его телефон 244-12-90 поставить на кнопку, возьмите санкцию у Минаева. Вторую бригаду пошлите в засаду на квартиру его тетки, он может там появиться. Адрес: проспект Мира, 17, квартира 47.

— У нас столько людей нет, товарищ Шамраев! – взмолился дежурный.

— Доложите Минаеву, он даст. Скажите, что я просил. А сюда мне хоть пару человек немедленно!

— Понял. Разрешите исполнять?

— Да, исполняйте.

Я положил трубку и сказал сержантам:

— Вот что, ребята. Вы хоть и понятые и я не имею права использовать вас для оперативной работы, но дело есть дело. Если кто-то заявится сюда раньше милиции, будем брать втроем. Ясно?

10 часов 47 минут

Лена Смагина действительно уже просыпалась. Она лежала на широкой двуспальной кровати в номере гостиницы «Пекин», нежась и покуривая «Винстон». Сквозь задернутые окна пробивалось июньское солнце и шум Садового кольца. Первая сигарета подчас спасительней утреннего душа, особенно после такой ночи, как вчерашняя. Лена с грустью подумала, какая жалость, что Виктор еще не имеет права жить в гостинице и должен торчать в чужой квартире, стеречь финский гарнитур и прочее барахло своего шефа. Какие они все-таки суки, эти деятели из ЦК и Совмина! Что им стоит вытащить Витю из лагеря вчистую, дать ему паспорт и вернуть московскую прописку? Но скоро, скоро и это случится – как только Витин шеф вернется из заграничной командировки. Вот тогда они с Витей заживут как надо. Курорты, театры, лучшие рестораны, машину купят... Взглянув на свою «Сейку», Лена спохватилась – через десять минут закроют гостиничный буфет, пора вставать. Лена заставила себя подняться, наскоро сполоснула лицо, влезла в американское платье, купленное в «Березке» на сертификаты, тоже купленные на черном рынке. Пригладив щеткой волосы, Лена бегом ринулась в буфет – благо он находился на том же шестом этаже.

По дороге в коридоре ее чуть не сшиб с ног высокий красивый майор МВД. Он вышел из соседнего номера столь стремительно, что просто наткнулся на Лену.

– Вы что тут под ногами путаетесь? – с нагловато-веселой ноткой спросила у него Лена. То, что парень – майор МВД, Лену не удивило, это крыло гостиницы «Пекин» принадлежит Министерству внутренних дел, здесь постоянно толкутся милицейские чины со всех концов страны и члены их семей.

– Простите, Бога ради,– сказал ей красивый майор.– Говорят, тут буфет до одиннадцати. Да?

– Точно. Идемте, я тоже в буфет.– Лена сразу же взяла покровительственный тон, которым разговаривала с офицерами в Котласе. Кроме того, она тут старожил, а он, видимо, только приехал.– Раньше я вас тут не видела. В этом номере жила женщина-инспектор из Красноярска.

– А я из Одессы. Майор Смородинский, Эдуард. Для вас – Эдик. А ваше имя?

– Лена.

– Очень приятно, Леночка, вот и познакомились.

– Что это, большое событие в вашей жизни?

– Кто знает! Пути Господни...– мягко улыбнулся майор, и Лена отметила про себя, что он хоть и красив, но мягковат, не то что ее мужественный Витя.

Тут они подошли к буфету. Лена заказала себе аристократический завтрак: тосты с икрой, кофе по-турецки и миндальное пирожное. А майор, сразу видать, провинция, набрал себе всякого силоса – салат, винегрет, четыре сосиски, кефир, картофельное пюре и чай с лимоном.

Усевшись за один столик с Леной, бравый майор из Одессы, уплетая за обе щеки свой силос, стал рассказывать ей, словно Хлестаков из «Ревизора», разные истории своей жизни. Из рассказов выходило, что умней, храбрей и изворотливей майора Смородинского нет во всем МВД. Сначала он в лицах изобразил, как проник в шайку контрабандистов, которые привозили морем заграничные товары: дубленки, джинсы, парфюмерию. Затем рассказал, как, рискуя жизнью, раскрыл подпольную фабрику трикотажа. Потом – что-то еще, похожее на сюжет детективного фильма,– мол, вчера в

Академии милиции, куда он прибыл на летнюю экзаменационную сессию, как студент-заочник, всем студентам
раздали фотопортреты трех мужчин. Двое из них – опасней-
шие преступники, которых ищет вся Москва. А третий –
известный молодой журналист, которого обожает Брежнев.
Этот журналист должен на днях лететь с Брежневым в Вену,
и вдруг – бывает же такое! – какие-то типы средь бела дня
похитили его в самом центре Москвы, увезли неизвестно куда.
И теперь у майора Смородинского есть шанс потрафить
самому Брежневу, найти его любимого журналиста. Вчера
ректор Академии милиции генерал Крылов собрал их, всех
студентов, сказал, что в Академии на несколько суток
отменяются занятия – вся московская милиция брошена на
поиски журналиста и его похитителей, и тот, кто найдет их,
получит личную благодарность ЦК и внеочередную звездочку. Майор был уверен, что именно он и будет этим
счастливцем.

– Интересно, как же вы будете их искать? – спросила Лена,
думая, как бы ей уже отвалить от этого болтуна.

– Очень просто, смотрите...– Майор вытащил из кармана
и положил перед Леной три фотографии. С одной из них на
Лену смотрел ее Виктор – молодой, в тренировочном костюме.– Правда, симпатичный? – по-своему истолковал ее интерес
к фотографиям майор Смородинский.– Это бывший известный боксер Акеев. Он и вот этот, некий уголовник Гридасов,
похитили вот этого журналиста и еще одного парня и кокнули
парня где-то за городом...

Лена уже ничего не соображала и ничего не видела перед
собой. Комок застрял у нее в горле. Смородинский все говорил, а Лену бил озноб: ее Виктора ищет вся московская милиция! Так вот почему он отсиживается в той квартире и боится
лишний раз на улицу выйти!

На какое-то время ясность сознания вернулась к ней. Было
это в тот момент, когда болтливый майор обронил, что ложка
хороша к обеду: мол, если бы похитители вернули журналиста
сейчас, чтобы он мог поехать с Леонидом Ильичом в Вену, им
бы полнаказания скостили. Но поскольку они этого не знают,
у майора есть шанс схватить еще одну звездочку, раз его

прикомандировали непосредственно к МУРу, и уж он этих мудрецов научит, как работать...

Смородинский долго бы еще говорил, если бы Лена не прервала его и не сказала, что ей пора по важным делам.

– Какие у вас, Леночка могут быть дела?! Небось, тряпки – ГУМ, ЦУМ, что я хорошеньких девушек не знаю?! – И он буквально уговорил Лену встретиться с ним в семь вечера, чтобы вместе поужинать в ресторане «Пекин».

– Хорошо, я приду,– пообещала Лена лишь бы отвязаться, заранее зная, что не придет.

Расставшись с назойливым майором, Лена вбежала в свой номер. Что, что делать? Надо оповестить Виктора, надо его спасти! Лена схватила телефон, набрала первые три цифры – 242, но вспомнила: Виктор на телефонные звонки не отвечает. Он живет в правительственном доме, там наверняка все телефоны прослушиваются, и поэтому «шеф», уезжая в командировку, запретил ему пользоваться телефоном. Да и ее телефон может прослушиваться, подумала Лена, не зря это «Пекин», гостиница МВД. А, может, за ней уже следят, а, может, этот дурак-майор не случайно рассказал ей эту историю и показал фотографии? Лена похолодела. Но нет, спокойно, без паники, она ведь сама заговорила с ним в коридоре, да и вообще он выглядит провинциальным тюфяком, силос жрал, как типичный провинциал. И все-таки... Лена осторожно подошла к своему окну, выглянула на улицу. Но Садовое кольцо было спокойным, никто не следил за ее окном, никто не дежурил. Она выглянула в дверь. В коридоре уборщица Марья Ивановна гудела пылесосом, все было спокойно. Лена облегченно вздохнула. Нужно просто поехать к Вите и рассказать ему обо всем. Но поехать осторожно – проверить, нет ли за ней слежки. Не зря Лена дочь начальника лагеря – ее так просто не проведешь, она все милицейские штучки знает...

Секретно

> Начальнику 2-го отделения 3-го
> отдела МУРа подполков-
> нику милиции *т. Светлову М. А.*

Рапорт

Согласно Вашему указанию, мною, майором милиции Ожерельевым В. С., и моей группой проводится наружное наблюдение за гр. Смагиной Е. В., проживающей в гостинице «Пекин», номер 626. Выполняя ваше оперативное задание, я занял соседний номер 627 и, выдавая себя за командированного из Одессы майора Смородинского, прибывшего на экзаменационную сессию Академии милиции, познакомился с объектом. В буфете за завтраком я как бы случайно показал ей три фотографии: Белкина, Гридасова и Акеева. Гридасова и Белкина Смагина не узнала, но при виде фотографии Акеева проявила сильное возбуждение. Далее в процессе разговора Смагина провоцировалась мною на общение с Акеевым. Мною же было внушено ей, что добровольное возвращение Белкина будет расценено органами положительно.

Сразу после разговора Смагина удалилась в свой номер, откуда пыталась связаться с кем-то по телефону, но, набрав только три цифры – 242, оставила это намерение без завершения. В 11.30 объект покинул гостиницу и направился по улице Горького вниз, в сторону Центрального телеграфа...

11 часов 45 минут

Я сидел в квартире Долго-Сабурова, ждал муровских оперативников и от нечего делать листал его фотоальбом. Этот альбом мы со Светловым видели и в прошлый раз, при первом обыске, но в тот раз нас мало интересовали все эти девицы в купальных костюмах и «производственные» фотографии: железнодорожная бригада проводников поезда № 37 Москва – Ташкент на фоне своего состава совместно с работниками вагона-ресторана и на переднем плане Герман Долго-Сабуров в обнимку с директором вагона-ресторана. В конце альбома лежал черный конверт с несколькими цветными снимками – эффектная шатенка на фоне черноморских пальм, среди веселой компании загорающих курортников, она же, смеясь, облизывает мороженое – эскимо на палочке, и, наконец, она же прямо на пляже стрижет Германа Долго-Сабурова – он сидит на стуле, а она стоит над ним с ножницами и расческой в руках. И на обороте надпись: «Дорогой Геша! Надеюсь, ты не забудешь! Твоя Зойка-Чародейка. Сочи. «Жемчужина», май, 1979».

Пожалуй, это уже кое-что! Где эти чертовы оперативники? У меня каждая минута на вес золота, а я сижу тут как на привязи.

Я оставляю в квартире своих сержантов – они уже освоились и с моего позволения лихо уплетают узбекский виноград, а сам опять отправляюсь к старушке соседке, показываю ей фото этой девицы:

– Мамаша, вы знаете эту девушку?

– Никого я не знаю! – Старушка поджимает губки и делает замкнутое лицо. Действительно, зачем ей связываться с милицией, ведь потом этот сосед может ей отомстить! Конечно, эта старушка многое могла бы мне рассказать о Долго-Сабурове, не зря глазок на ее двери высветливается при любом шорохе на лестничной площадке, но, насколько я понимаю, она ведет только визуальное наблюдение и никаких имен или фамилий, скорее всего, не знает.

Я беру телефонную трубку, звоню полковнику Марьямову в железнодорожную милицию.

– Полковник, это Шамраев.

– Слушаю вас,– тут же раздается подобострастный голос Марьямова.– Чем могу служить?

– В мае этого года Долго-Сабуров был на Кавказе, в Сочи. Я хочу знать: это был отпуск? Он ездил туда по служебному билету или летал?

Раз в году все работники железных дорог СССР имеют право на бесплатный проезд с семьей в любую точку страны, и чаще всего железнодорожники используют эту льготу для поездки в отпуск. Именно это я и хотел уточнить сейчас у Марьямова.

– Если вы сможете подождать у телефона, эти данные будут в минуту, я только свяжусь с бухгалтерией управления дороги.

– Хорошо, товарищ полковник, я жду.

Я прождал меньше минуты и услышал:

– Вы меня слушаете? Бригадир поезда Герман Долго-Сабуров находился во внеочередном отпуске согласно приказу управления с 29 апреля по 6 мая. Служебные билеты до Сочи выписаны на него и его жену Зою Кириленко.

– Жену? Он же холостой! – сказал я.

– Здесь на этот счет заявление: «Поскольку я собираюсь оформить законный брак с гражданкой Кириленко Зоей, прошу считать ее членом моей семьи и выдать билеты для проезда в отпуск».

– А кто эта Зоя Кириленко, есть данные?

– Безусловно. Паспорт серии XXIII-ЛС 645217, домашний адрес: улица Дыбенко, 27, квартира 8, место работы – салон «Чародейка» на Новом Арбате, мужской мастер.

– Полковник, Родина вас не забудет! – восклицаю я радостно.– Ждите, я вам перезвоню.– Я дал отбой и тут же набрал справочное 09: – Девушка, телефон салона «Чародейка» на Новом Арбате.

– 241-28-82,– отбарабанила она.

Звоню в «Чародейку». Номер, конечно, занят, но я набираю снова и снова. А другим ухом прислушиваюсь к лестничной клетке – не появился ли «племянник». Наконец слышу на том конце провода:

– «Чародейка» слушает.

– Пожалуйста Зою Кириленко.

– Ее нет, она на обслуживании. Будет с четырех.

– Что значит: на обслуживании? – спрашиваю я.– Она в парикмахерской?

– На обслуживании – это значит, выполняет работу у клиента на дому. У нас не парикмахерская, а салон. Кто ее спрашивает?

– Из бухгалтерии Курской дороги. Она в мае ездила в Сочи с нашим работником Германом Долго-Сабуровым, вы его знаете? Мне нужно уточнить насчет их билетов...

– А у тебя чего – ревизия? – запанибрата спрашивает «Чародейка».

– Ну! – говорю я ей в тон.

– Ну, позвони после четырех, они оба будут.

– Кто, оба?

– Ну, и Зойка, и Герман, он сегодня из рейса пришел и звонил, узнавал, когда она будет.

– Спасибо, золотце! – говорю я, ликуя, и смотрю на часы: до четырех у меня масса времени, но и провернуть нужно кучу дел. Еще минуту назад я собирался арестовывать «племянника», если бы он вернулся домой, но теперь планы изменились и нужно замести следы обыска на случай, если Долго-Сабуров вернется домой до четырех.

Я стремглав бросаюсь в квартиру Долго-Сабурова. Мои сержанты уже объелись виноградом, но слава Богу, пол-ящика еще есть, и я делаю простую операцию, укладываю на дно ящика ворох старых газет, сверху укрываю их оставшимся виноградом, и вот уже ящик снова полон. Долго-Сабурову сейчас вообще не до винограда, но нужно, чтобы на первый взгляд в квартире все было без изменений. Сержанты смотрят на меня удивленно, но мне некогда им объяснять, к тому же в этот момент появляется бригада оперативников – моя смена.

– Товарищ Шамраев, бригада МУРа в составе трех человек прибыла в ваше распоряжение. Старший по бригаде – лейтенант Козлов.

– Вот что, Козлов, я просил Красновского, чтобы этот телефон срочно взяли на кнопку.

– Так точно. Уже взяли, товарищ Шамраев.

– Хорошо. Задача такая: один из вас остается здесь, в квартире соседки. Если этот «племянник» появится, сделайте так, чтобы соседка с ним в контакт не вступала, ее просто нет дома. Ясно?

– Ясно.

– Двое скрытно дежурят на улице. «Племянника» не брать, но «вести». Ясно?

– Ясно, товарищ Шамраев.

– Тогда все. Уходим отсюда.

Я еще раз окидываю взглядом квартиру Долго-Сабурова

– вроде все на месте, а если мы что-то и сдвинули, то вряд ли он это заметит, он тут сам оставил полный беспорядок. Я изымаю из альбома фото Зойки Кириленко-Чародейки и несколько фотографий проводников бригады Долго-Сабурова и коллектива вагона-ресторана, и мы спешно покидаем квартиру.

Муровцы исчезают – один в «штатской» «Волге», приткнувшейся рядом с подъездом среди других машин, другой... другого даже я уже потерял из виду. Я отпускаю сержантов («Спасибо, ребята, пока! И – вас тут не было! Ясно?»), а сам спешу в свою машину, к Сереже.

– Живо на Курский, в транспортную милицию!

Теперь перед началом игры с «племянником» нужно еще раз просчитать варианты. Если арестовать «племянника» прямо сейчас, что мы имеем против него для раскола? Провоз наркотиков не доказан. Причастность к убийству тетки не установлена. Связь с боксером Акеевым и Гридасовым наметилась только двадцать минут назад в растворившемся в эфире телефонном звонке, и звонок этот уликой, безусловно, не является, его, как говорят, «к делу не пришьешь». Нет, «колоть» Долго-Сабурова, как только он появится, мы будем иначе. По методу Светлова.

Я снимаю трубку радиотелефона и прошу дежурную по коммутатору Петровки соединить меня с полковником Марьямовым.

– Товарищ полковник, это опять Шамраев. У вас, я надеюсь, найдется компрматериал на директора вагона-ресторана поезда номер 37 Москва – Ташкент? Какая-нибудь спекуляция, обман покупателей...

– Еще бы! Где вы видели вагон-ресторан, в котором не спекулируют, не уменьшают порции? У нас досье на всех директоров... В поезде номер 37 директором некий Ираклий Голуб. Спекулянт икрой, сервилатом, сливочным маслом. Завышение цен, пересортица мяса, торговля спиртными напитками в ночное время. Пожалуй, можно сажать лет на пять, созрел...

– Отставить, сажать не будем, будем подсаживать,– улыбаюсь я.– Ждите, я сейчас за вами заеду.

Пока все идет замечательно. Я откидываюсь на сиденье и включаю рацию – теперь можно окунуться в будни московской милиции. Хриплый динамик тут же захлебывается потоком разноголосых милицейских переговоров:

– Центральный! Центральный! Я – восьмой. У северного выхода ГУМа драка в очереди за женскими сапожками!

– Останкино! Останкино! «Волга» с неопознанным номером, темно-вишневая, за рулем пьяный водитель, сбила прохожего у Ботанического сада, движется в направлении Алтуфьевского шоссе!

– Центральный! Центральный! Я – патрульный сто восемь. У Рижского вокзала задержал гражданина, подозрительно похожего на разыскиваемого Гридасова. Имеет при себе документы на Шнеерсона Геракла Исааковича. Какие будут указания?

– Сто восьмой, задержанного немедленно доставить на Петровку, 38, дежурная часть, комната 10, к следователю Пшеничному. Как поняли? Прием.

Я усмехнулся: Гридасов-Шнеерсон да еще Геракл Исаакович – сочетание почти опереточное и невероятное, но чем черт не шутит?

– Центральный! Говорит пост ГАИ на Можайском шоссе. Задержал владельца «Жигулей» Гридасова Якова Алексеевича. Возраст 34 года, под приметы разыскиваемого МУРом не подходит, но фамилия совпадает. Жду указаний.

– Центральный! В вытрезвитель номер 31 с Павелецкого вокзала доставлен пьяный Акеев Виктор Михайлович, 1916 года рождения...

Многомилионная Москва работает, гуляет по летним улицам, катит в метро, троллейбусах и автобусах, загорает на пляжах, стоит в очередях за дамскими сапожками и первыми свежими помидорами, и всюду, на всех вокзалах, в парках, станциях метро сотни зримых и незримых, гласных и негласных осведомителей, оперативных работников, гаишников и милиционеров пристальным взглядом окидывают сейчас каждого прохожего и сравнивают с припрятанной в кармане фотографией. И это только внешнее, наружное наблюдение. А помимо этого происходит еще одна работа, совершенно неизвестная широкой публике. Сегодня с утра во всех тюрьмах Москвы и Московской области начальники проинструктировали сотрудничающих с ними заключенных – наседок и стукачей – провоцировать в камерах разговоры о Семене Гридасове – Пахане, Сале, Куреве – и о боксере Викторе Акееве. А вдруг кто-то из зэков видел их, знает их адреса, явки, связи. И еще сотни, если не тысячи осведомителей-дружинников получают сейчас фотографии разыскиваемых лиц и проходят инструктаж в отделениях милиции, опорных пунктах, штабах народных дружин.

Тем и силен наш советский режим, что при желании можно в кратчайший срок, одним приказом привести в действие многотысячную армию осведомителей, дружинников, оперативный состав Министерства внутренних дел, милиционеров, а вслед за ними службу КГБ и, наконец, в аварийной ситуации – регулярную армию, и все это – в считанные минуты. Можно изолировать, отрезать от внешнего мира любого размера город, область и даже республику – мышь не пробежит, голубь не пролетит...

Сегодня мы со Светловым включили как бы только первую ступень этой системы, но уже Москва стала похожа на решето, сквозь которое в поисках Акеева и Гридасова просеивают сейчас десятки тысяч людей.

Неожиданно я услышал:

– Внимание всех служб милиции и ГАИ! Поступил в срочный розыск по Москве и области Герман Веньяминович Долго-Сабуров, бригадир поезда, 1945 года рождения. Фотография разыскиваемого поступит в розыск сегодня. Сообщаю приметы: рост метр семьдесят...

Я схватил трубку телефона спецсвязи:

– Центральная! Дежурную часть! Подполковника Светлова! Срочно!

Почти мгновенно раздался голос Светлова:

– Слушаю, Светлов.

– Марат, это Шамраев. Срочно объяви по общей связи: Долго-Сабурова не брать! В случае обнаружения отпустить и вести негласно.

– Почему? Ты же дал его в незамедлительный розыск всего

час назад!

– Слушай, в четыре он будет в салоне «Чародейка» на Новом Арбате у парикмахерши Зои Кириленко. Это почти наверняка, если его никто не спугнет. Поэтому телефон «Чародейки» тоже взять на кнопку. А к четырем я приготовлю ему сервировку по твоему методу.

– Ага! Перенимаешь опыт?

– Да. А что у тебя с этой девчонкой Смагиной?

– Сначала почти сработало, она помчалась в свой номер звонить кому-то. Но набрала только три цифры – «242» и соскочила. 242 – это Ленинский район, я там активизировал весь отдел уголовного розыска. А она мечется по центру – не то чувствует, что мы ее водим, не то просто от страха. И больше никуда не звонит. Но направление ее движения тоже Ленинский район. Надеюсь, что через часик успокоится и все будет в порядке. Сегодня мы этого Акеева возьмем – я тебе обещаю.

– Ладно! В Киеве говорят: «Нэ кажи гоп, покы не перескочишь».

– Подожди, мне звонит Рига, подполковник Барон. Переключить на тебя?

– Давай, но не отключайся.

После коротких переговоров с телефонисткой слышу в трубке мягкий, с прибалтийским акцентом голос подполковника Барона:

– Товарищ Шамраев? Здравствуйте. Я говорю из Рижского аэропорта. Со мной Айна Силиня и ее родители. Они категорически не хотели пускать ее в Москву. Пришлось применить принудительные меры. Теперь они вылетают вместе со мной, если вы санкционируете этот «привод».

– Я санкционирую. Во сколько вы прилетаете?

– В 2.15 по-московскому, аэропорт Внуково.

– Хорошо. Вас встретят.

– Спасибо, до скорого свидания.

Я слышу, что он дал отбой, и говорю Светлову:

– Ты слышал?

– Да. Во Внуково его возьмет кто-нибудь из наших местных. Сейчас я свяжусь. Сегодня горячий денек, а?

12 часов 30 минут

Лена Смагина шла к Центральному телеграфу. Здесь в половине первого ее должен ждать Лева Новиков, массажист «Спартака» и спекулянт наркотиками. Вот уже час она крутится по центру в ожидании этого свидания, чтобы передать ему злосчастный пакет с морфием, который вручил ей вчера Витя Акеев. Этот пакет сейчас прожигает ей сумку, но она, боясь слежки, не решается избавиться от него, выкинуть в какой-нибудь мусорный ящик. Конечно, нужно было отправить этот морфий в унитаз еще в гостинице, в своем номере, но Лена вспомнила о нем, только когда выскочила из гостиницы и полезла в сумочку за сигаретами. Поэтому в течение всего этого часа Лена пыталась выяснить, есть за ней слежка или нет, и, по законам детективных романов, то вдруг посреди улицы резко сворачивала назад, то кружила по магазинам, то, проехав остановку на троллейбусе, вдруг спешно выскакивала на улицу, а то просто сидела на Пушкинской площади, наблюдая за окружающими.

Никакой слежки она за собой не обнаружила и, успокаиваясь, решила посоветоваться с Новиковым: как ей быть? Может быть, он вместо нее подъедет к Вите на квартиру и предупредит об опасности? В 12.30 Лена взбежала по ступенькам Главтелеграфа на улице Горького и прошла налево, в зал междугородных разговоров. Здесь, возле третьей кабины, и должен стоять Новиков – живой и нагловатый, как все массажисты. Да вот и он. Но что это? Увидев Лену издали, Новиков вдруг двинулся к выходу и, проходя мимо Лены и не глядя на нее, сказал в сторону: «На тебе глаз, атас!» Не останавливаясь, Лена подошла к стойке и, почти теряя сознание, спросила у дежурной, можно ли позвонить в Котлас, «Шестнадцатая кабина, по автоматике прямая связь»,– сказала дежурная. Но Лена в Котлас звонить не стала – что она может сказать сейчас отцу? – а, чувствуя себя на грани обморока, вышла на улицу.

Боже мой, что же ей делать? Чувствуя, что она сейчас разреветься просто здесь, на улице, Лена вошла в общественный туалет. Здесь, в женском туалете в проезде Художественного театра, шла обычная мелкая спекуляция импортной косметикой и противозачаточными пилюлями. И это Лену очень успокоило. Эти девицы спокойно стоят тут и предлагают карандаши для век и прочую польскую и французскую косметику, и никто их не арестовывает. Значит тут-то хоть милиции нет, а те, кто следят за ней, остались, видимо, снаружи. Лена стала в очередь к кабинкам. За ней, тяжело дыша, заняла очередь толстая астматичка с двумя авоськами, полными мороженых кур и докторской колбасы,– явно три часа стояла за ними в очереди у Елисеева, а следом за ней прибежала какая-то хипушница и, ни на кого не глядя, привычно ринулась к какой-то спекулянтке и громко, не стесняясь спросила: «Гондоны есть с усиками? Только быстро! Меня клиент ждет!»

Лена вошла в кабинку, села на унитаз и расплакалась. Вокруг шла нормальная жизнь, вокруг спекулировали, стояли в очереди за курами и колбасой, занимались проституцией и звонили по международным и междугородным телефонам, и только ей, именно ей не повезло! Из-за каких-то трех пакетов с морфием, из-за каких-то трехсот сорока рублей за ней следят и вот-вот арестуют. Что же ей делать? Что? Лена развернула пакет с морфием. Две фабричные упаковки с ампулами, в каждой по сто штук, а всего 200 ампул.

Проще всего отправить их в унитаз, но пройдут ли стеклянные ампулы в канализацию? Она зубами разорвала картонные упаковки, ссыпала ампулы в ящик для туалетной бумаги (было противно возиться в этом ящике, полном кровавых тампонов и бумаги, но Лена хотела, чтобы ампулы оказались на дне ящика), а картонную упаковку она разорвала на мелкие кусочки и бросила в унитаз. В дверь кабины уже стучали, Лена сказала: «Сейчас, сейчас!» – и спустила воду. Выйдя из кабины, она тщательно вымыла руки, утерла заплаканное лицо, подвела карандашом глаза, поправила прическу и решительно пошла вверх по лестнице навстречу аресту. Черт с ним, пусть теперь арестовывают, при ней уже нет никаких наркотиков, а ампулы, которые лежат в ящике,– кто докажет, что их туда положила она, а не следующая или не предыдущая посетительница туалета?

Лена вышла на улицу и огляделась – ну, где они? пусть арестовывают!

> Начальнику 2-го отделения 3-го отдела
> МУРа подполковнику милиции тов.
> *Светлову М.А.*

Рапорт
(продолжение)

В течение часа, неоднократно меняя направление своего движения, объект посетила Центральный телеграф, где выяснила возможность связаться с Котласом, и женский общественный туалет в проезде Художественного театра. Член группы наружного наблюдения старший лейтенант милиции М. Горелкина, выдавая себя за проститутку и заняв соседнюю с объектом кабинку в общественном туалете, установила, что Смагина уничтожила в туалете 2 коробки морфия, ссыпав ампулы в мусорный ящик. Выйдя из туалета, объект без видимой цели прошла по улице Горького, Манежу, Красной площади и неожиданно была потеряна в ГУМе лейтенантом В. Свешниковой. С целью вновь обнаружить Е. Смагину члены моей бригады блокировали все выходы из ГУМа, однако найти Смагину таким способом не удалось...

12 часов 52 минуты

Директор вагона-ресторана Ираклий Касьянович Голуб не открывал двери минут семнадцать. Сначала, когда мы с полковником Марьямовым позвонили в квартиру № 64 дома № 25 по улице Марии Ульяновой в Черемушкинском районе Москвы, за дверью вообще никто не ответил, и, похоже, Ираклий Голуб действительно спал после длинного рейса в Среднюю Азию. Но потом, после целого каскада наших настойчивых звонков, он наверняка проснулся; однако еще минут десять изображал, будто не может очухаться со сна, найти ключ, халат, туфли и т. д. Мы слышали поспешную суету за дверью и легко представляли себе, что там происходит: увидев в глазок самого Марьямова – начальника железнодорожной милиции – директор вагона-ресторана с перепугу не знал, что ему делать раньше – прятать ценности, сжигать деньги или выбрасывать в мусоропровод банки черной икры. По-моему, за эти восемь-десять минут он сделал и то, и другое, и третье. Во всяком случае, когда мы наконец вошли в квартиру, там пахло паленым, хотя окна были раскрыты настежь.

– Долго гостей держишь за дверью, нехорошо! – сказал Голубу Марьямов.– Знакомься, это мой друг, следователь по особо важным делам Шамраев Игорь Иосифович. И приглашай нас в комнату, что ты держишь гостей в прихожей?

– Да, да, конечно, проходите...– У Голуба кроме грузинского имени был еще ярко выраженный кавказский акцент. В его деле, взятом из сейфов ОБХСС при железнодорожной милиции, значилось, что фамилию свою Голуб получил от матери-украинки, а имя от отца-грузина, погибшего в 44 году на Белорусском фронте. Таким образом Ираклий Голуб был плодом настоящей фронтовой любви, но, как ни странно, оказался чудовищным трусом. Нам даже не пришлось показывать ему материалы, имеющиеся в ОБХСС, не пришлось разворачивать агентурно-оперативное дело «по вагону-ресторану поезда номер 37 Ташкент – Москва». Достаточно Марьямову было только начать:

– Ираклий, вот какое дело. У нас на тебя давно есть сигналы – спекуляция сервилатом, черной икрой, маслом, крупами, импортными сигаретами. Из Москвы берешь дефицитные продукты – везешь в Среднюю Азию, а обратно фрукты, зелень, овощи... Дать почитать? Или сразу о деле поговорим, как друзья?

Наверное, Голуб решил, что мы пришли за взяткой. Он расстегнул рубашку, спросил хрипло:

– Сколько?

– Что «сколько»? – не понял Марьямов.

А я не удержался, схохмил:

– Сколько вам могут дать или сколько с вас взять?

– Взять...– хрипло сказал Голуб, и было видно невооруженным глазом, как он мысленно оценивает нас с Марьямовым – за сколько можно от нас откупиться. И он явно терялся в догадках.

Я сказал:

– Слушайте, Ираклий. Взяток мы не берем, а дать вам суд может от восьми до пятнадцати лет по части третьей статьи девяносто второй! В какой именно лагерь вас загонят, решит ГУИТУ. Но поскольку вы все время работаете на юге, мы бы посоветовали товарищам из ГУИТУ, сидящим на Большой Бронной, отправить вас куда-нибудь на север – в Потьму, Магадан, Норильск...

Впрочем, это я перебрал, увлекся по инерции. Рассчитывали мы с Марьямовым, что этого Голуба придется долго ломать, а он сказал сразу:

– Я понял, дорогой, все понял! Что от меня надо?

– Очень простая услуга. У вас есть друг – Герман Долго-Сабуров. Сегодня мы сделаем так, будто вы его случайно встретили на улице или в парикмахерской «Чародейка». И с вами будет один человек, наш сотрудник. Вдвоем вы пригласите Долго-Сабурова куда-нибудь в ресторан пообедать. Вот и все. Ваша задача – только уговорить его пойти с вами в ресторан, ничего больше.

– Травить его будете? – деловито поинтересовался Голуб, и я уверен, что если бы я сказал: «Да, надо его отравить».– Голуб не отказался бы лично подсыпать своему другу яд в котлетку по-киевски, лишь бы самому не угодить в тюрьму.

Через десять минут, побритый и одетый в легкий летний костюм, Ираклий Голуб уже сидел в моей машине, и я связался по радиотелефону со Светловым:

– Везу «сервировку» для «племянника». Что у тебя с девочкой?

– Наконец! – отозвался Светлов.– Важные новости! «Племянника» засекла железнодорожная милиция на Каланчевке. Он и сейчас там. На тридцать четвертом пути стоят старые заброшенные вагоны. В одном из них у него, похоже, тайник или склад, черт его знает. Он оттуда какие-то ящики таскает в свой голубой пикап «жигуленок».

– Что за ящики?

– Не знаю. Там близко не подойдешь, народ все время крутится, железнодорожники, это же сортировочная. Но я придумаю что-нибудь.

– Только пусть его не трогают, не спугнут,– говорю я.– А

что у тебя с девочкой, со Смагиной?

– Представь себе, эти архаровцы потеряли ее в ГУМе! Но я приказал директору ГУМа выбросить в продажу что-нибудь импортное для женщин и дать объявление по радио. Ты бы видел, что там сейчас творится в 57-й секции! Дают французское нижнее белье и тени для век. Очередь в шестьсот человек! Но наша Леночка молодец – стоит четыреста третьей. Пришла как лунатик, но стоит.

– Снова не потеряешь?

– Что ты! За ней в очереди четыре топтуна, уж теперь не потеряют, я им головы оторву! Приезжай, решим, что делать дальше – дать ей купить французские трусики или нет.

– Хорошо. Еду.

Конечно, был соблазн по дороге на Петровку тормознуть возле ГУМа и самому посмотреть на эту Леночку Смагину. Но некогда, не до того сейчас, мы прямиком направляемся к Петровке, в дежурную часть Главного управления внутренних дел Москвы. Здесь нас ждет Светлов.

13 часов 40 минут

Дежурная часть московской милиции и, следовательно, МУРа, находится в трехэтажном здании, расположенном в тылу знаменитой Петровки, 38. Мало кто знает, что этот упрятанный в Средне–Каретном переулке дом, бывший когда-то флигелем старинного особняка,– теперь штаб текущей оперативной работы всей московской милиции.

На первом этаже – комнаты отдыха дежурных следователей, проводников розыскных собак и других специалистов, сутками дежуривших «по городу». В ожидании приказа: «Дежурный следователь на выезд!» – здесь можно и прикорнуть, и поиграть в шахматы и карты.

Впрочем, особенно не отдохнешь, в Москве ежеминутно что-то где-то происходит. Кто-то режет жену, кто-то попадает под машину, где-то грабят сберкассу,– и поэтому на первом этаже дежурной части московской милиции динамик внутреннего радио не отдыхает:

– Дежурный следователь, на выезд!

Новенькие милицейские «волги» и импортные полицейские «мерседесы», оборудованные по последнему слову криминально-розыскной техники, мчатся по Москве к месту происшествия, включив слепящие фары и воющие сирены...

Но главные службы дежурной части, ее, так сказать, мозг,– на втором этаже. Здесь – дежурный по городу, дежурный по МУРу, их заместители и офицеры оперативной службы. В их распоряжении светящаяся во всю стену карта Москвы и на электронных пультах такие же, только поменьше, карты районов Москвы, и здесь же все средства коммуникаций – телефоны, телевизоры, радио. Сюда стекается со всех концов Москвы вся срочная информация о жизни столицы, и это отсюда вызывают дежурящих внизу специалистов и отправляют их на места происшествий. Здесь же, на втором этаже, дежурят укомплектованные бригады тайного сыска: топтуны, сыщики, артисты незаметной слежки за «объектами». Дежурными по городу и МУРу обычно назначаются опытные оперативники, а их заместителями – ребята ранга и калибра Светлова, и вся их работа могла бы быть слаженной и подчас даже творческой, если бы не стоящий во главе дежурной части начальник – полковник внутренней службы Шубейко, круглый дурак, разжалованный партийный стукач, бывший крупный армейский политработник...

Наша машина сворачивает в Средне-Каретный переулок, караульный старшина услужливо открывает металлические ворота, и мы вкатываем во двор, где на лавочке у курилки, как обычно, толкутся дежурные шоферы, проводники собак и прочие балагуры, способные все двадцать четыре часа своего дежурства трепаться о невиданных изнасилованиях, убийствах на почве ревности и т.д. Вот и сейчас, проходя мимо них в дежурную часть, я услышал стереотипное:

– Сначала изнасиловали, а потом загнали ей туда бутылку из-под шампанского, вот гад буду!...

Направляясь к лестнице на второй этаж, натыкаюсь на парня с удивительно знакомым лицом. Напрягаю память, чтоб вспомнить, где же я его видел, и вдруг вспоминаю – да это же Белкин! Тот самый Белкин, которого я ищу! Между тем этот самый Белкин как ни в чем не бывало спокойно идет себе к выходу из дежурной части... Я уже повернулся догнать его, но в этот момент рядом открылась дверь, насмешливый голос сказал:

— Товарищ Шамраев, это не Белкин. Очень похож, но не он.

Я повернулся. Пшеничный продолжал, улыбаясь:

— Его уже третий раз сегодня привозят. Пришлось выдать ему справку, что он не Белкин. Да не смотрите вы так — это не он. У меня сегодня было одиннадцать Гридасовых и шесть Акеевых. Сейчас еще троих привезут, только что звонили. Правда, с Акеевым проще, я тут вызвал Синицына — свидетель-рисовальщик с Курского вокзала? Он у меня по Акееву лучший специалист. Жаль, что он остальных участников похищения не помнит...

Я разглядываю Пшеничного. За эти четыре дня с ним произошли значительные изменения. Из усталого, замотанного и даже изнуренного будничной работой следователя районной прокуратуры он превратился в спокойного, уверенного в себе и знающего себе цену работника. Голубые глаза внимательны, но без этого внутреннего русского надрыва и отчаяния, воротник белой рубашки выпущен поверх старенького пиджака, и все — чистое, аккуратное, выглаженное, сразу видно, что работа в Прокуратуре СССР для него событие.

Интересно, есть ли у него жена, дети? Четверо суток работаем по одному делу, а бутылки пива вместе не выпили, нехорошо это, не по-русски. Я смотрю на часы:

— Минут через двадцать, Валя, здесь будет Айна Силиня. Предъявите ей всех фигурантов — Акеева, Гридасова, Долго-Сабурова. На двоих из них мы сейчас выходим. Если она их опознает, наше дело почти в шляпе, тьфу-тьфу-тьфу! — И я суеверно стучу костяшками пальцев по косяку деревянной двери. Потом спрашиваю: — У вас подготовлены фототаблицы для предъявления на опознание?

— Игорь Иосифович! — укоризненно отвечает Пшеничный, и я понимаю, что вопрос был излишним, даже нетактичным. По закону необходимо предъявлять свидетелю на опознание не одного человека и даже не одну фотографию, а ряд лиц или фотографий одновременно, не менее трех, чтобы не оказывать на свидетеля давления. Иначе в суде подобное опознание не будет признано как доказательство, что случается нередко из-за неграмотного следствия. Но Пшеничный, конечно, не новичок.

– Хорошо, Валентин. Вот директор вагона-ресторана, пусть он посидит у вас, ему на второй этаж нельзя. Светлов в каком зале?

– В третьем, Игорь Иосифович...

Оставляю Ираклия Голуба Пшеничному, а сам с Марьямовым поднимаюсь на второй этаж. Здесь сегодня большое оживление. Похоже, что помимо нашей группы работают еще несколько, и первые восемь комнат превращены просто в гримерную, словно в Театре на Таганке или «Современнике». Большая группа оперативников уже переодета в старшие чины авиации, в бородатых северных геологов, морских офицеров, и я с удивлением слышу из соседней двери голос моего приятеля Бакланова:

– Потрясающе! Летчики, геологи, моряки, а все в одинаковых казенных милицейских ботинках. Называется – законспирировались!

Заглядываю в эту комнату. Увидев мое удивленное лицо, Бакланыч говорит:

– Привет! Беру картежную мафию. Обыгрывают, понимаешь, наших доблестных офицеров, приезжающих после службы за границей. Чуть ли не в Бресте накалывают жертву и потрошат до Москвы. Но ничего, мы им подставим сейчас несколько богатых клиентов. А как у тебя?

– Я буду в третьем зале, заглядывай.

В третьем зале у светящейся карты центра Москвы сразу нахожу живую, неусидчивую фигуру Марата Светлова и слышу одновременно два голоса двух оперативных групп:

– Товарищ подполковник! Объект по-прежнему стоит в очереди. Но директор ГУМа говорит, что этих французских лифчиков еще на пять минут торговли.

– Внимание, товарищ подполковник! Объект «племянник» остановил машину на углу площади Лермонтова и Каланчевской. Побежал к свободному телефону-автомату.

Светлов мгновенно повернулся к помощнику:

– Угол Лермонтова и Каланчевской. Какой номер у телефона-автомата?

На малом экране замелькала серия таблиц и тут же

возникла карта скрещения площади Лермонтова и Каланчевской. Здесь, на карте, отчетливо видны каждый подъезд, вывески магазинов и будка телефона-автомата на углу, и тут же значится номер этого телефона – 754-214. В ту же секунду помощник по спецсвязи приказал секретному отделу Центрального телефонного узла на Зубовской площади:

– Телефон 754-214 – на магнитную запись и нам на прослушивание.

А еще через мгновение мы слышим взволнованный голос Долго-Сабурова:

– Алло! Толик! Это Герман. Тебе товар нужен?

– А что сегодня – пятница? – спросил его второй голос.

– Сегодня не пятница, сегодня четверг. Но я завтра занят. Сколько возьмешь?

– Ну-у, граммов двести... У меня сегодня капусты нет. Если бы завтра...

– А сколько у тебя есть? Учти, сегодня отдам со скидкой.

– Два рубля, ну, три максимум...

На сленге московских дельцов это значит 2-3 тысячи рублей. Между тем по второму каналу Зубовский телефонный узел уже доложил:

– Абонент говорит с пивным баром «Жигули» на Новом Арбате.

Тем временем «абонент» уже набрал еще один номер, и мы опять слышим его нетерпеливый голос:

– Роберт, это Герман.

– А-а, здорово! Что-нибудь случилось?

– Нет. С чего ты решил?

– Ну, сегодня ж не пятница.

– Знаю, потому и звоню. Я к тебе заскочу с товаром. Ты будешь?

– А куда ж я денусь? Заваливай, очень хорошо, я как раз пустой...

Гудки отбоя и доклад технарей с Зубовской:

– Абонент говорил с шашлычной «Риони» на Старом Арбате.

И снова доклад группы сопровождения:

– Товарищ подполковник, он по карманам шарит, у него монеты кончились, звонить нечем. Может, дать ему пару копеек?

– Отставить юмор! – командует Светлов.– Продолжайте наблюдение.

– А брать где будем? В «жигулях»? С поличным?

– Брать не будем. Вот Шамраев привез «сервировку», кто будет ему на стол накрывать?

– Надо бы Ожерельева, он мастер, товарищ подполковник. Между прочим, объект сел в свою машину, едет в сторону Арбата.

– Ожерельев сегодня уже «накрывал на стол» для другого объекта. Я не люблю, когда два раза, он же не Софи Лорен, чтобы два раза за день одну и ту же роль играть,– говорит Светлов.

– Ну, тогда придется вам, товарищ подполковник.

– Хорошо, я подумаю. ГУМ, вы меня слышите?

– Слышим, товарищ подполковник.

– Кончайте торговлю лифчиками, только не упустите объект. А то всех в постовые разжалую, имейте в виду! – Вслед за этим Светлов повернулся ко мне, ввел в курс дел: – Значит, так. У «племянника» на Каланчевке был склад наркотиков. Очень удобно – в старом вагоне без колес, знаешь, которые прямо на земле стоят. И там среди всякого хлама и ветоши – ящики, коробки с морфием. Почему он решил этот тайник ликвидировать именно сегодня – еще не знаю, похоже, мы его спугнули нашими обысками. Короче, он со всем этим грузом ринулся на Лермонтовскую, в аптечный склад. А там его обэхээсники чуть не прихватили. Я их еле-еле опередил. Там твоя Маленина начала сплошную ревизию, весь склад закрыт. Обэхээсники кишмя кишат. Пришлось у самой проходной подсунуть этому «племяннику» «уборщицу». Она ему шепнула про ревизию. Вот теперь он мечется по Москве, чтобы сбыть с рук товар. Между прочим, машина, на которой он ездит, на имя его тетки зарегистрирована, Долго-Сабуровой, а он по доверенности ездит. Мы ему гаишную проверку устроили за обгон справа. Конечно, сейчас нужна кинокамера, заснять его связи. Но где возьмешь? Одна исправная кинокамера на весь МУР, и ту взял Бакланов.

– Товарищ подполковник! – послышалось из рации.–

Объект вышла из ГУМа, встала в очередь на такси.

– Очередь большая?

– Она стоит девятой.

– Хорошо. Дай ей пару минут, потом подставь Федотыча. Федотыч на стреме?

– А как же, товарищ подполковник! С утра мается.

– Отлично. Федотыча мне сюда на прямую связь! – приказывает Светлов, и все в комнате напряглись, замерли. Потому что в проводимой операции наступал один из решающих моментов: сейчас там, возле ГУМа, к очереди на такси подкатывает в роли водителя такси старый муровский волк Тихон Егорович Федотов. За двенадцать лет, которые я его знаю, и за тридцать, что он служит в розыске, еще не было случая, чтобы он прокололся,– в его пышных усах, простодушном крестьянском лице, толстой фигуре увальня есть что-то такое, что успокаивает преступников, внушает им мысль, что уж кто-кто, а этот старикан не может быть шпионом. И, сев к нему в машину, они как-то сразу успокаиваются, и даже если собирались путать следы и менять такси трижды, прежде чем поехать по нужному им адресу,– в машине у Федотыча почему-то расслабляются и сразу едут туда, куда им действительно нужно. Машина Федотыча оборудована скрытой рацией, все разговоры, которые идут в машине, слышны в группе наблюдения и здесь, на Центральном пульте дежурной части. Поэтому буквально через минуту мы слышим шумы улицы и окающе-благодушный говорок Федотыча:

– Центральный, я – Федотов. Подъезжаю к объекту...– И тут же совсем другим тоном: – Да подождь! Не лезь в машину! Куды ехать?

– В Медведково,– доносится мужской голос.

– Нет, в Медведково не пойдет, у меня обед. А вам куды?

– Бирюлево.

– Тоже не проходит.– И тут Федотыч, видимо, поравнявшись с «объектом», Леной Смагиной, бросает заранее припасенную наживку: – Ленинский район, Юго-Запад, Ленинские горы, Черемушки...

– Я на Фрунзенскую набережную! – слышим мы молодой женский голос, и Светлов невольно восклицает, как рыбак, подсекший клюнувшую рыбу: «Есть! Молодец, Федотов!»

Там, в машине, не слышны наши комментарии, но здесь слышно все, что происходит в такси капитана Федотова.

– Гражданочка, ну уже ж занято! Занято! – отваживает Федотыч какую-то попутчицу с предложением: «Так мне тоже в Черемушки!» – В Черемушки ей тоже! Вот народ! У меня обед, я те говорю, у меня уже час как борщ стынет, а они прутся. Куды на Фрунзенскую набережную, в какие дома, дочка?

– Фрунзенская, сорок восемь, «красные дома» знаете? – слышим мы голос Лены Смагиной.

– А как же, милая, двадцать пять лет за рулем, «красные дома» как не знать? Там одно начальство живет, министры бывшие, я тудысь один раз Булганина вез. Старичок теперь, совсем старый. Чай, жив еще? Не встречала?

Это был метод Федотова – ленивое балагурство и исподволь прощупывание – знает ли Лена жильцов этого дома или едет туда в первый раз. Одновременно этим разговором Федотов отвлекает внимание пассажирки от своей тихой езды – ему нужно дать время группе наблюдения опередить его и поставить возле названного Леной дома топтунов.

– Нет,– слышим мы ответ Лены на вопрос о Булганине.– Не встречала.

– Помер, поди. А может – нет. Все ж таки некролог дали бы в «Правде». Как-никак премьер был нашенский. Я за всеми некрологами слежу...

– Побыстрей можно? – просит Лена.

– А чего ж? Можно и побыстрей. Только ГАИ не любит быстрой езды. Они как говорят? Тише едешь, дальше будешь...

В этот момент в эфире появляется голос второй группы:

– Товарищ подполковник, объект «племянник» остановил машину возле пивного бара «Жигули», уложил в сумку ящик с ампулами и прошел в пивной бар к заведующему. Жду указаний.

– Сколько у тебя человек в группе? – спрашивает Светлов.

– Восемнадцать.

– Сейчас «племянник» будет раздавать наркотики по явкам. Никого не арестовывать до моего сигнала. Только наблюдать, ясно? И засекайте, с кем он общается.

— А когда вы с ним будете обедать, товарищ полковник?

— Не раньше, чем через час-полтора,— нервно сказал Светлов.— У меня сейчас Акеев на подходе.

— Товарищ подполковник, а если «племянник» захочет раньше покушать? И сам пойдет в ресторан, без вас,— что мне делать?

— Не знаю. Придумаешь что-нибудь, на то ты и «оперативный работник». Проколешь ему шины или... В общем, сам решишь, меня не колышет. Все, мне некогда, до связи!

В зал шагнул Пшеничный, позвал меня:

— Игорь Иосифович, прибыли Айна Силиня с родителями и подполковник Барон из Риги.

Как ни хотелось остаться в зале, пришлось спуститься вниз, к прибывшим. Подполковник Барон оказался высоким сорокалетним детиной. Он послушал, как я утихомирил родителей Айны Силиня, и укатил «навестить друзей и подруг» — для того, я думаю, и сопровождал в Москву семейство Силиня. Дежурная машина увезла родителей в гостиницу «Минск», а Айна осталась. Она оказалась спокойной, немножко флегматичной тонконогой девчонкой с большими зелено-голубыми глазами. Лично мне кажется, что за глазами такого, столь сокрушительного для многих мужчин цвета чаще всего скрываются зияющие пустоты абсолютного бездумья, просто эдакий вакуум, но натуры поэтические, увлекающиеся, вроде Белкина или Юрки Рыбакова, конечно же склонны нафантазировать тут черт-те что. Отпустив родителей Айны и подполковника Барона, мы с Пшеничным провели Айну в кабинет, поступивший на сегодня в распоряжение нашей группы, и предъявили ей для опознания серию фототаблиц — листы с наклеенными на картон тремя фотографиями похожих друг на друга типажей, среди которых были фотографии Акеева, Долго-Сабурова, Гридасова. Акеева она опознала сразу и твердо, или, как принято у нас говорить – «категорически», а в Гридасове и Долго-Сабурове не была уверена.

Тем не менее это опознание подтвердило, что все наши со Светловым, казалось бы, судорожные движения, вся лихорадка этих дней не напрасны, что мы вот-вот возьмем след этого пропавшего Белкина и уже во всяком случае сидим сейчас, что говорится, на хвосте у тех, кто его похитил.

Я повернулся к Айне Силиня, спросил:

– Айна, вы видели в Баку Радия Свердлова, корреспондента «Комсомольской правды»?

– Да,– сказала она.– Он живет на бульваре. Мы у него спали одну ночь, перед самым отъездом. А что?

– Валентин, пожалуйста, внесите это в протокол допроса,– сказал я и ушел наверх, к Светлову. Там, в третьем зале дежурной части, события разворачивались со стремительной быстротой – хоть вызывай киношников с «Мосфильма».

14 часов 50 минут

Лена Смагина ехала прямо к Вите. Она устала. Это какой-то идиотизм – таскаться весь день по Москве в ожидании ареста, видеть в каждом встречном-поперечном сыщика и шпика, а на самом деле никакого ареста все нет и нет. В ГУМе она опять проревела в сортире, потом выпила кофе с бутербродом в кафе на втором этаже, потом два часа простояла в очереди за французским нижним бельем и – успокоилась. Этот идиот массажист Новиков просто наврал ей про слежку. Если они следят за ней, чтобы найти Виктора, то давно бы прекратили эту торговлю импортом, для милиции это раз плюнуть, они не стали бы ждать, пока она купит себе французские трусики. Внимательно изучив очередь, в которой она стояла, Лена, считая себя крупным экспертом милицейских типажей, не нашла тут ни одного человека, похожего на знакомых ей по Котласу чинов из охраны лагеря. Во всяком случае, если за ней и следили, то либо какой-то хахаль хотел пристать, либо какой-нибудь дебил, вроде этого майора-одессита, от которого она давно оторвалась в ГУМе или еще раньше. Как бы то ни было, Лена вышла из ГУМа на стоянку такси и села в первую попавшуюся машину. Она собиралась заехать на Черемушкинский рынок, купить Вите виноград (он просил привезти ему виноград в ее следующий визит послезавтра), но когда подвернулось такси в сторону Фрунзенской, Лена махнула рукой – до винограда ли сейчас! В машине она сразу же расслабилась, даже в сон потянуло...

Секретно

Начальнику 2-го отделения
3-го отдела МУРа подполковнику
милиции тов. *Светлову М. А.*

РАПОРТ
(продолжение)

...*Опередив такси капитана Федотова, три наших спецма-
шины прибыли по названному Смагиной адресу: Фрунзенская
набережная, 48. В доме оказалось четыре подъезда, поэтому
возле них спешно распределились четверо оперсотрудников.
Объект Смагина, рассчитавшись возле дома с водителем
капитаном Федотовым крупной купюрой – 10 рублей – и не взяв
сдачи, проследовала к подъезду номер 2, где переодетая
пенсионеркой майор Кузьмичева прогуливала лично ей принад-
лежащего тибетского терьера по кличке Гарри Трумэн. Войдя
вместе с объектом в лифт подъезда
№ 2, майор Кузьмичева установила, что Смагина вышла из
лифта на седьмом этаже и позвонила в квартиру № 22. Никто не открывал ей в течение девяти минут, и только когда
она стала стучать в дверь кулаками и просить: «Витя, открой,
это я!» – и ее действия стали вызывать беспокойство соседей,
дверь квартиры № 22 открылась, и мужская рука втащила
Смагину в квартиру.*

*Тем временем, как только мне стал известен номер
квартиры, куда направилась Смагина, техник-лейтенант
службы прослушивания Гринштейн И. З. направил по указанию
вызванного дворника на окна квартиры № 22 микрофон
электронно-подслушивающего устройства ЭПУ-5.*

*С этого момента, т.е. с 15.07, нашей группой проводилось
прослушивание, запись и трансляция в дежурную часть ГУВДа
всех разговоров и шумов в указанной квартире. Магнитофонную
запись прослушивания к рапорту прилагаю...*

МАГНИТОФОННАЯ ЗАПИСЬ

Мужской голос: Ты что, сдурела? Идиотка! Кто разрешил приходить не вовремя?

Женский голос: Витенька, послушай! У тебя тут есть кто-нибудь?

Мужской голос: Никого нет, балда! Ты меня еще проверять будешь?! Весь дом на ноги подняла, дура ревнивая! Тебя видел кто на лестнице?

Женский голос: Витенька, подожди! Я не из ревности приехала! Тебя ищут! Тебя по всей Москве угрозыск ищет!

Мужской голос: Ну и что? Значит, в лагере, в Котласе, кто-то стукнул, что я просрочил командировку. И что такого? Какого хрена панику поднимать?

Женский голос: Послушай! Это не так!..

Именно в этом месте я вернулся в зал номер три, куда группа майора Ожерельева транслировала подслушанный разговор. Еще совсем недавно, каких-нибудь два-три года назад, такой электронной техники подслушивания не было ни в МУРе, ни вообще в милиции, этой строго секретной техникой пользовались только в КГБ, но теперь накануне московских Олимпийских игр КГБ закупил на Западе новейшую американскую японскую технику подслушивания, а это старье, работающее на дистанции не более километра, передали в МВД. Но и на том спасибо. С помощью электронно-подслушивающего устройства ЭПУ-5 отечественного производства мы слышали сейчас крайне важный для следствия разговор...

Женский голос: Послушай! Это не так! Они ищут какого-то корреспондента, которого как будто бы ты украл, и говорят, что ты убил какого-то мальчишку! Витя, это правда?

Мужской голос: Заткнись, дура! Никого я не убивал! Кто «они»? С кем ты разговаривала?

Женский голос: Утром в гостинице меня кадрил какой-то

майор из Одессы. Он учится в милицейской академии. Им всем
раздали три фотографии – твою, этого корреспондента и еще
какого-то типа, мне кажется, я его видела один раз с тобой,
Витя. Витя, Витенька! Зачем ты влез в это дело? Зачем?!

Мужской голос: Подожди, не ори! Что он еще говорил?

Женский голос: Я не помню! Я увидела твою фотографию
и с ума сошла!

Мужской голос: Ну так вспомни! Вспомни, что он еще
говорил?..

Я наклонился к Светлову, спросил:

– Чья это квартира?

– Уже выяснили,– ответил он.– Сысоев Виктор Владимирович, начальник Главного аптечного управления Министерства здравоохранения Союза. Сейчас он в Женеве на
симпозиуме во главе делегации медицинских работников, а
вся семья на юге, в Пицунде.

Между тем по радио звучал плачущий , с надрывом женский голос:

– Витенька, что теперь будет?! Что теперь будет?!

– Ничего не будет. Все будет нормально! – отвечал злой и
не очень уверенный голос Акеева.– Во-первых, я никого не убивал!
А во-вторых, через неделю приедет шеф и вытащит меня из
этого дерьма. Я же не на себя работаю...

– Витя, а может быть, сейчас потихоньку уехать в
Котлас? Досидишь у папы в лагере, никто и не узнает, что ты
был в Москве, а? Давай уедем!

– Давай, дурачок, давай! – нетерпеливо сказал у пульта
Светлов.– Выйди из квартиры...

Но Витя Акеев дурачком не был, он сказал своей Леночке:

– Дурочка! Если они меня в розыск подали, значит, и до
лагеря завтра дойдет. И вообще мне теперь отсюда выходить
нельзя, ты что! За тобой слежки не было? Это что за машина
под окнами?

– Она и раньше стояла, когда я приехала. Витя, ты не
бойся! У меня же папа чекист, я знаешь, сколько по Москве

ходила, проверяла, следят за мной или нет. Я сначала с перепугу даже весь этот морфий в сортире выкинула, две коробки, по сто штук. Потому что мне на каждом углу шпики мерещились. А потом в ГУМе в очереди стояла за французским бельем, успокоилась. Представляешь, за двадцать человек до меня французское белье кончилось!

— А сюда как приехала? На метро?

— На такси. Но ты не бойся. Меня такой старичок вез трухлявый, я специально выбрала...

Тут все дежурившие в зале оперативники покатились от хохота. Капитан Федотов, несмотря на пожилой возраст, был известным любителем женского пола, и, назвав его «трухлявым старичком», Смагина на всю жизнь приобрела заклятого врага в МУРе, а Федотов, похоже, надолго теперь получит кличку – «трухлявый».

Между тем разговор в квартире Сысоева продолжался:

— Витя, зачем вы этого корреспондента украли?

— Ладно, не твоего ума дело. Просто этот кретин слишком много пронюхал и уговаривал пацана всех нас заложить.

— И вы его тоже убили?

— Вот балда! Я же тебе сказал: никого не убивал! И перестань ныть, а то вышвырну к едреной матери из квартиры! Давай выпьем лучше! Что будешь пить? Коньяк? Водку? Я ж тебя просил виноград мне купить.

— Я знаю, Витя. Только я так заморочилась, что уже мне не до винограда было. Хочешь, я съезжу сейчас на такси на рынок?

— Нет уж, будем тут сидеть на пару. До приезда шефа... Что ты будешь пить?

Тут в эфире прозвучал комментарий майора Ожерельева:

— Товарищ подполковник, наш номер не прошел, она его не вытащила из квартиры...

— Слышу, не глухой,– зло сказал Светлов.– Ладно, дадим им выпить и поговорить, там видно будет.

– Витя, поцелуй меня! – вдруг попросила в квартире Сма-
гина.– Мне страшно!

– Дурында ты,– ответил Акеев.– На, выпей коньяку. И
ничего не бойся. Ты думаешь, что я тут сижу? Тряпки стере-
гу, что ли? Тут на кухне, за помойным ведром, сейф с бриллиан-
тами, миллиона на три! Шеф вернется, из любого дерьма
выкупит. У него половина министров приятели, а еще полови-
на с ним заодно в деле работает. Ты что, не понимаешь, где
живешь? Нужно держаться тех, кто у власти стоит, и тогда
все будет железно. Никто тебя с ног не собьет, никакой
ОБХСС...

– Витенька, поцелуй меня...

– Ну, иди сюда. Иди...

Теперь в эфире звучали расклеивающиеся звуки поцелуев,
скрип пружинного дивана и все учащающееся горячее дыхание. По лицам дежуривших в зале офицеров МУРа располз-
лись ухмылки и улыбочки. Все смотрели на меня и Светлова.
Руководитель группы наблюдения майор Ожерельев доложил,
пряча в голосе смешливые нотки:

– Порнография начинается, товарищ подполковник. Какие будут указания?

– Заткнуться и ждать! – рявкнул Светлов.

– Слушаюсь, товарищ подполковник,– обиженно сказал
Ожерельев.

Между тем в квартире номер двадцать два на Фрунзенской набережной, сорок восемь, действительно, судя по звукам,
начиналась порнография.

– Сними с меня! Сними с меня все! – шептал женский голос.–
Вот так! Вот так! Подожди, не сразу! Я хочу поцеловать. Не
двигайся! Не двигайся! Боже мой, как я его люблю!

– Нет, вы меня извините, я так работать не могу! – вдруг
вскочила, раскрасневшись, пожилая техник-капитан Шагинс-
кая. И под уже неудержимое ржанье дежурных офицеров
пошла прочь из зала.

– Ожерельев! – хрипло сказал в микрофон Светлов.– Группу захвата поднять на седьмой этаж. Имей в виду: Акеев – чемпион Европы по боксу и может быть вооружен. Поэтому двери открывать по-тихому, только когда они будут кончать, по моему сигналу.

– А что, они будут кончать по вашему сигналу? – спросил ехидный Ожерельев.

– Ох, падла, я тебе похохмлю, ты дождешься! – беззлобно выругался Светлов.– Приступай к исполнению!

– Приступаю. Только, может, еще послушаем, а? Интересно все-таки...

Тем временем Леночка Смагина не умолкала. Женщины, как известно, делятся на несколько категорий – молчальниц, болтушек и крикушек. Леночка Смагина оказалась из категории болтушек.

– Возьми меня за грудь! За грудь, пожалуйста! – шептала она с придыханием.– Только не так больно, Витя! Дай я пойду наверх! Дай я пойду наверх! Нет, я сама, сама! О-о-о-ой!!! О-о-о-ой, как хорошо! Ой, Боже мой! Ой, как хорошо!

Теперь уже и там на Фрунзенской набережной, и здесь, в дежурной части Петровки, 38, то есть в самом центре оперативной службы милиции в столице нашей родины Москве, слежение за «объектом» превратилось в какой-то порнографический радиоспектакль. Оставив свои операции, в наш третий зал сбегались дежурные офицеры из соседних залов, сотрудники НТО с третьего этажа и дежурные специалисты из комнат отдыха на первом этаже, следователи, инспекторы уголовного розыска и УБХСС, проводники служебно-розыскных собак, криминалисты, медэксперты, шоферы. Затаив дыхание, с разгоревшимися глазами, дежурная часть московской милиции слушала ход нашей операции.

– Еще, Витенька! Еще! Ой, как хорошо! Ой, как хорошо! О-о-ой! Еще!..

– Да сколько же можно?! – вдруг возмутился помощник дежурного по городу капитан Павлычко. И посмотрел на часы: – Ведь уже двадцать третью минуту он ее пашет.

– Не он ее, а она его,– сказал кто-то.

Леночка действительно все не унималась.

– Что тут происходит? – неожиданно раздался начальственный голос, и мы все повернулись к двери.

В двери стоял недоумевающий начальник дежурной части полковник Шубейко. Все непричастные к операции валом повалили мимо него из нашего зала, а он, хлопая белесыми поросячьими ресницами, слушал Леночку Смагину.

– Ой, что ты делаешь?! Ой, я умираю! Ой...– звучало в эфире.

– Он ее душит, что ли? – спросил наконец полковник.

Нужно сказать, что даже я и Светлов не выдержали, прыснули в кулак. А в эфире прозвучал жалобный голос Ожерельева:

– Товарищ подполковник, в группе захвата сержант Афанасьев кончил. Какие будут приказания?

– Он ее е..., товарищ подполковник, извините за выражение,– сказал Светлов.

– Тогда прекратите это безобразие! – приказал Шубейко.

– Не мешайте работать, товарищ начальник,– не выдержал Светлов.– Ожерельев, ты меня слышишь?

– Слышу, Марат Алексеевич.

– Если будешь еще хулиганить в эфире, лишу премиальных за операцию.

– Хорошо, товарищ подполковник. Только сколько будет продолжаться эта порнуха? Нам сегодня молоко положено за вредность.

– Отставить разговорчики. Кто у тебя двери будет открывать?

– Техник Суздальцев.

– Хорошо, приготовьтесь.

Действительно, судя по всему, дело в квартире № 22 приближалось к естественной развязке.

– Ожерельев, пошел! Открывай двери! Только брать живым! Я выезжаю! – Светлов жестом усадил за пульт своего помощника и кивнул бывшему медвежатнику, а теперь эксперту НТО технику-лейтенанту Ване Коровину: «За мной!» Втроем мы бегом сбежали вниз, к дежурившему по МУРу милицейскому «мерседесу». Еще не успели хлопнуть дверцами машины, как водитель уже включил сирену, и мы с воем выскочили в Средне-Каретный переулок. Расшвыривая по сторонам городской транспорт, который при звуках милицейской сирены пугливо жался к тротуару, мы промчались по Садовому кольцу к Фрунзенской набережной.

Секретно

Начальнику 2-го отделения
3-го отдела МУРа подполковнику
милиции тов. *Светлову М. А.*

Рапорт
(окончание)

...Согласно Вашему радиоприказу техник Суздальцев с помощью отмычек бесшумно открыл замки на двери квартиры № 22, и группа захвата в составе шести человек под моим непосредственным руководством вошла в квартиру. Из спальни продолжались доноситься звуки, издаваемые В. Акеевым и Е. Смагиной. После прекращения этих звуков послышался звук чиркающей спички и мужской голос спросил у субъекта – гр. Е. Смагиной, будет ли она курить. Смагина курить отказалась, сославшись, что ей нужно срочно в ванную. Мы дали ей возможность беспрепятственно пройти в ванную комнату, а затем стремительно ворвались в спальню, где после короткой борьбы арестовали гр. Акеева, надев ему наручники. Применить лежащий под матрацем пистолет задержанный не успел. Одновременно в ванной комнате была арестована Е. Смагина, которую арестованный В. Акеев назвал «наводчицей» и ругал нецензурной бранью. Узнав во мне «майора из Одессы», Е. Смагина поняла, что мое утреннее знакомство с ней в гостинице «Пекин» было инсценировкой, и впала в обморочное состояние.

По приказу прибывшего на место происшествия следовате-

ля по особо важным делам т. Шамраева И. И. арестованные были одеты в принадлежащую им одежду, а эксперт НТО техник-лейтенант И. Коровин совместно с техником Суздальцевым обнаружили на кухне, в шкафчике под водопроводной мойкой, хорошо замаскированный импортный сейф новейшей конструкции.

Арестованный В. Акеев сообщил, что код сейфа известен только хозяину квартиры гр. Сысоеву В. В., который сейчас в заграничной командировке. По определению эксперта И. Коровина и техника А. Суздальцева подобрать цифровой код для вскрытия сейфа невозможно. В связи с этим по распоряжению следователя по особо важным делам т. Шамраева вскрытие сейфа было произведено с помощью автогена, однако тайник оказался пуст. Тщательный обыск квартиры показал, что других тайников, а также ценностей, инвалюты и наркотиков или других предметов незаконного хранения в квартире нет, о чем доношу.

Заместитель начальника 2-го
отделения 3-го отдела МУРа майор
милиции *В. Ожерельев*

7 июня 1979 г.

Вид пустого тайника больше всего потряс Акеева. Не арест, не «предательство», как он считал, его подруги, которую он теперь называл не иначе как «лягавая сучка», ни его собственные оплошности («я ж чувствовал, что эта машина за окном – лягавая!») – ничто не произвело на него такого сокрушительного впечатления, как момент, когда техник Ваня Коровин вспорол сейф автогеном и оказалось, что сейф абсолютно пуст.

Сидя на кухне, уже одетый и с наручниками на руках, Акеев тупо смотрел на этот пустой сейф, потом сказал, не веря своим глазам:

– Там же бриллианты были! Я сам видел!

– Когда? – спросил Светлов.

Акеев посмотрел на меня, на Светлова, на Ожерельева, на столпившихся на кухне оперсотрудников. В голове его шла напряженная, лихорадочная работа – глаза сощурились, руки в наручниках по-боксерски сжались в кулаки.

– Так! – сказал он.– Кто следователь? Я хочу сделать заявление за-ради безопасности Советского Союза!

Наверно, он видел что-нибудь подобное в кино или по телевидению, потому что в ответ на мое: «Я – следователь прокуратуры»,– он прокашлялся в скрепленные наручниками кулаки и сказал с пафосом:

– Сегодня, 7 июня, я, арестованный бывший чемпион Европы по боксу Виктор Акеев, делаю заявление за-ради безопасности Союза! Я признаю, что последние два года работал в преступной шайке, и сообщаю, что командированный за границу начальник Главного аптечного управления Министерства здравоохранения СССР Виктор Сысоев увез с собой за границу принадлежащие нам бриллианты на три миллиона рублей или даже больше!

– Кому это «нам»? – спросил я.

– «Нам» – это Советскому государству! – с пафосом сказал Акеев.

– А что, ты здесь охранял государственные ценности?

– Да он, сука! – забыв о своей роли спасителя государственных ценностей, воскликнул Акеев.– Он меня посадил тут охранять ценности всей шоблы, а на самом деле, чего я охранял?! Дырку в стене! А сам он с бриллиантами за границу уехал, сучий потрох! Я делаю заявление, товарищ следователь. Вы должны срочно звонить в Комитет государственной безопасности, чтоб они его там арестовали. А мое заявление считать как явку с повинной.

– А может, тут никаких бриллиантов не было,– сказал Светлов.

– Были, гражданин начальник. Я сам видел. Он перед командировкой на моих глазах уложил туда ящик с бриллиантами и валютой, которые мы с дачи привезли. А наутро улетел в командировку.

– Ну, а может, он их перепрятал куда-то?

– Куда?! От меня? А меня посадил пустоту охранять? Он их с собой увез, гражданин начальник! Потому что это не только его ценности, а всей компании. И для всех наших вроде бриллианты тут лежат, раз я их стерегу, а он с ними по Парижам гуляет, я вам говорю!

– Ладно! – сказал Светлов.– С бриллиантами после разберемся. Ты скажи, раз уж начал колоться: где Белкин? Жив?

– Какой Белкин? – спросил Акеев.

– Корреспондент, которого вы на Курском в машину запихали вместе с Султаном из Баку

– А-а! Этот! – Акеев пожал плечами.– На даче был жив, а потом не знаю.

– На какой даче?

– А на даче у шефа, у Сысоева. В Царицыно.

– Адрес!

– Тупик Гагарина, 72. Только там этого корреспондента сейчас уже нет, конечно. После того как Султан убег, его увезли оттуда.

– Куда увезли? Кто?

– Гад буду, не знаю, гражданин начальник.

Светлов тут же повернулся к Ожерельеву:

– Пиши адрес: Царицыно, тупик Гагарина, 72. Бери группу и на обыск, срочно! – Он повернулся к Акееву: – Тайники есть на даче?

– Один. В гараже, под мойкой. Только он тоже пустой, мы все сюда перевезли, ей-Богу! – Теперь, начав «колоться», Акеев стал усердно услужливым, как, впрочем, все кающиеся преступники.

– Куда могли увезти Белкина? И кто? – наседал на него Светлов.– Имей в виду, сегодня нам этот Белкин дороже бриллиантов. Поможешь его найти – полсрока долой, я обещаю!

– Так я же шестеркой был, гражданин начальник! Они ж мне не докладывали, чего делали! Когда пацан, Султан этот из Баку, с дачи рванул и Старик кокнул его на железной дороге, главный тут же всю дачу разогнал. Меня сюда, а корреспондента куда они дели – откуда я знаю? Скорей всего его доктор увез, он все на нем опыты ставил.

– Какой доктор? Какие опыты?

– А доктор, из-за которого вся катавасия вышла. Доктор и Старик. Они натихую от шефа левую ходку сделали с опиумом – гроб опиума из Мары в Баку через Ташкент бортанули и там сгорели по дури – гроб на аэродроме раскололся. Закрыть это дело им двести тысяч стоило, бакинскую милицию отмазать. И все бы сошло, но там этот корреспондент затесался. Настырный, сука! Затравил Султана всех заложить в «Комсомольскую правду». Мы приехали на вокзал встречать этого Султана с бабками – он чемодан денег привез, а на перроне опять этот корреспондент. Ну, пришлось их сунуть в машину, а то они в редакцию уже собирались ехать. С ним еще девка была какая-то, но сбежала...

– А кто был при похищении? Только не темни, вас было четверо, у нас свидетели есть. Быстро: кто такой доктор? Фамилия?

– Фамилии не знаю, ей-Богу! Его или Борисом звали, или «доктором». И он с этим корреспондентом земляки, что они на даче сто раз говорили.

– Значит, вы с вокзала повезли их на дачу Сысоева, в Царицыно?

– Да.

– На санитарной машине?

– Да.

– Какие номера у машины?

– А у этого доктора номеров навалом! Он их из пластмассы тискает – точь-в-точь как железные, гаишные.

– А какие он опыты ставил?

– А какие хотите! Он вам газ даст понюхать – вы забалдеете, смеяться будете до упора. А укол сделает – все расскажете, чего знаете и не знаете, а через час очнетесь и не знаете, чего говорили. Или...

– А с Белкиным он что делал? – перебил я.

Этому Акееву явно нравилось давать показания и быть центром внимания. Для такого, как он, бывшего чемпиона и известного боксера, внимание публики – главное удовольствие в жизни. Но мне было некогда выслушивать его треп, для этого будет иное время – время обстоятельного, со всеми деталями допроса, а сейчас нужно было как можно быстрей получить выход на Белкина, зацепку, намек на адрес или хотя бы подтверждение того, что он жив.

И я повторил нетерпеливо:

– Что он делал с Белкиным?

– А Белкину он память стирал,– сказал Акеев.– Белкину и этому Султану. Только Султан удрал.

– Как это – «стирал память»?

– А так! – сказал Акеев.– Уколами. Он шефу при мне клялся, что через двадцать дней этот корреспондент ничего помнить не будет – ни про гроб с опиумом, ни про эту дачу. А чего? Он его на иглу посадил – каждый день по три ампулы морфия всаживал, и еще какие-то уколы, не знаю.

Мы со Светловым переглянулись. Со дня похищения Белкина прошло пятнадцать дней. Возможности нашей отечественной медицины общеизвестны по закрытым и открытым процессам диссидентов. Уже не говоря о засекреченных исследованиях в военных психиатрических лабораториях. Я не специалист в этой области, но кое-что слышал от наших судебных медицинских экспертов. Сегодня в руках у медиков большой набор самых различных психоугнетающих средств, и хотя они чаще всего применяют их по приказу органов госбезопасности, но почему бы кому-либо не применить эти же препараты и в личных целях? Если мы не найдем этого Белкина сегодня-завтра, мы рискуем найти его буквально с отшибленной памятью. Хорошенький подарок для пресс-группы Брежнева на его Венскую встречу с Картером!

– Так! – вплотную подступил к Акееву Светлов.– Что ты еще знаешь об этом докторе? Ну! Вспоминай! Живо! Как он выглядит?

– Ну, такой молодой, полный, волосы черные, а глаза карие, на правой руке перстень с печаткой. Вот все, что знаю.

– Кто еще его знает?

– Сысоев знает, мой шеф.

– Это я понимаю, но он за границей. Еще кто? Герман Долго-Сабуров?

– А он в рейсе.

Светлов усмехнулся– он поймал Акеева в ловушку.

– А откуда ты знаешь Долго-Сабурова?

– А тоже через шефа, он на шефа работает, опиум с юга возит, а на юг – морфий. Только он вам ничего про доктора не скажет, ни в жисть!

– Почему?

– А он по сестре этого доктора сохнет.

– Ты ее видел? Знаешь?

– Еще бы! – Он стрельнул глазами в притихшую с закрытыми глазами, в ужасе раскачивающуюся из стороны в сторону Леночку Смагину.– Такая ж, как эта, шалава. Лишь бы по кабакам ходить, в «Прагу» да трахаться. Но красивая – не отнять. Знаете, как говорят: по глазам целка, по п...е блядь! Вот это про нее. А Герман же из графского рода, вот он и втюрился – «Наташа Ростова! Наташа Ростова!». А она такая Наташа Ростова, как я – граф Толстой! Сучка, и все.

– Как ее зовут? Где живет? Работает?

– Нет, ничего не знаю, только знаю – Наташа. И все. На артистку Варлей похожа из «Кавказской пленницы». Но вот эта сучка может знать, они меня на пару в ресторан таскали неделю назад.

Я подошел к Смагиной, но когда она открыла глаза, стало ясно, что говорить с ней бесполезно,– в ее застывших глазах было одно отчаяние, ничего более.

Светлов подошел ко мне:

– Не теряй времени. Поехали. Нужно заняться племянником.– И кивнул своим архаровцам на Акеева и Смагину: – Отвезите их к Пшеничному на допрос.

16 часов 42 минуты

– С ума можно сойти – уже пять часов! – Светлов устало опустился в милицейский «мерседес», который ждал нас у подъезда сысоевского дома на Фрунзенской набережной. Нужно ли говорить, что вокруг «мерседеса», этой новинки московских улиц, стояла плотная ватага мальчишек, они заглядывали во все окна, трогали бамперы, ручки и приставали к водителю с сотней вопросов. Светлов отшвырнул от дверцы самых назойливых, мы сели в машину, он устало откинулся на сиденье.– Я ж не ел сегодня вообще ни черта!

– Куда? – осторожно спросил водитель.

– Отъезжай, разберемся.

На радиотелефоне мигал и гудел сигнал вызова коммутатора Петровки. Трогая машину и одновременно скосив глаза на радиотелефон, водитель сказал нам:

– Вас уже четвертый раз вызывают.

Светлов взял трубку и щелкнул рычажком усилителя, чтобы я мог слышать разговор.

– Подполковник Светлов. Слушаю.

– Товарищ подполковник, наконец-то! – сразу ворвался голос капитана Ласкина, начальника группы слежения за объектом «племянник».

– Спокойно! – сказал Светлов.– Что такое?

– Этот племянник какой-то псих! Он развез наркотики в шестнадцать точек! Весь Арбат – Старый и Новый, магазин «Руслан», гостиницы «Белград», «Украина». И везде собирает деньги – я не знаю, наверно, собрал тысяч сто!

– Хорошо, а где он сейчас?·

– Сейчас он в лифте сидит, как вы приказали.

– Что я приказал?

– Вы приказали задержать его на час-полтора, пока вы освободитесь. Вот он и сидит в лифте уже час пять минут вместе с народным артистом Сличенко.

Светлов развеселился:

– С кем? С кем?

– Вам смешно, товарищ подполковник, а у меня тут скандал. Чтобы его тормознуть в лифте, пришлось свет отключить во всем доме. А тут на первом этаже ювелирный магазин «Агат», это на Новом Арбате. И дом огромадный – одни академики живут, артисты, дипломаты всякие. И уже больше часа света в доме нет.

– Ладно, получишь премию за находчивость! – сказал Светлов.– Терпи, я сейчас приеду. Где ты стоишь?

– А у самого дома, у нас ремонтный «рафик», сделали ограждение, тарахтим отбойными молотками по асфальту, как будто ищем повреждение кабеля.

– Ясно. Молоток! А что он делал в этом доме, племянник?

– А был в гостях у Жлуктова, хоккеиста. Оставил последнюю упаковку морфина. Время уже пять часов, а ему еще в «Чародейку» надо.

– Все! Отключайся! Буду через пять минут.– Светлов дал отбой и тут же сказал телефонистке: – Так, золото мое, дай мне дежурную часть.

– Они вас сами вызывают,– ответила телефонистка, и вслед за ней прозвучал голос помощника Светлова, оставшегося в дежурной части:

– Товарищ подполковник! Тут Мосэнерго мне уже плешь проели!..

– Знаю, знаю! Скажи, что через пять минут починим кабель. И слушай меня: полковник Марьямов там?

– Здесь. Спит в уголке.

– Разбуди. Пусть возьмет на первом этаже директора вагона-ресторана и срочно к «Чародейке». Я сейчас туда подъеду. Вопросы есть?

– Нет. Все ясно.

Светлов отключил рацию, взглянул на меня:

– Ну? Теперь посчитаем еще раз. Есть два варианта: взять племянника сразу, сделать очную ставку с Акеевым и всеми, кому он сейчас раздал наркотики. Спекуляция наркотиками в особо крупных размерах карается по статье 224 до 15 лет. Выдаст доктора?

– Может и выдать...– сказал я не очень уверенно.

«За» были неопровержимость улик в торговле и перевозе наркотиков, «против» – графское происхождение Долго-Сабурова. Его, наследного графа, отпрыска старинного рода советская действительность заставила превратиться в железнодорожного проводника! Уже одно это может толкнуть на преступление, причем – обдуманное, без раскаяния и предательства соучастников. А если учесть его влюбленность в сестру этого доктора, о которой сказал только что Акеев... нда, возможно, его и не запугаешь статьей 224.

Я вспомнил телефонный разговор в квартире Долго-Сабурова, этот анонимный грудной женский голос, интимно-ласковый и обвораживающий... Теперь я не сомневался, что это была Наташа, что это она звонила Долго-Сабурову и что в нее же влюбился Белкин на Бакинском аэродроме. «Шерше ля фам, ищите женщину! В каждом преступлении...»

– А второй вариант,– говорил между тем Светлов,– сыграть ту же штучку, что с этой Смагиной. Я при этом «племяннике» буду трепаться, как Ожерельев, мол, МУР идет по следу всей банды, но тот, кто выдаст Белкина, получит помилование, вчистую.

– Вряд ли он пойдет на предательство...– сказал я.– Он граф.

– Хорошо. Пусть не пойдет. Допустим, он не ринется к нам с адресом Белкина. Но он должен хотя бы предупредить этого доктора и его сестру...

— Сестра и доктор, возможно, уже все знают. Я же тебе говорил: женский голос звонил Долго-Сабурову домой, я с ней разговаривал. Это скорей всего Наташа. То, что она сказала мне, она, конечно, уже сказала брату.

— Ну и что? Долго-Сабуров об этом не знает! Вот он и должен их предупредить!

— Хорошо,— сказал я.— Давай играй этот спектакль! В конце концов, чем мы рискуем?

Мы уже катили по Новому Арбату и еще издали заметили у ювелирного магазина «Агат» «бригаду ремонтников» — капитана Ласкина с его группой. Причем двое настоящих, вызванных Ласкиным ремонтных рабочих буравили асфальт Нового Арбата натуральными отбойными молотками.

Мы подъехали. Светлов приказал сворачивать «ремонтные работы» и ушел к «Чародейке» встречать машину с директором вагона-ресторана. Через пару минут, когда Ираклий Голуб прибыл в сопровождении Марьямова, Светлов скомандовал Ласкину пустить лифт. Все было готово к приему «племянника» — дежурные топтуны-ремонтники и электромонтеры торчали возле выхода из дома, Светлов и Ираклий Голуб прохаживались возле «Чародейки». Я сидел в машине капитана Ласкина, ждал.

Наконец вместе с известным цыганским певцом Николаем Сличенко из подъезда вышел Герман Долго-Сабуров. Приятельски попрощавшись, они поспешно разошлись к своим машинам. То, что Сличенко спешил к своей «Волге», было понятно, но зачем Долго-Сабурову его синий «жигуленок», если до «Чародейки» только улицу перейти? Впрочем, может быть, ему нужно взять что-то? Нет, он сел на водительское место, хлопнул дверцей, выхлопная труба фыркнула облачком газа, и синий «жигуленок» отчалил от тротуара, причем сразу на большой скорости.

Я тревожно взглянул на Ласкина— нахмурившись, он выводил «ремонтный» «рафик» в поток машин, и, поскольку никто не знал, что это милицейская машина, нам, как назло, не давали возможности войти в поток. Несколько топтунов-«ремонтников» на ходу заскакивали в открытую дверцу «рафика». Я взял микрофон рации, вызвал Светлова:

— Марат, я Шамраев. Что-то случилось: Он едет мимо

«Чародейки». Я его пока вижу, но он вот-вот скроется!

— Никуда он не скроется,– сказал мне Ласкин и щелкнул тумблером какого-то аппаратика: в «ремонтном «рафике» было полно всяческой аппаратуры, не имеющей отношения к ремонту дорог или электросети, но имеющей прямое отношение к подслушиванию на расстоянии, магнитофонной записи и перископическому наблюдению. Аппаратик, который включил Ласкин, тут же отозвался негромким попискиванием, и на экране портативного пеленгатора забрезжила мерцающая точка.

— Никуда он не скроется, у него «маячок» под задницей и микрофон в машине. Он их с самого утра возит, мы еще на Каланчевке ему поставили. Теперь опять будет возить по всей Москве...

Мерцающая точка на экранчике сделала первый поворот с разворотом. Капитан Ласкин прокомментировал:

— На Дорогомиловскую набережную свернул возле «Украины».– И прибавил газ.

Чуть в стороне от нас уже шла черная, без милицейских знаков «Волга», в ней сидел Светлов. Лицо у него было хмурое.

Машина Долго-Сабурова затормозила у светофора, мы тоже остановились машин за пять позади него, Светлов пересел в нашу машину.

— Куда он теперь едет? – спросил он недовольно у Ласкина.

— Сходить спросить у него? – усмехнулся Ласкин.

— Весь день подготовки коту под хвост! – сокрушался вместо меня Светлов.– Директора ресторана ему приготовили, в «Чародейке» его баба ждет, а он! А ну прижми!

Действительно, как только дали «зеленый», «жигуленок» рванулся с места и, опять превышая дозволенную скорость, помчался к Киевскому вокзалу. Мы преследовали его на расстоянии, не приближаясь. Молчали.

Потом Светлов сказал:

— А почему я его не слышу? Что он – не кашляет даже в кабине?

— Да у него там уроки английского языка на магнитофоне,– отозвался Ласкин.– Офигеть можно слушать все время. Включи, Саша,– приказал он технику-лейтенанту, сидевшему в глубине «рафика», и мы тут же услышали четкий «металлический» голос, начитывающий английские упражнения и их русский перевод. Ласкин сказал: – И вот так целый день гоняет по Москве и слушает одно и то же– ай хев бин.. ши хез бин... Даже я выучил.

Неожиданно он нажал на тормоз – синий «жигуленок» остановился впереди, прямо под часами Киевского вокзала, и в машину к Долго-Сабурову нырнула стройная женская фигурка в летнем плаще. Я взглянул на небо – действительно, собирался дождь, в этой беготне и погоды не видишь. Урок английского прервался, и я услышал сначала негромкий звук короткого поцелуя, а потом уже знакомый мне грудной женский голос:

– Ну ты и жопа! Сорок минут я жду! Не знала, что думать. Не мог позвонить?

Машина тронулась, свернула по набережной направо, к Ленинским горам, и продолжение разговора мы слушали на ходу с нарастающим интересом, техник-звуковик писал его на магнитофон.

– Ни позвонить, ничего не мог! – ответил Долго-Сабуров.– Час проторчал в лифте на Арбате, хорошо еще со Сличенко, хоть весело было.

– С кем? С кем?

– Со Сличенко, с певцом. Но ладно об этом. Что нового?

– Больше ничего узнать не смогла, Катюха утром сменилась с дежурства. Но скажи спасибо, что я тебе утром звякнула, а то бы влип в ловушку. Они уже там сидят, у тебя дома. Главное, я его сразу обозвала, говорю: «Ты что, жопа, спишь там?» Я, правда, тебя имела в виду...

Светлов посмотрел на меня, усмехнулся насмешливо. Я считаю, что материться и не выглядеть при этом вульгарно – привилегия только очень красивых женщин, да и то не всех, это еще нужно уметь делать с небрежным артистизмом. Но, кажется, здесь был именно этот случай.

– А что они мне могут пришить? – отозвался Долго-Сабуров.– Наркотиков у меня уже нет, ни морфия, ни опиума – проморгали! И тетку я не убивал. Так что я чистый. Конечно, Старик – паскуда, зачем было ее душить, мне бы она сама все отдала.

– Да он ее только пугал...

– Пугал! Уж если он пугнет – я представляю! Ладно, она свое пожила... Жалко только, что из-за этого они теперь у нас на пятках сидят и все как в лихорадке.

– Почему? Паники нет еще. В розыске боксер и Старик. Старик далеко, а на боксера они пока еще выйдут! Он из дома не выходит, пустой сейф стережет, даже Ленку к себе пускает раз в три дня, по расписанию.

– Слушай, ты так разговариваешь, как будто мы чай пьем. А мы, между прочим, по Москве последний раз едем,– сказал вдруг голос Долго-Сабурова.

– Ну и что? Она мне до лампочки, я уж тут каждую дырку знаю. А впереди – целый мир!

– А я люблю Москву. Не было бы этой советской власти, чтоб они сгорели, я бы в жизни не уехал!

– Даже со мной?

– Да ты, Натали, как только там свои цацки получишь, пошлешь меня подальше.

– Дурак! Я тебя люблю. Не дрейфьте, граф! Я вас люблю! Все будет о'кей! – Голос будто улыбался, потом послышался чмок поцелуя.– А какая жизнь будет, дарлинг!

– Знаешь, это еще бабушка надвое сказала!

– Что ты такой злой сегодня?

– Будешь злой! В такой день час проторчать в лифте! Я на этом пять тысяч потерял – некогда было зайти в «Чародейку».

– Ах, вот в чем дело! Ты не повидал свою Зойку-Чародейку? Так и скажи, можем вернуться.

– Не могу. Борис велел быть не позже семи, иначе мы не успеваем на самолет. Ты даже чемодан с собой не взяла...

– А все уже там, у Бори. Сколько ты собрал сегодня?

– Девяносто две. Да черт с ними! Хватит нам на вылет.

– Дай телеграмму, взглянуть.

– Ты что! Я ее утром съел, при обыске вагона.

Тут я покраснел, как мальчишка, хотя Светлов, слушая этот разговор, даже не повернул голову в мою сторону. Впрочем, я-то искал у этого Долго-Сабурова бриллианты его тетки, какой был смысл заглядывать ему в рот.

– Но текст-то ты помнишь? – на мое счастье, спросила

Долго-Сабурова эта Наташа.

– «Приданое стоит двести, свадьба через неделю, срочно вылетайте с деньгами, папа»,– произнес Долго-Сабуров.– Тебе все ясно?

– Ясно. За двести тысяч он купил начальника погранзаставы или кого-то на аэродроме, и через неделю мы уже – фьють! Только ему деньги срочно нужны.

– У него там при себе сто ровно, девяносто я собрал сегодня, а полсотни есть у Бориса. Так что на дорогу нам как раз, а дальше советская капуста ни к чему, перейдем на инвалюту. Сколько было у Сысоева в сейфе?

– А Старик тебе не сказал? Или ты нас перепроверяешь?

– А черт вас знает! Может, вы сговорились заработать на моей доле.

– Ты невозможный! Я тебя люблю, балда! Сговориться могли только Боря и Старик, когда брали сейф Сысоева. Но ты можешь себе вообразить, чтобы Боря сговаривался о чем-то у меня за спиной?!

– Ну, от твоего брата всего можно ожидать...

– Сейчас схлопочешь по морде, граф! – всерьез сказал нежный и грудной голос.– Боря – гений! Выпутаться из этой истории с вашим дурацким гробом с опиумом! Знаешь, что Сысоев под гипнозом сказал тогда Боре?

– Знаю, слышал об этом. Только никто при этом гипнозе не был, и может, твой Боря все выдумал. Может, вообще никакого гипноза не было.

– Идиот, а код сейфа откуда?

– Ну-у...– протянул голос Долго-Сабурова.– Ну, допустим, код он из него вытянул под гипнозом, но остальное... Он мог просто придумать, чтобы втянуть в это дело меня, тебя, Старика.

– О'кей, ты можешь выйти из игры. Хоть сейчас. Приедем к Боре, получишь свою долю и– катись!

– Нет, теперь, когда вы оторветесь с сысоевскими бриллиантами, они меня точно пришьют. Так что я уже с вами до конца. Просто это как в кино – бежать через границу с бриллиантами...

– Типун тебе на язык! В кино беглецов ловят. Потому что так положено по цензуре, мне один режиссер рассказывал.

Иначе кино не выпустят на экран...

– Ты с ним спала?

– С кем?

– С этим режиссером?

– О Боже! При чем тут это, граф?! Запомни: любишь ты Москву или не любишь, хочешь со мной уехать или нет – мы здесь оставаться не можем, и это – по твоей вине, а не по нашей. Из-за вашей дурацкой авантюры с гробом!..

– Почему дурацкой?! – резко вспылил Долгов-Сабуров.– В конце концов, именно этот гроб навел нас на твоего Белкина с его пограничными документами, по которым Старик уже там, на границе. Так что нет худа без добра.

Светлов, по-моему, впитывал в себя каждое слово, да и я – тоже. Мы оба пригнулись к динамику, чтобы не пропустить ни одного слова, интонации, нюанса. Это было лучше любого допроса, и хотелось, чтобы эта дорога длилась подольше. Неожиданно женский голос сказал:

– Не гони. Смотри, какой дождь.

Действительно, проливной июньский дождь вдруг обрушился на юго-запад Москвы, куда катили синий «жигуленок» Долго-Сабурова и наши машины -«рафик» и две милицейские «волги» без милицейских знаков.

– Не дрейфь, графиня,– ответил голос Долго-Сабурова.– Живы будем – не помрем!

– Вот именно,– усмехнулся женский голос.– Моему брату надо в ноги кланяться – сысоевская капелла нас всех определила пустить в расход за вашу левую ходку с гробом.

– Суки, конечно! – сказал Долго-Сабуров.– Им можно и наркотики через границу посылать, и счета в швейцарских банках держать, и на государственные деньги по заграницам в командировки ездить! Брежневский сынок яхту нанимал и ездил в Африку слонов стрелять! Ну, ничего! Они еще приедут на Запад, я их там встречу – и Сысоева, и Балаяна, и всех! Никаких бриллиантов не пожалею, чтобы их достать там! Уж я поговорю с этими советскими слугами народа, едри их мать! Душу выну!

– По-моему, ты кое-что не понимаешь,– сказал женский голос врастяжку, явно затягиваясь сигаретой.– У Бори совсем другая идея. Послушай. Приезжает какой-нибудь Сысоев или

Балаян на Запад в командировку, мы там узнаем по газетам, где они и что, воруем их, как этого Белкина, и они нам выдают шифры своих вкладов в швейцарских банках. При этом они даже в полицию заявить не могут, иначе им в СССР не вернуться. Жалко, что мы сейчас Сысоева в Женеве перехватить не успеваем...

– Фьить! – Светлов даже присвистнул, слушая эти планы.– Ничего себе кино! И кивнул на медленно вращающийся диск магнитофонной записи: – Ценная плёночка!

Внезапно в эфире прозвучал щелчок включенного в «Жигулях» магнитофона, и послышались звуки урока английского языка. Впрочем, тут же всё и стихло, голос Наташи спросил удивленно:

– Что это?

– Это английский,– ответил Долго-Сабуров.– Я учу, готовлюсь.

– Фу, как ты меня напугал! Я думаю: что за голос? Уф... Дарлинг, я тебя научу английскому и французскому, будь спок. Лет ми джаст крос тсе брод... У тебя музыки никакой нет?

– Что ты сказала только что? – послышался поверх включенного на небольшую громкость джаза, и весь дальнейший разговор шел уже действительно как в кино – под негромкую джазовую песню.

– Я сказала: лет ми джаст крос тсе брод. Дай мне только пересечь границу! А вообще стыдно, граф, шейм он ю, я знаю английский и французский, Боря – английский, даже Старик – уголовник, профессиональный бандит – знает азербайджанский, а ты! Где твои бонны, гувернантки?

– Вот именно! – сказал Долго-Сабуров.– Моих гувернанток кокнули сначала в семнадцатом, потом – в тридцать седьмом, еще до моего рождения.

– А между прочим, бай тсе вей, дарлинг, лично мне кое-что эта советская власть дала. Без нее после Иняза я стала бы только бонной твоих детей, а так у меня есть шанс стать графиней...

Теперь, когда они заговорили о менее значительном, можно было чуть отвлечься, проанализировать информацию. Итак, эта милая четверка – доктор Борис (фамилия неизвестна, в рукописи Белкина он выведен как Зиялов), его сестра Наташа, Старик (он же Генерал, он же Семен Гридасов) и Герман Долго-Сабуров занимали каждый свое положение в мафии, торгующей наркотиками на черном рынке. Во главе мафии – Виктор Сысоев, начальник Аптечного управления, еще выше некий Балаян, и не исключены другие высокопоставленные лица, но Сысоев у них вроде казначея. Операции по продаже наркотиков широкие, деньги накоплены огромные и переводятся в драгоценности и инвалюту, которые затем каким-то образом переправляются за границу. Нужно дать этот материал Малениной и в КГБ – это уже по их части. А мои «герои», по всей видимости, «пошалили» – втайне от своего руководства перебросили из Средней Азии в Баку «левый» опиум, целый гроб – это, конечно, была затея не меньше, чем на миллион, вот они и рискнули. Такие вещи мафия не прощает, тут Наташа абсолютно права, и Долго-Сабуров не ошибся – «предателей», «стукачей» или тех, кто слишком много знает, мафия за деньги достанет в любом лагере, и нередко в ГУИТУ приходят короткие сообщения: «Заключенный такой-то погиб на лесоповале в результате нарушения техники безопасности» или еще что-нибудь в этом роде. А то и просто человек исчезает без следа.

Таким образом, подумал я, действительно, если они под гипнозом выяснили у Сысоева, что мафия приговорила их к устранению от дел, им нет спасения на территории СССР, и, кстати, нужно подумать об Акееве – возьмем мы всю мафию или опять не дадут тронуть верхушку, заставят «выделить в особое производство», Акеева нужно будет «устроить» в лагерь для ответработников, там все-таки поспокойней. Два таких лагеря появились лет десять назад, о них не принято говорить, но они существуют – куда-то же надо деть проворовавшихся партработников, секретарей горкомов, председателей горсоветов, начальников отделений милиции, прокуроров и т.п., когда их преступления становятся настолько очевидны общественности, что ЦК дает санкцию на их арест. Сажать их в обычные лагеря – это обрекать на неминуемую смерть, заключенные приканчивают их в лагере рано или поздно. Таким образом, для касты привилегированных у нас теперь есть и привилегированные лагеря и тюрьмы...

А что касается Долго-Сабурова и К°, то роли их в мафии примерно ясны: Долго-Сабуров – один из перевозчиков наркотиков, Гридасов организовал рынок сбыта наркотиков в Баку, Акеев был у Сысоева охранником ценностей и наркотиков, привозимых с юга и украденных из складов Аптечного управления. Заодно он подключил к продаже наркотиков свою любовницу Лену Смагину, так же, как Долго-Сабуров Зою Кириленко из салона «Чародейка». А вот о роли доктора и его сестры еще предстояло узнать. Как бы то ни было, пропуск в погранзону, который Белкин с таким легкомыслием не сдал в Управление погранвойск в Ташкенте, попал к ним в руки, видимо, еще в Баку, когда они с его документами удрали из аэропорта. Кстати, о пропаже этих пропусков Белкин почему-то не упоминает в своей рукописи, тоже гусь хороший! А когда у этих спекулянтов наркотиками провалилась левая ходка с большой партией опиума, упрятанного в гроб, и мафия решила расправиться с ними за это, пропуск Белкина в погранзону оказался очень кстати – у них появилась цель удрать за границу, похитив у казначея мафии все ценности. Для этого Акеева выманили из квартиры на пару часов в ресторан «Прага» и обчистили сысоевский сейф. Вор у вора дубинку украл! Кроме того – гулять так гулять! – Гридасов придушил тетку Долго-Сабурова и вытряс из нее последние или, скорей, предпоследние фамильные долго-сабуровские бриллианты. Вслед за этим Гридасов вылетел в Узбекистан, по белкинскому пропуску (скорей всего, переделал фамилию в пропуске, важно было иметь бланк и подпись на нем самого начальника ПВО Среднеазиатского военного округа), проник на пограничный аэродром в Чаршанге и за двести тысяч рублей подкупил начальника погранзаставы или кого-то из вертолетчиков, а то и тех и других, двести тысяч – деньги немалые. Телеграмма догнала Долго-Сабурова в пути, когда он уже ехал из Ташкента в Москву, ее могли принести ему в поезд на любой станции следования, и поэтому Долго-Сабуров так метался сегодня по Москве – собирал сто тысяч рублей. Распродал весь свой запас наркотиков и, наверно, хотел с аптечного склада еще наркотики прихватить для продажи. Он собрал девяносто тысяч, еще сорок есть у доктора Бориса, и не позже семи они должны быть у этого Бориса, чтобы лететь в Среднюю Азию, к Гридасову. Впрочем, никуда они уже, конечно, не летят. В борьбе преступника с сыщиком важно прежде всего, кто из них знает о действиях своего противника хотя бы на ход дальше. За четыре дня мы практически догнали банду доктора и Гридасова почти во всем объеме информации (кроме каких-то проходных деталей), а в чем-то даже обошли. Например, они еще не знают, что нами взят и расколот Акеев, так же, как не знают, что сегодня каждый шаг Долго-Сабурова нами прослежен и даже в данную минуту мы просто висим у него на хвосте и буквально на его спине въедем к этому гению-доктору, который «стирает память» Белкину. Конечно, в ходе следствия сделано немало ошибок и масса времени потрачена зря – глупые обыски в квартире и купе Долго-Сабурова, постыдный прокол с наркотиками, спрятанными в сотах меда; телеграмму от Старика прошляпили; зря подготовили Ираклия Голуба – директора вагона-ресторана, и еще было немало лишней суеты и хлопот. Но не ошибается только тот, кто ничего не делает. Зато вот они перед нами – похитили Белкина, их слышно и видно, мы идем за ними на расстоянии километра, не приближаясь, чтобы не вспугнуть, и они ведут нас прямо в свое логово, и единственное, чего мы еще не знаем,– жив ли Белкин, и если жив, то где он, в каком состоянии. Но не все сразу, товарищ Генеральный прокурор, как говорится, будет вам и Белкин, будет и свисток...

Дождь заканчивался, мы катили по Севастопольскому проспекту к окраине Москвы, к окружной дороге. В синем «жигуленке» Долго-Сабуров и Наташа слушали джазовую музыку и строили планы будущей жизни во Франции, причем, как я понял, больше всего они боялись не перехода границы, а чтобы их в первый же день не ограбили в Афганистане, и тут, по словам Наташи, единственная надежда была на знание азербайджанского (то есть практически турецкого) языка Гридасовым, Борисом и немножко Наташей, поскольку они с братом выросли в Баку.

– Ну, не только! – сказал ей на это Долго-Сабуров.– Смотри! Девятизарядный! Игрушка!

– А мне? – тут же воскликнула Наташа

– Тебе ни к чему. У Старика есть «Калашников», у Бориса

«тэтэшник», как-нибудь тебя защитит.

Светлов переглянулся с капитаном Ласкиным, потом со мной. Нахмурился, взял микрофон радиосвязи, сказал следовавшим за нами «волгам»:

— Внимание! Всем надеть пуленепробиваемые жилеты и приготовить оружие. Возможна перестрелка.

— А может, подождать, пока они любовью займутся, товарищ подполковник? — откликнулись из одной машины.

— Юмор отставить.— Вслед за этим Светлов переключился на дежурную часть Петровки, доложил дежурному по городу: — Товарищ полковник, докладывает Светлов. Веду преследование преступников, вооруженных огнестрельным оружием. Нахожусь на выезде из Москвы в районе Калужского шоссе. Время и место захвата банды еще неясно, сижу у них на хвосте и жду, когда приведут к малине. При аресте не исключено применение оружия. Прошу в мою колонну срочно прислать «скорую помощь».

— А людей тебе еще нужно? — спросил дежурный по Москве полковник Серебрянников, старый милицейский волк.

— Спасибо. Обойдемся. У меня восемь стволов, у них два. Справимся.

— Все-таки желательно оружие не применять.

— Это я знаю.

— На всякий случай я сейчас подниму вертолет.

— Это ни к чему, товарищ полковник, это их может спугнуть.

— Вертолет будет гаишный. Гаишные давно летают над окружной дорогой, все водители привыкли.

— Ладно, только пусть не снижается без моей команды.

— Я перевожу вас на ежеминутный доклад...

Теперь операция вступала в самую острую фазу, и я представил, как там, в дежурной части, все свободные от других дел собрались в зале дежурного по Москве, у пульта связи. Уже из ближайшей к нам больницы выезжает бригада «скорой помощи», а на аэродроме в Домодедово в вертолет Госавтоинспекции садятся вооруженные оперативники. Светлов должен ежеминутно докладывать дежурному о ходе операции. Четверо сидевших в «ремонтном» «рафике» оперативников уже надели пуленепробиваемые жилеты и сняли пистолеты с предохранителей. Один из них протянул пару таких же жилетов мне и Светлову, и мы молча стали надевать их.

Все было по-рабочему – деловито, почти буднично, хотя в ближайшее время каждый мог отправиться на тот свет или больничную койку в Склифосовского. И все это происходило под веселую французскую джазовую песенку, которую мы слышали из синего «жигуленка», двигавшегося далеко впереди нас по подсыхающему шоссе. Я взглянул на часы. Было шесть двадцать. Голос дежурного по городу полковника Серебрянникова сообщил:

– Марат, «скорая помощь» идет к вам из соседней больницы, будет минуты через три-четыре в вашем распоряжении. Вертолет ГАИ взлетит через минуту. Оба у меня на связи. Доложите обстановку.

– Все нормально, товарищ полковник,– доложил Светлов.– Продолжаю вести объект, подхожу к окружной дороге, объект приближается к посту ГАИ на выезде из города...– И вдруг этот же спокойный Светлов закричал матом: – Е... твою мать! Что он делает?!

– Что там, Марат? – тревожно спросил Серебрянников.

– Гаишник сраный остановил мой объект! Сережа, срочно дай команду ГАИ,– пусть его отпустят! Ласкин, тормози!

Ласкин дал отмашку двум следующим за нами «волгам», и мы табунчиком причалили к тротуару в ожидании событий. Там, впереди у гаишной будки, произошло непредвиденное: дежурный капитан ГАИ, стоявший у бровки шоссе, жезлом остановил машину Долго-Сабурова, лениво подошел к «жигуленку», и мы услышали стандартный разговор офицера ГАИ с водителем:

– Превышаем, товарищ водитель.

– Никак нет, товарищ капитан,– ответил напряженно-веселый голос Долго-Сабурова.

– Да дай ты ему трояк,– почти шепотом сказала Наташа.

– А сюда посмотри,– сказал голос капитана, и, видимо, капитан показал Долго-Сабурову оптический аппарат для фиксации скорости движущегося автомобиля.– Ваша скорость – 54, а положено – пятьдесят. Штраф сразу будем платить или акт составим?

– Сразу! – мгновенно согласился Долго-Сабуров.

– Дай ему червонец,– шепотом приказала Наташа.

– Я даю, даю, спокойно,– так же негромко ответил голос Долго-Сабурова.– Прошу, товарищ капитан.

– Документики,– сказал голос капитана ГАИ.

– Ну зачем же документики, товарищ капитан? Мы спешим, ей-Богу! Вот десяточка, и квитанцию не надо и сдачи.

– Документики! – уже жестче сказал голос капитана ГАИ.

– Е... твою мать! – аж хряпнул кулаком по сиденью Светлов.– Да возьми ты взятку, паскуда! Возьми взятку! – И закричал в микрофон дежурному по городу: – Товарищ полковник! Да что же там?! Сергей! Пусть ему прикажут взять взятку и отпустить!

– Ему уже звонят на пункт,– сообщил полковник Серебрянников.– Сейчас уладим.

– Да ни хрена ему еще не звонят! Звонили – он бы слышал!

– Живенько, документики! – требовательно сказал Долго-Сабурову голос капитана ГАИ.– У меня телефон звонит. Или нет документов?

– Ну что вы, капитан? Вот, пожалуйста. Просто мы спешим, взяли бы десяточку.

– Десяточку тоже возьмем, товарищ... как фамилия? Долго-Сабуров? Интересно. Долго-Сабуров Герман Веньяминович. Интересно. Подъедьте сюда, к бровочке, на площадочку, товарищ Долго-Сабуров. Сейчас мой напарник подскочит, проедете с ним в четвертое отделение, там с вами поговорить хотят... Ну иду, иду,– произнес он, видимо, в сторону своей будки, где трезвонил телефон, и приказал Долго-Сабурову.– Живо, живо, на площадочку!

– Еду...

Мы увидели, что «жигуленок» медленно покатил с шоссе вбок, к штрафной площадке, а фигура капитана двинулась к будке ГАИ.

– Все! – сказал в «жигуленке» голос Наташи.– Влипли!

– Спокойно,– ответил ей Долго-Сабуров.– Не смотри назад. Я вижу его в зеркало.

– Ну и что ты будешь делать? Поедешь в четвертое отделение? Ведь это уже неспроста...

– Никуда я не поеду. Спокойно.

Теперь мы – издали, а Долго-Сабуров вблизи следили за

каждым шагом капитана ГАИ, двигавшегося к гаишной будке. Ничто нельзя было изменить в этой ситуации. Службист-гаишник запомнил утренний сигнал о розыске Долго-Сабурова, эта непростая фамилия запала ему в память, а подробности следующего приказа – не задерживать, а только сообщить о появлении – из этой головы улетучились в течение долгого рабочего дня, затерялись среди других приказаний, распоряжений и прочей суеты. Кому предъявлять претензии? Сейчас все зависело от Бога и Долго-Сабурова. В эту секунду, когда капитан оказался на крыльце гаишной будки спиной к «жигуленку», машина Долго-Сабурова тихонько тронулась вперед. Но, видимо, капитан или почувствовал, или услышал что-то неладное, он повернулся к удирающему «жигуленку», крикнул что-то. Еще б пол-минуты, пятнадцать секунд, и после телефонного разговора он бы и сам отпустил Долго-Сабурова, сорвав с него по приказу начальства двадцать пять или даже пятьдесят рублей, и для всех нас все обернулось бы совершенно иначе, но...

– Вот тебе! Выкуси! – услышали мы голос Долго-Сабурова и увидели как «жигуленок» вымахнул на шоссе и на предельной скорости помчался прочь, а капитан ГАИ тут же оседлал стоявший возле крыльца гаишной будки служебный мотоцикл и бросился в погоню.

– Все! – в сердцах сказал Светлов.– Писец операции! – И приказал Ласкину: – Вперед!

Мы рванулись в погоню за «жигуленком» и мотоциклом. По радио прозвучало:

– Светлов, доложите обстановку! Пост ГАИ не отвечает.

– Ну что докладывать? – зло сказал Светлов.– Фигня получилась. Этот ишак-гаишник бросил свой пост и погнался за моим объектом на мотоцикле. Объект вооружен и может хлопнуть его в любой момент. Вся операция коту под хвост. Приходится обнаружить себя, чтобы объект понял, что стрелять бесполезно. Где твой вертолет?

– Уже на подходе. Давай координаты и приметы объекта.

– Калужское шоссе к югу от кольцевой. Синий «жигуль», за ним мой «рафик» и две черные «волги». Только пусть не стреляют по водителю и пассажирке, они нам нужны!

– Понял. Вертолет уже видишь?

– Вижу.– Действительно, прямо нам навстречу шел с юга на бреющем «МИ-6».

Впереди расстояние между «жигуленком» и преследующим его мотоциклом сокращалось, и мы услышали из «Жигулей» звуки неясной борьбы, женский голос:

– Не стреляй!

– Отстань! – сказал ей сквозь зубы Долго-Сабуров.

– Не стреляй, Герман!

– Отстань, я сказал! Убери руки!

Ласкин выжимал педаль газа, «рафик» шел со скоростью 120, 130, 140. Светлов включил милицейскую сирену, две черные «волги» с форсированными двигателями уже обошли нас и настигали мотоциклиста, который удивленно вертел головой и, решив, наверно, что гонится за важной птицей, проявил дополнительное рвение – прибавил скорость.

«Жигуленок» Долго-Сабурова тоже набрал максимальную скорость – 150 километров в час, встречные и попутные машины шарахались в стороны, а наша кавалькада постепенно собиралась в плотную группу, и с воздуха шел на подмогу вертолет, когда голос Долго-Сабурова сказал:

– Да выключи ты этот джаз!

Джаз в «Жигулях» стих, и тут же голос Наташи сказал:

– Смотри! Смотри их сколько!! Не стреляй, идиот!

Хлопок выстрела прозвучал не в воздухе, а в эфире – мы услышали его по радио из «жигуленка». Но Долго-Сабуров промахнулся, он стрелял просто наугад, через плечо, одной рукой держа руль и не снижая скорости. Наташа забилась там в истерике:

– Герман! Герман! Что ты делаешь?! Мы убьемся! Останови!

– Заткнись, шлюха!

– Герман! Я тебя умоляю! Я тебя умоляю, дарлинг! Смотри, тут уже вертолет! Они нас окружают... Остановись!!!!

– Хрена! Ты с Балаяном спала? Спала! С Сысоевым спала? Спала! С Вавиловым в Баку тоже спала! Завтра ты с лягавыми ляжешь ради своего брата! Нет уж! Ни мне жизни, ни тебе!

«Жигуленок», уже взятый буквально в тиски двумя «волгами», мотоциклистом и нашей машиной, а сверху еще и накрытый низко ревущим вертолетом (в эфире билось истошное светловское: «Не стрелять! Не стрелять!»), вдруг взял резко влево и пошел лоб в лоб встречному самосвалу. Испуганный самосвал в последнюю секунду чудом ушел от лобового столкновения, вылетел через кювет и перевернулся. Вертолет тут же ушел вперед, по ходу нашей погони, усиленный его динамиками голос пытался прекратить движение по шоссе вообще, но Долго-Сабуров под истошный крик Наташи «Не-е-е-е-е-ет!!!» на скорости 150 километров в час врезался в бок следующей машины – медленно сползающего к обочине цементовоза.

Мешанина смятого железа, крови, окровавленных кусков человеческого тела, внутренностей да изуродованная, спрессованная в гармошку задняя часть кузова «Жигулей» – вот что увидели мы, когда, проскочив на скорости место происшествия, притормозили, развернулись и подъехали к накрененному цементовозу, под которым лежали останки автомашины Жигули: и его двух пассажиров. Из разбитого бензобака вытекали на шоссе последние капли бензина.

Неподалеку сел вертолет, из него бежали к нам оперативные сотрудники МУРа. Со всего шоссе, из всех остановленных и остановившихся машин сюда же сбегались любопытные. Прибывшая «скорая помощь» возилась поодаль с водителем перевернувшегося самосвала. Из кабины цементовоза выбрался насмерть перепуганный молоденький водитель, увидел ошметки крови и мяса и кашу окровавленного железа под своей машиной и тут же подался в сторону – его стошнило.

Вылетевший на развороте в кювет капитан ГАИ поднялся, заглушил двигатель перевернутого мотоцикла и, прихрамывая, подошел к нам. Лицо у него было мучнисто-белым, губы – серые, без кровинки. Глядя на останки синего «жигуленка», он сказал:

– Вот сволочь!

– Дурак ты, капитан...– негромко произнес Светлов. И повернулся ко мне и капитану Ласкину.– Тут мы уже ничего не найдем. Поехали. Нужно срочно брать всех, кому он сегодня раздавал наркотики. Может, кто знает и доктора.– И спросил у меня: – Правильно?

Я кивнул. Мне и самому хотелось побыстрей уехать. Я видывал виды в своей практике, и в моргах был бессчетное количество раз, и на местах аварий, пожаров и катастроф, но чтобы вот так – минуту назад слышать голоса живых людей, их разговоры, объяснения в любви и ревности, планы на будущее, а затем – это бесформенное месиво мятого железа, человеческих костей, внутренностей и крови... У меня до сих пор стоит в ушах ее безумный, умоляющий, отчаянный крик: «Не-е-е-е-е-т!!..»

20 часов 42 минуты

На Петровке в дежурной части нас ждал майор Ожерельев. Я приехал сюда один. Светлов, Ласкин и вся остальная опергруппа уехали на Арбат и по всем остальным адресам, где побывал сегодня Долго-Сабуров с наркотиками. Им предстояло арестовать, как минимум, семнадцать человек, включая Зойку-Чародейку, а если кто-то из арестованных начнет «колоться» сразу и называть другие имена дельцов подпольного бизнеса наркотиками – то «заметать» и этих тоже. Не может быть, чтобы, зная Долго-Сабурова и спекулируя наркотиками, никто из них не встречался с этим «доктором Борисом» или не слышал его адреса, фамилии или места работы.

После этого безумного дня, начавшегося почти в пять утра обыском в вагоне Долго-Сабурова, после визита в ОБХСС, очередного заезда на квартиру к Долго-Сабурову, одиссеи с арестом Акеева и его любовницы Елены Смагиной, после уже почти предрешенного и, казалось бы, неминуемого ареста доктора и обнаружения Белкина, обернувшихся самоубийством Долго-Сабурова и убийством Наташи, предстояло все начинать сначала – с канители допросов обвиняемых и соучастников, очных ставок, создания словесного портрета этого доктора, его фоторобота, и прочесывания с этим портретом всех больниц Москвы и Московской области. 27-летний (ровесник Белкина) врач-психиатр, психотерапевт или анестезиолог – в принципе по этим данным найти человека можно, но не в один день.

А в нашем распоряжении был только один, максимум – два дня.

Долго-Сабуров упомянул в машине, в разговоре с Наташей, что «Борис велел быть не позже семи, иначе мы не успеем на самолет». Вряд ли он теперь же помчится на аэродром, чтобы улететь, но если у него есть какие-то осведомители в милиции типа той «Катюхи» – подруги Наташи,– то уже завтра-послезавтра он узнает о катастрофе на шоссе и вообще не покажется в московских аэропортах, а вылетит в Среднюю Азию из Киева, Ленинграда, Ростова или Перми – поди угадай, откуда! Тем не менее Светлов еще по дороге от места катастрофы связался через дежурного по городу с воздушной милицией Внуково, Домодедово и Быково, распорядился тщательно проверять все среднеазиатские рейсы и дал приметы доктора – 27 лет, среднего роста, полный, волосы черные, глаза карие, лицо круглое, на правой руке перстень с печаткой, зовут Борис, но документы могут быть и на другое лицо или фальшивые .

Все это – и арест спекулянтов наркотиками, и проверка пассажиров среднеазиатских рейсов – было правильно, необходимо, логично, но... Время! У нас не было времени на ожидание, когда рыбка сама приплывет в руки. Нужно было что-то придумывать, но что?

Измочаленный, голодный и подавленный виденным только что самоубийством, я приехал в дежурную часть. Здесь меня ждали Ожерельев и Маленина. Маленина была воодушевлена: первый же день ревизии аптечных складов показал, что в готовых к отправлению в воинские госпитали и обычные больницы партиях морфина почти десять процентов недовложенных ампул, и один из кладовщиков уже «раскололся», сообщил, что переупаковка и выемка ампул происходит на складах. Час назад она искала меня, чтобы рассказать о своем успехе, Пшеничный ей сказал, что мы арестовали Акеева, и теперь ей не терпелось сегодня же, сейчас же допросить его о делах его «шефа» – начальника Аптечного управления.

А капитан Ожерельев, вернувшись с обыска дачи Сысоева, доложил:

– Дача пуста, товарищ Шамраев. То есть шмоток полно,

мебель классная, стереоустановка, ковры, цветной телевизор, кассетный магнитофон, музыки навалом, жратвы полный холодильник, бар – балы можно закатывать. И, судя по немытой посуде, сваленной на кухне, там был сабантуй перед отъездом человек на двадцать. На бокалах – помада губная, в спальне все простыни – со следами бурной любви. Я всю посуду отправил на опыление и дактилоскопирование, это само собой, а в гараже обнаружил тайник но, как и сказал Акеев, тайник пуст. Там же, в гараже, валяются два матраца, я думаю, на них спали Белкин и Рыбаков. И веревку нашел – похоже, их там держали связанными. Гараж на отшибе, кирпичный, с ямой – хоть месяц там людей держи, только рот им заткни, чтоб не орали. Но самое интересное – вот,– он показал мне обычную магнитофонную кассету.– Больше трех часов обыск делали и музыку заодно слушали, грех не слушать такую музыку, я любитель. И вдруг... Вот послушайте.

Ожерельев вставил кассету в портативный магнитофончик «Весна», включил, и мы – Пшеничный, Маленина, я и Бакланов (он закончил свою операцию и задержался в дежурной части, чтобы дождаться меня) – услышали с полуфразы энергичный молодой мужской голос:

– ... шестнадцать гляциологов-ученых плюс рабочие. Каждый может спуститься с гор в Чаршангу или Джаркурган, почему нет, никто его не остановит. Пограничная зона – это же нормальное место, люди живут как везде, базар есть, магазины, только въезд в эти места по пропускам. А так...

– А аэродром далеко? – спросил другой мужской голос.

– Да прямо в Чаршанге! Улица кончается, начинается аэродром. Обыкновенное поле, маки растут...

– А ограждение? Охрана?

– Никакого ограждения, это же колхозная авиация. А охрана есть, конечно, какой-то старик на костыле – это от колхоза, и один пост держат там пограничники. То есть, ну, присылают одного солдата дежурить, поскольку это все-таки самолеты, можно и за границу драпануть. Теоретически, конечно.

– А практически?

– Ну, практически надо пароли знать, там пеленгаторы по всей границе, чуть что – ракета «земля – воздух», и – привет.

– Но летчики знают пароли?

– Военные знают, конечно.

– А далеко военный аэродром?

– Близко. Километра три. Но я на нем не был...

– Ты говоришь: там пеленгаторы по всей границе. А куда они в увольнение ходят, солдаты из ПВО?

– А куда там ходить? Там ходить некуда. В кино и на танцы.

– А офицеры?

– И офицеры туда же. А ты хочешь за границу драпануть? Так это просто! Там корейцы живут, на границе с Афганистаном, там целые корейские совхозы и колхозы у нас, опиумный мак разводят. Да ты это знаешь, наверно, раз целый гроб опиума в Баку привез. Так вот они постоянно в Афганистан шныряют, переправляют туда партии опиума. И пограничники на это сквозь пальцы смотрят. Я там пил с начальником погранзаставы, мы с ним упились до чертиков, так он мне рассказал. Корейцы в Афганистане толкают опиум за валюту, возвращаются домой, и там им валюту на наши рубли меняют. И всем выгодно – и государству, и контрабандистам. При этом у них и оружие, и все есть. Я бы об этом такой очерк закатал! Если бы можно было. Нужно только глаза подрезать, как у корейцев.

– Ха-ха-ха! – расхохотался рассказчик собственной шутке, и смех был какой-то чрезмерный, возбужденный, как и весь рассказ.

– А как фамилия этого начальника погранзаставы?

– Майор Рыскулов. Только ты его не подкупишь, и не думай! Потрясающий мужик! Влет медяки из пистолета сбивает. Он мне собаку дарил, пограничную, но куда мне собаку?! Я по всей стране летаю. Слушай, по-моему, мне еще нужен укольчик, а то весь кайф уходит уже...

Ожерельев остановил магнитофон.

– К сожалению, это все, Игорь Ёсич. Я перевернул весь дом, прослушал все остальные пленки – нет ни продолжения, ни начала. Но Акеев опознал голоса, да вы и сами, наверняка, уже поняли, кто это. Это Белкин и доктор, которого зовут Борис.

Я подумал, что еще несколько часов назад пленка эта

была для следствия бесценна, а теперь она уже практически ни к чему, мы уже знаем даже, что Гридасов проник в эту погранзону и подкупил там кого-то за двести тысяч – может быть, вертолетчиков, может быть – офицеров ПВО или даже самого начальника погранзаставы Рыскулова. Голос отвечавшего на вопросы Белкина был непринужденно-раскованный и разве что излишне возбужденный. Но и это меня уже мало интересовало. Потому что пленка была старая, запись сделана не позже 26 мая, до убийства Рыбакова-Султана, после чего преступники покинули дачу и увезли с собой Белкина. А вот где он сейчас? Что с ним? Жив? В здравой памяти или уже без нее? Единственное, о чем свидетельствовала эта найденная Ожерельевым пленка,– что глава шайки доктор Борис гипнозом или наркотическими средствами или сочетанием того и другого действительно может заставить человека развязать язык. Потому что вряд ли Белкин по доброй воле и в здравом рассудке стал бы своему похитителю рассказывать все это, так же как вряд ли Сысоев по своей воле вдруг назвал бы этому доктору шифр своего домашнего сейфа.

Я поинтересовался, нет ли новостей из Баку (новостей не было), перехватил в буфете ряженку с сосисками и пошел во внутреннюю тюрьму Петровки допрашивать Акеева. Маленина увязалась со мной.

Секретно

ПРОТОКОЛ ДОПРОСА ПОДОЗРЕВАЕМОГО АКЕЕВА

гор. Москва, 7 июня 1979

Мне, Акееву В. М., разъяснено, что я подозреваюсь в незаконном лишении свободы гр. гр. Белкина В. Б. и Рыбакова Ю.Н., в убийстве гр. Рыбакова Ю. Н., в приобретении, хранении и сбыте наркотических веществ без специального на то разрешения. Подпись – В.Акеев.

...Вопрос следователя: Вам предъявляются три фототаблицы. Поясните, узнаете ли вы кого-нибудь среди этих мужчин?

Ответ: Опознаю мужчину на фотографии под номером два. Это Вадим Белкин. Мы его похитили на Курском вокзале.

Вопрос: Вы его опознаете уверенно?

Ответ: Да, опознаю уверенно.

Вопрос: Посмотрите предъявленные вам другие четыре фототаблицы. Есть ли среди этих людей кто-либо, кто вам знаком?

Ответ: Да, есть. На фотографии номер 7 опознаю Старика, а на фотографии номер 9 – Германа Долго-Сабурова.

Вопрос: Вам еще предъявляются любительские фотографии. Кого вы можете опознать на этих снимках? Где, по-вашему, сделаны эти снимки?

Ответ: Опознаю Германа Долго-Сабурова и его бывшую любовницу Зойку из «Чародейки». Снимки сделаны в самом начале мая, кажется, первого мая, на Черноморском побережье Кавказа, в Сочи. Эти снимки мне показывал сам Долго-Сабуров.

Вопрос: Кого-нибудь еще можете опознать на этих снимках?

Ответ: Нет, больше никого.

Вопрос: Что вам известно о событиях, происшедших 24 мая на Курском вокзале? Расскажите подробности о похищении Белкина и Рыбакова.

Ответ: 24 мая я дежурил на даче у своего шефа Сысоева. Я и до осуждения работал на него, вот уже четвертый год. Охранял наркотики, ценности, перевозил их. За это шеф платил мне сначала 25, потом 50 рублей в день. Он втянул меня в это в 76-м году, когда я выиграл нокаутом первенство Европы по боксу – он захотел иметь сильного телохранителя. А когда меня осудили за дебош в пивном баре «Сокольники», он очень переживал, и, если бы не фельетон в «Комсомольской правде», который назывался «Чемпион разбушевался», он бы замял это дело и меня бы не посадили. За меня ходатайствовал Спорткомитет...

Вопрос: Пожалуйста, ближе к событиям 24 мая. Почему вы оказались в Москве и как участвовали в похищении Белкина? Напоминаю, ваше прямое и непосредственное участие в похищении подтверждается свидетелями Синицыным и

Силиня, которые вас опознали.

Ответ: Я понял. В Москву я попал по командировке «Котласхимстроя» в качестве толкача, чтобы выбить в нашем министерстве фонды на запчасти к бульдозерам, бетономешалкам и всякое другое оборудование. Как бывший чемпион и знаменитый боксер, я это делаю легко через секретарш, бухгалтерш и всяких плановичек. А мой бывший шеф Сысоев узнал, что я в Москве, и предложил мне опять работать на него и договорился прямо тут в нашем Министерстве промышленного строительства, чтобы командировку мне продлили. Так что я в Москве задержался законно. 24 мая я, как уже сказал, дежурил на даче у Сысоева, сторожил дачу и тайник с наркотиками, которые до этого привез с аптечного склада в своей машине самолично мой шеф Сысоев. Утром 24 мая, часов в 10, он позвонил мне из города и сказал, что через пару часов за мной заедут два человека – Герман и еще один, и что мне надо взять из тайника два чемодана с товаром и поехать с Германом, куда он скажет. И правда, через два часа на санитарной машине приехал Герман Долго-Сабуров, которого я уже давно знаю, и с ним этот доктор Борис.

Вопрос: Опишите этого человека.

Ответ: Он среднего роста, упитанный такой, даже почти толстый. Лицо почти круглое, тяжелое, глаза темные, пристальные. Волосы черные. Одевается хорошо, в импортные вещи, на руке золотой перстень с печаткой.

Вопрос: Он русский или азербайджанец?

Ответ: Русский.

Вопрос: Куда вы поехали с дачи?

Ответ: Они сказали, что ехать надо на Курский вокзал, к бакинскому поезду. Что приедет какой-то Старик, привезет чемодан денег – сто тысяч. Мы ему отдадим мой товар, он нам – деньги. Передачу, как обычно, должен был сделать я сам – из рук в руки.

Вопрос: Что же произошло на Курском вокзале?

Ответ: На Курском вокзале я остался в санитарной машине с товаром, а Герман и доктор пошли встречать бакинский поезд. Там, по их рассказу, случилось следующее. Деньги из Баку в Москву вез не сам Старик, а этот парень по кличке Султан со своей девчонкой, которая ничего не знала про эту операцию. А Старик ехал этим же поездом, но в другом вагоне, потому что везти такие деньги Старику было самому опасно, он числился во всесоюзном розыске. Поэтому тайно от Султана он «вел» его всю дорогу и должен был встретить на перроне. А тогда мы бы обменяли товар на деньги и Султан поехал бы с товаром обратно в Баку, а Старик опять бы за ним следил со стороны. Но когда Старик, доктор и Герман пошли к вагону Султана, они увидели, что его встречает этот Белкин, корреспондент. И Герман подслушал, как этот Белкин уговаривал Султана ехать в редакцию и все рассказать про торговлю наркотиками, про Старика и так далее.

Вопрос: Как Султан, то есть Юрий Рыбаков, реагировал на это?

Ответ: Это я не знаю, и для нас это не имело значения. Если он заложил их этому Белкину, значит, мог заложить и еще кому-то другому. Поэтому они оставили Германа возле Султана, Белкина и этой девчонки, а доктор и Старик прибежали к машине и сказали мне, что нужно сейчас же брать всех троих: Султана, его девчонку и корреспондента. Я сказал, что у нас это не выйдет, на глазах у всего народа, что надо подождать удобного момента, но они сказали, что другого момента не будет, потому что корреспондент может сейчас увезти этого Султана прямо в редакцию, и тогда всем деньгам крышка. А кроме того, доктор сказал, что он вообще хочет с этим корреспондентом плотно поговорить. Короче, он надел белый халат и мне велел надеть и сказал, что мы их возьмем как психов, как будто мы из дурдома. И мы подъехали прямо к стоянке такси, к очереди, в которой стояли этот Султан, Белкин и эта девчонка. Тут я и Герман набросились на Белкина, заломили ему руки, а Старик и доктор схватили Султана и девчонку. Белкин и Султан от неожиданности ничего не поняли и не сопротивлялись, мы их быстро запихнули в машину, а девчонка укусила доктора за руку и сбежала. Я хотел ее догнать, но тут появился постовой, и мы спешно уехали. По дороге доктор на всякий случай поменял на машине номера, хотя нас никто не преследовал.

Вопрос: Куда вы увезли похищенных?

Ответ: Прямо на дачу к Сысоеву. Я забыл сказать, что мы захватили вещи этого Султана, там был чемодан с деньгами, и все деньги были целые. Вечером на дачу приехал мой шеф, и они решали, что делать с этим Султаном и корреспондентом. Шеф сказал, что выхода нет: раз мы такие болваны, что привезли их к нему на дачу, то их надо ликвидировать. Но доктор сказал, что это ерунда, что он за двадцать дней сотрет у них из памяти все, что захочет. Шефу это не понравилось, он сказал, что посоветуется и решение примет в субботу, на сабантуе.

Вопрос: Что вы имеете в виду под словом «сабантуй»?

Ответ: Шеф всегда устраивает сабантуй перед заграничной командировкой. 28 мая, в понедельник, ему надо было ехать в Женеву, во главе делегации, поэтому на субботу был назначен сабантуй, ну, типа загула. Доктор привез из своей больницы медсестричек...

Вопрос: Из какой больницы?

Ответ: Я этого не знаю, честное слово чемпиона!

Вопрос: Хорошо, продолжайте. Кто был на этом «сабантуе»?

Ответ: Мой шеф Сысоев, этот доктор Борис, Старик и пять человек гостей моего шефа, которых я не знаю.

Вопрос: Опишите их.

Ответ: Я их не видел, я сидел в гараже, караулил Султана и Белкина. А на этой пьянке был Старик. С его слов я знаю, что двое гостей были из Баку, они приехали за своим кушем — бриллиантами, которые им полагались в уплату за то, что они замазали историю гроба с наркотиками. Поэтому в начале пьянки мой шеф и доктор приходили в гараж, вытащили из тайника бриллианты и уложили их в «дипломат», приготовили передать бакинцам. При этом шеф очень ругал доктора, а тот просил шефа не спешить отдавать бриллианты, что он уговорит бакинцев вместо бриллиантов взять наличные деньги. И они с «дипломатом» ушли, но взяли с собой еще чемодан с деньгами — на всякий случай, двести тысяч. Потом Старик мне рассказывал, что пьянка вышла на славу, что там было очень весело.

Доктор привел с собой не только медсестричек, но еще какой-то веселящий газ, который дают иногда больным на операциях или при родах. И они там все напились коньяком и надышались этим газом и устроили этим бакинцам такой сеанс групповой любви, какой те никогда не видели. И где-то в десять *приблизительно часов бакинцы уехали не с бриллиантами, а с деньгами. Они спешили на аэродром к самолету в Баку.*

А шеф еще пил на радостях с двумя медсестричками, и доктор устроил им сеанс гипноза по угадыванию мыслей и игру в откровенность, когда все говорили о себе все, чего бы ни в жизнь не сказали в нормальном состоянии. Это я уже видел, потому что Старик пришел сменить меня в гараже, и я застал, когда эти медички абсолютно голые курили гашиш и говорили такое, чего я в жизни не слышал. Потом мой шеф, совершенно пьяный, тоже захотел излить душу, но доктор увел его в отдельную комнату, на всякий случай, чтобы он при медичках чего-нибудь не ляпнул лишнее. Шеф очень благодарил доктора за то, что удалось спасти бриллианты и всучить бакинцам «бумагу», то есть бумажные деньги. В одиннадцать примерно часов доктор с тремя медичками уехал, оставив моему шефу двух медсестричек на ночь. Они втроем совершенно голые ушли пить в беседку, а я убирал дачу. Через окно я слышал, как они в беседке пели «Распрягайте, хлопцы, коней, та лягайте спочивать». Потом они снова крутили любовь втроем, а потом шеф показывал девочкам свои бриллианты и решил покатать этих медичек на машине. Нужно сказать, что медсестрички были очень молоденькие, лет по восемнадцать, а мой шеф таких очень любит, ему уже пятьдесят семь. И вот он пьяный, с этими девочками и с «дипломатом» пришел в гараж и хотел ехать катать девочек. Но Старик его отговаривал и не давал выехать из гаража. Тогда шеф дал Старику по морде и сам открыл гараж, а «дипломат» лежал на капоте «Волги». И так случилось, что этот Султан развязался и выскочил из ямы...

Вопрос: Значит, Белкина и Рыбакова вы держали в яме? Что это за яма?

Ответ: Это ремонтная яма, для ремонта машины. Они там лежали связанными, с кляпами во рту, чтобы не кричали. Но вообще они вели себя тихо, потому что доктор их сразу посадил на иглу.

Вопрос: Что значит «посадить на иглу»?

Ответ: Это значит он колол их сильными наркотиками. Поэтому я не понимаю, как этот Султан развязался и выскочил из ямы. Может быть, потому, что в этот вечер доктор не сделал им укол. Или забыл, или был занят на этой пьянке.

Вообще к концу вечера он был очень злой, хмурый...

Вопрос: Когда именно он стал, как вы говорите, злой и хмурый, до разговора по душам с Сысоевым или после него?

Ответ: После. А почему вы спрашиваете?

Вопрос: В чем проявилась эта злость?

Ответ: После того как Сысоев в отдельной комнате излил доктору душу, или я не знаю, как это назвать, потому что он под гипнозом может заставить вас сказать, что хотите... так вот, доктор вышел из комнаты, пришел на кухню и залпом выпил полстакана коньяка. Я ему сказал, что надо бы заставить шефа одеться, но он послал матом меня и его.

Вопрос: Пожалуйста, вернитесь к описанию побега Рыбакова.

Ответ: Когда шеф открыл гараж и у них была стычка со Стариком, неожиданно из ямы выскочил этот Султан и шагнул из гаража в кусты. Старик погнался за ним, но где ему догнать такого парня! Тот кустами махнул к забору и сбежал. И тут шеф заметил, что этот парень, оказывается, прихватил «дипломат», который лежал на капоте «Волги». Ну, я завел машину, и мы со Стариком поехали в погоню. Дело было уже часов в двенадцать ночи, парню было некуда бежать кроме как на станцию. Но он туда бежал коротким путем — через Царицынские пруды и развалины Екатерининского дворца, а нам пришлось ехать в объезд. И он оказался на станции раньше нас. Но там болтался какой-то старик сторож, мы сунули ему на бутылку, и он нам показал, что этот парень вскочил в товарняк с «Жигулями», который уже отправляется в Москву. Мы вскочили в этот товарняк и стали искать этого Султана по платформам. Я побежал по платформам к хвосту поезда искать этого парня, а Старик — к голове. Но я ничего не нашел и стал возвращаться и тут увидел: они дерутся на передней платформе. Поезд как раз шел через мост над Москвой– рекой, и я побежал к ним, я боялся, как бы они оба не свалились в реку. Но добежать до них я не успел, мост кончился, а Старик кастетом дал этому Султану по голове и сбросил с поезда. Потом, через пару километров, когда поезд стал на стрелке, мы с ним сошли с поезда и пошли назад пешком по путям, чтобы найти «дипломат» с бриллиантами. И мы прошли пешком до царицынской станции, но ничего не нашли, только труп этого

Султана. Старик его осмотрел, убедился, что парень мертвый, проверил все карманы, и мы его оставили, где лежал. Была мысль его спрятать, утащить куда-нибудь, но тащить труп целых три километра до машины было опасно. И мы решили — пусть лежит, пусть думают, что сам с поезда упал, тут поездов сто штук за ночь проходит.

Вопрос: Расскажите, куда делся с дачи Белкин и когда.

Ответ: В этот же день. То есть наутро. Дело было так. Когда мы со Стариком вернулись без этого Султана и без «дипломата», шеф страшно психанул. Он уже одетый, никаких медичек на даче не было, куда он их отправил, я не знаю,— может, они уехали электричкой, я не знаю. Только он уже был на даче один, и он страшно материл Старика за всю эту историю, а Старик говорил, что он сам виноват, на фиг было открывать гараж и оставлять «дипломат» на капоте машины. Короче, они крупно поскандалили, и шеф сказал, что сейчас ему разбираться некогда, что вот он вернется из заграничной командировки и рассчитается и со Стариком, и с доктором, а пока все ценности и деньги, которые были на даче — а там была доля доктора, и Старика, и всех других,— нужно срочно перевезти в город, на его квартиру, а дачу освободить. Поэтому он позвонил этому доктору и сказал, чтобы тот приехал срочно забрать и этого корреспондента и Старика, а куда — его не касается. Потом мы с ним вытащили из тайника все, что там было,— а там был железный ящик с бриллиантами, мешок с долларами и еще мешок с советскими деньгами,— и мы это все положили в багажник «Волги», и шеф велел мне охранять этю, не спуская глаз. Через час приехал доктор, они со Стариком забрали корреспондента и уехали, а мы с шефом закрыли дачу и тоже поехали.

Вопрос: Куда?

Ответ: В Москву, на квартиру Сысоева, где меня сегодня арестовали.

Вопрос: Видели ли вы после этого доктора и Старика?

Ответ: Нет, я их после этого ни разу не видел.

Вопрос: Почему вы согласились пойти в ресторан с сестрой доктора и вашей сожительницей, если Сысоев вам приказал охранять его квартиру и сейф с ценностями?

Ответ: Потому что мне осточертело сидеть в этой

квартире, как в тюрьме. Это даже хуже, там у нас в лагере можно было хоть с людьми поговорить, а тут как в одиночке и даже с вертухаем словом не перекинешься. А кроме того, я не боялся оставить эту квартиру на два-три часа, потому что дом-то правительственный, кто его будет грабить? И тайник такой, что нужно знать код, чтобы открыть, иначе нельзя. Поэтому я вам еще раз заявляю, что Сысоев сам взял эти ценности и сбежал с ними за границу, вот увидите: он из командировки не вернется. А меня оставил сторожить пустой сейф, чтобы вся шайка была спокойна, будто ценности лежат у него дома.

Вопрос: Приезжал ли этот доктор на дачу без Сысоева и допрашивал ли корреспондента Белкина?

Ответ: Доктор был на даче почти все два дня после того, как мы привезли корреспондента и Султана с Курского вокзала. Он им колол наркотики, и они ему пели с утра до вечера.

Вопрос: Что значит «пели»?

Ответ: Извините. Ну, они ему все рассказывали, что он хотел. Для этого есть такие специальные уколы, он мне говорил, но я забыл, как называются, какая-то разморозка или расторможка.

Вопрос майора Малениной: Амитал-кофеиновое растормаживание?

Ответ: Точно.

Вопрос: Были ли вы при их разговорах? При этих допросах?

Ответ: Нет, я при этих допросах не был. Доктор никому не разрешал слушать или присутствовать на сеансах, а только писал все на магнитофон и потом давал Старику слушать отдельные куски. Они хотели узнать, что этот Султан протрепался корреспонденту и что корреспондент протрепался другим или написал в газету.

Вопрос: Откуда вы знаете, что у них была именно эта цель?

Ответ: Они мне сами сказали.

Вопрос: Была ли Наташа, сестра доктора, в интимной связи с вашим шефом, Сысоевым?

Ответ: Твердо сказать не могу, но один раз шеф мне проговорился, что он ее имел и за это прописал в Москве ее брата.

Вопрос: Кто такой Балаян?

Ответ: Балаян – это заместитель министра здравоохранения СССР.

Вопрос: Какое он имеет отношение к преступным действиям Сысоева и других, к хищениям и спекуляциям наркотическими средствами?

Ответ: На это я ответить не могу.

Вопрос: Не можете или не хотите?

Ответ: Я знаю, что имею право отказаться от дачи показаний. Поэтому я на этот вопрос давать показания отказываюсь.

Вопрос: На квартире Сысоева во время последней встречи с вашей сожительницей Смагиной за несколько минут до ареста вы говорили ей, что ваш шеф Сысоев связан с очень влиятельными людьми, чуть ли не с министрами и работниками ЦК. Кого вы имели в виду.

Ответ: На этот вопрос я также отвечать отказываюсь.

Вопрос: Можете ли вы мотивировать свой отказ от дачи этих показаний?

Ответ: Потому что если я вам назову этих людей, у вас волосы дыбом встанут, а я не доеду живым до лагеря.

Вопрос: У нас есть возможность отправить вас после суда в лагерь закрытого типа, где сидят только бывшие ответственные работники. Там вас не смогут достать уголовники...

Ответ: Зато меня там кокнут сами ответственные работники! Нет уж, я и так вам слишком много сказал со зла, что Сысоев оставил меня стеречь пустой сейф. Не понимаю, почему вы не передаете дело в КГБ, чтобы его там задержали. Прошу записать мое заявление в протокол.

Вопрос: Ваше заявление занесено в протокол. Скажите, был ли Балаян в интимной связи с сестрой доктора Наташей?

Ответ: На этот вопрос ответить не могу. Просто не знаю.

Вопрос: Приезжала ли Наташа на дачу к Сысоеву, когда там были Белкин и Рыбаков?

Ответ: Нет, не приезжала.

Вопрос майора Малениной: Как давно воруют наркотики

на Центральном аптечном складе?

Ответ: Я работаю на своего шефа три года и знаю, что наркотики мы получали оттуда с самого начала моей работы. А что было до меня, я не знаю...

В дверь кабинета для допросов заглянул дежурный начальник караула.

– Товарищ следователь, вас к телефону у дежурного по городу.

Пришлось прервать допрос. К тому же время приближалось к одиннадцати, было уже 22.45, а после 23.00 допрашивать заключенных и задержанных запрещено. Мы с Малениной вышли из Петровской тюрьмы и двинулись через темный двор – она к проходной, к выходу, а я – к дежурной части.

Возле курилки мерцали светлячки папирос и радио, и какой-то голос рассказывал:

– ...Он ее час двадцать пашет, а весь МУР по радио слушает. И в это время Щелоков входит, министр...

Я усмехнулся, подумал: вот так возникают легенды. И вошел в здание дежурной части.

Коридор первого этажа оказался полон людьми. Больше сорока человек сидели и стояли тут возле дверей кабинетов, как пациенты на приеме в зубоврачебной клинике. Я спросил у караульного, что это значит. Оказалось – это арестованные по делу Долго-Сабурова торговцы наркотиками, которых свезли сюда со всего Арбата и центральных московских гостиниц.

Я поднялся на второй этаж в зал дежурного по городу. Усталый полковник Серебрянников кивнул на лежащую на столе телефонную трубку:

– Тебя какая-то дама разыскивает. Говорит – по срочному делу.

– Кто?

– Из «Комсомольской правды». Фамилию не называет.

Я взял трубку.

– Слушаю, Шамраев.

– Игорь Иосифович?

– Да.

– Добрый вечер. Извините, что я вас разыскала. Это Инна, машинистка из «Комсомольской правды». Вы меня помните?

Еще бы я не помнил! Черные глаза!..

– Конечно, помню, Инна. Что-то случилось?

– У меня есть важные новости про Вадима.

– Я вас слушаю.

– Я не могу по телефону. Вы должны приехать ко мне и поговорить с одним человеком. Вы можете приехать сейчас? А то он улетает.

– А могу я приехать не один?

– Ну, я не знаю,– замялась она.– Я сейчас спрошу. А с кем вы хотите приехать?

– С друзьями.

Наступила пауза. Трубку на том конце провода явно прикрыли ладошкой, я ничего не слышал с минуту. Потом Инна сказала:

– Игорь Иосифович, вообще-то он хочет говорить только с вами. Но если вы требуете...

– Я ничего не требую. Я просто проверил, не угрожает ли вам кто.

– Нет, что вы! Это свой человек. Просто он боится... Я не могу по телефону. Пожалуйста, приезжайте! Это важно, честное слово.

– Уже еду. Напомните номер дома, Инна.

– Двенадцатая Парковая, 17, квартира 73.

– И телефон на всякий случай...

Я оставил дежурному по городу телефон этой Инны, сказал, что буду там через полчаса, и пошел вниз к дежурной машине. Но в коридоре на первом этаже задержался. Тут перед арестованными спекулянтами наркотиками стоял Светлов, держа необычную речь:

– Сегодня каждый из вас получил партию наркотиков от Германа Долго-Сабурова. Поэтому вы задержаны, и вам будет предъявлено обвинение по статье 244-й. Но допрашивать вас после 23.00 мы не имеем права. Сейчас 22.56. То есть через три-четыре минуты вас отправят в камеры внутренней тюрьмы Петровки и допрос продолжим завтра. Но некоторые данные нам нужны срочно, сейчас. Мы ищем одного опасного преступника, и тот, кто нам поможет, имеет шанс немедленно пойти домой, вчистую. Этот преступник – приятель Долго-Сабурова по имени Борис. Он врач, 27 лет, приехал из Баку в Москву пару лет назад и работает либо психиатром, либо психотерапевтом, либо анестезиологом. Ездит на санитарной машине типа «рафик». Я даю вам слово офицера, что тот, кто сейчас назовет мне его координаты или хотя бы фамилию или место работы,– тут же пойдет домой, чистый. Я даже дам машину до дома.

Ай да Светлов! Допрашивать после 23.00 он, видите ли, не может, а предлагать жуликам открытую сделку... Впрочем, нам сейчас действительно не до церемоний, неделя, которую дал Генеральный, истекает, а Белкина как не было, так и нет...

Светлов ждал ответа, но задержанные молчали. Кто пожимал плечами, кто переглядывался, а кто просто сумрачно и неподвижно глядел себе под ноги.

– Хорошо,– сказал Светлов.– Если кто-то знает, но боится сказать при всех, сделаем иначе. Перед сном каждый из вас будет иметь одну выводку из камеры в сортир. По дороге можно через караульного вызвать дежурного следователя Пшеничного и сказать ему. Имейте в виду: ложка хороша к обеду. Нам нужно найти этого доктора! Кто поможет, тому многое спишется, я обещаю. Все. Караул, уведите задержанных.

Караульные стали выводить арестованных, их повели туда, где я только что допрашивал Акеева,– во внутреннюю Петровскую тюрьму, а Светлов прямо в коридоре сел на стул и сказал:

– Все! Я сдох. Кто-нибудь донес бы меня до койки, а то я здесь усну.

– Есть другой вариант,– сказал я.– Сейчас мы едем с тобой к одной знакомой Вадима Белкина. У нее есть для нас новости.

Светлов вопросительно поглядел на меня, но я ничего объяснять не стал, сказал:

– Вставай. Поехали. Поспишь в машине.

Тот же день – четверг, 23 часа 37 минут

Это был Радий Свердлов, внук первого Президента Страны Советов и собственный корреспондент «Комсомольской правды» по Азербайджану. На столе стояла бутылка экспортной водки, какая-то закуска и знакомая мне бутылка недопитых три дня назад «Черных глаз».

Господи, неужели прошло всего три дня с того понедельника, когда я ночью читал здесь рукопись Белкина? А главное, что было на столе – копия рукописи Вадима Белкина, второй экземпляр. Оказывается, Инна печатала повесть Белкина в двух экземплярах, под копирку, первый экземпляр отдала мне, а второй... «Шерше ля фам – ищите женщину!» – сказано в первой заповеди к раскрытию преступления. Ну, а как будет по-французски «Ищет женщина»?

Тихая, скромная машинистка «Комсомольской правды», любящее Белкина существо, произвела свое следствие, свой частный сыск. Она уговорила ответственного секретаря редакции Гранова вызвать Радия Свердлова из Баку в Москву и дала Радию прочесть дневник-рукопись Белкина. И теперь толстенький тридцатипятилетний потомок первого Президента, выпив для храбрости триста граммов водки, говорил мне горячо, доверительно:

– Слушайте, Игорь Иосифович, я вам скажу, как полуеврей полурусскому. Это же тайная мафия! На каждом шагу!.. Конечно, Вадим был арестован и сидел в Баку, в КПЗ. И конечно, тут, в этой рукописи, все – правда, да еще и не полная! И он жил у меня – я вам тогда наврал все по телефону. А почему наврал? Скажу! 22 мая Вадим улетел в Москву, а 27-го, в воскресенье, меня вдруг приглашают в МВД к Векилову. Вы знаете, кто это? Это тот самый голубоглазый, который допрашивал Белкина. Молодой сукин сын, референт министра внутренних дел республики. Такие дела делает, вы себе не представляете! Там же сплошная мафия, в Азербайджане. Породил мой дедушка власть на нашу голову! Ну вот, приглашает он меня к себе в кабинет и говорит вот так открыто, как я вам сейчас: «Радий Моисеевич, вы хотите жить в Азербайджане спокойно и в свое удовольствие?» Ну, что я должен был сказать – «нет, не хочу»? Я соглашаюсь, я вообще люблю хорошо жить, а кто не любит? «Тогда,– говорит,– запомните одну вещь: Вадим Белкин не жил у вас неделю назад».– «Как, говорю,– не жил? Он же от меня очерк диктовал в редакцию стенографисткам!» Ну, говорит, этого никто не знает – откуда он диктовал. Он мог с любого телефона диктовать. Главное же – для вашей, говорит, пользы – вы его в Баку не видели, не слышали и, чем он тут занимался, не знаете. Понятно? И смотрит на меня своими голубыми глазами, представляете? Такая сволочь! Просто запугивает. И я вам скажу: если они узнают, что я с вами вот тут сидел, разговаривал,– все, мне крышка, они меня с дерьмом смешают, аварию устроят, яд подсыпят – все, что хотите. Поэтому я вас очень прошу...

– Но вы мне еще ничего не сказали. По делу.

– Я не знаю. И практически, может быть, ничего полезного и не скажу. Но я хочу с вами договориться. Все, что вы от меня тут услышите, вы от меня не слышали, имейте в виду! Я нигде и никогда не подтвержу этих показаний. Договорились?

– Хорошо,– сказал я сдержанно.– Договорились.

– По сути, вам нужно найти Белкина? Правильно? – сказал он, воодушевляясь. Я не отрицал, но он требовал устного подтверждения.– Правильно?

– Да. Правильно.

– А Белкина мог украсть только этот так называемый Зиялов с его сестрицей. Правильно?

– Почему вы так думаете?

– Поскольку Белкин их искал по всему Баку и приехал искать их в Москву. И не потому, что влюбился в эту зияловскую сестрицу, это ерунда, он сегодня влюбится в одну, завтра в другую...– При этом Радий покосился на Инну, сказал ей: – Извини, Инночка, ну он шалопай, ну что поделаешь? – И опять повернулся ко мне: – Они стащили у него пропуск в погранзону! Вы понимаете? Он это не написал в рукописи, он написал, что все документы были на месте, но мне-то он сказал – они свистнули у него пропуск в погранзону! И он боялся, что они его используют,– мало ли, бандиты же! А заявлять в милиция тоже не хотел – ему бы всыпали за это, сняли бы с поездки с Брежневым. Понимаете? И он метался по Баку, искал этого Зиялова...

– Но его фамилия не Зиялов,– перебил я.

– Вот! В этом весь и фокус! Белкин не мог вспомнить его

фамилию! И специально поехал во Дворец пионеров искать своего бывшего руководителя географического общества...

— При чем тут Дворец пионеров? — перебил я удивленно.—

Он с этим Зияловым в одной школе учился.

— В рукописи! — воскликнул Радий.— В рукописи! Но вы же читали в самом начале, что он решил маскировать правду вымыслом. Я так и подумал, что вы, конечно, будете искать этого Зиялова среди школьных друзей Белкина. Ведь вы искали, правда? Или даже и до сих пор ищете? Да?— добавил он.

— Ищем...— сказал я.

— Вот! — победоносно воскликнул Свердлов.— Вот! А на самом деле они учились не в одной школе и не в одном классе, а были членами географического общества Бакинского Дворца пионеров. Очень было знаменитое общество, побеждало на всесоюзных сборах юных географов. Потому что руководил замечательный человек. Так, во всяком случае, мне Белкин рассказывал. И он к этому старику специально в Кюрдамир поехал, чтобы узнать настоящую фамилию Зиялова и его адрес. Старик до сих пор с половиной своих питомцев переписывается...

— И узнал? — спросил я.

— Этого я не знаю. Честное слово. То есть думаю, что узнал. Но меня уже в Баку не было. Он поехал в Кюрдамир в последний день перед отлетом в Москву, а я в этот день мотанул в Ленкорань снимать фотоочерк о хлопкоробах. Это и в рукописи у Вадима написано.

— А почему же вы думаете, что он узнал адрес Зиялова?

— А вот, прошу вас...

И Радий Свердлов положил передо мной листок из блокнота. Размашистым почерком Белкина на нем было написано: «СТАРИК! Все замечательно. Я их достану! Спасибо за все, ВАДИМ».

— Это лежало у меня дома, когда я вернулся из Ленкорани,— прокомментировал Свердлов записку.

Я взглянул на часы.

— Радий, во сколько вы улетаете?

— Только не моим рейсом, пожалуйста! — взмолился он.—

Это и так будет очевидно – я слетал в Москву и тут же из Москвы прилетает следователь.

– Послушайте, Радий Моисеевич. Если вы решили сообщить нам важные сведения, вы же понимали, что я должен ими воспользоваться. Иначе зачем вы меня позвали.

– Потому что я прочел вот это! – Он стукнул ладонью по рукописи Белкина.– Он тут назвал меня Котовским, это очень смешно. Но вообще он тут обо мне так тепло написал! Что я ему и нянька был, и доктор. Как же я могу теперь продать его этим бакинским сукам, мафиозникам?! Они же все бандиты! Дали мы им власть на свою голову! Хотел бы я, чтоб мой дед встал из гроба, я б ему показал эту власть Советов!..

Телефонный звонок прервал его. Инна сняла трубку и тут же передала ее мне: «Вас, Игорь Иосифович». Я взял трубку и услышал голос полковника Серебрянникова:

– Слушай, Игорь, там у тебя есть какой-нибудь радиоаппарат?

– Что ты имеешь в виду? – не понял я.

– Ну, «Спидола» какая-нибудь или еще что. «Голос Америки» можешь поймать?

– Я оглядел квартиру. Тут, как в любом московском доме, была и «Спидола» и радиола.

– А что случилось? – спросил я Серебрянникова.

– Ну, поймай «Голос Америки». Через десять минут они будут повторять «Последние известия». И Светлову дай послушать. Ему тоже будет интересно. Пока,– и Серебрянников дал отбой.

Через десять минут, с разрешения Инны и Свердлова, я поднял спавшего в машине Светлова и мы услышали по «Спидоле» характерный голос вашингтонского диктора:

– «...У микрофона Владимир Мартин. Передаем заключительный выпуск последних известий. По сообщению агентства «Ройтер», сегодня в Москве в гостиницах «Украина», «Метрополь», «Пекин», в арбатском баре «Жигули» и других общественных местах советской столицы арестована большая группа торговцев наркотиками. Сообщается так же, что в момент преследования на Калужском шоссе одного из деятелей подпольного бизнеса произошла автокатастрофа, в результате которой погибли два человека. Как известно, по данным ЮНЕСКО, Советский Союз занимает сейчас третье место в мире по производству наркотиков и отстает только от Турции и Пакистана. При этом огромные партии опиума нелегальным путем перебрасываются на Запад. Акция по аресту нелегальных торговцев в Москве, по мнению корреспондентов, свидетельствует о том, что наркомания получает широкое распространение и внутри страны, особенно среди молодежи. Из Мадрида сообщают...»

Мы не стали слушать сообщение из Мадрида, выключили радиоприемник.

— Та-а-ак! – протянул Светлов озадаченно.– Прославились...

— Но как они быстро все узнают, слушайте! – воскликнул Свердлов.– Вот это работа!

Я взглянул на часы, было 0 часов 10 минут, наступила пятница.

— Во сколько самолет на Баку? – еще раз спросил я у Свердлова.

— В два сорок,– сказал он.

— Самое лучшее для нас с тобой,– сказал мне Светлов, уже посвященный в подробности разговора со Свердловым,– это сей момент улететь из Москвы, пока гром не грянул. И завтра к вечеру найти Белкина. Тогда – победителей не судят...

Но в этот момент вместо грома снова грянул телефон.

— Нет, не успели,– сказал Светлов.

— Может быть, не брать трубку? – сказала Инна.

— Бесполезно,– ответил Светлов.– Внизу в машине радиотелефон, все равно нас достанут.

Я взял трубку.

— Да, алло.

— Игорь? – сказал голос Серебрянникова.

— Я.

— Утром в девять ноль-ноль на ковер к Генеральному. Он только что звонил самолично.

— Слушай, мне надо в Баку вылетать через час.

— Это твое дело. Мне велено передать: тебя в девять к Генеральному, а Светлова – к Щелокову. Желаю спокойной ночи, ребята.

Я тут же пересказал Светлову – и про Руденко, и про Щелокова.

– В случае чего,– сказал я ему,– вали все на меня, ты в моем подчинении.

– Вот суки! – воскликнул он, крутнув головой.– Не спят же, «Голос Америки» слушают! Министры!..

– Надо связаться с твоими архаровцами в Баку. Пусть они бросят эту школу и займутся Дворцом пионеров, найдут этого руководителя географического общества.– Я повернулся к Свердлову: – Как его фамилия, помните?

– Нет, конечно. Откуда? Мне ни к чему было запоминать. Какая-то сложная, еврейская, а какая – нет, не помню.

– Ну, это несложно выяснить во Дворце пионеров.

– Вот что...– задумчиво сказал Светлов.– Никуда их посылать не надо. Она копаются в этой школе, и пусть копаются. Векилов не такой мальчик, чтобы оставить их без внимания. Но пока они зарылись в школе и идут по ложному следу – он спокоен. Нужно вообще действовать по-тихому. Ты или я должны туда лететь инкогнито. Радий Моисеевич задерживается в Москве. Извините, Радий Моисеевич, но если вы завтра окажетесь в Баку и вас снова вызовет Векилов, я не уверен, что вы не расколетесь и не расскажете о нашей встрече. Поэтому вам придется задержаться здесь на несколько дней.– Он повернулся ко мне: – Ты можешь договориться с главным редактором «Комсомолки», чтобы его задержали?

– Я сам договорюсь,– сказал Свердлов.– только билет мне нужно сдать, а то через час регистрация на рейс.

– Это мы аннулируем по телефону,– сказал я и, взяв чистый лист бумаги, написал телеграмму в Баку, «архаровцам» Светлова.

ТЕЛЕГРАММА

Баку, гостиница «Азербайджан»,
Рогозину, Шмугловой

Активизируйте поиски одноклассников Белкина тчк Уточняю приметы разыскиваемого лица двтч национальность азербайджанец зпт возраст 27 лет зпт рост средний или высокий зпт глаза темные зпт волосы черные зпт в школьные годы увлекался ботаникой тчк О ходе расследования сообщайте ежедневно тчк Шамраев

Пятница, 8 июня, 9.22 утра

Секретно

> Генеральному прокурору Союза
> ССР действительному
> государственному советнику
> юстиции товарищу Руденко Р. А.

СПЕЦДОНЕСЕНИЕ

7 июня с. г. в 18 часов 42 минуты на 39-м километре Калужского шоссе произошло столкновение цементовоза «ГАЗ-62» и легкового автомобиля «Жигули». В результате столкновения погибли водитель автомобиля «Жигули» гр. Герман Долго-Сабуров и неопознанная женщина-пассажирка.

Происшествие было вызвано погоней за этой машиной оперативной группы, возглавляемой сотрудником Прокуратуры СССР следователем по особо важным делам тов. Шамраевым И. И. Ввиду необычности случая, считаю своим долгом сообщить об обстоятельствах дорожно-транспортного происшествия лично Вам.

В 18 часов 15 минут у поста № 7 на Калужском шоссе дежурным 4 отд. ОРУД-ГАИ капитаном Сергеевым П. Б. был остановлен за превышение скорости водитель автомобиля «Жигули» с номерным знаком МКЦ 22-57 Герман Долго-Сабуров. Поскольку утром того же дня МУРом были розданы всем работникам ГАИ установки на розыск и задержание данного лица, капитан Сергеев принял решение доставить водителя Долго-Сабурова в 4 отд. ОРУД-ГАИ. Однако Долго-Сабуров не выполнил указания дежурного и скрылся с места задержания, ввиду чего Сергеев стал преследовать разыскиваемого преступника. Одновременно к погоне подключилась оперативная группа т. Шамраева в составе трех автомобилей и спецвертолета МУРа. Пытаясь уйти от погони, Долго-Сабуров, следуя по Калужскому шоссе, развил предельную скорость, вышел на полосу встречного движения и врезался в прицеп цементовоза.

В результате столкновения тела пострадавших изуродованы до неузнаваемости и произвести опознание личности погибшей пассажирки по чертам лица невозможно. При осмотре останков автомобиля найдена в багажнике картонная коробка из-под лекарственных препаратов, в которой оказались деньги на общую сумму в 92 (девяносто две) тысячи рублей, изъятые сотрудниками оперативной группы.

Считаю, что действия моего подчиненного капитана Сергеева П. Р. не находятся в причинной связи с гибелью потерпевших и что данное дорожно-транспортное происшествие произошло по вине следователя И. Шамраева, который вместо своевременного задержания опасного преступника вел за ним лишь пассивное наблюдение, что и привело к возникновению аварийной ситуации.

Начальник ОРУД-ГАИ ГУВД
Мосгорисполкома
генерал-майор милиции
Н. Ноздряков

7 июня 1979 года

– Это только цветочки,– Генеральный прокурор СССР протянул мне через стол еще два документа.

С о в е р ш е н н о   с е к р е т н о
ф е л ь д – п о ч т о й , с р о ч н о

Генеральному прокурору Союза ССР товарищу *Руденко Р.А.*
Копия: Заведующему отделом административных органов ЦК КПСС товарищу *Н. Савицкому* (для сведения)

СЛУЖЕБНОЕ ПИСЬМО

7 июня с. г. Вашим подчиненным, следователем т. Шамраевым И. И., произведена серия арестов, в результате которой задержаны 37 административных работников ряда гостиниц и торговых предприятий в центре Москвы.

Эта акция не была согласована с руководством Комитета госбезопасности, и в число арестованных попали три наших агента, что принесло серьезный ущерб нашей работе, поскольку в течение трех лет 4-е управление КГБ внедряло их в сеть контрабандной торговли наркотиками для проведения своих операций в период большого наплыва иностранцев на Московскую Олимпиаду летом 1980 г.

Прошу срочно освободить арестованных Горохова А. И., Житомирскую П. О., Гинзбурга М. Р.

Одновременно ставлю Вас в известность, что незасекреченность данной операции, вызванная несогласованностью с органами госбезопасности, привела к широкой огласке этой акции и вызвала нездоровую реакцию западных средств массовой информации, особенно нежелательную накануне Венской встречи товарища Л. И. Брежнева с Д. Картером.

Прошу принять строгие меры к недопущению в будущем подобных срывов в нашей работе.

Первый заместитель председателя Комитета госбезопасности
генерал-полковник
С. Вигун

8 июня 1979 г.

Секретно, срочно,
с партийным фельдъегерем

Члену ЦК КПСС
тов. *Р. Руденко*

ЗАПИСКА
(написана рукой)

Роман Андреевич!

Ночью слушал «Голос Америки». Что за бардак? Почему Америка знает о твоих операциях раньше первого секретаря Моск. горкома?

Ведь было сказано: до Олимпиады никаких шумных операций в Москве! А теперь в городе опять слухов, как во времена убийцы Ионесяна.

Срочно останови это дело и всю шумиху. Сообщи мне имена виновных для наказания по партийной линии.

Первый секретарь МГК КПСС
В. Гришин

8 июня 1979 г.

Читая эти документы, я пожалел, что не послушался Светлова и ночью не улетел в Баку. Я знал, что сейчас начнется: гром, молнии, «объясните ваши действия», «как допустили гибель людей?», «почему не поставили в известность?», «кто дал право своевольничать?», «что я должен сказать в ЦК?». И так далее. Еще бы! – два трупа при автодорожном происшествии, «Голос Америки», три арестованных агента КГБ! Я приготовился к буре и шторму, строгачу по партийной линии и даже, чем черт не шутит, отстранению от дела.

Но Генеральный молчал. Он сидел в своем сталинском кресле, прикрыв веки, тяжелый старый человек, с лицом, опустившимся на воротник маршальского мундира тяжелыми жировыми складками. Я ждал, что сейчас он поднимет выцветшие белесые ресницы и буря начнется, но... Я вдруг увидел, что он спит. Просто спит. Ровно, с чуть-чуть слышной хрипотцой дышит, и руки лежат на мягком животе – старческие пухловатые руки. Вот тебе и недреманное око прокурора, мельком подумал я, не зная, что же мне делать. Хоть бы телефон зазвонил, что ли?

Я сидел, молча ждал, когда «оне» проснутся. Письмо Вигуна и записка Гришина жгли мне руки. Если начальник ГАИ Ноздряков в своей «телеге» просто защищал своего капитана Сергеева, то эти двое яро требовали моей крови. А когда вашей крови жаждут сразу и первый заместитель председателя КГБ, и первый Секретарь Московского горкома партии, а ваш непосредственный начальник тихо, по-стариковски спит себе в бывшем сталинском кабинете – что можно ждать от жизни?

Он открыл глаза и сказал просто, словно и не спал вовсе:

– Прочел?

– Прочел.

– Где Белкин?

– Пока нету, Роман Андреевич.

– А будет?

– Мог быть сегодня. Я должен был ночью улететь в Баку на полдня, но...

– Я тебя задержал, так?

– В общем, да.

– Скажи, пожалуйста, а на этой дороге к Белкину могло быть меньше трупов и шума?

– Этот Долго-Сабуров покончил жизнь самоубийством, у меня есть магнитофонная запись с его словами...

– Оставь! – лениво прервал он мягким жестом руки.– Дело не в нем. Ну, подох жулик – одним больше, одним меньше, дело не в нем. Просто работать надо иначе, аккуратней, я же тебя предупреждал. Видишь: ты чуть осекся, а они уже навалились – и Гришин, и Вигун. Копия Савинкову! Лишь бы прокуратуру подмять под себя – любой повод годится. И ты этот повод дал. Ведь дал?

– Ну-у-у...– замялся я.

– Дал,– сказал он утвердительно.– Погони устроил, аресты, агентов КГБ прихватил. Гусар! А мне в шесть утра пришлось к Савинкову на дачу ехать, чтобы предупредить эти все «телеги»,– он кивнул на письма Вигуна, Гришина, Ноздрякова.– Вот уйду на пенсию или помру – что будете без меня делать? Сожрут вас в полгода или Андропов, или Щелоков... Ну хорошо, докладывай, что у тебя, раз уж ты тут сидишь. А то опять наломаешь дров...

– Коротко так. Белкина похитила группа торговцев наркотиками, которым руководители их мафии пригрозили расправой за «левые» дела...

– Что значит «мафии»? – недовольно прервал меня Генеральный.

– В прямом смысле, Роман Андреевич. В стране действует широкая сеть хорошо организованной мафии по спекуляции наркотиками. В Средней Азии, на Кавказе, в Ставропольском крае выращивают опиум – частично для государства, а частично – для себя, для черного рынка. Кроме того, воруют на аптечных складах морфий. Один из главарей мафии Виктор Сысоев, начальник аптечного управления, сейчас в Женеве, в командировке. От него нити идут выше – к зам. министра здравоохранения Балаяну – и вширь – к министру МВД Азербайджана и другим.

Он сокрушенно покачал головой:

– И все это уже в деле?

– Да.

– Ужас! Ну что у тебя за еврейская манера все обобщать!..

– При чем тут национальность, Роман Андреевич?

– Да ты не обижайся! Ты хоть и еврей наполовину, но ведь на другую половину – наш. И следователь хороший. Но как зароешься! А что с Белкиным?

– Его украли четверо, которым Сысоев пригрозил расправой за левые дела. Они часть товара утаивали от мафии и продавали сами.

– Лево-левая экономика,– усмехнулся Генеральный.– Это уже что-то новое. Ну?

– По документам Белкина они проникли в погранзону и готовят угон вертолета или самолета в Чаршанге, Узбекская ССР.

Генеральный нахмурился:

– КГБ знает?

– Еще нет, Роман Андреевич, я сам только вчера..

– Твою мать! Это им надо сразу сообщить, сразу! Или ты думаешь сам ловить их на границе? – Кажется, впервые за время разговора он действительно разозлился.

– Там пока только один из преступников, – сказал я. – Он ждет трех сообщников. Но двое вчера погибли, а третий... Третьего я сам ищу, для этого в Баку собрался – он знает, где Белкин.

– Так! – решительно хлопнул рукой по крышке стола

Генеральный. – В КГБ сообщить немедленно.– Он нажал кнопку вызова секретарши, и почти в ту же секунду в двери показалась Вера Петелина, с блокнотом в руке. Генеральный распорядился: – Пишите, Вера Васильевна. Секретно, срочно, Вигуну в КГБ: «По данным следователя Прокуратуры СССР Шамраева в Чаршанге, Узбекская ССР, готовится переход государственной границы с помощью угона вертолета или самолета с местного аэродрома. Одновременно сообщаю, что по делу о наркотиках проходит начальник Главного аптечного управления Минздрава СССР Виктор Сысоев, находящийся сейчас в Женеве, в командировке, и заместитель министра здравоохранения СССР Эдуард Балаян». Подпись: Роман Руденко. – Он повернулся ко мне, спросил: – Ты этих трех агентов КГБ можешь выпустить?

– Могу, – сказал я. Утром, полчаса назад Пшеничный доложил мне, что ни один из арестованных доктора не знает, и он их всех передал в руки Малениной – по последственности.

– Допишите, Вера Васильевна, – сказал Генеральный Петелиной. – «Согласно вашей просьбе, трое ваших агентов будут выпущены из-под ареста сегодня». Все. Отправьте фельдъегерем, срочно.

Петелина вышла, а он сказал мне:

– Вот так! Теперь пусть они придут к нам за информацией, а не мы к ним. Во сколько у тебя самолет на Баку?

– Очередной рейс в 12.48, – сказал я и взглянул на часы. Было уже 19.07, а еще надо было успеть оформить командировку, получить деньги на дорогу, дать инструктаж Светлову и Пшеничному.

– Хорошо. Не теряй времени. Только уж найди этого Белкина к понедельнику, я тебя очень прошу. Иначе нам с тобой обоим из ЦК вломят, а мне еще и от внучатой племянницы влетит. Ты понял?

– Понял, Роман Андреевич.

– А теперь скажи, пожалуйста: у тебя не было впечатления, что эта авария произошла не случайно?

– То есть? – изумился я.

– Ну-у, я не знаю... Как мне доложили, ты отменил розыск Долго-Сабурова в полдень, в 12.00, а вечером, в шесть, гаишный постовой об этом еще не знал. Тебе это не кажется странным?

– Но кому это нужно, Роман Андреевич?! – Мне стало не по себе от такого поворота дела.

– Я же тебе говорил, кому: Щелокову, например. Да и Андропову. Им нужно завалить эту операцию. Конечно, нельзя было вычислить заранее, что произойдет авария, но вот так, на мелочи подловить и подставить ножку... Ноздряков же не пишет, что ГАИ получило распоряжение об отмене розыска Долго-Сабурова. Я тебя еще раз прошу: будь осторожен. Тут нужна ваша еврейская хитрость. Кто-нибудь знает, что ты собрался в Баку?

– Светлов и еще двое из «Комсомольской правды».

– Вот этим и ограничься. Ступай. И вот еще что. Я думаю, что тебе не стоит сейчас оформлять бакинскую командировку через нашу бухгалтерию. На всякий случай, знаешь. Мало ли болтунов! Приедешь – отчитаешься. А командировочное удостоверение занеси мне, я сам подпишу. Хорошо? – Он смотрел мне в глаза, и эти глаза говорили мне больше, чем слова. Генеральный прокурор СССР знает, что у него в аппарате сидят стукачи КГБ, и высчитывает, как бы ему сделать что-либо без их ведома! В тихом, бывшем сталинском кабинете сидит человек, переживший царствование Сталина, Маленкова и Хрущева, и тратит все свое время, мозг и здоровье, чтобы разгадать, раскусить и предупредить козни и интриги своих соперников и врагов...

– А на какие же мне деньги лететь, Роман Андреевич?

– Ну, займи у кого-нибудь. Я бы тебе сам занял, но у меня нет при себе. Все у жены, на книжке...

Конечно, зачем Генеральному прокурору, маршалу, члену ЦК, носить при себе деньги. Я даже не уверен, что он знает, как они выглядят.

Не ожидая лифта, я спешно поднялся к себе в кабинет. В коридорах прокуратуры и следственной части следователи-«важняки», прокуроры и секретарши провожали меня взглядами: кто – молчаливо, как покойника, кто – с любопытством, а кто – и с плохо скрытым торжеством. Безусловно, все слышали вчера «Голос Америки» и уже знали о письмах Вигуна и Гришина и были уверены, что мои дни в прокуратуре сочтены.

Да и я еще не нашел Белкина, чтобы быть уверенным в

обратном.

Бакланов высунулся из своего кабинета и вопросительно заглянул мне в глаза:

– Жив?

– Пока жив,– буркнул я.– Две сотни сможешь занять?

И спешно открыл свой кабинет – там трезвонил-заливался телефон. Я снял трубку.

– Алло!

– Господин Шамраев? – услышал я веселый, с нерусским акцентом голос. – Вас беспокоит корреспондент газеты «Нью-Йорк таймс». Я хочу взять у вас интервью в связи с вашей вчерашней операцией. Мы могли бы пообедать в каком-нибудь ресторане?

Не отвечая, я положил трубку и ушел занимать у Бакланова деньги на поездку в Баку.

Этот же день, пятница, 8 июня,
17.50 по бакинскому времени

Директор Бакинского городского Дворца пионеров Чингиз Адигезалов долго изучал мое удостоверение Прокуратуры СССР и командировочное удостоверение. Было ясно, что он не столько читает и перечитывает эти документы, сколько размышляет, как ему себя вести со мной. Я свалился ему как снег на голову среди этого жаркого бакинского июня. За окном кабинета солнце еще распекало вечереющий город, густо пахли олеандры в соседнем сквере и за домами – близко зеленело море, а в кабинете Адигезалова был накрыт стол (шашлык, виноград, вино и коньяки) для чествования руководителей ЦК ВЛКСМ Азербайджана, Грузии и Армении. Сейчас, в эти минуты, в актовом зале Дворца пионеров они проводили открытие Декады дружбы пионеров Закавказья.

И тут, в самый неподходящий момент,– московский следователь по особо важным делам.

– Дарагой, до панедельника не можешь падаждать?

– Нет, – сказал я. – Не могу.

– Панимаешь, мой завхоз ушла уже, домой...

– Придется ее вызвать. По телефону или послать машину.

Я по заданию ЦК партии.

– Я вижу, что па заданию...

В моем командировочном удостоверении, подписанном самим Руденко, значилось, что «следователь по особо важным делам при Генеральном прокуроре СССР тов. Шамраев Игорь Иосифович командируется в Азербайджанскую ССР для выполнения правительственного задания особой важности, в связи с чем все партийные, советские и другие административные органы должны оказывать ему всяческое содействие и помощь».

– Ладно,– вздохнул Адигезалов, решив, видимо, что от меня лучше избавиться сразу.– Пашли, дарагой, я сам ее кабинет открою. Может быть, найду.

Мы вышли из его кабинета, по старинной мраморной лестнице (Дворец пионеров был когда-то дворцом нефтепромышленника Нобеля) спустились вниз, на первый этаж, в какую-то крошечную каптерку. Из актового зала доносилась громкая барабанная дробь и звонкие, усиленные микрофонами детские голоса.

– Интересно! – говорил по дороге Адигезалов.– Две недели назад московский корреспондент приезжал, спрашивал про этого руководителя географии, сказал, что хочет к нему паехать, очерк пра него написать, а теперь – пракуратура приехала. Что он такое – бальшой человек или бальшой жулик?

Мы вошли в кабинет-каптерку, не то архив, не то отдел кадров, а скорей – и то и другое вместе. Вдоль стен высились стопки детских тетрадей, альбомов, папок с рисунками, плакатов, стендов, диаграмм, фотомонтажей и стенгазет. Здесь же были какие-то карты, глобусы, ящики с картотеками и ящики с письмами со всего света – на них столбцом были написаны названия стран: Куба, Польша, Бразилия, Алжир, Ливан, Франция...

Адигезалов вытащил откуда-то из-за ящиков стандартный старый, выцветший от времени фотостенд. На нем больше десятка групповых фотографий подростков были наклеены вокруг портрета улыбчатого лет 50 мужчины. И тут же была надпись: «Нашему дорогому Льву Аркадьевичу Розенцвейгу в день 50-летия – 5 апреля 1958 года».

– Ро-зен-цве-йг, – с напряжением прочитал Адигезалов. –

Нет, дарагой, я никогда не запомню. Какие люди фамилии имеют, просто удивительно! Вот это все его ученики, где-то тут и тот корреспондент, он мне себя показывал.

– А где сейчас этот Розенцвейг?

– В Кюрдамирском районе, в лесной школе работает.

– А где эта лесная школа?

– Да тебя привезут, слушай! У тебя же машина есть, канечно. Скажешь – колхоз «Коммунар», там все знают – миллионер-колхоз, вино делает.

– Значит, Кюрдамирский район, колхоз «Коммунар», лесная школа, – повторил я. – За сколько можно туда доехать?

– Ну, за три часа, если на машине. Какая машина? «Волга»?

– Слушайте, – сказал я. – А почему этот Розенцвейг из Баку в какой-то колхоз переехал?

– Это до меня было! До меня! – поднял руки, будто защищаясь, Адигезалов. – Но тебе я могу сказать. С такой фамилией, как у него, разве можно в Центральном Дворце пионеров работать?

Я вышел из Дворца пионеров под барабанную дробь Декады дружбы пионеров Закавказья. Трубили горны. Оглянувшись на эту летящую из Дворца музыку, я увидел, что в окне своего кабинета стоит Адигезалов и удивленно наблюдает за мной. Никакая машина не ждала меня у подъезда; следователь по особо важным делам, выполняющий правительственное задание, шел по улице пешком. Я видел по глазам Адигезалова, что это ему не понравилось. Но я ничем не мог уже помочь ни ему, ни себе. Я примчался сюда прямо с аэродрома, с самолета и этим уже выиграл адрес Розенцвейга. Конечно, стоит снять трубку и набрать телефон Прокуратуры республики, или начальника городской милиции, или дежурного по ЦК Азербайджана, как в моем распоряжении будет не только «Волга», но еще и катер и вертолет, но привезут ли они меня к этому Розенцвейгу?

Я подошел к встречному прохожему и спросил:

– Скажите, где тут автовокзал?

Тот же день, пятница, 8 июня,
23 часа по бакинскому времени

«Прелести» дороги Баку – Кюрдамир оставим для писателей типа Белкина. Замечу только, что описанная им давка в Ташкентском аэропорту ничто по сравнению с бакинским автовокзалом. Люди, которых он так метко назвал «кепконосцы»,– небритые, усатые и обязательно в огромных кепках – штурмуют раздрызганные автобусы так, как в 45-м, во времена моего детства, мешочники штурмовали поезда. Они везут с собой из города мешки с хлебом, чемоданы с рисом, чаем, сахаром, маслом, конфетами, гречкой и прочими продуктами, которые есть теперь только в столичных городах. Все, как в Москве на вокзалах, только более остервенело, темпераментно и громче. Деревня везет в город на рынки зелень, овощи, фрукты, а обратно – сахар, крупы, чай и даже хлеб. Прямо натуральный товарообмен, как во времена пресловутого нэпа или еще раньше. Какая это экономика, товарищ Генеральный прокурор,– лево-левая или лево-правая?

Попасть в автобус до Кюрдамира мне удалось тоже только с помощью удостоверения Прокуратуры СССР. Иначе я рисковал вообще не попасть в Кюрдамир – билетных касс здесь нет, а нужно просто ворваться в автобус вместе со всей этой кепконосной массой, но после трех безуспешных попыток я понял, что кепконосцы стойко держат национальную солидарность, и кроме них, азербайджанцев, в три ушедших битком набитых автобуса не сел ни один русской внешности пассажир. Я подошел к начальнику автовокзала, молча положил перед ним свое удостоверение и уже через минуту, сопровождаемый заискивающим начальником автовокзала, сидел один в только готовящемся к отправке автобусе. Я знал, что еще раз открыл свое инкогнито, но что было делать?

Конечно, этот заискивающий начальник автовокзала позвонил в Кюрдамир и предупредил начальника кюрдамирского автовокзала о появлении следователя Прокуратуры СССР, – в Кюрдамире в десять тридцать вечера меня уже ждали начальник кюрдамирской милиции капитан Гасан-заде и дежурный райкома партии инструктор Багиров. Глаза у них были встревоженные, непонимающие, растерянные, они явно не знали, что со мной делать. Я отказался от ужина, от гостиницы, а попросил только машину до колхоза «Коммунар». Машина была дана немедленно, милицейский «газик». Начальник милиции вызвался сопровождать меня, но я отказался категорически и уехал вдвоем с шофером — молодым белозубым азербайджанцем. Что сказал ему в напутствие по-азербайджански его начальник, я не знаю, парень пробовал заговаривать со мной дорогой, но я твердо решил выиграть у бакинской милиции эту партию, несмотря на то что инкогнито сохранить практически не удалось. Я молчал, не отвечал на вопросы шофера.

В колхозе «Коммунар» он с рук на руки сдал меня ошарашенному, лет пятидесяти председателю колхоза по фамилии Риза-заде, явно поднятому с постели телефонным звонком из Кюрдамира. Вокруг лежало темное, молчаливое, спящее горное азербайджанское село.

— По какому делу? Что случилось? — появление следователя по особо важным делам из Москвы в горном винодельческом колхозе-миллионере явно не шутка и не пустяк, у председателя колхоза были, безусловно, основания для тревог.

— Утром, — сказал я. — Все утром. Сейчас я очень устал, хочу спать. Мне найдется место, где поспать?

— Обижаете, дорогой! — тут же встрепенулся председатель, найдя возможность услужить незваному московскому гостю. — Целый дом для гостей есть Замечательный дом! Сейчас ужин сделаем! Где ваши вещи?

— Я их оставил в Баку, в камере хранения. И ужинать я не хочу, я хочу только спать.

— Обижаете, дорогой! Как без ужина?

— Вместо ужина будет завтрак, хорошо? — сказал я ему с нажимом, намекая, что все свое гостеприимство он сможет показать мне за завтраком, утром, и он тут же понял, что кажется, **сможет** отделаться от меня взяткой, хорошим угощением или еще чем-нибудь. Он явно повеселел, приободрился, провел меня в Дом для гостей колхоза, по дороге расписывая достижения в деле перевыполнения плана и расспрашивая, какие вина я люблю и какие коньяки.

Домик для гостей был действительно замечательный, в

саду, обставлен финской мебелью, с холодильником, полным молодого вина, коньяка и водки, здесь же лежали свежие фрукты и овощи – ужин или завтрак можно было начинать прямо сейчас.

Но я демонстративно-устало опустился в кресло и стал снимать туфли.

– Все, дорогой, спасибо. Я приму душ и спать. А утром поговорим.

– Во сколько? – спросил он нетерпеливо.

– Ну, в девять, в десять...

– Хорошо. Ничего больше не надо? Может быть, женщину прислать убрать тут?

– Нет, и женщину не надо. Я спать буду. Очень устал. Спокойной ночи.

Он ушел, и минут через двадцать, погасив в домике свет, я вышел на крыльцо. Темнота окружала меня, летние звезды – весь Млечный Путь – висели надо мной низко и крупно, село спало, и только где-то в стороне изредка слышался молодой будоражащий тишину смех. Я осторожно шагнул с крыльца и направился в сторону этого смеха.

Группа молодежи – человек шесть – сидели во дворе какого-то дома, пили чай из тонких гнутых стаканов и слушали «Голос Америки» на турецком языке. При моем появлении приемник был выключен, но – пачка московских сигарет по кругу, стакан чая, от которого я не отказался, и уже через десять минут я в числе прочих достопримечательностей колхоза выяснил, что лесная школа – «а вон в горах огонек, видите? Это у них вечерний костер, песни поют у костра до двенадцати ночи». Допив чай и попрощавшись, я вернулся в свой домик для гостей и, не заходя в него, решительно двинулся в горы, на этот слабо мерцающий в темноте огонек.

Было 11.17 по местному времени, огонек казался близким – только подняться в гору, будто рукой подать. Но на самом деле это было путешествие не для московской обуви и не для моего сердца...

Усталый, грязный, с ссадинами на локтях, штанина брюк изодрана о какой-то кустарник, заноза в руке – я вышел к затухающему костру лесной школы ровно без пяти двенадцать ночи, вышел по песням, которые пели вокруг костра подростки.

Лев Аркадьевич Розенцвейг оказался веселым, живым, черноволосым и моложавым – на вид ему было все те же пятьдесят, ну разве чуть больше. Поджарый, сухой, высокий, с обветренным и загорелым лицом, в майке, спортивных брюках и кедах он сидел у костра на лесной полянке в окружении своих питомцев, они пели какие-то туристские песни, но при моем появлении смолкли. Лесная школа – дом-кухня и десяток палаточных домиков вокруг – стояли на отшибе от центральной колхозной усадьбы, в горах, и сверху, с гор, казалось, что чернота вокруг нас – это море или просто бездонность черной вселенной.

Минут двадцать спустя, когда подростки разошлись спать, я разговаривал с Розенцвейгом один на один и уже знал фамилию этого пресловутого Зиялова – Борис Хотулев, 32 года, в прошлом член географического общества Бакинского Дворца пионеров, победитель химических олимпиад, затем выпускник Бакинского медицинского института, затем аспирант кафедры психотерапии 1-го Московского медицинского института и, наконец,– заведующий отделением областной психбольницы номер 5 на станции Столбовая Московской области.

Розенцвейг действительно знал все обо всех своих питомцах, эта дорога стоила свеч.

У меня было чувство повара-кулинара, который четверо суток пек пирог, и, наконец, нужно снять крышку, убрать с огня, потому что пирог готов и передержать уже нельзя ни минуты, – хотелось немедленно оказаться в Москве и мчаться на эту станцию Столбовая. Если бы Генеральный не задержал меня с утренним вызовом на ковер, это бы так и было, я бы уже сейчас был в этой Столбовой психбольнице. Горько знать, что ты потерял время – целые сутки! – но еще горше знать, что ты продолжаешь терять его и чувствуешь свое бессилие. Розенцвейг сказал, что сейчас из Кюрдамира в Баку ушел последний **автобус** и следующий будет только утром, а ночью никакой транспорт – даже такси – в этих местах не ходит, боятся ограблений.

Мы проговорили с ним до утра. Вокруг спали дети – сорок пять детей, привезенных сюда изо всех республиканских больниц. Когда Розенцвейга «сократили по штату» в Бакинском

Дворце пионеров, он выдумал эту школу-интернат для легочных больных детей и закаляет их тут горным воздухом, дальними туристическими походами, утренней зарядкой. Длинная его жизнь не имеет отношения к моему рассказу, и, слушая его, я все высчитывал, где сейчас может быть этот Хотулев – ждет ли он сестру и Долго-Сабурова или слышал «Голос Америки» и понял, что погибли в автокатастрофе именно они. В таком случае он еще утром сбежал. Куда? В Узбекистан, к Старику? Там уже тоже все перекрыто...

Я спросил у Розенцвейга, что он чувствует, живя здесь, в Азербайджане, и что он чувствовал, когда его «сократили по штату» в Баку. Он сказал:

– Конечно, вокруг сплошная мафия. На всех уровнях. И в этом колхозе, и в райкоме в Кюрдамире, и в Баку, и в вашей Москве. Но я – над этим, я в горах. Здесь чистый воздух. И у меня дети, сорок пять детей, я учу их жить чистым воздухом. Со мной всю жизнь дети – это, знаете, помогает.

– Но потом из кого-то из них вырастает Хотулев.

– А из кого-то – Белкин. А из кого-то – вы. Хотулев пришел ко мне пятнадцатилетним, там уже все было сложено, сформировано. Но и у меня бывает брак в работе, конечно. Я не спорю... Но вы спросили, что я чувствую по отношению к этой черноте вокруг меня, к этому варварству и мафии. Мне их жаль. Я смотрю на них сверху, и мне их жаль. Я дышу чистым воздухом, а они...

Суббота, 9 июня,
5.00 утра по бакинскому времени

Утром, еще до пяти часов, когда только-только забрезжило, Розенцвейг проводил меня вниз, к еще спящему селу колхоза «Коммунар», садами спускающемуся к горной реке. Село оказалось действительно близко, мы спускались минут семь, а ночью я шел этим путем в темноте чуть не целый час.

Но я в село не вошел. Я отпустил Розенцвейга назад, а сам сел на камень у дороги. Минут через двадцать я дождался своего – по горной дороге в сторону Кюрдамира шла машина, грузовик с капустой. Я голоснул и через пятнадцать минут был в Кюрдамире, на автовокзале. Утром все расстояния оказались куда короче, чем вчерашней ночью.

Автовокзал был пуст, если можно назвать автовокзалом закрытую деревянную будку и бетонный облупившийся навес от дождя над двумя колченогими скамейками. В такую рань – 5.17 утра – на этом кюрдамирском автовокзале не было еще ни пассажиров, ни автобуса. Я сел на скамью. У меня была только одна задача – ждать и ехать, дождаться первого автобуса или маршрутного такси и укатить в Баку к ближайшему московскому самолету.

Ровно через минуту к скамье, на которой я сидел, подкатила милицейская «Волга», и вчерашний начальник кюрдамирской милиции услужливо открыл дверь:

– В Баку, товарищ следователь? Доброе утро. Садитесь, подвезем.

В машине кроме него и шофера был еще на переднем сид нье плотный, плечистый, с фигурой борца или атлета тридцатилетний азербайджанец в штатском. Я невольно вспомнил Акеева – у него такие же бугры мышц на плечах.

Начальник кюрдамирской милиции капитан Гасан-заде сидел на заднем сиденье и, не выходя из машины, только открыв изнутри дверь, смотрел на меня выжидательно и улыбался:

– Автобус не будет сегодня, дарагой. Обвал в горах, я остановил движений.

Это была прямая и откровенная ложь, и его смеющиеся глаза не скрывали этого. Я сидел один в чужой азербайджанской и еще спящей деревне, передо мной были хозяева края – начальник милиции с его подручными (или еще более высоким начальником), и, конечно же, я был у них в руках. Даже если они прямо вот здесь, на автобусной станции, пустят мне пулю в лоб – ни одна деревенская собака не взлает.

Я усмехнулся, поднялся со скамьи и сел к ним в машину на заднее сиденье, рядом с капитаном Гасан-заде. И тут же сидевший впереди спортсмен вышел из машины и сел справа от меня. Теперь, когда я оказался зажатым между ними, машина рванулась с места и покатила вниз, с гор Кюрдамира к Муганским степям, к Баку.

Я ждал, не говоря ни слова. Конечно, они могут тут кокнуть меня и сбросить в любое ущелье, и даже лучшие сыщики МУРа не найдут мой труп. Мало ли куда подевался следователь Шамраев? Кто его видел? Он ведь даже командировку нигде не отметил. Да, был в колхозе «Коммунар», но ночью ушел куда-то в горы, заблудился и...

Но зачем им убивать меня, какой толк? Ведь дело-то лежит в Москве, и назначат другого следователя, например – Бакланова.

– Слушай, дарагой! – сказал капитан Гасан-заде.– Давай, как деловой люди, открыто поговорим, честно. Как мужчины. Я понимаю, что ты на работе и делаешь свое дело. Замечательно делаешь, между прочим! Такой операций провернул! Я по радио слышал, думал – кто такой замечательный операций разработал? А сегодня ночью мне говорят: какой у тебя Шамраев приехал? Из Московской прокуратуры? Так это тот самый, говорят, знаменитый, про его операцию «Голос Америки» вчера говорил! Очень рад пазнакомиться, дарагой! Столько в Москве бандитов арестовал – замечательно, ара, замечательно! Теперь скажи мне, как мужчина, как друг,– ты к нам по этому же делу приехал?

Я молчал.

– Панимаешь, дарагой, в Москве ты хазяин, кого хочешь арестуй, так им и надо, там твоя власть. А здесь наша республика, дарагой. Зачем ты сюда копать приехал? На кого?

Я не отвечал. Машина катила по серпантину горного шоссе, ни один автомобиль не проехал нам навстречу, и через каждые две-три минуты очередной поворот дороги открывал очередное горное ущелье. Сидевший справа спортсмен вдруг кашлянул в кулак и сказал на абсолютно чистом русском языке, без акцента:

– Игорь Иосифович, ситуация такая. Вы ведете дело Хотулева, Сысоева и Балаяна, мы знаем. Все началось с этого гроба, который разбился в аэропорту, и – пошло, и вы его раскрутили – аж до Балаяна уже дошли. И, конечно, вышли на нашу республику. Но нашу республику трогать нельзя. Практически вы сейчас у нас в руках. Если вы не примете сейчас наше предложение – вы живым отсюда не уйдете. А если примете – все будет хорошо. И вам и нам. А предложение такое.– Он перегнулся через спинку переднего сиденья, достал тяжелый крепкий чемоданчик, устроил его на своих и моих коленях, отщелкнул замки и открыл крышку. В чемодане аккуратными стопками лежали деньги. Он сказал: – Сто тысяч, все – ваши. За это вы не трогаете ни одного человека в Азербайджане и все материалы об Азербайджане из дела убираете. Договорились?

Я молчал. У меня не было выбора, но я еще молчал.

Он сказал водителю:

– Останови машину.

Машина остановилась возле края дороги, а точнее – на краю очередного обрыва в ущелье.

– Решайте, Игорь Иосифович. Или берете деньги, или... У нас тоже нет выхода, это наша работа.– Он усмехнулся: – У вас правительственное задание и у нас. Или вы нас посадите, или мы вас тут уложим. Ну? – и посмотрел мне в глаза. Глаза у него были спокойные, темно-карие, молодые.

Я взял чемоданчик к себе на колени, закрыл крышку, защелкнул замки и сказал водителю:

– Все. Поехали.

– Правильно! Маладец! – воскликнул капитан Гасан-заде.– Я был уверен, что ты возьмешь. Слава Аллаху! Такого человека убить – преступление было бы! Давай заедем куда-нибудь, выпьем, позавтракаем.

«Спортсмен» тоже посмотрел на меня вопросительно, ждал ответа.

– Нет уж,– сказал я. – В этом случае завтракать некогда. Во сколько московский рейс?

– В 9.20 по местному.

– Бы меня довезете до аэродрома?

– Конечно! Что за вопрос?! – воскликнул капитан Гасан-заде. Похоже, он действительно был рад, что не пришлось меня убивать.

*Тот те день, суббота 8 июня,
после 8-ми утра*

Они привезли меня прямо в аэропорт, даже без заезда в Баку. По дороге мы останавливались только один раз, в Локба-тане, «спортсмен» из телефона-автомата позвонил куда-то.

Скорей всего, доложил начальству, что я «взял».

На аэродроме они помогли мне купить билет на ближайший рейс, попрощались, пожелали мне счастливого пути и поинтересовались, улыбаясь, не потеряю ли я чемодан и не нужна ли мне охрана. Я заверил их, что такие чемоданы не теряют и что охрана мне не нужна. «Спортсмен» дал мне ключ от замков чемодана, на его глазах я запер чемоданчик, спрятал ключ в кошелек, а кошелек – во внутренний карман пиджака.

После этого они уехали. До регистрации билетов на московский рейс оставалось двадцать минут. Мне не понравилось, что они уехали, не проводив меня до трапа самолета. Что-то тут было не так. Я прошел в зал ожидания, сел в кресло и сделал вид, что я сейчас публично открою чемодан – стал возиться ключом в замках. И в ту же секунду понял, что меня «ведут»,– два полупьяных приятеля, зашедшие за мной в зал ожидания, мгновенно протрезвели и смотрели на меня испуганно, ожидающе. Я усмехнулся про себя, сунул ключ от чемодана в карман и пошел прямо к этим двум филерам. Они было опять притворились пьяными, обнялись, но я подошел к ним вплотную и сказал грубо:

– Чтоб я вас через минуту не видел на аэродроме!

– Почему?! – изумился один из них.

– Установка изменилась. Меня охранять не надо. Операции дан отбой.

– Как? И никто не приедет? – спросил второй.

– Никто не приедет. Я же сказал: операции дан отбой. Все, вы свободны.

Я блефовал, но в этих случаях наглость – лучший помощник. Они пожали плечами и в недоумении пошли в зал регистрации билетов. В моем распоряжении оказалось несколько минут – пока они свяжутся с начальством, пока очухаются. Я проследил взглядом за ними, убедился, что они пошли в сторону дежурной комнаты милиции, и торопливо подошел к ящикам автоматической камеры хранения. Несколько пассажиров, дремавших тут, не обращали на меня внимания. Тем не менее я ушел в самую глубину ряда автоматической камеры хранения, нашел пустой ящик 54, и, став к залу спиной, открыл чемодан и быстро ссыпал в ящик все деньги. Затем поставил чемодан у ноги и набрал на шифре замка номер своего авиационного билета: 675185. Захлопнул дверцу и торопливо вышел в зал ожидания. Все было спокойно. Я управился за минуту и теперь пошел через зал к буфету. В буфете я купил кефира и какую-то сладкую ватрушку и спокойно устроился у окна, ожидая дальнейших событий.

События развернулись вскоре. Сначала из дежурной комнаты милиции высыпали, наверное, все, кто там был, и бегом разбежались по всему аэропорту, а затем два моих незадачливых филера вдруг обнаружили меня в буфете спокойно жующим булку с кефиром и остолбенели от удивления. Один так и остался глядеть на меня в упор, а второй умчался докладывать, что я нашелся, а не сбежал и не спрятался.

Несколько минут спустя по радио объявили регистрацию билетов и сдачу багажа на рейс 247 Баку — Москва. В сопровождении уже открыто не спускающих с меня глаз филеров и милиции я пошел к стойке регистрации, стал в очередь. В зале царил удивительный порядок — милиция выстраивала пассажиров в ровную очередь, кассиры были предупредительны и вежливы, как в театре. Я понимал, что главным действующим лицом спектакля был, конечно, я и мой «увесистый» чемодан. Когда подошла моя очередь и девушка проштемпелевала билет, а я поставил чемодан на весы — именно в этот момент с трех сторон раздались вспышки блицев и щелчки фотокамер, чья-то сильная рука придержала мою руку на чемодане, чьи-то плечи сомкнулись за мной, а впереди себя, по ту сторону аэрофлотской стойки, я увидел молодое лицо с голубыми глазами и догадался мгновенно — Векилов, помощник министра МВД Азербайджана, тот самый, который допрашивал Белкина и пугал Свердлова, и, возможно, тот самый, кто приезжал на дачу к Сысоеву за бриллиантами, а увез чемодан с деньгами. Не исключено, что именно этот самый чемодан...

— Понятых сюда! — скомандовал он, и рядом с ним возникли двое приготовленных заранее понятых — работники аэровокзала.— Товарищ Шамраев,— сказал он мне,— у нас есть подозрение, что у вас в чемодане ценности, которые вы получили в качестве взятки. Откройте ваш чемодан, пожалуйста.

— Да уж вы сами потрудитесь, — сказал я, не убирая руку с чемодана, придавливая его, чтобы весы не обнаружили его легкость.

Расчет Векилова был прост – через минуту, уличенный во взяткоимстве, я буду валяться у него в ногах и соглашусь на любые условия. А если вдруг проявлю норов, неопровержимые фотодокументы – Шамраев с чемоданом денег в руках – полетят к Руденко и в ЦК КПСС, скомпрометированный следователь будет отстранен от дела, и всему его следствию – никакой веры, грош цена. И в том и в другом случае я у него на крючке, а наживкой на этом крючке – вот этот чемоданчик со 100 тысячами рублей.

Я достал ключ от чемодана, положил перед Векиловым на аэрофлотскую стойку и убрал руку с чемодана:

– Пожалуйста.

Он даже не обратил внимания, как дрогнула стрелка весов и скакнула почти к одному килограмму. Он взял ключ и передал кому-то из помощников:

– Открывайте.

Но уже когда тот сдернул чемодан с весов, на лице Векилова отразилось беспокойство – чемодан был явно легок. Тем не менее заранее приготовленные фотографы МВД щелкали камерами, вокруг нас толпилась очередь любопытных пассажиров, а помощник Векилова открыл наконец совершенно пустой чемодан.

Я взял со стойки свой билет и пошел на посадку в самолет.

Суббота 8 июня
Борт самолета «Ту-104», после 11 утра

После Воронежа на связь вышел наконец диспетчер Внуковского аэропорта. Командир «Ту-104» Олег Чубарь сказал в ларингофон:

– Внуково, я – борт 2546. Имею на борту следователя по особо важным делам Прокуратуры Союза. У него срочное сообщение для дежурного по Петровке. Можете принять? Прием.

Я стоял в тесной кабине пилотов, за креслом командира, и ждал. Еще в Баку, едва мы оторвались от взлетной полосы, я предъявил стюардессе свои документы, и она провела меня в пилотскую кабину, но выяснилось, что наземные службы ведут самолет от города к городу и связь с Москвой будет после Воронежа. Чубарь повернулся ко мне, спросил:

– Какой телефон на Петровке?

Я назвал ему телефон дежурного по городу, он повторил его в ларингофон и сказал второму пилоту:

– Встань, пускай он сядет.

– Ничего, не нужно,– запротестовал я, но второй пилот уже освободил кресло и передал мне свой ларингофон. Я уселся в глубокое кресло, не очень умело надел ларингофон и тут же услышал голос внуковского диспетчера:

– Я – Внуково. Петровка на проводе. Передавайте сообщение. Прием.

Чубарь кивнул мне, и я – почему-то сорвавшимся голосом – продиктовал:

– Срочно подполковнику Светлову. Доктор Борис Хотулев, 32 года, место работы станция Столбовая психбольница номер 5. Подпись Шамраев. Как поняли? Прием.

– Понял,– отозвался диспетчер.– Повторяю ваше сообщение Петровке. Можете слушать. Срочно подполковнику Светлову. Доктор Борис Хотулев, 32 года, место работы... Алло! – Он вдруг прервал себя, замолк и сказал мне: – Товарищ Шамраев, для вас срочное сообщение. Повторяю за дежурным. Опергруппа во главе с подполковником Светловым выехала на станцию Столбовая Московской области в 11.05 минут. Ближайшее время ждем оперативных сообщений. Дежурный по городу полковник Глазарин. Как поняли? Прием.

Я взглянул на часы. Было 11.25. Значит, 25 минут назад Светлов тоже вышел на координаты этого доктора.

Бригадиру следственной бригады следователю по особо важным делам при Генеральном прокуроре СССР тов. *Шамраеву И. И.*

РАПОРТ

Выполняя Ваше указание по проверке личного состава психиатрических больниц и психоневрологических диспансеров города Москвы и Московской области в целях выявления врача по имени Борис, проходящего по делу о похищении журналиста В. Белкина и гр. Рыбакова, следственная бригада в период с 7-го по 8 июня проверила следующие медицинские учреждения:

Психдиспансеры с № 1 по № 21.

Психбольницы с № 1 по № 12.

Опрос медперсонала и проверка личных дел в отделах кадров больниц и диспансеров не дали положительных результатов. Однако в ходе проведенного мною личного опроса больных, состоящих на стационарном учете в психдиспансере № 21 Октябрьского района, больной Пекарский А. Б. при предъявлении ему фоторобота врача Бориса опознал в нем своего бывшего лечащего врача – Бориса Юрьевича Хотулева, заведующего 4-м отделением 5-й спецпсихбольницы МВД СССР, находящейся на станции Столбовая Московской области, где больной Пекарский А. Б. полгода назад проходил трехмесячный курс лечения по направлению суда.

Больной Пекарский А. Б. опознал врача Б. Ю. Хотулева категорически.

И. о. следователя по особо важным делам при Генеральном прокуроре СССР юрист 2-го класса В.Пшеничный

Москва, 9 июня 1979 г.

Этот рапорт я прочел несколько позже, в Москве, а здесь, в пилотской кабине «Ту-104», сказал в ларингофон внуковскому диспетчеру:

– Вас понял. Спасибо. Попросите дежурного по городу полковника Глазарина прислать за мной машину во Внуково.

Суббота, 9 июня,
станция Столбовая, после полудня

**ВЫПИСКА ИЗ ЖУРНАЛА
РЕГИСТРАЦИИ БОЛЬНЫХ 4-го
ОТДЕЛЕНИЯ
5-й СПЕЦБОЛЬНИЦЫ
МВД СССР**

27 мая 1979 г. принят больной ЗАЙЦЕВ Илья Николаевич, 27 лет, без определенных занятий. Предварительный диагноз: маниакально-депрессивный психоз. Основание: Заключение экспертной комиссии 3 Мосгорздравотдела. Помещен в спецпалату для буйных № 16.

Дежурная медсестра *Кравцова И. О.*

Срочно, с нарочным

Главврачу спецбольницы № 5
Министерства внутренних дел
СССР тов. *Галинской Ж. Ф.*

При этом направляем Вам гр. ЗАЙЦЕВА И. К., признанного невменяемым амбулаторной судебно-психиатрической комиссией № 3 Мосгорздравотдела, для принудительного лечения в стационарных условиях. Выписка из определения о применении в отношении гр. Зайцева И. Н. принудительных мер медицинского характера прилагается. Приложение на 1 [одном] листе.

Секретарь Черемушкинского
райнарсуда г. Москвы *Н. Хотулева*

25 мая 1979 г.

Секретно

**ЗАКЛЮЧЕНИЕ СУДЕБНО-ПСИХИАТРИЧЕСКОЙ
ЭКСПЕРТНОЙ КОМИССИИ 9 МОСГОРЗДРАВОТДЕЛА**

28 мая с. г. экспертная комиссия в составе: зав. отделением № 4 СБ № 5 Б. Ю. Хотулев (председатель), врачи-психиатры

Е. Р. Раенко и С. Т. Кунц (члены комиссии) – свидетельствовала больного гр. ЗАЙЦЕВА Илью Николаевича, направленного на принудительное лечение согласно определению нарсуда Черемушкинского района г. Москвы.

Испытуемый обвиняется в злостном хулиганстве по части II статьи 206 УК РСФСР. Из определения суда следует, что гр. Зайцев И. Н., 27 лет, без определенных занятий, будучи в состоянии наркотического опьянения, публично на Кузнецком мосту сжег свои документы, приставал к гражданам, выражался нецензурной бранью, выдавая себя за известного журналиста, члена пресс-группы ЦК КПСС, и выкрикивал при этом лозунги антисоветского содержания.

При освидетельствовании установлено:

испытуемый находится в состоянии психомоторного возбуждения, в окружающей обстановке не ориентируется, контакту недоступен. Наблюдается взрывчатость, аффективная неустойчивость. Маниакальный психоз выражается в агрессивном поведении и навязчивой идее выезда за рубеж в составе делегации ЦК КПСС. Характерные галлюцинации: периодическая подмена своей фамилии аналогичными фамилиями зоологического характера типа Белкин, Орлов, Волков, Пастухов и т. д.

Диагноз: Больной Зайцев И. Н. страдает маниакально-депрессивным психозом, является невменяемым.

Назначение: Больной Зайцев И. Н. подлежит принудительному лечению в стационарных условиях сроком не менее 3-х месяцев. Аминазин* внутримышечно 0,25 гр. ежд., курс – 24 дня.

---

* А м и н а з и н – производный фенотиазина. Основное действие– седативное. Потенцирует действие снотворных, наркотиков... Оказывает гипотермическое, центральное адренолитическое действия. Высшая разовая доза 0,15 гр., превышение доз ведет к наркомании, обморокам, снижению артериального давления, ортостатическим коллапсам, дерматиту, помутнению роговицы и хрусталика, аллергическим реакциям с отеками лица и ног, фото-сенсибилизации кожи, диспепсическим расстройствам, токсическому гепатиту, агранулоцитозу.

Председатель комиссии
Б. Хотулев

Члены комиссии　　*Е. Раенко*
С. Кунц

28 мая 1979 г.

Вот и все. Двух липовых бумажек, состряпанных братом и сестрой, оказалось достаточно, чтобы упрятать в спецбольницу МВД СССР (а точнее – в психбольницу тюремного типа) одного из лучших журналистов страны, любимца самого Л. И. Брежнева! Две короткие фиктивные бумажки, даже без определения народного суда (которое так и не было найдено), и человек даже не под своей, а под чужой фамилией попадает за решетку, в камеру-палату с чугунно-решетчатым окном, со звуконепроницаемыми стенами, с дюжими санитарами, держащими наготове смирительную рубашку, мокрые простыни и шприц с 0,25 г аминазина. И если бы не нужда докладывать Брежневу об исчезновении этого Белкина накануне поездки в Вену, если бы не включились в дело Суслов, Демичев, Громыко, Чурбанов, Андропов, Щелоков, Корнешов и оперативная группа в составе следователя по особо важным делам и лучших работников МУРа – ищи-свищи человека, через три месяца выйдет из этой больницы либо с отшибленной памятью, либо сразу в крематорий. Я подумал: а сколько же других белкиных, орловых, медведевых, горбаневских и фейгиных сидят в остальных палатах спецбольниц № 5, 6, 7, 8 и т. д. в Москве, Туле, Саратове, Новороссийске и других городах, сколько аминазина, барбамила, этаминала, галоперидола, тизерпина, санапакса, этаперазина, френолона, трифтазина, мажептила и еще десятков рассекреченных и засекреченных психоугнетающих и психовозбуждающих средств вводится в этих больницах ни в чем не повинным людям...

Белкин спал, но это не был нормальный сон нормального человека. Это было вяло-угнетенное забытье впавшего в прострацию животного. Человек, еще три недели назад плававший в море, охотившийся на кефаль и лобанов, взбиравшийся в горы Памира, собиравший эдельвейсы и влюблявшийся во всех красивых женщин и девушек, гонявший автомобиль и дерзнувший в одиночку раскрыть мафию торговцев наркотиками,– этот молодой, талантливый, энергичный парень кулем валялся даже не на койке, а на полу своей бетонно-цементной клетки, не реагировал на голоса и только иногда помутневшими глазами бессмысленно, как новорожденный телок, смотрел в пространство.

– Он тут бесился, на стены бросался, требовал аминазин,– сказал мне Светлов.– Я думал, башку себе разобьет. Пришлось сделать укол. Половинную дозу. А что с ним дальше делать – ума не приложу.

– Где главврач больницы? – спросил я.

– Она ревет в своем кабинете, ждет тебя.

– А эти – Кунц и Раенко?

– В ординаторской. Там консилиум заседает. Я им сказал, что не выпущу их из больницы, пока они не приведут Белкина в себя. Но он уже наркоман, каждые два часа требует наркотики.

– А Хотулев?

Светлов развел руками:

– Исчез вчера утром. Скорей всего ринулся в Узбекистан, к Старику. Я бы хоть сейчас туда вылетел, но у меня был вчера разговор с Вигуном в КГБ. Только это между нами. Он мне дал понять, что они сами занимаются переброской наркотиков за рубеж, это одна из самых прибыльных статей дохода валюты. Чем посылать каким-нибудь «красным бригадам» доллары, проще передать им ящик опиума. Не зря «Голос Америки» сказал, что мы уже вышли по наркотикам на третье место в мире. Это только то, что они знают. Так вот всеми, кто нарушает эту государственную монополию, Вигун и Цинев занимаются сами. Вигун – внутри страны, а Цинев – вне. Он мне сказал, что Хотулев и Гридасов теперь никуда не денутся, их уже ждут в Чаршанге.

– А Сысоев?

– А Сысоев прилетает из командировки послезавтра. Его ждет Маленина.

– Что же будем делать с Белкиным?

– Не знаю, мы ждали тебя.

– Хорошо, пошли в ординаторскую.

Ординаторская была при выходе из корпуса, на первом этаже. Мы прошли по длинному белому коридору второго этажа, мимо свежеокрашенных дверей палат для буйнопомешанных. Все в этой больнице напоминало тюрьму, только было выкрашено известкой в бело-сизый цвет, и в таких же бело-застиранных халатах с оборванными шнурками ходили здесь дюжие и небритые санитары-надзиратели. У лестницы была стойка КПП с металлической дверью, такая же проходная была на первом этаже при выходе во двор, а двор был окружен забором с колючей проволокой и вышками охраны. За забором был дачный поселок медперсонала – в замечательном сосновом лесу, с беседками, дорожками, резными заборчиками и всякого рода подсобным хозяйством .– огородами и садами, созданными и обслуживаемыми тихопомешанными. Практически спецпсихбольница 5 МВД СССР была чем-то вроде монастыря, где каста врачей превращала пациентов в тихопомешанных роботов.

В ординаторской четвертого отделения, практически арестованные Светловым, сидели все шесть лечащих врачей этого спецотделения для буйнопомешанных. Постоянно прикрытые защитой МВД, которое направляет сюда диссидентов, антисоветчиков и подлинных шизофреников и психов, безнаказанные в своей деятельности, неподконтрольные и поэтому обнаглевшие, сытые, раскормленные на натуральных овощах и фруктах, выращенных их же пациентами, они теперь прекрасно понимали, что их благополучие повисло на волоске. Засадить в психбольницу человека без ведома МВД, превратить ее в свою частную тюрьму было нарушением государственной монополии, непростительным преступлением, Конечно, они будут выгораживать себя, валить все на Хотулева, но я не собирался разговаривать с ними о том, как Белкин попал сюда и на каком основании они, специалисты, «лечили» здорового человека чудовищными дозами аминазина.

Я оглядел их испуганные лица и сказал:

– Подполковник Светлов уже посвятил вас в обстоятельства этого дела. У нас с вами есть три дня, чтобы привести этого журналиста в нормальное состояние. Я вам не гарантирую, что и после этого вы будете продолжать свою безмятежную работу, но если Белкин будет в состоянии поехать в Вену, это как-то скажется на вашей участи. Я вас слушаю.

Они молчали. Толстая баба в докторском халате с лицом гренадера и небритыми усами, отвернувшись, смотрела в окно. Остальные – три разновозрастные врачихи и два врача – молодой, лет тридцати альбинос и худой старик с прокуренной трубкой – сидели потупившись.

– Это не детский сад, и в молчанки играть не будем,– резко сказал я.– Я хочу знать: доступно ли это сегодня медицине – в два дня отучить наркомана от наркотиков. Напрягите свои мозги и вспомните, чему вас учили в институтах и на всякого рода семинарах. Если нужно – мы отвезем его в больницу Склифосовского, в Кащенко, в Сербского. Где его могут привести в чувство? Я слушаю.

– Я не понимаю, что за тон? – взорвалась вдруг усатая баба-гренадерша. – На каком основании вы так разговариваете? Мы тут выполняем свой долг! А то, что Хотулев занимался темными делами, так я давно сигнализировала...

– Как ваша фамилия? – спросил я.

– Моя фамилия Шпигель Элеонора Францевна, я секретарь парторганизации больницы!

– Вы мне не нужны, вы можете уйти.

– Что?! – возмутилась она.

– Я жду, когда вы уйдете.

Секретарь партийной организации психбольницы – такого я не слышал даже в армянских анекдотах! Хотя, конечно, здесь, как минимум, восемьдесят процентов врачей коммунисты и, значит, должна быть партийная организация.

Парторг психбольницы № 5 Элеонора Шпигель вскочила на своих толстых ногах, ее небритые усы встопорщились, лицо налилось краской:

– Вы... Вы... Вы...

Я ждал.

Командорской походкой она прошагала к двери.

– Я этого так не оставлю! Сопляк! – И дверь ординаторской хлопнула за ней так, что в стеклянных шкафчиках задребезжали какие-то склянки и бутылки.

– Продолжим, – сказал я.

– Я могу вам сказать, уважаемый,– сказал, кашлянув, старик с трубкой.– Это задача невыполнимая. То есть отучить от наркотиков можно, но не в такой срок. Практически его нужно связать и на месяц приковать к койке, чтобы он не наложил на себя руки. Такие случаи бывают. В Бутырской тюрьме повесился диссидент Борисов, когда ему перестали колоть аминазин. Парню тоже было двадцать пять лет. Поэтому метод есть только один – связать, чтоб не буйствовал, и ждать, когда перемучится.

– Но ведь бывает, когда наркоманы сами бросают наркотики.

– Это крайне редко. Ну, только разве в стрессовых ситуациях.

– Например?

– Я не знаю... Ну, если бы война началась, эвакуация. Или роды. Но он не женщина.

– Как ваша фамилия.

– Моя фамилия Кунц. Это я настоял на назначении ему аминазина. А Хотулев хотел назначить сульфазин, это было бы еще хуже.

– А ничего не назначить вы ему не могли? – не удержался я.

– Уважаемый, мы для того и получаем людей, чтобы назначать. – Он смотрел на меня открыто и просто, в упор. – Кто же знал, что он «левый»?

«Левый псих». Я подумал, что это неплохое название для фельетона в «Крокодиле» или «Комсомольской правде». Если бы вытащить Белкина из наркомании, он бы вполне мог написать что-то в этом роде.

– Доктор Кунц, – прищурился я, сдерживая мелькнувшую в голове идею,– если мы имеем дело с влюбчивым больным, очень влюбчивым – можем мы этим воспользоваться? Я, например, знаю историю, когда в Баку молодой наркоман, мальчишка, бросил колоться морфием, как только влюбился в одну рижскую девчонку.

Он пожал плечами:

– Тут у нас трудно влюбиться. Разве что в мадам Шпигель.

В дверь заглянул Валентин Пшеничный.

– Игорь Иосифович, он опять буйствует, требует укол.

– Скажите медсестре, пусть сделает ему новокаин, – сказал Кунц. – Это будет как моя пустая трубка – с одной стороны, рефлекс укола, с другой – болеутоляющее. У него сейчас от нехватки наркотика кости выламывает.– Пшеничный скрылся, а Кунц продолжал, обращаясь ко мне и Светлову: – Понимаете, можно попробовать электрошок, но мы его не применяем с 53-го года, потому что многие не выдерживают...

– Хорошо,– сказал я.– Попробуем не электрошок, а женошок. Придется снова шерше ля фам – искать женщину.

Тот же день, суббота 9 июня,
после 2.30 дня

Мы сидели со Светловым в беседке психбольницы, как два старых сводника, и обсуждали все возможные и невозможные варианты. Если Шах-Рыбаков смог бросить колоться ради Айны Силиня, то нужно найти кого-то и для Белкина. Первым номером, конечно, была Инна, машинистка «Комсомольской правды». «За» было то, что она любила этого Белкина и наверняка готова была ради него на все. В каком-нибудь сентиментальном романе или фильме она за свою самоотверженность и любовь была бы вознаграждена авторами и судьбой и вошла бы в палату к своему возлюбленному, чтобы любовью и лаской спасти его и излечить. Но мы имели дело с реальной действительностью и должны были трезво смотреть на вещи. Белкин давно бросил эту Инну, никакого любовного потрясения или шока она уже вызвать у него не могла. Поэтому Инну мы отставили.

Вторым номером была названа, как это не покажется вам дико и цинично, Айна Силиня. Я хорошо помнил то место в рукописи Белкина, где он описывал ее полуголой на бакинском пляже во время драки с Мосолом. Он держал в обхват вырывавшегося из его рук Шаха-Рыбакова, а полуголая Лина, она же Айна, целовала Шаха и касалась Белкина обнаженной грудью, и это его очень возбуждало, несмотря на весь драматизм ситуации. Он вообще остро реагировал на несовершеннолетних, если вспомнить и эту Лину-Айну, и нимфу с острова Рыбачий... Мы со Светловым всерьез обсудили этот вариант. «За» был Белкин – во всяком случае, так нам казалось. Но было и много «против». Во-первых, Силиня еще несовершеннолетняя, и, хотя она уже не девочка, мы все-таки не имеем права втягивать ее в любовные интриги. Кроме того, она еще не отошла от смерти своего Рыбакова. Короче, с некоторым сожалением мы отвергли и этот вариант.

Конечно, лучше всех была бы Наташа Хотулева, это было бы именно то, что нам нужно, не зря же он втюрился в нее с первого взгляда в Бакинском аэропорту. Если бы она не погибла позавчера...

– Нам нужно что-то вроде этого! – Светлов в сердцах стукнул кулаком по скамейке.– Может быть, Лена Смагина?

Я поморщился. Конечно, эта котласская любовница Акеева недурна, но вряд ли наш Белкин клюнет на что-то заурядно-провинциальное.

– Хорошо! – сказал Светлов. – В конце концов в картотеке МУРа сорок тысяч проституток. Нужно выбрать кого-нибудь из валютных блядей лет семнадцати и поручить ей эту операцию.

И тут меня осенило. Не знаю почему, но именно это упоминание валютных проституток, работающих в «Метрополе», «Национале» и других интуристовских отелях, подсказало мне решение задачи. Я встал.

– Пошли, – сказал я Светлову.– Я, кажется, придумал.

И, не дожидаясь его, направился в сторону кабинета главврача Галинской Ж. Ф. Там, не обращая внимания на зареванную Жанну Федоровну и совещавшуюся с ней партийного вождя психбольницы Элеонору Шпигель, я снял телефонную трубку, набрал телефон дачи Генерального прокурора Руденко – в исключительных случаях нам это разрешено.

– Роман Андреевич? Извините, что беспокою, это Шамраев. Нами найден Белкин, он жив, но в тяжелом состоянии.

– Что с ним?

– Они его прятали в психбольнице и кололи аминазином. Это наркотик – не смертельно, но требует времени, чтобы отвыкнуть.

– Сколько? – спросил он.

– Я буду знать это через несколько часов. А пока... Я хотел

бы сообщить вашей внучатой племяннице, что он жив. Вы говорили, что она к нему неровно дышит, помните?

На том конце провода была секундная заминка, потом Генеральный хмыкнул:

– Вы хотите сами ей об этом сказать?

– Да. Если вы разрешите.

– Ну, я разрешу, почему нет? Пишите: ее телефон – 455-12-12. Оля Руденко. Записали? 455-12-12. Это раз. Второе: желательно, чтобы поменьше посторонних знали, где и как вы его нашли. Вы меня поняли?

– Не столько понял, сколько догадываюсь,– сказал я.

По всей видимости, Генеральный пытался дать мне понять, что состояние Белкина нужно скрыть пока от ЦК. Мы его нашли – это главное. Я дал отбой и тут же набрал телефон Оли Руденко.

Тот же день, суббота, 9 июня,
17.30 минут

Она приехала на своей машине – в белой «Ладе». Я ее с трудом узнал – так она изменилась в стенах МГУ.

Такой красивой шлюхи я не видел ни в ««Интуристе», ни в «Метрополе», ни в «Праге». Правда, я предупредил ее по телефону, что хотелось бы, чтобы она хорошо выглядела, но я не думал, что влюбленные бабы способны сделать с собой такое. Она выглядела Аэлитой – бархатные глаза вразлет, золотые волосы собраны сзади в тугой узел, а какой-то воздушно-невесомый балахон вместо платья только подчеркивает стройно-тростниковую фигуру.

Я встретил ее у ворот психбольницы, сел в машину и сказал:

– Оля, я хочу вам кое-что объяснить. Он в невменяемом состоянии. Они кололи его лошадиными дозами наркотиков, и он теперь не в себе. Я боюсь, как бы вы не разочаровались. Вы прекрасно выглядите, я бы сам в вас влюбился, и я уверен, что в нормальном состоянии он бы втюрился в вас с первого взгляда, но...

– Но что? Договаривайте.

– Нет, я просто боюсь, что, когда вы увидите его, вы раздумаете, откажетесь...

– Игорь Ёсич,– она улыбнулась,– извините, сколько вам лет?

– Сорок два. А что?

– У вас было много женщин?

– Ну-у...

– Я могу поспорить, что вы не спали ни с одной из них в психбольнице. Верно?

Да, эти молодые умеют называть вещи своими именами, подумал я. И улыбнулся:

– Ну, допустим.

– У меня это тоже первый опыт. И это уже интересно. Поехали! Я уже хочу! – Ее глаза смеялись открытым, почти хулиганским вызовом и озорством. Я даже позавидовал в эту минуту Белкину. – Кроме того, под наркотиком секс вообще потрясающий! – Она нажала сигнал, из проходной больницы высунулся вахтер, и я жестом велел ему открыть ворота. Оля лихо вкатила на территорию психбольницы.

Десять минут спустя

Мы стояли у двери палаты номер 18 и слушали рев и крики Белкина. Он бил кулаками по стене, по двери, шмякался об эту дверь всем телом и орал, будто скандировал:

– У-кол! У-кол! У-кол!

Оля прильнула к глазку, наблюдала.

Белкин бегал по палате, как зверь, потом снова набрасывался на дверь, грохотал кулаками и ладонями:

– У-кол! У-кол!

И отбегал от двери, чтобы опять броситься на нее всем телом.

Неожиданно Оля отошла от глазка, одним жестом сдернула с себя свой воздушно-невесомый балахон и осталась только в узеньких трусиках, даже без лифчика. Еще одно движение рук вверх – и золотые волосы, скрепленные в узел, упали на ее загорелые плечи и крепкую грудь.

– Открывайте! – приказала она растерявшемуся, обалдевшему дежурному санитару.

Я нажал кнопку, автоматическая дверь со скрипом поползла вбок. Разъяренный Белкин ринулся из глубины палаты к двери и... остолбенел, замер на месте. Впервые за все это время глаза его стали осмысленными.

Она вошла к нему в палату, как укротитель к еще неукрощенному, но уже сраженному зверю.

– Закройте дверь,– приказала Оля.– И принесите какой-нибудь матрац, черт вас побери!

Затем регулярно через каждые двадцать – тридцать минут они требовали еду, коньяк, чистые простыни и сигареты.

– Кажется, вы правы,– сказал мне доктор Кунц. – Она его если не вылечит до конца, то успокоит.

ЭПИЛОГ

ИЗ СООБЩЕНИЯ ТАСС

15 июня с. г. из Москвы в Вену для встречи с Президентом США Дж. Картером отбыл Генеральный секретарь ЦК КПСС, Председатель Президиума Верховного Совета СССР Л. И. Брежнев. Во время встречи предстоит подписание договора между СССР и США об ограничении стратегических наступательных вооружений (ОСВ-2), а также будет проведен обмен мнений по принципиальным вопросам двухсторонних отношений между СССР и США... В аэропорту тов. Л. И. Брежнева провожали члены Политбюро ЦК КПСС Ю. В. Андропов, В. В. Гришин, А. П. Кириленко, А. Н. Косыгин, А. И. Пельше, М. А. Суслов, кандидаты в члены Политбюро П. Н. Демичев, В. В. Кузнецов, члены ЦК КПСС Б. П. Бугаев, Н. А. Щелоков, кандидаты в члены ЦК КПСС С. К. Вигун, Г. К. Цинев, член Центральной ревизионной комиссии КПСС Ю. М. Чурбанов... С тов. Л. И. Брежневым в Вену также вылетел заведующий отделом ЦК КПСС Л. М. Замятин и группа аккредитованных журналистов.

ИЗ ПРИКАЗА № 156-с ГЕНЕРАЛЬНОГО ПРОКУРОРА СССР от 15 июня 1979 г.

За выполнение правительственного задания, связанного с раскрытием в срок особо опасного преступления и отмечая высокое профессиональное мастерство и оперативность, приказываю присвоить внеочередные классные чины следующим сотрудникам прокуратуры:. ШАМРАЕВУ Игорю Иосифовичу – чин старшего советника юстиции, ПШЕНИЧНОМУ Валентину Николаевичу – чин младшего советника юстиции.

ИЗ ПРИКАЗА № 429 МИНИСТРА ВНУТРЕННИХ ДЕЛ СССР ГЕНЕРАЛА АРМИИ Н. ЩЕЛОКОВА
(18 июня 1979 г.)

Принимая во внимание, профессиональное умение, мужество и находчивость, проявленные при выполнении правительственного задания в составе межведомственной следственно-оперативной бригады, присвоить высшее офицерское звание – полковник милиции – тов. СВЕТЛОВУ Марату Алексеевичу, начальнику отделения МУРа ГУВД Мосгорисполкома,

ИЗ ПОСТАНОВЛЕНИЯ МОССОВЕТА № 336
от 28 июня 1979 г.

На основании ходатайства Генерального прокурора СССР предоставить из Фонда Московского Совета депутатов трудящихся следователю по особо важным делам, старшему советнику юстиции тов. ШАМРАЕВУ И. И. отдельную однокомнатную квартиру размером 21,8 кв. метров по адресу: г. Москва, ул. Красноармейская, дом 6, кв. 37.

Подписано: Председатель Моссовета В. Промыслов, Секретарь Моссовета Н. Пегов.

ИЗ СЕКРЕТНОЙ
СЛУЖЕБНОЙ ПЕРЕПИСКИ
ПЕРВОГО ЗАМЕСТИТЕЛЯ
ПРЕДСЕДАТЕЛЯ КОМИТЕТА
ГОСБЕЗОПАСНОСТИ
ГЕНЕРАЛ-ПОЛКОВНИКА С.
К. ВИГУНА
С ГЕНЕРАЛЬНЫМ
ПРОКУРОРОМ СОЮЗА ССР.
А. РУДЕНКО

...Ставлю Вас в известность, что 13 июня с. г. при попытке угона военного вертолета в районе г. Чаршанг Узбекской ССР в перестрелке с пограничниками были убиты гр. гр. Хотулев Борис Юрьевич и Гридасов Семен Яковлевич, объявленные во всесоюзном розыске. При этом у преступников изъяты иностранная валюта, бриллианты и другие ценности, а также пять тюков с наркотическими средствами. Все ценности на общую сумму 7,5 миллионов рублей переданы в Министерство финансов СССР.

ИЗ УКАЗАНИЯ
ГЕНЕРАЛЬНОГО
ПРОКУРОРА СССР РУДЕНКО
СЛЕДОВАТЕЛЮ ПО ОСОБО
ВАЖНЫМ ДЕЛАМ
ШАМРАЕВУ

(17 июня 1979 г.)

По делу о незаконном лишении свободы корреспондента газеты «Комсомольская правда» В. Белкина в соответствии со ст. 211 УПК РСФСР и Положением о прокурорском надзоре приказываю:

1. Материалы дела о спекуляции наркотическими средствами, по которому арестованы В. Акеев и другие, всего 34 человека, направить по подследственности в ГУБХСС МВД СССР для соединения с делом о хищении в Главном аптечном управлении Минздрава СССР, которое находится в производстве у начальника отделения МВД – Малениной Н. П.

2. Материалы дела о незаконном аресте гр. В. Белкина на аэродроме г. Баку, материалы о спекуляции наркотиками в Аз. ССР, а также о передаче взятки в сумме 100 тыс. рублей за прекращение следствия по этим делам – передать по территориальности прокурору Аз. ССР тов. Гасанову А. В.

3. В связи с указанием заведующего административным отделом ЦК КПСС тов. Савинкина Н. И. и учитывая, что зам. министра здравоохранения СССР, он же начальник спецотдела КГБ генерал Э. Балаян ведет работу большой государственной важности, дело по обвинению тов. Балаяна в злоупотреблениях властью не возбуждать.

4. Все изъятые по ходу расследования деньги и ценности на общую сумму около 1,5 миллиона рублей, включая 100 тыс., изъятые из камеры хранения Бакинского аэровокзала, как добытые незаконным путем, обратить в доход государства, перечислив на счет Министерства финансов СССР.

5. Уголовные дела, возбужденные по факту умышленного убийства Юрия Рыбакова, а также гр-ки Долго-Сабуровой 0.П., ввиду смерти обвиняемого в этих убийствах – гр-на Гридасова С. Я.,– прекратить.

ИЗ СЕКРЕТНОЙ СЛУЖЕБНОЙ ПЕРЕПИСКИ ПЕРВОГО ЗАМЕСТИТЕЛЯ ПРЕДСЕДАТЕЛЯ КОМИТЕТА ГОСБЕЗОПАСНОСТИ ГЕНЕРАЛ-ПОЛКОВНИКА С. К. ВИГУНА С ГЕНЕРАЛЬНЫМ ПРОКУРОРОМ СОЮЗА ССР Р. А. РУДЕНКО

В дополнение к нашему письму от 14 июня с. г. сообщаю, что 10 июня с. г. в г. Женеве начальник Аптечного управления

Министерства здравоохранения СССР попросил политическое убежище у правительства Швейцарии. По имеющимся данным агентурного характера, причиной бегства В. Сысоева послужила передача радиостанции «Голос Америки», из которой В. Сысоев узнал об аресте своих агентов по нелегальной продаже наркотиков в Москве. Из дополнительной информации, переданной в Москву из Женевы, стало известно, что 14 июня с.г. при невыясненных обстоятельствах В. Сысоев погиб в автомобильной катастрофе.

ИЗ ПИСЬМА ПРЕДСЕДАТЕЛЯ КОМИТЕТА ПО ЦЕНЗУРЕ ПРИ СОВЕТЕ МИНИСТРОВ СССР ТОВ. Р. РОМАНОВА ГЛАВНОМУ РЕДАКТОРУ ГАЗЕТЫ «КОМСОМОЛЬСКАЯ ПРАВДА» ТОВ Л.КОРНЕШОВУ

Возвращаю Вам очерк Вашего корреспондента тов. В. Белкина о бакинских подростках, злоупотребляющих наркотическими средствами, ставлю Вас в известность, что этот очерк опубликован быть не может, поскольку проблемы употребления наркотиков в Советском Союзе не существует.

Эдуард ТОПОЛЬ
Фридрих НЕЗНАНСКИЙ

Красная площадь

РОМАН

Полный текст, печатается по оригинальной рукописи Эдуарда Тополя, с которой книга была переведена и изданна в Англии, США, Франции, Италии, Японии и в других странах в 1983-1985 годах

*... Бывают случаи убийства, когда очень нелегко
решить, было ли это вполне справедливое и даже
обязательное убийство (например, необходимая
оборона), или непростительная небрежность, или
даже тонко проведенный коварный план.*

Владимир Ленин, Полное собрание сочинений, том 41,стр. 52

I only say, suppose this supposition.

Lord Byron, Don Juan,
Cant. 1, str. LXXXV

Часть I

Смерть Вигуна, шурина Брежнева

Сочи, 22 января,
6 часов 15 минут утра

Совершенно секретно
Срочно
Военной спецсвязью

Следователю по особо важным
делам *Шамраеву Игорю Иосифовичу*
гостиница «Жемчужина» номер 605
город Сочи Краснодарского края

ГЕНЕРАЛЬНЫМ ПРОКУРОРОМ СССР ТЕБЕ ПОРУЧЕ-
НО РАССЛЕДОВАНИЕ ПРИЧИН СМЕРТИ ПЕРВОГО
ЗАМЕСТИТЕЛЯ ПРЕДСЕДАТЕЛЯ КГБ ГЕНЕРАЛА
АРМИИ СЕМЕНА ВИГУНА ТЧК СРОЧНО ВЫЛЕТАЙ
ЗПТ С ДЕВОЧКАМИ ДОГУЛЯЕШЬ ПОСЛЕ ТЧК НА-
ЧАЛЬНИК СЛЕДСТВЕННОЙ ЧАСТИ ПРОКУРАТУРЫ
СССР ГЕРМАН КАРАКОЗ
МОСКВА

22 января 1982 года

Спросонок я трижды перечитал эту телеграмму. Сука этот
Каракоз, вот и всё. Военной спецсвязью послать мне телеграм-
му с упоминанием о девочках мог только такой прохвост, как
Герман. В течение получаса телеграмма прошла через

Генеральный штаб Советской Армии, через командующего Северо-Кавказским военным округом генерала Агарова и примчалась ко мне с его адъютантом майором Аверьяновым и двумя офицерами с капитанскими погонами на шинелях.

Несмотря на сургучные печати, облепившие телеграмму, и гриф «совершенно секретно», вся эта свора, конечно же, знает ее текст. Поэтому сейчас, в моем номере они, ухмыляясь, поглядывают на храпящего на диванчике Светлова и на молоденькую циркачку Ниночку, свернувшуюся калачиком под простыней моей постели. Хорошо выглядят в их глазах следователь по особо важным делам Прокуратуры СССР Игорь Шамраев и начальник 3-го отдела Московского Уголовного Розыска Марат Светлов! Восемнадцатилетняя воздушная гимнастка Нина («бэби-вумен», как назвал ее Светлов, когда вчера на рассвете ввалился в мой номер) под простыней выглядит вообще девочкой, на столе пустые бутылки из-под коньяка... Надо побыстрее выставить их из номера, чтоб не ухмылялись так нагло. Я прокашливаюсь:

– Вот что, ребята. Вы бы посидели в вестибюле, я сейчас спущусь.

– Товарищ Шамраев,– говорит майор Аверьянов.– Командующий приказал срочно доставить вас в Адлер. Там вас ждет самолет. Но дорога ужасная – пробиться можно только на военном вездеходе. Поэтому у вас есть минут пятнадцать на сборы. Вам нужно сдать номер и...

– Я сам знаю, что мне нужно,– обрываю я этого майора. Еще не хватало, чтобы он меня учил как выпроводить девочку из номера.

Действительно, два дня назад Сочи накрыло такими морозами и снегопадом, что город оказался парализован, общественный транспорт не ходит, школы закрыты, и счастливые подростки устраивают на пустых мостовых веселые снежные баталии. Но для гусеничного армейского вездехода сочинский снег, конечно, не проблема, армия у нас подкована на все случаи жизни.

– Идите и ждите меня внизу,– говорю я, выпроваживаю их из номера и иду в ванную. В руке все еще держу эту чертову телеграмму. Крошки сургуча, обломившегося с телеграммы, каким-то дьявольским образом попали в тапочку и больно колют ногу. Сбрасываю тапочку, босиком возвращаюсь в комнату, пытаюсь разбудить храпящего Светлова и сую ему в руку телеграмму – пусть почитает, пока я буду мыться. Но Светлов не просыпается, мычит что-то матерное, переворачивается на другой бок, лицом к стене, и спит дальше. Еще бы! Он уснул 3 часа назад, а до этого ровно сутки занимался арестами сочинских главарей подпольного бизнеса, для того и прилетел прошлой ночью в Сочи. Приходится открыть жалюзи на окне и распахнуть оконные створки. Теперь они у меня живо проснутся – «бэби-вумен» и Светлов. Японский бог! Какая за окнами красотища! Пальмы в снегу, пляж – знаменитый на всем побережье пляж гостиницы «Жемчужина» с привезенным из Анапы песком – тоже под тонким слоем снега, а волны Черного моря зябко накатывают на берег и слизывают снег с прибрежного припая.

Гостиницу «Жемчужина» построили лет семь назад исключительно для иностранцев, оборудовали по последнему слову курортной архитектуры, но рухнул детант, резко снизилось количество иностранных туристов, и почти импортный комфорт стал – Слава Богу – доступен нашему брату. Не всем, конечно. Летом достать номер в этой гостинице могут только партийные начальники высокого ранга либо крупные махинаторы левой экономики. Я не принадлежу ни к тем, ни к другим, поэтому скромно забронировал себе номер зимой, и уже 10-го января отогревался здесь от московских морозов. 13-го января, на старый Новый год, тут была такая теплынь, что расцвели олеандры, и в зеленой самшитовой роще удалое краснодарское начальство баловало шашлыками из молодой баранины и экспортными раками своих «высоких» гостей – подпольных дельцов из Закавказья. Налицо была очередная темная сделка, но, хоть я и следователь Прокуратуры СССР,– на кой они мне нужны, когда я на отдыхе? Всех не разоблачишь, вместо одних, которые идут под суд, тут же всплывают другие – пошли они все на фиг! У меня свой номер в «Жемчужине», балкон с видом на море и девочка Нина – 18-летняя циркачка из соседнего Дома отдыха ВТО*. Но сразу

---

* ВТО — Всероссийское Театральное Общество

после старого Нового года все стало здесь круто меняться. Сначала поползли слухи, что в Москве идет операция «Каскад» – т. е . повальные аресты главарей левой экономики (и тут же опустели сочинские рестораны). Потом весь город накрыло снежным бураном (опустели пляжи). А вчера в четыре утра ввалился в мой номер Марат Светлов, выпил с дороги коньяка и сказал, что прибыл с оперативной милицейской бригадой брать заправил сочинской курортной мафии. Заодно, как сорока на хвосте, он привез глухую милицейскую сплетню о самоубийстве шурина Брежнева – Первого Заместителя Председателя КГБ генерала Семена Вигуна: якобы, Секретарь ЦК Михаил Суслов уличил Вигуна в связях с левым бизнесом, и потом Вигун застрелился.

Но я в эту сплетню не поверил (чтобы в нашем Правительстве кто-то застрелился?! Да еще – Вигун, хозяин КГБ!) и только теперь эта телеграмма с двумя красными полосами – знаком особой воинской секретности – наводила на размышления.

Почему Генеральный прокурор засадил в это дело меня, а не других следователей – «важняков», которые у него там под рукой, – Бакланова, Рыжова, Хмельницкого? Почему телеграмма послана не по почте и даже не по кремлевской телефонной связи, а по армейской линии? Почему спешка – военный экскорт, армейский вездеход и специальный самолет в Адлерском аэропорту, словно я чуть ли не член Политбюро? И почему в газетах до сих пор нет некролога о смерти Вигуна? Черт побери, в руках у этого майора Аверьянова была свежая «Правда», а я выпроводил его из номера и не попросил газету... А самое главное – не дай Бог, чтобы сплетня, привезенная Светловым, оказалась правдой! Что ж мне – Суслова что ли допрашивать? Обвинять его в доведении Вигуна до самоубийства? Нет, если бы это было самоубийство, да еще при участии самого Секретаря ЦК, то в эти тайны мадридского двора вряд ли стали бы посвящать такую пешку, как я. Тут что-то другое, не связанное с Сусловым, слава Богу. Но что? Может, он на девочке умер или под ней?

Ниночка заворочалась в постели, поджала от холода ноги и попросила жалобно:

– Игорь, укрой меня, мне холодно.

Я проклял свою служивую судьбу и этого Каракоза – из-за какого-то Вигуна бросай такой номер и такую девочку! Но нужно их будить, ничего не попишешь!

В это время Марат перестал храпеть и произнес со своего дивана:

– Ты что, охренел? Закрой окно!

Тут он открыл глаза, увидел у себя в руке телеграмму с двумя красными полосами, сонно взглянул на нее, но тут же рывком сел на диван и присвистнул:

– Вот это да!..

За что я люблю Светлова – за быструю сметку. Мне понадобилось минут восемь по времени и литров двадцать иодистого морского воздуха, чтобы понять, в какую заваруху меня бросает, а он в секунду все схватил. И это – после того, как до трех ночи он вынимал из постелей директоров сочинского «курортторга», начальников «крайпотребсоюза» и самого начальника сочинского ОБХСС майора милиции Морозова. Затем, опасаясь встречных акций сочинской мафии, он прикатил не в свою гостиницу, где его могли поджидать родственники арестованных с ножами или стотысячными взятками, а ко мне в номер, и рухнул, усталый, на диван. И теперь, после трех часов сна ему понадобился всего миг, чтобы все схватить и сказать:

– Я же говорил – паленым пахнет на Красной Площади!

В этот момент раздался настойчивый стук в дверь. Я приоткрыл ее.

– Игорь Иосифович,– сказал майор Аверьянов.– Там это... там самолет ждет...

– Я знаю,– резко ответил я.– Принесите мне сегодняшнюю «Правду».

С адъютантами нужно вести себя, как с адъютантами. Через полторы минуты он снова постучал в дверь и – теперь уже не заглядывая в номер – протянул открывшему дверь Светлову свежую «Правду». А я даже не выглянул из ванной – подождут. Я принял холодный душ и тщательно брился, а Светлов стоял в двери ванной и читал мне некролог о смерти Вигуна:

«Советское государство понесло тяжелую утрату. 19 января 1982 года на 65-м году жизни после тяжелой продолжительной болезни скончался советский государственный деятель, член ЦК КПСС, депутат Верховного Совета СССР, Герой социалистического труда, первый заместитель председателя КГБ СССР генерал Армии Семен Кузьмич Вигун. Более четырех десятилетий жизнь и деятельность С. К. Вигуна была связана с работой по обеспечению государственной безопасности нашей Родины. Свою трудовую деятельность он начал в 1937 году учителем, затем директором средней школы в Одесской области. В 1939 году был направлен партией на работу в органы безопасности, и с тех пор вся жизнь Семена Кузьмича была связана с нелегким чекистским трудом. В годы Великой Отечественной войны он находился на оперативной работе на Юго-Западном, Южном, Северо-Кавказском, Сталинградском, Донском и Западном фронтах. Принимал активное участие в партизанском движении. После войны работал на руководящих постах в органах безопасности Молдавской ССР, Таджикской ССР, Азербайджанской ССР. С 1967 года С. К. Вигун – заместитель, а затем – первый заместитель председателя КГБ СССР. Светлая память о Семене Кузьмиче Вигуне, верном сыне партии, государственном деятеле, навсегда сохранится в сердцах советских чекистов, всех советских людей». Подписи: Андропов, Горбачев, Устинов, Черненко, Алиев, Бугаев, Щелоков, ну и так далее по ранжиру генеральских чинов в КГБ... – заключил Светлов.

Мне стало не по себе: ни Брежнев, ни Суслов некролог не подписали. В их сердцах, надо понимать, не осталось светлой памяти о Семене Кузьмиче, верном сыне партии и государственном деятеле. И, значит, никакая тут не «продолжительная и тяжелая болезнь» – человека не наказывают посмертно за то, что он был болен. Кроме того, я что-то не помню, чтобы Вигун отсутствовал когда-нибудь в КГБ и болел – здесь «Правда» явно врала. Тут или действительно самоубийство, или, скорее всего, инфаркт во время сексуального стресса, осложненного большой дозой алкоголя, как было, скажем, с ровесником Вигуна, крупным советским режиссером Пырьевым. Оргия тут какая-нибудь с девочками в сауне, вот что. А это не любят у нас афишировать, зачем портить членов правительства в глазах народа?!

– Понял? – спросил Светлов.– Шурин шурину некролог не

подписал! Здорово Вигун Брежнева подвел, значит. Одно непонятно – почему они за тобой самолет послали? Что за спешка? Но мне этот самолет очень кстати. Захватишь меня и арестованных. Сейчас я позвоню своим архаровцам, чтобы выводили их из тюрьмы...

– Мальчики, что случилось? – заспанная и окоченевшая от холода Ниночка стояла в двери ванной в рубашке от моей пижамы и в тапочках на босу ногу. Рубашка была ей до колен и вполне заменяла халатик, а длинные рукава болтались полупустыми – ну подросток, а не любовница.– Я замерзла и очень писать хочу...

– Вот что, «внучка»! – решительно сказал ей Светлов.– Видишь эту телеграмму? Родина зовет Игоря на подвиг. Через десять минут мы улетаем в Москву. Поцелуй его на прощанье, быстренько пописай и одевайся. Мы забросим тебя в твой Дом отдыха, а сами поедем служить партии и правительству. Все ясно?

– Почему? – обиженно округлила свои голубенькие глазки Ниночка.

– Потому что кончается на «у»,– сказал ей Светлов.

– А я тоже хочу в Москву! – заявила Ниночка.

Светлов посмотрел на меня – как я буду выкручиваться из этой ситуации. Я, честно говоря, и сам не знал. Голубоглазое 18-летнее существо по имени Нина Макарычева, отдыхавшая в соседнем доме отдыха «Актер», появилась в моей жизни всего неделю назад, на сочинском пляже, через день доверчиво пришла в мой номер и осталась в нем. Но одно дело крутить курортный роман с этой прелестной, доверчивой женщиной-подростком, «бэби-вумен» и «внучкой», как тут же окрестил ее Светлов, и совсем другое – везти в Москву этого цыпленка. Хоть я и живу холостяком, но по субботам и воскресеньям ко мне приходит мой 14-летний сын Антон, а тут эта Ниночка – да она ему в подружки годится: он уже и ростом выше нее...

– Нина,– сказал я как можно мягче,– у тебя же весь отпуск впереди. А тут через пару дней снова станет тепло, будешь загорать, купаться. А в Москве – что? Морозы, снег. Да я и занят буду по уши.

– И вам не стыдно? – вдруг сказала она совершенно по-взрослому.– Марат арестовал кучу жуликов и прячется от их дружков в нашем номере. Хоть полковник милиции, а боится! А меня вы бросите тут одну? Сами уедете, а я останусь?

Теперь переглянулись мы с Маратом.

– К-хм,– сказал он.– Кажется, устами младенца глаголет нечто...– Своими живыми буравчиками глаз он рыскнул с меня на Ниночку и обратно и вдруг распорядился, как у себя в МУРе: – Лады, «внучка». Ты права. Поедешь с нами! – и повернулся ко мне.– Старик, за удовольствие нужно платить, ничего не попишешь!

Это еще одно замечательное качество в Светлове – он никогда не упирается, если видит, что неправ. Мы провели вместе немало дел, особенно, когда были помоложе и Светлов работал милицейским следователем в Краснопресненском районе Москвы, а я в том же районе был простым следователем райпрокуратуры. Порой Светлов выстраивал блестящие гипотезы разоблачения преступников или предлагал, как ему казалось, «железный» план их поимки, но стоило кому-нибудь обнаружить в его планах ошибку, и Светлов тут же без амбиций хоронил свою идею и предлагал новую. Я давно заметил, что такая реакция свойственна только очень талантливым и щедрым на выдумку людям, и Светлов был таким человеком. Даже кресло начальника отдела МУРа и полковничьи погоны, которые он получил два с половиной года назад за нашу последнюю совместную операцию, не испортили Светлова, не прибавили ему тупого бюрократического апломба...

И уже через пять минут, впечатывая гусеничные траки армейского вездехода в диковинный для Сочи снег, мы промчались сначала к сочинской тюрьме за «архаровцами» Светлова и арестованными, а затем – к Дому отдыха «Актер» за вещичками Ниночки.

Тот же день, 6.35 – 9.05 утра

Дорогу от Сочи до Адлера я описывать не стану. В служебном рапорте, который Марат Светлов представил своему МУРовскому начальству, было сказано скупо и точно:

«...Утром 22 января при содействии командования Северо-

Кавказским округом арестованные были доставлены на военном бронетранспортере из Сочи в Адлер. В пути, в условиях полного оледенения горной дороги, особенно на участках Мацеста-Хоста-Кудеста, арестованные и сотрудники моей бригады самоотверженно и подчас с риском для жизни расчищали снежные заносы. Это позволило в кратчайший срок осуществить переброску арестованных из опасной для их содержания сочинской зоны в Адлер, к транспортному самолету, который также был получен благодаря помощи Командующего Северо-Кавказским военным округом генерал-полковника Арапова. Прошу от имени МВД СССР направить генералу Арапову письмо с благодарностью за содействие, а при содержании арестованных в следственном изоляторе учесть их сотрудничество с моей оперативной группой»...

9.05 утра. Адлер

Аэровокзал в Адлере был забит пассажирами: люди уже три дня не могли вылететь с Черноморского побережья Кавказа из-за снегопада и непогоды. Они спали на полу и на подоконниках. Орали дети. Бесились от претензий осатаневших пассажиров служащие аэровокзала. В багажном отделении гнили ящики с «левыми» мандаринами и южными цветами, которые местные спекулянты торопливо везли на Север — в Москву, Ленинград и Мурманск, чтобы за каждый мандарин и за каждую гвоздику сорвать там трояк. То есть, в этих ящиках практически гнили сейчас тысячи рублей, но из-за непогоды ни за какие взятки уже нельзя было вывезти этот товар к месту назначения. И отчаявшиеся спекулянты хмуро пили коньяк в ресторане аэровокзала, поскольку это единственное в аэропорту место, где за бутылку коньяка можно было пару часов посидеть на стуле...

А мы – бригада Светлова, арестованные и я с Ниночкой в сопровождении военного эскорта – спокойно прошли в пустую, на втором этаже аэровокзала комнату для Депутатов Верховного Совета, где удобные кожаные кресла, ковры, цветы и холодильник с нарзаном.

Сквозь оконные проемы было видно занесенное снегом летное поле. На единственной расчищенной армейскими бульдозерами взлетной полосе «ЯК-40» прогревал двигатели. Арестованные живо поняли, что их уже не выручат местные связи, что сейчас их погрузят в этот спецсамолет и увезут в Москву. И если раньше, на горной дороге они трудились вовсе не из желания сотрудничать с милицией, а просто ради спасения жизни, поскольку на любом повороте висящей над морем дороги мы могли запросто свалиться в ледяные торосы неожиданно окоченевшего Черного моря, то здесь, в аэропорту, эти двенадцать богатырей левого бизнеса стали действительно заискивающе-услужливыми: первым подвалил к Светлову директор Сочинского курортторга Ашот Симонян. (При его аресте Светлову понадобились весы – в различных тайниках сочинской дачи Симоняна муровцы нашли 36 килограммов золота в слитках).

– Тавариш палковник, дарагой! – сказал он.– Разрешите еду взять на дорогу. Честное слово, кушать очень хочется.

Светлов разрешил. Симонян тут же снял телефонную трубку внутреннего коммутатора аэропорта, сказал телефонистке:

– Директора ресторана, срочно!.. Рафик? Это Симонян. «ЯК-40» видишь за окном? Это меня везут, через несколько минут улетаю в Москву... Да... Не один, с очень важными людьми! ОЧЕНЬ важными, панимаешь? Девятнадцать человек и одна девушка. Очень важный девушка! чтобы все было по классу «люкс», ты хорошо понял?

К телефону тут же подскочили остальные арестованные – позавидовали армянской смекалке Симоняна и теперь рвали у него из рук телефонную трубку. Второму она досталась начальнику Сочинского городского ОБХСС майору милиции Морозову. Толстяк Морозов, распухший на многотысячных взятках, которые ежедневно сыпались на него со всех сторон богатого кубанского края, распорядился:

– Рафик, это майор Морозов. Свяжись с цитрусовым совхозом, скажи, чтобы пулей пять ящиков мандаринов привезли...

Я смотрел на этих деятелей. Не знаю, что ими двигало больше – желание подмазать нас со Светловым или эта последняя возможность насладиться своей властью. Еще вчера они были королями края и страны, зарабатывали бешеные деньги на подпольных махинациях, имели машины, дачи, яхты и девочек, и при этом на партийных конференциях по написанным помощниками бумажкам призывали трудящихся «не допускать разбазаривания государственных средств», «беречь народную копейку» и так далее... А теперь в одну ночь они стали подследственными, виновными в коррупции и крупных государственных хищениях, но как велика была в них эта привычка властвовать – даже находясь под арестом, они чуть не дрались из-за этой телефонной трубки, чтобы в последний раз сказать партийно-королевским тоном: «Это Морозов говорит!»...

В эту минуту в сопровождении майора Аверьянова пришел начальник аэропорта.

– Метеосводка на маршруте плохая, всю дорогу снежные бури, поэтому я вызвал лучший экипаж,– сказал он.– Полетите или будете ждать прояснения трассы?

Я прикинул: если нет в газете сообщения о создании правительственной комиссии по захоронению, то похоже Вигуна похоронят быстренько и скромно, уж не сегодня ли? Черт подери, вместо того, чтобы наблюдать за светловскими арестованными и философствовать, нужно было давно позвонить в Москву и выяснить, когда похороны. Мне же труп надо осмотреть, галоша старая!

– Откуда я могу позвонить в Москву? – спросил я начальника аэропорта.

– Можно отсюда,– он отнял у арестованных телефонную трубку, щелкнул несколько раз по рычажку и сказал телефонистке:

– Валя, набери Москву. Какой номер, товарищ Шамраев?

Я назвал номер Союзной Прокуратуры, кабинет Каракоза, взял трубку и произнес сухо:

– Алло, Герман? Это – Шамраев. Спасибо за веселую телеграмму. Я звоню из Адлера. Когда похороны?

– Сегодня, старик. В час тридцать вынос тела из клуба имени Дзержинского. Как там погода в Адлере?

«Сука ты!» – чуть было не вырвалось у меня, но я сдержался, спросил холодно:

– А что – кроме меня некого было подсунуть в это дело?

– Старик, это не мы решили, честное слово,– довольно искренним тоном сказал Каракоз.– Тебя назначили.

– Кто?

– Не могу по телефону. Но... помнишь дело журналиста? Ты тогда крупно прославился...

Неужели Брежнев? Сам Брежнев назначил меня вести это дело? Значит, это не самоубийство, и Суслов тут ни при чем – к таким монархам партийной власти, как Суслов, следователя Шамраева никто бы не допустил, и в первую очередь,– Брежнев. Тут дело проще, аморалка какая-то у этого Вигуна, вот и все. Каракоз, конечно, подкалывал меня насчет «крупно прославился», но зато я все понял. Два с половиной года назад, за десять дней до венской встречи Брежнева с Картером, в Москве средь бела дня был похищен член брежневской пресс-группы, молодой и талантливый журналист Вадим Белкин. Генеральный прокурор поручил мне тогда найти этого журналиста, и я (вместе со Светловым и другими помощниками) выяснил, что этого Белкина похитила мафия торговцев наркотиками, о которых Белкин собирался писать в своей газете. Мы, что называется, «сняли его с иглы» – эти бандиты кололи журналиста бешеными дозами аминазина. То было громкое дело. Брежнев, видимо, запомнил мою фамилию и теперь «лично назначил» меня выяснить причины смерти его родственника. Становимся придворным следователем, товарищ Шамраев, подумал я весело, большую карьеру «могёте» сделать, невзирая на ваше полужидовское происхождение!..

– Мы вылетаем срочно! – сказал я начальнику аэровокзала.

Было 9.37 утра, еще вполне можно было успеть осмотреть труп Вигуна.

11.45 утра

Того, что загрузил в самолет директор ресторана в Адлерском аэропорту, хватило бы на целый «ТУ-144», а не то что на нашу компанию. Два ящика коньяка, ящик розового шампанского, ящик тончайшего «Твиши», гора «цыплят-табака», блюда с сациви и другой кавказской закуской, жареные куриные сердца и почки, зелень, виноград и – специально для «очень важной девушки» Ниночки – 5 коробок конфет и рахат-лукума.

Мы прекрасно позавтракали, Нина вымазалась в шоколаде, светловские архаровцы травили анекдоты и разгадывали кроссворды, а арестованные, понимая, что это их последняя «поляна»*, активно налегали на вино и коньяк. Светлов разрешил им пить и закусывать, а еще через полчаса, держа в руке бокал с шампанским, сказал им краткую речь:

– Граждане арестованные! Хоть я и москвич, но я хочу сказать кавказский тост. Я горжусь, что мне выпала честь арестовать таких талантливых людей, как вы. Нет, серьезно. Например, гражданин Симонян Ашот Геворкович. Вместе с председателем сочинского горисполкома и другими арестованными и еще не арестованными деятелями он открыл в Государственном Банке липовый счет, на который они переводили доходы всех левых фабрик и подпольных цехов, и пользовались этим счетом, как своим собственным. Ваше здоровье, Ашот Геворкович! Тридцать шесть килограммов золота, которые вы скопили, это большой подарок Родине! Или возьмем гражданина Бараташвили Нукзара Гогиевича. Шесть лет он снабжает все восточные рестораны Москвы молодой бараниной из Грузии и Азербайджана. Не один, конечно, небольшая мафия работает, но зато миллионные доходы имеют, больше, чем Московский трест ресторанов и кафе. Ваше здоровье, Нукзар Гогиевич! Шесть миллионов рублей, полтора миллиона долларов и почти килограмм бриллиантов, которые мы у вас изъяли,– на эти деньги целый завод можно построить. Гамарджоба, дорогой! – Он окинул взглядом арестованных.– Друзья! Как вы знаете, в стране идет операция «Каскад», и я хочу вам по-дружески сказать, что облегчить вашу участь может только одно: чистосердечное признание и сознание того, что, накопленные вами ценности помогут Родине!..

_____

* «поляна» — пьянка, застолье

– Не только! – сказал Бараташвили.– А без моей баранины в московских ресторанах вообще бы не было свежего мяса...

Я внутренне расхохотался Светловской уловке. Сейчас он начнет раскручивать их на так называемое чистосердечное признание. И хотя эти признания, да еще под парами конья-ка, не могут быть официальными следственными документами, но зато потом, при допросах, когда арестованный начинает отказываться от своих показаний, крутить, выворачиваться, отмалчиваться или просто врать, ему легко сунуть под нос эти, написанные сгоряча признания и – все, он прижат к стенке...

Тут из пилотской кабины в салон самолета вошел коман-дир корабля и сказал:

– Москва закрыта, снегопад. Есть окно над Жуковским. Садиться? Или полетать над Москвой – авось, откроют?

Я взглянул на часы. Было 11.45 утра. До выноса тела Вигуна из клуба имени Дзержинского Комитета госбезопас-ности СССР оставалось чуть больше полутора часов. От Жуковского до Москвы на милицейско-оперативной машине можно добраться минут за сорок.

– Садимся в Жуковском,– сказал я и попросил Светлова:

– Марат, свяжись по радио с Жуковским УГРО, чтобы к трапу дали машину.

Москва, тот же день, 13 часов 15 минут

Клуб имени Дзержинского, принадлежащий КГБ СССР, был оцеплен войсками. Завтра в сообщении ТАСС будет сказано: «22 января трудящиеся столицы, сотрудники орга-нов государственной безопасности, воины Московского гар-низона проводили в последний путь государственного деяте-ля, члена ЦК КПСС, депутата Верховного Совета, Героя Социалистического труда, первого заместителя Председате-ля КГБ СССР генерала армии Семена Кузьмича Вигуна». Но никаких трудящихся на похоронах не было. Когда воем сире-ны останавливая движение на всех перекрестках, мы мчались через центр Москвы и по Кузнецкому мосту вымахнули к Лубянке, даже наша милицейская машина была вынуждена остановиться: солдаты Московского гарнизона преградили путь.

– Пропуск!

Конечно, мое удостоверение следователя по особо важным делам с золотыми буквами на красной коже «Прокуратура Союза ССР» открыло мне дорогу к клубу имени Дзержинского, но сколько я не уговаривал патрульного офицера пропустить со мной Ниночку – «это моя племянница, я за нее ручаюсь!» – армейский капитан был непреклонен: «Не положено». Пришлось отдать Ниночке ключи от своей квартиры и попросить шофера отвезти ее ко мне домой. Я вышел из машины и по пустому тротуару пешком пошел к клубу. Был небольшой морозец, градусов семь. Вяло, но как-то безостановочно падал снег. У клуба Дзержинского, где обычно происходят слеты и торжественные конференции отличников госбезопасности, стояло штук десять черных правительственных «Чаек» и «ЗИЛов» и еще десяток гэбэшных «Волг» с радиостанциями. Новый кордон, уже гэбэшный:

– Ваш пропуск...

Если с военными дело обстояло просто, показал им удостоверение прокуратуры и прошел, то с гэбэшниками сложней. У Прокуратуры и КГБ издавна сложные отношения. Формально мы имеем право вмешиваться в любые их действия, но на деле – пойди попробуй! Гэбэшный полковник высокомерно сказал мне, что без спецпропуска он меня пропустить не может. Пришлось настаивать. А время шло – до выноса тела оставалось каких-нибудь шесть-семь минут. В эту минуту из массивных стеклянных дверей клуба вышел хмурый, в парадной генеральской форме заместитель Андропова – Владимир Пирожков.

– Что случилось? – спросил он начальника охраны.

Я представился, показал удостоверение:

– Мне поручено расследование обстоятельств смерти генерала Вигуна. Я должен осмотреть труп.

– Что-о? – лицо Пирожкова сморщилось в недовольно-недоверчивой гримасе, словно от важного государственного дела его отрывают по недоразумению или просто по глупости.

Я повторил, стараясь быть спокойным.

– Какое расследование?! – сказал он, стряхивая снежинки

с новенького генеральского мундира.– Мы уже провели расследование, сами. Вы там что в прокуратуре – газет не читаете? Сегодня было правительственное сообщение. Семен Кузьмич умер после болезни...

И он уже повернулся, чтобы уйти, но я взял его за рукав:

– Одну минуту...

– Руки! – кинулся ко мне начальник охраны и грубо отбросил мою руку от генеральского рукава – проявил бдительность.

Я усмехнулся и посмотрел Пирожкову в глаза:

– Владимир Петрович! Я – знаю – отчего – умер – Вигун,– я произнес эту ложь врастяжку, с нажимом на каждое слово, чтобы он понял, что я знаю кое-что сверх правительственного сообщения.– Мне поручено заняться этим делом. По процессуальному закону я обязан осмотреть труп до захоронения. Если вы не позволите, я задержу похороны.

Он посмотрел на меня с любопытством. Впервые в его серых глазах появилось что-то живое и толковое.

– Интересно, как вы это сделаете?

– Вам показать?

Теперь у нас была дуэль взглядов. Начальник охраны тупо переводил взгляд с меня на Пирожкова и обратно, готовый по первому его жесту сбить меня с ног увесистым кулаком. Краем зрения я видел его напряженную, наклонившуюся ко мне фигуру и еще трех гэбэшников, стоявших рядом с ним и повернувших голову в нашу сторону.

Конечно, я блефовал – как я мог остановить похороны, если у меня на руках еще не было официального постановления прокуратуры о возбуждении дела? Но ведь и он не знал, что я только прилетел из Сочи...

– Вот что,– сказал он.– Пройдемте со мной.

Взглядом он отпустил начальника охраны, мы вошли через массивные стеклянные двери внутрь клуба. В вестибюле было пусто, если не считать полтора десятка оперативников КГБ, которые стояли у стен и у вешалки, заполненной генеральскими шинелями.

– Кто поручил вам это дело? – спросил на ходу Пирожков.

– Генеральный прокурор,– сказал я, уже валяя с ним дурака и прекрасно понимая, что он спрашивает совсем о другом.

– Я понимаю,– поморщился он.– Кто поручил это дело прокуратуре?

Конечно, он хотел сориентироваться – откуда и какая сила дерзнула посягнуть на презумпции КГБ. Не станет же следователь Прокуратуры вот так открыто лезть на рожон и даже угрожать, если у него нет за спиной какой-то внушительной силы. Что это за сила, стоит ли принимать ее в расчет и, если принимать, то насколько – вот что мучило теперь Пирожкова.

Проще всего было сказать ему, что дело поручено мне лично товарищем Брежневым. Это повлияло бы лучше любого мандата, но... Я еще не был в Прокуратуре Союза, не разговаривал с Генеральным и не знал, могу ли я официально козырять этим именем. А кроме того не очень-то хотелось облегчать задачу этому Пирожкову. Пусть помучается. Я сказал:

– Как вы понимаете, товарищ генерал, такого рода дела прокуратура не возбуждает по своей инициативе. Это задание ЦК.

Я свернул из вестибюля налево, к концертному залу, где был установлен гроб, и получилось, что уже не я следую за Пирожковым, а он за мной.

– Подождите,– сказал он и тронул меня за руку, до смешного скопировав мой жест.– Вы что? Всерьез собираетесь осматривать труп? Сейчас?

– Конечно.

В дверях зала дежурили солдаты с черными креповыми траурными повязками на рукавах. Я прошел мимо них. Гроб с покойником стоял в огромном зале у сцены на убранном кумачом столе, а возле гроба замерли в почетном карауле сам председатель КГБ Андропов, его заместители Цинев, Чебриков, начальник Погранвойск КГБ Матросов, заместитель Председателя Президиума Верховного Совета СССР Халилов. Рядом – заведующий отделом ЦК КПСС Савинкин и еще дюжина не менее властительных кремлевских особ. Вот почему такая усиленная охрана снаружи. Но Брежнева здесь не было. Не было даже его жены Виктории Петровны, сестры жены Вигуна. Вместо них возле пожилой, одетой в черное вдовы и взрослых детей Вигуна – сына и дочери – стоял

Константин Устинович Черненко, близкий друг и новая опора Леонида Ильича в Кремле. Последние годы мы в кулуарах Прокуратуры Союза не раз обсуждали стремительное приближение этого провинциального днепропетровского партийного деятеля шестого разряда к самой вершине кремлевской власти...

– Минуту,– сказал мне Пирожков.– Постойте здесь.

И через весь зал напрямую прошел к Андропову, что-то зашептал в его толстое бесстрастное лицо. Андропов отрицательно покачал головой. Я понял, что в осмотре покойника мне будет отказано. Затем Пирожков сделал еще один точный ход – он не сразу вернулся ко мне с отказом, а перешел от Андропова к Савинкину – заведующему Отделом административных органов ЦК КПСС. Еще недавно, года три-четыре назад, КГБ, МВД и другие карательные органы были подчинены Председателю Совета Министров СССР, а мы, Прокуратура – только и непосредственно Политбюро, то есть лично Брежневу. Но в период трений между Брежневым и Косыгиным Брежнев на всякий случай перевел КГБ под свой контроль, затем 5-го июля 1978 года переименовал его из «КГБ при Совете Министров СССР» в «КГБ СССР». Я понял маневр Пирожкова: в осмотре трупа Вигуна мне откажет не Пирожков или Андропов (они не имеют формального права), а помощник Брежнева – Савинкин.

И наплевав на просьбу– приказание Пирожкова «постойте здесь», я через весь зал пошел к гробу. Если Вигун действительно застрелился, то куда он стрелял себе – в сердце, в голову? Во всяком случае издали никаких внешних следов ранения видно не было. Он лежал профилем к залу, и вся левая часть его лица была открыта. Полное чистое лицо с двойным подбородком и высокой залысиной. Цвета «хаки» рубашка, генеральский мундир. Тяжелое грузное тело будто расплылось в чуть тесноватом гробу...

Пирожков краем глаза уловил мое приближение к гробу. Тень недовольства мелькнула на его лице, и он заговорил с Савинкиным быстрее, поспешнее, и Савинкин, недослушав, двинулся ко мне. Но пока он шел, грузно передвигая свое стокилограммовое тело, я приблизился к гробу совсем вплотную, словно для прощального приветствия. Я сделал скорбное, как положено в таких случаях, лицо и даже чуть наклонился к покойнику. И теперь, вблизи я разглядел, что голова его покоилась на специальной подушке, прикрывающей правый, невидимый залу висок. Но это висок был утоплен в подушке и приклеен к ней! И я понял, что – есть, есть ранение! Искусные паталогоанатомы умело загримировали огнестрельный ожог вокруг виска, но на всякий случай еще и приклеили подушку к виску, чтобы во время похорон, даже если тело и сдвинется в гробу, место с пулевым ранением не открылось. Но есть, есть ранение! Самоубийство! Самоубийство в советском правительстве, в семье самого Брежнева! Дурак ты, Шамраев, обманывал самого себя, надеялся на легкое дельце. Кажется, впервые за весь этот день я в одну секунду со всей отчетливостью осознал, в какую я влип историю. То, что утром было предположительно и держалось только на светловской болтовне и слухах, то, что издали, из Сочи, Адлера, казалось лишь любопытным и занимательным приключением и, чего греха таить, грело самолюбие – как же! сам Брежнев знает мою фамилию и назначил меня в это дело! – встало теперь передо мной во всей своей пугающей простоте. Сбылось самое худшее – Брежнев хочет, чтобы я выяснил, кто довел его шурина до самоубийства! И не только выяснил. Этого, конечно, мало. Уж если он затеял это расследование, значит, подайте мне, товарищ Шамраев, документальные доказательства, чтобы этого негодяя (или негодяев) партия стерла в порошок. Но если Вигун застрелился после беседы с Сусловым, то первым или одним из первых я должен допросить члена Политбюро, секретаря ЦК КПСС Михаила Андреевича Суслова! А с кем виделся Вигун до Суслова? С Андроповым? Циневым? А кто дал Суслову обличающие Вигуна во взяточничестве документы? И вообще – кому на руку это самоубийство? Кому мешал Вигун? Андропову? Циневу? Или другим заместителям Андропова – Пирожкову, Чебрикову, Матросову? И всех их допрашивать – мне? Вот они стоят все вместе – генеральские мундиры, сытые лица, холодные барские глаза, только один Андропов в интеллигентных роговых очках. За каждым из них – десятки подчиненных им секретных и несекретных служб. Да они меня в порошок сотрут, как только узнают, что я под них копаю. Автомобильную аварию устроят, «случайное» нападение хулиганов, сердечный приступ – да мало ли у них мастерства в таких делах. И никакой Генсек мне не поможет, поздно будет...

Я вспотел. Кажется, впервые за все годы моей следовательской практики я всерьез струсил, даже ладони вспотели.

Между тем Савинкин уже подошел ко мне, говорил:

– Товарищ Шамраев, я понимаю, что вы должны выполнить свой служебный долг, но сейчас это нецелесообразно. При таком стечении народа уносить куда-то гроб – это дать пищу скандальным слухам...

– Тем более, что у нас есть акт медицинского освидетельствования, заключение врачей и решение Политбюро по этому делу,– нервно ввернул подошедший Пирожков.– Я не понимаю, почему назначено новое расследование. Не думаю, что у Прокуратуры криминалисты лучше, чем наши.

– У вас какой акт медицинского освидетельствования? – спросил я.– Липовый или настоящий?

Он побагровел от злости. Такой наглости, я думаю, не мог бы себе позволить даже Генеральный прокурор, а не то что такая мелкая сошка, как я. Но я позволил себе эту роскошь схамить самому заместителю Председателя КГБ – Савинкин тому свидетель. Уж очень хотелось сквитаться за то, что он умыл меня с этим осмотром.

– Что вы имеете в виду? – выговорил он.

Я сделал невинное лицо, объяснил:

– Я имею в виду: у вас акт медосмотра, сделанный для официального сообщения в прессе. Или есть и другой акт, свидетельствующий о...

– У нас нет *липовых* документов! – перебил он.– Сообщение для прессы о болезни Семена Кузьмича было сделано по решению Политбюро. А что касается акта освидетельствования трупа судебными медиками – вы можете зайти к нам в любое время и посмотреть его.

Ага! Вот уже и признал, что газетное сообщение о смерти Вигуна в результате тяжелой болезни – блеф.

– Мне незачем к вам ходить,– сказал я.– Пошлите все документы к нам в Прокуратуру. И, пожалуйста, сделайте это сегодня. Я буду их ждать.

– Товарищи, траурный митинг окончен,– прозвучал голос ответственного распорядителя похоронной комиссии. Всех, кто едет на кладбище, прошу пройти в машины. Через минуту вынос тела...

Вдова – круглолицая сухонькая старушка – всхлипнула и зажала ладошкой рот. Сын, дочь и Черненко оглаживали ее по согнутым плечам. Я увидел, как и Андропов двинулся к ней, чтобы сказать, наверно, что-то формально-утешительное, но она вдруг посмотрела на него такими полными страха и ненависти глазами, что он остановился, неловко замялся на месте. Это длилось миг – ее направленный на Андропова взгляд, но именно в этот миг в ее открытых губах замер очередной всхлип. Мне показалось, что если бы Андропов сделал к ней еще три шага, она могла бы плюнуть ему в лицо. И не только я и Андропов разглядели это – какая-то жгуче-стальная пауза напрягла в эту секунду весь зал, как бывает в театральных спектаклях в момент кульминации.

Андропов повернулся и пошел прочь, и сразу какое-то внутреннее облегчение появилось в зале. Спектакль покатился к своей формальной развязке – после ухода Андропова двинулись к выходу маршалы, генералы и другие государственные особы. Четверо дюжих солдат подняли гроб, а почетный караул – Павлов, Савинкин, Дымшиц и Халилов – шли возле гроба, держа ладони под его днищем, будто и они несли генерала Вигуна в последний путь... Следом дети вели понурую, скорбно всхлипывающую жену Вигуна, а Черненко с двумя телохранителями исчез в боковом ходе на сцену. Я понял, что ни он, ни Андропов на кладбище не поедут.

Собственно, и мне нечего было делать на кладбище. Теперь они доиграют этот спектакль без меня. В закрытой машине гроб с военным эскортом будет доставлен на кладбище, безусловно, уже оцепленное войсками и оперативниками КГБ. Там кто-то скажет над могилой дежурную речь о заслугах покойного перед Родиной и о том, что он был прекрасным мужем, хорошим отцом и образцовым коммунистом. Затем вдова будет рыдать, а гроб будут забрасывать землей и снегом...

В вестибюле я подошел к телефону-автомату, опустил две копейки в прорезь и набрал свой домашний номер. Ниночка тут же сняла трубку.

– Алло,– прозвучал в трубке ее голос.

– Это я. Как дела?

– А ты где? Мне скучно.

– Я еще занят. Я буду часа через два, не раньше...

– У-у...– произнесла она обиженно.

– Будь паинькой, посмотри телевизор.

Гудки отбоя были мне ответом.

Я повесил трубку и невольно прислушался к разговору у соседнего телефона-автомата. Какой-то мужчина лет пятидесяти, в дубленке, пыжиковой шапке и джинсах, с типично живыми еврейскими глазами говорил в трубку:

– Старик, у тебя нет другого сценария. Нет, за эту экранизацию студия тебе заплатит. Ты же не виноват, что автор умер. Но начать съемки мне уже не дадут – кому сейчас нужен Вигун!

Я вспомнил, что несколько лет назад на экранах страны шли фильмы по книгам Вигуна «Фронт без флангов» и «Война за линией фронта». Теперь, наверное, планировался третий фильм, но, действительно, кому теперь нужны фильмы по графоманским книгам бывшего командира отрядов СМЕРШа, на Юго-западном, Южном, Северо-Кавказском и других фронтах?!

Я молча направился к выходу. На улице перехватил устремленный на меня взгляд Пирожкова. Он садился в машину, черную «Чайку» – наверняка ехал на кладбище. Что ж, это его обязанность. Интересно, он уже распорядился, чтобы документы о смерти Вигуна переслали мне в Прокуратуру? Я отвернулся и пошел пешком вниз по Кузнецкому Мосту. За моей спиной трогалась траурная мотоколонна. Шел все тот же вяло-настойчивый снег. Очень хотелось напиться. Я вспомнил, что не ел с утра, с момента нашего вылета из Адлера. И все-таки почему жена Вигуна *так* взглянула на Андропова?

Тот же день, после 14. 00

В буфете Прокуратуры СССР царило особое оживление, которое бывает здесь только по пятницам. В пятницу – канун двух выходных – в наш буфет завозят продукты из 3-ей спецбазы Совета Министров СССР: мороженых голландских кур или мясо, колбасу, сыр, гречневую крупу, рыбные консервы и гусиный паштет. С тех пор, как в московских магазинах стали исчезать продукты, большинство правительственных учреждений перешло на дополнительное закрытое спецснабжение через внутренние буфеты и столовые. Теперь Госплан, министерства, комитеты, редакции газет и другие ведомства буквально соревнуются в борьбе за право быть прикрепленными к базам самого высокого ранга, скажем, к спецбазе № 1, которая снабжает продуктами Кремль, Верховный Совет и Совет Министров. В бытность прежнего знаменитого по Нюрнбергскому процессу Генерального прокурора Романа Руденко наша Прокуратура Союза плелась в хвосте этого соревнования. Маршалу Руденко продукты доставлялись на дом из закрытого кремлевского спецраспределителя, а все остальные товары – от одежды до туалетной бумаги – из правительственной сотой секции ГУМа. Поэтому он был далек от мирских будней своих сотрудников и считал, что работники прокуратуры должны вести скромный образ жизни без всяких там излишеств типа курятины или свежей говядины. У них есть жены, вот пусть и стоят в очередях вместе со всем простым народом...

Но год назад Руденко умер. Генеральным прокурором стал Александр Михайлович Рекунков – человек, который всегда был на вторых ролях: сначала вторым секретарем Воронежского обкома партии, затем заместителем Прокурора РСФСР. Заняв кресло Генерального Прокурора СССР, Рекунков развернулся. Если авторитет Руденко держался в Прокуратуре на его связях с Сусловым, Брежневым, Косыгиным, Громыко и другими кремлевскими старейшинами, то Рекунков смог расположить к себе подчиненных иным способом: он добился, чтобы наш буфет прикрепили к правительственной спецбазе № 3. Конечно, номер три это не номер один. Нам не привозили краснодарскую «пепси-колу», импортные сигареты, икру, финскую буженину и австрийские колбасы. Но за одно то, что по пятницам можно без всякой многочисленной очереди купить в буфете мясо, кур, овощи и фрукты – уже за одно это штат Прокуратуры СССР был готов работать для своего Генерального даже сверхсрочно.

А сегодня оказался особый день – в буфет завезли свежую рыбу: щуку, судака и нототению. По этому случаю тут царило просто праздничное оживление. В нарушение графика продажи продуктов по управлениям и отделам, сюда набежали женщины со всех пяти этажей: прокуроры, следователи и даже помощники Генерального. У буфетчицы тети Лены была одна проблема: во что заворачивать рыбу. Оберточной бумаги у нее не было, это давний общесоюзный дефицит, и она весело кричала на всех, вплоть до прокуроров и следователей по особо важным делам:

– Доку́менты мне не несите! В докуме́нты заворачивать не буду! Мне Генеральный запретил заворачивать продукты в ваши докуме́нты!

– Да это из архива, старые бумаги! – уговаривали ее.

– Я не знаю – из архива или не из архива! Мне их читать некогда! Кулебякин прошлый раз колбасу завернул в секретные бумаги, а мне выговор объявили! У кого нет своей бумаги, в очередь не вставайте, не отпущу. Уже газету не могут выйти купить, обленились! Петя, ты че мне свой по́ртфель суешь? Он весь рыбой провоняет, потом у тебя докуме́нты будут рыбой вонять...

– Я его вымою, Елена Игнатьевна. Мне три судака и нототению,– заискивающе говорил ей долгожитель нашей прокуратуры, 72-летний старший следователь по особо важным делам Тарас Карлович Венделовский.

– Судак идет только по две штуки в одни руки. Щуку бери...

Я сидел в стороне за яичницей с колбасой, ожидая, когда подойдет моя очередь, и прикидывая, что мне взять – только судака на сегодняшний ужин с Ниночкой или взять уже полный набор: и щуку, и нототению. Из щуки можно сварить уху. Только я-то уху не умею готовить, а вот умеет ли Ниночка?

Честно говоря, мне уже давно надо было пойти к Каракозу и Генеральному прокурору, доложиться о приезде и принять дело по факту смерти Вигуна. Но это означало допросы Суслова, Андропова, Цинева – страшно подумать, а не только начать. Вот я и тянул, откладывал, вяло жевал яичницу, отвлекая себя воспоминаниями о Руденко и прочей ерундой. Никакой рыбы мне не хотелось, и все удовольствия с Ниночкой отошли в прошлое. Пойти бы сейчас и напиться вдрызг, набуянить в ресторане, чтобы меня за аморалку просто выгнали из прокуратуры...

Но в эту минуту в столовую вбежал Герман Каракоз. Видимо кто-то успел стукнуть ему, что я здесь.

— Нет, ты смотри! – сказал он возмущенно.– Мы с генеральным тебя уже час ждем, а ты тут яичницу жрешь! Пошли!

— У меня очередь за рыбой подходит, Герман.

— Переживешь, пошли!

— Никуда я не пойду! – заартачился я.– У меня дома пустой холодильник, я только приехал.

Действительно, пошли они на фиг с их вечной спешкой выслужиться перед начальством!

Каракоз понял, что без рыбы я из буфета не уйду. Он повернулся к буфетчице, сказал громко:

— Лена, оставь Шамраеву рыбу, полный набор. И мне заодно пару судаков.

— Хорошо, Герман Михайлович...

Мы с Каракозом поднялись лифтом на третий этаж, в кабинет Генерального. По дороге я скупо рассказал ему об инциденте в Клубе имени Дзержинского. О том, что Пирожков, Андропов и Савинкин не разрешили мне осмотреть тело Вигуна.

— Ну так сделаешь эксгумацию, ерунда! – живо сказал он.– Пока ты ел свою яичницу, из КГБ пришли все документы, и я уже набросал постановление о возбуждении уголовного дела. Как только Генеральный подпишет – у тебя все права, делай что хочешь!

Для Каракоза вообще нигде и ни в чем не было проблем. Среднего роста, циничный, живой, веселый, полноватый, с темными блестящими армянскими глазами, всегда в новеньком генеральском мундире, сшитом из купленной в валютном магазине «Березка» тонкой английской шерсти, всегда в свежих модных рубашках и не по форме стильных французских галстуках, 45-летний Каракоз охоч до красивеньких женщин и мужских застолий, которые теперь называются новым словечком «поляны». Лет восемь назад он женился на племяннице Устинова, министра обороны СССР, и быстренько сделал стремительную карьеру от следователя городской прокуратуры до начальника следственной части Прокуратуры СССР, на голову обогнав своих институтских сокурсников, в том числе и меня, грешного в своем полуеврейском происхождении...

Миновав отделанную карельской березой приемную, где дежурили два помощника Генерального, мы вошли в кабинет Рекункова. Генеральный сидел за большим и чистым письменным столом. Слева, на отдельном столике – четыре телефона, в том числе два красных: «вертушка» – общесоюзный правительственной телефонной связи и «кремлевка» – прямая связь с Политбюро. За широкими чистыми окнами, выходящими на Советскую площадь и памятник Юрию Долгорукому, основателю Москвы, по-прежнему шел занудный снег, отчего вся Москва даже в третьем часу дня была сумеречной, вечерней, и Генеральному пришлось включить в кабинете свет. Седой в свои 58 лет, высокий, но сутулый из-за былой многолетней необходимости второго лица склоняться перед начальством. Александр Михайлович Рекунков просматривал документы в лежащей перед ним на столе тощей папке с грифом «КГБ СССР».

Я поздоровался. Он встал в кресле и протянул мне через стол сухую, жесткую руку, сказав бесцветно:

– Здравствуйте, садитесь.

Однако Герман живо сломал эту суконную официальность.

– Как вам нравится, Александр Михайлович?! – громко сказал он.– Леонид Ильич назначил его на такое дело, а он стоит в буфете в очереди за судаками! Просто смех!

– Да,– бесцветно сказал Генеральный и снял очки.– Скажите, Игорь Иосифович, вы знакомы лично с Брежневым?

– Нет, Александр Михайлович, не имел такой чести.

– Но, кажется, вы уже однажды занимались каким-то делом по его заданию?

– Да. В 1979 году. Это было обычное дело, ничего особенного.

– Скромничает! – тут же воскликнул Каракоз.– «Ничего особенного!» Они тогда перевернули всю Москву, Закавказье и Среднюю Азию. Разоблачили огромную мафию по торговле наркотиками. О них даже «Голос Америки» передавал!

Рекунков поморщился. В ту пору он работал в Прокуратуре РСФСР, не знал подробностей этого дела, но слухи докатились и до него. Он сказал:

— Я слышал. Во всяком случае, именно вашей славе мы обязаны тем, что Леонид Ильич снова оказал честь Прокуратуре и доверил нам дело государственной важности...

Да, ловко он выразился, прямо скажем! С одной стороны — «оказал честь и доверил», а с другой — не было бы этого выскочки Шамраева, и Бог бы уберег Генерального от необходимости вести это расследование, вмешиваться в дела на Лубянке, а то и в Кремле. Ясно, что Генеральный боится этого дела, как змеи гремучей, потому так внимательно и листает эту папку...

— Гм, дело, конечно, не простое,— тут же сменил тон Каракоз, постучал пальцами по полировке письменного стола и откинулся в кресле, словно отстранился от участия в этом деле.

Зазвонила «вертушка» — один из красных телефонов. Генеральный снял трубку.

— Слушаю... Да, получили... Не знаю, товарищ Цинев, еще не знаю... Обычным порядком, дело ведет следователь по особо важным делам товарищ Шамраев... Безусловно, строго секретно, это мы понимаем. Хорошо, буду держать вас в курсе, конечно...

Так, уже Цинев подключился — правая рука Андропова.

Глядишь, через несколько минут и Суслов позвонит!

Между тем Генеральный осторожно опустил трубку на рычаг, вздохнул:

— В общем, принимайте дело, что я могу сказать? — и подвинул по столу эту папку в мою сторону. Мне показалось, что он сделал это даже с каким-то облегчением, словно тоже отстранился.— Но сначала прочтите вот это,— Рекунков открыл ящик своего письменного стола и протянул мне лист бело-кремовой ватной бумаги с красным кремлевским грифом: «Генеральный Секретарь ЦК КПСС, Председатель Президиума Верховного Совета СССР, Председатель Совета Обороны СССР Леонид Ильич Брежнев».

На листе были начертаны неровным, обрывающимся почерком всего несколько слов:

«Рекункову.
Поручи твоему следователю тов. Шамраеву выяснить

*причины смерти Вигуна. Все полномочия – пускай докопается.
Крайний срок – 3-е февраля. Л. Брежнев».*

Вот так. Коротко и ясно, с чисто партийной прямотой и
мудростью: товарищу Шамраеву все полномочия, а его непосредственный начальник – Генеральный Прокурор СССР –
просто Рекунков, без имени-отчества, даже не «тов.», а так –
шестерка. Нет, не ждать мне помощи или прикрытия от
Генерального Прокурора.

Я взял папку, вздохнул. После такой записочки от дела не
увильнешь и в больницу не ляжешь – врачи из могилы поднимут.
И с работы не уволишься – такое запишут в трудовую книжку,
что и в дворники не примут. Вспомнилось из Грибоедова:
«Минуй нас пуще всех печалей и барский гнев, и барская
любовь». Любовь – не миновала, как-то будет с гневом?

Папка с наклейкой на серой коленкоровой обложке «КГБ
СССР, строго секретно, дело № 16/1065» была без привычных
тесемочек, а защелкивалась металлическим зажимом – явно
импортная папочка, таких у нас не делают, хорошо работает
административно-хозяйственный отдел КГБ, не то что у нас,
в Прокуратуре. Я открыл папку. Поверх всех документов лежал составленный от моего имени предупредительным Каракозом проект Постановления о возбуждении уголовного дела:

Совершенно секретно

«Утверждаю»
Генеральный Прокурор СССР
Действительный Государственный
Советник Юстиции

А. Рекунков.

ПОСТАНОВЛЕНИЕ О ВОЗБУЖДЕНИИ
УГОЛОВНОГО ДЕЛА
22 января 1982 года гор. Москва

*Следователь по особо важным делам при Генеральном Про-
куроре Союза ССР, старший советник юстиции И. Шамраев,–*

рассмотрев материалы по факту смерти гр-на Вигуна С. К.,

УСТАНОВИЛ:

19 января 1982 года в 14 часов 37 минут в одной из явочных квартир, принадлежащих оперативной службе центрального аппарата Комитета Государственной Безопасности СССР, расположенной по адресу: Москва, улица Качалова, № 16-А, квартира 9, личным телохранителем тов. Вигуна майором госбезопасности Гавриленко А. П. был обнаружен труп гражданина ВИГУНА Семена Кузьмича, члена ЦК КПСС, Депутата Верховного Совета СССР, генерала армии, первого заместителя Председателя КГБ СССР, с признаками насильственной смерти.

Ввиду того, что тов. Вигун С. К. занимал исключительно ответственное положение в партии и государственном аппарате, Политбюро ЦК КПСС постановило не оглашать истинные обстоятельства ухода из жизни тов. Вигуна и сообщить в печати, что смерть генерала Вигуна последовала в результате длительной болезни, в связи с чем органами КГБ было изготовлено соответствующее заключение медицинской комиссии, находящееся в данном деле.

Согласно представленным из КГБ СССР документам, на место гибели генерала Вигуна выезжала 19-го января с. г. специальная комиссия во главе с начальником Главследуправления КГБ СССР Курбановым Б. В. Из прилагаемых ниже документов следует, что при осмотре комиссией места происшествия было установлено, что смерть генерала Вигуна произошла ввиду огнестрельного ранения в область правого виска. Выстрел был произведен из личного оружия генерала Вигуна – пистолета «ПМ», калибра 9 мм, стреляная гильза была обнаружена и изъята при осмотре.

Поскольку спецследкомиссия КГБ СССР пришла к заключению, что гр-н Вигун не был убит посторонней рукой, а налицо самоубийство, комиссия вынесла прилагаемое к делу постановление об отказе в возбуждении уголовного дела.

Однако сегодня, 22 января 1982 года в 5 часов 40 минут утра, в Прокуратуру СССР поступило личное распоряжение Генерального Секретаря ЦК КПСС, Председателя Президиума

Верховного Совета СССР товарища Брежнева Леонида Ильича о незамедлительном проведении более тщательного расследования причин гибели члена ЦК КПСС тов. Вигуна С. К...

В связи с этим Генеральным Прокурором СССР отдано распоряжение о возбуждении уголовного дела по признакам возможного доведения до самоубийства гр-на Вигуна С. К.

Поэтому, принимая во внимание вышеизложенное и руководствуясь ст. ст. 108 и 112 УПК РСФСР, -

ПОСТАНОВИЛ:

1. Отменить Постановление об отказе в возбуждении уголовного дела, составленное Главным Следственным Управлением КГБ СССР и санкционированное Председателем КГБ СССР тов. Андроповым Ю. В.– ввиду необоснованности.

2. Возбудить по факту смерти гр-на Вигуна Семена Кузьмича уголовное дело.

3. Принять данное дело к своему производству.

Следователь по особо важным делам
при Генеральном Прокуроре СССР,
Старший советник юстиции
И. Шамраев

– Ну? Как я за тебя поработал? – спросил Каракоз, когда я просмотрел это постановление. – Есть замечания?

– Есть,– сказал я.– Ты забыл после моей подписи поставить свою визу «Согласен. Начальник следственной части Главного Следственного Управления Прокуратуры СССР, Государственный Советник Юстиции 3-го класса Герман Каракоз».

Я открыто посмотрел ему в глаза, и он меня понял.

Конечно, он не забыл, а нарочно не поставил тут свою визу – на кой ему ставить свою фамилию в таком опасном, связанном с КГБ и Сусловым деле? Мне не отвертеться – это уже ясно, хотя я бы с большим удовольствием завернул в эту бумагу свежего судака в буфете. Но если он среди ночи послал мне по военной связи телеграмму с текстом о девочках, то я с ним сквитаюсь, пусть распишется в этом постановлении.

— Кстати,— сказал я,— почему ты вызвал меня по военной связи?

Каракоз тревожно взглянул на Рекункова, потом на телефонные аппараты сбоку от него и сказал, поспешно вставая:

— Потому что иначе ты бы не выбрался из Сочи еще неделю. А кому вести дело вместо тебя? Мне, что ли? Пойдем. Ты будешь переделывать постановление или тебе и так годится?

— Я хочу посмотреть все документы,— сказал я.— Потом решу.

Черт возьми, даже в кабинете Генерального Прокурора СССР нужно держать язык за зубами, потому что и его кабинет может просушиваться Отделом Спецнаблюдения КГБ СССР. Вот и поработай тут!

— Пошли, пошли,— громко торопил меня Каракоз.— А то рыба кончится в буфете!

Часть 2.

Вторая версия

22 января, 3 часа дня, Москва

– Ты или идиот, или прикидываешься! – сказал Каракоз, едва из приемной Генерального мы вышли в общий коридор.– Ты что?! Не знаешь, что нас могут прослушивать?!

Я психанул. Конечно, я знаю, что кабинет Генерального может прослушиваться спецслужбой КГБ. При всем том, что мы, Прокуратура, подчинены только главе государства и имеем право контролировать работу КГБ, МВД и всех других министерств вплоть до Министерства обороны, ни для кого не секрет, что раз в году КГБ на неделю-другую ставит на прослушивание все служебные и домашние телефоны сотрудников Прокуратуры Союза, собирает о каждом из нас информацию. А тут, если Брежнев поручил нам такое дело, они, наверняка, уже включились. И кабинет Генерального, и кабинет Каракоза, и мой домашний и рабочий телефоны у них уже, как мы говорим, «на кнопке». Не зря же именно в те минуты, когда я был у Генерального, ему позвонил Цинев. Напомнил! Но в такой обстановке как мне расследовать это дело? Я остановился посреди коридора и зло сказал Каракозу:

– Слушай, что происходит в Москве? Только не темни!

– Чудак! Я и не собирался,– Каракоз обнял меня за плечо и повел по коридору к лифту, оглядываясь, не слышит ли нас кто-нибудь.– Просто зачем трепаться там, где могут быть уши? Теперь я могу тебе сказать. Две недели назад в Москве началась операция «Каскад» – ты знаешь. С виду все нормально – борьба с коррупцией и левым бизнесом, которые подрывают основы социализма. Но есть нюанс. О подготовке этой операции не знали ни Вигун, ни Брежнев. Обрати внимание: операцию проводят ГУБХСС и Отдел внутренней разведки МВД. Когда такое было, чтобы без ведома Политбюро и без ведома Вигуна? А? Второе – в первые же дни операции они берут именно тех, от кого, как выяснилось, Вигун годами получал взятки, и передают эти материалы не Брежневу, а Суслову! Значит, не борьба с коррупцией вообще, а знали кого берут и зачем. Готовились. А против кого? Ведь Вигун не просто Вигун, а близкий родственник Леонида Ильича. Ясно? Вот и Брежнев так думает. Все. Остальное ты прочтешь в деле...

– Подожди, что же мне Суслова допрашивать?

– Суслова не допросишь, он в больнице с сердечным приступом. Лежит с 19-го и неизвестно когда оклемается...

– Как?! Тоже с 19-го?

– А ты думал! Вигун застрелился после разговора с ним. Это ж не шутка! За это Брежнев тут же наорал на Суслова и теперь оба лежат – один в больнице, другой на даче. Но 4-го февраля заседание Политбюро по результатам операции «Каскад». Поэтому твой доклад по этому делу должен лежать на столе у Генсека хотя бы за день до заседания. Пока! – закурил Каракоз, выходя со мной из лифта на пятом этаже.

Я понял, что больше ничего не выжму из Каракоза. Здесь, на пятом этаже находится следственная часть нашей Прокуратуры: кабинеты прокуроров, следователей по особо важным делам, криминалистический кабинет и кабинет самого Каракоза, то есть слишком много посторонних ушей и глаз. Потому Каракоз и заторопился уйти. Но я удержал его:

– Последний вопрос. Откуда ты узнал про мою курортную девочку?

Тут Герман встрепенулся, карие глазки блеснули:

– Ага! Заело? Агентурные данные, старичок!

– Ладно, не морочь мне голову. Откуда?

– Восемнадцать лет, воздушная гимнастка Вологодского цирка, рост метр пятьдесят три, глаза голубые, блондинка...– лукаво сыпал Каракоз.– Вместе были в ресторанах «Ахун», «Ривьера», «Космос», «Кавказский аул». Еще?

– Хватит. Кто настучал?

– Не настучал, а протрепался просто из зависти. Твой друг

– Коля Бакланов,– Каракоз кивнул в сторону кабинета моего приятеля и коллеги – «важняка» Бакланова.– Он сейчас работает с ГУБХСС. Как только кончил дело с икрой, сразу переключился на операцию «Каскад».

– Ну? А при чем тут я?

– А при том, что в Сочи у них целая бригада работает. Засекают людей с большими деньгами и ведут, раскручивают... Если хочешь узнать, сколько ты потратил там в кабаках на свою циркачку, зайди к Бакланову, он тебе скажет. Между нами, старик, хорошая девочка? Подруги есть?

– А тебе своих мало?

– Мне всегда мало, ты знаешь,– сказал он не без гордости.

– Ладно, обойдешься. Пока,– я повернулся и пошел в свой, в конце коридора кабинет.

По дороге хотел зайти к Бакланову и всыпать ему за болтовню, но дверь его кабинета была закрыта – то ли в столовой стоит в очереди за рыбой, то ли где-то по делам шляется. Закрыты были и другие кабинеты, за их дверьми, в тишине и покое сейфов следователей по особо важным делам хранятся документы о десятках крупнейших ведомственных преступлений, каждое из которых могло бы стать сенсацией на Западе. Я поплелся в свой кабинет все еще стараясь отвлечь свои мысли от этой гэбэшной папки – дела Вигуна, которое было у меня в руках. Значит Коля Бакланов – в операции «Каскад». Что ж, это логично, если он в одиночку раскрутил махинации с черной икрой в Министерстве рыбного хозяйства и отдал под суд двести человек, всю верхушку министерства вплоть до министра. Восемь лет они там втихаря отправляли за границу черную икру в консервных банках с этикеткой «Шпроты», и выручку клали себе в карман. При этом львиная доля валюты уходила их западным компаньонам, а это уже подрыв экономических основ социализма и преступление против государства. За это высшую меру получат. Но вот Бакланов, который разоблачил эту мафию и спас для государства, наверно, тонны черной икры на сотни миллионов золотых рублей, стоит, возможно, сейчас внизу, в столовой, в очереди за судаком и нототенией...

Я усмехнулся этой мысли и вошел в свой кабинет. Ничего не поделаешь, товарищ Шамраев, открывайте эту гэбэшную папочку и вникайте в дело. За то вам тут и зарплату платят, и даже судаком иногда подкармливают по сети правительственного спецснабжения...

На титульном листе – красная эмблема КГБ – герб Советского Союза, а под ним – щит и меч. Дальше:

СОВЕРШЕННО СЕКРЕТНО

ДЕЛО
ПО ФАКТУ СМЕРТИ ВИГУНА СЕМЕНА КУЗЬМИЧА

Начато: 19 января 1982 года *Количество документов – 9*
Закончено: 21 января 1982 года *Листов в деле – 16*

Документ первый

СОВЕРШЕННО СЕКРЕТНО

ОТВЕТСТВЕННОМУ ДЕЖУРНОМУ КОМИТЕТА ГОСУДАРСТВЕННОЙ БЕЗОПАСНОСТИ СССР

ТЕЛЕФОНОГРАММА-СПЕЦДОНЕСЕНИЕ

19 января 1982 года в 14 часов 37 минут мною, личным телохранителем генерала Вигуна С. К. майором госбезопасности Гавриленко А. П. в спецпомещении КГБ, расположенном по адресу: Москва, улица Качалова, дом № 16-ф, квартира № 9, обнаружено тело Первого заместителя Председателя КГБ СССР генерала армии Вигуна Семена Кузьмича с признаками насильственной смерти – огнестрельным ранением в область правого виска.

Впредь до Вашего распоряжения место обнаружения тела тов. Вигуна мною охраняется.

СООБЩЕНИЕ ПРИНЯЛ –   19. 1. 1982 г. в 14 часов 37 минут.
ДОЛОЖИЛ ТОВ. Ю. В. АНДРОПОВУ ЛИЧНО –   19. 1. 1982 г.
в 14 час. 37 мин.

Ответственный Дежурный по Комитету Госбезопасности
СССР генерал-майор госбезопасности *НИКИТЧЕНКО О. С.*
Москва, 19 января 1982 года

Документ второй

ПРОТОКОЛ
(осмотра места происшествия и наружного осмотра трупа)
гор. Москва   19 января 1982 года

*Начальник Главного Следственного Управления КГБ СССР
генерал-лейтенант госбезопасности КУРБАНОВ Б. В. согласно распоряжению Председателя КГБ СССР генерала армии
тов. Андропова Ю. В., и руководствуясь ст. 178 УПК РСФСР,
выехал на место обнаружения трупа генерала армии Вигуна С.
К. и произвел осмотр места происшествия.*

*Осмотр производился в присутствии понятых: Куравлева
Семена Ивановича и Лемина Виктора Васильевича, с участием
судмедэксперта Бюро судмедэкспертизы при Мосгорздрав-
отделе – кандидата медицинских наук Живодуева А. П.,
эксперта-криминалиста Центральной Криминалистической
лаборатории КГБ СССР – кандидата юридических наук Семе-
новского П. И.*

*Осмотр начался в 15 часов 50 минут и закончен в 18 часов 03
минуты при электрическом освещении и температуре
+ 22 С.*

При осмотре установлено:

*Квартира № 9 в доме № 16-а по улице Качалова являлась
постоянным явочным местом встреч генерала Вигуна С. К. с
«источниками» – оперативными агентами КГБ. Трехкомнатная квартира находится на 3-ем этаже 12-этажного дома и
состоит из большой передней размером 18 кв. метров, коридора, справа от холла расположена гостиная 12x8 кв. метров,
слева кухня размером в 15 кв. метров, дальше по коридору*

– спальня и кабинет. В гостиной пианино марки «Заря», стереопроигрыватель, телевизор и большой стол в центре комнаты.

Справа и слева от стола – два вишневого цвета кожаных дивана, столик красного дерева, бар красного дерева. Два окна гостиной выходят во двор, окна занавешены шторами синего цвета, пол застелен персидским ковром ручной работы. Вдоль левой стены книжный стеллаж с русскими и иностранными книгами популярных писателей: Пушкина, Толстого, Диккенса, Драйзера, а также современные западные издания: Книги «КГБ», «Большой террор», «Горький парк», журналы «Лайф», «Тайм»...

Мебель в спальне, кабинете и кухне – импортная, чехословацкой мебельной фабрики, полы покрыты персидскими коврами ручной работы. В кабинете – письменный стол, диван, сейф, кресло и три стула. В сейфе две пачки денег – 115840 рублей и 91 тысяча американских долларов (купюры по 100 долларов каждая).

Труп Семена Кузьмича Вигуна находится в гостиной в сидячем положении, в кресле за обеденным столом, головой к столу с наклоном вправо, в правой руке пистолет «ПМ», глаза полуоткрыты, лицо залито кровью. Труп на ощупь теплый. На уровне правого виска имеется входное пулевое ранение круглообразной формы. Вокруг входного отверстия узкий в 1-4 мм темно-коричневый ободок, поверхностные слои кожи содраны, эпидермис подсох. В сантиметре от левого виска имеется выходное отверстие, края его вывороченные наружу, неровные, неправильные, рана размером 2х2,5 см.

Согласно заключению судмедэксперта выстрел произведен на расстоянии 4-5 сантиметров от поверхности кожи. На это указывает отсутствие разрыва кожи газами и несгоревшими порошинками. Ствол пистолета скорей всего был поставлен отвесно по отношению к поверхности кожи, так как входное отверстие образует правильный круг.

Пистолет «ПМ», обнаруженный в правой руке Вигуна С. К., калибра 9,00 мм, номер 2445-с по реестру личного оружия генералов и офицеров высшего состава КГБ является личным оружием генерала Вигуна С. К.

На полу возле трупа обнаружена стреляная гильза от

данного пистолета.

В центре стола, перед телом Вигуна С. К. обнаружена предсмертная записка со следующим текстом, написанным на личном служебном бланке ген. Вигуна:

«ПРОЩАЙТЕ! В СМЕРТИ МОЕЙ ПРОШУ НИКОГО НЕ ВИНИТЬ, ВО ВСЕМ ВИНОВАТ САМ. ВИГУН.»

Здесь же, на столе, обнаружена золотая шариковая авторучка Вигуна фирмы «Паркер», которой написана предсмертная записка.

По данным медицинского осмотра трупа смерть Вигуна С. К. наступила примерно за 1 час 30 минут до осмотра тела.

При осмотре места происшествия производилось опыление следов и другие криминалистические мероприятия.

С места происшествия изъяты и приобщены к протоколу осмотра места происшествия:

– пистолет «ПМ», магазин с 8-ю патронами, одна стреляная гильза 9 мм калибра, предсмертная записка, авторучка фирмы «Паркер».

Изготовлен и приобщен к протоколу осмотра схематический план.

Труп вместе с одеждой направлен в морг Первого медицинского института на Большой Пироговской улице до распоряжения руководства КГБ СССР.

Начальник Главного следственного Управления КГБ СССР генерал-лейтенант госбезопасности *Б. Курбанов*

Эксперты: *Живодуев А. П. Семеновский П. И.*

Понятые: *Куравлев С. И. Лемин В. В.*

Документ третий

ВЫПИСКА ИЗ АКТА СУДЕБНО-МЕДИЦИНСКОГО ИССЛЕДОВАНИЯ
трупа генерала армии тов. Вигуна С. К.

21 января 1982 года в гор. Москве, при ярком электрическом освещении ламп дневного света, в морге Первого Московского ордена

Ленина медицинского института мною, членом-корреспондентом Академии медицинских наук СССР, профессором, доктором медицинских наук, генерал-майором медицинской службы Тумановым Борисом Степановичем с участием медико-криминалистического эксперта, кандидата медицинских наук Живодуева А. П., в присутствии начальника Главного Следственного Управления КГБ СССР генерал-лейтенанта госбезопасности Курбанова Б. В. произведено вскрытие и судебно-медицинское исследование трупа Первого заместителя Председателя КГБ СССР генерала армии Вигуна С. К.

В результате вскрытия и судебно-медицинского исследования трупа прихожу к следующему заключению:

Смерть Вигуна Семена Кузьмича, 64-х лет, наступила 19 января 1982 года между двумя и тремя часами дня в результате огнестрельного повреждения, нанесенного в область правого виска пулей, выпущенной из пистолета системы «ПМ» 9 мм калибра, и произошла от разрушения мозгового вещества, жизненно важных центров и частей головного мозга.

Смерть наступила мгновенно.

Данные микроскопического и спектроскопического исследования входного и выходного отверстий, форма дефектов кожи, особенно почерневшие и закопченные лоскуты кожи вокруг входного отверстия, свидетельствуют о том, что выстрел был произведен почти в упор, с расстояния 4-5 сантиметров.

Направление выстрела, отсутствие на теле каких-либо других повреждений кроме огнестрельной раны, отсутствие следов борьбы и самообороны, описанная в протоколе осмотра обстановка места происшествия и медико-криминалистические исследования дают основания полагать, что данное повреждение головы было нанесено собственной рукой, то есть _смерть гр-на С. К. Вигуна наступила в результате самоубийства._

Подписи: _Б. Туманов А. Живодуев Б. Курбанов_
Круглая печать.

<u>Документ четвертый:</u>

ОТВЕТСТВЕННОМУ ДЕЖУРНОМУ
КГБ СССР генерал-майору
госбезопасности
тов. *НИКИТЧЕНКО О. С.*
от майора госбезопасности *Гавриленко
А. П.*, личного телохранителя генерала
армии Вигуна С. К.

РАПОРТ

Докладываю о нижеследующем:

19-го января с. г. я и капитан госбезопасности Боровский М. Г., личный шофер генерала Вигуна С. К., в автомашине «Чайка» МОС 03-04, закрепленной за тов. Вигуном С. К., сопровождали генерала армии Вигуна С. К. в его поездке по служебным делам.

В 11 часов 53 минуты по приказу генерала Вигуна С. К. прибыли в ЦК КПСС, где я сопровождал тов. Вигуна до кабинета Секретаря ЦК КПСС тов. Суслова М. А. и ожидал его в Приемной.

В 13 часов 47 минут тов. Вигун С. К. вышел из кабинета тов. Суслова и приказал шоферу капитану Боровскому следовать на улицу Качалова.

Прибыв к дому номер 16-а по улице Качалова, тов. Вигун С. К. в моем сопровождении последовал в дом.

Здесь тов. Вигун С. К. приказал мне ждать его в холле первого этажа. Поскольку Инструкция Правительства № 427 от 16 мая 1969 года предусматривает ситуации, когда присутствие телохранителей при личных контактах охраняемых лиц с нужными людьми нежелательно, и учитывая, что квартира № 9 в доме 16-а по улице Качалова является явочной квартирой для встреч генерала Вигуна с его осведомителями и агентурой, я, как бывало и прежде, выполнил приказание тов. Вигуна С. К. и остался внизу, в холле дома 16-а.

За время моего пребывания там никакие лица в дом не входили и из дома не выходили.

Примерно через 20 минут шофер капитан Боровский М. Г. вошел с улицы и спросил, не знаю ли я как долго задержится тов. Вигун С. К. и куда он поедет дальше. «Если он разрешит,— сказал капитан Боровский,— я бы сгонял на заправку к Тишинскому рынку, это две минуты!» Не желая беспокоить тов. Вигуна, мы подождали еще минут десять, после чего капитан Боровский из автомашины «Чайка» попросил радиотелефонистку спецслужбы КГБ соединить его по телефону с квартирой, где находился тов. Вигун С. К. Телефонистка сообщила, что телефон в квартире не отвечает. Обеспокоенный этим, но полагая, что тов. Вигун С. К. отдыхает, я поднялся лифтом к двери квартиры № 9 и осторожно постучал в дверь условным стуком. Не дождавшись ответа, я позвонил в дверной звонок и не получил ответа. Действуя согласно Инструкции № 427, пункт 11 «о чрезвычайных ситуациях», я весом своего тела вышиб дверь и увидел, что генерал Вигун С. К. находится мертвым в гостиной комнате, за столом, с пистолетом в правой руке и пулевым ранением в область правого виска, о чем я незамедлительно сообщил по телефону Вам, Ответственному Дежурному КГБ СССР.

Посторонних лиц в квартире я не обнаружил, входная дверь была закрыта на замок, и у меня нет никаких оснований подозревать кого-либо в убийстве тов. Вигуна С. К. Лично я также никаких преступлений не совершал, а действовал согласно Инструкции № 427 и приказаниям тов. Вигуна С. К.

Выполняя Ваше распоряжение, данное мне по телефону, я незамедлительно покинул квартиру, не прикасаясь к телу тов. Вигуна С. К. или другим предметам, и охранял квартиру до прибытия следственно-оперативной бригады КГБ во главе с генералом ГБ тов. Курбановым Б. В., о чем доношу.

Майор госбезопасности
Гавриленко А. П.
Рапорт-объяснение отобрал генерал-майор
госбезопасности *Никитченко О. С.*

19 января 1982 г., 16 часов 45 минут.

<u>Документ пятый:</u>

ОТВЕТСТВЕННОМУ
ДЕЖУРНОМУ КГБ СССР генерал-
майору госбезопасности тов.
Никитченко О. С.
от капитана госбезопасности
Боровского М. Г., личного водителя
генерала Вигуна С. К.

РАПОРТ

Докладываю о нижеследующем:

19 января с. г. я и майор госбезопасности Гавриленко А. П., личный телохранитель тов. Вигуна С. К., сопровождали тов. Вигуна С. К. в его поездке по служебным делам.

Приблизительно в 13 часов 55 минут по приказанию тов. Вигуна С. К. я довез его в автомашине «Чайка» МОС 03-04, закрепленной за тов. Вигуном С. К., до дома № 16-а по улице Качалова, куда тов. Вигун С. К. ушел в сопровождении телохранителя майора Гавриленко.

После 20 минут ожидания я предположил, что тов. Вигун С. К. задерживается, и я, с его разрешения, могу подъехать на соседнюю, у Тишинского рынка бензоколонку, чтобы дозаправить бак.

Я сказал об этом майору Гавриленко А. П., который, как это часто бывало прежде, дежурил в вестибюле дома № 16-а. Майор Гавриленко А. П. посоветовал мне подождать еще несколько минут и, если тов. Вигун С. К. не появится, связаться с ним по радиотелефону, что я и сделал приблизительно в 14 часов 25 минут. Но телефон в квартире-явке тов. Вигуна не отвечал, о чем я незамедлительно сообщил майору Гавриленко А. П.. Он тут же поднялся в квартиру № 9 и обнаружил там труп тов. Вигуна С. К., о чем я узнал позже, поскольку в квартиру сам не поднимался, а дежурил, согласно приказу майора Гавриленко А. П. у подъезда, не допуская в дом посторонних до прибытия следственно-оперативной группы КГБ во главе с генералом госбезопасности Курбановым Б. В.

Ничего подозрительного за время моего пребывания у дома

№ 16-А по улице Качалова я не наблюдал, приказаний генерала Вигуна С. К. не нарушал, о чем доношу.

Капитан госбезопасности
Боровский М. Г.
Рапорт-объяснение отобрал генерал-майор
госбезопасности *Никитченко О. С.*

19 января 1982 г., 16 часов 55 минут.

Документ шестой: отрывной лист из личного блокнота Вигуна с грифом:

**ПЕРВЫЙ ЗАМЕСТИТЕЛЬ ПРЕДСЕДАТЕЛЯ
КОМИТЕТА ГОСУДАРСТВЕННОЙ
БЕЗОПАСНОСТИ СССР
ДЕПУТАТ ВЕРХОВНОГО СОВЕТА СССР
ГЕНЕРАЛ АРМИИ С. К. ВИГУН**

Текст от руки, почерк разборчивый, с нажимом:

*«ПРОЩАЙТЕ!
В СМЕРТИ МОЕЙ ПРОШУ НИКОГО НЕ ВИНИТЬ,
ВО ВСЕМ ВИНОВАТ САМ.
ВИГУН.»*

Я посидел над этим документом. С характером мужик: по-военному коротко, четко и ясно. Размашистая внятная подпись. Почерк округлый и ровный – все-таки учителем был в молодости, почерк с годами не меняется. Я записал себе в блокнот: «Почему телохранитель не проводил его на 3-й этаж?» и стал читать дальше.

Документ седьмой

ВЫПИСКА ИЗ ПРОТОКОЛА
Заседания Коллегии Комитета
Государственной Безопасности СССР

20 января 1982 года в 16 часов в г. Москве (пл.Дзержинского,2) состоялось внеочередное заседание Коллегии КГБ СССР.

Ввиду экстренности заседания члены коллегии – председатели КГБ союзных республик в Москву не вызывались.

Присутствовали:Председатель Комитета тов.Андропов Ю. В., Заместители Председателя Комитета то. тов. Цинев Г. К., Пирожков В. П., Чебриков В. М., Панкратов Л. И., Матросов Ю. А. и другие ответственные работники КГБ СССР.

От ЦК КПСС присутствовали – Заведующий отделом административных органов тов. Савинкин Н. И.

Всего присутствовало 14 человек.

Председательствовал на Коллегии тов. Андропов Ю. В.

Вел протокол – начальник Канцелярии тов. Баранов Ю. Н.

Слушали: доклад тов. Андропова Ю. В. о чрезвычайной обстановке, возникшей ввиду гибели тов. Вигуна С. К.

Юрий Владимирович Андропов сообщил о том, что 19-го января 1982 года на одной из явочных квартир выстрелом в висок покончил жизнь самоубийством тов. Вигун С. К. Причиной самоубийства генерала Вигуна послужило разоблачение его многолетних связей с незаконной деятельностью крупных расхитителей государственной собственности и другими хозяйственно-экономическими преступлениями, данные о которых получены в ходе проводимой ГУБХСС МВД СССР операции под кодовым названием «Каскад». Ввиду грозящего отстранения от должности и привлечения к партийной и судебной ответственности, тов. Вигун С. К. покончил с собой.

Тов. Андроповым Ю. В. предлагается план мероприятий, позволяющих сохранить спокойствие в центральном и периферийном аппаратах КГБ, скрыть допущенные тов. Вигуном нарушения по службе административного характера, а также активизировать работу аппарата КГБ СССР с тем, чтобы в дальнейшем избежать тех отрицательных и порочных результатов в работе, которые были допущены в бытность тов. Вигуна С. К. Первым заместителем Председателя КГБ СССР.

<u>*Выступили:*</u> *Тов. Савинкин, Цинев, Чебриков, Пирожков, Матросов, Черкасов.*

<u>*Постановили:*</u> *1. Выступления в протокол не заносить.*

2. Принять к сведению сообщения тов. Андропова Ю. В. о том, что самоубийство тов. Вигуна С. К. произошло в результате малодушия.

3. Принять к исполнению переданное тов. Савинкиным Н. И. указание Правительства о нежелательности компрометации правительственых органов и руководства КГБ, как внутри страны, так и за рубежом, фактом самоубийства члена ЦК КПСС Зам. Председателя КГБ СССР тов. Вигуна С. К.

В связи с этим:

а) строго засекретить факт самоубийства тов. Вигуна С. К.,

б) изготовить медицинское заключение о смерти тов. Вигуна С. К. в результате тяжелой болезни,

в) на основе этого медицинского заключения поручить ТАСС опубликовать некролог о смерти Первого заместителя Председателя КГБ СССР тов. Вигуна С. К.,

г) произвести косметическую обработку лица тов. Вигуна С. К. с тем, чтобы скрыть следы пулевого ранения,

д) выставить тело Вигуна С. К. на два часа 22 января 1982 года в клубе имени Дзержинского только для прощания с ним близких родственников и сотрудников покойного, не допуская в зал посторонних лиц и иностранных корреспондентов,

е) захоронить тело тов. Вигуна С. К. на Ваганьковском кладбище. Похороны произвести по второму разряду с отданием воинской чести.

4. Должностные функции Первого Заместителя

Председателя КГБ СССР временно распределить между тов. Циневым, Чебриковым и Пирожковым.

5. Принять решение об отказе в возбуждении уголовного дела по факту гибели тов. Вигуна С. К. ввиду ясности случая.

Подписано: Председатель Коллегии Комитета Государственной Безопасности СССР генерал армии *Ю. Андропов* Секретарь Коллегии генерал-майор *Ю. Баранов.*

Дальше можно было не читать – липовое медицинское заключение о болезни (гипертонический криз, сердечная недостаточность и т. п.) и формальное «постановление об отказе в возбуждении уголовного дела ввиду ясности случая». Ладно, подведем итоги. Как говорила моя еврейская бабушка: «Что мы имеем с гуся?» «А» – Вигун застрелился после визита к Суслову, но, только ли в результате этого визита? «Б» – где те документы, которыми уличал его Суслов? В» – почему телохранитель не проводил его до 3-го этажа? «Г» – где пистолет Вигуна, авторучка, стреляная гильза, ключ от квартиры? Впрочем, то, что мне не прислали это все вместе с делом, к Вигуну отношения не имеет. Это мелкая месть Пирожкова или начальника следственного управления Курбанова – хотят чтобы я все-таки сам, лично притащился к ним в КГБ. Значит этот пункт отбросим. Остается три вопроса. Прямо скажем, и этого достаточно!

Я перелистал дело Вигуна на начало. Отпечатанное Каракозом постановление следователя Шамраева о возбуждении уголовного дела по факту смерти Вигуна лежало передо мной – чистенькое, еще не подписанное ни мной, ни Генеральным прокурором. Ну что, товарищ Шамраев, подписываем? Впрягаемся в это дело? Я достал сигарету, закурил и тут же поймал себя на этом жесте. Интересно! Прежде чем ставить свою подпись под этим, возможно, смертельным для меня документом, я закурил. А как же Вигун перед самоубийством? Ведь он курил, да и пил, я сам это видел неоднократно. Последний раз месяца три назад я видел его на партактиве в Колонном Зале Дома Союзов, точнее – в буфете: он сидел там с Юрием Брежневым и еще с кем-то за бутылкой коньяка и курил, я хорошо помню. Так неужели перед тем, как пустить себе пулю в висок, он не выкурил сигарету и не хлопнул рюмку коньяка? Между тем в протоколе осмотра места происшествия нет ни слова о каком-нибудь окурке или коньяке.

Я взглянул на часы. Было около пяти, через несколько минут Курбанов и все Следственное управление КГБ разъедутся по домам, они там по-армейски сидят от звонка до звонка. В телефонном справочнике правительственных учреждений с грифом «Секретно, для служебного пользования», я нашел прямой телефон Главного Следственного управления КГБ СССР и набрал номер.

– Лидия Павловна, добрый вечер, это Шамраев из Прокуратуры. Можно Бориса Васильевича?

– Минутку,– сказала секретарша Курбанова, а через несколько секунд в трубке прозвучал голос ее начальника.

– Курбанов слушает.

– Добрый вечер, это Шамраев. Нельзя ли мне сегодня получить приложение к делу генерала Вигуна: его пистолет, гильзу, ключи от квартиры на улице Качалова?

– Такая срочность? – усмехнулся его голос. Я промолчал. Срочность или не срочность – это уже мое дело.

– Хорошо, если вам это нужно, заезжайте к нам, пакет будет ждать вас внизу, у дежурного. Только имейте в виду, что пистолет уже вычищен, без пороховой гари. Кто же знал, что будет повторное следствие?

– А как насчет его записных книжек? И я хотел бы допросить его сотрудников, в том числе телохранителя и шофера.

– Их показания есть в деле. Мы считаем, что этого вам достаточно. Вы должны понимать, что генерал Вигун и его окружение связаны не только с внутренними делами в стране. Специфика их работы...

– Мои вопросы не будут касаться специфики их работы.

– Не знаю... Допрашивать сотрудников Комитета вам может позволить только Юрий Владимирович Андропов,– сказал он тоном, завершающий разговор.

– Извините, Борис Васильевич, Прокуратура Союза, как вы знаете, не нуждается в чьих-то разрешениях,– разозлился я.– Все, что мне нужно – это их адреса. И адреса понятых, которые были при осмотре места происшествия.

– Я не думаю, что без разрешения Юрия Владимировича

они будут отвечать на ваши вопросы,– снова усмехнулся его голос.– Понятые – тоже наши работники. Как вы понимаете, в таком деле случайных людей быть не могло.

Во время всего этого разговора я, даже не видя его, чувствовал в его тоне эдакую высокомерность гэбэшного генерала к докучливой маленькой пешке – следователю какой-то там прокуратуры. Точно такой же тон был три часа назад у Пирожкова. Я спросил:

– Скажите, а вы-то можете ответить на мои вопросы без разрешения Андропова?

– На какие именно?

– Семен Кузьмич курил?

– Что? Что? – спросил он удивленно.

– Я спрашиваю: генерал Вигун был курящий?

– Да. А что?

– Спасибо. Вы можете дать мне адрес его вдовы?

– На какой предмет? – насторожился он.

– Борис Васильевич,– сказал я примирительно.– Вы же понимаете, что я не могу вести следствие, даже не поговорив с его вдовой. Или для встречи со мной ей тоже нужно разрешение Андропова?

– Хорошо,– буркнул он.– Ее адрес будет в том же пакете с вещдоками, у дежурного...

Тот же день, 17. 40.

Явочная квартира Вигуна на улице Качалова в точности соответствовала описанию «Протокола осмотра места происшествия и наружного осмотра трупа». Персидские ковры, импортная мебель, мягкие кожаные диваны, дверь с выломанным телохранителем Вигуна английским замком отремонтирована и опечатана, но следы свежего ремонта налицо. В гостиной и других комнатах – объемные, моющиеся финские обои с приятным давленым узором – мечта московских домохозяек. На окнах синие шторы, под потолком люстра «Каскад» с тройным переключателем светового режима, новинка отечественной электротехники.

Но люстра «Каскад» меня мало интересовала. Первое, что

здесь бросалось в глаза – идеальная чистота. В квартире, где произошло самоубийство, где побывали следователи, понятые, медицинские эксперты – было абсолютно чисто. То есть, Курбанов был так уверен в том, что после них уже не будет никакого доследования, что разрешил произвести уборку. Придется допрашивать уборщицу, хотя, подумал я, и уборщица у Вигуна – гэбэшница, конечно.

Я поискал глазами пепельницы. Конечно, они были пусты. Но они были – хрустальные, фарфоровые и чугунные – пепельницы были в каждой комнате. И одна из них стояла в гостиной, на полированном обеденном столе с замытыми пятнами крови. Значит, Вигун курил до последнего дня. Если бы он бросил курить хотя бы за день до смерти, здесь не было бы ни одной пепельницы – те, кто бросают курить, убирают все пепельницы и не разрешают курить гостям. Это я знаю по себе. Итак, Вигун курил, но перед самоубийством не сделал и затяжки, иначе в пакете с вещдоками, который мне выдали в КГБ, вместе с ключами от квартиры и парадного входа в дом № 16-А, вместе с именным, инкрустированным пистолетом Вигуна, стреляной гильзой и чуть сплющенной пулей, которая прошла через черепную кость покойника, был бы и этот окурок.

Вслед за пепельницей я занялся баром.

Бар был чешский, из темного дерева, с электрической лампочкой внутри. Она осветила мне целую батарею бутылок – армянский и французский коньяк, импортную и советскую водку, рижский бальзам в керамической бутылке, шотландский виски, грузинское вино, шампанское – короче, на все вкусы. Некоторые бутылки коньяка и водки были початы. Конечно, это еще не говорило о том, что хозяин квартиры держал всю эту батарею лично для себя, но и не отрицало того, что он мог и любил выпить. Но он не выпил перед смертью. Иначе, в акте судебно-медицинской экспертизы значилось бы, что в организме Вигуна обнаружены следы алкоголя. Итак, он не пил и даже не курил перед смертью. Вот так. Приехал от Суслова (почему сюда, а не домой или к себе в кабинет?), сел за стол, открыл блокнот, написал предсмертную записку, положил рядом с ней авторучку, достал из кармана пистолет, поднес к виску и – нажал курок. Деловой человек, прямо скажем!

Я сел к столу в то же кресло, в котором сидел свои последние минуты Вигун. Я положил перед собой его предсмертную записку и авторучку и полез в боковой карман пиджака как бы за пистолетом. Стоп! А где были его пальто или шинель, все-таки январь на улице. Или он прямо в шинели пришел с улицы, сел в шинели к столу в гостиной и пустил себе пулю в голову? Ни в рапортах телохранителя и шофера, ни в протоколе осмотра места происшествия нет ни слова о том, как он был одет – в шинель, в парадный мундир, в штатский костюм?

Я достал из кармана пиджака болгарские сигареты «ВТ», чиркнул спичкой и пошел к открытой форточке покурить. Заодно подумал, что и Вигун мог перед смертью покурить у окна. Глядя на этот все падающий за окном московский снег и эту кирпичную стену какого-то гаража во дворе, он мог попрощаться мысленно с этим грешным и прекрасным миром, где он, прямо скажем, совсем неплохо прожил свои 64 года. Затем он докурил последнюю сигарету... Я бы на его месте просто швырнул окурок в форточку за окно. А дальше? Вернулся бы к столу? Снова сел в кресло, перечитал свою записку, вытащил пистолет? Или пустил бы себе пулю в лоб тут же, у окна?

Я присел на корточки в надежде найти пепел на ковре у окна. Но пепла не было. Мог ли он стряхивать пепел в форточку за окно? Окно было рядом – с двойной рамой и двумя форточками – одна открыта наружу, на улицу, вторая в комнату. Но когда я, привстав на цыпочки, протянул руку подальше в форточку, чтобы сбросить пепел, я вдруг увидел то, что заставило меня забыть и о сигаретах, и о коньяке, и обо всех этих тонкостях индуктивного метода.

Верхний край наружной деревянной форточки был с двумя отщеплинками. С двумя небольшими деревянными отщеплинками, которые торчали чуть наружу. Сверху они были припорошены снегом, но низ отщепов был свеж, как будто раму в этом месте отковырнули совсем недавно – ну, несколько дней назад.

Я принес к окну стул, а из кабинета настольную лампу, чтобы осветить это любопытное место. Следственного чемодана с лупой и набором других инструментов при мне не было

– поехал, называется, на осмотр места происшествия, дубина стоеросовая! Но кто мог подумать, меня же интересовали только пепельницы и бутылки... Впрочем, и без лупы тут была отчетливо видна полукруглая в разрыве деревянной ткани ложбина глубиной в три, примерно, миллиметра. Я вытащил из целлофанового, опечатанного сургучом пакета желтовато-стальную пулю, которая три дня назад завершила биографию первого заместителя Председателя КГБ СССР. Рыльце пули было чуть сплющено, как и положено при встрече с черепной костью, но ее холодное круглое тельце калибра 9 мм было не покорежено, и, держа эту пулю за самый край, за донышко, я приложил ее к этому крохотному желобку, этой выщеблинке. Пуля легла в нее, точно вписав свое тельце в отрезок этой окружности. Конечно, нужно будет произвести баллистическую экспертизу, но и так было видно, что пуля летела из комнаты наружу, задела форточку и отщепила край дерева.

Вылетев из окна, она должна была угодить в стену точно такого же нового соседнего дома на уровне второго или третьего этажа и упасть куда-то во двор, юркнуть в метровый снег, который все идет и идет, вынуждая местного дворника сдаться перед силами природы и покорно ждать конца снегопада.

Я спрыгнул со стула и вышел из квартиры № 9. В коридоре я наобум позвонил в соседнюю квартиру – никто не ответил. Из следующей квартиры была слышна громкая музыка, на мой звонок в двери показалась толстая девушка в свадебной фате.

– Извините,– сказал я ей.– У вас не найдется бинокля?

– Чиво? – изумилась невеста.

Но в четвертой по счету квартире лично из рук внука бывшего министра морского флота Бакаева я получил цейсовский бинокль и даже подзорную трубу. Я вышел на улицу.

У подъезда стояла служебная «Волга», выделенная мне на этот вечер дежурным помощником Генерального прокурора. В машине, слушая «Маяк», сидел молодой голубоглазый водитель Саша Лунин. Я велел ему въехать во двор дома и светом фар осветить кусок стены противоположного дома между вторым и третьим этажом.

То была непростая задача. Саша почесал в затылке, но

справился с ней: въехав во двор, он закрепил задние колеса «Волги» парой камней, а передок машины поднял домкратом. Дальний свет мощных фар «Волги» осветил мне стену напротив окон квартиры Вигуна. Подойдя к ней вплотную, я стал в бинокль пристально осматривать стену. И я нашел то, что искал – на белой стене дома черную выбоину.

Под этой выбоиной я мысленно очертил себе квадрат снега и приказал Саше опустить передок машины и посветить мне. И вслед за этим я, к Сашиному удивлению, стал рыться там голыми руками в снегу.

Очень скоро руки замерзли, и я уже клял себя за эту поспешность. Конечно, все это можно было сделать завтра и куда профессиональней: вызвать роту солдат и просеять тут снег. Но в каждом деле есть азарт, когда отступать кажется не по-мужски. Саша глядел на меня иронично, желтые пятна окон соседних домов дразнили меня всплесками домашнего смеха, мерцанием телевизионных экранов и громкой музыкой. Там, в приятном тепле нестандартно-барских квартир этих новых многоэтажных домов, построенных на тихой улице Качалова специально для правительственной и научной элиты, люди пили чай и вино, слушали музыку, гуляли на свадьбе или смотрели по телевизору очередную серию военного детектива «17 мгновений весны» с Тихоновым в главной роли. А я, как последний дворник, копался в снегу у них под окнами. Но чем больше я злился (на кого? на самого себя?), тем упрямей запускал окоченевшие красные уже руки в снег и шарил там, будто проверял свой характер. Лишь когда сердце уже забирало от мороза, я выдергивал руки, отогревал их дыханием, а потом заставлял себя снова шарить в этом снегу. Сверху-то он был мягкий, свежий, но дальше, под сегодняшним слоем был уже слой вчерашний, почти слежавшийся, а мне-то нужно было добраться еще ниже. И я уже точно знал, что это глупость, что рано или поздно я наткнусь на какую-нибудь корягу, железяку или разбитую бутылку и пораню себе руки, тем все и кончится на сегодня. Ноги давно промокли от набившегося в туфли снега, намокли и штанины брюк, и рукава пальто, пиджака и рубахи – не закатал их, конечно, по глупости, но когда я собрался сдаться и плюнуть на это дело, именно в этот момент левая рука, не веря самой себе, вдруг ощутила меж растопыренными указательным и безымянным пальцами нечто гладко-металлическое и холодно-скользкое. Пуля! Я вытащил ее так, как она мне попалась – зажав растопыренными окоченевшими пальцами. Вытащил и чуть снова не уронил, потому что пальцы правой руки, которыми я хотел перехватить пулю за ее сплющенное свинцовое рыло, уже не слушались меня, не сгибались. Так, даже не осмотрев пулю, я сунул ее вместе с левой рукой в карман и быстро; теперь уже как мог быстро, почти бегом ринулся со двора в дом, не потому что спешил осмотреть эту пулю, а просто потому что замерз до поджилок.

– Все! – сказал я на ходу водителю.– Гаси!

У подъезда, под красивым бетонным козырьком стояла юная пара в импортных дубленках и пыжиковых шапках. Они посмотрели на меня с удивлением, как на бродягу или жулика, который вынырнул из темного двора, но мне было не до них. С трудом попав ключом в замок наружной двери подъезда, я даже не стал дожидаться лифта, а бегом взбежал по лестнице на третий этаж, в квартиру № 9. Здесь, оставляя на коврах мокрые следы, я напрямую прошел к бару. Я вытащил первую попавшуюся в руки бутылку финской водки, зубами – поскольку деревянные пальцы не слушались – свинтил ее металлическую пробку и прямо из горлышка хватанул большой емкий глоток. Один, второй, третий. И перехватил воздух открытым ртом, чувствую, как отпускает, отпускает, отпускает мою окоченевшую душу...

Согревшись, я снял телефонную трубку, набрал домашний номер Светлова. После трех длинных гудков услышал голос Оли, жены Марата:

– Алло!..

– Привет,– сказал я.– Это Игорь. Как жизнь?

– Привет,– ответила она натянутым, выжидательным тоном.

– А где твой? Можно его?

– Хм! – саркастически хмыкнул ее голос.– Он уже час, как у тебя. По его словам. Вы б хоть сговорились сначала! – И тут же короткие гудки отбоя. Бросила, значит трубку.

Так. Подвел я Светлова. В который раз уже. Я набрал номер своего домашнего телефона, ожидая, что скорей всего там вовсе не ответят, что Ниночки уже нет в моей холостяцкой квартире, а вместо нее меня ждет записочка типа «А пошел бы ты!..»

Но трубку там сняли сразу, и веселый Ниночкин голосок, сопровождаемый какой-то громкой джазовой музыкой, которую она явно силилась перекричать, сказал:

– Алло! – и видимо в сторону: – Тамар, сделай потише! – и опять мне: – Слушаю.

– А что там за Тамара такая? – спросил я.

– Это ты, Игорь? – музыка на том конце провода, то есть у меня в квартире, стала потише.– Ты где? У нас гости!

– Какие гости?

– Ну как – «какие»? Марат Светлов.

– А что за Тамара?

– А Тамара – это моя подруга из циркового училища. Марат попросил пригласить для него. Давай, приезжай быстрей! А то вся закуска кончится...

– Дай мне Марата.

Короткая музыкальная пауза, голос Светлова:

– Привет, старик! Ты где?

– Я на месте происшествия, на улице Качалова. Значит так: бери девочек в охапку и подваливай сюда, срочно!

– Зачем? – изумился он.

Я не мог сказать ему этого по телефону: и телефон этой квартиры и, я думаю, мой домашний, были уже «на кнопке» в КГБ. Поэтому я не мог сказать Светлову, в чем дело, и принялся ломать комедию:

– Ну, я тебе говорю! Тут есть и виски, и бренди – как раз под вашу закуску,– и прервал его возражения: – Не обсуждаем!

По этой давней, еще с периода совместной работы в Краснопресненском районе реплике «Не обсуждаем!», он понял, что речь идет не о продолжении вечеринки. А я продолжал развязно:

– Значит так: бери всю закуску, уложи ее в мой чемоданчик, который у меня у окна, за письменным столом, и валяйте сюда, ты слышишь?

У окна, за письменным столом стоял у меня дома мой следственный чемодан.

– Слышу. И девочек брать? – спросил Марат недоверчиво.

– Ну, а как же без девочек, чудила? Конечно! Улица Качалова, 16-А, у входа нажмете кнопку, квартира девять. Пока! Только не забудь закуску!..

Пусть там, где нас сейчас слушают и пишут на пленку, считают, что следователь по особо важным делам Шамраев, злоупотребляя своим служебным положением, решил угостить своих друзей государственным, из бара покойного Вигуна, французским коньяком и другими напитками. Завтра это занесут в мое личное дело, которое стоит в картотеке КГБ рядом с личными делами всех сотрудников нашей Прокуратуры, вплоть до Генерального и буфетчицы тети Лены. Но мне плевать, мне сейчас позарез нужны два понятых и Светлов с его нюхом прирожденной сыскной ищейки. Потому как это странное самоубийство – человек перед смертью даже сигарету не выкурил, но зачем-то стрелял в форточку.

Тот же вечер, 21 час с минутами

Из всех областей деятельности юриста самое интересное, на мой взгляд,– предварительное следствие. Над адвокатом, судьей или прокурором стоят клиенты, начальство или правительство. Они, как извозчик, понукают юриста, диктуют ему и маршрут, и конечную цель его работы, и очень часто наша советская юриспруденция под давлением этих сил превращается просто в законодательный произвол.

Но «при производстве предварительного следствия все решения о направлении следствия и производстве следственных действий следователь принимает самостоятельно, за исключением случаев, когда законом предусмотрено получение санкции от прокурора»,– сказано в статье 127 Уголовно-Процессуального Кодекса СССР. Таким образом, любой следователь – сам себе хозяин. Перед ним конкретные факты и конкретные поступки людей. Следователь один на один с жизненной правдой, с ее кровью, нищетой, роскошью, страстями и случайностями. Ни один роман не заполнен таким количеством человеческих страстей, как самое простое, даже бытовое преступление. Тут тебе и ревность, и страсть к наживе, и стремление к власти, и еще черт знает что! И часто,

ухватившись лишь за один факт, следователь должен собрать
воедино все детали, биографии, характеры и поступки всех
действующих лиц этого преступления, всех – даже имеющих
алиби заинтересованных и незаинтересованных сторон. Ну,
чем не работа писателя-романиста, с той только разницей, что
ты не имеешь права ничего выдумать или подтасовать, как
делают это товарищи писатели, а вынужден охотиться только
за правдой, потому что от этого зависят судьбы не каких-то
вымышленных Отелло или Раскольниковых, а самых что ни
на есть из плоти и крови Ивановых, Петровых, Рабиновичей
и Брежневых. Да и твоя собственная судьба, что немало-
важно...

Сама по себе пуля девятого калибра, найденная мной во
дворе,– ерунда, железка. То, что она вылетела во двор через
форточку, тоже пока еще ни о чем не говорит, а вот то, что я
нашел ее во дворе не в присутствии двух понятых – свидетелей, а лишь при шофере – это с моей стороны правоотступле-
ние,– любой суд может отклонить эту улику. Конечно, при том
правовом произволе, который царит вокруг, можно и прене-
бречь формальностями – и протокол изъятия пули оформить
позже, но я что-то не помню, чтобы такие профессионалы, как
товарищ Шекспир или Достоевский, пренебрегали в своих
произведениях точками, запятыми и другими, в общем-то
формальными, законами грамматики. Грамотность следствия
– показатель профессионализма следователя.

Поэтому я сидел на кухне в служебно-явочной квартире
покойного товарища Вигуна С. К., пил чай из предварительно
проверенного на свет стакана (нет ли на нем отпечатков пальцев), и ждал прибытия понятых – Ниночки и какой-то там Тамары, а вместе с ними и Светлова с моим следственным чемоданом. В этой квартире произошло кое-что и кроме самоубийства, и я не уйду отсюда, пока не осмотрю здесь со
Светловым каждый миллиметр и каждую ворсинку в этих
замечательных персидских коврах, и каждое пятнышко на
этой импортной мебели. Но теперь это будет сделано по всем
правилам закона – в присутствии понятых и с помощью хотя
и простых, но достаточных для начального этапа следствия
инструментов. По этой части Светлов еще больший мастер,
чем я, ему в Уголовном Розыске чуть не каждый день при-

ходится заниматься осмотрами мест происшествий, у него и глаз навострен и нюх натаскан.

Звонок в дверь прервал мои размышления над стаканом чая. Светлов, Нина и ее подруга Тамара заявились шумно, с моим следственным чемоданом, с магнитофоном, пакетами с едой и даже бутылкой шампанского. Едва перешагнув порог и увидев просторный холл-прихожую, где на стенах висели оленьи рога и галлерея ярких африканских масок, Ниночка воскликнула:

– Ух ты! Вот это да! Обо что ноги вытирать?

На рантиках ее черных, на высоком каблучке сапог были бусинки тающего снега.

– Ладно, шагайте так,– сказал я великодушно, но Ниночка по своей провинциальной манере еще оглядывалась в поисках половика или хотя бы веника, а затем решительно присела на стул и стала снимать сапожки.

– Вот еще! – сказала она.– Буду я по такому паркету следить! Знакомься, моя подруга Тамара, наездница.– И прислушалась: – А где хозяева? Кто тут живет?

Мы со Светловым переглянулись. Похоже, он не ввел их в курс дела, сказал, наверно, «едем в одно место, там все увидите», и правильно сделал, но теперь надо было либо выкручиваться и врать, либо говорить все начистоту. Я выбрал второе, я сказал:

– Вот что, девочки. В этой квартире на днях произошло преступление. Поэтому вы тихо посидите на кухне, ничего там не трогайте, никакую посуду, а мы с Маратом пока тут поработаем.

Тамара – высокая черноглазая девица с худенькой ломкой талией, но с крепкими ногами и с прямыми плечами, молчала, осваивалась. Она сняла на руки Светлова пальто, а затем протянула ему правую ногу, чтобы он снял ей сапог. Похоже, она уже забрала власть над начальником третьего отдела Московского Уголовного Розыска, да и немудрено – она подняла эту ногу так высоко и прямо, что открылась вся телесная перспектива ее колготок.

Тем временем Ниночка оживленно вскинула на меня голубые глазки:

– Преступление?! – воскликнула она.– Про которое тебе

Марат в Сочи рассказывал?

А я-то считал ее полной глупышкой!

– Ладно,– сказал я ворчливо.– Без вопросов. Марш на кухню. И дайте мне что-нибудь поесть, я жрать хочу – умираю...

Через несколько минут мы с Маратом приступили к осмотру квартиры. Я ввел его в курс дела, показал задетую пулей раму форточки и саму пулю, найденную мной во дворе, а дальше ему уже ничего не нужно было объяснять, он все понял. Его живые карие глаза блеснули азартом, куда-то подобрался его уже откровенно наметившийся животик, и движения стали скупыми, точными.

– Так,– сказал он, одевая резиновые перчатки, которые привез в моем следственном чемодане.– Девочки пусть сидят в прихожей! Можно дышать, но двигаться нельзя и главное – ничего не трогать! Когда мы проверим кухню – пересядете туда.

– А музыку можно включить? – робко спросила Ниночка.

– Ладно, музыку можно,– разрешил он.

– А можно посмотреть как вы работаете? – спросила Тамара.

Он не смог ей отказать, но сказал сурово:

– Смотрите. Но только издали. И – никаких вопросов!

После этого он словно забыл о ней. То есть, может быть, где-то внутри и помнил, и чуть наигрывал на наших зрительниц, но только чуть-чуть, самую малость. Во всем остальном он был сосредоточенно-серьезным, внимательным к любому пустяку и неразговорчив. Наверно, в эти минуты мы с ним были похожи на двух хирургов, которые, натянув резиновые перчатки, приступили к сложной операции. При этом ведущим хирургом был Светлов, а я легко согласился на роль его ассистента.

– Пинцет!.. Лупу!.. Посвети мне сбоку... Порошок... Магнитную закись...

Каждый стакан, бокал, рюмку Светлов брал за донышко и осматривал в косых лучах электрической лампы, каждое подозрительное пятнышко на мебели посыпал специальным порошком для выявления папилярных узоров, и все это он делал быстро, с привычной, почти конвейерной сноровкой.

– Чисто... Чисто... Чисто...

С кухней мы управились довольно быстро, за какие-нибудь пятнадцать минут. Ни на посуде, ни на мебели не было никаких следов. Вообще – никаких. Ни на одном стакане, ни на чашках, ни на ручке холодильника, ни на спинках стульев – нигде. Светлов посмотрел на меня выразительным взглядом, и мы даже не стали это обсуждать: ясно, что уборку на кухне делала не простая домработница.

Мы пересадили девочек на кухню и разрешили им не только слушать магнитофон, но и приготовить ужин. А сами перешли в квартиру. И тут, на пороге прихожей и гостиной Светлов сделал первое открытие, честь которого потом долго оспаривала Ниночка. Он сказал:

– Дед, посмотри сюда, на пол.

Я посмотрел, но ничего не увидел. Чистый паркет был слегка увлажнен нашими следами.

– Петя! – сказал он насмешливо, совсем как в студенческие годы, когда мы, четверо обитателей комнаты № 401 на четвертом этаже общежития юридического факультета МГУ в Лосиноостровской, звали друг друга не по именам, а просто «Петями».– У твоей внучки следовательский взгляд, я возьму ее в МУР и дам ей звание лейтенанта. Смотри: во всей квартире ковры, а в прихожей нет даже коврика!

Действительно, в гостиной, спальне и в кабинете были ковры, даже в коридоре лежала ковровая дорожка, а в прихожей – нет. Это было нелепо. Светлов стал на четвереньки и, вооружившись лупой, принялся исследовать плинтусы у стен и у дверей. Через минуту он поднялся и торжественно показал мне добытую из-под щели в плинтусе толстую зеленую ковровую нитку.

– Конечно, здесь был ковер,– сказал он.– Ноги-то надо было вытирать. Женись на Ниночке – хорошая хозяйка...

В гостиной и спальне мы ничего не нашли, кроме отмеченных в гэбэшном протоколе и уже почти замытых на столе и под столом пятен крови.

На всякий случай мы сделали с этих пятен соскобы, но это было скорей формальностью, чем делом.

Последнее, второе открытие мы сделали через час, когда девочки уже истомились ждать нас к ужину и заскучали. В кабинете Вигуна за батареей парового отопления, скрытой письменным столом, мы нашли стопку завалившихся туда пожелтевших расчерченных карандашом листов со столбцами цифр и другими пометками – записи, которые делают картежники при игре в преферанс. Я в этой игре ничего не понимаю, но Светлов, который брал не одну картежную малину уголовников, сказал сразу:

– По-крупному играли. А эти инициалы тебе пригодятся.

Самое интересное в этих листках были не цифры ставок, выигрышей и проигрышей, а инициалы игроков. Придется мне над этими инициалами поломать голову.

Закончив осмотр квартиры, мы сделали последнюю акцию: сфотографировали и выпилили из оконной рамы потревоженный пулей кусок деревянной форточки. И только после этого сели с девочками пить чай и шампанское. Было около двенадцати ночи, глазки у наших подруг уже слипались от скуки и усталости. Тамара порывалась смыться домой, но Светлов обошелся с нею просто. Он положил перед нею свое красное удостоверение, где на обложке было вытеснено золотом – «Московский Уголовный Розыск, МВД СССР», а внутри значилось: «Полковник милиции Светлов Марат Алексеевич, начальник 3-го отдела» и сказал:

– Понятая Тамара! Мы держим вас здесь не как поклонники ваших прелестных ножек, а в связи с чрезвычайным государственным делом. Сиди тихо и не канючь. Через полчаса подпишешь протокол осмотра этой квартиры, и после этого мы тебя отвезем домой. Ясно?

По-моему, на нее это подействовало сильнее любого обхаживания и флирта. Она спросила:

– А потом вы куда поедете?

– Потом мы забросим эти материалы в институт судебных экспертиз, и Марат поедет ко мне. Нам еще нужно кое-что обсудить,– сказал я.

Марат посмотрел на меня удивленно. Он собирался домой, но я добавил:

– Твою жену я беру на себя. Ты мне действительно нужен.

– А можно я тоже к вам поеду? – спросила Тамара, и я понял, что теперь Светлов никуда от меня не денется, во всяком случае – этой ночью.

Той же ночью

— Тот, кто замыл следы и убрал ковер из прихожей,— тот и убил твоего Вигуна,— сказал Светлов.

— И стрелял в форточку? — спросил я насмешливо.

— Не знаю. Если это не самоубийство, то убийство — третьего не дано...

— Глубокая мысль!

— Подожди. Строим гипотезу. «А» — разговор с Сусловым и разоблачение в связях с левым бизнесом — лучшее прикрытие для оправдания и инсценировки самоубийства. Верно? «Б» — Вигун приехал от Суслова. Его кокнули и инсценировали самоубийство. И «В» — Суслов слег в больницу для убедительности, что он к этому не имеет отношения.

— Но зачем стрелять в форточку? — упрямо повторял я.— И как они могли знать, что он поедет не домой к жене, не в свой кабинет, а именно туда, где его ждет засада?

— Этого я не знаю... Но если это самоубийство — откуда вторая пуля? — моим же оружием давил Светлов.

Разговор происходил в полтретьего ночи в моей однокомнатной квартире у метро «Аэропорт». Мы с Маратом Светловым сидели вдвоем в туалете, да простит мне читатель эту бытовую подробность. Наши девочки утомленно спали: Нина на кухне, на уложенном на пол матраце, а Тамара — в комнате, в моей постели, которую мы с Ниной уступили нашим гостям. Жена Светлова, конечно, не поверила моим телефонным уверениям в срочности и важности наших дел, и после третьего моего звонка просто отключила телефон, а Светлов махнул рукой — «семь бед – один ответ». К двум часам ночи девочки уснули, а мы с Маратом тихо заперлись в кабинке совмещенного с ванной туалета. Мы дымили нещадно и тихо обсуждали версии гибели Вигуна.

— А если просто какой-нибудь грабитель залез в его квартиру? Или какая-нибудь западная разведка?

— Да? — усмехнулся Светлов.— И при этом выбрали день, когда Вигун поругался с Сусловым?

— Что ж,— вздохнул я,— придется проверять все версии. Жаль, что институт судебных экспертиз завтра не работает. Мы только в понедельник узнаем – это Вигун стрелял в форточку или не Вигун...

Я вытащил из кармана несколько стандартных типографских бланков, которые заполнил тут час назад в одиночестве, пока Светлов был занят со своей Тамарой делами менее прозаическими. То были наброски «Плана расследования по делу о смерти С. К. Вигуна». Здесь было все: от эксгумации трупа и графической экспертизы текста предсмертной записки Вигуна до судебно-биологической и баллистической экспертиз двух пуль и допроса всех родственников, близких и сотрудников Вигуна, а также допрос Суслова, Андропова, Курбанова. Здесь были разделы: «мотивы возможного убийства», «круг лиц, потенциально заинтересованных в смерти Вигуна», «способы проникновения в квартиру», «орудия преступления», «исследования одежды потерпевшего» и так далее.

– Фью! – присвистнул Светлов.– Уже составил? Когда ты успел? Дай взглянуть...

Он посмотрел мой план, приговаривая «так... так... так... это лишнее... это – да.... годится». Я усмехался, наблюдая за ним.

Он еще не знал, зачем я так поспешил с этим планом. Проглядывая мои записи, он вел себя как профессор, который проверяет контрольную работу студента-первокурсника. При всем том, что мы с ним провели вместе не одно дело и знаем друг друга больше двадцати лет, в каждом из нас сидит, хоть и неглубоко, затаенное самомнение профессионального превосходства. Я считаю, что у оперативника уголовного розыска нет широты взгляда, чтобы охватить события во всех взаимосвязях с общественными проблемами, то есть, нет криминологического чутья. А он уверен, что мы, «важняки», не умеем из массы конкретных событий и фактов выхватить самую главную нить, которая напрямую ведет к преступнику, или, иными словами, что у нас нет криминалистического нюха. И теперь я как бы держал перед ним экзамен на следственную смекалку и, судя по его периодическим – «это ни к чему», «это туфта», «это лишнее», с трудом тянул на тройку с плюсом.

– Ну, ничего, старик,– сказал он покровительственно.– Планчик годится. Но сроки ты себе поставил, извини, не управишься!

– Один, конечно, не управлюсь,– сказал я.– А с тобой – может быть.

– Со мной? – изумился он.

– В понедельник буду просить начальство, чтоб тебя перевели в мою бригаду. Со всем твоим отделом.

– Ну, это – фиг! – сказал Светлов и встал весьма решительно.– Во-первых, меня тебе не дадут. Я прикомандирован к ГУБХССу, к Малениной. И кроме того, меня совсем не тянет влезать в это дело. Советом подсобить могу, тем более, что у Ниночки такие подруги. Но влезать в это дело официально – извини. У меня дети. Я еще жить хочу. Тут Андропов фигурирует, Суслов! Ты что?! На фиг! Моя хата с краю!

Какой-то шорох за дверью заставил нас оглянуться. Светлов открыл дверь.

– Господи, что тут происходит? – под дверью туалета стояла полураздетая, в домашнем халате Тамара. Зажав свои коленки однозначным нетерпеливым жестом, она сказала: «Я думала тут просто занято, а они тут курят!»

ЧАСТЬ 3

СУББОТА – «нерабочий» день

Суббота, 23 января, 10 утра.

А снег все шел. Замять белых разлапистых хлопьев скрывала очертания домов и деревьев. Улицы были пусты, лишь группы алкашей торчали у дверей винно-водочных магазинов – ожидали открытия. Но в метро было оживленней – веселая, никогда не унывающая молодежь в шерстяных и байковых лыжных костюмах шумно ехала к Белорусскому и Савеловскому вокзалам, чтобы оттуда махнуть за город, в заснеженные подмосковные леса. Им не было никакого дела до Вигуна, Суслова и Брежнева. Они себе живут, катаются на лыжах, хохочут, валяются в снежных сугробах, целуются обветренными губами и не знают, что, может быть, в эти дни решается судьба их правительства, а значит и их собственная.

Я и сам не знал этого в то субботнее утро, я просто тихо выбрался из своей квартиры, где еще спали Ниночка, Светлов и Тамара, и поехал в Прокуратуру, чтобы в тишине своего кабинета на свежую голову еще посидеть над планом следствия.

В Прокуратуре тоже стояла субботняя тишина. Запертые двери кабинетов, пустые, чисто подметенные коридоры с бархатными дорожками. Лишь на пятом этаже, в кабинете Бакланова стучала пишущая машинка. Я без стука, по приятельски отворил дверь. И мне показалось, что Коля Бакланов, мой приятель и коллега, чуть вздрогнул от неожиданности, но справился тут же с испугом и сказал:

– А, это ты? Привет. Получил свое дело? Слыхал, слыхал! Ну, и как идет? – при этом его руки словно невзначай прикрыли папкой какие-то машинописные листы.

– Раскачиваюсь,– сказал я.– А что у тебя?

Восемь лет назад, когда я только пришел в Прокуратуру Союза, Бакланов – высокий, худой, далеко за сорок,– был тут уже ведущей фигурой, опытным следователем по особо важным делам, и охотно учил меня уму-разуму, особенно за кружкой пива в соседней, в Столешниковом переулке, пивной. Но последние пару лет мы с ним вроде сравнялись и по опыту, и по важности расследуемых дел, и хотя я по-прежнему считаю Бакланова куда квалифицированней себя и старше, в пивную мы почему-то стали ходить все реже и еще реже стали посвящать друг друга в свои дела. Наверно поэтому он сказал:

– У меня? Да так, текучка...– и вставил сигарету в свой неизменный янтарный мундштук.

– Хорошая текучка! – усмехнулся я.– Каракоз сказал, что ты заварил эту кашу с «Каскадом»...

Насчет «заварил кашу» я перебрал, это было обычной подначкой, но Бакланов откинулся в кресле, сказал сухо:

– Я? Я ничего не заваривал. Меня прикрепили к ГУБХСС, только и всего. А Каракоз за эти сплетни...

Телефонный звонок прервал его, он снял трубку.

– Слушаю, Бакланов... Доброе утро, Надежда Павловна... Гм...– Он покосился на меня.– Можно, я позвоню вам минут через пять? Вы дома или... Нет, у меня все готово, но... Да, вы угадали. Я вам через пять минут позвоню.– Он положил трубку и молча уставился на меня, явно ожидая, когда я уберусь из его кабинета.

– Это Надежда Маленина? – спросил я.

– Да,– ответил он нехотя.– А что?

– Она мне нужна. Она дома или в ГУБХСС?

– Она на работе. А зачем она тебе?

– Да так, пустяк...– Я усмехнулся.– Текучка...– И хотел уйти, уже взялся за дверь.

Но Бакланов вдруг встал.

– Игорь, я хочу тебе кое-что сказать. Конечно, лучше бы это сделать в пивной, но времени нет. Послушай. Дело, которое тебе всучили – не для тебя. Подожди, не обижайся. Просто ты зря будешь надрываться, но как раз этого тебе лучше не делать, поверь.

– Почему?

– Старик, я не могу тебя во все посвящать,– сказал он.–
Просто я к тебе хорошо отношусь, ты же знаешь. И тебя по-
дружески прошу – возьми больничный лист и свали с этого
дела. Хотя бы на неделю. Поезжай в санаторий, я тебя устрою
в любой, возьми с собой твою девочку, хоть трех! А через
десять дней все изменится, поверь...

– Что изменится?

– Старик, не пытай меня. Просто поверь: не нужно тебе
лезть в это дело.

– Коля, мы свои люди,– сказал я совершенно спокойно.–
Через десять дней очередное заседание Политбюро. Когда ты
говоришь, что что-то изменится, что ты имеешь в виду?

– Ну, ты даешь! – он хмыкнул и покачал головой.– Ох, эта
вечная подозрительность! Сядь, поговорим. Хоть мне и некогда, но...

Я не сел, я продолжал стоять у двери. Бакланов обошел
стол, прикрыл дверь у меня за спиной.

– Игорь,– сказал он мягко.– Я к тебе хорошо отношусь, я
помогал тебе все эти годы. Так?

– Так,– сказал я, потому что это было правдой.

– Теперь слушай. ГДЕ, КОГДА и ЧТО изменится,– произнес он с нажимом,– я тебе не скажу. Но запомни: если ты не
будешь вгрызаться в это дело,– тебя ведь никто не заставляет
вгрызаться на всю катушку,– а проведешь его так... ну... не мне
тебя учить, ты понимаешь?

Я молчал. Он не дождался ответа и продолжил:

– Короче. Посмотри в будущее. Все может измениться, а
нам такие как ты, нужны.

– Коля, уж не в министры ты метишь?

– Мудак! – сказал он огорченно.– Я с тобой по-дружески...

– По-дружески – что? Толкаешь меня замять... убийство?

Он долго смотрел мне в глаза. Почти минуту. И было так
тихо, словно мы с ним были только вдвоем во всей этой заснеженной Москве. Потом он повернулся, обошел свой стол, сел
в кресло и сказал устало, почти безразлично:

– Извини, старик. Считай, что этого разговора не было.

Я пожал плечами и взялся за дверную ручку.

– Но имей в виду,– услышал я у себя за спиной.– Если

наши дороги сойдутся...

– То что? – повернулся я в уже открытой двери.

Он посмотрел мне в глаза и улыбнулся прокуренными зубами:

– Там будет видно... Извини, мне нужно работать.

Я плотно закрыл дверь его кабинета. Практически Коля Бакланов молчаливо подтвердил, что Вигуна убили и заодно вызвал меня на профессиональную дуэль. Но в таком случае без Светлова мне не обойтись. Я спустился на третий этаж, к дежурному по прокуратуре:

– Мне нужна машина. На весь день.

И пока он звонил в гараж и вызывал машину, я присел за пишущую машинку и на бланке Прокуратуры Союза ССР привычно отстучал два коротких служебных письма – запрос в Московский уголовный розыск о всех совершенных 19-го января на территории Большой Москвы преступлениях и распоряжение начальнику Главпочтамта Москвы Мещерякову о выемке и доставке в Прокуратуру СССР следователю Шамраеву всей почтово-телеграфной корреспонденции поступающей на имя С. К. Вигуна по его служебному и домашним адресам. Это были чисто формальные первичные следственные действия – просто у меня было несколько свободных минут, пока дежурный по прокуратуре вызывал машину. Подмахнув эти бумаги, я положил их на стол перед дежурным прокурором и попросил:

– Отправьте, пожалуйста, сегодня.

– Машина внизу,– сказал он.– «МОС 16-54». Водитель Саша Лунин, вы его знаете.

10 часов 35 минут

Такого аврала, какой я увидел в то субботнее утро в Главном Управлении по борьбе с хищениями социалистической собственности, я не видел давно. На всех пяти этажах ГУБХСС, расположенного на Садово-Сухаревской в старинном зеленом особняке, где бальные залы и гостиные давно разгорожены под следственные кабинеты, шла напряженная и шумная работа – инспекторы, старшие инспекторы и инспекторы по особо важным делам ГУБХСС МВД СССР совместно с милицейскими следователями допрашивали в кабинетах арестованных по операции «Каскад» деятелей подпольного бизнеса: московских, кавказских и среднеазиатских махинаторов, смещенных директоров крупных торгов, винзаводов, мясо-молочных комбинатов и магазинов. В коридорах была толчея. Стоя и сидя томились в ожидании своей очереди на допрос загорелые толстые грузины, бледнолицые веснушчатые прибалты и московские, в дубленках, короли левой экономики. У открытых оконных створок и на лестнице курили и балагурили конвоирующие милиционеры из особого спецполка.

Я поднялся на третий этаж, к заместителю начальника Главного Управления полковнику Маленииной, но выскочивший из ее кабинета модно одетый инспектор Саша Сычев, мой ученик, который лет пять назад проходил у меня следственную практику, сказал:

– Ой, здрасти! Вы к Надежде Петровне?

– Да.

– Ее здесь нет.

Я кивнул на полуприкрытую дверь кабинета:

– А кто там?

– Я там допрашиваю очередного лимонщика*, начальника Сочинского курортторга. Кстати, он сказал, что это вы привезли его из Адлера. Спасибо, нужный мужик.

– А что у вас происходит? Что за аврал?

– Ужас! Не говорите! – улыбнулся Саша.– Операция «Каскад» – слыхали?

– Немножко...– улыбнулся я.

– А знаете откуда взялось это название? Подмосковный электроламповый завод выпускал такие модерновые люстры, с тройным режимом света, «Каскад» называются,– мечта домохозяек. Моя жена мне уши пропилила: достань, и все! А как достанешь – у них вся продукция шла налево, на все сто процентов. А ревизию – ни-ни, на шаг к заводу не подпускали,

---

* Лимонщик – подпольный миллионер.

потому что директор завода – племянник Вигуна. Но дней десять назад Маленина дала «добро» и – понеслось! И племянника взяли, и еще сотни – раскручиваем коррупцию и мафию, как вы учили...

Я снова улыбнулся. Вот она, ирония судьбы. Жизнь генерала Вигуна оборвалась под люстрой «Каскад», которую под его прикрытием выпускал его родной племянник. Неисповедимы помыслы Господни, так кажется?

– Но почему аврал? Почему в субботу допросы? Это же не положено? – спросил я словоохотливого Сашу.

– Ой, да кому сейчас до церемоний?! Такие хлева расчищаем – в день по сто арестов! По всему МВД аврал!

– И в институте судебных экспертиз?

– А как же! У них вообще завал – в две смены работают и без выходных.

– А где Маленина?

– Она в Новом здании, на Огарева, у Центрального Телеграфа. Хотите я вас свяжу? Она с нами на прямой связи.

– Нет, спасибо, я лучше к ней сам поеду.

– Как хотите, пока! – и Саша Сычев убежал по коридору в другой кабинет, и я услышал оттуда его молодой нетерпеливый голос:

– Таня, ты уже час как обещаешь вернуть магнитофон! Невозможно работать – один магнитофон на три следователя! И это в век электроники...

Я спустился вниз, к своей машине. Там, у подъезда ГУБХСС стоял очередной милицейский «воронок», и конвой выводил привезенную на допрос новую партию арестованных. Среди них были и мои сочинские знакомые: «мясной король» Нукзар Бараташвили и начальник Сочинского ОБХСС майор Морозов. Выйдя из машины, они полной грудью вобрали свежий воздух, оглядели улицу. На противоположной стороне Садового кольца стояла очередь к кинотеатру «Форум». В «Форуме» шла популярная мелодрама «Москва слезам не верит».

– Живо! Не озирайся! – прикрикнул на арестованных конвойный, и майор Морозов, опустив плечи, покорно побрел в ГУБХСС.

А я сел в черную московскую «Волгу», сказал водителю:

– Улица Огарева.

Потом вытащил из гнезда трубку и назвал радиотелефо-
нистке номер своего домашнего телефона. Но никто не отвечает – то ли спят, то ли гулять пошли. Я пожалел, что не
позвонил им раньше – все-таки надо было предупредить
Светлова, что не в понедельник, а уже сейчас еду к Малениной
за его светловской персоной. Эти авралы в ГУБХСС и Институте судебных экспертиз только укрепили меня в моем ре-
шении.

Садовое кольцо летело под колеса машины, на Петровке
мы сделали левый поворот и через полминуты прокатили
мимо знаменитой Петровки, 38 – Главного Управления внутренних дел Москвы, где расположен легендарный Московский
уголовный розыск. Здесь, возле ворот дежурной части МУРа
тоже было необычное для субботы оживление – штук восемь
новеньких западногерманских полицейских «Мерседесов»,
перекрашенных под наш милицейский цвет, «Волги» с форсированными двигателями, инспекторы милиции с собаками и
одетые в штатское оперативники.

– Никак случилось чего в Москве? – сказал мне водитель.
Я повел плечами. С виду Москва была все та же – шел тихий
спокойный снег.

11 часов 10 минут

Московский Центральный Телеграф на улице Горького
знают все.

Сразу за Центральным Телеграфом на тихой и короткой
улице Огарева – длинное, семиэтажное, песочного цвета
здание, тоже известно – МВД СССР. Грузовикам здесь проезд
запрещен, а каждую проезжающую по улице легковую машину пристальными взглядами провожают дежурящие у здания
постовые милиционеры и еще человек пять переодетых в
штатское агентов, которые с якобы праздным видом дефили-
руют по обеим сторонам улицы. Ни одна частная машина не
имеет права останавливаться на этой улице – к вам немедленно подбежит дежурный орудовец-регулировщик и скажет
резко, категорично: «В чем дело? Проезжай! Живо!» С чего
бы это? Почему такие строгости? Даже у здания КГБ на

Лубянке нет такой открытой усиленной охраны.

Честно говоря, раньше я не придавал этому особого значения. Ну, хочет министр МВД Щелоков свою власть показать – и ладно. Застроили пустовавший между Центральным Телеграфом и своим зданием просветок, соорудили тут на паях с Министерством связи еще одно, узкое модерновое девятиэтажное «Новое здание», которое мало кому бросается в глаза, и даже вывески на нем никакой нет, считается, что это новый флигель Центрального Телеграфа – и на здоровье. Мало ли у нас другие министерства расширяются? Каждый чиновник хочет сидеть в отдельном кабинете, а число их все растет и растет, тем паче в МВД. Но в то утро я понял, что дело тут вовсе не в амбициях Щелокова. Наша черная «Волга» с московским номерным знаком притормозила возле дежурившего на тротуаре милиционера, я протянул ему свое удостоверение следователя Прокуратуры СССР, и он сличил фотографию на удостоверении с моей физиономией, а затем махнул рукой: «Проезжайте». Снег у подъезда «Нового здания» был заезжен автомобильными шинами, следом за нами подкатывала еще одна мосовская «Волга», а у подъезда стояли два милицейских «Мерседеса», «Жигули», два «Пикапа» с надписью «РЕМОНТНАЯ» и мясо-молочный фургон. В каждой машине дежурил водитель в штатском и переодетые в штатское милицейские агенты – совсем как во время горячей операции. «Каскад», подумал я, здорово они развернулись.

Я прошел мимо этих машин, кивнул какому-то знакомому оперативнику, снова показал удостоверение дежурному капитану милиции.

– К кому? – спросил он.

– К Малениной,– сказал я.

– Вы заказывали пропуск?

– Я? – спросил я удивленно.– Я следователь по особо важным делам Союзной Прокуратуры!..

– Минуточку,– он снял телефонную трубку внутреннего коммутатора, доложил кому-то: – Тут к полковнику Малениной из Союзной Прокуратуры...– Затем выслушал ответ и спросил у меня:

– Вы от товарища Бакланова?

– Да,– соврал я, не моргнув глазом, только для того, чтобы

не тратить попусту время на разговоры с этим капитаном. От Бакланова, так от Бакланова – какая мне разница?

– Второй этаж, пожалуйста,– сказал он и вернул мне удостоверение.– Можете раздеться в гардеробе.

Я прошел в гардероб-раздевалку, повесил на вешалку свою видавшую виды форменную шинель и теперь в своем форменном мундире старшего советника юстиции вообще мало отличался от снующих по вестибюлю милицейских чинов. Да, неплохо они тут устроились, в Новом здании, подумал я, оглядывая высокие, в два этажа сводчатые окна, мраморную отделку стен, и мягкие ковровые покрытия в коридорах и бесшумный лифт со стальной табличкой «Мэйд ин Джермани». Не то что в нашей обшарпанной Прокуратуре. Но в следующую минуту мне уже было не до этого, прямо скажем, завистливого любопытства.

В пустом и светлом коридоре второго этажа я отчетливо услышал властный и грудной женский голос Надежды Павловны Малениной:

–... Какого хера пропала слышимость?! Гуревич, я тебе яйца оторву! Включай мне звук немедленно!

Так, усмехнулся я, Надя Маленина в своем амплуа. Далеко не всем женщинам к лицу матерщина, на мой взгляд, она вообще никому не к лицу, но 38-летняя блондинка с прекрасной фигурой, бывший мастер спорта по художественной гимнастике, жена профессора Военной Академии Генерального Штаба, полковник милиции Надя Маленина не раз говорила мне, что ей на этот светский этикет «положить с прибором». Ей нравилось материться, нравилось щеголять в голубом полковничьем кителе (и он действительно шел к ее голубым глазам, белой коже и русым, с небольшой рыжинкой волосам), но еще больше ей нравилось открыто и громогласно поливать всю нашу систему, коррупцию в министерствах, колхозный строй – все, о чем мы говорим только дома, в кругу очень близких людей, да и то после третьей бутылки водки.

Жена крупного армейского генерала и заместитель начальника ГУБХСС – она могла себе это позволить...

– Ты слышишь, Гуревич? Е... твою мать! – звучал на весь коридор ее властный голос.

– Надежда Павловна, я... товарищ полковник, я думал...–

послышался чуть искаженный эфиром и явно смущенный голос какого-то Гуревича.– Там ведь и... все-таки дочка Леонида Ильича...

Ого! Дочка Брежнева? Это уже становилось интересно. Я приблизился к полуоткрытой двери, и увидел, что это вовсе не кабинет, а зал – точь-в-точь такой же зал, как в Дежурной Части Московского Уголовного Розыска, только с аппаратурой куда поновей – экраны теленаблюдения, установки магнитофонной записи, видеомагнитофоны, пульты дистанционной слежки... Маленина стояла ко мне спиной, напряженно, всей фигурой подавшись к центральному пульту. Рядом с нею стояли три генерала и два полковника, а за пультом, во вращающемся кресле сидел капитан инженерно-технической службы и по бокам от него, у небольших экранов – еще какие-то технические чины.

– Не твое дело, Гуревич, чья там дочка! – остервенело сказала в микрофон Маленина.– Звук!

– Слушаюсь, товарищ полковник,– отозвался голос бедняги Гуревича, и тут же без паузы возникло шумное дыхание с женским пристоном.

– «Еще!... Еще!!!»

– «А почему ты не можешь Гиви помочь?» – спросил мягкий, хорошо поставленный мужской баритон.

– «Отстань! Я тебе уже сказала почему! Не отвлекайся! Еще!..»

– Когда она это сказала? – воскликнула в зале Маленина.– Ну, Гуревич! Такой момент пропустил! Не прощу!.. Будем гнать жидов из органов, товарищ министр, будем гнать!

Генералы повернулись к Малениной чуть в профиль, и я узнал в одном из них министра МВД СССР генерала армии Николая Щелокова, а в другом – генерал-майора Алексея Краснова, нового, после погибшего в Афганистане Папутина, начальника Отдела внутренней разведки МВД СССР.

– «Нет!» – сказал вдруг женский голос и тут же перешел в плач: – Я не могу! Не могу!.. Я старая! Я старая! Боже мой, почему я не могу?..»

– «Не кричи,– сказал баритон.– Неудобно, там гости...»

– «Да плевала я на твоих гостей! В гробу я их видела! – закричал женский голос.– У меня жизнь прошла, жизнь! Я *бабушка уже! Старуха!..»*

— «*Перестань, перестань...— увещевал мужской голос.— Просто сегодня ты не в ударе, придешь завтра. Заодно привези гивины бриллианты, раз ты ничего для него не можешь сделать...»*

— «*Тебе лишь бы бриллианты!!! — взорвался женский голос.— На! На! Все эти цацки!»* — в эфире послышался звон падающих на пол предметов.

— Сука! — прокомментировала Маленина.— Бриллиантами швыряется!

— «*Подожди! Подожди! — снова мягко сказал баритон.— При чем тут эти сережки и браслеты?! Дай я тебя умою. Вот так. Глупенькая, я же не для себя прошу. Я понимаю, пока был Вигун, для Гиви ничего нельзя было сделать, никакие бриллианты не помогали, но теперь...»*

— «*Она мне их не отдает!»* — плача сказал женский голос.

— «*Кто?»*

— «*Бугримова, Ирка! — всхлипнул женский голос.— Она мне обещала через своего хахаля освободить вашего Гиви, но тот отказался, он Вигуна боялся!»*

— «*Но Вигуна уже нет...»*

— «*Ну, я не знаю что делать... Пусть он подождет немножко!»*

— «*Он и так уже три года ждет... Ладно, я знаю что делать,— сказал мужчина решительно.— Я у нее сам заберу бриллианты и отдам Чурбанову, и все будет в порядке...»*

— «*Юра не возьмет,— сказал женский голос.— Он сейчас в святого играет.»*

— «*Посмотрим! От таких бриллиантов еще никто не отказывался. Ладно, пошли, а то там гости скисли уже. Идем, я тебе спою твою любимую. «Я ехала домой...— запел баритон.— Я думала о вас! Тревожно мысль моя то путалась, то рвалась...»*

Баритон в эфире пропал, но только на миг, и возник уже явно в другой комнате на фоне каких-то мужских и женских голосов:

— *Ну что сидим — не пьем? Где гитара? По рюмашке — и-и-и! Эх-ма! Однова живем! «Расцветали яблони и груши, поплыли туманы над рекой! Выходила на берег Катюша!..»* — в бодром танцевальном ритме запел этот баритон.

– К чертям! – в сердцах сказала Маленина.– У меня уже шесть бобин его песен! Пора брать этого певца. Если его взять, она тут же расколется, родного папу продаст...

Я на всякий случай отошел от двери шагов на двадцать, к окну. Лучше бы я никогда не стоял возле нее, лучше бы я сидел дома с Ниночкой, лучше бы я не выезжал из Сочи, а остался там дворником, сторожем, каким-нибудь спасателем на детском пляже! Прав Каракоз – вот в чем истинный смысл «Каскада»! Не в жулье, которое они сейчас сажают пачками, не в борьбе с коррупцией за чистоту советской экономики и всей системы – да положили они на это с прибором! «Каскад» – это Вигун, Галя Брежнева, интересно – кто следующий? А жулье и всяких подпольных воротил они берут для того, чтобы иметь на Брежневых компрматериал. «Будем гнать жидов из органов!» – сказала Маленина, и я подумал: вот сука! Не ты ли прошлым летом зазывала меня в командировку, в Алма-Ату, открыто предлагая сказочную дорогу вдвоем в двухместном купе международного поезда «Москва – Пекин»? Не ты ли, интересуясь разницей между еврейскими обрезанными и православными необрезанными, переспала с половиной Новосибирского академгородка во время ревизии их бешеных расходов на какие-то исследования в области атомной физики?..

Возбужденный голос Малениной прервал мои воспоминания.

– Не может быть, чтоб она не знала об этих пленках! Я с этой лахудры глаз не спущу!..– тут ее голос осекся в каких-нибудь двух шагах от меня. Я повернулся от окна и увидел ее растерянное, побелевшее лицо.– Игорь?

Рядом с нею шли министр внутренних дел Николай Щелоков и начальник отдела разведки Алексей Краснов. Все трое даже не сказали мне «Здрасти». Маленина тут же оглянулась на дверь зала, мысленно оценивая расстояние от меня до этой двери и пытаясь сообразить, мог ли я что-нибудь слышать, а Краснов – маленький, с палкой, 50-летний хромоножка – нахмурился:

– Как вы сюда попали?

– Я, собственно, к Надежде Павловне.

– И вы давно здесь?

– С полминуты...

Похоже, я сказал с достаточной естественностью – тень
настороженности ушла с их лиц. Щелоков и Краснов двинулись дальше по коридору, а Маленина тут же с чрезмерной
теплотой взяла меня под локоть.

– Игорек, пойдем ко мне в кабинет. Сто лет тебя не видела!
Как сын? Как дела?

– У тебя и тут свой кабинет?

– А как же! Идём в гору! Пора навести порядок в этих
хлевах. Я слышала – ты отдыхал где-то на юге? Везёт же
людям!..

Похоже, она несла эту чушь, чтобы не дай Бог не донеслись до меня еще какие-нибудь звуки из зала негласной слежки. И так, держа меня под руку и словно случайно касаясь
моего плеча своей упругой грудью, она провела меня в
дальний конец коридора, ключом отворила какой-то без
таблички кабинет. Да, это был роскошный, почти министер-
ский кабинет! С приёмной, отделанной карельской березой, с
мягкой мебелью и бюро для секретаря, а следом за приёмной
шел уже собственно кабинет — с огромными окнами на тихую
улицу Огарева, с люстрой «Каскад» над письменным столом,
с двумя кожаными диванами и баром в углу, с персидским
ковром на полу. Маленина усадила меня на диван возле бара
и налила в хрустальные рюмки французский «Наполеон».

– За встречу, старичок! Ты – единственный мужик, с кем
я не трахнулась, хотя очень хотела когда-то! Я постарела, а?
Будь!

Она залпом выпила полную рюмку коньяка и посмотрела,
как я чуть пригубил, смакуя.

– Не наш человек! – прокомментировала она с улыбкой,
налила себе еще, расстегнула китель и подсела ко мне на
диван, совсем вплотную.– Ты что — не мужик? Выпить не
можешь? Такая баба возле тебя сидит!

Баба действительно была в порядке – шея без единой
морщинки, под кителем, за форменной офицерской рубашкой
и галстуком – налитая, без лифчика грудь. Она перехватила
мой взгляд и усмехнулась довольно:

– А ноги какие? Ты глянь!

И совершенно бесцеремонно задрала и без того не по форме укороченную серую офицерскую юбку, вытянула ногу в хромовом сапожке.

– А? Годится? Давай ещё выпьем! Только ты до дна пей, залпом! Я тебе честно скажу – я на взводе. Мы сейчас вели одну шалаву, слушали – ну, знаешь, есть аппаратура американская – за километр можно слышать, как ты в ванной свою девочку трахаешь. Всё слышно! И представляешь,– эта старая п...а сорок минут не кончала! Климакс. И, главное, мужик хороший, дерёт и дерёт! Я изошла вся! Завелась – ужас! Так что пользуйся моментом, старик! – Она бесцеремонно положила мою руку к себе на грудь, и при этом ее глаза смотрели на меня озорно, вызывающе.

– Слушай,– сказал я,– я же к тебе по делу...

– Вот ё... твою мать! – искренне возмутилась она.– А баба – это по-твоему не дело?! Давай! Не с Красновым же мне трахаться! – Она одним движением сняла галстук и расстегнула ворот форменной рубашки. Роскошная белая грудь с возбужденно торчащими вишнёвыми сосками открылась, как говорится, моему взору.– А? – сказала она гордо.– Годится еще? А талия какая! Смотри... Давай еще выпьем.

– Слушай, сюда же могут зайти...

– Я им зайду! Я им яйца поотрываю. Хотя... Они тут все импотенты, отрывать нечего. А у тебя?

И она озорно, как девчонка, расстегнула мне ширинку...

...Минут через тридцать обессиленная, с закрытыми глазами Маленина лежала на диване, в вялой руке была американская сигарета «Мальборо», которую она медленно подносила к губам и затягивалась глубоко, долго, не открывая глаз. На ковре валялась ее полковничья форма: китель, галстук, юбка, сапоги и нижнее белье.

Я оделся, допил коньяк из рюмки и тоже закурил. Я не жалел о том, что случилось. Было даже какое-то мстительное удовлетворение в том, чтобы мять, сгибать, выламывать тело этой антисемитки. Впрочем это мстительное чувство придало мне, видимо, дополнительную энергию, которая продлила ей удовольствие.

– Злой мужик...– сказала она, не открывая глаз.– За... бучий...– И вздохнула: – Что с вами делать?

– С кем это – с вами?

– Ну, к тебе это не относится. Ты свой парень. У тебя даже
член не обрезан. Дай мне рюмку. Так какое у тебя дело?

Она встала с дивана. Я думал, что она сейчас оденется, но
она и не собиралась. Крепкими босыми ногами переступив
через свою полковничью форму, она, совершенно голая, прошла по ковру к высокому окну и стояла там под портретом
Дзержинского, на фоне падающего за окном снега. Честное
слово, она была красива! Будь я художник, я бы нарисовал
такую картину — голая, с прекрасной фигурой, с распущенной
рыжевато-ржаной косой по спине, Маленина стоит в металлической раме холодного окна под портретом Дзержинского, и
на полу, на персидском ковре, ее милицейская полковничья
форма. Рядом – край стола с селектором и красным, правительственным телефоном, а за окном – заснеженная Москва.
Я назвал бы эту картину коротко и просто — «М–В–Д, Отдел
разведки»...

Но я не художник, я простой следователь и к тому же
только что согрешивший – я подошел к ней и сказал:

– Надя, уступи мне Светлова.

Она отрицательно покачала головой.

– Я знаю, что ты за этим пришел. Послушай, тебе же
сказал Бакланов – брось это дело! А теперь я тебя как баба
прошу: возьми свою циркачку и свали с ней куда-нибудь дней
на десять. А? – и она посмотрела мне в глаза почти умоляюще,
и честное слово, я чуть не поддался этим голубым глазам. А
она продолжала: – Зачем тебе копать, отчего застрелился
Вигун? Ну, застрелился, и хер с ним! Он же такая сука был!
Миллионные взятки брал, можешь мне поверить, как начальнику ГУБХСС.

– Разве ты уже начальник?

– Ну, буду,– лениво сказала она.– А, может, и еще выше.
Не в этом дело. Вообще, вся эта семейка! Ни рыба, ни мясо,
Афганистан просрали, с Польшей чуть не обделались, хорошо
– Ярузельский подвернулся, наш выкормыш, у моего мужа
учился. А то бы... Нет, сильная власть нужна, кулак! – и она
действительно сжала кулак, и это был крепкий кулак бывшего
мастера спорта по гимнастике!

Поглядев на этот милицейский кулак, я понял, что не

брошу дело Вигуна и никуда не поеду со своей Ниночкой. То, что истинная цель «Каскада» – компрометация и свержение семьи Брежнева, это было мне уже ясно, но при всех прелестях того, что мы уже имеем сегодня в стране, нам только не хватает опять этого кулака над головой. Из двух зол выбирают меньшее, и я выбрал. Я сказал:

– Значит, не отдашь Светлова?

– Слушай,– сказала она.– Я понимаю, что ты не можешь просто так свалить с этого дела. Боишься. Давай мы так сделаем: мы тебе дадим не третий отдел МУРа, не Светлова, а – Пятый отдел, Ропейко. У него и штат больше. А хочешь – я тебе своих обэхээсников подброшу – хоть двадцать человек. Разовьешь бурную деятельность, но так — для понта. А? А потом, после всё, что тебе обещал Бакланов, будет. Я обещаю. Ну? – и она прижалась ко мне всем телом и забросила мне на плечи свои голые руки.– А сейчас повторим, старик. Можешь?

Но под бархатной кожей её голых рук еще не успели обмякнуть напряженные мускулы.

Я усмехнулся, снял её руки со своих плеч.

– Извини, старуха,– сказал я ей в тон.– Меня тогда на ночь не останется, для моей циркачки.

12 часов 00 минут

Когда я вышел на улицу, нескольких машин, в том числе ремонтного «пикапа», тут уже не было, а в кабине моей «Волги» сидел и балагурил с водителем разбитной шофер соседней якобы «скорой помощи». Увидев меня, он вышел из машины, уступил мне место. Саша, молодой водитель моей «Волги», включил двигатель:

– Куда?

– Поехали пока...

И почти тут же, у Центрального Телеграфа за нами увязался **ремонтный пикап**. Я понял, что разбитной шофер «Скорой помощи» сунул куда-то под сиденье радиомикрофон, и теперь в зале слежки, на втором этаже отдела разведки МВД Надя Маленина и генерал Краснов слышат каждое мое слово.

Я вытащил из гнезда трубку радиотелефона и назвал телефонистке свой домашний номер. Ниночкин голос отозвался почти немедленно:

– Алло? Это ты? Приезжай домой, у меня уха почти готова! И у нас опять гости – твой сын. Давай приезжай, срочно.

– Я еще не знаю...

– Даже не обсуждаем! Мы тебя ждем! Без тебя есть не будем! Ты понял?

Что-то было в ее голосе новое, чуть странное, и к тому же эта реплика, наш пароль со Светловым – «Не обсуждаем!»...

– А где ты была час назад?

– Я в магазин ходила за луком для ухи. Давай приезжай!

– Хорошо, сейчас приеду...– ответил я, сказал водителю – «ко мне домой» и, чтоб упредить его от ненужных при этом скрытом микрофоне разговоров, кивнул на пачку свежих газет у него на сиденьи:

– Ну, а что пишут сегодня в газетах?

– Все то же,– усмехнулся словоохотливый Саша, любитель международной политики и футбола.– В Западной Германии растет безработица, в Англии расизм наступает, а в ООН хотели осудить Израиль за то, что они оттяпали себе Голландские высоты, но американцы блокировали резолюцию. В Вашингтоне Рейган готовит какое-то телешоу про Польшу, а в самой Польше уже все спокойненько...

Минут через десять мы подъехали к моему дому, и я поднялся лифтом на одиннадцатый этаж. В моей квартире гремела джазовая музыка, даже из лифта было слышно.

– Тише! – поморщился я, входя.

И с удивлением оглядел моё логовище – квартира была приведена в идеальный порядок, полы вымыты, на столе ни пылинки. А мой четырнадцатилетний сын Антон драил каким-то порошком ванную! И из кухни вахло необыкновенно — настоящей ухой!

– Потрясающе! – прокричал я поверх истошных звуков разрушающего стены джаза.– Но сделайте музыку тише, черти! Нина!

Нинка выскочила из кухни в цветастом передничке, приложила палец к губам и подвела меня к столу, на котором лежал лист белой бумаги с несколькими словами, написанными ровным, почти ученическим почерком моего сына:

*«ПАПА, К НАМ ТОЛЬКО ЧТО ПРИХОДИЛ «МОСГАЗ».
ОН ПРОВЕРИЛ КУХОННУЮ ПЛИТУ, А В ПРИХОЖЕЙ
ЗАМЕНИЛ ПРОБКИ В ЭЛЕКТРИЧЕСКОМ СЧЕТЧИКЕ.
НО, ПО-МОЕМУ, ЭТО НИКАКОЙ НЕ «МОСГАЗ», И ЭТИ
ПРОБКИ ПРОСТО МИКРОФОНЫ. КАК ТЫ ДУМАЕШЬ?
АНТОН И НИНА».*

Я усмехнулся. Даже дети уже принимают участие в моей работе. Из ванной пришел Антон с тряпкой в руках, тревожно посмотрел мне в глаза. Я вытащил ручку и написал на том же листе:

«А ПОЧЕМУ ВЫ ТАК РЕШИЛИ?»

Нина перехватила авторучку, написала:

*«ПОТОМУ ЧТО «МОСГАЗ» НЕ РАБОТАЕТ ПО СУБ-
БОТАМ»*
«ЭТО РАЗ,– дописал Антон.– *И ПОТОМ, КАКОЕ ДЕЛО
«МОСГАЗУ» ДО ЭЛЕКТРИЧЕСКОГО СЧЕТЧИКА. А?»*

Так мой сын осваивает дедуктивный метод следствия. Меньше всего я бы хотел, чтобы он стал следователем. Врачом, инженером, музыкантом и даже футболистом – только бы подальше от политики.

Я взял у него ручку и написал:

«ДОПУСТИМ. А ЗАЧЕМ ТАКАЯ ГРОМКАЯ МУЗЫКА?»
«А ЧТОБ У НИХ УШИ ЛОПНУЛИ ПОДСЛУШИВАТЬ!»,–
написала Нина.

Я подошел к магнитофону, приглушил эту адскую музыку. Потом открыл дверь на балкон, глянул вниз. На противоположной стороне улицы стоял «пикап» с надписью «Ремонтная». Неужели они такие идиоты, что дети распознают их работу? Или... или меня открыто запугивают?

– Значит так, братцы! – сказал я сыну и Ниночке успокоительно, и на весу сжег этот лист бумаги.– Погода отличная.

Поедем на лыжах кататься. Живо обедать и собираться!

План был готов, осталось только его осуществить: во время лыжной прогулки оторваться от слежки и связаться с любимым брежневским журналистом Белкиным. В конце прошлого года я встретил его в пивном баре Дома Журналистов. «Что-то я тебя давно в газете не читал?» – сказал я ему тогда за кружкой пива и раками. «Книги пишем!» – усмехнулся он без всякого энтузиазма, скорей саркастически. «О! Поздравляю! Когда выйдет?». «Одна вышла уже,– сказал он хмуро.– Даже Ленинскую премию получили». «Ладно, брось заливать!» «Я не заливаю. Я запиваю!» – сострил он и посмотрел на меня горькими глазами. «Что за книга? Почему я не слышал?» – спросил я, пытаясь вспомнить кому дали Ленинскую премию по литературе в этом году. И вспомнил: «Подожди. Ведь Ленинскую получил Брежнев за «Возрождение». «Вот именно,– сказал Белкин.– Это наш псевдоним, коллективный! Сидим в поселке «Правда» на правительственной даче, восемь писателей, и пишем... А псевдоним приезжает раз в неделю, читает...»

Теперь мне оставалось найти этого Белкина, но перед этим попасть в институт судебных экспертиз, чтобы знать, чья это пуля угодила в форточку.

14 часов 20 минут

До лыжной базы в Серебряном бору мы доехали по Хорошевскому шоссе в сопровождении все того же «ремонтного» «Пикапа». На базе было столпотворение молодежи. За лыжами, как всегда, стояла огромная очередь: люди ждали, когда кто-нибудь вернется из леса и сдаст лыжи. Именно на это я и рассчитывал, когда затеял эту прогулку. Я отпустил водителя и протиснулся в начало очереди. Горластая баба-кладовщица встретила меня словами: «Ну, куда прешь? Нет лыж! Нету!», но я сунул ей под нос красное удостоверение Прокуратуры СССР, и она тут же изменила интонацию:

– Честное слово, нет лыж, товарищ прокурор! Ей-Богу! Вот, разве, едут из леса...

Из леса действительно выезжала группа лыжников и

лыжниц.

– Очередь! Тут очередь стоит! – зашумела толпа у ее окошка.

– А ну геть*! – рявкнула она на них.– Товарищ прокурор еще утром по телефону заказывал! Разорались тут! Стоять тишки! Следующие лыжи ваши будуть...

Насчет заказа по телефону – это была явная ложь, никакого телефона в ее будке не было, но толпа привычно стихла перед административной властью. Я знал, что за следующими лыжами к ней ринутся пассажиры «ремонтного» «Пикапа», не могли же они запастись лыжами заранее, но когда-то еще приедет из леса следующая группа лыжников! И хоть не очень-то приятно было под взглядами хмурой толпы брать эти лыжи, и сын смотрел на меня укоризненно, но через десять минут, в лесу он уже забыл об этом маленьком инциденте. Сказочная, чисто русская красота стояла вокруг нас. Разлапистый хвойно-сосновый бор выглядел действительно серебряным в этом непрекращающемся снегопаде. По накатанным, пересекающимся лыжням катили энергичные фигуры молодых лыжников и лыжниц.

Я уводил Нину и Антона все дальше в лес, резко меняя маршрут, перескакивая с одной лыжни на другую, пока не убедился, что за нами нет хвоста. Потом Антон, хвастая перед Ниной своим накатанным бегом, вырвался вперед, а я катил рядом с Ниной,– она была чертовски хороша в этой голубой вязаной шапочке с ладной фигуркой и голубыми глазками. Если бы не Антон, который маячил впереди, я бы обнял ее сейчас, повалил в снег, и пошли они все к черту – Вигуны, Сусловы, Брежневы! Я и забыл о них в этом лесу.

– Что ты сказала о нас Антону? – спросил я у Нины на ходу.

– Сказала, что я дочка твоего друга из Вологды, и теперь он за мной ухаживает...– улыбнулась она.– Не могла же я ему сказать, что я – твоя любовница!

Так, подумал я. Мало у меня забот. Теперь еще семейный треугольник!

---

* Геть – прочь (украинское).

– Ну-ка, поди сюда! – сказал я строго.

Она остановилась, я обнял ее, но в эту минуту рев моторов заполнил лес. Мы оглянулись. По лесной дороге походным порядком катила в сторону Москвы колонна танков. Их гусеницы приминали свежий серебристый снег, и было что-то зловещее в этом ревущем потоке металлических машин с направленными в сторону Москвы стволами.

Группы лыжников недоумевающе останавливались.

Антон подкатил к нам и смотрел на меня вопросительно и тревожно. Но что я мог ему сказать? Это в равной степени могли быть и танки кагэбэшной дивизии имени Дзержинского, и обычные регулярные войска маршала Устинова. Какая-нибудь ничего не значащая передислокация. Правда я хорошо помню, что такая же «передислокация» была и в день смерти Сталина, и во время заговора против Хрущева...

Танки прошли, обдав нас ревом мотором и снежной пылью.

– Вот что, братцы,– сказал я сыну и Нине.– Сейчас мы устроим небольшой кросс до ближайшей стоянки такси. Оттуда махнем в город, вы пойдете в кино или куда угодно, только не ко мне домой. А я поеду по своим делам. Встретимся часиков в шесть, ну, скажем, на Красной площади у Мавзолея. Идет?

– А как же лыжи? – спросил Антон.– Их нужно сдать...

– Лыжи вы забросите в Прокуратуру, отдадите дежурному. Вперед!

15 часов 35 минут

После авралов в ГУБХСС, МВД СССР и после рева этой танковой колонны, я уже не удивился авралу в Институте Судебных экспертиз на площади имени Пятого года. На всех пяти этажах этого старинного, окрашенного в какой-то казарменно-сиротский серый цвет особняка кипела работа, и особенно – в лаборатории криминалистических исследований 50-летнего профессора Александра Сорокина. В эту ведущую лабораторию входят секторы почерковедческой, биологической и баллистической экспертизы, здесь трудятся более тридцати сотрудников, в том числе моя бывшая сокурсница по институту жена Сорокина Аллочка Сорокина. Именно через нее я собирался «надавить» на ее мужа, чтобы побыстрей получить результаты экспертиз, сданных вчера ночью материалов.

Но «давить» не пришлось. Сорокалетняя брюнетка с зелеными глазами, бывшая краса нашего юридического факультета, которую Саша Сорокин отбил в то время сразу у семи поклонников, встретила меня словами:

– Ага! Явился? Идем со мной...

Она увела меня в глубину лаборатории, в пустой кабинет своего мужа, закрыла дверь и тут же повернулась ко мне:

– Докладывай!

– Что докладывать? – изумился я.

– Только ты из себя дурочку не строй! – сказала она строго.– Ты не получишь данных своих экспертиз, пока не расколешься. Докладывай, скинут Брежнева, и что вообще происходит в Москве?

– А вы уже сделали обе экспертизы?

– Еще бы! Получить на экспертизу такие материалы! По смерти самого Вигуна! Мы с утра все отложили, даже баклановскую срочнягу...

– А что он вам дал на экспертизу?

– Брось ты еврейскую манеру отвечать вопросом на вопрос! Спрашиваю я, а не ты. Это верно, что Брежневу крышка?

– Алла, я только вчера прилетел из Сочи, из отпуска. И попал в это дело, как кур в ощип. Честное слово, я ничего не знаю. Вы тут знаете больше меня, клянусь! Почему ты решила, что Брежневу крышка?

– Тьфу ты, елки-палки,– сказала она разочарованно.– Почему я решила! Потому что в наш институт стекаются заказы на экспертизы из самых разных мест – из ГУБХСС, МУРа, МВД, Прокуратуры и даже из КГБ. Каждое дело кажется кому-то частностью, но мы-то тут видим все вместе и кое-что понимаем. Как по-твоему, если Бакланов и Маленина дают нам на экспертизу горы записных книжек всяких дельцов, и в каждой из них домашний телефон Вигуна, Гали, Юры и Якова Брежневых, а в записной книжке Вигуна – телефоны этих дельцов – это что-нибудь да значит, а? Они обложили Брежнева, как при хорошей охоте!

– У вас записная книжка Вигуна?

– А как же!

– Мне нужно ее видеть.

– Да ты что?! Бакланов ее уже забрал. Он из лаборатории не выходил, пока мы с ней разбирались. Там нужно было восстановить с десяток зачеркнутых и стертых мест, так он даже унес все копии. Но для тебя тоже есть кое-что интересное. Читай.

«...несмотря на то, что канал ствола представленного на экспертизу пистолета ген. Вигуна прочищен после использования этого оружия, удалось по достаточным следам в нарезке ствола, по бойку и другим косвенным данным установить, что обе представленные на экспертизу пули прошли сквозь канал ствола этого пистолета и были выстрелены из этого оружия не позже 20 января и не раньше 18 января сего года.

Медико-микроскопическое исследование пули № 1 показало, что эта пуля не касалась тела человека и содержит на себе следы проникновения через незначительное деревянное препятствие, каким мог оказаться представленный на экспертизу кусок деревянной форточки.

Аналогичное исследование пули № 2 показало, что данная пуля имеет микроскопические частицы кожи, кости и крови человека. По характеру деформации пули можно судить, что она прошла через кости человека. Поскольку данная пуля представлена по делу о нанесении смертельного огнестрельного ранения в голову, эксперты отмечают, что на пуле не обнаружено никаких следов мозгового вещества.

гор. Москва, 23 января 1982 года

Подписи экспертов: *А. Сорокин*

Б. Головлева»

Я еще раз перечитал последнюю строчку заключения и пошел с ним в лабораторию к Сорокину. Высокий, с лохматой рыжей шевелюрой над круглым веснушчатым лицом, Сорокин вместе с женой и тремя лаборантками трудился над какой-то почерковедческой экспертизой. Я подошел к нему вплотную:

– Слушай, что это такое?

– Где? – сказал он с невинным видом.

Я показал ему бумагу с его заключением, он пожал плечами:

– Акт экспертизы, а что? – внутри его глаз плясали искорки смеха. Я понял, что ему очень хочется вывести меня из себя, покуражиться. Он вообще отличается этой дурацкой манерой подтрунивать над следователями и вставлять в совершенно официальные документы мелкие или крупные шпильки нашему брату.

– Я вижу, что это акт, я не слепой,– говорю я сдержанно.– Что значит «не обнаружено следов мозгового вещества»? Эта пуля прошла через голову Вигуна!

Он молчит. Уже не только рядом с ним, но во всей лаборатории лаборантки оставили работу и смотрят на нас с любопытством.

– Ну! – говорю я требовательно.– Что ты молчишь?

– Понимаешь...– тянет он, как артист на сцене.– На этой пуле нет следов мозгового вещества. Если ты будешь настаивать, что она прошла через голову Вигуна, это значит, что в голове Первого Заместителя Председателя КГБ, члена ЦК и депутата Верховного Совета не было мозгов. Но пусть тебя это не удивляет, старик, это не единичное явление. Я знаю следователей, у которых тоже не густо с этим делом... как .

Теперь он добился своего – вся лаборатория расхохоталась. А он продолжал:

– Но я бы на твоем месте перестал клеветать на членов нашего Правительства и посмотрел, нет ли на теле Вигуна других ранений.

– Ты хочешь сказать, что он убит не этой пулей?

– Я ничего не хочу сказать. Мы не делаем выводов и тем более не строим предположений. Мы говорим только то, что видим. На пуле нет следов мозгового вещества, а на предсмертной записке Вигуна нет характерных для него потовых выделений и шесть букв вызывают сомнение...

– Подделка?

– Повторяю: выводов мы не делаем. Просто недавно я держал в руках записную книжку Вигуна и обратил внимание, что руки у товарища Вигуна потели, когда он писал. Эти же потовые выделения сохранились даже на его преферансных бумагах. И это естественно. Такие толстые люди, как Вигун, потеют по любому поводу, тем более в состоянии стресса. Но вот на его предсмертной записке нет вообще никаких следов: ни отпечатков пальцев, ни папиллярных узоров, ни потовых выделений. И шесть букв написаны почти его почерком, но – не совсем... Еще есть вопросы?

Я молча вернулся в его кабинет. На его столе лежал точно такой же, как у меня, с грифом «секретно, для служебного пользования» телефонный справочник. Я нашел в нем домашний телефон Главного судебно-медицинского эксперта Погранвойск СССР Б. С. Туманова, который производил вскрытие Вигуна, и позвонил ему. Разговор был короткий:

– Борис Степанович? Добрый вечер! Вас беспокоит Шамраев из Союзной Прокуратуры. Я веду дело о смерти Вигуна. Извините, что звоню в субботу, у меня только один вопрос. Поскольку вы производили вскрытие... Кроме ранения в голову, не было ли на теле Вигуна других ран?

– Батенька, вы меня обижаете,– ответил вальяжно-барский баритон.– Все, что было на теле, есть в моем акте. Уж можете мне поверить.

– А делали ли вы вскрытие черепа?

– А как же! Исследовали канал прохождения пули через мозг. Все, как положено, батенька...

– Видите ли, на пуле, прошедшей через голову потерпевшего, экспертиза не нашла следов мозгового вещества...

Длительный раскатистый хохот был мне ответом. Потом, отсмеявшись, он сказал:

– Ну, уморили! Ну, уморили, батенька! Буду студентам в Академии рассказывать. Как вы сказали? «На пуле, прошедшей через голову потерпевшего, экспертиза не нашла мозгового вещества»?! Ну, и эксперты! Это я в учебник внесу. Спасибо, подмогли старику. Это что ж за эксперты такие, позвольте узнать?

– Борис Степанович, а где вы проводили вскрытие?

– В анатомичке Первого института, а что?

– Спасибо, Борис Степанович, извините за беспокойство!

Собственно, последний вопрос можно было не задавать – вскрытие всех умерших правительственных особ проводят в

Первом мединституте.

Второй звонок – в поселок «Правда». Телефонистка правительственного поселкового коммутатора откликнулась немедленно:

– Поселок «Правда» слушает...

Объяснив, что я из Прокуратуры СССР, прошу найти мне журналиста Белкина, который работает в литературной бригаде Брежнева, и через несколько секунд уже слышу голос Вадима:

– Игорь Иосифович, чем могу быть полезен?

– Мне нужно встретиться с твоим «псевдонимом»

– С кем? С кем? – удивился он.

– Три месяца назад в Доме журналиста ты мне за кружкой пива рассказывал, что пишешь теперь под псевдонимом...

– Понял! Гм... Ничего обещать не могу, но скажите, откуда вы звоните, я вам перезвоню.

Я назвал телефон в кабинете Сорокина. И сидел в тишине, обдумывая ситуацию. За окном в уже сгущающихся сумерках падал снег. Итак, Светлов прав. Это не самоубийство, а скорей всего – инсценировка. Причем двойная: Сначала, что это самоубийство, а потом для народа – что Вигун умер естественной смертью. Что ж, даже студенты юрфака, что к инсценировкам самоубийства чаще всего прибегают люди, близкие к жертве. В таком случае здесь есть несколько кругов подозреваемых лиц. Во-первых, Андропов и его замы, для которых Вигун был явной обузой – эдаким личным надсмотрщиком Брежнева над КГБ. Но подозревать Андропова в такой грубой работе глупее всего: в дело втянуты и Суслов, и Курбанов, и еще всякие эксперты, следователи, телохранители. Если бы Андропов хотел избавиться от Вигуна, он мог убрать его тихо, уж КГБ это умеет – какой-нибудь бесследный яд, парализующий газ – и врачи без сомнения устанавливают естественную смерть в результате острой гипертонии или инсульта. Второй круг подозреваемых – все эти подпольные дельцы, которые давали Вигуну взятки. Это темная публика, способная подчас на все. Но зачем им убивать Вигуна, если он был с ними заодно? И как они могли рассчитать, что Вигун приедет на эту квартиру в два часа дня? Третий круг – семейный: жена, дети, возможные любовницы. Но тогда почему

КГБ сделал столько грубых ошибок: прошляпили эту форточку, тут же прочистили пистолет, не провели медико-криминалистическую экспертизу пули и графическую экспертизу предсмертной записки. Если действительно есть заговор против семьи Брежнева, то им в самый раз какой-нибудь порочащий семейство Брежнева скандал. Да, все было непонятно, предположительно, кроме одного: в одиночку мне не справиться с этим делом, тем более в обстановке, когда за тобой следят и не дают допрашивать свидетелей.

Телефонный звонок оторвал меня от этих размышлений. Я снял трубку, услышал:

– Игорь Иосифович? Здравствуйте. Это говорят из ЦК КПСС. Через несколько минут за вами придет машина.

16 часов 17 минут

Это была правительственная «Чайка» – длинный черный бронированный лимузин. На переднем сиденьи, рядом с водителем сидел молчаливый тридцатилетний мужчина, который за всю поездку произнес лишь несколько слов, да и то, когда машина только подъехала к Институту судебных экспертиз. «Здравствуйте,– сказал он мне.– Вы Шамраев? Я могу посмотреть ваши документы?». Я показал ему свое удостоверение, он убедился, что я и в самом деле Шамраев, и сказал: «Прошу в машину. Леонид Ильич болен, но с вами хочет встретится его личный врач Евгений Иванович Чазов.»

И вот мы мчимся по вечерней Москве, по осевой линии сначала Садового кольца, а потом – Кутузовского проспекта. Скорость – 100 километров в час, все посты ГАИ дают нам «зеленую волну», а регулировщики на перекрестках становятся по стойке «смирно» и держат руку «под козырек». Честно говоря, я впервые еду в таком правительственном лимузине. Здесь не только можно вытянуть ноги во всю длину, но здесь есть и бар с мелодично позванивающими бокалами, и телевизор, а впереди, рядом с водителем сидит сопровождающий и по радио приказывает ближайшим постам ГАИ дать нам «зеленый свет». Я гадаю, куда мы едем – в дом Брежнева на Кутузовском проспекте или на его дачу по Рублевскому шоссе.

Но машина проскакивает известный всей Москве дом на Кутузовском проспекте, в котором находятся двухэтажные городские квартиры Брежнева, Андропова, Кириленко, Щелокова, и, не доезжая поворота на Рублевское шоссе, мы вдруг сворачиваем налево, и я понимаю, наконец, куда мы едем: в Кремлевскую больницу, на бывшую Кунцевскую дачу Сталина. Действительно, перемахнув через картинно-заснеженный мост над замерзшей лесной речушкой Сетунь, машина, сбавив скорость, покатила по извилистой, но выутюженной снегоочистителями лесной дороге. Слева березовая – роща, справа густой и высокий ельник с тяжелыми от снега мохнатыми лапами, настоящая чаща. В глубине такой чащи, подумал я, даже самому честному человеку захочется совершить преступление, не потому ли Сталин выбрал себе эти места? Дорога ушла вправо и подкатила к трехметровому глухому забору с металлическими воротами – Кардиологической больницей Четвертого (Кремлевского) медуправления Минздрава СССР.

Короткий разговор моего сопровождающего с кем-то по радио, ворота открылись, и мы оказались на территории больницы, на расчищенной до асфальта дороге, тоже посыпанной смерзшимся песком. Справа, в глубине – бывшая дача Сталина, приземистый, двухэтажный охотничий домик. Когда-то здесь еженощно Сталин кормил и спаивал своих «соратников» – Ворошилова, Кагановича, Микояна, Берию, Хрущева и того же Суслова. Но теперь маленький домик казался заброшенным, нежилым, а в глубине двора сиял огнями высокий новый 12-этажный корпус Кремлевской больницы. Вокруг него по заснеженным аллейкам гуляли в сопровождении персональных медсестер больные старческими недугами кремлевские деятели и высокопоставленные чиновники крупных правительственных учреждений.

Машина подкатила прямо к вестибюлю, и в сопровождении все того же молчаливого охранника я поднялся лифтом на второй этаж в кабинет главврача Кремлевской больницы, кандидата в члены ЦК КПСС, академика Евгения Ивановича Чазова. Что бы там не говорили о Брежневе, но одного по крайней мере у него не отнимут: он умеет и не стесняется выдвигать своих людей на высокие посты – сына сделал Первым заместителем Министра внешней торговли; зятя, то есть мужа дочери Галины – Юрия Чурбанова,– Первым заместителем Министра внутренних дел; шурина, то есть Вигуна – Первым заместителем Председателя КГБ; своего личного пилота Бугаева назначил Министром гражданской авиации, а личного врача – Евгения Чазова – главврачом «Кремлевки» и кандидатом в члены ЦК КПСС, хотя даже министр здравоохранения в ЦК не входит...

И кабинет у Чазова соответствующий – просторный, с мягкой импортной мебелью. Сам Чазов – поджарый, 53-летний, среднего роста, кареглазый, с умным интеллигентным лицом и ранней залысиной мужчина выходит из-за стола, идёт мне навстречу, пожимает руку и тут же переходит на «ты»:

– Присаживайся. С чего начнем? Может быть, с рюмки французского коньяка? Рекомендую, как врач...

Он наливает и мне, и себе, мы сидим теперь вдвоем, и он продолжает:

– Значит, так. Ситуация простая. Леонид Ильич у себя на даче. Он болен, но не смертельно, просто история с Вигуном его оглушила. Но через пару дней будет на ногах. А Суслов в критическом положении, лежит здесь, в домике Сталина. При нем его личный врач, мой тезка, Евгений Иванович Шмидт, лучший невропатолог страны. Тебя вытащили из отпуска по моему настоянию, как только я получил историю болезни Суслова. Это очень интересная история болезни, особенно для следователя. Но сначала расскажи, что у тебя есть в отношении Вигуна. Можешь не стесняться, говори всё, как есть, через два часа я еду к Леониду Ильичу с вечерним визитом.

– Мне нечего стесняться,– говорю я и коротко рассказываю о второй пуле и о результатах экспертизы.

– Я так и думал,– говорит Чазов.– Позавчера ночью, как только Леонид Ильич пришел маленько в себя, я ему первый сказал, что не верю в самоубийство Вигуна. Вигун был здоровый мужик, в 65 лет бутылку коньяка принимал на грудь. И чтобы он пустил себе пулю в висок?! Никогда не поверю. Конечно, я не могу доказать, что его убил Суслов, Андропов или Щелоков – для этого мы и вызвали тебя, чтобы ты разобрался. Но что Вигун убил Суслова – это стопроцентно, это я говорю как врач!

Я изумленно посмотрел на Чазова, он рассмеялся:

– Ага! Не понимаешь? А я тебе скажу, что врачи – тоже следователи. Вот смотри...– он вернулся к своему столу, вытащил из ящика пухлую папку со множеством закладок.– Это история болезни товарища Суслова Михаила Андреевича. Открываем. Детские болезни – корь и свинку – опустим. Возьмем эдак с сороковых годов, когда Суслов впервые поступил в Кремлевскую больницу. Итак, 1937 год. Михаил Суслов, старший инспектор Центральной Контрольной Комиссии ВКП(б), то есть ближайший сотрудник Ежова, поступил в больницу с диагнозом «сахарный диабет, раннее поражение сосудистой системы и сосудов головного мозга». Вспомни, чем занималась ЦКК и что происходило в 37-м году, и причина болезни станет тебе ясна. По приказу Сталина они тысячами уничтожали самых талантливых большевиков, расстреляли всю ленинскую гвардию. А в 37-м году Сталин уже расстрелял Ежова и половину сотрудников ЦКК. От этого у товарища Суслова началась первая атака сахарной болезни, резко повысилось количество сахара в крови и произошло поражение сосудов головного мозга. Но это же и спасло ему жизнь – Сталин не расстрелял его и не отправил в Сибирь. Подробностей мы не знаем и не будем гадать,– Чазов перелистнул дело до следующей закладки.– Когда Суслов поступил в больницу в следующий раз, как ты считаешь? Оказывается, в 53-м году, март месяц. У соратника Сталина, члена Президиума ЦК КПСС Суслова – снова резкое повышение сахара в крови, удар по сосудистой системе, поражение сосудов головного мозга. Почему? Потому что, как ты помнишь, в марте умер Сталин, а потом его соратники кокнули Берию. А у Суслова – атака диабета, попросту говоря – страха за жизнь. Ну, а такие вещи не проходят бесследно: увеличение содержания сахара в крови и поражение сосудов головного мозга меняет психику человека. Диабетическая личность не может пить, есть то, что хочет, половые удовольствия крайне ограничены. В результате его психика ущемляется, он инвалид. Во всем мире таких людей не назначают на ответственные посты – это еще с дофрейдовских времен известно и оправдано: диабетическая личность становится агрессивной, она мстит окружающим за свои недуги. Суслов пережил Сталина, удержался в Правительстве и, скрывая свою импотенцию и болезнь, создал легенду, что он эдакий партийный аскет, марксистский святоша. Но болезнь требовала компенсации неудовлетворенности. Поэтому дома он избивает жену и сына и доводит обоих до алкоголизма, а на работе изводит подчиненных марксизмом и предает своих же союзников. Смотри: 57-й год, июнь месяц. Тот же диагноз: диабетический, или сахарный криз, увеличение сахара в крови, удар по сосудам мозга. Полистай газеты и ты увидишь, в чем дело: на июньском пленуме ЦК КПСС Михаил Суслов делает основной доклад против своих соратников Маленкова и Молотова и помогает Хрущеву захватить власть. Заговор проходит успешно. Хрущев у власти, а Суслов – через два дня в больнице, поскольку увеличение сахара в крови происходит при любых сильных эмоциях – как отрицательных, так и положительных. И тут, как врач, я ставлю диагноз: Суслов не виноват в том, что он заговорщик. Это – болезнь диабетической личности, это – подсознательная компенсация неудовлетворенной личности, неосознанная им самим. В принципе, его нужно держать если не в психбольнице, то хотя бы в изоляции. Но он – в ЦК, и занимается не больше не меньше, как международным коммунистическим движением. И тут – широкий простор для такого агрессивного маньяка: кубинские террористы, палестинские террористы, итальянские «красные бригады», американские «пантеры». Он ненавидит весь мир хотя бы за то, что не может съесть простой кусок жареного мяса! Ну, как? Интересно? Но это не все. Листаем дальше. Октябрь 1964 года – диабетический криз и конвульсии сразу после свержения Хрущева. А кто выступил первым против Хрущева, который уже упивался своей властью и был просто новым царем? Конечно, святой марксист, принципиальный ленинец Михаил Суслов. Именно он выступает на пленуме с докладом «24 ошибки Хрущева». И прямо с пленума – в больницу, и никаким инсулином не удержали скачок содержания сахара в крови. Ну, теперь ты понимаешь, куда я клоню?

– Догадываюсь...

– Замечательно. Как врач, я утверждаю, что он не выносил своих же близких друзей. И его манией было – помочь кому-то возвыситься и захватить власть, а потом – сбросить этого человека. Но без КГБ, как ты знаешь, у нас ничего сделать нельзя. А в КГБ ему мешал Вигун. Отсюда – операция «Каскад», которую он затеял втайне от Брежнева с помощью МВД, и отсюда же – смерть Вигуна. Так я думаю. Хотя бы потому, что каждая атака сахарной болезни связана у него с кремлевским заговором. И тут эти признаки налицо – 19-го днем – смерть Вигуна, эдакое странное самоубийство, а уже вечером Суслову плохо, терапия не помогает, и 21-го – острое нарушение кровообращения в сосудах ствола мозга, потеря сознания, почки и печень не работают.– И, пропустив две закладки, Чазов закрыл папку.– Таким образом, я полагаю, что был очередной антиправительственный заговор, но старик переоценил свои силы. Смерть Вигуна вызвала у него очередной удар по сосудам, который ему уже не пережить. Но насто сейчас уже интересует не это,– Чазов подсел ко мне за журнальный столик.– Он умрет через час или через неделю – и Бог с ним, ни одна собака не пожалеет...

– Кроме меня,– сказал я.

– Почему? – изумился он.

– Потому что мне нужно его допросить. Как у него оказались материалы против Вигуна, где эти материалы сейчас, о чем он говорил с Вигуном? Мне без этого не сдвинуться с места...

– Видишь ли, он бы тебе все равно ничего не сказал. 19-го он по телефону обещал Леониду Ильичу, что пришлет ему все материалы о связях Вигуна с левой экономикой, но слег в больницу и ничего не прислал... Но дело уже не в Вигуне и не в Суслове. Важно узнать, кто был в заговоре. И еще важней – иметь доказательства заговора. Потому что внешне все выглядит совершенно идеально и по-партийному чисто: милиция берет всяких жуликов. Жулики признаются, что давали взятки Вигуну, и Вигун кончает жизнь самоубийством. Не придерешься, если не знать, что Суслов не мог жить без заговоров, и что именно Вигун был тем человеком, который ему мешал.

– Но ведь в милиции сидит Чурбанов – зять Брежнева. Без него «Каскад» не мог начаться...

– Я думаю, что Чурбанову просто надоело галино блядство. А отделаться от нее он не может, пока ее папа у власти. И поэтому он уже месяц в отпуске. Отдыхает в Беловежской пуще.

Понимаешь, тут большая игра. Внешне – цепь случайностей, а на самом деле...

Негромко, но требовательно загудел селектор внутренней связи. Чазов резко протянул к нему руку, нажал кнопку:

– Слушаю, Чазов.

Мужской голос произнес по радио:

– Евгений Иванович, положение ухудшается, перебои с дыханием!

– Иду! – сказал Чазов и кивнул мне: – Пошли со мною!

Взяв со стола историю болезни Суслова, Чазов вышел из кабинета. Я следовал за ним. Не одевая пальто, в одном докторском халате поверх костюма, Чазов бегом спустился по лестнице на первый этаж и по расчищенной от снега дорожке быстрым шагом пошел к двухэтажному домику в глубине парка – к бывшей сталинской даче. Возле дверей этого домика из полумрака возникли две мужские фигуры, преградили нам дорогу, но Чазов сказал им, кивнув в мою сторону:

– Это со мной.

И мы вошли в домик. Не знаю, как он выглядел раньше, при Сталине, но сейчас здесь было по-казарменному неуютно, пахло больницей. А от того, что при входе, в первой комнате, сидела охрана, казалось, что эта больница – тюремная. Дальше шел какой-то пустынный холл с низким потолком и следами биллиардного стола на полу, а затем – комната медперсонала. Здесь стояла громоздкая и явно импортная медицинская аппаратура, и, наконец, в следующей комнате на высокой медицинской кровати лежало укрытое простыней, с кислородной маской на лице, длинное худое тело Секретаря ЦК КПСС Михаила Андреевича Суслова. У изголовья дежурила медсестра, следила за кислородом и какими-то другими приборами, а слева от постели стояли, склонившись к больному, – высокий седовласый семидесятилетний по-арийски голубоглазый, с жесткой горбинкой на носу личный врач Суслова – академик Евгений Иванович Шмидт и сорокалетний дежурный лечащий врач кремлевской больницы Леонид Викторович Кумачев.

Чазов бросил на столик папку с историей болезни Суслова и заговорил с врачами быстро, отрывисто, на том профессионально-медицинском сленге, из которого мое ухо выхватило лишь отдельные слова, вроде – «функции не нарушены... не прослушивается... аритмия... стимулятор сердечной деятельности... инфаркты мозга...». Я не пробовал вникать в суть их разговоров, я смотрел на то, что лежало сейчас, укрытое простыней, на этой высокой больничной койке. Не врач, а всего лишь следователь, который за двадцать лет работы сотни раз бывал в морге и видел сотни трупов, я мог и без медицинского диагноза сказать, что Суслов уже не жилец. У него была кожа покойника и от него пахло смертью. Никакая власть даже над всеми силами международного коммунистического движения и палестинского терроризма, никакие заговоры и никакие цитаты из Маркса уже не могли помочь этому худому, почти бездыханному старику с заострившимся носом и с лицом, обтянутым желтоватой кожей. Я взял папку с историей болезни Суслова и отошел к окну. Две закладки, которые опустил Чазов в разговоре со мной, вызывали мое любопытство. Я открыл первую из них. Мне даже не пришлось вчитываться в медицинскую латынь, поскольку здесь на первой же странице было начертано жирным красным карандашом: «27 мая 1976 года – НЕКРОЗ, резкое повышение сахара в крови, коронарная недостаточность сердечной деятельности, инфаркт». Странно, подумал я, в 76-м году никаких правительственных переворотов не было. Я перелистал бумаги в папке до следующей закладки. Тот же жирный красный карандаш: «17 июля 1978 года – резкий скачок сахара в крови, поражение сосудов головного мозга, нарушение функций органов пищеварения». Я закрыл папку и положил ее на место. Почему Чазов не назвал мне эти даты? Или они не вписываются в его гипотезу? Но если он сделал здесь эти пометки, значит, он показывал кому-то эту историю болезни, может быть, самому Брежневу. Теперь вместе со Шмидтом и Кумачевым Чазов стоял у меня за спиной над почти бездыханным Сусловым. Врачи проводили искусственное дыхание, и тело старика сотрясали какие-то клокочущие хрипы. А я стоял у окна, глядел на тихий парк сталинской дачи, на кружащийся у фонарей снег и мысленно повторял про себя эти даты: «27-ое мая 76 года и 17-ое июля 78-го года». Что-то было тогда. Наверняка что-то было. Чазов не производит впечатление авантюриста, который стал бы подтасовывать факты, а скорей всего от меня просто хотят что-то скрыть. Что же было 17 июля?

Еще раз взглянув на занятых врачей, я вышел из палаты в комнату, где возле импортной медицинской аппаратуры дежурил молодой рыжебородый врач. Слева от него на столе рядом с сегодняшней газетой «Вечерняя Москва» стоял телефон. Я снял трубку.

– Если в город, то через девятку,– сказал мне врач, следя за приборами и осциллографом, который на длинном листе бумаги чертил отголоски жизни товарища Суслова.

Я набрал девятку, а затем «02» – коммутатор московской милиции.

– Милиция...– отозвался женский голос.

– Третий отдел МУРа,– сказал я.

– Соединяю,– ответила она, и тут же в телефонной трубке прозвучал мужской бас: – Дежурный по третьему отделу лейтенант Кравцов слушает!

– Это Шамраев из Союзной Прокуратуры. А Светлова там нет?

– Никак нет, товарищ Шамраев. Он дома.

– А кто есть из руководства?

– Капитан Арутюнов...

Нового начальника одного из отделений 3-го отдела я знал плохо, но сказал:

– Хорошо, пусть возьмет трубку... Товарищ Арутюнов, это Шамраев, мы друзья со Светловым.

– Я вас знаю, товарищ Шамраев... сказал мужской с мягким южным акцентом голос.

– Очень хорошо. Тогда не в службу, а в дружбу запросите из архива сводку событий по Москве с 26-го по 27-ое мая 76 года и с 15-го по 17-ое июля 78 года. А я позвоню вам минут через десять.

– Игорь Иосифович, но ведь там будет по сто событий в день! И я не имею права читать их все по телефону.

– А все и не нужно. Вы пробегите глазами и посмотрите, что было необычного, яркого. А с остальным мы потом разберемся.

Я дал отбой и тут же набрал еще один телефон: отдел хроники газеты «Вечерняя Москва». Журналисты этой газеты постоянно терзают прокуратуру, добывают у нас материалы для своих фельетонов, так почему бы и мне не обратиться к ним? Молодой веселый голос откликнулся тут же:

– «Вечерка», Дранников на проводе!

Я представился и услышал в ответ:

– Ну, для прокуратуры – все, что в наших силах! Сейчас возьму подшивку за май 76-го и июль 78-го и прочту вам прямо с полосы! Слушаете? 25-ое мая – открытие летнего пионерского сезона. Не нужно? Хорошо. 26-го медведица в зоопарке родила двойню, не нужно? Пустили новую линию трамвая – тоже не нужно? Интересно, вы сами в вашей прокуратуре не даете нам острый материал, а теперь спрашиваете, что было интересного! Так я вам скажу то, что нам запретили тогда печатать. Вот я вижу – вместо моего репортажа о пожаре в гостинице «Россия» 26-го мая в газете стоит фотоочерк «Птицы в лесах Подмосковья». Это вам интересно?

– Это уже интересней,– усмехнулся я.

– Замечательно, тогда пошли дальше! 15-ое июля 1978 года. Рейд нашей газеты – на Ярославском вокзале арестованы спекулянты сиренью. Нужно? 16-го июля в Москве открылась декада туркменской литературы и искусства, 17-го июля – на 61-м году жизни скоропостижно скончался член Политбюро Федор Кулаков...

– Отлично! – воскликнул я, не удержавшись.

– Что отлично? – подозрительно спросил голос Дранникова.– Что умер Кулаков?

– Нет, конечно. Но прочтите мне всё сообщение. Там есть медицинское заключение?

– Пожалуйста. «17-го июля 1978 года на 61-м году жизни скоропостижно скончался член Политбюро, член ЦК КПСС, депутат Верховного Совета СССР, Герой Социалистического труда Федор Давыдович Кулаков. Смерть вырвала из наших рядов видного деятеля КПСС...»

– Это опустим,– попросил я.– Медицинское заключение есть?

– Пожалуйста. «В ночь с 16-го на 17-ое июля 1978 года развилась острая сердечно-сосудистая недостаточность, которая вызвала остановку сердца.»

– Подписи врачей?

– Фамилий нет. Стоит лишь: «Медицинская комиссия Минздрава СССР».

– Спасибо.

Вскоре, поговорив еще раз с Арутюновым, я уже знал, что:

в период с 25-го по 27-ое мая 76-го года в Москве произошло два убийства на почве ревности, пожар в гостинице «Россия», ограбление парфюмерного магазина, три изнасилования и 214 случаев злостного хулиганства;

а в период с 15-го по 17-ое июля 78-го года – 317 случаев злостного хулиганства, пять изнасилований, ни одного убийства на почве ревности, но зато четыре рыболова по пьянке утонули в Москва-реке, и член Политбюро, депутат Верховного Совета СССР, Герой Социалистического Труда Федор Давыдович Кулаков скоропостижно скончался на 61-м году жизни...

Когда я дописывал этот перечень себе в блокнот, из сусловской палаты появился Чазов. Мы вышли в вечерний, освещенный фонарями парк бывшей сталинской дачи. Чазов сказал:

– Он, конечно, протянет еще пару дней. Эти старики – удивительно живучи. У меня был аспирант, талантливейший парень, в двадцать восемь лет сгорел от рака. А это дерьмо живет... И главное – никому ведь не нужен, даже родной сын не пришел навестить, пьет, поди, где-нибудь...– он закурил и сказал после паузы:

– Н-да... Смешная штука – жизнь! Особенно, когда в последние дни вашей жизни тобой интересуется один-единственный человек, да и тот – следователь Прокуратуры!..

– А в каких отношениях он был с Кулаковым? – спросил я.

Чазов живо посмотрел на меня:

– С Федором Кулаковым? С чего ты о нем вспомнил? Он умер три года назад.

– В ночь на 17-ое июля,– сказал я.– В этот же день у Суслова была атака сахарной болезни.

– Та-ак! – протянул Чазов.– Похоже, не зря Брежнев вспомнил о тебе в трудный час,– у него нюх на толковых людей. Пошли ко мне! Нужно еще выпить...

В кабинете он снова разлил коньяк по бокалам и сказал:

– Старик, тебе не нужно лезть в кремлевскую историю. Все, что от тебя требуется – выяснить: было это самоубийство или убийство, и, если убийство, то кто убил. Всё! И плевать на то, что было в прошлом. К сегодняшнему дню это не имеет отношения. Когда хирурга вызывают на срочную операцию, он уже не спрашивает, какой был стул у больного три года назад. Он режет то, что видит. Я, как ты видел, тоже вытаскиваю Суслова из могилы, хотя считаю, что ему только там и место. Но есть профессиональный долг – у меня – лечить, а у тебя – раскрывать преступление. Для того тебя и позвали. Мы не доверяем сейчас ни КГБ, ни милиции, а ты – человек почти нейтральный. И запомни: если ты сделаешь то, что тебе поручено – тебя не забудут. Леонид Ильич умеет поднимать нужных людей...

– Евгений Иванович,– усмехнулся я.– Сегодня утром меня уже пытались и подкупить , и запугать. Но я в такой обстановке работать не могу. За мной следят, подслушивают телефон. Если по делу Вигуна назначено официальное расследование, у меня должна быть свобода действий. Именно это я и хотел сказать Леониду Ильичу.

Чазов встал, подошел к окну. За окном был лес, за лесом – Москва. Он сказал:

– Я бы тоже хотел заниматься чистой наукой. В стерильных больничных условиях. Или ты думаешь, что это такое уж большое удовольствие – быть сиделкой у Брежнева и ловить его каждый чих? Но одно невозможно без другого. И если хочешь знать – они нужны нам не меньше, чем мы им. Сегодня в разных концах Москвы лежат в постелях два старика. Один уже отдает концы. Другой – едва двигает челюстью. А за их спинами стоят два фронта таких, как ты и я. Я не уполномочен говорить с тобой от имени всего нашего фронта, но я хочу тебе сказать, что кому-кому, а тебе на той стороне делать нечего. Как только Брежнев уйдет с поста, все Политбюро станет антисемитским на сто процентов. Это я тебе говорю, как главврач кремлевской больницы, который каждого члена Политбюро прощупал до селезенки...– Он взглянул на часы.– Ладно, мне пора ехать к Брежневу. Что ему передать от тебя?

Я открыл блокнот и написал на чистом листе:

«Уважаемый Леонид Ильич! Благодарю за оказанное мне

доверие. К сожалению, это дело невозможно расследовать в одиночку за столь короткий срок. Как минимум, мне нужны те помощники, с которыми я вел когда-то дело журналиста Белкина: начальник 3-го отдела Московского уголовного розыска Светлов и следователь Московской городской прокуратуры Валентин Пшеничный. Без них я не могу ручаться за выполнение вашего задания. С уважением И. Шамраев.»

Чазов взял записку, а я встал и, собираясь уходить, кивнул на папку с историей болезни Суслова, которая снова лежала у него на столе:

– А Вигун видел эту историю болезни?

– Нет,– сказал Чазов.– Я сам стал изучать ее только позавчера. Раньше Суслов никого не подпускал к себе, кроме своего врача Шмидта.

18 часов 00 минут

Въезд на Красную площадь запрещен любому виду транспорта, кроме правительственного. Мягко шурша шинами по свежему снегу, наша «Чайка» миновала пост ГАИ и въехала на брусчатку Красной площади. И еще издали, когда мы лишь приближались по полупустой, с редкими группами иностранцев, Красной площади к Мавзолею Ленина, я увидел своих – Антона и Нину. Их спортивные курточки резко выделялись на фоне роскошных дамских шуб и дубленок зарубежных туристов. Вместе с этими туристами Антон и Нина глазели на смену караула у Мавзолея Ленина: под бой кремлевских курантов солдаты кремлевского гарнизона четко, как заводные, прошагали от Спасских ворот к Мавзолею и сменили отстоявших своё караульных. Щелкнули блицы туристских фотоаппаратов, в вечерней тишине сменившиеся караульные печатным шагом ушли с поста, а вместо них у дверей мавзолея недвижимо застыли новые. И мало кто из постоянно торчащих на Красной площади зевак и туристов знает, что именно эту службу в кремлевском гарнизоне солдаты считают самой ненавистной, несмотря на отборные харчи и так называемый почет охранять прах великого вождя. Потому как в кремлевском гарнизоне – особая муштра, ежедневная трехчасовая строевая и четырехчасовая политическая подготовки, а кроме того, стоять вот так, не шелохнувшись и не моргнув глазом под взглядами зевак и фотоаппаратами всего мира – еще та пытка. Но церемониал выдерживается неукоснительно – из часу в час – годами, десятилетиями, во время войны и мира, в правление Сталина, Хрущева, Брежнева, во времена внутреннего кремлевского покоя и в дни закулисных кремлевских переворотов. Фасад Кремля должен быть идеально чистым, рубиновые звезды должны гореть, не мигая, часовые у Мавзолея Ленина должны стоять на своем посту вечно, как символ верности страны и правительства заветам великого Ильича. Мир должен видеть своими глазами, что где-где, а внутри нашей страны – полный покой и порядок. И потому здесь, по ЭТУ сторону Кремлевской стены, было сейчас по-праздничному торжественно и величественно. Тихий, почти рождественский снег кружил в лучах прожекторов, освещающих Мавзолей... Но когда закончился спектакль смены караулов, внимание туристов и зевак переключилось на нашу подкатывающую к Мавзолею правительственную «Чайку». Я понимал, что не очень-то скромно приезжать сюда за Ниной и Антоном на этом кремлевском лимузине, но черт подери – однова живем, пусть они увидят, что и я чего-то стою в этой жизни! Я опустил окно машины и позвал их:

– Нина! Антон!

Они удивленно и недоверчиво глянули в сторону «Чайки». Я позвал снова:

– Антон!

Оба сделали рывок в мою сторону.

– Ты? – изумленно сказала Нина.

– Что ты здесь делаешь? – спросил Антон.– Тебя арестовали?

– Садитесь! – приказал я.

– Фьюить! – присвистнул Антон, хлопнул Нину по плечу, и оба они юркнули в лимузин, и машина плавно тронулась на глазах у иностранных туристов. Кремлевский сопровождающий повернулся ко мне с переднего сиденья:

– Может быть, покатать ваших ребят по Москве?

– А по Кремлю нельзя? – тут же спросил у него Антон.

Тот замялся, сказал:

– Нет, пожалуй. Сейчас поздно, в другой раз... А по

Москве с полчасика можно...

– Спасибо,– сказал я ему.– Я думаю, что они устали сегодня. Мы подвезем Антона домой, на Пресню, а потом мне еще нужно в Первый мединститут, в анатомичку.

– А что? Я сегодня не у тебя ночую? – спросил Антон.

Я давно ждал этого вопроса. По субботам Антон обычно ночевал у меня, но сегодня, когда у меня поселилась Нина, это было ни к чему.

– Я же тебе сказал; что у меня еще есть дела. Сегодня ты будешь ночевать у мамы...

Антон отвернулся к окну и больше в тот вечер я не услышал от него ни слова. На Пресне, когда мы остановились у его дома, он молча вышел из машины и, не повернувшись, худой и прямой, ушел в свой подъезд. И я впервые заметил, что куртка на нем далеко не новая, а кроличья шапка вытерта. Сын следователя по особо важным делам ходит как оборванец, подумал я. Но на новое пальто и пыжиковую шапку его отец еще денег не заработал, а точнее – именно эти деньги прокутил в Сочи, в отпуске. Что ж, нужно срочно заработать другие. Нужно расследовать это дело, тогда и зарплата будет побольше, рублей четыреста могут назначить в месяц, а это уже и сыну на пальто хватит, и на ниночек останется...

– Пироговская улица,– сказал я.– В Первый мединститут.

Ниночка, сияя глазками, прижалась ко мне на заднем сиденье.

18 часов 40 минут

– Но имей в виду,– говорил я ей, когда мы отпустили машину возле входа в анатомический театр Первого медицинского института,– Анатомичка – это тебе не цирк, это, попросту говоря, морг. И покойники воняют, тебя с непривычки может стошнить.

– Я хочу быть с тобой везде! Меня не стошнит! – упрямо сказала она, спускаясь рядом со мной по лестнице мимо «холодильника» – зала, где хранятся трупы – в анатомический зал.

Здесь в разных концах анатомички за сепарационными столами работали несколько человек.

Борис Градус – один из наших лучших, если не самый лучший эксперт-патологоанатом – крепкий, широкий в плечах, с большой и лысой, как биллиардный шар, головой и с роскошной иссиня-черной окладистой бородой – ну, настоящий еврейский мясник в окровавленном переднике и со скальпелем в левой руке – повернулся к нам от сепарационного стола, где лежало наполовину укрытое простыней тело.

– Ого, кто прибыл! – сказал он.– Привет! Экскурсию привел?

– Почти...– ответил я.

– А я думал, очередную жертву автокатастрофы везут. Как в Москве гололед или снегопад – так у нас работы невпроворот, ездить люди не умеют, аварии каждые десять минут.

– Знакомьтесь,– сказал я .– Это Нина, моя племянница.

– Понятно,– сказал со значением Градус.– Извините, барышня, руки у меня в перчатках.– И, окинув Ниночку профессиональным раздевающим взглядом, сказал мне укоризненно:
– А больше ты такую девочку никуда не мог сводить? Ни в ресторан, ни в театр, в морг привел!

– Я по делу,– сказал я.

– Ну еще бы! Кто же в морг без дела ходит? Покойники разве, так и тех приносят.

Ниночка, слегка побледнев, отвела глаза от выреза в простыне, укрывавшей труп на сепарационном столе. Я и сам старался не смотреть на этот вырез – там торчали еще незашитые в тело, вывороченные при автокатастрофе внутренности. Легкие были почерневшие, в густой никотиновой слизи – покойник был заядлым курильщиком. Но смотреть в этом зале больше было не на что – в глубине комнаты работали над двумя трупами еще два медбрата и какая-то незнакомая мне молоденькая ассистентка, скорей всего – очередная студентка или аспирантка мединститута, которую привораживает Боря Градус. Вдвоем с малознакомым мне медбратом она пришивала покойнице отрубленную часть черепа с уже отмытыми от крови волосами.

– Тоже катастрофа? – спросил я у Градуса, кивнув в ту сторону.

– Нет, топором,– сказал он.– Небольшая семейная ссора после четвертой бутылки водки. Ну как вам, Ниночка, нравится у нас?

– Интересно...– храбро сказала Нина.

– Ого! Молодец! А в мединститут не хочешь поступить? Могу устроить по блату.

– Ладно, кончай,– сказал я.– Слушай. Я веду дело о смерти Вигуна. Кто его гримировал перед похоронами? Ты?

– Нет, мне такие чины штопать не доверяют – я беспартийный. Да и слава Богу. На меня этих покойников хватает. А что тебе нужно?

– Поговорить с тем, кто его гримировал.

– Вскрывала его наша кошерная партийная бригада – Живодуев и Семенов,– сказал он.– Они никогда не скажут ничего кроме того, что написали вместе с Тумановым в акте судебно-медицинского исследования. Но вон стоит Сан Саныч, он гримировал твоего Вигуна. Только без армянского коньяка разговаривать с ним не советую. Сбегай за коньячком, только хорошим, отборным, а я пока устрою твоей племяннице экскурсию по анатомичке. Ниночка, как вы насчет чистого спирта? Не брезгуете? Медицинский,– и он достал из стеклянной тумбочки с хирургическими приборами и инструментами пузатую колбу с медицинским спиртом.– Не бойтесь, это для храбрости.

– Только не спои мне ребёнка,– сказал я и вышел из зала.

Вернувшись через 15 минут с бутылкой армянского коньяка, я застал Градуса и Нину с медицинскими склянками вместо рюмок в руках.

– Уже вернулся? – сказал Градус.– Быстро! Дрейфишь за племянницу? Любит он вас, значит, Ниночка. Бережет. Давай, старик, тебе тоже нальём. И вот маслинки, закусывайте.

Я с сомнением посмотрел на несколько маслин, лежавших в белой металлической тарелке. От Градуса всего можно ожидать. Я кивнул на вскрытый живот покойника:

– Боря, только честно: не оттуда маслины?

Борис сделал обиженное лицо:

– Тебе не стыдно? Это из новогоднего заказа, отличные алжирские маслины! О чем ты говоришь?! – И остановил возвращающегося из «холодильника» Сан Саныча.

– Саныч,– сказал он,– я знаю, что ты брезгуешь нашим медицинским спиртом, но тут вот коньячок появился. Как ты?

– Коньячок можно,– одобрительно сказал шестидесятилетний, с крепким, как орех, лицом Сан Саныч.

– Тогда знакомьтесь,– сказал Градус и представил нас:

– Мой старый друг «важняк» * Шамраев и его племянница Ниночка!

– Богоявленский,– коротко назвал себя Сан Саныч, с аппетитом поглядывая на уже булькающий по склянкам коньяк.– А как там на улице? Метёт?

– Метёт,– ответил я, чокаясь с ним.– Будьте здоровы. Много работы в эти дни?

– Много. То аварии, то пьянки, то просто кто дуба даст. У меня норма – десять православных в день, я им «туалет» делаю, навожу марафет, чтоб перед Богом было не стыдно явиться. Нельзя ж, в самом деле, с развороченными мозгами на тот свет – грешно неприлично.– Он выпил и подставил Градусу свою склянку за новой порцией.

– Неужели вам интересно каждый день по десять трупов резать? – спросила Ниночка.

Сан Саныч посмотрел на нее внимательно, сверху вниз и ответил серьезно:

– А это прибыльная работа, детка. Девять трупов мы режем и сдаем в «холодильник», а десятого берем себе.

– Зачем?! – оторопела Нина.

– Ну, с мясом же сейчас трудности, да и с костями тоже. Магазины пустые. Перебои! Вот и обходимся. Кости – на холодец, а мясо...

Градус расхохотался, я тоже не удержал улыбки, только Сан Саныч не улыбался.

– Да ладно вам меня разыгрывать! – не очень уверенно сказала Нина.

Конечно, насчет мяса да костей Сан Саныч и вправду ее разыгрывал, а вот насчет прибыльности своей работы – нисколько. «Туалет», то есть косметика покойников – весьма доходное занятие. Кто из родственников умершего пожалеет денег, чтобы привести покойника в порядок, чтобы тот хорошо

---

* «важняк» – следователь по особо важным делам.

выглядел в гробу и был, как говорится, «прямо как живой»? Вот за это «прямо как живой» суют родственники в моргах щедрые взятки таким Сан Санычам...

– А Вигуну тоже вы «туалет» наводили? – спросил я.

Богоявленский вытащил из кармана папиросы «Беломор», молча прикурил одну, затянулся, глянул на меня как-то сбоку и повернулся к Градусу:

– Коньяк – как? Весь мой или только рюмками?

– Весь твой,– поспешно сказал Градус, протягивая ему бутылку.– Человек принес специально.

– Угу,– хмыкнул Сан Саныч, молча загреб бутылку, сунул ее в карман халата и так же молча двинулся в глубину «анатомички».

Градус показал мне глазами, чтобы я следовал за ним. Я догнал Богоявленского. Он на ходу сказал мне хмуро:

– Нехорошо себя ведешь. Неправильно, хоть и «важняк»...

– А что такое, Сан Саныч?

– Зачем при девке про Вигуна? Вигун – это государственное дело, секретность на нём. Что тебе знать нужно?

– Кроме пулевого ранения в голову, другие ранения были у него на теле? Ссадины? Ушибы? Порезы?

– Я его не осматривал. Я ему голову замарафетил* и переодел его, потому как пиджак на нем был весь в кровище и треснутый по спине...

– Пиджак треснул на спине? Вы точно помните? Где этот пиджак?

– А егойная жена забрала. Китель привезла, а пиджак я ей отдал. Токо имей в виду – я тебе ничего не говорил.– Сан Саныч подошел к сепарационному столу с очередным трупом, отвернул простыню и принялся за работу.

Я вернулся к Градусу, обхаживавшему мою, уже порядком захмелевшую Ниночку.

– На сегодня – всё! – сказал я.– Теперь – домой!

И взглянул на часы. Было всего лишь 19 часов 27 минут, а устал я за эту субботу так, словно не спал трое суток. Но

---

* Замарафетить – загримировать

когда на последнюю пятерку мы подкатили на такси к моему дому, я пожалел, что час назад отпустил правительственную «Чайку» : напротив подъезда моего дома стоял все тот же утренний «ремонтный» «Пикап». А я-то, честно говоря, думал, что они припугнули и отвязались. Но у меня уже не было сил ни возмущаться, ни хотя бы выматерить этих идиотов. А Нина – другое дело. Она выпростала руку у меня из-под локтя, быстро перебежала на ту сторону улицы, к «Пикапу», подскочила к кабине, где сидели двое эмвэдэшников, и... показала им язык и кукиш. А затем с хохотом вернулась ко мне.

23 часа 48 минут

Длинный беспардонный звонок в дверь разбудил нас посреди ночи. Я машинально взглянул на светящийся циферблат часов – было 23.48. Звонок продолжал надрываться. Впотьмах я никак не мог нащупать босыми ногами тапочки – Нинка бегала в них в ванную последней, и шут ее знает, где она их оставила. Вообще, с этой куклой не соскучишься. То она эмвэдэшников задирает, а то, когда, поднявшись в свою квартиру, я сходу бултыхнулся в ванну, чувствуя себя уже абсолютным трупом, она минут через пять тоже бултыхнулась ко мне в ванну голяком и живо возродила меня к жизни – принялась делать мне массаж. Крепкими кулачками воздушной гимнастки она проминала мне спину, плечевой пояс и позвоночник, и я лишь слегка пристанывал от наслаждения... Затем, в постели Нинка улеглась рядышком со мной, укрылась от подслушивающих микрофонов двумя одеялами и, дыша мне в ухо, спросила шопотом:

– Ты еще жив?

– Спи, хулиганка! – сказал я.– И вообще, я тебя завтра отправлю домой.

– Почему?

– Потому что без прописки в Москве нельзя быть больше трех дней, нужно зарегистрироваться в милиции. А как тебя зарегистрируют? Племянницей? Они в любой момент могут сюда вломиться и обвинить меня в аморалке. А тебя из комсомола выгонят.

– Нужен мне этот комсомол! – усмехнулась она.– Никуда от тебя не уеду!

– Как – вообще?

– Ага. Буду твоей вечной любовницей. Разве тебе плохо со мной?

Я вспомнил, что еще несколько дней назад в Сочи, в гостиничном номере я просыпался по ночам и с удивлением слышал рядом с собой ее ровное, почти детское дыхание. Я вставал, раздвигал шторы на окне, и лунный свет освещал на белой постели ее фигурку, и я садился на край этой постели и дивился тому, какой неожиданный подарок выбросила мне судьба на этом черноморском побережье – эту веселую, доверчивую, простодушную куклу с голубыми глазами. Мне – сорокапятилетнему холостяку, не жуиру, не бабнику и весьма небольшому доке в амурных делах. Конечно, мне не было плохо с этой Ниночкой – ни в Сочи, ни в Москве...

– Но ведь тебе-то скучно со мной,– сказал я.– Я старше тебя почти на тридцать лет.

– Глупый! – прошептала она мне на ухо.– С тобой-то как раз интересно!

Я обнял ее, прижал к себе. Когда-то моя жена ушла от меня, решив, что я ничего не добьюсь в жизни, она только теряет со мной время. Она говорила, что у меня грустные глаза еврейского неудачника, и мне никогда не выдвинуться дальше районного следователя прокуратуры. Но последнее время я стал замечать, что эти же глаза сорок лет производят на женщин совсем другое впечатление. Я обнял Ниночку. Через полчаса мы все-таки уснули, а в 23.48 раздался этот оглушительный звонок в дверь. Я не сомневался, что это прибыли, наконец, посланцы Краснова, Малениной и Бакланова. Видимо, долго согласовывали, когда меня пугнуть всерьез – сегодня или завтра, подумал я, но решили, что ночью лучше всего, пока девочка не уехала. Спешно бросив на диван одеяло и подушку дабы была хоть видимость того, что мы с Ниной спим раздельно, я пошел, наконец, к двери, где с типично милицейской настойчивостью трезвонил звонок.

– Кто там?

– Гестапо, е... твою мать! – донесся голос Светлова.– Ну

и спишь ты! Открывай!

Я открыл дверь. На лестничной площадке стояли хмурый Марат Светлов, Валентин Пшеничный, какой-то плотный, метровоплечий пожилой генерал-майор со странно-знакомым лицом.

Ниночка за моей спиной прошмыгнула в ванную одеться, а генерал-майор сказал:

– Извините, что разбудили, Игорь Ёсич. Леонид Ильич приказали доставить этих товарищей в ваше полное распоряжение. Начальник Всесоюзного УГРО и прокурор Москвы поставлены в известность, что эти товарищи работают с вами. Разрешите войти?

– Да-да, пожалуйста...– сказал я растерянно.

Они вошли. Светлов с ехидной улыбочкой окинул взглядом постель на диване, Валя Пшеничный – худощавый, высокий, 35-летний блондин с серьезными голубыми глазами и удлиненным блоковским лицом (казалось, он ничуть не изменился за те два с половиной года, что я его не видел, разве что исчезла прежняя сутулость загнанной следственной лошади) скромно топтался в прихожей, а генерал сказал:

– Какие еще трудности у вас в работе, Игорь Ёсич? Говорите, не стесняйтесь.

– Трудности? Пожалуй, есть. Можно вас на минуту?

Я набросил дубленку поверх пижамы, подцепил, наконец, босыми ногами тапочки, открыл дверь на балкон и жестом пригласил его выйти за мной. Босые ноги в тапочках тут же окунулись в обжигающий снег, но я терпел. Внизу, под моим балконом, у подъезда моего дома стояли две черные «Волги», а напротив, через дорогу – «ремонтный» «пикап».

Генерал вышел за мной на балкон, я прикрыл за нами дверь, спросил:

– Можно мне узнать, кто вы?

– Конечно. Извините, что не представился, Генерал-майор Жаров Иван Васильевич, начальник личной охраны товарища Брежнева.

Только теперь я вспомнил, где я его видел – конечно, сотню раз я видел это лицо по телевизору во время показа официальной правительственной хроники. Он всегда идет чуть позади Брежнева, первым к нему, самым ближним, а уж потом за ним,– все остальное Политбюро. Он помогает Брежневу спускаться по трапу самолета, поддерживает его под руку...

– Иван Васильевич, видите этот «ремонтный» «пикап»? Эта подслушивающая машина отдела внутренней разведки МВД. Моя квартира полна радиомикрофонами. Они пытаются меня запугать, чтобы я бросил это дело.

– Понятно,– сказал он.– Идемте отсюда, вы простудитесь.

В комнате Ниночка уже познакомилась с Валей Пшеничным и ловко застилала постель. Генерал, не сказав ни слова, оставил квартиру, и , минуту спустя, мы с любопытством наблюдали из окна как он вышел из подъезда, подошел к черным «Волгам». Из них тут же вышли пятеро дюжих, спортивного сложения фигур, направились через улицу к «ремонтному» «пикапу». «Пикап» трусливо тронулся с места, пробуя выехать из снежного сугроба. Генерал не спеша вытащил из кармана пистолет, и бесшумный выстрел побил заднее колесо машины. Пятеро мужчин подошли к «пикапу», генерал рывком открыл боковую дверь, и трое стукачей испуганно, под дулом генеральского пистолета вышли из машины. Еще через минуту эти трое были в моей квартире. Спешно, пряча глаза, они заменили пробки в электросчетчике в прихожей, извлекли два микрофона из газовой плиты на кухне, еще один был на резиновой присоске под тумбочкой и последний – в телефонной трубке.

– Больше нигде нет? – спросил у них Жаров.

– Никак нет, товарищ генерал-майор...

– Рагимов,– приказал генерал одному из своих подчиненных.– Пойди с ними и забери все пленки. И пусть уматывают с моих глаз, пока живы. Больше этого не будет, Игорь Иосифович. Можете работать спокойно. В чем еще нужна помощь?

– Нет ли у вас адреса телохранителя Вигуна?

– Рад бы, но чего нет, того нет. У него была своя охрана, из ГБ.

Ниночка пришла с кухни в аккуратном передничке, с чайным сервизом на подносе. Спросила:

– Хотите чаю, товарищ генерал?

– Спасибо,– сказал генерал.– Не буду вам мешать.– Он

посмотрел на меня, Светлова, Пшеничного.– У вас, я думаю, сегодня будет немало работы. Игорь Ёсич, можно вас на минуту? – он оглядел квартиру, соображая, куда бы уединиться со мной, и прошел в кухню.

– Н-да, квартирка у вас не ахти,– сказал он на кухне.– Ладно. Кончите это дело, получите другую, получше. Но я вас позвал сюда не для этого. Леонид Ильич просил вам передать: вы должны в этом деле сделать все, что в ваших силах. Никаких ограничений в средствах и действиях. Возьмите вот это,– он достал из внутреннего кармана кителя небольшой засургученный пакет, положил его на кухонный столик.– И запишите мой телефон: 253-17-17. Звоните в любое время дня и ночи, меня соединят. Я хочу, чтобы вы четко поняли: в ваших руках судьба товарища Брежнева и... ваша собственная.

– Иван Васильевич, я могу знать какие-нибудь подробности? То, что вы знаете?

– А какие я знаю подробности? Сейчас никто ничего толком не знает. Что было у Суслова на уме, когда он начинал «Каскад»? Кто в его команде и что они теперь собираются делать? На всякий случай мы ввели в Москву Кантемировскую дивизию. Это я знаю. Но война-то будет не на улицах, война может быть на заседаниях Политбюро. Только неизвестно, кто теперь ее начнет вместо Суслова, и с каких они пойдут козырей. Раньше-то все на Вигуне держалось. Он подозревал, что Суслов готовит правительственный переворот. И поэтому Леонид Ильич разрешил ему установить за Сусловым наблюдение. Это было месяц назад. Через месяц Суслов пригласил Вигуна на беседу, и Вигун покончил с собой. Вот все, что мы знаем.

– Скажите, а где сейчас Юрий, сын Леонида Ильича?

– Он только что прилетел из Люксембурга. Был там во главе торговой делегации. А что?

– Теперь ему лучше всего посидеть дома, возле отца. Во всяком случае, он должен быть там, где исключена проверка его телефонных разговоров и личных связей. И то же самое нужно сделать с Галиной Леонидовной.

– Ох – ох -ох!..– совсем по-стариковски вздохнул Жаров.– Эту бабу не удержишь! Ладно, мы подумаем. Желаю удачи.– он протянул мне руку.– И звоните мне в любой момент.

Я пожал ему руку, а он вдруг спросил:

– У вас есть коньяк?

– Есть...

– Налейте мне рюмку. Сердце закололо.

– Может вызвать «скорую»?

– Нет, нет,– он усмехнулся.– Для врачей я абсолютно здоров. Сейчас отпустит.

Я подал ему рюмку с коньяком, он выпил залпом, подождал несколько секунд.

– Вот и все,– сказал он с посеревшим лицом и явно превозмогая внутреннюю боль.

– Удачи вам.– И вышел, ссутулившись.

Я посмотрел ему вслед. Даже охрана нашего правительства стара и страдает сердцем! Я распечатал засургученный пакет. В нем была пачка новеньких сторублевых купюр, обернутая банковской бумажной лентой с надписью – «10 000 рублей», и сложенный вдвое гербовый бланк с красным грифом и текстом:

**ПРЕДСЕДАТЕЛЬ ПРЕЗИДИУМА
ВЕРХОВНОГО СОВЕТА СССР**

**ГЕНЕРАЛЬНЫЙ СЕКРЕТАРЬ
ЦЕНТРАЛЬНОГО КОМИТЕТА
КПСС**

Леонид Ильич БРЕЖНЕВ

Следователь по особо важным государственным делам при Генеральном прокуроре СССР, старший советник юстиции тов. ШАМРАЕВ ИГОРЬ ИОСИФОВИЧ выполняет правительственное поручение. Всем государственным, военным, административным и советским учреждениям надлежит содействовать его работе и выполнять все его требования.

Леонид Брежнев

Москва, Кремль, 23 января 1982 года.

Я вложил этот бланк и деньги в карман пиджака и пошел в комнату проводить со Светловым и Пшеничным свой «совет в Филях».

Часть 4

Кандидат в убийцы.

*24 января, воскресенье,
6 часов 17 минут утра*

Москва еще спала, когда старший следователь Московской городской прокуратуры Валентин Пшеничный доехал первым утренним поездом до станции «Арбатская». Пустой эскалатор поднял его наверх, на еще темный, метельный Арбат. От Арбата до улицы Качалова, где находится квартира-явка бывшего первого заместителя Председателя КГБ Вигуна,– 10 минут пешего хода, и Пшеничный, надвинув поглубже свою зимнюю шапку «пирожок» и подняв воротник рыжего ратинового пальто, двинулся в ту сторону. Главная черта следователя Пшеничного, из-за которой я включил его в свою следственную бригаду,– дотошность.

Однажды, во время поисков похищенного на Курском вокзале журналиста Белкина, я поручил ему поискать на этом вокзале хоть одного свидетеля этого похищения. И в течение суток, без единой минуты сна, отдыха или перерыва на еду – Пшеничный, как бульдозер, проутюжил своими допросами не только всех служащих вокзала, но и несколько сотен привокзальных таксистов, носильщиков, мелких спекулянтов, воров, алкашей, гадалок и лотошников, и нашел-таки свидетеля! Я думаю, если бы он не был следователем, а скажем бурильщиком нефтяных разведывательных скважин, он нашел бы нефть в любой точке мира – он просто прорубил бы ее насквозь, до Саудовской Аравии, и никакая магма его бы не остановила...

Поэтому ночью во время разработки с ним и Светловым плана следствия, я поручил ему опросить жильцов дома номер

16-А по улице Качалова – может быть, кто-нибудь из них видел или слышал хоть что-то подозрительное в день «самоубийства» Вигуна. Я не сомневался, что Валя Пшеничный допросит не только всех жильцов дома номер 16-А, но, как минимум, еще домов пятнадцать вокруг. Но я и не думал, что он выскользнет из моей квартиры в шесть утра, чтобы немедленно приступить к работе, и когда – в воскресенье! Позже, в рапорте Пшеничный написал мне скупо и скромно: «Желая ознакомиться с местом происшествия, я прибыл на улицу Качалова в 6 часов 17 минут».

Улица имени великого русского актера Качалова, тихая даже в будничные полдни, была в такую рань пуста, темна и заснежена. Несколько высоких, двенадцатиэтажных новеньких домов, построенных по спецпроекту для высокопоставленных чинов Совета Министров, с двухэтажными квартирами для дочери Косыгина, засекреченных академиков-атомщиков и другой партийно-научно-артистической элиты, были заштрихованы замятью снежной метели. Возле булочной на первом этаже дома номер 14 из хлебного фургона сгружали лотки свежего хлеба и булок. Вся Москва знает, что такой свежий хлеб из чистой пшеничной муки можно купить только в 4-х местах: на Кутузовском проспекте у дома Брежнева, в Елисеевском магазине на улице Горького, на Новом Арбате у кинотеатра «Художественный» и вот здесь, у так называемых «правительственных домов». Запах свежеиспеченного хлеба встретил Валентина еще издали, и он зашел в булочную, показал приемщице свое удостоверение следователя и, кроме возможности поболтать на разные отвлеченные темы, получил калорийную булку и чашку кофе. Приемщица оказалась разбитной веселой бабенкой, она знала имена почти всех постоянных покупателей хлеба из окружающих домов, вскоре Пшеничный уже записывал в свой блокнот тех, кто обычно покупает хлеб в этой булочной во второй половине дня: «Ксеня, домработница дочки Косыгина; Маша, домработница артиста Папанова; Иван Поликарпович из Совмина, самолично покупает только ржаной хлеб каждый день после работы; Роза Абрамовна, профессорша из дома номер 16-А;

девятилетняя Катя – «пирожница», ученица соседней, на Мерзляковке детской музыкальной школы, каждый день после занятий забегает съесть свеженький «наполеон»; ну и так далее, шестьдесят человек, включая 27 домработниц, шесть академиков, восемь дипломатов и трех актеров. Пшеничный наметил себе допросить их всех, поскольку каждый из них мог 19-го после полудня проходить мимо дома 16-А и увидеть что-нибудь интересное. Тут в булочную вошел участковый милиционер капитан Андрей Павлович Капылов. Толстый, в запорошенной снегом шинели и в валенках, он хозяйски перещупал хлеб в лотке, выбрал самый поджаристый, прихватил и несколько французских булок – свою ежедневную бесплатную дань, и собрался уйти, но Пшеничный допросил его. По словам участкового, дом номер 16-А – тихий, спокойный дом, без шумных пьянок и бытового хулиганства, поскольку в нем живут солидные люди, из Правительства. Правда спать они ложатся поздно, во многих окнах свет и заполночь горит, и часто по ночам сюда приезжают черные «Волги», «Зилы» и «Чайки», и бывает, что гости в них навеселе, подвыпивши, но это уж, как говорится, дело житейское, есть у людей деньги – могут и в ресторан съездить, или вон такую свадьбу закатить, как на 3-м этаже в 11-ой квартире – там уже десятый день, поди, гуляют, музыка с утра до ночи гремит. Но при всем при том за все шесть лет, что Копылов тут работает, здесь было лишь одно происшествие, да и то автодорожное – года три или четыре назад на стоянке у этого дома чей-то гость, грузин из Тбилиси спьяну пропорол бампером своей «Волги» дверцу новенького «Жигуленка» жены академика Ципурского. Но все обошлось без скандала – этот грузин тут же оплатил жене академика стоимость ремонта ее машины, а от гаишников, которые хотели отобрать у него права за вождение в пьяном виде, откупился сторублевым штрафом. Тем не менее ревностный служака Копылов занес это событие в участковый «Журнал происшествий», который хранится в 45-м отделении милиции Краснопресненского района. После этого происшествия тот грузин исчез, и капитан Копылов его никогда больше не видел. Другие грузины тут иногда появлялись, но тот – нет.

И хотя сам по себе этот трехлетней давности факт не имел к делу никакого отношения, Пшеничный не поленился пойти к Копыловым в 45-ое отделение милиции, достать из архива журнал дежурств за 1978 год и переписать себе в блокнот: «12 июля 1978 года. Дежурство прошло спокойно. В 21 час 20 минут синяя «Волга» номер РГУ 56-12 пропорола дверцу машины «Жигули» номер МКЕ 87-21. Прибывшие сотрудники ОРУД-ГАИ оштрафовали водителя за управление автомобилем в нетрезвом виде, но прав не лишили. Других происшествий на участке не было. Участковый инспектор – капитан милиции Копылов».

Вслед за этим капитан Копылов передал Пшеничному «Домовую книгу» дома номер 16-А, то есть полный поквартирный список жильцов. Изучая этот список, Пшеничный обнаружил, что в графе – «Квартира номер 9» не указано никаких фамилий, а стоит лишь: «Спецквартира».

Теперь имея на руках сорок восемь фамилий жильцов дома номер 16-А и шестьдесят имен постоянных вечерних покупателей хлеба в соседней булочной, которые могли 19-го января проходить мимо дома номер 16-А, а также завербовав себе в помощники участкового милиционера Копылова,– Пшеничный мог, по его пониманию, приступить к основной работе: к опросу всех этих лиц, чтобы выяснить с точностью до минуты, как многоквартирный правительственный дом номер 16-А прожил этот день – вторник 19 января.

Тот же день, 8.55 утра

Служебная, вызванная из прокуратуры, «Волга» стояла у моего подъезда, и водитель в ней был все тот же – Саша Лунин.

– Выходим! - крикнула ему с балкона Ниночка, но прежде, чем сесть в лифт, я своей печатью опломбировал дверь собственной квартиры – вот теперь пусть попробуют установить в ней микрофоны для подслушивания!

Но Светлов саркастически усмехнулся:

– Если Краснову понадобится – снимут твою пломбу и обратно поставят, ты и не заметишь.

– А это? – Ниночка вдруг вырвала у себя длинный льняной волос и ловко намотала один конец на какую-то заусеницу внизу двери, а второй к неровному концу порога.

Светлов восхищенно присвистнул, сказал Ниночке:

– Слушай, ты кто? Рихард Зорге?

– Я это в кино видела,– сказала она.

Затем мы без приключений доехали до Петровки, 38, здесь Светлов увел Ниночку к себе, в Московский уголовный розыск, а я поехал дальше – на Котельническую набережную, к вдове Вигуна.

Тот же день, 9 часов 20 минут утра

Вера Петровна Вигун жила в высотном доме на Котельнической набережной в достаточно скромной по правительственным стандартам квартире. Впрочем, если учесть, что и сын и дочь уже взрослые и живут отдельно от родителей, то четыре комнаты с обширной кухней – вполне достаточно для двух пожилых людей. Вера Петровна так мне и сказала, но и тут же поправилась: «БЫЛО достаточно, а теперь-то я одна, теперь мне вообще ничего не нужно». Она встретила меня сухо, сдержанно, но все-таки провела по квартире. Старая, сороковых годов мебель, протертые ковры и кресла, на стенах в гостиной вместо картин – киноплакаты фильмов «Фронт без флангов» и «Война за линией фронта», снятые по книгам покойного Вигуна. В кабинете – пишущая машинка «Ундервуд», и вообще всюду – следы аскетизма, бедности. Полная противоположность «спецквартире» на улице Качалова. Чуть позже Вера Петровна показала мне свои семейные альбомы – вот ее отец в Чернигове, а вот она сама с двенадцатилетней сестрой Викой. А вот Викина свадьба в Днепропетровске, когда Вика выходит замуж за молодого чернобрового партийца Леонида Брежнева. А вот Семен Вигун и Вера Петровна в 39-м году – оба из сельских учителей стали чекистами и сфотографировались в Крыму, на отдыхе молодая семья Вигунов и Брежневых. Да, все годы дружили, столько лет, а теперь Брежневы даже на Сенины похороны не пришли!

По московской манере разговор происходил не в гостиной, а на кухне, и, хотя в квартире было тепло, Вера Петровна зябко куталась в платок, скупо угощала меня чаем с баранками и то ли из злости на сестру и ее мужа, то ли от одиночества изливала обиженную душу. Главная обида – что не подписал Брежнев некролог, не разрешил хоронить Вигуна если не у Кремлевской стены на Красной площади, то хотя бы на правительственном Новодевичьем кладбище, и больше того – не только сам не пришел на похороны, но и жену не пустил! А вторая обида – на друзей. Когда-то все лезли в лучшие друзья, а теперь даже родные дети как по обязанности позвонят раз в день, спросят у матери про здоровье и тут же кладут трубку. Единственным приличным человеком оказался Гейдар Алиев из Баку, Первый Секретарь ЦК КП Азербайджана. Двадцать лет назад, когда Вигун возглавлял КГБ Азербайджана, Гейдар Алиев был его учеником, помощником, близким другом, с того и пошел в гору и стал, не без помощи протекции Вигуна, хозяином всей республики и даже кандидатом в члены Политбюро ЦК КПСС, т. е. обогнал учителя. Но не забыл старой дружбы, не зазнался, а девятнадцатого вечером, в день смерти Семена Кузьмича уже звонил ей из Баку по телефону и сказал, что тут же вылетает в Москву, чтобы быть с ней рядом до самых похорон. Но, видимо, кто-то подслушал этот разговор – через час Гейдар позвонил еще раз и сказал, что Политбюро не разрешает ему покинуть Азербайджан, поскольку, оказывается, на 21-ое намечен приезд в Баку правительственной делегации Анголы. «Ну, а кто мог подслушать – вы сами понимаете,– усмехнулась Вера Петровна.– Кто у нас решает, куда этих черномазых коммунистов посылать? Суслов да Андропов. Только у них такая власть! Негодяи, ой, какие негодяи!..– раскачивалась на стуле Вера Петровна.– И еще такое про Семена Кузьмича наговорили Брежневу, что даже Вика на похороны не пришла, и даже Гейдару запретили приехать! Подонки! У Суслова хоть хватило совести не придти на похороны, прикинулся больным, а Андропов пришел...

– Вера Петровна, а вы не боитесь, что и сейчас вас могут

услышать? – спросил я, несколько шокированный такой откровенной бранью в адрес Андропова и Суслова.

– Ой, как я хотела бы! Ой, как я хотела бы, чтобы они меня услышали! Что они мне могут сделать? В тюрьму посадить? Меня, кузину Брежнева? Не могут! А то, что они все негодяи – так пусть слышат! Семен им мешал свалить Брежнева, ведь у него всё КГБ было в руках. Вот они его и оклеветали, а Брежнев поверил, дурак! Так всегда бывает! Сеня ему, как верный пес, тридцать лет служил, а он даже на могилу к нему не пришел. А кладбище какое дали? Даже не Новодевичье! Ваганьковское! Ну, ничего – зато теперь они его быстро свалят, так этому дурню и надо. Они уже из него веревки вьют, раз не дали Алиеву приехать. Еще бы! Алиев бы тут быстро разобрался, кто Сеню в могилу толкнул...

В этих причитаниях помимо неожиданной в такой старушке злости и жестокости было несколько важных для меня деталей. Во-первых, старушка подтверждала, что ее муж был верным Брежневским стражем в КГБ и тем самым мешал Андропову. А во-вторых, похоже, что Гейдар Алиев действительно близко дружил со Вигуном, и хотел прилететь 19-го января, и уж он-то действительно сходу ринулся бы на квартиру-явку Вигуна, где случилось самоубийство. Но кому-то это было не нужно, мешало, и приезд Алиева остановили. Кто? Вдова считает, что Андропов и Суслов...

– Вера Петровна, а были у вашего мужа какие-нибудь конкретные материалы о заговоре против Брежнева?

Она усмехнулась.

– Вот-вот! Именно за этим вас и прислал ко мне Брежнев! Только дудки ему! Ничего я не знаю. Я из-за него мужа потеряла и, можно сказать, не один раз. Да, да! Брежнев ведь какую манеру взял последние годы? Хрущев свою жену по всему миру возил – и в Америку, и в Европу, а Брежнев Вику дальше дачи не пускает. Даже на приемах один. И Семен тоже перестал гостей в дом приглашать. Вот уже лет десять, как я даже в театре с ним не была...

Нужно было иметь чисто следовательское терпение, чтобы из этого каскада обид выуживать то, что нужно для следствия.

– А у вас остались какие-нибудь бумаги Семена Кузьмича?

Или хотя бы заметки, записные книжки?

Она покачала головой:

– Нет. Они все в тот же день унесли. Явились вечером 19-го шесть человек, всю квартиру перевернули, каждую книжку в шкафу пролистали, и все бумаги с собой забрали и даже магнитофонные кассеты. Я им говорю: «Зачем вам кассеты, тут ведь только песни Высоцкого и Окуджавы, мои любимые, никакого отношения к секретам КГБ в них нет». А они говорят: «Нет, мы должны все прослушать, мало ли». Идиоты! Если что и было у Вигуна – стал бы он это дома держать!

– А где он мог это держать?

– Не знаю...– сказала она.– Но они и дачу всю перетрясли.

– А кто делал обыск? Вы у них смотрели документы?

– Ну, зачем мне смотреть? Я их итак знаю. Курбанов был из КГБ, генерал Краснов из милиции – они и командовали. Да еще с ними был какой-то высокий, пожилой, в штатском и с прокуренными зубами, тоже как командир держался и сразу на магнитофонные пленки кинулся...

«Неужели Бакланов?» – мелькнуло у меня в мозгу, и я спросил:

– А фамилию вы его не помните?

– Фамилию он мне не сказал, но они его называли «Николай Афанасьевич». Я ему и говорю: «Николай Афанасьевич, оставьте мне хоть одну кассету, самую любимую – песню Окуджавы про последний троллейбус», а он не оставил, сукин сын.

Так, подумал я. Вот и сошлись наши дорожки с Баклановым. Суток не прошло, как он меня предупредил, и нате – еще 19-го января через несколько часов после «самоубийства» – Бакланов принимал участие в обыске квартиры Вигуна! И Курбанов, значит, сразу после осмотра квартиры на улице Качалова примчался сюда, да еще с Красновым. И Маленина что-то говорила насчет пленок, когда выходила вчера утром из зала негласной слежки. Я вспомнил ее реплику: «Не может быть, чтоб она не знала об этих пленках! Я с этой лахудры глаз не спущу!». Выходит, они охотятся за какими-то пленками – и Маленина, и Бакланов, и Краснов, и даже Курбанов – одна компания. Может быть, Вигун остерегался доверять бумаге какие-то сведения о сусловском заговоре против Брежнева и наговорил их на магнитофон? Или у него в руках были звукозаписи разговора Суслова с Андроповым и другими заговорщиками? Ведь Брежнев разрешил Вигуну устроить слежку за Сусловым... Эх, если бы допросить агентов Вигуна! Только кто мне их назовет? Во всяком случае – не Андропов!..

– Вера Петровна, раскажите, пожалуйста, как прошел день 18-го января? Или даже еще раньше, за пару дней до... Был ли Семен Кузьмич подавлен? Раздражителен?

– Дорогой мой, если бы вы знали, как редко я с ним виделась в последнее время! Он ведь по нескольку дней дома не бывал – все на работе. То есть, перед вами-то что скрывать – он на двух квартирах жил – здесь и там, на Качалова. Там в карты играл или даже у него женщины были, все-таки он не старый еще совем, всего 64 года, это я старая в мои 62, а он-то и в 64 не старый. Но для меня-то он на работе, раз его дома нет. Тем паче, что тут каждый день такие события: то Афганистан, то Польша, то диссиденты, то Сахаров – нет покоя. Вот он и ходил нервный. Одно спасение, что толстый. Он худеть не хотел, сколько раз говорил: худому на такой работе никогда не выдержать. Вот Дзержинский был худой и за несколько лет сгорел, а Сеня все-таки в КГБ почти всю жизнь, с 1939 года...

– Значит, 18-го и 19-го вы Семена Кузьмича не видели? А когда вы видели его в последний раз?

– Как раз восемнадцатого и девятнадцатого я его видела. До этого его не было дня три или четыре, а восемнадцатого он дома ночевал. Хмурый был и усталый, но вобщем, как всегда. А девятнадцатого утром я ему завтрак приготовила, и он все поел, и с аппетитом, и поехал на работу.

– И он вам ничего не сказал перед уходом? Я имею в виду – ничего особенного не сказал, необычного?

– Нет. Ничего.

– А что вы делали после того, как Семен Кузьмич уехал в тот день на работу?

– Я пошла в кино,– сказала она.

Я посмотрел на нее изумленно, и она пояснила – спокойно и печально:

– Я же вам говорю, что последние годы я совсем одна – дети отдельно живут, Семен Кузьмич сутками на работе, а если и приходит домой, так только к ночи. А что ж мне, старухе, делать? Я и пристрастилась в кино ходить, на утренние сеансы. Накормлю его завтраком, обедает он все равно у себя в КГБ, там у них отдельный повар для начальства. Так я себе обеды вообще не готовлю, а хожу в кино на десятичасовой сеанс. Или вот здесь, возле нас в кинотеатр, или в центр езжу, в «Россию». А когда где-нибудь Сенина картина идет, я туда еду.

– Какая картина?

– А вы не видели? «Фронт без флангов» и «Фронт за линией фронта». Это Семен Кузьмич написал, только под псевдонимом «Семен Днепров». И там его сам Тихонов играет, а меня – артистка Наташа Суховей...

– А что вы смотрели 19-го числа?

– «Женщину механика Гаврилова», комедию... Если б я знала, что как раз в это время...

– Выходит, Семен Кузьмич ушел из дома спокойным, как обычно. А через несколько часов покончил самоубийством. Вам это не кажется странным? Ведь это все-таки страшно, на такое решиться. Особенно в его годы...

Она усмехнулась:

– Дорогой мой! Страшное у них там каждый день. Уж до чего Витя Попутин был спокойный человек, а и тот себе пулю в лоб пустил, когда не сумел Хафизуллу Амина живым взять в Афганистане. Это же первый раз такое было, чтобы не КГБ проводило операцию за границей, а МВД. Причем Семен-то предупреждал Брежнева, что они там провалятся, и – провалились.

Я непонимающе хлопал глазами – какого Амина? Что значит – «взять живым»?

Вера Петровна усмехнулась:

– Вот, вы же ничего не знаете, а в их работе такие истории чуть не каждый день. Когда в Афганистане начались антисоветские выступления, Семен Кузьмич тут же предложил привезти Амина в Москву, чтобы Амин здесь подписал просьбу о введении наших войск в Афганистан в порядке дружеской помощи его правительству. И тогда все было бы тихо и мирно, прямо как по уставу ООН. Но Суслов сказал, что он справится с этими мусульманскими фанатиками через компартию Афганистана. И не справился. Эти фанатики напали на наше посольство, убили тридцать шесть советников, надели их головы на шесты и с факелами понесли по городу. Конечно, было заседание ЦК, военные кричали, что нужно срочно оккупировать этот Афганистан. А Сеня был против. Он им сказал, что поздно уже, раньше надо было, а теперь второй Вьетнам получится. Ну, а Суслов и стал насмехаться, мол, что ж, если КГБ не уверен в своих силах, мы это МВД поручим, пусть покажут себя. У них тоже есть теперь отдел разведки. А Попутин и рад стараться. Сам полез поперк батьки в пекло – выдумали десант бросить на Кабул, на президентский дворец, взять этого Амина живым, и там заставить его подписать просьбу о вводе советских войск. Когда мы предлагали то же самое по тихому сделать – так нет, а теперь приперло – сам Попутин был во главе десанта. Ну, высадились они ночью на президентский двор, охрану перебили, только не расчитали, что и Амин может стрелять и живым не сдаться. И кто-то из десантников прострелил его автоматной очередью, и вся операция коту под хвост, да еще с каким скандалом – вторглись в чужую страну и убили главу государства! И, конечно, Суслов бы за это Попутина с дерьмом смешал, на урановые рудники загнал бы пожизненно. Ведь он же фашист, этот Суслов, деспот. Ежовский выкормыш. Сколько коммунистов они с Ежовым убили – вы знаете? А думаете, кто международный терроризм придумал? Арабы? Они бы в жизни не додумались! Суслов! Он им целые лагеря для тренировок создал под Симферополем... Так что Витя Попутин уже знал, что его дома ждет и прямо в самолете пустил себе пулю в лоб. А вы говорите – страшно! Там такие страхи каждый день могут быть – то Шевченко в Америке сбежал и всю агентуру выдал, а кто виноват? Вигун! То Израиль арабов бьет, а опять же кто виноват – Вигун, не обеспечил арабов разведданными...

Наверно, если бы я не перебил ее, Вера Петровна рассказала бы еще дюжину историй, но я не мог рассиживаться за этим чаем с баранками и прервал старушку:

– Значит, вы считаете, что у Ссмена Кузьмича могли быть основания для самоубийства?

Она осеклась, посмотрела на меня в упор, и что-то изменилось в ее лице – из обиженной болтливой старушки она вдруг стала злой и даже враждебной:

– Слушайте, молодой человек! Если вы работаете в советской прокуратуре следователем, то и у вас есть основания для самоубийства. Понятно? – сказала она, поджав губки.

– Ну, это, пожалуй, философский подход...– я попытался смягчить такой неожиданный поворот допроса. Да, эта старушка не так проста, как показалось мне на первый взгляд, или как она сама захотела мне показаться. При всех ее жалобах на жизнь и одиночество, при всех этих трогательных походах в кино на фильмы своего мужа, было в ней что-то куда более твердое, чекистское, что ли. И неожиданная идея пришла мне в голову.

– Вера Петровна,– спросил я вдруг.– А в каком вы звании демобилизовались из органов?

Она глянула прямо мне в глаза и вдруг рассмеялась:

– Сукин ты сын! Нет, ты мне нравишься! Эх, был бы Сеня жив, я бы его уговорила взять тебя вместо Курбанова, а то и еще выше. Водки хочешь?

– Вера Петровна, может не будем больше играть в болтливых старушек, а? Какие пленки они тут искали у вас? Ведь вы же знаете!

– Нет, не знаю,– сухо сказала она.

– Или не хотите сказать?

Она пожала плечами и усмехнулась мне прямо в глаза:

– Слушайте, молодой человек. Я вашему следствию не помогу ни грамма. И не потому, что Семен Кузьмич Вигун умер для меня, как муж, давным давно, с тех пор, как я узнала, что он мне изменяет. Нет, мы все равно остались друзьями. А потому, что все ваше следствие нужно уже не ему или мне, а только Брежневу. Леня не верит, что Сеня покончил жизнь самоубийством, и хочет, чтобы ты доказал, что Вигуна убил Суслов и вся эта компания – Андропов, Горбачев, Кириленко, Гришин. Верно? Тогда бы он одним махом выгнал всех из Политбюро и сам бы остался. А вот я-то как раз этого и не хочу. Я не хочу, чтобы ценой жизни человека, на похороны которого он даже не пришел, этот подонок снова остался у власти. Вам понятно? Все, можете идти. И так ему и передайте.

– Хорошо,– вздохнул я, вставая.– Последняя просьба. Я

должен изъять у вас пиджак вашего мужа, полученный вами позавчера в морге Первого медицинского института.

– Я его сожгла,– сказала она, не двигаясь с места.

– Я вам не верю. Вы не могли знать, что я за ним приду.

– И тем не менее я его сожгла. Если не верите, можете сделать обыск.

– Скажите, когда вы получили этот пиджак, в каком месте он был порван?

– Он был абсолютно целый.

– Неправда. Он был порван или лопнул по шву на спине.

– Значит, я этого не заметила.

– Заметили. Такая старая чекистка, как вы, не могла не заметить и не сообразить, что эта трещина – след борьбы. Потому-то вы его и сожгли. Ваш муж перед смертью с кем-то подрался, и, может быть, даже стрелял в кого-то. Странно, не так ли? Сначала подраться с кем-то, а потом пустить себе пулю в лоб. А? – она не отвечала, я выложил последнюю карту: – А если окажется, что его убили, вы тоже откажетесь помочь следствию?

Она молчала, твердо поджав сухие старческие губы.

– Что ж,– вздохнул я, выдержав паузу.– Тогда я пошел. Я только хочу вам сказать, что вы тоже сводите счеты с живыми за покойника. До свиданья.

10 часов 12 минут

Напрасно Вера Петровна Вигун думала, что она ничем не поможет следствию. Конечно, я вышел от нее злой как черт – еще бы! Чтобы жена потерпевшего уничтожила улики и не хотела давать показания! Но тем не менее кое-какая польза от нее была – я еще раз утвердился внутренне в том, что версия о самоубийстве – липа. Что бы там она ни говорила об истории с Папутиным,– она сама не верит в самоубийство мужа. Просто, скорее всего, Суслов узнал, что Вигун заподозрил его в организации антибрежневского заговора. В связи с этим возникла идея нейтрализовать Вигуна, шантажируя его материалами «Каскад». Поэтому Суслов пригласил Вигуна к себе. Чем кончился разговор, я не знаю. Знаю лишь, что прямо от Суслова Вигун приехал на улицу Качалова, и здесь, в квартире № 9, на него, возможно, было совершено нападение. Причем Вигун сопротивлялся (даже пиджак лопнул в борьбе), и дважды выстрелил из своего пистолета. Но пока это только гипотеза. Кто напал на Вигуна? Зачем? В кого он стрелял? Где пленки, которые ишут Краснов, Маленина и Бакланов?..

Саша Лунин, водитель все той же служебной «Волги», нетерпеливо кашлянул, и я оторвался от своих мыслей. Оказывается, я как вышел от вдовы Вигуна и сел в машину, так и сижу бессловесно.

– Куда едем, Игорь Ёсич? – спросил Саша.

– На кладбище,– сказал я хмуро.

Он решил, что я пошутил.

– Не рано ли?

Но я взглянул на часы. Было 10 часов 12 минут.

– Нет. В самый раз. В 10.30 меня там Градус ждет.

– Так вы серьезно?! На какое кладбище?

– На Ваганьковское. Будем эксгумацию делать.

Если это не самоубийство, подумал я, то как могло быть, чтобы пуля из пистолета Вигуна прошла через его голову. Кто-то отнял у него пистолет и выстрелил в него самого? Но тогда почему на пуле нет следов мозгового вещества? Это ставило меня в тупик.

Какие-то скромные ·похороны – катафалк и группа бедно одетых пожилых людей – приближались к Ваганьковскому кладбищу, и я попридержал Сашу, чтоб он не обгонял их – терпеть не могу обгонять похороны, плохая примета. В снежной замяти Саша терпеливо поплелся за процессией, вместе с ней мы миновали ворота кладбища, а затем свернули в боковую аллею, к одноэтажному домику дирекции.

Борис Градус, которого я еще в девять утра поднял телефонным звонком с постели, недовольно ждал меня в жарко натопленной приемной директора. Еще бы ему быть довольным! Только вчера он просил меня не втягивать его в это дело, а сегодня утром я уже звоню и даже не прошу – требую, приказываю, чтобы именно он был экспертом при эксгумации трупа Вигуна.

Кроме него в приемной на колченогих стульях сидят еще

человек десять – очередь к директору кладбища. И за могилами у нас очереди, едрена вошь! В стране, которая разлеглась на двух материках от Балтики до Тихого океана, даже из кладбищенской земли тоже сумели сделать дефицит – без взятки или правительственного распоряжения фиг получишь место на приличном кладбище!

Я прошел через приемную к двери директорского кабинета с табличкой «Доплатов», опередил серкретаршу, метнувшуюся мне навстречу с криком: «Товарищ, вы куда?!», и открыл дверь в кабинет.

В кабинете явно происходило вымогательство: молодой румянощекий, очень похоже, что из бывших комсомольско-физкультурных вождей, директор кладбища, развалясь в кресле, говорил стоявшей перед ним аккуратной, в потертой беличьей шубке старушке:

– Если вы питерские, то и везите свою сестру в Ленинград хоронить...

– Но у нее тут муж похоронен, они пятьдесят лет вместе прожили...– просила старушка.

Директор недовольно повернулся ко мне:

– Подождите в приемной. Я занят.

Но я без слов подошел к его столу, положил перед ним свое удостоверение Прокуратуры и бумагу Брежнева. Увидев личный бланк Генерального Секретаря ЦК КПСС, этот румянощекий кладбищенский физкультурник не просто встал, а вскочил, услужливо придвинул мне стул: «Садитесь, прошу вас!».

– Товарищ Доплатов, я вам даю две минуты, чтобы отпустить всех людей. При этом желательно решить их просьбы положительно. Ваша сестра, уважаемая,– повернулся он к старушонке,– получит место рядом со своим мужем. Только я вас попрошу задержаться на полчаса, мне нужны понятые. Как ваша фамилия?

Безусловно, я слегка злоупотреблял своими полномочиями, хотя тут больше подошло бы слово «благоупотреблял». Впрочем, мне действительно нужны были понятые.

Вигун пролежал в мерзлой земле чуть меньше двух суток, и был целехонький, как из холодильника. Толстое одутловатое лицо сохранило еще выражение надменности.

Борис Градус оторвал приклеенную к его виску наволочку и обнажил круглую рану пистолетного выстрела. Вслед за этим Градус приподнял голову Вигуна и одним движением скальпеля надрезал три стежка суровых ниток, которыми кожа головы была прикреплена к шее покойника. Затем сильными пальцами поддел скальп, завернул его Вигуну на лицо. Обнажился распиленный недавним вскрытием и развороченный пистолетным выстрелом череп...

Старушки-понятые охнули от ужаса и выскочили из часовни, куда мы занесли гроб с Вигуном для вскрытия, а я кивнул Градусу на череп:

– Открывай!

Слабонервные читательницы могут не присутствовать при этой сцене, я и понятым старушкам разрешил выйти из часовни, но мы с Градусом остались. Откуда-то из внутреннего кармана пальто Борис достал свою неразлучную подружку – плоскую солдатскую алюминиевую фляжку с медицинским спиртом, отхлебнул глоток и мне дал отпить прямо из горлышка. Затем он подставил под голову мертвеца плоское хирургическое блюдо и аккуратно, как крышку с кастрюли, снял с головы Вигуна отпиленный еще Тумановым череп. Продырявленный пулей мраморно-серый мозг с красными прожилками капиллярных сосудов вывалился на хирургическое блюдо.

– Как видишь, мозги у него на месте,– сказал Градус, делая на обоих полушариях мозга глубокие надрезы.– И просто отменные мозги, никаких болезней, ни одного кровоизлияния за всю жизнь. Так. Давай теперь пулю примерим.

Я подал ему пулю, он приложил, аккуратно держа за донышко, но и так было видно, что пуля войдет в этот канал точно, как родная.

– Ну что ж,– сказал Градус.– Одно могу сказать – калибр тот же. Значит, либо твой гений Сорокин врет, что на этой пуле нет следов мозгового вещества, либо это вообще не та пуля. Калибр тот, а пуля не та! Группы крови сличали?

– Не знаю...– сказал я неуверенно.– Думаю, что нет.

– Лопухи! – спокойно сказал Градус.– Смотрим дальше?

Я уложил пулю обратно в целлофановый пакет, мысленно проклиная себя и Сорокина за то, что не сличили следы крови на этой пуле с группой крови Вигуна. А Градус уже раздевал труп, обнажив на теле под генеральским кителем длинный, от подбородка до паха разрез, прихваченный швами лишь в трех местах, что говорится, на живую нитку.

– Что тебя еще интересует? – спросил Градус, занеся скальпель над этими стежками.– Внутренности? Его болезни?

– Нет. Меня интересуют две вещи. Есть ли еще ранения на теле и почему на нем лопнул пиджак в момент самоубийства?

– Значит, начнем с наружного осмотра,– Градус окинул труп цепким, как у закройщика, взглядом,– других ранений нет, а пиджак... Пиджак на нем лопнул по простой причине. Смотри,– он поднял тяжелую безжизненную руку покойника и показал синие, похожие на трупные, пятна на запястье. Точно такие же пятна были и на второй руке.– Понял? Его держали за руки и, как видишь, крепко держали. А он вырывался. Вот пиджак и лопнул.

– А почему эти пятна не увидел Туманов?

– Ну, по-вервых, он мудак,– отмахнулся Градус.– А во-вторых, пять дней назад эти синяки не были так заметны. А, может, Туманов просто не хотел их замечать... А больше на теле ничего нет...

11 часов 45 минут

Снова Институт судебных экспертиз, снова недовольный Сорокин, невыспавшийся и злой от того, что и в воскресенье пришлось работать.

– Я в жизни не делал повторных экспертиз и делать не собираюсь.

– Но ведь вы не сличили группы крови на пуле и у покойника!

– И не считаю нужным делать! Групп крови всего четыре, из них одна почти не встречается. Таким образом, даже если эту пуля не из головы Вигуна, а из твоей задницы, 30 процентов за то, что группы крови все равно совпадут. Но тогда какой смысл делать эту экспертизу? Итак ясно, что Вигун убит не этой пулей. Раз я не нашел на ней следов мозгового вещества...

– Ты не нашел – это еще не все! Это не доказательство!

Туманов, например, над этим хохочет. И вообще, если группы крови НЕ совпадут – тогда сразу ясно, что он убит не этой пулей, и я буду знать группу крови того, в кого Вигун стрелял. Ведь пуля-то из вигуновского пистолета. Короче говоря, мне срочно нужен сравнительный анализ крови.

Сорокин молча копался в своих бумагах. Я просительно взглянул на его жену. Она успокоительно опустила ресницы – мол, сделаем, и кивнула мне в сторону коридора.

– Старик,– говорю я Сорокину,– ну я тебя прошу: сделай до завтра.

– Да у меня завал! Завал! – вдруг срывается он.– Ты не видишь?! Мы уже две недели не выходим из лаборатории! Такого количества дерьма еще не сваливалось на мою голову за всю жизнь! Смотри! – он стал швырять в воздух какие-то бумаги со столов, папки.– Это все – воровство, махинации, липы, преступления! И где? До ЦК! Не страна, а гнойник с дерьмом! А ты тут со своим Вигуном! Да плевал я на него! Тоже был скотина хорошая! Не одну душу на тот свет отправил!

Я вышел в коридор. Там стояла заплаканная Алла Сорокина.

– Что с ним? – сказал я ей.

– Мы устали,– ответила она.– И не столько от работы, сколько от нервотрепки. Мы же понимаем, что мы делаем и зачем. Только неизвестно к добру ли это. Страна погрязла в воровстве, но с другой стороны – если завтра придут к власти баклановы и маленины – лучше не будет. Они уже сегодня выпустили на улицы милиционеров с собаками.

– Кого? Кого? – спросил я удивленно.

– А ты не видел? Конечно, ты же ездишь в персональной машине! А ты присмотрись – на улицах и в метро полно милиции и людей со служебными овчарками. Переодетые милиционеры и гэбэшники.

Я вспомнил: ночью генерал Жаров сказал мне, что по приказу Брежнева в Москву вошла Кантемировская дивизия. А Щелоков, значит, привел в боевую готовность свою милицию, а Андропов дивизию КГБ имени Дзержинского. Зато на Красной площади, у Мавзолея, все мирно, тихо и торжественно.

– Мне нужны результаты анализа крови, Алла,– сказал я.

– Сделаем, я скажу биологам. Завтра будет готово. И вот возьми ещё это...– она вытащила из-за пазухи какую-то бумажку.

– Что это?

– Я по памяти вспомнила кое-что из заключений экспертиз, связанных с именем Вигуна. Может, тебе пригодится. Пока!

Она ушла в лабораторию, а я развернул ее записку. Там было всего несколько строк:

«Игорь! Первое: судя по записной книжке Вигуна и преферансным листкам, которые сдавал на экспертизу твой друг Бакланов, Вигун последние месяцы играл в карты с Алексеем Шибаевым, Председателем ВЦСПС, Борисом Ишковым, министром рыбного хозяйства, а также неким Коловатовым из Союзгосцирка. Кроме них в преферансных листках значатся неразгаданные мной «Борис», «Сандро», «Света». Второе: при расшифровке затертых мест в записной книжке Вигуна обратила внимание на след. записи: «М. М. Суслов – пьянь (видимо, имел в виду сына Суслова – Мишу), фамилия «Кулаков» с его домашним телефоном зачеркнута жирной чертой, против фамилии некого «Гиви Мингадзе» стояло несколько вопросительных знаков. Нужно ли тебе это или нет – не знаю. Алла.»

Проезжая мимо метро «Краснопресненская», я вспомнил об Алле Сорокиной: она была права, возле метро стоял удвоенный наряд милиции с собаками. Позже такие же удвоенные наряды милиции с овчарками я увидел у метро «Арбатская», «Пушкинская», на перекрестках центральных улиц. Люди шарахались в сторону от овчарок...

А в Прокуратуре Союза была все та же воскресная тишина, и даже Бакланова не было в кабинете. Я зашел на третий этаж в приемную Генерального, взял у дежурного по Прокуратуре члена Коллегии Зеленского ключи от архива прокуратуры и позвонил в МУР Светлову.

Но Марата там не оказалось, дежурный по его отделу сказал мне:

– Все на Огарева, товарищ Шамраев, в Центральной картотеке МВД, примеркой занимаются. Переключить вас?

– Да, пожалуйста.

Я слышал, как сначала он постучал рычажком по телефону, затем назвал телефонистке короткий внутренний номер центральной картотеки первого спецотдела МВД. И тут же прозвучал Ниночкин голос:

– Алло!

Я усмехнулся:

– Мне общественного помощника следователя Нину Макарычеву, пожалуйста.

– Это ты, Игорь? Слушай, тут так интересно! Мы примеряем дело Вигуна к другим преступлениям! Если ты свободен, приезжай сюда!

– А можно твоего заместителя полковника Светлова?

– Можно. Марат! – позвала она на том конце провода, и тут же прозвучал голос Светлова:

– Привет! Я собирался тебя искать...– тон у него был деловой, озабоченный.

– Что-нибудь надыбал? – спросил я.

– Пока нет, но... Ты где?

– Я у себя, в прокуратуре. Слушай, нужно выяснить – кто такие Колеватов, Аминашвили и Гиви Мингадзе?

– Про первых двух я тебе и так скажу,– сказал Светлов,– Колеватов – директор «Союзгосцирка», Аминашвили – министр финансов Грузии. Оба уже арестованы по операции «Каскад», а Гиви Мингадзе не знаю, могу сейчас посмотреть в картотеке. На тех преферансных листках, которые мы нашли за батареей парового отопления в «спец-квартире» Вигуна, тоже мелькало имя «Гиви». Сейчас запрошу компьютер. Кто тебя еще интересует?

– Спасибо, пока больше никто,– сказал я. Хотя меня, конечно, еще интересовали и Шибаев, и неразгаданные Аллой Сорокиной – «Света», «Борис», «Сандро». Но логика подсказывала, что если Бакланов арестовал за махинации с икрой министра рыбного хозяйства Ишкова, а следом за этим потянулись аресты других фигурантов из записной книжки Вигуна – Колеватова, Аминашвили, то спрашивать об остальных излишне – их либо взяли, либо вот-вот возьмут! Во всяком случае, если Бакланов и К° на этом участке фронта впереди меня, то вовсе незачем называть какие-либо фамилии по телефону. И уже злясь на себя за то, что назвал по телефону даже эти три фамилии, я отыскал в нашем архиве журналы следственных дел Прокуратуры СССР за 1976 и 1978 годы.

Проштудировав все журналы и папки надзорных дел, я выяснил, что смертью Кулакова Прокуратура Союза не занималась, и вообще в июле 1978 года никаких закрытых, засекреченных на высшем партийном уровне дел, связанных хоть как-то с Сусловым, Кулаковым или Вигуном у нас, в прокуратуре, не было. Зато в мае 1976 года наш следователь по особо важным делам Тарас Венделовский занимался выяснением причин пожара в гостинице «Россия» – дело № СЛ-45-76 за 1976 год. И уже предвкушая занимательное, в стиле следователя Венделовского, описание пожара в гостинице «Россия», я подошел к стеллажу у окна и на полке с делами за 1976 год стал искать связку папок с номером СЛ-45. Но именно этой связки с папками дела на полке не было – сразу за многотомным делом (120 папок!) «СЛ-44» шла хилая папочка с делом № 46. Неужели и тут меня опередил Бакланов,– подумал я,– вот сука! Но глупо – я же могу найти Венделовского и все у него выпытать...

Но пока я раздумывал, чем заняться – отправиться домой к Венделовскому (он живет у черта на рогах, где-то в Теплом Стане), или подскочить на Качалова, посмотреть, как дела у Пшеничного,– на светловском фронте стали назревать куда более драматичные и боевые события.

СЕКРЕТНО

Бригадиру следственной бригады
тов. *Шамраеву И. И.*
от начальника 3-го Отдела МУРа
полковника *Светлова М. А.*

РАПОРТ

... из состава всех зарегистрированных на территории СССР преступников информационно-вычислительный центр

МВД СССР произвел с помощью компьютера выборку лиц, которые могли оказаться 19-го января с. г. в Москве, и эти сведения к 10 часам 15 минутам поступили в распоряжение руководимой мною группы.

К 11. 20 был составлен список преступников – 46 человек, которые потенциально могли бы иметь отношение к убийству Вигуна. Затем по разным причинам (находились под кругло-суточным наблюдением милиции, были на излечении в вытрез-вителе, в венерическом диспансере или имеют другого вида алиби на 19 января) сорок человек были из этого списка отсеяны. Остальными подозреваемыми, которые могли оказаться днем 19 января с. г. в Москве, в доме 16-А по улице Качалова, являются:

1. Рецидивист-взломщик Костюченко Игнатий Степанович, 1942 года рождения, четыре судимости, выпущен из лагеря 12 января с. г. в связи с отбытием полного срока наказания. До сегодняшнего дня не явился по месту жительства г. Полтава, улица Чапаева, 18. Отличается способностью вскрывать дверные запоры без единого следа, склонен к применению оружия.

2. Картежный шулер Бах Аркадий Израилевич, 1921 года рождения, клички: «Танцор», «Черный» и «Тройка пик». Без постоянного места жительства, местонахождение неизвестно.

Играет в преферанс, беспощаден при невозвращении карточного долга. В 1942-44 гг. служил на Юго-Западном фронте переводчиком немецкого языка в отряде СМЕРШа, которым командовал капитан госбезопасности Вигун С. К.

3. Проститутка-рецидивистка Гоптарь Маргарита Александровна, 1948 года рождения, две судимости, клички «Рита», «Сука» и «Чокнутая». 3-го января с. г. выпущена из психбольницы № 6 города Саратова, местонахождение неизвестно.

В 1963 году во время пребывания генерала Вигуна С. К. на посту Председателя КГБ Азербайджанской ССР работала официанткой в ресторане бакинского морского вокзала и была осведомителем КГБ. Возможны и более близкие личные отношения с погибшим, поскольку рожденный в 1964 году незаконнорожденный сын назван Семеном, фамилия отца в метрике не указана.

4. Рецидивист-убийца Воротников Алексей Игоревич по кличке «Корчагин», 1933 года рождения, три судимости, последняя в 1979 году – за умышленное убийство с целью ограбления. Был приговорен к высшей мере – расстрелу, приговор заменен на 15 лет строгого режима. В ночь на 1-е января с. г. совершил побег из тюремной больницы колонии строгого режима № 2629-СР г. Потьма Мордовской Авт. ССР. В ночь на 8-е января с. г. на станции Костино под Москвой совершил зверское убийство постового милиционера старшего лейтенанта Игнатьева А. М.; используя его милицейскую форму и оружие – пистолет «ПМ» – 12 января с. г. ограбил ювелирный магазин «Агат» на Новом Арбате. Розыском Воротникова занимается 1-й отдел МУРа. Дело на контроле у начальника Главного Управления Уголовного Розыска МВД СССР генерал-лейтенанта А. Волкова.

5. Файбисович Геракл Исаакович, 1907 года рождения, отец осужденного за сионистскую пропаганду и умершего 7-го января с. г. в лагере Файбисовича Михаила Геракловича. Судимостей нет, персональный пенсионер, бывший полковник Советской Армии. 14-го января с. г. в день получения известия о смерти сына исчез из дома в г. Одесса. По сообщению соседей и показаниям жены Файбисович вооружен трофейным немецким пистолетом системы «Вальтер», направился в Москву мстить КГБ за погибшего сына.

6. Неизвестный вор-домушник (или группа), совершивший в Москве за последние два года более 120 квартирных краж, преимущественно в домах и квартирах высокопоставленных правительственных служащих, ученых, артистов и хозяйственно-торговых руководителей.

Таким образом, версия – убийство Вигуна совершено лицами с уголовным прошлым или по личным мотивам – держится на реальной основе. Особенно если учесть, что силы, заинтересованные в смерти генерала Вигуна, могли использовать для осуществления убийства именно этих людей. Поэтому мной были разосланы оперативные запросы-установки по всем шести подозреваемым с целью получения более подробной информации с мест их жительства, отбывания срока наказания или психиатрического лечения...»

Телефонный звонок отвлек Светлова от его пространного рапорта. Он машинально взглянул на часы. Было 12 часов 17 минут. Майор Ожерельев снял телефонную трубку и стал быстро записывать. Через плечо сказал Светлову:

– Телефонограмма из Полтавы по первому подозреваемому – Костюченко... У него стопроцентное алиби: с 14-го января находится в беспробудном запое у брата, поскольку жена его даже в дом не впустила – пока он сидел, вышла замуж...

И тут же зазвонил второй телефон, телефонистка сказала:

– Полковника Светлова вызывает начальник колонии строгого режима из города Потьма!..

А из информационно-вычислительного центра МВД СССР пришел капитан Ласкин, доложил:

– Про Гиви Мингадзе выяснить не удалось – компьютер вышел из строя. Техники говорят, что починят через час-полтора...

12 часов 17 минут

Телефонный звонок в Прокуратуру СССР. Дежурный выслушал чей-то взволнованный женский голос, сказал ей: «Одну минуточку»,– и передал мне трубку. Я услышал:

– Говорит профессор Московского университета Осипова. Ваш следователь запер нас всех в доме и не выпускает.

– Какой следователь? В каком доме?

– Следователь Пшеничный, в доме номер 16-А по улице Качалова. Он тут повально всех допрашивает будто преступников! И это же невозможно – ждать очереди на допрос по три часа!

– Хорошо, сейчас я приеду, разберусь.

Через десять минут я подъехал к дому номер 16-А на улицу Качалова. И понял, что Валя Пшеничный не теряет здесь время даром. Вестибюль парадного входа в дом был превращен им прямо-таки в контрольно-пропускной пункт: здесь сидел мобилизованный Пшеничным участковый инспектор милиции Копылов и своей милицейской властью задерживал каждого входящего и выходящего из дома человека:

– Одну минуточку! – говорил он, держа перед собой большой лист ватмана, разлинованный по клеткам-номерам квартир.– Вы из какой квартиры идете? Тридцать второй? У вас уже был следователь прокуратуры? Нет? Тогда, пожалуйста, задержитесь. С вами хочет поговорить следователь.

Таким образом, ни один жилец дома не миновал в тот день беседы с Пшеничным, но Пшеничный при его дотошности тратил на каждого человека минимум полчаса, а остальные вполне справедливо не хотели часами ждать, пока до них дойдет очередь. В вестибюле уже скопилась очередь недовольных – академики, артисты, руководящие чиновники и их еще более нетерпеливые жены и дети. Кто-то уже звонил в горком с жалобой, и, похоже, я прибыл как раз вовремя, чтобы погасить назревающий скандал.

– Товарищ, вы в какую квартиру, простите? – остановил и меня капитан Копылов, и занес карандаш над своей картой-ведомостью. Но я ответил громко на весь вестибюль:

– Товарищи! Прошу проявить партийную сознательность и дисциплину! Мы работаем по специальному заданию правительства. Есть подозрение, что у вас в доме произошло преступление, связанное с происками иностранных разведок. Поэтому нам важно допросить каждого жильца, выяснить, кто из посторонних посещает этот дом или кто мог проникнуть сюда 19-го января...

Насчет деятельности иностранных разведок – это я придумал на ходу, зная психологию нашей публики. На нашу публику слова «происки иностранных разведок» оказывают магическое действие: жильцы дома № 16-А притихли мгновенно, кто-то даже принес в вестибюль стулья из своей квартиры, чтобы не ждать стоя, а пожилой и только что звонивший в горком партии респектабельный мужчина тут же проявил гражданскую активность – он подошел ко мне вплотную и сказал шепотом:

– Если вас интересует жизнь нашего дома, то советую допросить старуху с восьмого этажа в доме напротив, третье окно слева от угла. Она целыми днями сидит в окне и пялится на наш дом. Мне лично пришлось шторы на окна повесить – ее окна как раз напротив моих...

– Я кивнул ему, сделал пометку у себя в блокноте и

спросил у капитана Копылова:

– А где товарищ Пшеничный?

– На пятом этаже, в квартире номер 24. Что-то задерживается там, вот уже сорок минут...

Я поднялся лифтом на пятый этаж, позвонил в квартиру № 24. Навстречу мне, радостно сияя голубыми глазами, вышел в прихожую Валя Пшеничный:

– Игорь Иосифович! Послушайте хозяйку этой квартиры! 18-го января эту квартиру обокрали. Среди белого дня вынесли из квартиры три шубы – одну лисью и две норковых, несколько золотых колец, бриллиантовое колье... А в райуправлении милиции ограбление не зарегистрировано, я только что им звонил.

– А вы сообщали в милицию? – спросил я у хозяйки квартиры, Розалии Абрамовны Ципурской, жены академика Ципурского.

– Конечно! – ответил за нее Пшеничный.– В том-то и фокус! В этих домах за последние два месяца произошло как минимум восемь квартирных краж, а в райуправлении милиции не зафиксировано ни одного. Они не принимают у пострадавших заявлений, чтобы не иметь «висячек»! Как вам это нравится?!

– Валя, в доме напротив, на восьмом этаже постоянно сидит в окне какая-то старуха. Она могла видеть что-нибудь интересное...

– Если бы она могла видеть! – усмехнулся Валентин.– Игорь Иосифович, неужели я таких азов не знаю? Сейчас в Москве всякое начальство наполучало роскошные квартиры и завезло сюда из деревень своих бабок и дедушек. Ну, а в городе-то завалинок нет, вот они и сидят целыми днями у окон, как в деревне. Я их наблюдательностью всегда пользуюсь, поэтому я таких старух здесь давно выявил и обошел. Только та, о которой вы говорите,– слепая, просто на солнышке греется, от нее толку мало. А вот грабители, которые в этих домах шуруют... эх, мне бы с их наводчиком познакомиться! В такой дом без наводчика ни один вор не войдет, и значит, у наводчика должны быть какие-то наблюдения. Стук в дверь прервал Пшеничного. Розалия Абрамовна открыла, на пороге стоял мой водитель Саша.

— Игорь Иосифович,— сказал он,— звонит полковник Светлов, просит срочно с ним связаться.

Я прошел в уставленную редким хрусталем и саксонским фарфором гостиную, обнаружил на резном, XVIII века столике причудливый старинный телефон и позвонил на Огарева, 6, в центральную картотеку спецотдела МВД.

РАПОРТ
полковника Светлова
(продолжение)

«... В 12 часов 17 минут от начальника колонии строгого режима № 26/29-СР (г. Потьма Мордовской АССР) майора Селиванова Г. Б. мной была получена следующая телефонограмма:

«НАЧАЛЬНИКУ 3-го ОТДЕЛА МУРа ПОЛКОВНИКУ СВЕТЛОВУ. СРОЧНО. СЕКРЕТНО. В СВЯЗИ С ВАШИМ ЗАПРОСОМ О СБЕЖАВШЕМ 1-го ЯНВАРЯ С. Г. ЗАКЛЮЧЕННОМ ВОРОТНИКОВЕ АЛЕКСЕЕ ИГОРЕВИЧЕ ПО КЛИЧКЕ «КОРЧАГИН», СООБЩАЮ:

СЕГОДНЯ, 24 ЯНВАРЯ, В 9 ЧАСОВ 30 МИНУТ УТРА ЛАГЕРНЫЙ ОСВЕДОМИТЕЛЬ КАЩЕНКО ДОНЕС, ЧТО ЕГО СОСЕД ПО БАРАКУ РЕЦИДИВИСТ МУСРЕПОВ ПО КЛИЧКЕ «ЛЫСЫЙ», ЧИТАЯ ТОЛЬКО ЧТО ПРИБЫВШУЮ ГАЗЕТУ «ПРАВДА» ЗА 22 ЯНВАРЯ С. Г., ГДЕ ОПУБЛИКОВАН НЕКРОЛОГ ГЕНЕРАЛУ ВИГУНУ, СКАЗАЛ: «НУ, МОЛОДЧИК, КОРЧАГИН, ПРИШИЛ-ТАКИ ЭТУ СУКУ!». ВЫЗВАННЫЙ НА ДОПРОС ОСУЖДЕННЫЙ МУСРЕПОВ ПОКАЗАЛ, ЧТО БЕЖАВШИЙ ВОРОТНИКОВ А. И. НЕОДНОКРАТНО НАЗЫВАЛ ВИНОВНИКОМ СВОЕЙ ВОРОВСКОЙ СУДЬБЫ ГЕНЕРАЛА ВИГУНА. ВИГУН ЯКОБЫ СОБСТВЕННОРУЧНО РАССТРЕЛЯЛ В 1943 ГОДУ ЕГО ОТЦА, ВЫРВАВШЕГОСЯ ИЗ НЕМЕЦКОГО ОКРУЖЕНИЯ ЛЕЙТЕНАНТА СОВЕТСКОЙ АРМИИ ИГОРЯ ВОРОТНИКОВА, ОБВИНИВ ЕГО В ДЕЗЕРТИРСТВЕ. ПО СЛОВАМ ВОРОТНИКОВА-«КОРЧАГИНА» ДЕТДОМ И

*БЕЗОТЦОВЩИНА ТОЛКНУЛИ ЕГО НА ПУТЬ ПРЕСТУП-
ЛЕНИЯ, И «КОЛЬЦО ДОЛЖНО ЗАМКНУТЬСЯ», «ПУЛЯ
ОТВЕТИТ НА ПУЛЮ».*

*СЧИТАЮ ЭТО СООБЩЕНИЕ КРАЙНЕ ВАЖНЫМ И
ПОТОМУ ДОНОШУ НЕЗАМЕДЛИТЕЛЬНО.*

НАЧАЛЬНИК КОЛОНИИ № 26/29-СР МАЙОР ВНУТ-
РЕННЕЙ СЛУЖБЫ *Г. СЕЛИВАНОВ.*

24 ЯНВАРЯ 1982 ГОДА, 12 ЧАСОВ 17 МИНУТ.

*В связи с чрезвычайным характером этого сообщения я
незамедлительно запросил у начальника Всесоюзного уголовного розыска генерал-лейтенанта А. Волкова оперативно-
розыскное дело А. Воротникова-«Корчагина» и получил следующую информацию:*

*В связи с кровавыми преступлениями Воротникова Всесоюз-
ный уголовный розыск по системе телетайпа распространил
фотографии А. Воротникова-«Корчагина» по всем управлениям
милиции, опорным пунктам охраны общественного порядка,
железнодорожным станциям, банкам и др. общественным
местам. Кроме того, все инспекторы районных отделений,
отделов и управлений милиции получили установку срочно
предъявить фотографии А. Воротникова-«Корчагина» всем
работникам торговых точек в их районах.*

*Вчера, 23-го января с. г. на станции Востряково Московс-
кой области продавщица продовольственного магазина опознала в предъявленных ей фотографиях мужчину, который
трижды в период с 6-го по 22-е января приобретал у нее в
магазине грузинский коньяк, хлеб и плавленные сырки и возму-
щался отсутствием другой закуски. По утверждению продавщицы, этот покупатель не является местным жителем, хотя
каждый раз он подъезжал к магазину на белой автомашине
«Волга», принадлежащей известной местной гадалке и знахарке
– цыганке Марусе Шевченко.*

*Срочно выехавшая в Востряково бригада 1-го отдела МУРа
во главе с начальником отдела полковником Вознесенским,
наружным наблюдением за домом М. Шевченко установила,
что принадлежащая ей белая «Волга» № МКИ 52-12 на их
участке отсутствует, а знахарка М. Шевченко и ее муж
неотлучно находятся в доме и о пропаже своей машины не*

заявляли. *Опросом местного населения установлено, что эта белая «Волга» периодически появляется у дома гадалки с водителем, похожим по приметам на А. Воротникова.*

Незамедлительно всем постам ГАИ было дано указание обнаружить белую «Волгу» № МКИ 52-12. Одновременно у дома М. Шевченко была установлена засада, и сотрудники 1-го отдела МУРа собрали дополнительные сведения о деятельности и образе жизни граждан Виктора и Маруси Шевченко. По этим сведениям, М. Шевченко пользуется большой популярностью в определенных кругах московского населения в связи с появившейся недавно модой на лечение у парапсихологов и так называемых «экстрасенсов». В ее клиентуре жены известных ученых, писателей, архитекторов и руководящих работников многих министерств и ведомств, включая Министерство Иностранных Дел, КГБ и МВД СССР. Только вчера, во второй половине дня у нее на приеме побывало 17 человек. Опрошенные после посещения М. Шевченко, ее пациенты показали, что кроме лечения и предсказания судьбы М. Шевченко часто предлагает им купить доставшиеся ей якобы по случаю бриллианты и другие ювелирные изделия, а также ценные меховые изделия и импортную радиоаппаратуру. Таким образом возникло предположение, что М. Шевченко занимается скупкой и продажей краденых вещей.

В связи с подозрением в связях гадалки М. Шевченко с преступным миром, и, в частности, с особо опасным преступником А. Воротниковым, ее телефон был поставлен на прослушивание. В 11.30 был перехвачен телефонный звонок, некий Алексей спросил у М. Шевченко: все ли готово, и сообщил, что заедет к ней через пару часов. Звонок был произведен из телефона-автомата в районе метро «Сокол».

С этого момента несколько групп оперативных сотрудников МУРа ведут наблюдение за Киевским шоссе в районе Востряково, где преступника ждет засада.

Руководство операцией осуществляют: из оперативного штаба в Востряково заместитель начальника Отдела разведки МВД СССР – полковник Г. Олейник, начальник областного угрозыска полковник В. Якимян и начальник 1-го отдела МУРа полковник Р. Вознесенский, а из дежурной части Московского областного управления милиции – начальник всесоюзного уголовного розыска генерал-лейтенант А. Волков и дежурный по московской областной милиции полковник Б. Глазунов.

Оценив создавшуюся на 13 часов оперативную обстановку, я принял решение участвовать со своей группой в захвате преступника».

13 часов 17 минут

Почему я разрешил Светлову участвовать в операции по захвату этого Воротникова? И почему сам, оставив Пшеничного, ринулся в дежурную часть Московской областной милиции? Потому что в 13 часов 05 минут наш со Светловым разговор был короче и ясней нам двоим, чем этот длинный, полученный мной значительно позже, рапорт. Светлов сказал:

– Игорь, звоню с дороги, из машины. Ничего не обсуждаем, возьми ручку, записывай. В 11.30 Воротникова по кличке «Корчагин» засекли в Москве. В 11. 45 к захвату этого «Корчагина» присоединился Отдел разведки, полковник Олейник. А в 12. 17 мне пришла телефонограмма от начальника колонии, откуда этот «Корчагин» сбежал. В ней сказано, что в 43-м году Вигун расстрелял за дезертирство отца этого «Корчагина». И он сбежал из лагеря, чтобы отомстить. Ты все понял?

– Думаю, что понял. Где сейчас полковник Олейник?

– В Вострякове, руководит засадой. Я дую туда со всей своей группой, а ты махни на Белинского, в Дежурную часть областной милиции, там Волков и Глазунов. Все. До связи...

– А Нина где? – успел я крикнуть в трубку.

– Нину отправил к Пшеничному. Пока!

Я взглянул на часы. Было 13 часов 05 минут. В любую минуту полковник Олейник может захватить этого «Корчагина», и тот в Отделе разведки живо сознается, что именно он убил Вигуна. Они даже не станут его пытать. Они просто пообещают ему, виновному в других преступлениях, барские условия в лагере, досрочное освобождение и московскую прописку. И мне понадобится полмесяца, чтобы изобличить его во лжи, да и то неизвестно – удастся ли.

В дежурной части Управления Московской областной

милиции, в зале, скорее похожем на пульт управления какой-нибудь телестудии, за центральным пультом сидел дежурный по управлению старый милицейский ас полковник милиции Владимир Глазунов. Рядом с ним в кресле – начальник Всесоюзного Угрозыска моложавый энергичный генерал-лейтенант Анатолий Иванович Волков, в прошлом – один из самых профессиональных мастеров уголовного розыска. Слева и справа от них за пультом, магнитофонами, телеэкранами и другой аппаратурой – помощники ответственного дежурного и еще какие-то технические чины. На стенах зала – рельефные карты Московской области, пересыпанные разноцветными огоньками и надписями с обозначением районов: Мытищинский, Пушкинский, Одинцовский... Но несмотря на всю эту деловую аппаратуру, обстановка в дежурной части весьма неделовая. В эфире звучит веселый радиотреп:

– Я, пожалуй, тоже в гадалки пойду! А фули? К ней народ валом валит, она меньше полста не берет с человека. У нее в день моя месячная зарплата выходит,– слышен из динамика мужской, с кавказским акцентом голос начальника областного угрозыска полковника Якимяна.

– А радикулит она лечит? – спрашивает в микрофон генерал Волков.

– А кого радикулит мучает, товарищ генерал, вас? – отзывается Якимян.

– Ну...– подтвердил Волков.

– Лучшее средство, дарагой, это горячая соль или горячий песок! Нагреть на сковородке соль, засыпать в мешочек...

– Докладывает пост на 18-м километре Киевского шоссе,– перебил его четкий мужской голос.– Только что в сторону Востряково проскочила белая «Волга» 52-12 с двумя пассажирами...

– Понял,– наклонился к пульту Дежурный по Управлению полковник Глазунов, легонько коснулся какой-то клавиши на пульте, и в ту же секунду на стене, на большом экране возникла проекция детальной карты отметки «18-й километр» Киевского шоссе.

Я мысленно прикинул по карте расстояние – от восемнадцатого километра Киевского шоссе до Востряково на машине можно доехать минут за двенадцать-пятнадцать, т. е.

преступник вот-вот должен попасть в капкан, а здесь, в Дежурной части – никакого напряжения, даже наоборот, Волков снова наклоняется к микрофону и говорит Якимяну, который сидит где-то в Востряково, в оперативном штабе засады:

– Так что делать с этой солью? Нагреть на сковородке, а потом?

– Потом насыпать в мешочек, завернуть в полотенце и положить на поясницу. Только чтоб не грело, а пекло! – отзывается Якимян.

Я с некоторым изумлением смотрю на Волкова – такой беспечностью он никогда не отличался, это действительно один из лучших и талантливых офицеров уголовного розыска страны. В эту минуту прозвучал в эфире властный, незнакомый мне голос:

– Прошу отставить посторонние разговоры! Полковник Глазунов, вертолет ГАИ наготове?

– Наготове, товарищ Олейник,– ответил Глазунов, переглянулся с Волковым и добавил в микрофон: – Но мы думаем, что поднимать его не стоит – большая облачность и снегопад, при таком снегопаде с вертолета ничего не видно, а шум его может спугнуть преступника...

– Я буду решать в соответствии с оперативной обстановкой. Передайте пилоту и группе снайперов боевую готовность!

Глазунов и Волков снова переглянулись, обменялись многозначительными взглядами, и Волков бессильно пожал плечами, а я понял, в чем тут дело: Олейник взял все руководство операцией на себя, превратив и Волкова, и Глазунова, и Якимяна лишь в свидетелей. Да, это как раз в стиле Отдела разведки: поди, объявили этого Воротникова не уголовным, а государственным преступником и на этом основании практически отстранили от операции даже начальника Всесоюзного угрозыска.

– Докладывает группа слежения! – прозвучало опять в эфире.– Объект проходит 23-й километр, приближается к повороту на Востряково!

Я еще раз бросаю взгляд на часы – по моим подсчетам, Светлов уже должен был быть в Востряково минут десять назад и, значит, пора мне вступать в игру. Если эти господа из отдела разведки хотят подсунуть мне Воротникова в качестве убийцы Вигуна, то брать его будут не они, а мы. Интересно, как в этом случае он узнает, что это он убил Вигуна?

Я решительно шагаю от дверей дежурной части к пульту, коротко здороваюсь с Глазуновым и Волковым и наклоняюсь к микрофону:

– Товарищ Олейник! Говорит следователь Шамраев из Прокуратуры СССР.

– Слушаю...– настороженно ответил голос Олейника.

– Прошу передать эфир полковнику Светлову. И заодно – передайте ему руководство этой операцией.

Волков и Глазунов вскинули на меня изумленно глаза, Олейник возмутился в эфире:

– Что-о?! По какому праву?!

– Не торгуйтесь, полковник, некогда. На каком основании вы ведете эту операцию?

– У нас есть данные, что этот преступник имеет отношение к смерти генерала Вигуна...

– Вот именно! А смертью генерала занимаюсь я по личному распоряжению товарища Брежнева и имею от него чрезвычайные полномочия. Следовательно, этот преступник – мой. Конечно, если телефонограмма из Потьмы не сфабрикована специально для того, чтобы повесить на этого «Корчагина» убийство Вигуна,– заключил я с улыбкой.– Так что, пожалуйста, передайте операцию Светлову.

– Вы берете на себя ответственность за захват преступника? – пытается припугнуть он меня.– Могут быть любые неожиданности. Он вооружен...

– Беру в присутствии генерала Волкова и полковника Глазунова,– говорю я спокойно.– Кроме того, наша с вами беседа, как вы понимаете, здесь записывается на пленку.

– Вас понял,– отвечает Олейник.– Что ж, передаю ответственность вам, а микрофон – Светлову...– его голос еще наполнен насмешкой, но я уже на это никак не реагирую, Волков и Глазунов беззвучно, так сказать, в порядке солидарности против Олейника, пожимают мне руки, а я говорю в микрофон:

– Марат, ты все слышал?

– Да,– отвечает Светлов.

Снова голос группы слежки за объектом:

– Внимание! Объект сворачивает с Киевского шоссе на дорогу в Востряково! Повторяю...

– Слышу, слышу...– перебивает Светлов.

Я смотрю на Волкова и Глазунова, говорю им, кивая на микрофон:

– Прошу вас, командуйте парадом.

Это не лесть, не подхалимаж, а, во-первых, трезвое понимание того, что в оперативной работе я по сравнению с ними профан, а во-вторых, чисто человеческая благодарность: если бы Волков передал Светлову данные об этом Воротникове на полчаса позже – ни Светлов, ни я не успели бы вмешаться в эту операцию, и Воротников стал бы убийцей Вигуна. Во всей этой красиво разыгранной партии Отдел разведки не учел лишь одного фактора: обидчивость людей, у которых из-под носа выдергивают плоды их труда. Волков наклонился к микрофону, сказал:

– Марат, доложи обстановку.

– Люди тут расставлены не лучшим образом, товарищ генерал.

– Переставь по-своему.

– Поздно. Я уже вижу эту «Волгу». И еще какое-то такси прется сюда же, к гадалке...

РАПОРТ ПОЛКОВНИКА СВЕТЛОВА
(продолжение)

«... К сожалению, произвести перестановку людей в группе захвата уже не удалось – в 14 часов 01 минуту во двор дачи гадалки М. Шевченко въехали сразу две машины: «Волга» № МКИ 52-12 и такси № МТУ 73-79 с другими пациентами гадалки. Присутствие пассажиров этого такси исключило возможность захвата вооруженного преступника. Чтобы не подвергать риску их жизни, я решил выждать более удобной ситуации, полагая, что Воротников уйдет в дом, где под видом пациентов его тоже ждала засада. Однако поведение «Корчагина» разрушило и этот замысел. Он остался в машине, а

сопровождавший его мужчина средних лет ушел в дом гадалки. И тут же вышел, неся в руках тяжелый вещмешок. Понимая, что медлить больше нельзя, я отдал приказ захватить преступника. Расположенные недостаточно близко к дому гадалки, оперативные работники бросились к машине преступника, но он успел через открытое окно своей машины выхватить у своего напарника вещмешок, резко оттолкнул его в снег и, поскольку в присутствии пассажиров соседнего такси мы не могли применить огнестрельное оружие, на полной скорости вывел машину со двора. Пользуясь замешательством оперативной группы, снегопадом и быстро сгущающимися сумерками, преступнику удалось резко оторваться от организованной мной погони. На повышенной скорости он стремительно двигался по Очаковскому шоссе в сторону Внуковского аэропорта...»

Обстановка в дежурной части стала нервной и напряженной. Я, Волков и Глазунов прекрасно понимали, какие карты будут у Олейникова и Краснова в случае, если преступнику удастся скрыться или прольется кровь невинных людей. Понимал это и Светлов. Сжав зубы и почти не отвечая на наши радиозапросы, он гнал свою милицейскую «Волгу» следом за белой «Волгой» преступника. Две другие машины преследования отстали на узком, заснеженном и мешающем развить большую скорость Очаковском шоссе. Но Светлов цепко, как фокстерьер, висел на хвосте удирающей машины, а мы – Глазунов, я и Волков делали все возможное, чтобы остановить поток машин на Очаковском шоссе и загнать «Корчагина» в ловушку. Как назло в этот воскресный вечер шоссе было заполнено встречным потоком машин, москвичи возвращались со своих подмосковных дач и никто из них не знал, что навстречу им в белой «Волге» мчится опасный преступник, вооруженный лучшим советским пистолетом системы Макарова и уже совершивший несколько убийств.

– Всем постам ГАИ Очаковского шоссе и прилегающих к нему дорог! – каждую минуту передавал в эфир полковник Глазунов.– Срочно перекрыть движение! Остановить все машины и освободить шоссе на участке от 16-го километра до Внуково! По шоссе идет преследование опасного вооруженного преступника! Повторяю...

Тем временем владельцы частных машин почем зря костили останавливающих их инспекторов ГАИ, а еще больше материли про себя правительство, ради которого у нас чаще всего очищают шоссе именно таким, спешным образом.

Но пустое шоссе, конечно, насторожило и преступника. Он понимал, что где-то впереди на этой дороге его должна ждать засада и каким-то, почти собачьим чутьем предугадывал, где именно. Дважды он буквально в ста метрах резко сворачивал в сторону от поджидавших его в засаде сотрудников районной милиции и безжалостно гнал машину в объезд, по заснеженным полям Внуковского совхоза «Коммунарка». Светловская машина в точности повторяла его маневр. Форсированный двигатель милицейской «Волги» ревел от перегрузки, в кабине здоровяк капитан Колганов, капитаны Ласкин и Арутюнов нещадно стукались головами о крышу машины. Темнело. До поворота с Очаковского шоссе к Внуковскому аэропорту оставалось уже 8... 7... 6 километров... Генерал Волков нахмурился, наклонился к микрофону:

– Марат, ты меня слышишь?

– Слышу...– процедил в эфире Светлов.

– Он подходит к Внуковскому аэропорту, это нехорошо – там люди...

– Я знаю. Поставьте два заслона – один у аэропорта, из грузовиков, а второй – на дороге.

– Учти: он может свернуть с дороги и пойти напрямик к аэровокзалу.

– Что я могу сделать?! У него тоже форсированный двигатель. Я завтра яйца вырву у мастеров, которые делали ему замену двигателя. Что с заслонами?

– Впереди, через шесть километров инспектор Степашкин поставил поперек дороги два самосвала. Приготовься!

– Какие самосвалы? – спросил вдруг Светлов.– На тягачах?

– А зачем тебе? – удивился генерал Волков.

– Я спрашиваю: на тягачах или нет?! – заорал в эфире на своего начальника Светлов.

Конечно, только их совместная двадцатилетняя работа да напряженность ситуации давали Светлову права она такие интонации. А Глазунов уже спрашивал у инспектора ГАИ Степашкина по радио:

– Лейтенант Степашкин, какие у вас самосвалы, на тягачах?

– На тягачах с прицепами, МАЗовские,– доложил Степашкин.

– Поставьте меня с ним на прямую связь! – потребовал Светлов.

– Уже стоишь, не психуй! – сказал Волков в эфир.

– Степашкин, милый! – крикнул Светлов.– Отцепи прицепы и брось их вместе с кузовами поперек дороги. А тягачи поставь по бокам, на обочине. И по моему сигналу врубишь фары, ты понял? Успеешь?

– Понял, попробую...– услышали мы молодой и взволнованный голос лейтенанта ГАИ Степашкина.

Теперь и мы поняли идею Светлова – когда преступник приблизится к засаде, с двух сторон шоссе ему в глаза ударит в темноте свет мощных фар МАЗовских тягачей, между ними будет темное и кажущееся пустым пространство, и, ослепленный, он ринется туда, на перегородившие дорогу прицепы...

– Игорь,– сказал мне в эфире Светлов.– Извини. Похоже, живым его не взять...

Счет шел на секунды – успеет Степашкин выполнить приказание Светлова или не успеет. Мы сидели в напряженной тишине. Только рев двигателя в машине Светлова показывал, что погоня продолжается. Мысленно я уже распрощался с этим мнимым убийцей Вигуна.

Получалось, что он не достанется ни мне, ни Олейнику...

– Хорош!! – раздался в эфире голос Степашкина.– Готово! Я его слышу! Он уже близко! Включать?

– Включай...– выждав еще несколько секунд, процедил Светлов и мы услышали, как он сказал своим: – Открыть двери машины, приготовиться!

А там, на степашкинской засаде, на последнем повороте Очаковского шоссе к Внуковскому аэропорту лейтенант Степашкин с криком «Включай!» побежал к шоферам задержанных им МАЗовских самосвалов, а те уже и сами увидели или, скорей, угадали за снегопадом мчащуюся в темноте «Волгу», включили фары своих машин и тут же прыснули из кабин в укрытие – в канаву на обочине шоссе.

Каким чудом удалось «Корчагину» в последний момент разглядеть препятствие и ударить по тормозам – не знаю. Его белая «Волга», закрутившись на заснеженном полотне дороги, вошла в подкову капкана, шмякнулась боком об один из МАЗовских прицепов, и «Корчагин» – живой и невредимый – выскочил из машины и бегом ринулся в ближайший лес.

РАПОРТ ПОЛКОВНИКА СВЕТЛОВА
(продолжение)

«...Поскольку вновь возникла возможность захватить преступника живым, но в то же время исчезла опасность его прорыва к Внуковскому аэровокзалу, где от перестрелки могли пострадать люди, вынужден был действовать в соответствии с оперативной обстановкой.

Рассыпавшись цепью, мы – капитаны Колганов, Ласкин, Арутюнов, а также я и лейтенант ГАИ Степашкин – стали преследовать преступника в лесу.

Преступник, отстреливаясь на звуки наших шагов, пересекал лес в направлении Внуковского аэровокзала. Сохраняя последнюю возможность взять его живым, я практически до опушки леса не давал команды открыть огонь и пустил в ход оружие лишь тогда, когда у «Корчагина» появилась реальная возможность проскочить от леса к стоянке автомашин возле аэровокзала. Сделав предупредительный выстрел в воздух и крикнув: «Бросай оружие! Сдавайся, ты окружен!» – мы услышали многоэтажный мат, и внезапно я увидел в темноте силуэт «Корчагина», шагнувшего мне навстречу из-за дерева с пистолетом в поднятой руке. Прозвучал выстрел, и в тот же миг я почувствовал, что ранен в правую руку. Перехватив пистолет левой рукой, я выстрелил по преступнику. Одновременно по нему выстрелили бежавшие слева и справа Ласкин и Колганов.

При осмотре трупа А. Воротникова-«Корчагина» у последнего изъято: пистолет системы Макарова – «ПМ» № 6912-А, три обоймы патронов девятого калибра, 240 тысяч рублей, 16 ювелирных изделий общей стоимостью 824 ты-

сячи рублей, а также паспорт на имя Морозова Бориса Егоровича, проживающего по адресу: г. Москва, ул. Лесная 17, кв. 9. Год рождения в паспорте подтерт и затем исправлен на «1941», фотография заменена фотографией А. Воротникова.

Принимаю на себя всю ответственность за убийство столь важного для следствия преступника и прошу Вас рассмотреть вопрос о превышении мною пределов необходимой обороны.

Начальник 3-го отдела МУРа
полковник *Светлов М. А.*»

Вот такой рапорт подал мне впоследствии Марат Светлов. Но в момент перестрелки, ранения Светлова и убийства А. Воротникова-«Корчагина» мне, конечно, было не до светловского покаяния насчет «превышения им пределов необходимой обороны». Несмотря на то, что он хорохорился, говорил по радио, что пуля прошла через руку навылет, что, мол, «до золотой свадьбы заживет», «не то видали» и т. п., я приказал отвезти его во внуковскую медсанчасть для летного состава и переключился на связь с Валентином Пшеничным.

Двадцать минут назад группа оперативников во главе с майором Ожерельевым ворвалась в дом гадалки М. Шевченко, и теперь параллельно с погоней за «Корчагиным» стали развиваться хоть и менее эффектные, но, пожалуй, более значительные для следствия события.

По сообщению майора Ожерельева в доме гадалки действительно оказался склад ворованных вещей. Чердак и подвал ломились от хрусталя, мехов, дубленок, шуб и импортной радиоаппаратуры. Я немедленно позвонил Пшеничному и попросил его уточнить у жены академика Ципурского приметы похищенных у нее шуб и ювелирных изделий. А заодно уточнить, не лечилась ли она у востряковской знахарки. Ответ – «лечилась» и приметы похищенных вещей пришли мгновенно. А вслед за этим из Востряково поступило сообщение: лисья шуба Кунцевской меховой фабрики выпуска 1979 года, принадлежавшая Розе Абрамовне Ципурской, обнаружена. Тотчас Ожерельев получил от меня указание немедленно выяснить у гадалки, каким образом к ней попала эта шуба.

Но гадалка – тертая, видавшая виды баба – полагаясь, видимо, на защиту своих высокопоставленных пациентов, раскалывалась не сразу. По ее словам, вещи, которыми был набит ее дом, приносили ей на хранение ее многочисленные друзья – цыгане. «Вы же знаете, гражданин начальник,– говорила она Ожерельеву,– что цыган в Москве не прописывают. Вот и маются без жилья. А хорошие вещи где-то надо хранить? Ко мне приносят. А мне что – жалко? Пусть лежит. А где они их берут, я и слыхом не знаю...» «Такая великая гадалка, как ты, могла бы и догадаться, что эти вещи ворованные,– усмехнулся Ожерельев.– Ладно, брось голову морочить, сейчас я вызову сюда всех твоих пациентов, квартиры которых были ограблены и чьи вещи лежат у тебя в подвале. Например, Розу Абрамовну Ципурскую вызвать?..» Так удалось выяснить, что на гадалку работала группа ребят, которым она сообщала адреса своих богатых пациентов, а дальнейшее уже было делом их воровской техники. Гадалка назвала и главаря этой группы – тот самый Борис Морозов, чей паспорт оказался в кармане убитого А. Воротникова-«Корчагина». А члены шайки – какая-то Лена-Элеонора, Костя-тромбонист – не то действительно музыкант, не то это лишь кличка, гадалка этого не знала. По ее показаниям, все трое были позавчера у неё в Вострякове на даче, здесь они познакомились с «Корчагиным», и «Корчагин» на несколько дней «выкупил» у Морозова паспорт с тем, чтобы сегодня по этому паспорту вылететь из Москвы в Ялту. Что касается убийства «Корчагиным» генерала Вигуна, то гадалка категорически заявила, что ничего об этом не знает. Мужчина, приехавший в белой «Волге» вместе с А. Воротниковым-«Корчагиным», оказался случайным пьяницей, нанятым «Корчагиным» два дня назад на роль шофера.

Но пока сотрудники Уголовного Розыска составляли опись обнаруженных у гадалки краденых вещей, пока во внуковской медсанчасти врачи делали Светлову антистолбнячный укол и накладывали повязку на рану и пока инспекторы ГАИ восстанавливали нормальное движение на Очаковском шоссе, мы с Ниночкой и Пшеничным уже были далеки от всего этого: мы искали банду квартирных воров, которые ограбили квартиру академика Ципурского в доме № 16-А на улице Качалова. Потому что мне, как и Пшеничному, очень хотелось поговорить с их наводчиком...

18 часов 30 минут

А был между тем обычный воскресный январский вечер. И хотя Москву завалило снегом и никакие снегоочистительные машины не успевали сжевать с тротуаров и мостовых все то, что сыпалось и сыпалось с неба, москвичи не сидели дома. У кинотеатров стояли очереди на новую кинокомедию Петра Тодоровского «Любимая женщина механика Гаврилова», театры были переполнены, по улице Горького дефилировали красивые девочки в импортных дубленках и высоких ботфортах, а на Новом Арбате у входа в молодежное кафе-мороженое «Метелица» клубилась толпа едва достигших совершеннолетия юношей и девушек. Сверху, со второго этажа, из зала кафе доносилась на улицу музыка джазового оркестра, она еще больше горячила толпу, и парни и девушки волнами накатывались на закрытые двери кафе, где уже висела табличка «СВОБОДНЫХ МЕСТ НЕТ».

Мы с Пшеничным переглянулись: как через эту густую, сбитую в один ком толпу пробиться к дверям кафе? Конечно, можно позвать постового милиционера, и он своим милицейским свистком проложит нам дорогу, но именно этого шума нам создавать и не хотелось.

Внутри кафе сейчас была вся троица, которую назвала востряковская гадалка: Борис Морозов, Костя-тромбонист и Лена-Элеонора. Нас было тоже трое, и мы должны были взять их тихо без всяких погонь, выстрелов и прочей дребедени. Но для этого надо было без лишнего шума проникнуть в кафе или хотя бы к его дверям, чтобы показать швейцару свои удостоверения.

Выручила Ниночка. Впрочем, слово «выручила» тут не подходит, поскольку без большой натяжки можно сказать, что почти всю эту операцию по задержанию шайки воров-домушников провела именно Ниночка, а мы с Пшеничным были лишь ее ассистентами. Еще в дежурной части, как только Светлов передал по радио, что в кармане Воротникова обнаружен паспорт некоего Бориса Морозова, я через адресный стол выяснил, что он живет в одной квартире со своей мамой Агнессой Сергеевной и попросил Ниночку позвонить на эту квартиру.

Нужно было узнать, дома ли этот Морозов, а если нет, то где он. Ниночка с ее вологодским акцентом годилась для этого как нельзя лучше, а справилась со своим заданием просто блестяще. Из квартиры все того же академика Ципурского она позвонила Агнессе Сергеевне, а мы в дежурной части слышали весь разговор - благо техника прослушивания телефонных разговоров у нас работает замечательно.

– Алле! Агнесса Сергевна? – сказала Нина в телефонную трубку так непринужденно, словно эта Агнесса Сергевна была ее родной теткой.– Добрый вечер, это Ниночка. А Боря дома?

Конечно, у двадцатилетнего Бори была не одна знакомая Ниночка, но Агнесса Сергеевна не стала разоблачать сына. Польщенная, видимо, тем, что хоть эта Ниночка знает ее имя-отчество, она сказала:

– Давно ускакал!

– С Костей что ли? – спросила Ниночка.– Или с Ленкой-Элеонорой?

– Они втроем сейчас, в «Метелице». Костя же сегодня работает! – сказала Агнесса Сергеевна.

– Ой, ну да! – воскликнула Ниночка.– А я и забыла, идиотка! Я их тут жду, в «Лире»! Чао, Агнесса Сергевна, пока! – и положила трубку.

– Лихо! – восхитился генерал Волков и сказал мне: – Слушай, из нее отличная оперативница получится. Может, отдашь ее в милицейскую школу? Как только кончит, сразу в угрозыск возьму, обещаю...

Теперь перед входом в кафе «Метелица» воодушевленная генеральской похвалой Ниночка уже сама проявила инициативу.

– За мной! – скомандовала она мне и Пшеничному, и буквально штопором ввинтилась в толпу своих сверстников, атакующих двери кафе. И, работая локотками и плечиками, стала буравить себе и нам дорогу, на ходу выкрикивая куда-то вперед: «Женька, я тут! Я тут, я иду! Да дайте пройти, девчонки!»

– Куда ты прешь, там закрыто! – пробовал кто-то остановить ее.

– Кочумай, меня там чувак ждет! – отмахивалась Ниночка и опять кричала вперед своему воображаемому «чуваку»: – Женька!..

Так мы добрались до входа в кафе. Здесь я показал швейцару свое удостоверение, и он тут же из хама и вышибалы превратился в заискивающего холуя, а я спросил у него:

– Костя сегодня работает?

– Как же, на тромбоне играет.

– А Морозова знаешь?

– Борьку что ли? Тута он, товарищ прокурор...

– И Лена с ними? – спросила Ниночка.

– Ага.

– Пошли, покажете...– приказала ему Нина.

Даже деревянная лестница, ведущая на второй этаж, была забита длинноволосыми прыщавыми юнцами с сигаретами во рту. Оглушительный джаз покрывал их голоса. Расталкивая подростков, швейцар проложил нам дорогу к залу. Здесь творилось нечто невообразимое. В густом сигаретном дыму, нависшем над полутемным залом, за тесно поставленными столиками густо сидела молодежь – 16-18-летние девицы и парни. Перед ними на столиках было «жигулевское» пиво, мороженое или, в лучшем случае, дешевое кислое вино «Алиготе». Все нещадно курили, разговаривали, а на сцене гремел джаз-оркестр: пятеро странно одетых музыкантов – не то русские пахари, не то американские ковбои – выжимали из своих инструментов почти неузнаваемую в их джазовой интерпретации патриотически-комсомольскую мелодию «Гренада, Гренада, Гренада моя...» Таким образом соблюдались интересы всех заинтересованных сторон: в ежедневном отчете городскому управлению культуры репертуар оркестра выглядел идеологически правильным, а для слушателей содержание песни не имело значения, поскольку в обработке этих ухарей-джазистов даже «Гренада» звучала вполне «заграничо». Большего этому залу и не нужно было.

Между тем швейцар показывал нам издали: вон справа, на тромбоне играет – это Костя. А перед ним, прямо возле сцены, видите, девка в зеленой кофточке танцует – это Элеонора.

И рядом с ней вино за столиком пьет – Борька Морозов...

Я видел, что и моя Ниночка непроизвольно подергивает бедрами в такт этой музыке – она была в своей стихии.

– Придется ждать, пока они отыграют,– сказал я Пшеничному.

Арестовывать музыканта на глазах у зрителей было немыслимо.

– Зачем? – спросила Нина.– Вы идите вниз, я их сейчас вам по одному приведу.

– Как это? – удивился я.

– А это уж мое дело! – сказала Нина. Прямиком через зал она прошла к столику Морозова, и через минуту уже танцевала с ним на пятачке возле сцены.

Да, моя вологодская Нина оказалась действительно отличной оперативницей – потанцевав с этим Борисом несколько минут, она легко увлекла его вниз, на первый этаж, якобы в полутемный бар, и по дороге с рук на руки сдала его нам – мне и Пшеничному. А сама отправилась наверх за Леной-Элеонорой. Так через каких-нибудь полчаса без всякой стрельбы и погонь вся троица оказалась в 3-ем отделе МУРа.

ИЗ ПРОТОКОЛА ДОПРОСА ЭЛЕОНОРЫ САВИЦКОЙ

... САВИЦКАЯ: За домом № 16-А я начала наблюдать еще до Нового года. Про то, что здесь живут всякие богачи, мы узнали от гадалки из Вострякова Маруси Шевченко. Она дала нам наводку, сказала, что там живут богатые евреи, т. е. какой-то академик и его жена.

Вообще раньше, т. е. год назад, мы сами находили адреса всяких богачей. Это было тогда, когда Боря Морозов работал в отделе спецобслуживания гастронома на Смоленской площади. В этом отделе отовариваются всякие начальники, артисты, режиссеры и другие знаменитости. Например, Майя Плисецкая, Аркадий Райкин, Муслим Магомаев и еще всякие начальники. У них есть какие-то разрешения, по которым они могут прямо по телефону заказать себе целые ящики жратвы – например, отбивные, икру, коньяки, колбасы и другое. И это когда простые люди получают мясо только по купонам, да и то мороженое, и еще в очереди надо три часа отстоять...

ПШЕНИЧНЫЙ: Пожалуйста, подозреваемая, не отвлекайтесь. Вернемся к дому 16-А.

САВИЦКАЯ: А я не отвлекаюсь. Я просто говорю, что раньше Борька Морозов работал в отделе заказов этого магазина, и у него были адреса всех этих богачей. Когда он брал у них заказ на доставку, то они ему сами говорили: когда они дома, а когда их нету. И это была клевая работа, потому что я уже приблизительно знала, когда хозяев не должно быть дома. Мне оставалось только проверить это в течение одного или двух дней, чтобы мы не вляпались, как это было один раз, когда мы брали одну квартиру и напоролись на какую-то бабулю, которая вышла к нам из сортира...

ПШЕНИЧНЫЙ: Все-таки давайте ближе к дому № 16-А на улице Качалова. И учтите, что полные и чистосердечные показания смягчат на суде вашу участь.

САВИЦКАЯ: А я и так чистосердечная. Я ж вам и говорю, что когда Морозов бросил работу в том гастрономе, так ему-то стало легко: он брал адреса для новых краж у той гадалки. А мне стало в десять раз труднее работать. Потому что эта гадалка только давала адрес – и все, а когда хозяев нет дома – это мне самой приходилось вынюхивать...

ПШЕНИЧНЫЙ: Может быть, подойдем все-таки к дому № 16-А?

САВИЦКАЯ: А уже подошли. Значит, так дело было. Адрес этого еврейского академика мы получили как раз месяц назад, перед самым Новым годом. И Борис приказал мне взять этот дом под наблюдение. Чтобы составить точный график, когда эти академики из дома уходят и когда приходят. Когда я пришла туда в первый раз, чтобы присмотреться, то на моих глазах к тому дому подъехала «Чайка», и из нее вышел какой-то генерал КГБ и с ним два не то полковника, не то майора. А еще через полчаса еще одна «Чайка». Короче, говорю я Борьке, что в этот дом нечего соваться, слишком большие шишки тут живут, и охрана, наверно, есть. А он говорит – нет. Шишки живут, действительно, а охраны нет. Так ему гадалка сказала. Она у этой жены академика Ципурского выпытала, что в доме даже лифтерши нет, а подъезд отпирается или ключом, или ты должен знать номер телефона того, к кому ты идешь, и у

входа набрать на таком циферблате последние четыре цифры
этого номера. И тогда, если там кто дома, то он сверху
нажмет какую-то кнопку, и дверь отпирается. Короче, как в
заграничных фильмах. А брать, говорит, эту хату будем
обязательно и даже не одну – очень этот дом жирный. Ну
ладно, для меня Борькино слово – закон, он два года назад моему
брату глаз спас. У меня брат есть младший, ему сейчас 17 лет,
так он два года назад на мотоцикле в аварию попал, и у него
глаз вытек. Ужас! А Морозов тут же его в самолет посадил
и – в Одессу, в филатовскую больницу. Сходу дал там кому-
то взятку пять тысяч, и брату без очереди операцию сделали.
Там же очереди на операцию на три года вперед! Ну вот.
Короче, стала я думать, что мне с этим домом 16-А делать.
Зима же, декабрь месяц, на улице долго не понаблюдаешь.
Ладно, что я делаю? Я пригляделась к дому напротив, и вижу,
что он не такой важный, «Чайки» всякие к нему не приезжают
и «Волги» черные тоже. Тогда я иду в этот соседний дом с
тетрадкой, прохожу по всем квартирам, как будто я из
райсобеса провожу учет детей дошкольного возраста, и
нахожу там то, что мне нужно – на пятом этаже, как раз
напротив входа в дом 16-А, живет одинокий холостяк. И не
очень старый – всего ему 40 с чем-то лет. Инженер какой-то,
наладчик. Ну, дальше уже все пошло, как по маслу. Назавтра
я, как будто случайно, встретила его возле метро, дала ему
себя закадрить, и уже в ту же ночь ночевала у него, и, конечно,
сделала так, что он совершенно ошалел от секса, он такого
секса никогда не видел! Знаете, когда баба постарается, так
она такое может сделать, что ее ни один от себя не
отпустит. Короче, наутро он уже умолял меня остаться у
него жить. Ну, я сделала вид, что мне это не очень нужно, но
так и быть, согласилась. И, короче, с этого дня я из его
квартиры целыми днями за домом 16-А наблюдала, даже
бинокль себе купила. И столько интересного увидела – ужас!

Так снаружи посмотришь – дом тихий, солидный, и люди
солидные живут, начальники, ученые, генералы. Но если бы вы
понаблюдали, как я, с утра до позднего вечера! Мой-то наладчик до позднего вечера на работе, какой-то трубопрокатный
стан налаживает, а я себе сижу у окна и часами за тем домом
в бинокль наблюдаю. Особенно по вечерам интересно и ночью.

Короче, что я выяснила? Ну, что эта жена академика Ципурс-
кого нигде не работает, и два раза в неделю к ней с утра лю-
бовник приходит – по средам и пятницам. А в другие дни она
по магазинам шастает и раз в неделю, по четвергам, она в
«Чародейке», прическу делает, маникюр и педикюр. Я за ней до
самой этой «Чародейки» два раза проследила. А у Борьки в
«Чародейке» свои девочки работают, знакомые, он им из
смоленского «Гастронома» целый год продукты доставлял. Так
что они ему подтвердили, что эта Ципурская у них каждый
четверг с 10-ти до 12-ти, как штык. Короче, с этой квартирой
я быстро разобралась, за две недели. Но пока я за ней наблюдала,
я еще присмотрела кое-что.

Например, если вам интересно, что у дочки Подгорного
двухэтажная квартира! И у дочки Косыгина тоже. Я такого
никогда раньше не видела, только в кино – чтобы из комнаты
по винтовой лестнице можно было прямо на другой этаж
подняться, и там у нее не только еще всякие спальни, но и
бассейн. Ей Богу! Не вру! У них одна ванная, как ваш кабинет,
только красивей, конечно. Прямо как бассейн в ресторане
«Арагви» или «Берлин». И в этом бассейне, ну, то есть в
комнате, где этот бассейн, в белом столике с зеркалом эта
дочка Косыгина бриллианты держит и всякие драгоценные
украшения! Но вы бы видели, какие! Я таких ни у кого не виде-
ла, честное слово. А уж мы-то по этим камушкам поднатас-
кались, мы в одной Москве за два года 317 квартир взяли.

ВОПРОС СЛЕДОВАТЕЛЯ ШАМРАЕВА: Сколько? Сколь-
ко?!

САВИЦКАЯ: 317. У меня учет. По моим тетрадкам мож-
но проверить.

ПШЕНИЧНЫЙ: Чем вы объясняете, что в милиции заре-
гистрировано значительно меньше?

САВИЦКАЯ: А очень просто! Во-первых, не все заявляют,
что у них пропали драгоценности. Например, если мы берем
квартиру директора мебельной фабрики или секретаря райко-
ма партии – разве они могут заявить, что у них из квартиры
пропали бриллианты, золото, жемчуг или деньги, скажем,– 200
тысяч рублей? Им же скажут: а откуда у вас такие деньги,
если ваша зарплата максимум 200-300 рублей в месяц? Ну, и
никто не хочет показать на себя, что он жулик и вор, вот они

и молчат, не заявляют в милицию. *Вот мы, например, один раз ограбили квартиру начальника Тимирязевского райотдела милиции и взяли у него всякого золота и других драгоценностей уж не помню, сколько. Ну а разве он куда-нибудь заявит, что у него, простого майора милиции, столько драгоценностей! Да он лучше себе новый миллион награбит, наворует и соберет всякими взятками, чем сам на себя покажет. А заявляют о наших кражах только те, кто по закону много зарабатывает – всякие ученые, академики, генералы и артисты. Но милиция тоже не всегда берет у них заявления, потому что никто не знает, когда была сделана кража – люди же не каждый день проверяют тайники, где у них золото спрятано...*

ПШЕНИЧНЫЙ: *Понятно. Что еще вы можете показать о жильцах дома номер 16-А? Только подробней, пожалуйста.*

САВИЦКАЯ: *Пожалуйста! Ну, во-первых, про этого генерала КГБ, если вам интересно. Его фамилия – Вигун, он недавно умер, я его фотографию видела в газете. Рассказывать, или вам это не нужно?*

ПШЕНИЧНЫЙ: *Нужно. Рассказывайте.*

САВИЦКАЯ: *Ну, во-первых, то, что он умер – так ничего удивительного. От такой жизни любой молодой загнется, не то что такой старик. Я в газете прочла, что ему уже почти 65 было, а он почти каждый день до трех часов ночи или в карты играл и коньяк стаканами глушил, или с девочками баловался. Я сначала не понимала: а где же его жена и дети? А потом просекла: это у него не жилая квартира, а именно так – для блядства и чтобы в карты играть. Он только иногда там спал, и то – всегда при свете, ага.*

Свет не гасил никогда, при свете спать ложился. Я думаю, он вообще темноты боялся. Потому что, как только он входил в свою квартиру, он во всех комнатах свет зажигал. И мне в бинокль было все видно, если, конечно, он шторы не задергивал. Но вообще, он в этом доме редко ночевал, а в три или в четыре часа ночи уезжал куда-то. Я думаю – к себе домой. А утром, в 7. 30, в эту квартиру приходила уборщица, все убирала, приносила продукты в холодильник и уходила, и целый день в этой квартире никого. Так что легко было бы ограбить. Но мы решили не трогать ни эту квартиру, ни квартиры дочек Косыгина и Подгорного. Потому что было бы столько шуму, что нас бы вся милиция бросилась искать, или КГБ. На фиг нам это нужно?

ПШЕНИЧНЫЙ: *Можете ли вы описать людей, которых видели в квартире генерала Вигуна?*

САВИЦКАЯ: *Могу, но не всех. Тех, кто играл с ним в карты – могу. И одну бабу могу описать, взрослую. А всяких блядей и поблядушек, которых она им приводила, я описывать не могу, потому что они все одинаковые, и вы их сами можете увидеть хоть каждый вечер в «Национале» и «Метрополе»:*

ПШЕНИЧНЫЙ: *Пожалуйста, опишите тех людей, которых вы видели на квартире Вигуна...*

САВИЦКАЯ: *Так я же и описываю! Один – грузин. Толстый и с усами. И лысый. На вид ему лет пятьдесят, а может быть, больше. Ничего не пьет, только вино. Я сколько раз замечала: все играют в карты и коньяк хлещут или виски, а этот – только вино. И курит сигару. Второй – высокий, красивый брюнет, очень на цыгана похож. На своей «Волге» всегда приезжал, в шубе, и на груди – крест с бриллиантами. Клянусь! У него все пальцы в перстнях, и камушки там натуральные, и еще на груди крест с бриллиантами, честное комсомольское! Я думала, может, он священник какой? Но куда там! Священники же не ходят в бархатных пиджаках и джинсах! А этот как настоящий американский артист одевается, шуба заграничная. А последний раз, когда я его видела, смотрю, он уже не на «Волге», а на золотом «Мерседесе» подкатил...*

ПШЕНИЧНЫЙ: *Когда это было?*

САВИЦКАЯ: *Ну, в этом доме мы работали 14 января, в четверг. Значит, последний раз я видела этого артиста в среду, 13-го января, вечером. Ну, правильно. Как раз в канун старого Нового года он приехал к этому генералу в новеньком «Мерседесе». Я даже прибалдела немножко – золотистого цвета «Мерседес» и такой чувак клевый. Если бы не нужно было брать на другой день эти квартиры, я бы к нему тогда подкадрилась сама, ей-Богу! Я давно мечтаю на «Мерседесе» покататься! Но, конечно, у этого артиста и без меня баб навалом. И причем мало того, что он тут у этого генерала с валютными проститутками трахался, он еще в этом же доме одну артистку закадрил, Изольду Снежко, я ее недавно в кино видела, старая уже баба, старше него. Она тут одна живет,* с собакой, с догом. Так этому артисту, видно, лень было в три часа ночи домой ехать, так он себе раз – и на двенадцатый этаж, к этой артистке. И спит у нее хоть до часу дня. А два раза за ним сюда его жена приезжала. То есть, может она ему и не жена, не знаю, она тоже старше его лет на десять, если не больше. Но только она ему тут такие скандалы закатывала! Я через окно видела. Ее этот генерал пробовал успокоить, так она в этого генерала как запустит бутылкой, но только промахнулась. Я еще удивилась – такая ревнючая баба, что даже генерала КГБ не боится! А второй раз она не застала тут своего артиста, он как раз на двенадцатом этаже был, так она – в рев, ага! Пожилая бабища, а в рев из-за мужика, и этот Вигун ее утешает, ага, прямо как дочку родную гладит по голове, ага. И тогда я присмотрелась в бинокль, а она знаете, на кого похожа? На Брежнева, ей-Богу! Может, это его дочка, а?

ВОПРОС СЛЕДОВАТЕЛЯ ШАМРАЕВА: Скажите, Элеонора, вы когда-нибудь видели, чтобы этот, как вы его называете, артист, пел или играл на гитаре?

САВИЦКАЯ: А как же! У него в машине всегда гитара! Он без гитары вообще туда не приезжал. Так вы его знаете, значит? Он правда артист? Как его фамилия?

СЛЕДОВАТЕЛЬ ШАМРАЕВ: Вы упоминали о какой-то женщине, которая, по вашим словам, приводила в эту квартиру молодых девушек. Можете ли вы дать ее «словесный портрет»?

САВИЦКАЯ: Ей лет 35-40. Рыжая, а может быть, крашеная под рыжую, не знаю. Худая и очень высокая. Приезжала туда на своей машине, на голубой «Ладе». Иногда с портфелем, как будто после работы, иногда без портфеля. Она готовила на кухне чай или кофе, и ждала, когда все съедутся. Да, я забыла сказать, что иногда она и этот артист приезжали даже раньше генерала, у них тоже был ключ от парадного подъезда. А потом они садились в карты играть, или эта рыжая куда-то уезжала на своей машине и через полчаса привозила полную машину валютных блядей. Но тогда они чаще всего закрывали все шторы, так что я только иногда видела через щели в шторах, что эти девочки там ходят совершенно голые. Но это само собой, а на что они еще годятся? Не в *шахматы же с ними играть!*

ПШЕНИЧНЫЙ: Вы показали, что ваша группа ограбила квартиру академика Ципурского в четверг, 14-го января. А потерпевшая – гражданка Ципурская сообщила милиции, что кража у нее была 18-го числа...

САВИЦКАЯ: Так это она еще рано спохватилась! А другие, наверно, еще и не чухнули! Она, наверно, шубу захотела одеть. Я же говорила Морозову, что не надо никакие шубы брать, а только драгоценности, которые в серванте спрятаны. А он меня не послушал, вот мы и влопались! Да? Из-за этого?

ПШЕНИЧНЫЙ: Вы только что сказали, что вашей группой ограблены в этом доме и <u>другие</u> квартиры. Какие?

САВИЦКАЯ: Вообще, мы были в четырех квартирах, честно. Потому что мне очень хотелось побывать и в квартире этого генерала, и у дочки Косыгина. Только мы там ничего не взяли, честное комсомольское! Во-первых, как я вам сказала, мы решили, что не будем трогать ни этого генерала, ни дочку Косыгина, ну их на фиг! Но просто заглянуть очень хотелось.

ПШЕНИЧНЫЙ: Значит, вы только походили по этим квартирам и ничего не взяли?

САВИЦКАЯ: Клянусь братом! Ничего! Даже сертификаты не тронули на столе, хотя они открыто лежали – целая пачка. Это он своей рыжей на шубу оставил, Вигун

ШАМРАЕВ: Откуда вы знаете, что на шубу?

САВИЦКАЯ: А там записка лежала. «Света, я тебе выбрал лисью шубу в «Березке» и отложил. Если понравится, купи, вот деньги. Семен.» Но мы этих денег, то есть сертификатов для валютки, не тронули, можете у этой Светы сами спросить. Мы там просто посидели в креслах, покурили, и то пепел в спичечный коробок стряхивали. И даже из бара у него ничего не выпили.

ШАМРАЕВ: А ковер в прихожей этой квартиры вы видели?

САВИЦКАЯ: Ну конечно. Там все в коврах, вся квартира. Пола вообще не видать из-за этих ковров.

ПШЕНИЧНЫЙ: Вы хорошо помните, что в прихожей был ковер? Вы можете описать этот ковер?

САВИЦКАЯ: А че его описывать? Ковер как ковер, персидский, желтый с зеленой бахромой. А что – пропал? Мы не брали, ей-Богу. Мы вообще ковры нигде не брали, вы что!

ПШЕНИЧНЫЙ: А в каких квартирах вы еще побывали в тот день?

САВИЦКАЯ: Еще мы были в квартирах у той артистки на двенадцатом этаже, у Изольды Снежко. Потому что я видела, как еще седьмого числа она вместе со своим догом и двумя чемоданами села в машину с надписью «Киносъемочная», и после этого ее всю неделю дома не было. Так что мы решили, что она на киносъемки отвалила, и в эту квартиру спокойно вошли и взяли у этой артистки с полочки в ванной мужской перстень из белого золота с черным агатом.

ПШЕНИЧНЫЙ: И больше ничего?

САВИЦКАЯ: А там больше и брать нечего. У этой артистки или нет ничего, или она все с собой забрала. Я имею в виду золото, конечно.

ПШЕНИЧНЫЙ: Все забрала, а перстень забыла?

САВИЦКАЯ: Так это не ее перстень. Это перстень артиста, который к генералу ходил. Я у него на руке этот перстень сколько раз в бинокль разглядывала. Он ночевал в квартире у этой артистки пару раз после того, как артистка уехала. И забыл, наверно, этот перстень. Теперь он у меня дома спрятанный. Это первый раз, когда я из украденных вещей что-то себе оставила, Морозов это строго запрещал...

ВОПРОС ОБЩЕСТВЕННОГО ПОМОЩНИКА СЛЕДОВАТЕЛЯ МАКАРЫЧЕВОЙ: Ты что, втюрилась в этого артиста, что ли?

САВИЦКАЯ: Ну да! Ты бы видела, какой мужик! Сдохнуть можно!

ВОПРОС СЛЕДОВАТЕЛЯ ШАМРАЕВА: Какую еще квартиру вы посетили в тот день?

САВИЦКАЯ: Еще мы были в квартире номер 40 на десятом этаже. Там один тип живет – не то дипломат, не то из министерства внешней торговли какой-то начальник. Короче, у него вся квартира в африканских масках и заграничных вещах. Даже кафель в туалете у него иностранный, и унитаз розовый, и написано – «Сделано в Швеции». Мы там взяли долларов американских и канадских что-то 30 тысяч или больше, ну и золото всякое и ювелирщину, это как обычно... И все. Больше мы ни у кого не были, клянусь. И вообще, я хочу заявить, что мы у государства или у простых людей никогда копейки не взяли, да и у этих всяких воров-начальников мы же не последнее забирали, им на жизнь оставалось, можете мне поверить! Даже больше, чем им положено по их честной зарплате!..

ВОПРОС СЛЕДОВАТЕЛЯ ШАМРАЕВА: Значит, вы хотите сказать, что вы занимались экспроприацией у экспро-приаторов?

САВИЦКАЯ: Во-во! Точно! Так Борька Морозов говорит! Он говорит, что так Ленин сказал: отнять у воров то, что ими наворовано у народа. Поэтому я вам так спокойно все и рассказываю. Мы суда не боимся. Мы на суде такое расскажем про всяких начальников — сколько у них в каждой квартире припрятано, и как они живут, когда в магазинах не только мяса нет, а даже за витаминами очереди в аптеках...

Дверь в кабинет распахнулась и допрос новоявленной последовательницы Ленина был прерван появлением Марата Светлова. Бледный, с правой рукой на перевязи, он подошел к своему письменному столу, за которым мы вели допрос Савицкой, стрельнул глазами на юную с пышной грудью «экспроприа-торшу» и положил передо мной свой отстуканный на машин-ке рапорт о погоне за Воротниковым-«Корчагиным» и необ-ходимости провести служебное расследование по поводу «законности применения полковником Светловым огнестрель-ного оружия, приведшего к убийству преступника».

Я не спеша читал этот рапорт, а Светлов хмуро и нервно расхаживал по кабинету. Ему явно хотелось поговорить, но присутствие Савицкой его сдерживало. Я повернулся к Пше-ничному:

— На сегодня все, Валентин. Отправьте арестованных в Бутырку.

Пшеничный увел Савицкую, Светлов попросил Ниночку сбегать вниз, в буфет, за стаканом крепкого чая, и, когда мы с ним остались одни, резко подсел к столу, сказал мне:

— Старик, нас с тобой сделали, как детей! Пока мы гоня-лись за Воротниковым и за этими квартирными ворами — знаешь, кого арестовали Краснов и Бакланов? В жизни не угадаешь!

– Любовника Гали Брежневой,– сказал я.

– Откуда ты знаешь? – удивился он.

– К сожалению, я это высчитал всего лишь пять минут назад, когда Савицкая показала, что он почти каждый день играл с Вигуном в карты. Как ты узнал, что они его взяли?

– В нашем машбюро. Я диктовал свой рапорт, а рядом машинистки трепались, что какой-то Бурятский – певец Большого Театра и любовник Брежневой пытался выкрасть сегодня бриллианты из квартиры цирковой артистки Ирины Бугримовой, и Краснов его взял с поличным.

– Я думаю, что теперь они на него будут вешать убийство Вигуна,– сказал я.

– Он думает! – возмутился Светлов, вскакивая и шагая по комнате.– А где ты раньше был?! Философ! Он думает! Конечно, будут! Одним выстрелом двух зайцев можно убить! И убийство списать, и напрочь Брежнева скомпрометировать: если любовник его дочери убил его шурина – представляешь, какой скандал?! Слушай, может быть, ты съездишь в Бутырскую тюрьму и поговоришь с этим Бурятским?

– Я не думаю, что Бакланов подпустит меня к нему,– сказал я, снимая телефонную трубку и набирая номер дежурного Бутырской тюрьмы. Алло! Это Шамраев из Союзной прокуратуры. С кем я говорю? Капитан Зощенко? Добрый вечер, Тимофей Карпович. К вам сегодня поступил некто Борис Бурятский? Есть? Он проходит и по моему делу, так что отметьте там у себя, чтобы его утром доставили ко мне на допрос. Что?.. Понятно. Спасибо, я так и думал. Нет, я понимаю, что вы тут ни при чем, Тимофей Карпович. Пока.

Я положил трубку и сказал Светлову:

– У Бурятского температура 38, поэтому все допросы запрещены.

– Вранье! – сказал Светлов.– Вот суки!

Я усмехнулся:

– Конечно, вранье, но пока они его не обработают, они нас к нему не подпустят. Сядь, не суетись. Я хочу тебе сказать другое...

В кабинет вернулся Пшеничный, и теперь я обращался к ним обоим:

– Завтра Бакланов и Краснов могут арестовать еще сто человек из тех, кто давал Вигуну взятки, играл с ним в карты, пил коньяк или служил с ним когда-то на фронте. И на каждого из них они будут вешать убийство Вигуна, а мы с вами – что будем? Бегать по их следам и разоблачать – нет, этот не убивал, и этот не убивал? Но Краснову только того и надо – втянуть нас в эту волокиту и отнять еще семь дней. Три уже и так отлетело!

– Что же ты предлагаешь? – спросил хмуро Светлов.

– Я предлагаю поехать сейчас в кабак и отметить, что ты остался жив. Сегодня для меня это самое главное. Если бы «Корчагин» выстрелил на несколько сантиметров левее, я бы уже считал себя твоим убийцей.

– Не морочь голову! – отмахнулся Светлов.– В кабак, конечно, съездить неплохо, но денег нет...

Я молча вытащил из кармана брежневскую пачку денег – десять тысяч рублей без малого. Светлов, Пшеничный и пришедшая с чаем Ниночка смотрели на меня во все глаза.

– Откуда у тебя такие деньги? – спросил Светлов.

– Я вчера взятку получил от клиента,– сказал я.– Как вы думаете, на кабак хватит?

– Между прочим,– сказал вдруг Пшеничный,– они могут вешать убийство Вигуна на любого встречного только в том случае, если знают, что на пуле, которой убит Вигун, будут обнаружены следы той же группы крови, что и у Вигуна.

Мы со Светловым удивленно посмотрели на Валентина. Он пояснил неторопливо:

– Пока вы гонялись за «Корчагиным», я вызвал в квартиру Вигуна своего приятеля – специалиста по баллистике. Он утверждает, что первой пулей Вигун попал в форточку, стреляя через всю комнату из прихожей. В связи с этим заключением можно предположить следующую ситуацию. Вигун вошел в свою квартиру и застал там постороннее лицо или группу лиц, которые на него напали. Стоя в прихожей, он успел сделать по ним два выстрела. Первая пуля угодила в форточку, вторая – в одного из нападавших. Этот человек или ранен, или убит – не знаю. Знаю только, что пуля Вигуна прошла через его тело навылет, поэтому на ней нет частиц мозгового вещества, но есть следы кожи и костей. После того, как Вигун сделал два выстрела, его схватили за руки и крепко держали. Отсюда синяки на руках и лопнувший на спине пиджак. Вигун вырывался. Тогда его здесь же, в прихожей, убили выстрелом в висок. На ковре перенесли из прихожей в гостиную и усадили за стол, инсценировав самоубийство. А пули подменили. Вместо пули, которой они убили Вигуна, оставили на месте преступления пулю из пистолета Вигуна, которая ранила или убила нападавшего. Чтобы была видимость, что Вигун погиб от пули из его же пистолета. А измазанный кровью ковер из прихожей свернули и унесли. Не исключено, что в этом ковре вынесли из дома и того, кого Вигун своим выстрелом убил или ранил. Таким образом, нам нужно искать в больницах и моргах человека со сквозным пулевым ранением и с той группой крови, которую обнаружат на пуле эксперты...

– А телохранитель Вигуна? А шофер? А соседи? – спросил насмешливо Светлов.– Их что, загипнотизировали, чтобы они не слышали выстрелов и не видели, как выносят ковер с трупом?

– Я не строю гипотез, не имея в руках какого-нибудь факта,– спокойно ответил ему Пшеничный.– Поэтому о телохранителе и шофере я еще ничего не могу сказать, кроме того, что в те дни в доме играли свадьбу, музыка гремела на весь дом, и соседи привыкли к выстрелам шампанского. Но дело не в этом...

– Я тебе выстрою другую версию, хочешь? – сказал Светлов.– Вигун вошел в квартиру и застал там *одного* человека. Этот человек напал на Вигуна, в драке выхватил у него пистолет, первым выстрелом угодил в окно, в форточку, а вторым – Вигуну в голову. Потом на ковре оттащил его в гостиную, инсценировал самоубийство и так далее. И все детали в деле – треснувший пиджак, синяки на запястьях. А хочешь третью версию? Вигун вошел в квартиру и сам напал на какого-то человека, но промахнулся и попал в форточку. Тот набрасывается на Вигуна, выламывает ему руки, и, когда рука с пистолетом была у головы Вигуна, заставляет Вигуна нажать курок. А потом тащит его на ковре в гостиную и так далее... Таким образом это даже не умышленное убийство, а самооборона, можно повесить на любого человека – на меня, на тебя.

на Ниночку! А тем паче – на «Корчагина» или Бурятского...

– Можно, но только в том случае, если группы крови на пуле и у Вигуна совпадают. Тогда можно осмеять экспертизу Сорокина насчет отсутствия следов мозгового вещества, как это сделал Туманов, и утверждать, что эта пуля прошла-таки через голову Вигуна. Только в этом случае можно вешать это убийство на меня, на вас, на Ниночку,– заключил Пшеничный.

Светлов повернулся в мою сторону:

– Когда будет экспертиза по группам крови?

– Завтра,– сказал я.– Завтра с утра.

– Слушайте,– сказала Ниночка.– Что вы друг другу головы пудрите? Ходите вокруг да около и боитесь назвать вещи своими именами. Я вам скажу, что там было. Вигун приехал домой, а там была засада из КГБ. Они его убили, потом разыграли самоубийство, а телохранителю и шоферу приказали написать, что те ничего не видели и не слышали! Вот и все! Понятно?

Светлов рассмеялся и погладил ее по голове:

– Внучка, ты умница! Как ты догадалась? Конечно, все так и было, но это же нужно доказать! А главное – понять, почему они так грубо сработали. Ведь КГБ может любого, даже Андропова, убрать тихо, а уж если разыграют самоубийство – комар носу не подточит. А здесь ни то, ни се – без пол-литра не разберешься. Так что поехали в кабак, действительно!

После полуночи

Из ресторана «Славянский базар» мы с Ниночкой приехали домой за полночь. Мои пломба и печать по-прежнему украшали дверь моей квартиры. Но льняной ниночкин волос, которым привязала она утром нижний край двери к порогу, был порван. Мы с Ниночкой переглянулись: опять у нас квартира нафарширована скрытыми микрофонами, плевали они на личную охрану Брежнева и ее начальника генерала Жарова. Но не было сил ни протестовать, ни жаловаться. Мы рухнули в постель и уснули без сновидений. Дежурящим где-то по соседству звукотехникам нечего было записывать, кроме нашего дыхания.

ЧАСТЬ 5

ПРАВИТЕЛЬСТВО
«НОВОГО КУРСА»

25 января, понедельник, 7. 45 утра.

Врачи утверждают, что одно полушарие мозга у нас спит всегда, то есть, попросту говоря, в отключке. Боюсь, что в то утро у меня были в отключке оба полушария. И не только у меня – у Ниночки тоже: мы умотались за эти три дня безостановочной погони за тенью убийства Вигуна, а вчерашняя попойка в «Славянском базаре» свалила нас с ног окончательно – так, что мы и будильника не слышали. Он надрывался с 7. 30 и охрип, а в 7. 45 к нему присоединился телефон. После пятого или шестого звонка я с трудом выпростал себя из сна, дотянулся до аппарата, снял трубку:

– Алло...

– Доброе утро,– сказал незнакомый женский голос.– Извините, что разбудила. А Нину можно?

– Она спит. А кто это?

– Это ее подруга.

– Тамара, что ли? Позвони через полчасика...

– Не знаю, смогу ли... Я бегу на работу. Передайте ей, что я записала ее на шесть часов к моей парикмахерше, как она просила. Поэтому мы с ней встречаемся в 5. 30 в метро «Маяковская» на правой платформе у последнего вагона. Только пусть не опаздывает! – и гудки отбоя.

Я выругался, заставил себя встать и пошел в ванную, пытаясь припомнить, что было намечено на сегодняшний день. Но ни одно полушарие не включалось, голова болела, и я понял, что есть только одно средство привести себя в рабочую форму. Я достал из холодильника початую бутылку водки, налил треть стакана и с отвращением выпил. А они называют меня евреем! Где вы видели еврея, который по утрам пьет водку? Тем не менее мне стало чуть легче, но это была только половина процедуры. Я выглянул в окно. Там, в утреннем сумраке, все валил и валил снег. Я включил в ванной горячий душ, прогрел под этим душем ноги, а затем как был – голяком, в одних трусах – выскочил на балкон, в снег. И стал растирать себя этим снегом – грудь, плечи, живот, руки. С балкона – снова под горячий душ.

Н-да... Рабочая неделя и, практически, первый официальный день расследования дела о смерти Вигуна начинались с головной боли. Не исключено, что не сегодня-завтра Краснов и Бакланов подбросят мне новый подарочек – любовника Гали Брежневой Бориса Бурятского, который сознается, что он убил Вигуна. Я бы на их месте так и сделал, и все бы увязалось замечательно: у Бурятского были ключи от квартиры Вигуна – Савицкая показала, что он часто приезжал туда раньше Вигуна, это было в порядке вещей. Итак, как говорит Пшеничный, представим такую ситуацию: Бурятский приехал в квартиру Вигуна, скажем в 12 дня. В два приехал от Суслова Вигун. Вигун был зол, раздражен и сорвал злость на Бурятском. Они поругались. Бурятский скажет, что Вигун даже хотел убить его, Бурятского. За что – не знаю, допустим, из-за того, что Бурятский изменяет Гале Брежневой, любимой племяннице Вигуна. Пошли дальше: Бурятский показывает, что Вигун выхватил пистолет и выстрелил в него, но промахнулся и попал в форточку. Тогда он схватил Вигуна за руки и началась борьба (на Вигуне лопнул пиджак). В борьбе Бурятскому удалось перехватить руку Вигуна с пистолетом, но когда он выкручивал ее (от этого синяки на запястьях Вигуна), пистолет находился возле головы Вигуна, и в этот момент раздался выстрел. Таким образом, это даже не преднамеренное убийство и вообще не убийство, а лишь инцидент в момент самообороны, статья 13-я Уголовного Кодекса, никакого наказания. Любой преступник пойдет на то, чтобы взять на себя такое «преступление», если пообещать ему, что за его подлинное преступление, скажем, за ограбление артистки Бугримовой, ему снизят наказание или вообще прекратят дело.

Да, вполне реальная версия Отдела разведки: Вигун погиб от случайного выстрела во время ссоры или драки с Бурятским, но Бурятский (или любой другой, кого они подсунут) испугался, что ему не поверят, обвинят в убийстве, поэтому он инсценировал самоубийство и подделал посмертную записку, а затем свернул ковер, поднялся с ним на 12-й этаж в квартиру своей знакомой артистки Снежко и отсиделся там до ночи, а ночью, конечно, сбросил ковер в Москва-реку – и концы в воду. Итак, следователь Шамраев, примите убийцу – мы его взяли по ограблению актрисы Бугримовой, а он признался в убийстве Вигуна во время самообороны. Пуля вышла из пистолета Вигуна, прошла через голову Вигуна – что вам еще нужно, товарищ Шамраев?

И вдруг простая идея пришла мне в голову. Простая, как слеза. ЕСЛИ ВИГУНА УБИЛИ СОТРУДНИКИ КГБ ИЛИ МВД, ТО ОНИ ЗНАЮТ, КАКАЯ ГРУППА КРОВИ У ЧЕЛОВЕКА, В КОТОРОГО ПОПАЛ ВИГУН. И ЕСЛИ ОНИ БУДУТ ВЕШАТЬ ЭТО УБИЙСТВО НА БУРЯТСКОГО ДО ТОГО, КАК СОРОКИН СДЕЛАЕТ ЭКСПЕРТИЗУ НА ГРУППЫ КРОВИ, ЗНАЧИТ ОНИ ЗНАЮТ, ЧТО ГРУППЫ КРОВИ СОВПАДАЮТ. Собственно, именно это и пытался втолковать нам вчера Пшеничный. Но! Но! Но! – билась в мозгу лихорадочная мысль.– Это же нужно использовать!!! Есть два пути, два пути!!! Первый – проникнуть к Бурятскому и узнать, тянут его на признание, или нет. А второй – Боже мой, это же еще проще...

Пораженный своим открытием, я замер под душем и только теперь услышал, что в ванную стучит, бьет кулаками Ниночка. Я испуганно открыл ей дверь:

– Что случилось?

– Это с тобой что случилось?! – напустилась она на меня.– Ты тут уже пятнадцать минут звука не подаешь! Я кричу, стучу – уже хотела «скорую» вызывать!

– Извини, я просто задумался...– я вышел из ванной.

– Задумался он!.. Мыслитель!..– она обиженно захлопнула за собой дверь ванной.

– Тебе звонила Тамара, вечером вы идете к ее парикмахерше! – крикнул я ей через дверь.

– Зачем? – донеслось оттуда.

– Откуда я знаю?! Ты же ее сама просила! – ответил я, листая телефонную книгу.

– О чем я ее просила? – высунула Нина голову из ванной.

– О том, чтоб записать тебя к ее парикмахерше. В 5. 30 вы встречаетесь на «Маяковской», правая платформа, последний вагон...– я выписал из телефонной книги домашний адрес Сорокиных: «5-я Песчаная, 162, кв. 14».

Ниночка пожала плечами и скрылась в ванной, а я наспех оделся, написал Нине записку: *«УБЕЖАЛ В МАГАЗИН, БУДУ ЧЕРЕЗ 15 МИНУТ. ИГОРЬ».*

С авоськой в руках я выскочил из дома и ринулся в соседний, через два квартала, гастроном. На ходу огляделся и увидел, что слежки за мной нет. Видимо, поставили скрытый микрофон в телефонную трубку и тем ограничились, все равно меня целыми днями нет дома, слушать нечего. Все-таки, войдя в гастроном, я тут же вернулся к окну и перепроверил, нет ли хвоста. Слишком острую авантюру я задумал, чтобы проколоться на ерунде. Но слежки не было – темная заснеженная улица была почти пуста, в нашем районе живет так называемая творческая интеллигенция, и встают здесь поздно. Но и такси в такой ранний час тут не найдешь – таксишники знают, что до девяти-десяти утра им в нашем районе делать нечего. Я занервничал – мне нужна была машина и срочно – через каких-нибудь 10-15 минут Сорокины могли уйти на работу, а на улице – ни одной машины, кроме тяжеленного урчащего снегоуборочного комбайна и молочного фургона, с которого вместо молока грузчики сбросили у входа в гастроном несколько ящиков ацидофилина и тут же уехали.

– Берите ацидофилин, молока сегодня не будет! – сказала мне знакомая продавщица, и я быстро выбил в кассе за две бутылки ацидофилина, банку рыбных консервов, творожные сырки и «Рокфор» – больше на завтрак купить было нечего, витрины были привычно пусты.

Сложив покупки в авоську, я выскочил из магазина и понял, что у меня нет выбора, я и так потерял с этим ацидофилином чуть не полторы минуты. Перебежав улицу, я запрыгнул на подножку кабины снегоуборочного комбайна.

– Эй! Куда! – заорал на меня водитель.

Я знал, чем смягчают такую публику и показал ему приготовленную еще в магазине зеленую 25-рублевку:

– На Пятую Песчаную подбросишь? Только в темпе – туда и обратно за пятнадцать минут. Успеем?

– Садись!

Машина взревела двигателем и, задрав кверху снегоуборочный ковш, рванула с места. Минут через восемь я уже бегом взбегал на третий этаж дома 162 по Пятой Песчаной, к квартире Сорокиных. И как раз вовремя – Алла, уходя на работу, уже запирала двери своей квартиры.

– Привет! – сказала она изумленно.– Что случилось?

– А где твой Сорокин?

– За домом, во дворе, в снегу, со своим «Москвичом». А что случилось?

– Ничего, надо поговорить...– я сбежал по лестнице вниз.

Во дворе, заваленные снегом, стояли четыре частных машины – два маломощных «Запорожца», «Москвич» Сорокина и «Жигули». Хозяева, в том числе Сорокин, чертыхаясь, выкапывали их из снежных сугробов, но сразу было видно: за ночь снегу навалило столько, что им тут копать и копать!

Проваливаясь чуть не по пояс в снег, я добрался до Сорокина, сказал:

– Привет! Я на вездеходе, могу тебя вытащить в одну минуту, но при одном условии.

– Знаю я твое условие,– сказал он покорно.– Тебе нужен сравнительный анализ крови. Будет, вытаскивай.

– Нет, условие другое. Независимо от того, какой будет результат анализа, ты через час позвонишь мне в Прокуратуру и скажешь, что группы крови на пуле и у Вигуна не совпадают.

Он отрицательно покачал головой:

– Я не могу давать ложных заключений. Я подписку давал.

– А ты и не давай ложных заключений! Телефонный разговор не является документом. Мало ли кто что скажет по телефону! Реальное заключение экспертизы ты мне дашь потом...

– Ты хочешь проверить, прослушивают твой рабочий телефон или нет?

– Вот именно! – соврал я.

– А если прослушивают, то что?

– То ровно через полчаса после этого звонка к тебе явится Бакланов, Краснов или Олейник, потому что это смешает им всю игру. Или я – полный мудак...

– Ну, одно не исключает другого,– заметил он и сказал: – Старик, я не могу сделать того, о чем ты просишь.

Я посмотрел ему в глаза.

– Извини,– добавил он.– С таким огнем я не играю и тебе не советую...

– Да ты понимаешь, что я могу их на этом подсечь! – закричал я ему в лицо.– Я буду знать, подсовывают мне липового убийцу или нет! А тебе это ничего не стоит, один телефонный звонок! Если они к тебе прибегут, значит они уже давно знают, что у Вигуна и у того, в кого Вигун стрелял, одна и та же группа крови! И я их подсеку на этом! Ну я прошу тебя, Саша!..

– Игорь, я тебе уже ответил...– сказал он сухо, снял мои руки с воротника своей куртки и опять заработал лопатой, откапывая свой «Москвич».

– Мальчики, что там у вас происходит? – крикнула нам издали Алла Сорокина.

– Мудак! – сказал я Сорокину, повернулся и, стараясь попасть в свои собственные следы и все равно проваливаясь в снег по пояс, побрел прочь. Замечательная идея проваливалась из-за этого труса.

– Игорь! – окликнула меня Алла, но я молча прошел мимо нее.

На улице я забрался в кабину снегоочистительной машины, в сердцах откупорил бутылку с ацидофилином, отхлебнул и сказал водителю:

– Назад, на Аэропортовскую...

Но через два квартала все-таки приказал ему вернуться, мы вкатили во двор дома Сорокиных и в течение минуты вызволили из снежного плена сорокинский «Москвич». А потом, так и не сказав Сорокиным ни слова, я укатил домой.

9 часов 15 минут

В 3-ем Отделе МУРа было почти пусто: часть инспекторов укатила на улицу Качалова помогать Пшеничному в опросе населения, часть разъехалась по больницам и моргам искать человека со сквозным пулевым ранением. Но дежурный по Отделу капитан Ласкин сказал мне и Нине, что Светлов здесь, в «Блядском отделе». Официально этот отдел называется «2-й Отдел по раскрытию половых преступлений», но никто его так не называет, а говорят просто – «Блядский отдел», и это означает, что Отдел занимается раскрытием изнасилований, развращений малолетних, искоренением проституции, гомосексуализма, лесбиянства и других половых извращений на территории города Москвы. Однако не только борьба с этими пережитками капитализма входит в его компетенцию. Из сорока тысяч взятых этим Отделом на учет московских проституток, минетчиц, педиков и лесбиянок две или три тысячи активно работают на Уголовный Розыск и являются его агентами в самых разных социальных слоях столицы. Правда, накануне Московской Олимпиады лучшие кадры у МУРа забрали в КГБ – нужно было обслуживать тысячи иностранцев, а такую работу нельзя пустить на самотек или доверить непроверенным в ГБ давалкам. Поэтому сейчас Светлов рылся здоровой левой рукой в ящиках картотеки и вытаскивал карточки с пометкой – «убыла в распоряжение КГБ». При этом не без интереса рассматривал каждую фотографию, изучал данные биографии и дату рождения. Как показала вчера Элеонора Савицкая, рыжая сорокалетняя Света привозила на квартиру Вигуна молодых валютных проституток, и теперь Светлов откладывал в отдельную стопку девочек не старше 21-22 лет. Своим появлением я прервал это увлекательное занятие.

– Во-первых, эта Света не работает в КГБ,– сказал мне Светлов.– Иначе ребята из нашего «Блядского отдела» ее бы знали – у них с ГБ тесный контакт. Там валютными блядями занимается полковник Литвяков и майор Шаховский.

– Подожди,– прервал я его.– Девочек отложим, ими может заняться Ожерельев или Ласкин. Мне нужно, чтобы ты поехал в Бутырку.

– Зачем?

Я коротко изложил ему свой провал с Сорокиным и идею насчет Бурятского:

– Нужно выяснить – они уже агитируют его взять на себя

убийство или нет...

— Но если тебя к нему не пускают, то меня и подавно! — сказал он.

— Марат, чтобы узнать, чем дышит заключенный в Бутырке, совсем не обязательно говорить с ним самим или с его следователем,— сказал я.

Он посмотрел мне в глаза и улыбнулся:

— Тебя с похмелья всегда посещают такие интересные мысли?

И мы пошли с ним на третий этаж, в его отдел. Там я оставил Ниночку на попечение капитана Ласкина, попросил загрузить ее работой, напомнил ему про Гиви Мингадзе и укатил, наконец, на работу в Прокуратуру.

9 часов 45 минут

Выйдя из лифта на пятом этаже, в Следственной части Прокуратуры СССР, я услышал низкий и скандальный голос хорошо одетой и удивительно чернобровой женщины:

— Да вы знаете, кого вы арестовали?! — кричала она на Германа Каракоза. Я вас сама всех пересажаю! Он никого не грабил, он пришел к ней за своими бриллиантами!..

И я понял, кто эта женщина, да и Каракоз тут же подтвердил мою догадку:

— Галина Леонидовна, о чем вы говорите?! Мы никого не арестовывали! — бархатным голосом увещевал он эту женщину, чуть не танцуя вокруг нее, и всем своим масляным видом изображал полную невинность и непричастность.

— Что значит — никого?! Я точно знаю! Я звонила дежурному МВД! — наступала на него бровастая, удивительно похожая на своего отца Галина Леонидовна.— Вчера арестовали друга нашей семьи певца Большого Театра Бориса Бурятского! И дело ведет ваш следователь Полканов!

— Бакланов? — спросил Каракоз.

— Во-во! Я примчалась сюда к девяти утра, а тут бардак у вас, никого нет — ни Генерального прокурора, ни даже этого Балканова!

— Бакланова...— уточнил Каракоз.

— Да иди ты на хер! — вдруг сказала ему в лицо Галина

Леонидовна.– Что ты меня учишь? Балканов – Полканов! Какая разница? Важно, что уже десять часов, а его еще нет на работе! Развели дармоедов! Я сегодня же отцу скажу!

И в эту минуту из лифта вышел Коля Бакланов. По его ссутулившимся плечам, красным векам и синим кругам под глазами было видно, что он, как минимум, двое суток провел в допросах. В руке у него был тяжелый, набитый папками портфель, во рту тлел окурок сигареты.

Каракоз обрадованно шагнул ему навстречу.

– Коля! Тут...

Но Бакланов, даже не поздоровавшись с Каракозом, прошел к двери своего кабинета, открыл ее и на ходу сухо сказал Гале Брежневой:

– Галина Леонидовна, пройдемте со мной.

– Что? – оторопела она от такого тона.

Он указал ей на открытую дверь своего кабинета, повторил:

– Я говорю: пройдемте.

– А вы кто? – спросила она изумленно.

– Я – старший следователь по особо важным делам Николай Афанасьевич Бакланов.

– Ах, так это ты и есть Полканов! – пятидесятилетняя Галя уперла руки в боки, совсем как кухарка в провинциальной столовой.– В десять часов только на работу приходишь?! А посмотри на себя! Видок какой?! Советский следователь называется! Прямо с похмелья! А ну дыхни!

Нужно отдать должное Коле Бакланову – на виду у всей выззарившейся из своих кабинетов следственной части он спокойно выслушал Брежневу и сказал все тем же негромким ровным голосом:

– Я не думаю, Галина Леонидовна, что в ваших интересах устраивать здесь этот спектакль. Я хочу показать вам кое-какие документы о вашем друге Бурятском. Они и вас касаются. Пройдемте,– и, не ожидая ее, зашел в свой кабинет.

Брежневой не осталось ничего другого, как покорно двинуться за ним. Но она все же нашла возможность не уронить себя в глазах публики.

– Хам! – сказала она всем, показав рукой вслед Бакланову.– Поперед женщины проходит!

Я усмехнулся и пошел в кабинет следователя Тараса Венделовского.

В это же время

Машина Светлова притормозила на углу Лесной и Ново-слободской улиц, у магазина культтоваров. За рулем сидел старшина-оперативник, поскольку правая рука Светлова была еще на перевязи, и машину он вести не мог, томился рядом с водителем. Переждав идущих по тротуару пешеходов, води-тель медленно вкатил под арку многоэтажного дома и оказал-ся во дворе перед высоким старинным кирпичным забором, похожим на Кремлевскую стену – такие же башенки, зубчики, та же добротность в кладке некогда красного, а теперь серо-бурого кирпича. Но то была, конечно, не Кремлевская стена, а ограда Бутырки – самой большой и самой знаменитой тюрь-мы в Москве, построенной еще во времена Петра I. В начале 60-х годов большой любитель сенсаций и впечатляющих заяв-лений Никита Хрущев чуть было не снес эту тюрьму. Он за-явил тогда, что с преступностью в СССР покончено, что через двадцать лет мы вообще будем жить при коммунизме, и потому тюрьмы нам не нужны. В связи с этим на Таганской площади снесли Таганский Централ, и уже собирались сносить Бутырку и Матросскую Тишину, но в это время «снесли» самого Хрущева. Таким образом, можно считать, что Брежнев, Суслов, Косыгин, Микоян и другие заговорщики, сбросившие в то время Хрущева, спасли русские тюрьмы. И не зря, как оказалось, преступность отнюдь не упала, а возросла. И теперь Бутырка испытывает как бы двойную нагрузку, работая и за себя, и за Таганский Централ. Но если для приманки иностранных туристов другие памятники старинной архитектуры освобождают в последнее время от заслонивших их современных построек, то Бутырку – целую тюремную крепость на 10 000 заключенных – заботливо укрыли от лишних глаз сплошным кольцом новых жилых домов. В этих домах получили квартиры неболтливые люди – сотрудники КГБ и МВД. И теперь вокруг Бутырки – тихая мирная жизнь, звон трамвая по Лесной улице, нарядные витрины универмага «Молодость» вдоль Новослободской и горячие бублики в булочной на Минаевской – как раз там, куда Достоевский подростком бегал смотреть на очередной тюремный этап...

Светлов оставил машину перед крепостной стеной и по каменным ступеням поднялся во внутренний двор крепости. В обычные, так сказать, в тюремные будни, этот дворик бывает пуст, лишь несколько посетителей топчутся у дверей отделения приема передач да следователи спешат на допросы заключенных. Но сейчас в Бутырке стояли горячие денечки – дворик и низкий зал отделения приема передач были заполнены густой и добротно одетой толпой. Шубы, дубленки, пыжиковые шапки, натуральный каракуль, ондатра, норка...

Жены, дети и друзья полутора тысяч арестованных по операции «Каскад» подпольных дельцов слетелись со всего Советского Союза, принесли передачи и добивались свиданий с заключенными. И не то они заодно демонстрировали тут друг другу свои туалеты, не то у них действительно не нашлось ничего поскромнее в гардеробах. Светлов изумленно шел сквозь дорогие меха и запахи французской косметики, смешанные с запахом жареных цыплят, финской грудинки, голландских сыров, арабских фруктов, миндальных пирожных и прочих деликатесов, которые, наверное, никогда не нюхала раньше Бутырка...

В приемной «кума» – заместителя начальника тюрьмы по режиму – Светлов по-свойски поздоровался с четырьмя вольнонаемными женщинами, которые работали тут в канцелярии и в картотеке, пофлиртовал поочередно с каждой, и через несколько минут у него в руках уже была папка с делами сокамерников Бурятского: Шубаньков, Трубный, Грузилов, Черных, Пейсаченко и еще семь человек. Светлов усмехнулся – фамилии лучших «наседок» Бутырской тюрьмы были ему хорошо знакомы. Будто мимоходом он спросил у сотрудницы канцелярии:

– Кто у них старший?

– Грузилов,– сказала она и даже назвала кличку – «Доцент».

Но Светлов и сам знал Грузилова – в прошлом три побега из тюрем и лагерей, включая эту же Бутырку, общий срок заключения по приговорам семи судов – 72 года, но за успешное сотрудничество с милицией Виталий Грузилов уже седьмой год на свободе, прописан в Москве, обзавелся семьей и квартирой, а камеры Бутырской тюрьмы – это теперь место его службы. При встречах со Светловым они любят вспомнить «за старое» – как Грузилов уходил от Светловской погони по Москва-реке во время Московской регаты...

– Где он сейчас? – спросил Светлов.– Давненько не видел...

– Завтракает. В следственном корпусе, в шестом кабинете...

– А «кум» где? Снегирев?

– Инструктаж проводит с надзирателями. Чтобы взяток не брали. Нагнали таких арестованных в этот раз – за пачку сигарет сто рублей предлагают! А Сафонова, надзирателя, помните? «Сгорел»! Записки передавал на волю. Пять тысяч брал за записку, оказывается...

– Н-да! Весело у вас. Ладно, пойду с «Доцентом» поболтаю, вспомним старое. Когда Снегирев освободится, кликните меня...

«Доцент» сидел в отдельной комнате – «следственном кабинете № 6», завтракал. Приведенный сюда якобы для допроса, он вольно расположился за столом следователя и не спеша с аппетитом уминал обильный, явно не тюремный завтрак: пироги с капустой и красной икрой, куриные котлетки, пышные оладьи со сметаной. И с еще большим аппетитом поглядывал на мощную казачью грудь красивой, похожей на шолоховскую Аксинью девки, которая принесла ему этот завтрак из офицерской кухни.

– А, полковник! Здорово, родной! – приветствовал он Светлова.– Опять бандитская пуля в руку угодила? Допрыгаешься! Садись, позавтракай со стукачом, пока живой! Не погрёбай! Люська, живо на кухню! Тащи, что там еще есть! И «Нарзан» не забудь! Я «Ессентуки» не пью, у меня кислотность. Сколько раз тебе говорено, мать твою раскоряк!

Метнув на полковника взгляд своих рысьих зеленых глаз и дерзко вильнув задом, Люська послушно исчезла в двери.

– Зэчка или вольнонаемная? – спросил Светлов, глядя ей вслед.

– Аппетитная шалава, да? Из зэчек. Снегирев ее на химию перевел. За ударный труд. Особенно задницей таких показателей добивается, что через месяц домой уйдет, вчистую. Только теперь ее уже к нормальной случке не вернешь! Поговори со своим дружком Снегиревым, он тебе ее устроит, он не жмот.

– Ладно. Я к тебе по делу,– сказал Светлов и спросил в упор: – Бурятского уже раскололи?

«Доцент» положил на стол вилку, внимательно посмотрел на Светлова и сказал настороженно:

– Что-то не по уставу вопросик, гражданин начальник...

– Конечно, не по уставу,– спокойно ответил Светлов.– А шестилетнего мальчика насиловать и убивать – это по уставу?

«Доцент» сжал кулак, шарахнул им по столу и заорал во весь голос:

– Хватит! Нехер мне нахалку шить! Я пуганый! Мне это дело семь лет назад шили! И не пришили! Не такие, как ты! Я министру буду писать, Николаю Анисимовичу! – При этом на красных щеках «Доцента» выступили бледные белые пятна – верный знак того, что он струсил. Да и было от чего – восемь лет назад жителей Комсомольского проспекта потряс случай с шестилетним мальчиком Костей Зуевым, которого нашли в мусорном ящике за рыбным магазином. Мальчик был мертв, раздет догола и до убийства изнасилован.

– Тихо,– сказал Светлов «Доценту».– Что ты мне театр устраиваешь? Я тебе еще ничего не шью. Просто не я тогда занимался этим делом. Но если будешь орать – займусь. Срок давности по этому делу еще не истек...

– Я не боюсь! – успокоенно сказал «Доцент» и с ожесточением отмахнулся от мухи, летающей над его завтраком: «Суки! Мух тут развели в тюрьме! В январе – мухи!»– Чего вам надо знать?

– Ну, другое дело,– сказал Светлов. Мне нужно знать все установки, какие вам дал Краснов или Бакланов по этому Бурятскому!

– Бурятский! – презрительно сказал «Доцент».– И из-за этого дерьма ты мне таким делом грозил, Марат Алексеевич?!..

– Ты сам нарвался. Я у тебя, как у человека спросил, а ты – «по уставу», «не по уставу»...

– Тоже правильно,– согласился рассудительный «Доцент».– Значит, первая установка была такая – психику поломать этому артисту. Чтоб у него тут от страха душа с поносом вышла. Ну, нам это плевое дело, сам понимаешь. Мы ему вчера сходу такой тут театр устроили! Будто мы сплошные убийцы и пидарасы. К ночи он уже плакал у следователя и на все был готовый: лишь бы его в другую камеру перевели. Ясное дело – артист, психика слабая, сломался. Тут Черных доить его начал. Ему другая установка была: взять этого артиста от нас под защиту и колоть до последней мелочи. Особенно – насчет его дружбы с Вигуном. И тайников – где у Вигуна могли быть какие-то пленки запрятаны. Ну, колоть его сейчас ничего не стоит. Он уже сутки не спит, боится, что мы его на хор поставим! Только про пленки он ни хера не знает, это точно...

– И это всё?

– По нашей линии – всё.

– Что значит – «по вашей»?

– Ну, мы свою задачу выполнили – он уже не человек. Такую чернуху про лагеря да про пытки засадили, что он от страха родную мать к вышке подпишет, а не то что мокрое дело возьмет на себя.

– А ему шьют мокрое дело?

– А то нет! Полковник! – укоризненно сказал «Доцент».– Ты меня за фраера не держи. Ты для того и пришел, чтобы это выпытать. «Кум» тебе хоть и друг, но в жизни не скажет, что кому-то хотят мокрое дело навесить, да еще такое! Так что, ты теперь мой должник...

– А ты мне еще ничего не сказал,– усмехнулся Светлов.

– Вот это и хорошо. Я тебе ничего не сказал, а ты уже все понял. Если таких профессоров, как я, собирают со всей Бутырки за ради каких-то двух человек...

– Двух? – изумился Светлов.– Почему двух? Один! Бурятский. А кто еще?

– А еще в 503-ей камере его дружок сидит, тоже с Вигуном якшался – Сандро Катаури. Над ним другая бригада работает, для страховки. Если один соскочит, другой – на стрёме. Как у космонавтов – дублеры. Или они в паре выступят, не знаю, это уже начальству решать...

– А у Вигуна с ними в карты еще Света играла, рыжая, лет сорока. Кто такая?

– Ей-Богу, не знаю. Не вру, век свободы не видать. Не знаю. Мне такой установки не было – колоть на какую-то

Свету. Может, Черныху – так он не скажет, у него с начальством прямой контакт. Ну, где эта Люська-шалава! Чай остыл...

Светлов встал – всё, что нас интересовало, он выяснил. На обратном пути, в зале приема передач он снова попал в ароматы жареных «цыплят табака», домашних пирогов и других деликатесов и подумал, что по иронии судьбы большая часть этих яств достанется не тем, кому их принесли, а их камерным раскольщикам, стукачам и наседкам.

10 часов 17 минут

Тарас Карпович был маленьким, сухоньким стариком 72-х лет, который упрямо не хотел уходить на пенсию, и кабинет у него был ему под стать – заваленный какими-то старыми пожелтевшими папками, кодексами, инструкциями, кофеваркой, чайником, московскими баранками, в углу стояли валенки в глубоких резиновых галошах-чунях, на подоконнике, между рамами – бутылка кефира, плавленные сырки и ещё какие-то свертки, а в ногах у Венделовского оранжево светилась раскаленная спираль электроплитки, которую он включал здесь нелегально, в тайне от нашего завхоза и пожарника.

– Шамраева – к городскому! – раздалось по селектору внутренней связи.– Игорь Иосифович, возьмите городской телефон! Вас из института судебных экспертиз...

Я мысленно охнул – неужели Сорокин? Решился?

Я взял телефонную трубку, произнес настороженно:

– Алло?

– Привет! – сказал веселый голос Алки Сорокиной.– К тебе в кабинет совершенно нельзя дозвониться! Где ты шляешься? По бабам, что ли?

Я промолчал – ее голос звучал как-то странно весело, словно и не было моей утренней ссоры с Сорокиным.

– Слушай, тебя интересуют результаты экспертизы биологов по пуле? Или уже не интересуют? Орал – срочно, срочно, а сам не звонишь даже!

У меня перехватило дыхание – вот это да! Сорокин сам позвонить не рискнул, но рассказал о моей просьбе жене, а она... Ну, молодец!

– Интересуют, конечно! – сказал я сорвавшимся голосом.

я еще не знал результатов экспедиции Светлова в Бутырскую тюрьму.

– Только учти: это под большим секретом! – начала Алка валять дурака – не передо мной, а перед тем третьим, который мог сейчас подслушивать наш разговор.– Я не имею права разглашать результаты экспертизы, пока не подписано заключение...

– Ладно, не тяни резину! Выкладывай! – подыграл я ей.

– Короче, я краем глаза видела, что группы крови не совпадают. У покойника была II-я группа, а на пуле – следы от I-й. Выходит, он умер не от этой пули! Ты представляешь?!!

– Ясно,– сказал я.– Когда у них будет готово заключение?

– Ну, ты же знаешь, как у нас тянется. Сначала написали от руки, потом отдадут на машинку, потом пока все подпишут! Раньше обеда не жди. Потому я тебе и звоню.

– Спасибо. С меня поцелуй в обе щеки!

– Еще бы! – усмехнулась она.

– Алла, напомни Сорокину – послать баллистов на Качалова, 16-А. Я еще в пятницу оставил заявку, вместе с вещдоками...

– Ладно, напомню. Пока!

Я послушал гудки отбоя и осторожно положил трубку на рычаг. Ха! Ой да Алка! Максимум, что ей грозит, если нас действительно подслушивали в КГБ,– нагоняй по служебной линии. Да и то – за что? Ну, перепутала цифру «II» с цифрой «I» – с кем не бывает? А Шамраеву позвонила, потому что он приказал – он ведь работает по специальному указанию Брежнева, у него в удостоверении написано, что все организации обязаны ему помогать... Так, спокойно. Что нужно сделать в первую очередь? Конечно, прикинуться, что меня этот факт взволновал чрезвычайно! И поэтому...

Я набрал номер приемной Андропова.

– Приемная Председателя,– тут же отозвался сухой мужской голос.

– Здравствуйте. Это из Прокуратуры СССР. Следователь по особо важным делам Шамраев. Мне нужно срочно попасть на прием к товарищу Андропову.

– По какому вопросу?

– Я веду дело о смерти Семена Кузьмича, и у меня сообщение

экстренной важности.

– Хорошо. Когда Юрий Владимирович назовет время приема, мы вас найдем.

О, в этом я как раз не сомневался! Если им кто понадобится – они найдут. Я набрал телефон третьего отдела МУРа и услышал голос Ниночки:

– Третий отдел слушает...

– Пожалуйста, примите телефонограмму...– начал я, стараясь изменить голос.– За отличное несение оперативной службы присвоить Нине Макарычевой звание Героя Советского Союза...

– Ой! Это ты! А я правда начала уже писать в книге телефонограмм! Теперь из-за тебя зачеркивать придется!

– Не надо зачеркивать. Пиши дальше. Капитану Ласкину... Первое: прошу в 11. 00 съездить в Институт Судебных экспертиз и поторопить с заключением по группам крови. Второе: за отличное несение оперативной службы присвоить Нине Макарычевой...

– Ну опять ты! – сказала она в сердцах.– Может, пообедаем вместе?

– Не знаю. Я позвоню. Пока,– я положил трубку и поудобней уселся в кресле напротив Тараса Карповича Венделовского – теперь я мог хоть целый час слушать его рассказ о пожаре в «России».

РАССКАЗ СТАРШЕГО СЛЕДОВАТЕЛЯ ПО ОСОБО ВАЖНЫМ ДЕЛАМ ПРИ ГЕНЕРАЛЬНОМ ПРОКУРОРЕ СССР ТАРАСА КАРПОВИЧА ВЕНДЕЛОВСКОГО

... Этот пожар возник не случайно. Сегодня, когда уже нет ни Вигуна, ни Папутина, я могу тебе сказать – это был не пожар, это была война между ними, между Вигуном и Папутиным. Я не знаю, как и где Папутин получил тогда разрешение создать при МВД новый Отдел Внутренней Разведки. Я знаю факты: с конца 1975 года весь 11-й этаж в Западном крыле гостиницы «Россия» занял Отдел Разведки МВД СССР. Они там устроили свой оперативный штаб и установили самую новейшую аппаратуру подслушивания и слежки – из Японии понавезли, из Америки, даже в Израиле что-

то достали. *По слухам, им Суслов помог с аппаратурой, но слухи я не проверял, а аппаратуру видел своими глазами и даже пользовался ею, когда вёл дело узбекских торговцев наркотиками: ребята из Отдела разведки помогли выследить главаря шайки. Ну, и пока я там сидел у них на 11-том этаже, я понял, чем они занимаются – это было эдакое гестапо при союзном МВД. Они установили слежку за всеми партийными и государственными руководителями, у них были досье на всех людей, мало-мальски близких к правительству. Я даже свою папочку видел, они мне сами показали, поскольку на ней две буквы стояло: «Б-О», то есть «безопасен». Короче,– второе КГБ, и только! И где?! В «России», которая, как ты знаешь, всегда была вотчиной ГБ, там стукач на стукаче и стукачом погоняет! Директор гостиницы Никифоров – бывший генерал КГБ. Еще бы! В «России» тьма иностранцев, за ними глаз нужен. Но, кроме иностранцев, там и наших полно останавливается – со всех республик начальство, артисты, ученые и самые разные махинаторы, подпольные миллионеры, то есть вся эта шушера, которую сейчас гребут по «Каскаду». Теперь-то просачивается, что они все под зонтиком у Вигуна сидели, а тогда я это сам должен был раскапывать. Короче, я месяца через два после пожара понял: «Россия» была не только вотчиной КГБ, но и осиным гнездом левого бизнеса.*

Например, приезжает из Средней Азии так называемый «заготовитель леса» Рахимов и снимает в «России» сразу восемь люксов. В этих люксах – каждый день приемы, а попросту говоря – пьянки. И на этих пьянках гуляют чуть не весь Госплан, Министерство лесного хозяйства, Министерство путей сообщения и даже сама Галина Леонидовна Брежнева и ее дядя Яков Ильич, брат Леонида Ильича. А после таких «приемов» в Среднюю Азию составами катит дефицитный пиломатериал, и уходит там налево по спекулятивным ценам, и все участники операции наживают по миллиону. Или другой пример, с той же черной икрой, которая уходила на Запад нелегально, в консервных банках под видом не то селедки, не то шпротов. А откуда это началось? Из «России». Восемь лет назад именно здесь наши махинаторы познакомились со своими западными компаньонами и оговорили тут всю эту левую операцию. Короче, «Россия» – не только для международных кинофестивалей, она была штабом левой экономики и центром связи наших подпольных бизнесменов с западными торгашами. Там такие сделки делались! И по золоту, и по мехам, и по бриллиантам, и по иконам, и даже с импортными противозачаточными пилюлями! Ну, часть этих операций КГБ разоблачает, если к ним доля не поступает, а остальное – сам понимаешь... И вот именно в это осиное гнездо поселяется Папутин со своим новым Отделом разведки. Ну? Две силы, конфликт. А в мае 76-го Папутин выходит на крупнейшую спекулянтку бриллиантами, жену бывшего Первого секретаря ЦК Грузии Мжаванадзе. Сам Мжаванадзе в это время уже смещен, и если бы за него Брежнев тогда не заступился, грузинские чекисты его бы вообще за решетку упрятали. Еще бы! Когда Председатель грузинского КГБ Шеварнадзе устроил в Тбилиси обыск на квартире этого Мжаванадзе, он там нашел слитки золота в виде свиней, коров и других животных весом по пять-шесть килограмм! Так что должность Первого секретаря ЦК – очень прибыльная работа, как видишь. Но это я так, к слову. А главные ценности все-таки от Шеварнадзе ускользнули – жена этого Мжаванадзе успела смыться в Москву с чемоданом бриллиантов и поселилась ни больше, ни меньше как на квартире у своей подруги Галины Брежневой. А муж ее, Василий Мжаванадзе, живет на подмосковной даче брата Брежнева Якова. Вот и укуси их, попробуй! Что делает Шеварнадзе? Хватает в Тбилиси их сына и держит там в тюрьме заложником, шьет ему дело о незаконной охоте в заповеднике. А кроме того, присылает в Москву бригаду грузинских сыщиков, чтобы застукать жену Мжаванадзе с поличным при ее контактах со спекулянтами бриллиантов. И вот эти грузины сидят сутками в «России», в штабе Отдела разведки и пасут эту Мжаванадзе, но взять не могут – она на улицу без Гали не выходит, куда ни пойдет – только с Галиной под ручку. Я помню, как они матерились тогда из-за этого – грузины, а на чистейшем русском языке матерились! Но кое-какие контакты они зацепили и, как я понимаю, Отдел разведки им сильно помог, а они – отделу разведки. И я думаю, что песенка Мжаванадзе была уже спета, они ее вот-вот должны были взять, а за ней потянулись бы, конечно, целые мафии, вплоть до Вигуна, Гали Брежневой и выше, точь-в-точь, как сейчас при «Каскаде». Но пожар все испортил. На рассвете 25-го мая на 10-м этаже западного крыла гостиницы, как раз под теми номерами, где на 11-м этаже находился Оперативный штаб Отдела разведки, вспыхнул пожар сумасшедшей силы. И как назло – именно в эти дни в Западном крыле гостиницы была отключена на ремонт система противопожарной защиты, а из депо Московской пожарной охраны все машины с лестницами, которые достают выше 8-го этажа, были за два дня до этого отправлены на летние учения в Серпухов, в часе езды от Москвы. Как тебе нравится такая «случайность»? Ну, и пока пожарники раскручивали свои шланги и тащили их наверх, в «России» за 40 минут сгорело тогда сразу три этажа – 10-й, 11-й и 12-й, погибло все оборудование Отдела разведки, включая их картотеку, материалы слежки, а также четырнадцать человек сотрудников грузинского МВД и Московского Отдела разведки, которые дежурили той ночью. Кроме того, сгорели в пожаре 27 иностранцев, а получили ожоги и ранения 71 человек. В связи со смертью иностранцев было заседание Политбюро, директора гостиницы тут же сняли с работы, а Прокуратуре поручили расследование, и Руденко засадил в это дело меня. Ну, наше дело – рабочее, ты же знаешь. Я стал копать – почему противопожарная защита не работала? Действительно, был ремонт. Почему пожарные машины с высотными лестницами оказались в Серпухове? Действительно, были учения. Но ты же знаешь, я – как червь. Через пару месяцев я уже в этой «России» каждую дежурную знал не только по имени-отчеству, но и когда и от кого из жильцов она получила взятку за то, что разрешила ему после 11. 00 девочку у себя в номере оставить. Короче, я выяснил, наконец, что за день до пожара в Западом крыле, на 10-м этаже, как раз в тех номерах, где вспыхнул пожар, побывали чистильщики ковров. Ну, почистили ковры на полу – нормальное дело. Но загвоздка была в том, что таких чистильщиков – один, по описанию дежурной, грузин лет тридцати, а другой русский, но тоже темноволосый – в штате гостиницы «Россия» не было. Ладно, я дальше ползу, как червь. Допрашиваю одну дежурную, другую. Мол, что у них было в руках, как были одеты. И вот тут одна из них вспоминает, что «на тележке у грузина, кроме пылесоса и всяких щеток стояла какая-то большая железная банка, как бочонок, но только с ручкой. А когда они обратно уходили, он эту банку в руке нес и помахивал ею, и буфетчица тетя Дуся сказала ему тогда: «Милок, подари мне эту банку, а то у меня дома фикус в горшке задыхается». А он ей говорит: «Нет, мамаша, это казенная банка, для работы нужна», а сам эту банку через пят минут в мусорку выкинул. Ну, а тетя Дуся не будь дурой – пошла да и взяла эту банку и оттащила к себе домой. Только фикус у нее все равно задыхается, как раз вчера жаловалась...» Ну, ты понимаешь, что я у этой тети Дуси был дома через двадцать минут. И эту железную банку вместе с фикусом отвез немедленно в Институт судебных экспертиз. И через несколько дней химики дали мне заключение, что в банке была «самовоспламеняющаяся жидкость замедленной реакции – СЖЗР-12«. То есть жидкость воспламеняется через 12 часов после вступления в контакт с тканью, деревом, пластмассой. Хорошо, стал я искать, кто у нас выпускает такую жидкость и вышел на Бакинский «почтовый ящик номер 41» Министерства обороны. А там в отделе сбыта нашел такую запись в учетной книге: «17-го января по личному распоряжению тов. Гейдара Алиева выдано СЖЗР-12 – четырнадцать литров». Спрашиваю: кому выдано? Точно не помнят, говорят: вроде какому-то грузину. Ну, Гейдара Алиева я допрашивать не стал – сам понимаешь, я же не идиот, чтобы допрашивать Первого секретаря ЦК Азербайджана! Он бы меня живым из Баку не выпустил! Нет, я тихо уехал в Москву и стал искать этого грузина и этого темноволосого русского, но... именно в эти дни меня вызвал к себе Роман Андреич Руденко и сказал, что я должен передать все материалы следствия в КГБ. Вигун через Брежнева добился, чтобы им поручили закончить расследование. Ну, и мы вместе с покойным Руденко тихо сожгли у него в кабинете все, что было в папке по этой жидкости «СЖЗР-12». Поскольку иначе бы я уже давно в покойниках значился – Гейдар Алиев, чтобы ты знал, был близким другом Вигуна, и тут не нужно было долго гадать, для кого была выдана эта жидкость и из-за чего сгорел оперативный штаб Отдела разведки МВД СССР. Сразу после этого пожара жена Мжаванадзе получила у Устинова военный самолет и в сопровождении десяти полковников

Генерального штаба вылетела в Тбилиси. Там они освободили ее сына и реквизированных у нее золотых коров и свиней. И на этом все дело затихло...

10 часов 55 минут

— Нарочный к Шамраеву! Игорь Иосифович, спуститесь за почтой! — снова прозвучало по селектору мое имя.

— Сегодня ты просто нарасхват...— заметил Венделовский.

Я вышел из его кабинета и спустился в приемную Генерального. Дежурный помощник Рекункова протянул мне конверт.

> Следователю по особо важным делам при
> Генеральном Прокуроре СССР
> тов. *Шамраеву И. И.*

Секретно, срочно, с нарочным

В связи с тем, что 24. 01. 1982 г. Вы руководили операцией по захвату особо опасного преступника А. И. Воротникова-«Корчагина», прошу обязать сотрудников вашей бригады М. Светлова, А. Арутюнова и П. Колганова срочно представить в Особую Инспекцию по личному составу МВД СССР рапорты с объяснением причин применения ими огнестрельного оружия и превышения пределов необходимой обороны, что привело к убийству преступника.

> Начальник Особой Инспекции
> по личному составу МВД СССР
> Генерал-майор милиции
> *Лубачев П. М.*

Москва, 25 января 1982 года.

Я скомкал эту бумажку и хотел выкинуть в мусорное ведро, но раздумал, присел за пишмашинку, заправил в нее бланк Прокуратуры СССР и отстучал:

Начальнику Особой Инспекции
по личному составу МВД СССР
Генерал-майору милиции
тов. *Лубачеву П. М.*

Срочно, секретно, с нарочным.

Уважаемый Павел Михайлович!
Во время операции по задержанию А. Воротникова-
«Корчагина» руководимая мной бригада была вынуждена
применить оружие только потому, что Заместитель началь-
ника Отдела разведки МВД СССР полковник Олейник бездарно
организовал засаду на этого преступника.
Прошу разбор операции назначить на середину-конец
февраля.
С уважением И. Шамраев.
Москва, 25. 01. 1982 г.

– Тоже правильно,– произнес надо мной голос Светлова.–
Я им на разборе так нос утру!..

Я поднял голову. Светлов стоял у меня за спиной в
шинели внакидку, рука на перевязи, крупные снежинки тают
на погонах.

– Ну? Что в Бутырке? – спросил я негромко.

Но ответить Светлов не успел: дежурный помощник протянул мне телефонную трубку, сказал:

– Снова вас, Игорь Ёсич.

– Это капитан Ласкин,– прозвучало в трубке.– Я звоню
из Института судебных экспертиз. К сожалению, Игорь Иосифович, получить заключение по группе крови сейчас невозможно.

– Почему?

– Полковник Маленина из Управления по борьбе с хищениями полчаса назад опечатала лабораторию биологов и
проводит ревизию химикатов. Так что ни одной бумажки
получить нельзя...

Я усмехнулся. «Ловушка для Золушки» сработала – теперь
я знал, кто убил Вигуна. Не предполагал, не гадал, не строил
гипотезы, а знал: его убили те, кто слышал мой телефонный

разговор с Аллой Сорокиной и решили, что эксперты-биологи сошли с ума. Ведь убийцы-то хорошо знают, какая у них самих группа крови!

– Хорошо,– сказал я Ласкину.– Возвращайтесь в МУР...– И повернулся к Светлову: – Марат, если у нас будут фотографии всех грузин, с которыми дружил Вигун, то я тебе скажу, кто поджег в 76-м году гостиницу «Россия».

– К сожалению, самые близкие его друзья-грузины исчезают один за другим,– усмехнулся он.– Министра финансов Грузии Баграта Ананиашвили посадили неделю назад, мясного короля Нукзара Бараташвили я лично арестовал в Сочи, художник Сандро Катаури, с которым Вигун в карты играл, уже тоже в Бутырке, а некто Гиви Мингадзе вообще исчез из памяти компьютера в МВД и из картотеки Центрального Адресного бюро.

– Как?! – изумился я.

– Представь себе,– сказал он.– Вчера, когда я сунулся в Информационно-вычислительный Центр, в компьютерный, за данными на этого Мингадзе, мне сказали, что компьютер вышел из строя, а сегодня я снова заскочил туда по дороге из Бутырки и увидел, что в памяти компьютера сразу после фамилии «Мингабов» стоит «Мингадян». И то же самое – в Центральном Адресном бюро. А «Мингадзе» – будто корова языком слизала! У меня впечатление, что кто-то бежит перед нами и выдергивает у нас из-под носа все окружение Вигуна! Осталась только какая-то «Света», но я уже боюсь вслух произносить это имя...

11 часов 25 минут

Как по-вашему, где в 11 утра можно найти в Москве валютную проститутку? И не одну, а сразу тридцать? Я даю вам три строки на размышление.

Проехав по занесенному снегом бульвару Патриарших прудов, милицейский старшина – водитель светловской «Волги» свернул в небольшой переулок, и мы оказались перед высоким каменным забором и воротами с надписью: «КОЖНО-ВЕНЕРИЧЕСКИЙ ДИСПАНСЕР № 7». Рядом с воротами была калитка, мы со Светловым вошли во двор. Здесь

звучал веселый женский визг, несколько молодых девиц в
серых больничных халатах играли в снежки, а еще трое старательно лепили из снега огромную снежную бабу. Увидев нас,
они завизжали еще громче, кто-то крикнул: «Девки, мужики
пришли!», кто-то запустил в нас снежком, кто-то поздоровался
со Светловым: «О, Марат Алексеич!», а самая молоденькая,
лет пятнадцати девчонка, подскочила к нему и дернула за
шинель:

– Полковник, айда за кустик! Я здоровая уже, бля буду!

– Будешь, будешь...– сказал ей Светлов.

Мы вошли в диспансер, дежурная медсестра выдала нам
белые халаты, заставила одеть их поверх костюмов и повела
по пахнущим карболкой коридорам в кабинет главврача Льва
Ароновича Гольберга – толстого пузатенького старичка лет
70, в пенсне, которое золотой цепочкой было пристегнуто к
воротнику его докторского халата. Мы объяснили Льву
Ароновичу, зачем мы явились, он спросил:

– А как вы узнали, что нужный вам контингент лечится
именно здесь?

– По картотеке нашего «Блядского отдела» в МУРе,–
сказал Светлов и выложил перед ним несколько отобранных
еще утром карточек.– Смотрите, тут помечено: «79-й год –
направлена на лечение в кожвендиспансер № 7». И тут – то
же самое, и тут... Потом эти девочки перешли в КГБ, но
диспансер они сменить не могли: люди не любят менять
врачей, особенно тех, кто их хоть раз вылечил. А тем более –
венеролога!

– Резонно,– усмехнулся Лев Аронович.– Действительно, у
меня тут нечто вроде филиала вашего «блядского», как вы
изволили сказать, отдела. И мало того, эти девочки еще
подруг приводят, гэбэшниц, которых я вообще лечить не
обязан – у них своя, при КГБ, больница. Но лечим, что делать?
Иначе они месяцами по Москве триппер носят. Сейчас еще
ничего, зима, а летом ведь – эпидемии. То арабы вирус
привезут, то кубинцы... Вы их всех вместе хотите допросить
или по одной?

Мы со Светловым разделились. Лев Аронович уступил
нам свой кабинет и ординаторскую, и по его указанию дежурная медсестра стала вызывать к нам «блядский контингент»

диспансера. Первая же пациентка привела меня в шоковое состояние. Высокая двадцатилетняя деваха вошла в ординаторскую, деловито сбросила больничный халат и трусы и, в чем мать родила, уселась в гинекологическое кресло, разбросав в стороны свои длинные ноги. Я с оторопью посмотрел ей в глаза, а она сказала:

– Ну че ты мне в глаза уставился? У меня в глазах триппера нет. Ты туда смотри...

Только тут я сообразил, что на мне – белый докторский халат, снял его и сказал ей сухо:

– Оденьтесь. Я следователь прокуратуры, мне нужно у вас кое-что спросить...

Она, даже не покраснев, спокойно встала с кресла, одела свои трусики и халат и уселась напротив меня за столом. Подперев кулачком подбородок, сказала невинно:

– Так. Слушаю вас, товарищ следователь.

Я увидел, что в глазах ее пляшут искры смеха, и услышал, как за дверью раздался взрыв женского хохота.

... Тем не менее, минут через тридцать, опросив лишь половину «блядского контингента», мы со Светловым имели уже данные о четырех рыжих, худых, 40-летних Светах, у которых могла быть собственная «Лада» и которые могли поставлять Вигуну валютных девочек:

Светлана Аркадьевна – администратор гостиницы «Будапешт»; Светлана Антоновна – хозяйка тайного публичного дома на проспекте Мира, 217, кв. 67; Светлана Николаевна – врач-гинеколог медпункта гостиницы «Украина» и Светлана Францевна – заведующая секцией женской косметики ГУМа. Когда очередная пациентка диспансера стала, поигрывая носком больничной тапочки, припоминать очередную Светлану, в ординаторскую вошел милицейский старшина – водитель машины Светлова. Он сказал:

– Товарищ следователь, вам по радиотелефону звонит следователь Бакланов. Просит, чтобы вы взяли трубку.

По дороге к машине, к радиотелефону, я заглянул в кабинет главврача диспансера и сказал Светлову:

– Слыхал?! Нам Бакланов звонит! Похоже, Бурятский уже «сознался» в убийстве Вигуна.

– Или – Сандро Катаури,– сказал он.

12 часов 57 минут

ДОКУМЕНТ ОСОБОЙ ПАРТИЙНОЙ ВАЖНОСТИ

Совершенно секретно
Отпечатано в 5 (пяти) экземплярах

В ПРЕЗИДИУМ ПЛЕНУМА ЦК КПСС

Сводная справка по результатам операции «Каскад»
В течении 1981-82 г. г. по заданию Секретаря ЦК КПСС тов. М. А. Суслова Отдел разведки и ГУБХСС МВД СССР провели следственную операцию «Каскад» с целью выявить коррупцию должностных лиц с подпольными дельцами – представителями нелегальной «левой» экономики.

В результате операции установлено:

На протяжении последних десяти лет в различных сферах нашей промышленности, сельского хозяйства, обслуживания населения, а также в управлении культурой, образованием и спортом функционируют лево-экономические хозяйственные формации, в деятельность которых вовлечены тысячи людей.

Экономически деятельность лево-экономических формаций выражается в следующих цифрах:

Итог прибылей подпольных хозяйственно-административных мафий за один только 1981 год составил 25 миллиардов рублей. При этом сумма взяток, полученных различными должностными лицами для содействия нелегальной деятельности этих формаций, составляет 42 миллиона рублей, из которых на долю высших административных руководителей пришлось:
Первому заместителю Председателя КГБ СССР С. Вигуну –
3. 420. 000 рублей;
Председателю ВЦСПС А. Шибаеву   – 1. 760. 000 рублей;
Министру рыбного хозяйства А. Ишкову – 6. 312. 000 рублей;
Первому заместителю министра культуры Н. Мохову
– 2. 980. 000 рублей.

Остальные 28 миллионов рублей были получены работниками высших и средних партийных, правительственных и административных организаций в виде прямых взяток, подношений и ценных подарков.

Всего по операции «Каскад» арестованы 1. 507 руководителей «левой экономики», все они содержатся в следственных изоляторах г. Москвы и в ближайшее время предстанут перед судом.

В ходе операции обнаружились многочисленные факты связи дельцов «левой экономики» с членами семьи Генерального Секретаря ЦК КПСС товарища Леонида Ильича Брежнева. По самым неполным подсчетам членам семьи Л. Брежнева были переданы в виде прямых взяток, подарков и подношений драгоценностями, мехами, антиквариатом и музейными экспонатами:

Галине Брежневой-Чурбановой – на сумму в 2,7 миллиона рублей;
Юрию Леонидовичу Брежневу – на сумму в 3,2 миллиона рублей;
Якову Ильичу Брежневу – на сумму в 1,8 миллиона рублей;
Семену Кузьмичу Вигуну – на сумму в 3,4 миллиона рублей.

В ответ на это вышеназванные лица оказывали деятелям подпольной «левой экономики» протекции в различные министерства и ведомства и помогали получать им высокие должности, а также внеплановые фондовые поставки сырья, станков, механизмов и другой дефицитной продукции.

217 арестованных по операции «Каскад» руководителей «левой экономики» показали, что для достижения своих преступных целей они входили в прямой контакт с Галиной Леонидовной Брежневой, Юрием Леонидовичем Брежневым, Яковом Ильичом Брежневым, а еще 302 человека показали, что действовали через посредников – Бориса Бурятского, Сандро Катаури, А. Колеватова и других.

То обстоятельство, что все ближайшие родственники товарища Л. И. Брежнева оказывают помощь преступным элементам и способствуют тем самым развалу плановой советской экономики, а некоторые из них, например Галина Брежнева, ведут открыто разгульный образ жизни,– все это отрицательно сказывается на авторитете тов. Л. И. Брежнева, как главы советского государства, на престиже Коммунистической Партии и Советского правительства.

ПРИЛОЖЕНИЕ: Материалы по операции «Каскад» – протоколы допросов, очных ставок, чистосердечных признаний 1. 507 обвиняемых и показания 3. 788 свидетелей в 32-х томах на 6. 383 листах.

ПОДПИСИ:

РУКОВОДИТЕЛИ ОПЕРАЦИИ «КАСКАД»:

Но подписей под документом не было, а Бакланов, протянув руку за этой бумагой, сказал:

– Подписей пока нет, но будут.

Он взял у меня этот документ, бережно уложил его в толстую дерматиновую папку, а папку спрятал в портфель. И продолжил, наливая себе и мне вино в бокалы:

– Документ, прямо скажем, редкий. Даже члены Политбюро еще не читали. И ты, конечно, гадаешь, почему я тебе его показываю и, вообще, зачем я пригласил тебя в ресторан. Не так ли?

Действительно, со стороны скупердяя Бакланова, который и за пиво-то редко сам платил, было весьма экстравагантно разыскать меня через МУР и по радиосвязи пригласить на обед в лучший кавказский ресторан в Москве – «Арагви». И вот мы сидим в отдельном кабинете, на столе 12-летний армянский коньяк, марочное грузинское вино, горячий сулугуни, ароматное сациви, лобио, кавказская зелень, свежие помидоры (это в январе месяце!). А за стеной нашего отдельного кабинета, в общем зале открыто гуляет кавказская компания еще не охваченных «Каскадом» торгашей: «Выпьем за Сулико! Такой талантливый – вах-вах-вах! За неделю сто тысяч заработал – двести ящиков цветов через Внуковский аэропорт провез!..»

Бакланов ставит бутылку на стол, говорит:

– Ты ведь не веришь, что я тебя пригласил сюда по чистой дружбе. А зря! Имей в виду – идет большая игра, очень большая! Но в этой игре такие пешки, как мы с тобой, летят в первую очередь...

За стеной прозвучал новый пышный тост за папу Сулико, который воспитал такого замечательно-талантливого сына... Бакланов поморщился:

– Ты видишь, что делается? Народ привык воровать! В одном грузинском фильме какой-то человек прямо говорит своему соседу: «На что ты живешь? У тебя на заводе, кроме сжатого воздуха, ведь украсть нечего!» И хоть ты их три миллиона посади – не поможет.

Потому что рыба гниет с головы. Теперь ты видишь, за какую ты команду играешь? Брежнев каждые два месяца пускает слух, что он вот-вот умрет, еле дышит, и никто его не трогает, все ждут... годами! А тем временем это правящее семейство создало в стране огромную левую индустрию, нечто вроде второго НЭПа. Всякое жулье в неделю по сто тысяч зарабатывает, а мы с тобой из-за этого дерьма стали почти врагами. А нам объединяться надо, старик, объединиться и оздоровить страну. Чтоб у власти были люди с чистыми руками...

– Руками или кулаками? – спросил я.

Бакланов замер, и его рука с шашлыком застыла в воздухе.

– Что ты имеешь в виду? – спросил он.

– Коля,– сказал я,– если у вас все так чисто, почему ты меня боишься?

– С чего ты взял?

– Очень просто. Второй раз уговариваешь меня выйти из этого дела. В субботу приставили ко мне открытую слежку и прослушиваете телефон. А сейчас меня даже по радио нашел...

Он положил шашлык на тарелку, вытер салфеткой руки и произнес:

– Ладно. Ты по-человечески не понимаешь. Тогда я тебе так скажу: ты нам еще не мешаешь, но скоро начнешь мешать. Потому что ты, как танк, прешь напролом, тебя только снарядом можно остановить. Прямым попаданием.

Мы смотрели друг другу в глаза, и это была затяжная пауза.

– Коля,– спросил я,– насчет прямого попадания – это что? Предупреждение?

– С ума сошел! Это я в переносном смысле! – воскликнул он с чрезмерной пылкостью и тут же спрятал глаза, взялся за шашлык.– Просто я тебя, как друг, прошу в последний раз: идет большая игра, и если у тебя есть какие-то карты, мы могли бы классно сыграть вместе, я тебе такого пикового туза подброшу – ты ахнешь! И если ты пойдешь этим тузом, я тебе гарантирую, что через неделю все изменится. Ну, Генеральным, может, ты не будешь – не пройдешь по анкетным данным, но место Каракоза – твое. А ты – «прямое попадание»!

Если завтра тебе кирпич на голову упадет – тоже я буду виноват?

Он еще говорил что-то насчет будущей совместной работы и, увлекшись, размахивая шашлыком на шампуре, рисовал мне радужные перспективы, но я уже почти не слышал его. Я понял, что он мне предлагает. Если я скажу сейчас «да», если я вступлю с ним в сговор, они хоть сегодня передадут мне «убийцу» Вигуна – Бориса Бурятского, любовника дочери Брежнева. И я, назначенный Брежневым «беспристрастный» следователь, закреплю «чистосердечные признания» Бурятского. А тогда – как раз к заседанию Политбюро 4-го февраля – кроме материалов «Каскада» еще и мокрое дело на семье Главы государства. Красиво? А если я скажу «нет» – завтра же «случайный» кирпич может упасть мне на голову прямым попаданием. Идет большая игра, в этой игре уже убрали Вигуна, открыто допрашивают Галину Брежневу, так что им стоит покончить со мной, если я действительно вот-вот начну им мешать? Я встал.

– Спасибо, Коля. Если ты предупредил меня по своей инициативе – спасибо тебе, а если тебя уполномочили, то передай им, что я подумаю. Скорей всего, я пошлю вас всех к бениной маме: и тебя, и Вигуна, и Брежнева. И пойду цветы возить с Кавказа – это доходней,– я вытащил из кармана полсотни, положил их на стол и опередил притворно-протестующий жест Бакланова. – Это от будущего спекулянта цветами будущему Генеральному Прокурору, расплатишься за обед.

Он взял деньги, а я мысленно усмехнулся: когда они придут к власти, они будут брать взятки точно так же, как нынешние, или еще больше...

14 часов 50 минут

Я вышел из ресторана на Советскую площадь. Под заснеженным памятником основателю Москвы князю Юрию Долгорукому ходили, громко урча, голодные голуби. Какая-то старуха, сама по виду нищенка, бросала им пригоршни хлебных крошек, но, опережая голубей, на эти крошки налетала туча воробьев и выклевывала крошки из глубокого свежего снега.

Я стоял, не зная, куда мне податься. Справа от площади была Пушкинская улица с Прокуратурой СССР, но на кой мне теперь идти туда?

Меся ботинками снег, я пошел влево, к улице Горького – по ней тек поток прохожих, и меня потянуло просто к нормальным людям, без этих кремлевских интриг и страстей. Конечно, горький осадок еще бередил душу простым сознанием, что я струсил. Струсил именно тогда, когда уже ясно, что Вигуна убили не случайно, и когда сам Бакланов признал, что я «вот-вот буду им мешать», то есть раскрою тайну этого преступления. Но, с другой стороны, если я выясню, кто убил Вигуна и кто стоит в заговоре против Брежнева, максимум, что меня ждет – повышение в чине до старшего следователя и увеличение зарплаты на 60 рублей в месяц. Так стоит ли рисковать жизнью из-за этих 60 рублей? И вообще, из-за чего стоит рисковать жизнью и этим чистым снегом, ворчаньем голубей, улицей Горького, запахом апельсинов, за которыми выстроилась очередь у Елисеевского магазина? Какая мне разница, останется Брежнев, или 4-го февраля его обвинят в развале экономики, потворстве коррупции и взяточничестве, и вместо него парады на Красной площади будет принимать Суслов, Кириленко, Горбачев, Андропов, Гришин или Романов? Разве они отнимут у меня сына, ниночек, хруст снега под ногами, знобящий взгляд прохожей блондинки на площади Пушкина и этого чудака-мороженщика в белом халате, который в такой снегопад кричит, притоптывая валенками: «Ма-ароженое! Самое мороженое в мире мороженое!»...

Я пересек Пушкинскую площадь и открыл дверь «Международного телеграфа». Этот крохотный филиал Центрального телеграфа появился здесь пять лет назад, в разгар еврейской эмиграции, чтобы отделить тех, кто звонит за рубеж, от прочей публики. Потому что слишком много народу звонит теперь за границу: в США, Австрию, Италию и Израиль, и это деморализует остальную публику. А в этом небольшом «Международном телеграфе» на Пушкинской площади будущие эмигранты слышат только сами себя. Я вошел в тесное, всего на пять кабин, помещение и тут же услышал из какой-то кабины громкий женский голос с неистребимым еврейским акцентом:

– Моня, я получила! Я получила разрешение! Через десять дней выезжаю! Что? Нет, теперь не дают месяц на сборы, забудь! Теперь дают десять дней и – катись! И то счастье! Я ждала разрешение всего 16 месяцев, а Гуревичи ждут уже третий год! Но всё! Через десять дней я буду с вами!..

Похоже, эта женщина плакала там, в кабинке, от счастья, и я почти позавидовал ей. А из другой кабинки был слышен четкий мужской голос, он диктовал:

– Заферман Евсей Иванович, вызов присылай по адресу: Москва, улица Пирогова, 6. Капустин Олег Яковлевич, вызов по адресу: Москва, Набережная Шевченко...

Я подошел к барьерчику телеграфистки и подумал вдруг: а не сказать ли этому чудаку, чтобы он и мне заказал вызов из Израиля? Это сразу решит все вопросы: из Прокуратуры выгонят, дело Вигуна отнимут, и останется только, действительно, цветами торговать на Колхозном рынке. Но телеграфистка уже сурово говорила в прикрепленный к ее наушникам и торчащий перед ее губами микрофон:

– Гражданин, ваше время вышло! Разъединяю!

Из будки высунулась рыжая борода, и молодой парень сказал:

– Не имеете права, у меня еще четыре минуты! Я заплатил!

Я взял телеграфный бланк и, облокотившись на барьер телеграфистки, написал:

«МОСКВА, ПУШКИНСКАЯ УЛИЦА, 15-А, ПРОКУРАТУРА СССР, НАЧАЛЬНИКУ СЛЕДСТВЕННОЙ ЧАСТИ ГЕРМАНУ КАРАКОЗУ

СОВЕРШЕННО СЕКРЕТНО

СРОЧНО УЛЕТАЮ НА ЮГ ДОГУЛЯТЬ С ДЕВОЧКАМИ ПРОШУ ОСВОБОДИТЬ МЕНЯ ОТ ЗАНИМАЕМОЙ ДОЛЖНОСТИ И ВООБЩЕ КАТИТЕСЬ ВЫ ВСЕ КОЛБАСКОЙ ПО МАЛОЙ СПАССКОЙ

ШАМРАЕВ»

Подумал, что бы еще такое добавить к тексту, хулиганское, но решил, что и за эти три строки меня, конечно, выгонят с работы, даже не нужно вызова из Израиля. Но телеграфистка, прочитав текст, нервно швырнула мне эту телеграмму обратно, на стойку барьера:

– Я не приму такую телеграмму!

– Почему?

– Это хулиганство, а не телеграмма! Совершенно обнаглели! Один в Прокуратуру хамские телеграммы посылает, другой в Израиль адреса диктует! Эй, рыжий, освободи кабинку!

– Я не выйду, пока вы меня не соедините! – донеслось из кабины.– У меня еще четыре минуты!

– Я сейчас милицию позову! Сталина на вас нет, распустились, сажать вас некому! Господи, когда вы уже уберетесь в свой Израиль?! – Она посмотрела на меня и повторила: – Я же сказала, я не приму эту телеграмму, иди отсюда!

– Ты примешь эту телеграмму,– сказал я в спокойном бешенстве. И положил перед ней свое красное удостоверение Прокуратуры СССР и свой второй мандат – персональный гербовый бланк Генерального Секретаря ЦК КПСС Брежнева, где было сказано, что всем учреждениям страны надлежит выполнять мои требования, поскольку я выполняю правительственное поручение. Увидев этот документ и личную подпись Брежнева, телеграфистка онемела, быстро сосчитала слова в телеграмме и спросила, повернувшись:

– Простая телеграмма? Срочная?

– Сначала соедините этого человека, пусть он договорит свои четыре минуты,– сказал я.

И она покорно постучала рычажком связи с Центральным телеграфом:

– Дежурненькая! Дай мне еще раз Израиль, Тель-Авивчик...

А я подумал, что жить в этой стране можно только при наличии вот таких всемогущих мандатов. Но вопрос моего служения советскому правосудию уже был решен – я отослал эту телеграмму и вышел на улицу. Там гудели машины, спешили куда-то прохожие, свистел милиционер-регулировщик. Мне спешить было некуда – я медленно побрел по пустому Тверскому бульвару, по узкой, протоптанной в снегу тропе. По обе стороны от меня, вдоль заснеженной аллеи стояли стеклянные стенды с партийными газетами всех пятнадцати советских социалистических республик: «Правда Украины», «Правда Молдавии», «Латвийская правда» и так далее. Снег залеплял эти стенды, но заголовки можно было прочесть. Они были одни и те же во всех газетах: «ЗАВЕТАМ ЛЕНИНА ВЕРНЫ», «ЗА КОММУНИСТИЧЕСКИЕ ИДЕАЛЫ» или «ВПЕРЕД, К КОММУНИЗМУ!». В стороне, на детской площадке подростки играли в снежки и ругались трехэтажным матом.

16 часов 45 минут

Сам не знаю как, но около пяти часов вечера я оказался на улице Качалова. Видимо, как преступника тянет на место преступления, так и меня подсознание вывело к месту незаконченного расследования. Ранние сумерки уже давно зачернили московское небо, на улицах зажглись фонари, вокруг них в черном воздухе висели шары падающего снега. Груженные тяжелыми авоськами, люди осторожно шли по скользким, заснеженным тротуарам, толпились на троллейбусных остановках. Но на тихой улице Качалова было немноголюдно, тротуары были посыпаны песком, окна высотных «правительственных» домов светились яркими желтыми огнями, а сквозь стеклянную витрину булочной я увидел небольшую очередь за хлебом. И в глубине булочной, в кафетерии – фигуры неутомимого Пшеничного, Марата Светлова, Ниночки, Ожерельева, Ласкина. Они стояли там вокруг какой-то пухлой, лет девяти девочки с косичками, в беличьей шубке. Держа на коленях детскую скрипку, девочка сидела за столиком, уминала пирожное и, болтая в воздухе ногами, рассказывала что-то членам моей бывшей следственной бригады. Они еще не знали, что их бригадир, следователь Шамраев, уже сдался и прекратил расследование. Теперь мне предстояло набраться мужества и сказать им об этом всем вместе, при Ниночке.

Я вздохнул и вошел в булочную.

– Игорь! – тут же оживленно крикнула Нина.– Иди сюда! Послушай! – И сказала девочке: – Катя, это наш самый главный начальник. Ну-ка повтори ему, кого ты видела здесь 19-го вечером?

– А я уже все пирожное съела,– сказала Катя, стряхивая с черного футляра своей скрипки крошки «Наполеона» и собираясь встать.

– Я тебе сейчас еще куплю, Катюха,– сказал ей Светлов.– Но ты лопнешь, это уже будет пятое!

– А я домой возьму,– заявила Катя.

– Только сначала повтори то, что ты нам рассказывала...

– Ой! – тяжело вздохнула Катя, словно разговаривала с болванами.– Ну сколько можно повторять одно и то же! Ну, я видела, как вон из того дома двое дядей тащили третьего дядю, который хромал на одну ногу, а на штанах у него была кровь. Вот и все, чего я видела.

– А куда они его потащили? – спросил Светлов.

– Так я ведь уже сказала: они посадили его в машину и уехали.

– А какая была машина? «Волга»?

– А ты обещал пирожное,– ответила Катя.

Светлов усмехнулся и ушел к продавщице за пирожным, а Пшеничный, сияя своими голубыми глазами, торжествующе протянул мне «Протокол допроса несовершеннолетней свидетельницы Екатерины Ужович, 9 лет». Еще бы ему не торжествовать – трое суток допросов жителей этих домов таки дали свой результат, девятилетняя свидетельница Катя Ужович показывала:

«...19-го января, во вторник, приблизительно в 5 часов вечера, я шла из музыкальной школы в булочную за пирожным «Наполеон» и увидела возле дома № 16-А, как двое мужчин среднего роста, без пальто, а только в пиджаках, выводили из этого дома третьего мужчину, тоже без пальто, в пиджаке, высокого. Этот мужчина хромал на левую ногу, и на брюках у него была кровь. Я остановилась и смотрела на них, потому что этот мужчина смешно кривился от боли. Он был не очень старый, приблизительно 30 лет. А какие были другие мужчины, я не помню, потому что смотрела на этого дядю, у которого шла кровь. Они посадили его в машину, в черную «Волгу», и уехали, а я пошла в булочную...»

– Это еще не все, Игорь Алексеевич,– мягко улыбнулся Пшеничный и протянул мне еще один лист бумаги.

ТЕЛЕФОНОГРАММА

В связи с вашим запросом по автопроисшествию, имевшему место 16 июля 1978 года в районе улицы Качалова г. Москвы с автомашиной «Волга» № ГРУ 56-12 сообщаю, что данная «Волга» принадлежала Гиви Ревазовичу Мингадзе, проживавшему по адресу: г. Тбилиси, улица Пиросмани, 7, и по приговору Московского городского суда от 20-го июля 1978 года конфискована вместе с другим личным имуществом гр. Мингадзе в связи с его осуждением за валютные операции по статье 88 УК РСФСР.

НАЧАЛЬНИК УПРАВЛЕНИЯ
ГОСАВТОИНСПЕКЦИИ
ГРУЗИНСКОЙ ССР
Генерал милиции *Д. И. Абашидзе.*

Тбилиси, 25. 01. 1982.

– Как тебе нравится? – сказал подошедший с пирожным Светлов.– Он сидит по 88-й, а ни в адресном столе, ни в Картотеке МВД не значится! Они нас что? За мудаков считают? Извини, девочка, держи свой «наполеон». Одно непонятно – если он уже три года сидит, зачем они его от нас прячут?

А капитан Ласкин подошел ко мне с другой стороны, вложил в руку заключение по анализу следов крови на пуле № 2.

«...данные микроскопического исследования поверхности пули № 2 показали, что на поверхности данной пули имеются микрочастицы крови человека, относящиеся к группе А (II).

Исследование пробы крови, взятой при вскрытии потерпевшего гр. Вигуна и представленное лабораторией Бюро Судмедэкспертизы показывает, что у потерпевшего также была кровь группы А (II).

Зав. лабораторией
А. Сорокин
Старший эксперт, кандидат
биологических наук *Е. Абдиркина.*

И пока я пробегал глазами по этим строкам, майор Ожерельев добавил:

– Из всех Светлан, которых вы нашли утром с полковником Светловым, голубая «Лада» есть только у одной – у врача-гинеколога при медпункте гостиницы «Украина». Но на работе мы ее уже не застали, а домой она еще не приехала. Зато «Лада» стоит возле ее дома, под снегом, так что никуда эта Света не денется, там ее ждет капитан Арутюнов...

Я молча посмотрел на Светлова, Пшеничного, Ожерельева, Ниночку, Ласкина. У всех у них было приподнятое настроение, оживленные лица и веселые глаза. Еще бы! Даже Ниночке было ясно, что на всех фронтах расследования мы выходили на финишную прямую.

– Отпустите девочку,– сказал я им.

– Зачем? – удивился Светлов.– Мы ее сейчас в НТО отвезем, к Гусеву, чтобы фоторобот составить. Я ему уже звонил – он ждет.

– Марат, не обсуждаем,– сказал я и повторил Пшеничному, – Валентин, отпустите девочку. Катя, сейчас дядя капитан Ласкин проводит тебя домой и забудь, пожалуйста, все, что ты им здесь говорила, хорошо?

Катя пожала плечами и ушла в сопровождении Ласкина, держа в одной руке скрипку, а в другой – кулек с пирожным. Бригада обступила меня, их лица сразу стали тревожны.

– Что случилось?

– Вот что, братцы,– произнес я почти через силу.– Мы больше не расследуем это дело.

– Что-о-о? – протянула Ниночка.

– Что тебе сказал Бакланов? – спросил Светлов.

– Это уже не существенно,– сказал я.– Важно, что бригада распущена и мы уже не расследуем это дело.

– Но почему?! – подскочила ко мне Ниночка.

– Может, ты у Бакланова взятку взял? – усмехнулся Светлов.

– Взял...– сказал я.

– Сколько? – спросил Светлов.

– Жизнь,– сказал я, глядя ему в глаза.– Свою и вашу.

– Интересно...– произнес Светлов и приподнял свою раненую руку.– Вчера ты рисковал и моей жизнью, и Колганова, и Ласкина, и Арутюнова. А сегодня...

– Вот и хватит вчерашнего,– ответил я.– Час назад я дал телеграмму Каракозу, что увольняюсь из Прокуратуры. Так что, извините, я уже не следователь.

Секунд пятнадцать они смотрели мне в глаза все: Светлов, Пшеничный, Ожерельев, Ниночка. Потом Ниночка повернулась, взяла со столика свою сумочку и, не сказав ни слова, пошла прочь из булочной. Стеклянная дверь хлопнула у нее за спиной.

Следом за ней потянулись к выходу Светлов и Ожерельев.

Валя Пшеничный молча собрал со столика груды своих бумаг, сложил их в потертый кожаный портфель, встал и, слегка приволакивая ногу, тоже вышел из булочной.

Я достал сигарету, чиркнул спичкой, но тут же услышал грубый окрик продавщицы:

– Эй ты! Тут не курят!

– Да, извините...– произнес я, понимая, что теперь кричать на меня будут все: продавщицы, трамвайные кондукторы, милиционеры, кассирши и даже дворники. Я вздохнул и стал в очередь за хлебом – пора привыкать к суровым будням, спецснабжение из буфета Прокуратуры СССР кончилось.

Когда с батоном белого хлеба и двумя городскими булками я подошел к двери, я увидел, что на улице, перед булочной медленно затормозил длинный черный лимузин – правительственная «Чайка». Из нее выбрался начальник личной охраны Брежнева генерал-майор Иван Васильевич Жаров и торопливо пошел мне навстречу.

– Наконец! – сказал он.– Я вас ищу уже целый час! В 16.05 умер Суслов.

– Извините,– сказал я и вытащил из внутреннего кармана пиджака почти нерастраченную пачку денег и подписанный Брежневым мандат, протянул ему и то и другое.– Я уже уволился из прокуратуры.

– Это я знаю! Мы уже читали вашу телеграмму! – отмахнулся он.– В 18. 00 вас ждет Леонид Ильич.

17 часов с минутами

В машине Жаров открыл бар, и налил мне и себе по полному фужеру коньяка.

– Ну, слава Богу, что я вас нашёл! – сказал он успокоенно.– А то пришлось бы вас с юга вытаскивать. Честно скажу: я дал команду по военной линии, и во всех южных аэропортах вас уже ждёт военная комендатура.

– А что случилось?

– Сейчас покажу...– Жаров выпил свой фужер залпом, занюхал тыльной стороной ладони и полез в карман кителя, извлек сложенные вчетверо листки бумаги.– Как только Суслов умер, я сходу устроил обыск у него в кабинете и на квартире. Смотрите, что я нашёл! – и он включил свет в салоне лимузина, который катил по вечернему Тверскому бульвару в сторону центра.

На больших линованных листах нервной и явно старческой рукой было размашисто написано:

ТЕЗИСЫ К 4-му ФЕВРАЛЯ

I. Доклад «ПОРОКИ ВОЖДИЗМА Л. И. Брежнева»

а) Поражения во внешней политике:
– провал мирной оккупации Афганистана в 1978 году, сдерживание активных мер по советизации Афганистана;
– запоздалая реакция на начало профсоюзного антисоветского движения в Польше, либерализм к лидерам «Солидарности»;
– нерешительность в расширении зон советского влияния на Ближнем Востоке, что привело к потере наших позиций для выхода к Персидскому заливу и к утере контроля над арабской нефтью;
б) Во внутренней политике:
– либерализм (с оглядкой на Запад) по отношению к антисоветскому диссидентскому движению. Солженицын. Сахаров;
– разрешение еврейской, армянской и немецкой эмиграций, что

привело к возрождению у народов союзных республик националистических устремлений, направленных на откол от СССР;

– развал плановой экономики и возникновение «левой» экономики (цифры по материалам «Каскада»);

– члены семьи Брежнева – участники коррупции и взяточничества (по материалам «Каскада»);

– в результате вышеназванных пунктов – ослабление идеологического воспитания трудящихся, разрушение у сов. народа веры в коммунистические идеалы, критическое отношение народа к существующей власти.

2.   Решения заседания Политбюро:

а) Предложить Л. Брежневу уйти на пенсию. В случае его согласия – доклад «Пороки вождизма» не оглашать, проводить Бр-ва с почетом, наградами и т. п. В случае отказа – вывести из состава Политбюро, доклад «Пороки вождизма» огласить майскому Пленуму ЦК.

б) Сформировать «Правительство Нового курса», которое в ближайшее время обеспечит следующие мероприятия:

Во внешней политике:

– Немедленная полная советизация Афганистана.

– Окончательный разгром сил «Солидарности» в Польше.

– Решительно использовать неспособность Запада противостоять, как показали события в Афганистане и в Польше, любым активным действиям Сов. Союза. Максимальная военная поддержка прокоммунистическим народным движениям в странах Ближнего Востока, включая прямое военное вмешательство с целью в ближайшие один-два года обеспечить наш контроль над Персидским заливом и арабской нефтью.

– Расширить поддержку оружием и др. силами коммунистических и антиимпериалистических сил в странах Латинской Америки и Африки.

– Использовать наметившийся раскол между странами НАТО, расширить его и вызвать изоляцию США в капиталистическом мире.

Успешная реализация этих пунктов в течение конкретного срока (1-2 года) явится последним этапом подготовки к *советизации Европы, Ближнего Востока и американского материка.*

Во внутренней политике:

— Жесткое искоренение диссидентских движений, религиозного и духовного сектантства, прекращение всех видов эмиграции

— Перепись трудоспособного населения и обязательное закрепление трудящихся за предприятиями, колхозами и совхозами, что обеспечит резкий подъем экономики и позволит снабжать продуктами питания только трудовое население по сети внутрипроизводственных распределителей.

— Искоренение всех форм «левой» экономики и других проявлений антисоветских или капиталистических устремлений. С этой целью провести ряд показательных судебных процессов с публичным приведением в исполнение смертной казни.

— В связи с новыми внешне— и внутриполитическими задачами увеличить численный состав Советской Армии путем увеличения обязательного срока службы с 2-х до 5-ти лет в сухопутных войсках и с 3-х до 7-ми лет в Военно-морском флоте.

3.   Сформировать «Правительство Нового курса» в составе:

I-й Генеральный Секретарь ЦК КПСС –.....................

II-й Генеральный Секретарь ЦК КПСС – М. Суслов

Политбюро:

На этом последняя линованная страница записей была надорвана – прямо на слове «Политбюро». Возвращая бумаги Жарову, я подумал: да, в перечне обвинений Брежневу для полного компота как раз не хватает «мокрого дела» любовника дочери. А весь остальной текст прекрасно годится для любого антибрежневского выступления, даже если первый инициатор и автор этого документа М. Суслов час тому назад отдал Богу свою злую партийную душу.

– Где вы это взяли? – сказал я Жарову.

– Прямо у него на письменном столе, в кабинете... Сука этот Суслов! Оторвал в самом нужном месте! А то мы бы уже знали, кто в заговоре, кто с ним обсуждал эти сраные тезисы.

Я усмехнулся:

– Иван Васильевич, это не Суслов оторвал. Оторвали те, кто подложил эти бумаги ему в ящик...

– Да это сусловский почерк, что вы мне говорите! – возразил он.

– Я не спорю. Это, может быть, и Суслов написал, даже скорей всего. А вот что эти бумаги открыто лежали в ящике его стола, говорит, как мне кажется, о том, что их подложили туда специально. То есть, тот, кому нужно, имеет копию, и не одну, и может пользоваться идеями Суслова для переворота. А для Брежнева – это знак, чтоб не ерепенился и ушел на пенсию по-хорошему...

Жаров захлопал глазами. При всей своей денщицкой старательности он, похоже, был и туповат, как денщик, несмотря на генеральские погоны.

– А кто это подложил? – спросил он.

Я вздохнул.

Правительственная «Чайка» подкатывала к Красной площади.

17 часов 37 минут

ТЕЛЕФОНОГРАММА

Дежурному по Москве полковнику
милиции *Абольнику О. Г.*
В 17 часов 35 минут на станции метро «Маяковская» упали или сброшены с платформы под колеса поезда две женщины. Движение остановил. Срочно пришлите следственную бригаду.
Дежурный по станции метро «Маяковская»
мл. лейтенант *Ф. Абрамов*

17 часов 38 минут

Миновав Спасскую башню мы оказались на внутренней территории Кремля. И я тут же понял, почему позавчера сопровождавший меня брежневский порученец замялся, когда Нина и Антон попросили прокатить их в правительственном лимузине по Кремлю: вся внутренняя территория Кремля была запружена войсками – танки, бронемашины, группы сол-

дат, молчаливо покуривающие под роскошными кремлевскими елями, и снова – танки, бронемашины, солдаты.
Только что там, по ту сторону зубчатой Кремлевской стены
была привычная торжественность Красной площади, нарядные иностранцы, стекающиеся к Мавзолею поглазеть на
вечный церемониал смены караула у праха великого Ленина,
разукрашенные гирлянды витрин ГУМа и полное ощущение
незыблемости кремлевской брусчатки. А сразу же за Спасской
башней – измятый гусеницами танков снег, тревожные
огоньки солдатских сигарет, а главное – полная тишина, ни
смеха, ни голосов, только хруст снега под солдатскими
сапогами.

Зато в коридорах ЦК была суета, торопливые шаги
служащих, нервный треск пишущих машинок и телетайпов за
дверьми. Несмотря на то, что я шел с самим начальником
личной охраны Брежнева – трехкратная проверка документов
на каждом этаже, личный обыск, «сдайте пальто на вешалку»,
еще один обыск, и наконец – мы на пятом этаже, в приемной
Генерального Секретаря ЦК КПСС. Здесь снова удивительно
тихо, серые ковровые покрытия скрадывают шум шагов.

– Сюда, пожалуйста,– говорит мне Жаров, и открывает
еще одну дверь, но вместо кабинета мы оказываемся в небольшом уютном зале с лепными потолками и окнами в Кремль и
на Красную площадь. В центре зала, за зеленым столом для
заседаний, уставленным подшивками старых газет, чашками
кофе и бутылками с «нарзаном» – Евгений Иванович Чазов,
мой давний знакомый любимый журналист Брежнева Вадим
Белкин и еще трое незнакомых мне мужчин средних лет.
Белкин что-то стучит на пишущей машинке, Чазов пишет что-
то от руки, но при нашем появлении все встают, Белкин идет
мне навстречу:

– Игорь Иосифович, здравствуйте! Знакомьтесь. Это советники Леонида Ильича: Павел Романович Синцов, Сурен
Алексеевич Пчемян, Эдуард Ефимович Золотов. А с Чазовым
вы знакомы...

Советники пожимают мне руку, все они примерно одного,
лет сорока возраста, в хороших костюмах и модных галстуках. Синцов – плотный, похожий на киноартиста, Пчемян –
высокий, темноволосый, с умным армянским лицом, Золотов

– полноватый, веснушчатый блондин...

– Присаживайтесь,– говорит мне Синцов.– Чай? Кофе? Вы голодны?

– Нет, спасибо,– я сел в кресло, посмотрел за окно на часы Спасской башни. До 18.00 было еще минут двадцать.

– Тогда извините,– сказал мне Синцов.– Мы сейчас закончим абзац и поговорим.– И повернулся к Белкину.– Так. На чем мы остановились?

Белкин сел за машинку, прочел то, что было напечатано:

– «25 января 1982 года на восьмидесятом году жизни скончался член Политбюро, Секретарь ЦК КПСС, депутат Верховного Совета СССР, дважды Герой Социалистического труда Михаил Андреевич Суслов. Человек большой души, кристальной нравственной чистоты, исключительной скромности, он снискал себе глубокое уважение в партии и народе.» Годится?

– Очень талантливо! – усмехнулся Пчемян и взял в руки старую газету с некрологом Кирову: – Теперь можно отсюда: «На всех постах, которые доверяли ему Коммунистическая партия и народ, он проявил себя выдающимся организатором, несгибаемым борцом за великое дело Ленина, за успешное решение задач коммунистического строительства...»

Белкин с насмешливой улыбкой пулеметно отстучал это на пишмашинке, потом спросил:

– Можно добавить, что он твердо и непримиримо отстаивал чистоту партийных рядов?

– Добавь,– согласился Пчемян.

– Может быть, не нужно «чистоту партийных рядов»? – спросил Синцов.– А то звучит как намек на партийные чистки 37-го и 46-го года, когда этот параноик загубил тысячи лучших коммунистов...

– Напишите «твердо отстаивал чистоту марксизма-ленинизма»,– сказал Золотов.– Вроде бы то же самое, но без прямого намека.

– Видите, Игорь Иосифович? – лукаво пожаловался на них Белкин.– Никакой свободы творчества даже в некрологах!..

17 часов 42 минуты

Рапорт-телефонограмма

Дежурному Диспетчеру
Московского метрополитена им.
Ленина тов. *Абызову В. И.*
На станции «Маяковская» попали под поезд две пассажир-ки. В связи с прибытием «скорой помощи» и милиции, а также обмороком машиниста поезда Александры Авдеенко, поезд отойти от станции не может. Прошу перекрыть движение через станцию «Маяковская». Доступ на станцию «Мая-ковская» закрыт милицией.

Начальник станции метро
«Маяковская» *М. Авербах*

17 часов 43 минуты

Белкин, Пчемян и Золотов продолжали компилировать Суслову официальный некролог из старых некрологов Киро-ву, Орджоникидзе, Жданову и другим партийным вождям. Чазов писал «медицинское заключение о болезни и смерти Суслова М. А.». Синцов отвлекся от них, подошел ко мне.

– Игорь Иосифович, нам кажется, что у вас какие-то затруднения в работе. Да?

– Я не совсем понимаю,– сказал я.– Жаров мне сказал, что меня пригласил Леонид Ильич.

– Он побеседует с вами, но чуть позже...

– Я думаю, ты не с того начал,– сказал ему Пчемян.– Игорь Иосифович еще не знает, кто ты и вообще с кем он имеет дело. Я уверен: он считает, что речь идет только о том – править Брежневу или не править. Да?

– Не совсем так,– сказал я.– Я уже видел тезисы Суслова...

– А, тогда легче. Тогда вы понимаете, что это не столько борьба за престол, сколько за то, будет ли ваш сын воевать где-нибудь в Саудовской Аравии или пойдет в институт. Будет ли введено тотальное крепостное право, публичная смертная казнь и прочие прелести средневековья, или мы сбалансируем на грани более-менее человеческой жизни...

Я мысленно усмехнулся, а Белкин просто снял у меня с языка слова, которые я произнести не решился. Он вскинул глаза на Пчемяна, спросил насмешливо:

— А ты считаешь, что у нас человеческая жизнь? Мяса нет, очереди за хлебом и воровство на каждом шагу.

— Я сказал «более-менее человеческая»,— ответил ему Пчемян.— Сейчас мы стоим перед дилеммой: заняться своим огородом, сажать пшеницу и разводить коров или завоевывать чужих коров и чужие огороды. При этом вся машина власти отлажена именно для второго пути. Чтобы послать войска в Афганистан, Колумбию или Саудовскую Аравию, не надо менять ни одного секретаря райкома или даже собирать сессию Верховного Совета. И ввести крепостное право ничего не стоит — не будет ни бунтов, ни демонстраций. А если и забастуют какие-нибудь литовцы, то на их территории стоят киргизские войска, а в Киргизии — литовские. Сталин продумал эту систему гениально. Война за победу коммунизма во всем мире оправдает и карточную систему, и крепостное право, и смертную казнь диссидентам — все, что хотите. А главное — укрепит руководящую роль партии, то есть все партийные чиновники остаются в своих креслах да еще получат офицерские звания. Поэтому Суслову так легко было готовить кремлевские перевороты или настоять на вторжении в Афганистан: генералы хотят воевать, чтобы стать маршалами, а партийные лейтенанты хотят руководить армейскими генералами...

— Сурен, повтори, я хочу записать это для потомков,— иронично сказал Белкин и демонстративно занес руки над пишущей машинкой.

— Подожди,— отмахнулся от него Пчемян.— Человек действительно должен понять, с кем он имеет дело. Иначе он рассуждает просто: на кой черт мне спасать Брежнева, если он развел «левую» экономику, и вся его семья берет миллионные взятки? Не так ли? — спросил он у меня.

Я усмехнулся. Честно говоря, я слышал откровенные разговоры на самых разных уровнях, но чтобы в Кремле?! В зале, смежном с кабинетом Брежнева! Я заметил, как ухмыляется про себя Чазов — теперь я понял, кого он имел в виду, когда говорил мне, что Брежнев — это не просто Брежнев, что за ним стоит армия невидимок...

17 часов 48 минут

Из показаний гражданина Ю. С. Аветиткова, свидетеля убийства на станции «Маяковская»

«*...Время – час «пик», на платформе целая толпа, а эти две женщины стояли рядом со мной, справа. Одна– молоденькая, блондинка, а вторая рыжая, лет сорока. И поезд как раз показался из тоннеля, а старшая говорит молодой, я слышал: «На Новый год они собрались на даче у Михаила Андреича, и там Семен тайно сделал эти записи. Возьми и отдай твоему Игорю.» И отдает ей сумочку. И вдруг стоящий за ними мужик вырывает у них эту сумочку и толкает обеих под поезд. В секунду! Крик, тормоза как заскрипят у поезда, все дернулись, чтоб удержать этих женщин, думали – они сами упали или бросились. А я хотел схватить этого мужика, но две какие-то бабы меня оттерли, кричат: «Скорую! Самоубийцы!» А тот мужик – юрк с этой сумочкой в толпу, а потом и эти две бабы исчезли... Внешность этого мужика я не запомнил, но на вид ему лет тридцать, в кроличьей серой шапке, глаза серые, лицо круглое...»*

17 часов 49 минут

– Ладно...– Пчемян налил себе нарзан в бокал.– Два слова о «левой» экономике. Что это такое? Случайность? Раковая опухоль на теле социализма? Или – следствие того, что колхозы себя не оправдали, и плановая легкая промышленность ни к черту не годится. Вот нас здесь шесть человек, а ни на одном нет советского костюма или советской рубашки! А что? Разве мы пижоны? Нет, просто наше носить невозможно – ведь каждый новый фасон рубашки утверждается пять лет в десяти инстанциях. И так – во всем. Но круто повернуть баранку, отменить колхозы и ввести новый НЭП не позволяет партийная бюрократия – боятся потерять свои руководящие кресла. И тогда появляется «левая» экономика – компенсирует недостатки «правой». И я вам должен сказать, очень хорошо компенсирует: покрывает сегодня 17% нужд населения и в продовольствии, и в промышленных товарах. Во всяком случае, джинсы в Одессе научились шить не хуже американских!

И ничего – оказалось, что советская власть не рухнула от того, что молодежь носит джинсы или танцует в диско. А ведь боялись, что рухнет, воевали с этим, в мое время тех, кто носил джинсы, в милицию забирали! То же самое – с «левой» экономикой. Если мы удержимся у власти, останется сделать последний шаг – узаконить небольшое частное предпринимательство...

– Фьюить! – присвистнул Белкин.– Кремлевский мечтатель! Этого никогда не будет, и не дури человеку мозги!

– Почему? – сказал Синцов.– При контроле государства за банками и тяжелой промышленностью никакая советская власть от этого не рухнет. Наоборот, окрепнет. И тут же взяточничество резко сократится.

– Взятки были в России, есть и будут! – сказал Белкин.

– Ну и пусть, пусть! – ответил Пчемян.– Государству-то что до этого? Предположим, глава государства или какой-нибудь министр получили взятками сто миллионов. Или я получил. Куда пойдут эти деньги? Никуда – они в стране. Ваш друг Светлов арестовал в Сочи десяток начальников. А что они делали? Создали в своем крае левые предприятия, между прочим, прекрасно платили своим рабочим, по 500 рублей в месяц, а все свои доходы держали в банке на так называемом «левом» счете. Но ведь банк-то государственный! То есть все их доходы шли в оборот государству! Ну, они брали себе на гулянки и на золото для жен. Но ведь и это золото – внутри страны. В любой момент можно придти с обыском и забрать... Так что, Игорь Иосифович? Уговорил я вас спасать всю брежневскую рать или нет? – спросил он в упор, и я понял, зачем была вся эта длинная речь: меня вербовали. И, честно говоря, вербовали совсем неглупо. Но я сказал, усмехнувшись и кивнув за окно на внутреннюю территорию Кремля, где стояли танки и солдаты:

– По-моему, вас не нужно спасать. Вы уже под защитой...

– Это Жаров психует,– отмахнулся Пчемян.– Жаров, Устинов и немножко Леонид Ильич. Боятся, что Андропов двинет на Кремль дивизию КГБ. Старческий мандраж, но Бог с ними! Андропов не такой дурак, он понимает, что сейчас не время для насильственных переворотов. Как ему потом страной управлять? Только что в Польше военный переворот, теперь – здесь? Нет, зарубежные компартии тут же отколются, да и он станет самым непопулярным Генсеком. Как Ярузельский. Нет, битва за власть будет тихая, 4-го февраля, на заседании Политбюро. Столкнут Брежнева на пенсию или не столкнут. Если столкнут с помощью «Каскада» и прочих обвинений – тогда всё, тогда «законно» приходит «Правительство Нового Курса», крепостной режим и прочие прелести. Не сразу, не в один день, но... А если у нас будут доказательства, что они Вигуна убили – никто и рта не откроет. Свалят всё на Суслова и будут тихо ждать ещё полгода, год...

– А потом? – спросил я.

– А нам и нужен год, максимум – два,– сказал вдруг Синцов.– За это время мы попробуем легализовать частное предпринимательство, ввести новый НЭП. Это трудно, почти невозможно при нынешней машине партийной власти, но... чем черт не шутит, попробуем. Конечно, мы только советники, и по каждому вопросу мы даем Леониду Ильичу два или три варианта решения, а из этих трех решений он выбирает одно. Но подумайте сами: чьи это всё же решения? Его или наши? – он лукаво улыбнулся и спросил: – Ну как, играете в нашей команде? Решайте. А то уже почти шесть. Пора идти к Леониду Ильичу...

17 часов 58 минут

Из рапорта бригадира следственной бригады Дежурной части Московского Уголовного розыска капитана милиции Авилова Г. В.

Кроме свидетеля Ю. Аветикова никто из задержанных на станции «Маяковская» пассажиров не видел преступника, толкнувшего двух женщин под колеса поезда и похитившего сумочку старшей из них. В сумочке второй пострадавшей не обнаружено никаких документов, поэтому идентифицировать личности погибших не удалось. В 17 часов 43 минуты их тела были увезены «Скорой помощью» в Морг 1-го Медицинского института.

В 17 часов 56 минут из Приемного отделения Морга 1-го Медицинского института поступило телефонное сообщение о том, что дежурный паталогоанатом А. А. Богоявленский опознал в одной из погибших девушку, которая в субботу, 23 января посетила Анатомический театр 1-го Медицинского института вместе со следователем по особо важным делам Прокуратуры СССР И.И.Шамраевым.

Телефонный звонок, Золотов снял трубку и сказал:

– Игорь Иосифович, вас. Из МУРа.

Так и не ответив на вопрос Синцова, я взял трубку.

– Игорь Иосифович, беспокоит полковник Глазунов. Я сегодня дежурю по Москве. Когда вы освободитесь, пожалуйста, поезжайте в анатомичку Первого медицинского института на опознание трупа.

– Какого трупа?

– Боюсь, что это та девушка, которая была с вами последние дни. Светлов туда уже выехал.

Я, оглушенный, стоял с трубкой в руках. За окном за Спасской башне кремлевские куранты начали перезвон – стрелки часов стали на 6.00. Печатая шаг по заснеженной брусчатке Красной площади, к Мавзолею шла смена почетного караула. Первый шестичасовой удар курантов упал к их ногам, как звонкая металлическая капля.

– Игорь Иосифович,– произнес Синцов.– Нам пора к товарищу Брежневу.

Я опустил трубку на рычаг и сказал, направляясь к выходу:

– Скажите ему: я сделаю все, что в моих силах. Даже больше.

После семи вечера

То, что всего два часа назад было Ниночкой – то маленькое чудо жизни, которое лукаво и преданно вскидывало на меня свои голубые глазки, независимым жестом отбрасывало волосы на спину и сдувало челку со лба, старательно массажировало мне в ванной усталые плечи, расталкивало толпу сверстников у «Метелицы», загорало на черноморском пляже и крутило сальто на батуте под куполом волгоградского цирка – то, что осталось от всего этого после жестокой встречи с колесами метропоезда, лежало теперь передо мной, укрытое простыней, на сепарационном столе анатомички

1-го Медицинского института.

Рядом стояли Светлов, Пшеничный, Ожерельев, Ласкин, Арутюнов, Колганов. За соседним сепарационным столом Богоявленский и Градус трудились над обезображенным трупом Светланы Николаевны Агаповой – рыжей, худой, еще недавно красивой сорокалетней женщины Вигуна, врача гостиницы «Украина». Градус и Сан Саныч Богоявленский проявили чудеса мастерства, но, несмотря на густую маску грима, белил и румян, лица Нины и Светланы были обезображены катастрофой.

Я смотрел на них, я заставлял себя смотреть на эти два изуродованных трупа.

Они лежали рядом – моя Ниночка и женщина Вигуна.

И каким-то потусторонним союзом это породнило меня теперь с Вигуном.

Подошла регистраторша анатомички, сказала мне и Светлову:

– Нам нужен ее вологодский адрес, чтобы сообщить родителям...

Светлов отрицательно покачал головой:

– Подождите. Дайте нам пару дней. Когда здесь ляжет тот, кто ее убил...

Он недоговорил, а я повернулся и пошел из анатомички в кабинет – дежурку. Там я снял телефонную трубку и набрал номер своей бывшей жены.

Девять лет назад она ушла от меня, потому что считала меня – в ту пору простого районного следователя – неудачником, которому полуеврейское происхождение закрывает продвижение по службе. Она не хотела «терять со мной время» и, покрутившись полгода, вышла замуж за майора медицинской службы Соколова. Теперь я услышал в трубке его голос:

– Полковник Соколов слушает.

– Это Шамраев говорит,– сказал я.– У меня к вам одна просьба, полковник. Завтра утром проводите Антона в школу.

– Г-хм...– сказал он.– По-моему, он уже не маленький...

– Пожалуйста, это важно. Проводите его в школу утром, а днем я его встречу и приведу домой. Это важно.

Светлов подошел ко мне, отнял трубку и положил на телефонный аппарат.

– Не унижайся,– сказал он.– Мы решим эту проблему иначе.

После восьми

В этот вечер Светлов нанес визит трем бывшим уголовникам-убийцам и трем нынешним главарям мелкой фарцовой шпаны в Сокольниках, на Трубной и на Беговой, в районе ипподрома.

После девяти

Служебная милицейская «Волга» подвезла Николая Афанасьевича Бакланова к подъезду дома № 78 на проспекте Вернадского. Бакланов устало выбрался из машины и с тяжелым портфелем в руках вошел в подъезд, поднялся на девятый этаж, к своей квартире № 43. Он открыл своим ключом дверь, вошел в квартиру и удивленно замер в прихожей: из-за закрытой двери гостиной слышался веселый, возбужденный голос его 4-летнего сына Васьки, смех его жены Натальи и еще один незнакомый мужской голос. Сын изображал стрельбу, кричал: «Трах-тах-тах-тах!», а мужской голос гудел паровозом: «Пш-пш-пш! У-у-у-у!», а Наталья хохотала и вскрикивала «Ой, я ранена! Я ранена!». Они и не слышали, что он вошел в квартиру.

Бакланову было 53, его жене 34, и как всегда при поздних браках и такой разнице в возрасте, Бакланов был ревнив, обожал сына и, по возможности, делал в доме почти всю домашнюю работу. Услышав веселый смех жены и голос незнакомого мужчины, Бакланов нахмурился, прошел сразу на кухню, стал разгружать свой портфель: раздобытые в буфете высшего состава МВД СССР болгарские помидоры и яблоки, рыбные консервы и голландскую курицу в блестящем целлофановом пакете, а также блок своих любимых американских сигарет «Кэмэл». Продукты он спрятал в холодильник, сигареты на верхнюю полку кухонного шкафа и туда же уложил несколько служебных папок с грифом «секретно». Только после этого, с удивлением отметив, что на кухне нет ни одного стула, он закурил и прошел, наконец, в гостиную. Там его удивление увеличилось вдвойне: вся мебель в гостиной была сдвинута с места, посреди комнаты все стулья стояли в один ряд, как вагоны поезда, на последнем «вагоне», как на тачанке, сидел его сын Васька и из игрушечного автомата отстреливался от «погони», которую изображала Наталья. А машинистом «поезда» был Марат Светлов – он пыхтел и гудел, как паровоз. Увидев отца, Васька обрадованно направил на него автомат и закричал: «Бах-бах-бах-бах!».

...Минут через десять, когда Наталья увела упирающегося Ваську спать, Светлов и Бакланов стояли у открытой форточки, покуривали и разговаривали негромко.

– Понимаешь, Николай,– мирно говорил Светлов,– я работаю в милиции уже семнадцать лет. За это время лично взял пятьсот три преступника. Из них 84 убийцы. Часть из них уже отсидели срок и опять на свободе. Как по-твоему, почему они меня не ликвидировали? Все-таки 16 уголовников погибли от моей пули, а у них есть друзья, шайки, воровской закон мести...

Он посмотрел Бакланову в глаза, тот пожал плечами, не зная, куда Светлов клонит.

– Я тебе скажу. Потому что весь профессиональный уголовный мир знает, что мой убийца переживет меня ровно на 24 часа. Или меньше. Почему? Потому что у меня в загашнике есть несколько старых дел, которые считаются нераскрытыми. Преступники давно «завязали», работают, имеют вот таких Васек, как у тебя, и очень не хотят опять за решетку. Но это бывшие «паханы», их слово в уголовном мире – закон. И они хорошо знают, что если мне или моим близким упадет на голову кирпич, то их старые дела завтра будут на столе у прокурора. И каждый получит высшую меру – срок давности еще не вышел. Теперь ты понимаешь, куда я клоню?

– Но это должностное преступление,– сказал Бакланов.– Ты скрываешь преступников от закона...

– Николай, тебе ли говорить о должностных преступлениях? – усмехнулся Светлов и шевельнул своей раненой рукой: – Я эти должностные преступления искупаю своей кровью. Кроме того, они уже отсидели своё по другим делам и сейчас честно работают. Зачем их сажать еще раз? Так вот, я хочу тебе сказать: сегодня я расширил этот контракт. Если что-то случится со мной, с Шамраевым, с Пшеничным или еще с кем-нибудь из нашей бригады – неважно кто бросит нам кирпич на голову,– ты, Краснов и Маленина проживете после этого ровно 24 часа, не больше.– И Светлов повернулся в сторону спальни, откуда были слышны голоса жены Бакланова и его сына.– А парень у тебя хороший, веселый мальчик...

За окном, над станцией метро «Проспект Вернадского» горела большая неоновая буква «М» – точно такая же, как у станции метро «Маяковская». И шел крупный снег.

Часть 6

Жених из лагеря строгого режима

26 января, вторник, 9.00 утра

МИНИСТР ВНУТРЕННИХ ДЕЛ
СССР генерал армии *ЩЕЛОКОВ Н. А.*

Срочно
СОВЕРШЕННО СЕКРЕТНО
с нарочным

ГЕНЕРАЛЬНОМУ ПРОКУРОРУ СССР
товарищу *РЕКУНКОВУ А. М.*

Уважаемый Александр Михайлович!
В связи с проводимой нами операцией «Каскад» в воскресенье, 24-го января был арестован при попытке вымогательства бриллиантов у известной цирковой актрисы Бугримовой солист Большого театра СССР Борис Бурятский, который в течение последних шести лет являлся одним из посредников между лидерами подпольных экономических мафий и бывшим Первым Заместителем Председателя КГБ СССР генералом Вигуном. Установлено и подтверждается его собственными показаниями, что в период с 1976 по 1982 год лидеры «левой» экономики передали через него Вигуну ценностей на сумму около 4-х миллионов рублей. Изобличенный в своей преступной деятельности, Б. Бурятский показал, что 19 января с. г. на квартире № 9 в доме 16-А по ул. Качалова между ним и генералом Вигуном произошла ссора. Не зная, что массовые аресты лидеров подпольного предпринимательства производятся без ведома Вигуна Отделом разведки и ГУБХСС МВД

СССР, Бурятский обвинял в этих арестах Вигуна и грозил, что главари «левой» экономики не простят этого ни Вигуну, ни Бурятскому. Во время ссоры генерал Вигун выхватил пистолет и выстрелил в Бурятского, пытаясь, возможно, припугнуть последнего – пуля, не задев Бурятского, вылетела в окно. В целях самообороны, показывает Б. Бурятский, ему пришлось вступить в борьбу с Вигуном, и в ходе этой борьбы Вигун собственным случайным выстрелом поразил себя в голову. Бурятский утверждает, что смертоносный выстрел произведен рукой Вигуна в момент, когда Бурятский заламывал ему руку назад, чтобы отнять пистолет. Вслед за этим, боясь расследования и разоблачения своей роли посредника между Вигуном и «левой» экономикой, Бурятский инсценировал самоубийство Вигуна: усадил его в гостиной за стол в позе самоубийцы, подделал предсмертную записку и, пользуясь тем, что из-за свадебного шума и музыки в соседней квартире никто, включая телохранителя Вигуна, не слышал звука выстрелов, незамеченный покинул квартиру и унес собой залитый кровью ковер из прихожей, где произошло убийство. С этим ковром он поднялся на 12-й этаж того же дома, в квартиру своей приятельницы актрисы Снежко, которая в это время и по настоящий момент находится в киноэкспедиции. Бурятский показывает, что он пробыл в этой квартире до 23.30 ночи, и в ту же ночь сбросил изобличающий его ковер в прорубь на Москве-реке в районе Карамышевской набережной...

Читая под взглядами Каракоза и Рекункова этот документ, я не сдержал в этом месте саркастической улыбки – похоже, я действительно догнал Бакланова в следственном опыте: мы с ним выстроили удивительно похожие легенды. Даже ограбление Бугримовой теперь выглядит просто «вымогательством»...

– Что ты улыбаешься? – удивленно спросил Каракоз и перевел взгляд с меня на Генерального, который хмуро и неподвижно, как серый сук, торчал над письменным столом своего кабинета.

Не отрывая глаз от письма, я сунул руку в карман кителя, достал свой следственный блокнот, открыл его на последней странице и молча протянул Каракозу.

– Что это? – спросил он.

– Прочти,– усмехнулся я.– У меня разборчивый почерк.

В блокноте, куда я в свободную минуту набрасываю план действий, было записано еще вчера вечером:

«В течении одного-двух дней Бурятский или Сандро Катаури берут на себя убийство Вигуна. Их версия: ссора с Вигуном, первый выстрел Вигуна – в окно, второй во время драки – случайный, смертельный. Затем – инсценировка само-убийства, с ковром – в квартиру Снежко. В соседней кварти-ре – свадьба, шум, выстрелы бутылок шампанского, поэтому на выстрелы в квартире Вигуна никто не обратил внимание. Ночью ковер или сжигают за городом, или сбрасывают в Москву-реку. Наши действия – не ввязываться, алиби Бурятс-кому и Катаури не искать, а искать подлинных убийц».

Каракоз прочел эту запись и молча положил ее на стол перед Генеральным. А я тем временем читал дальше письмо Министра МВД Щелокова. То, что я прочел, вызвало у меня восхищение. Вот, подумал я, мне еще далеко до тех ребят из Отдела разведки и до Коли Бакланова!

«...Однако версия случайного убийства Вигуна, изложенная Борисом Бурятским, вызывает определенные сомнения. Дело в том, что в ходе негласной слежки за Борисом Бурятским, произведенной в декабре-январе в ходе операции «Каскад», выявлены его многочисленные контакты с иностранными корреспондентами, сотрудниками американского, западно-германского и итальянского посольств, а также иностранными туристами. Так, только в этом январе м-це зафиксированы встречи Б. Бурятского с корреспондентом американского телевидения Джоном Кантером в валютном баре ресторана «Националь», сотрудником итальянского посольства Уно Скалтини в загородном ресторане «Архангельское» и с группой западно-германских туристов в буфете Большого театра. В своих показаниях Бурятский оправдывает эти встречи своим артистическим образом жизни и стремлением поехать на вокальную практику в миланскую оперу «Ла Скала». Однако, по сообщению 8-го управления КГБ СССР, корреспондент американского телевидения Джон Кантер является сотруд-ником ЦРУ, сотрудник итальянского посольства Уно Скалтини женат на дочери американского морского генерала Тэда Фолна,

а в группе западно-германских туристов, встречавшихся с Бурятским в буфете Большого театра, было двое сотрудников западно-германской разведки.

Таким образом, возникает реальное опасение, что Борис Бурятский является платным агентом одной из западных разведок, для которых огромный интерес представляли его близкое знакомство с дочерью тов. Л. И. Брежнева, дружба с Вигуном и другими руководителями Советского государства. Возникает опасение, что истинной причиной убийства Вигуна является то, что он стал подозревать Бурятского в связях с западными разведками. В пользу этой версии говорит и тот факт, что буквально на следующий день после ареста Бурятского среди иностранных корреспондентов в Москве начали циркулировать слухи о самоубийстве генерала Вигуна, его связях с арестованными лидерами «левой» экономики, близких отношениях арестованного Бурятского с дочерью тов. Л. И. Брежнева Галиной Леонидовной и вызовах Галины Леонидовны на допросы в Прокуратуру СССР. Не исключено, что эти слухи распространяются для того, чтобы скрыть связь Бурятского с одной из западных разведок.

Поскольку разоблачение деятельности иностранных разведок не входит в компетенцию Министерства Внутренних дел СССР и вверенной Вам Прокуратуры СССР, считаю необходимым передать материалы предварительного следствия по делу Б. Бурятского не Вашему следователю по особо важным делам т. И. Шамраеву, который ведет расследование обстоятельств смерти генерала Вигуна, а в КГБ СССР. Считаю, что и материалы предварительного следствия по делу Вигуна, имеющиеся у следователя т. Шамраева, должны быть незамедлительно переданы в КГБ для скорейшего выполнения указания тов. Л. И. Брежнева по раскрытию истинных причин гибели генерала Вигуна.

С уважением Н. Щелоков,
Министр Внутренних дел.
Москва, 26 января 1982 г.

Н-да, подумал я, надули они этого беднягу Бурятского – уговорили его признаться всего лишь в драке с Вигуном, но тут же подвели под всё это иностранные разведки. И капкан для Бурятского захлопнулся – в КГБ он признается даже в том, что был агентом международного сионизма – это они умеют...

– Что означают эти ваши записи? – кивнул между тем на мой блокнот Генеральный, когда я положил ему на стол письмо Щелокова.

Я молча, но, видимо, достаточно выразительно смотрел на четыре телефонных аппарата на его столе. Он медленно повернул голову в сторону этих аппаратов, вздохнул, и, нагнувшись куда-то под стол, выдернул из клемм все четыре телефонных провода, положил их рядом с аппаратами. Теперь кабинет Генерального был отключен даже от кремлевской линии.

– Вы можете говорить всё, как есть,– сказал он.– Вчера вечером нас вызывал Леонид Ильич и приказал оказать вам полное содействие. Поэтому всё, что в моих силах... То есть вся прокуратура к вашим услугам. Кроме того, он просил передать вам его соболезнование по поводу смерти вашей девушки...

– Он сказал: пусть Шамраев найдет убийцу, убийца получит на суде высшую меру, кто бы он ни был...– вставил Каракоз.

Я мысленно усмехнулся – когда я найду убийцу, я обойдусь без приговора суда.

– Убийца только исполнял чужую волю,– сказал я.– Ситуация следующая: никакие материалы своего расследования я им не отдам. Вчера – отдал бы. А сегодня, после убийства Нины, не отдам, даже если прикажет сам Брежнев. Вот, собственно, и все.

– В двенадцать часов мы приглашены к Андропову по этому делу,– сказал Каракоз.– Там будет Щелоков, Краснов, Курбанов и не знаю, кто еще. Но если этот Бурятский был связан с иностранными разведками, они вправе требовать от нас все материалы расследования... Что ты им на это скажешь?

Я кивнул на свой блокнот.

– Как видишь, о том, что они подсунут этого Бурятского в роли убийцы, я знал еще позавчера. Там же записаны и выводы: не ввязываться и не терять время на опровержения.

– Хорошо,– сказал Генеральный.– Чем конкретно мы

можем вам помочь?

– Первое,– сказал я,– мне в бригаду нужен следователь Венделовский. Второе: когда вы пойдете к Андропову, постарайтесь затянуть это совещание максимально.

– А ты не пойдешь? – удивился Каракоз.

В это же время

Девятилетняя Катя Ужович, любительница пирожных «наполеон», сидела в мягком кресле полутемного кинозала Научно-технического отдела МУРа на Петровке, 38. Рядом с Катей сидела ее мать, исполненная сознания важности персоны своей дочери. Но на мать никто тут не обращал внимания, а все: Пшеничный, старший научный сотрудник НТО капитан милиции Нора Агишева и капитан Ласкин, смотрели только на Катю и следили за каждым движением ее лица.

Перед Катей плыли на киноэкране человеческие губы самой разной конфигурации – тонкие, полные, большие, маленькие... Нора Агишева, управляя рычажками дистанционного управления, словно фея-волшебница, вела эти губы по экрану и приставляла к носу, который уже утвердила наша единственная девятилетняя свидетельница.

– Ну-ка, припомни, Катя, такие губы были у человека, который хромал? – спрашивала Агишева.– Или – такие? Или – вот эти?

– Нет,– авторитетно заявляла Катя.– Тот дядя вообще закусил губу, когда я его видела...

– Закусил? – оживилась Нора.– А зубы ты видела? Какие были зубы? Большие?

– Один зуб был железный,– сказала Катя.

– Ну да? – весело воскликнула Нора, стараясь придать этой кропотливой и напряженной работе характер игры.– Ну-ка, посмотрим какие бывают зубы. Где у нас тут зубы?..

В соседнем кинозале научный сотрудник НТО лейтенант Женя Агранович работал со своим свидетелем убийства на станции метро «Маяковская» – Юрием Аветиковым. На киноэкране уже очерчивалось круглое лицо и тонкие белесые брови преступника.

В это же время

Наташа Бакланова вела своего сына Ваську в детский сад. Она держала его за руку, но мальчишка норовил вырваться и прокатиться по ледяной, наскольженной подростками дорожке. У еще закрытого магазина «Лейпциг» стояла длинная очередь заснеженных людских фигур: люди приезжают сюда рано утром со всей Москвы в ожидании импортных товаров – детского и женского белья, косметики, галантереи, игрушек. Три милиционера прохаживались вдоль очереди, следя за порядком. Наташа подошла с сыном к концу очереди, выяснила, что сегодня будут «давать» женские сапоги и заняла очередь – усатый старик в дубленом кожухе послюнявил химический карандаш и написал ей на ладони ее номер «427». «Но перекличка через каждые полчаса» – предупредил он ее. «Я успею»,– сказала Наташа.– Я только отведу его в детсад, я живо...» И пошла со своим сыном дальше.

Параллельно ее движению по противоположной стороне проспекта Вернадского двигалась легковая машина с одним из тех «паханов», у которых вчера побывал Светлов.

Тем временем в доме № 78 платный агент МУРа и бывший король ростовских домушников по кличке «Фикса» – Володя Азарин ювелирно открыл отмычкой дверь баклановской квартиры и приступил к незаконному обыску.

«После убийства Нины в нашей игре нет правил,– сказал мне сегодня ночью Светлов.– Мы должны знать, что он носит в своем портфеле, что лежит у него дома в письменном столе, а если потребуется, я вскрою сейф в его кабинете, прямо у вас в Прокуратуре!..»

В это же время

В архиве канцелярии Московского Циркового Училища Марат Светлов отыскивал личное дело Тамары Бакши, выпускницы отделения конно-цирковой эксцентрики. Самой Тамары, с которой его познакомила пять дней назад моя Ниночка и с которой он ночевал у меня дома с пятницы на субботу. От имени этой Тамары вчера в 7.45 утра Нине звонила

Светлана Агапова, рыжая подруга Вигуна. И от ее имени она назначила Нине это роковое свидание. А может быть, это звонила и сама Тамара? Светлов позвонил в Московский адресный стол и незамедлительно получил справку: Тамара Викторовна Бакши, 1962 года рождения, незамужняя, прописана по адресу: Москва, улица Гагарина 6, кв. 3.

В это же время

Из рапорта капитана Э. Арутюнова бригадиру следственной бригады И. Шамраеву

«В ходе осмотра места жительства погибшей на станции метро «Маяковская» гражданки Агаповой Светланы Николаевны мной установлено:

г-ка С. Н. Агапова, 1921 года рождения, врач-гинеколог медпункта при гостинице «Украина», одинокая, проживала в трехкомнатной квартире по адресу Чистые пруды, 62, кв. 17. Квартира обставлена богатой мебелью, с множеством картин-подлинников, подаренных, как это видно из дарственных надписей, Агаповой известными художниками, в том числе Ильей Глазуновым, Расимом Гасан-заде, Яковом Майским-Кацнельсоном и др. Среди картин также работы Сандро Катаури. В туалетных столиках и шкафах обнаружено большое количество драгоценностей и уникальных ювелирных изделий, которые переданы мной в экспертный отдел Алмазного фонда для определения их общей стоимости.

ТАКЖЕ НАЙДЕНО: 6 (шесть) МУЖСКИХ КОСТЮМОВ 56-го РАЗМЕРА, ДВЕ ДЮЖИНЫ МУЖСКИХ СОРОЧЕК И ДВА ВОЕННЫХ МУНДИРА ТОГО ЖЕ РАЗМЕРА – ПАРАДНЫЙ И ПОВСЕДНЕВНЫЙ – СО ЗНАКАМИ ОТЛИЧИЯ ГЕНЕРАЛА АРМИИ, ЗНАЧКОМ «ЗАСЛУЖЕННЫЙ ЧЕКИСТ СССР» И ДВЕНАДЦАТЬЮ ОРДЕНСКИМИ ПЛАНКАМИ. ЭТИ МУНДИРЫ, МУЖСКАЯ ОДЕЖДА, А ТАКЖЕ МУЖСКОЙ СЕРЕБРЯНЫЙ БРИТВЕННЫЙ ПРИБОР С ГРАВИРОВКОЙ «ДОРОГОМУ СЕМЕНУ В ДЕНЬ РОЖДЕНИЯ ОТ СВЕТЛАНЫ», ВТОРАЯ ЗУБНАЯ ЩЕТКА В ВАННОЙ И ФОТОГРАФИИ В АЛЬБОМАХ НЕ ОСТАВЛЯЮТ СОМНЕНИЙ В ТОМ, ЧТО:

1. ВЫШЕПЕРЕЧИСЛЕННЫЕ МУЖСКИЕ ВЕЩИ ПРИ-

НАДЛЕЖАЛИ ГЕНЕРАЛУ ВИГУНУ.

*   2. КВАРТИРА ГРАЖДАНКИ АГАПОВОЙ БЫЛА ТАКЖЕ МЕСТОМ ВРЕМЕННОГО ИЛИ ПОСТОЯННОГО ЖИТЕЛЬСТВА ГЕНЕРАЛА ВИГУНА.*

*   Обращает на себя внимание тот факт, что, хотя квартира гр. Агаповой полна драгоценностями, меховыми шубами из норки, голубых песцов и лисицы и импортной стереомагнитофонной аппаратурой, в квартире НАПРОЧЬ ОТСУТСТ-*
ВУЮТ КАКИЕ БЫ ТО НИ БЫЛО МАГНИТОФОННЫЕ КАССЕТЫ И ПЛЕНКИ, А ТАКЖЕ БЛОКНОТЫ, ЗАПИСНЫЕ КНИЖКИ И КАКИЕ-ЛИБО ИНЫЕ ЗАПИСИ. В связи с этим возникает предположение, что вышеназванные предметы были изъяты или похищены ДО произведенного мной осмотра и, возможно, теми же лицами, которые на станции метро «Маяковская» похитили у гр. Агаповой ее сумочку, где, по словам свидетеля убийства Ю. Аветикова, находились магнитофонные кассеты с записями, произведенными негласно на даче у Михаила Андреевича (Суслова)...

В это же время

Вера Петровна Вигун вышла из метро станции «Киевская», поднялась эскалатором на Киевскую площадь и стала в очередь на автобус № 119. Рядом, в пяти шагах была стоянка маршрутного такси, но Вера Петровна терпеливо стояла на 20-градусном морозе в ожидании автобуса – прямая, строгая пожилая женщина, почти старушка в заношенном каракулевом пальто. Морозный метельный ветер еще резче заострял сухие черты ее лица и тонкие подобранные губы. Наконец, пришел автобус, его битком заполнила шумная публика, которая по дороге громко обсуждала нынешний небывалый снегопад и аннексию Израилем Голландских высот. Кто-то вслух читал газету: «За последние пять дней в Москве выпало свыше 20 миллионов кубических метров снега и высота снежного покрова на улицах достигает 36 сантиметров, а в некоторых местах образовались трехметровые снежные сугробы...»

Через пять остановок автобус с надрывом взобрался на крутое, заснеженное взлобье Воробьевых гор, откуда в ясную погоду открывается лучший вид на Москву, миновал «Дом гостей Министерства иностранных дел СССР» и остановился на противоположной стороне улицы, у проходной киностудии «Мосфильм». Вся публика вышла из автобуса, и Вера Петровна вышла вместе с ними. Но, в отличие от этих штатных работников «Мосфильма», у Веры Петровны не было служебного мосфильмовского пропуска, поэтому на студию она пройти не могла и заняла очередь на «массовку» – здесь же, возле проходной разбитная крикливая ассистентка по актерам вела запись статистов для массовой сцены к фильму «10 дней, которые потрясли мир». Эта ассистентка бесцеремонно оглядывала толпу топчущихся на морозе пенсионеров, которые приходят сюда каждое утро в надежде заработать трояк к своей пенсии, и покрикивала на них:

– Колчаковцы мне нужны, белогвардейцы! Русские аристократы! А вы на кого похожи? На очередь в собес! Каждый день приходят одни и те же!..

Тут она высмотрела в толпе два или три новых лица и ткнула в них пальцем:

– Вы, вы и вы! Идите сюда! Вот вам пропуск! В шестой павильон, к Бондарчуку! Картина «10 дней, которые потрясли мир»...

Так Вера Петровна Вигун, официальная жена бывшего члена ЦК КПСС и Первого заместителя Председателя КГБ СССР, угодила в колчаковцы и проникла на киностудию «Мосфильм». Но вместо шестого павильона она прошла в главный административный корпус и поднялась на 4-й этаж, в приемную директора киностудии Николая Трофимовича Сизова. Однако в столь ранний час Сизов на работу не приезжает, секретарша сказала Вере Петровне, что директор будет к 10, но принять ее не сможет – в 10.00 у него худсовет по фильму «Ленин в Париже».

Вера Петровна вышла из приемной и заняла место у лифта. Мимо нее в директорский кинозал грузчик доставил на тележке стопку металлических коробок с пленкой нового суперфильма «Ленин в Париже», затем с криком «А звук привезли?!!» пробежал в аппаратную худой взлохмаченный ассистент, потом в зал стали стекаться руководители киностудии и создатели фильма: худой 75-летний режиссер Сергей Юткевич, снимающий то «Ленин в Польше», то «Ленин в Цюрихе», и с ним его

ровесник, маленький, полноватый, с умными глазами сценарист
Евгений Габрилович и молодой с подпрыгивающей походкой
кинооператор Наум Ардашников...

Ровно в 10.00 к главному административному подъезду
студии подкатила черная «Волга», и бывший Председатель
Моссовета, бывший генерал и начальник московской милиции, а ныне директор киностудии «Мосфильм», член Союза
советских писателей Николай Трофимович Сизов поднялся
лифтом на свой четвертый этаж. При выходе из лифта Вера
Петровна Вигун заступила ему дорогу:

— Здравствуй, Николай...

Толстый хмурый Сизов, никогда не глядящий в лицо своим
подчиненным, хотел пройти мимо, но Вера Петровна взяла
его за рукав:

— Подожди! Не узнаешь, что ли?

— А! — вынужден был остановиться Сизов.— Да, узнаю.
Извини, у меня в десять худсовет по «Ленин в Париже».

— Ничего, Ленин подождет,— сухо сказала Вера Петровна.—
Ты что? Уже не будешь делать кино по сениной книге? Я
звонила режиссеру, он сказал, что картина остановлена...

— Ну, отложили пока на время...

— Отложили?! — криво усмехнулась Вера Петровна.— Эх ты,
Коля-Николай! Мы тебя из вшивых колхозников в люди
вывели! А ты?!..

— Извини, я должен идти,— сухо сказал Сизов и сделал
движение, чтобы пройти мимо.

Но Вера Петровна вдруг всхлипнула, сразу потеряв свою
чекистскую выдержку, превратилась в просящую старушку:

— Коля! Я прошу тебя — не закрывай его фильм! Ну, что
тебе стоит?! Это же будет такая прекрасная картина! Про
чекистов, про нашу молодость! Ну, я прошу тебя!... Ведь эта
повесть напечатана в журнале «Знамя», и была хорошая ре-
цензия в «Литературке». Коля!..

— От меня ничего не зависит, я получил указание. Извини,
я спешу...— с досадой сказал Сизов и, буквально оторвав ее
руку от рукава своего костюма, прошел в директорский
кинозал. Там сразу же погас свет, и из аппаратной донеслись
первые звуки фильма — музыка «Интернационала».

Рукавом каракулевого пальто Вера Петровна отерла слезы
и горестно поплелась по коридору в другой, производственный

корпус. Чувствовалось, что она бывала здесь не раз и легко ориентируется в сложных переходах из здания в здание. Переодетый в гражданский костюм майор Ожерельев следовал за ней. Сегодня ночью мы решили установить негласную слежку за всеми, кто имел отношение к Вигуну и кого еще не арестовал или не может арестовать Отдел разведки. Но кроме Веры Петровны и Гали Брежневой таких почти не оказалось.

В производственном корпусе киностудии Вера Петровна уверенно продвигалась по длинному коридору мимо дверей с табличками «10 дней, которые потрясли мир», «Возрождение», «Лейтенанты», «Ошибки юности», «Мы коммунисты», «Любовь с первого взгляда» и так далее. За дверьми этих комнат трезвонили телефоны, шумели, смеялись и спорили люди, сюда поминутно входили артисты, ассистенты, гримеры, загримированные вожди революции, немецкие и советские генералы, американские шпионы и разнокалиберные киношные красотки всех возрастов. Навстречу Вере Петровне попались даже сразу два Карла Маркса, которые, напропалую ухаживая за смазливой молоденькой ассистенткой, шли в группу «Мы коммунисты»...

И только в одной комнате с надписью на двери «Незримая война» была хмурая, похоронная тишина. Двери этой комнаты были открыты настежь, уборщица выметала в коридор груду бланков с жирным типографским грифом «Незримая война», а также фотографии актеров и актрис, карандашные раскадровки и другой бумажный мусор. В самой комнате какой-то рабочий в грязном комбинезоне стоял на стремянке и срывал со стены эскизы декораций несостоявшегося фильма и красочные афиши фильмов, снятых по предыдущим книгам Вигуна: «Фронт без флангов» и «Война за линией фронта». С этих афиш на Веру Петровну смотрели лица самых популярных советских актеров – Вячеслава Тихонова и Светланы Суховой. И юное круглое лицо артистки Суховой, одетой в чекистскую форму, отдаленно напоминало лицо самой Веры Петровны Вигун...

10 часов 00 минут

В оперативно-полиграфическом цехе МУРа импортные фотомножительные машины штамповали фотороботы-портреты, созданные по описаниям Кати Ужович, Юрия Аветикова и Александры Авдеенко. Если верить Кате, то 19-го января вечером из дома 16-А вышел высокий 35-летний блондин с белесыми бровями, правым верхним металлическим зубом и близко посаженными глазами. Получив его портрет, 16 сотрудников 3-го отдела МУРа во главе с Валентином Пшеничным снова разъехались по всем больницам и моргам Москвы.

В это же время

В Главном Управлении Госавтоинспекции СССР на проспекте Мира, дом 82, семидесятилетний старший следователь по особо важным делам при Генеральном прокуроре СССР Тарас Карпович Венделовский извлек в картотеке копию водительских прав, выданных гражданину Гиви Ривазовичу Мингадзе в октябре 1975 года и сводку полученных им с 1973 по 1978 год штрафов за нарушение правил уличного движения. На копии водительского удостоверения была фотография гражданина Мингадзе, 1945 года рождения, уроженца города Тбилиси. Венделовский здесь же, в картотеке написал на бланке Прокуратуры СССР «Постановление об изъятии документов» и уложил в свой портфель документы Мингадзе.

В это же время

Бывший король ростовских домушников по кличке «Фикса» Володя Азарин осторожно закрыл за собой двери баклановской квартиры, спустился в подъезд и вышел на метельный проспект Вернадского. Там он сел в машину к поджидавшему его «Пахану» и сказал со вздохом:

— Ничего нет — ни бумаг, ни пленок.

— Ты все осмотрел? — спросил бывший «Пахан», а ныне мастер по сборке автомобилей автозавода имени Лихачева.

Володя Азарин выразительно посмотрел ему в глаза:

— Обижаешь!

— Значит, нужно его портфель брать,— сказал «Пахан», вышел из машины и вошел в телефонную будку, набрал номер: — Игнат? — сказал он в трубку.— У меня пусто. А где шпингалеты?

– В Колпачном переулке, возле ОВИРа.

Среди миллионов московских телефонных разговоров этот короткий разговор не привлек ничьего внимания, а между тем «Пахан» понял, что «шпингалеты» – вторая группа московских уголовников, привлеченная Светловым для работы, сопровождает сейчас Николая Афанасьевича Бакланова и находится в данный момент в Колпачном.

В это же время

Толпа родственников и друзей арестованных по операции «Каскад» заправил «левой экономики», как и вчера, осаждала четыре низких окошка Отделения приема передач Бутырской тюрьмы. В этой очереди капитан Колганов высмотрел пожилую, усталую и разом состарившуюся женщину – Галину Леонидовну Брежневу. Заплаканное и густо напудренное лицо, отсутствующие глаза, в руках пакеты с какой-то едой. Неподалеку от нее дежурный по Отделению, пожилой старшина, громогласно объявил:

– Передачи только от прямых родственников! Предупреждаю: никаких знакомых, никаких друзей! Нехер тут арестованных икрой кормить! У них уже запоры от ваших передач!

Часть посетителей, вздохнув, откололась от очереди, несколько человек окружили дежурного, пытаясь внушить ему, что они принесли только лекарства, но старшина был непреклонен:

– У нас тут доктор есть! Он им пропишет лекарства!

Но Галина Леонидовна не выходила из очереди, словно не слышала объявления. Когда до окошка оставалось два человека, капитан Колганов протиснулся к ней, сказал негромко:

– Дайте мне вашу передачу, я сдам. У вас все равно не примут...

– А у вас? – спросила она.

– Попробуем...– усмехнулся Колганов.

Затем он низко нагнулся к окошку приема передач и сказал приемщице:

– Зоя, это для Бориса Бурятского, камера 317.

Приемщица удивленно вскинула глаза и узнала Колганова:

– Витек, а ты кем приходишься этому Бурятскому?

– Сводный брат! – сказал Колганов, глядя ей прямо в глаза.

– Как это «сводный брат»? – не поняла приемщица.

– Ну так, у нас матери разные. Держи передачу, Зоя.

Приемщица, поколебавшись, приняла передачу, открыла пакеты и стала ножом разрезать финскую колбасу, болгарские помидоры.

– Помидоры-то зачем? – удивился Колганов.– Как я могу в помидор подложить что-то?

– А ты не знаешь! – сказала приемщица.– Некоторые туда спиртягу шприцем вводят, насобачились...

Выйдя вместе с Галиной Брежневой из Бутырки на Лесную улицу, Колганов показал ей на милицейскую машину, попросил:

– С вами хочет поговорить один человек. Давайте подъедем...

В это же время

На рабочей окраине Москвы, на улице Гагарина, 6, никто не отвечал на звонки в квартиру № 3, где была прописана Тамара Бакши. Подозревая, что за дверьми его может ждать труп этой Тамары, Светлов вызвал соседей Тамары и приказал своему шоферу-старшине милиции вышибить дверь. Никакого трупа в квартире не было, и вообще вся трехкомнатная квартира выглядела запущенной – пыль лежала на мебели, цветы на подоконнике засохли, из открытого и выключенного холодильника дурно пахло гнилой капустой.

– Да она вообще тут не бывает пошти,– сказала Светлову старушка-соседка.– Отец на границе служит, полковник, и мать с ним, а эта прохиндейка домой, может, раз в месяц заглядует...

– А где она работает?

Старушка усмехнулась:

– А где шалавы работают? Где спят – там работают...

11 часов 00 минут

Троллейбус довез Веру Петровну Вигун до площади Пушкина. Она вышла и, семеня, боясь поскользнуться на заснеженном тротуаре улицы Горького, пошла вниз – мимо витрин кондитерского магазина и рыбного магазина «Океан». В витринах кондитерского рдели муляжные торты, а за стеклами витрин «Океана» струи воды омывали огромную и тоже муляжную севрюгу. Но ни настоящих московских тортов, ни тем более севрюги в магазинах не было, а торговали только печеньем и рыбными консервами, и потому очередей возле магазинов не было. Но из магазина в магазин по трафаретному кольцу сновали озабоченные домохозяйки с кошелками и авоськами в руках. У них были зоркие рыщущие глаза и тренированный слух – по малейшим приметам в поведении магазинных грузчиков и продавщиц они вычисляли, что завезли в рыбный и, значит, вот-вот «выбросят» на прилавок какую-нибудь свежую рыбу, или – что в «Елисеевском» будут «давать» сосиски и кур. Улица Горького – парадная вывеска Москвы, снабжается куда лучше окраин, и при опыте ежедневной охоты за продуктами здесь можно «достать» даже мандарины.

Но Веру Петровну Вигун не тронула даже подозрительная суета возле магазина «Хрусталь» на углу улицы Горького и Большого Гнездиковского переулка, куда вдруг со всех сторон бегом, как на пожар, устремились прохожие, и где мгновенно выстроилась длинная, на треть квартала, очередь,– минуту назад к магазину подкатил длинный грузовик «Совтрансэкспорта», прибыл чешский хрусталь. Усиленный наряд милиции торопливо шел к очереди, чтоб унять шум и волнение... Однако Вера Петровна пренебрежительно миновала соблазн оказаться одной из первых в очереди за чешским хрусталем и, выбравшись из набежавшей толпы, она свернула за угол, в Большой Гнездиковский переулок.

Здесь, в двухстах метрах от шумной улицы Горького, за резной металлической оградой стоял тихий трехэтажный особняк – Государственный комитет по делам кинематографии, которому подчинены все двадцать три киностудии страны. Вера Петровна вошла в проходную и тут же наткнулась на высокого однорукого вахтера, который сказал сухо, но вежливо:

– Вы к кому?

– Я к министру, хочу на прием записаться...

– Позвоните,– кивнул вахтер на висевший на стене внутренний телефон.

Вера Петровна сняла трубку, сказала телефонистке внутреннего коммутатора:

– Приемную Ярмаша. Приемная? Я хочу попасть к товарищу Ярмашу Филиппу Тимофеевичу. Фамилия? Моя фамилия Вигун, Вера Петровна. Да, жена. По какому вопросу? По личному...

Небольшая пауза – секретарша министра попросила Веру Петровну подождать у телефона. Затем Вера Петровна услышала:

– Филипп Тимофеевич в отъезде, будет через неделю.

– Хорошо,– сказала Вера Петровна,– запишите меня через неделю.

– К сожалению, он прилетит на один день и снова улетит в Болгарию на фестиваль...

– Понятно...– произнесла Вера Петровна и повесила трубку.

В это же время

В МУРе, на Петровке, 38, грохотали офицерские сапоги, трезвонили телефоны. В коридорах стоял мат-перемат, арестованных за ночь воров, хулиганов и вокзальных проституток конвоиры вели из внутренней тюрьмы на допросы к следователям. На лестнице лаяла чья-то сыскная собака. На третьем этаже в кабинете Светлова я допрашивал Галину Леонидовну Брежневу. Впрочем, допросом это назвать было трудно, поскольку Галя, в основном, плакала и просила:

– Спасите его! Спасите!..

– Галя, кто такой Гиви Мингадзе?

Она отвернула голову к окну, сказала сухо:

– Я не знаю.

– Неправда. Из-за этого Гиви ваш друг Бурятский пытался

ограбить артистку Ирину Бугримову и попал в тюрьму.

– Он не грабил. Он пришел за своими бриллиантами...

– Которые вы ей передали, чтобы она «вытащила этого Гиви через своего хахаля»,– процитировал я.– Это ваши слова, вы говорили их Бурятскому в субботу утром, а Отдел разведки прослушивал. Поэтому они заранее знали, что Бурятский придет к Бугримовой, и устроили ему там ловушку.

– Да? А я думала, что это Ирка милицию позвала, чтобы не отдавать бриллианты.

– Галя, теперь вернемся к началу. Кто такой Гиви, и как могла ему помочь артистка цирка Бугримова?

– Гиви – бывший приятель Бурятского и дяди Семена. Три года назад его посадили в тюрьму за валютные операции. У Бориса остались его бриллианты, и он попросил меня отдать их Бугримовой, чтобы она вытащила Гиви из тюрьмы. Ей это ничего не стоит – в нее влюблен начальник всех лагерей и тюрем страны. Как это у вас называется?

– ГУИТУ,– сказал я.– Главное управление исправительно-трудовых учреждений. Но разве не проще было попросить вашего дядю? Одно слово Вигуна – и Гиви был бы на свободе. И вообще, непонятно – как его могли посадить, если он был приятель Вигуна?

– Они поссорились, и дядя о нем слышать не хотел.

– Из-за чего поссорились?

– Я не знаю!!! – воскликнула она с каким-то даже надрывом.– Не пытайте меня! Я вам все равно ничего не скажу! Я ничего не знаю!

– Знаете, Галя. Просто Бакланов вас вчера так запугал, что вы боитесь говорить. Но имейте ввиду – они проводят «Каскад» и раздуют теперь дело вашего Бориса только для того, чтобы сбросить вашего отца. Я должен знать, о чем говорил с вами вчера Бакланов...

Она не отвечала. Она снова отвернулась к окну – там, за окном светловского кабинета все шел снег, укрывая мягкими хлопьями и без того заснеженную Петровку и соседний сад «Эрмитаж».

– И вы готовы предать родного отца ради... чего? Галя! – сказал я.

– Папу все равно снимут! – резко повернулась она.– Не

сегодня, так завтра, через два месяца! А Боря... Они мне обещали, что они его скоро отпустят.

– Кто – они?

Галя опустила глаза, произнесла:

– Я не могу вам сказать.

– Галя, они вас обманут,– сказал я.– Бакланов, Краснов, Щелоков – они вас обманут. Они уже сейчас шьют Борису связь с иностранными разведками...

Она промолчала. Что ж, подумал я, в конце концов, если она так любит этого Бурятского, они могли уговорить ее молчать и пообещали, что чем гибельней для ее отца будет «дело Бурятского», тем лучше для нее: после отставки Брежнева Чурбанов с ней немедленно разведется, Бурятского освободят, и она счастливо заживет со своим любимым. А папе-Брежневу все равно пора на пенсию, так что никакого особого предательства нет, наоборот, ему лечиться надо, Леониду Ильичу, отдыхать...

Но если это так, то разговаривать с ней сейчас бесполезно – любовь пятидесятилетних женщин еще более слепа, чем семнадцатилетних. Я спросил – уже не для протокола, а ради собственного любопытства:

– Галя, скажите мне, если можете. Ваш отец – Глава государства, ваш муж – заместитель министра внутренних дел, да и сами вы числитесь старшим сотрудником в Институте США и получаете рублей триста в месяц. То есть вы живете при зарплате и на всем готовом – на государственных дачах, квартирах, с государственными машинами и яхтами. Зачем же вы еще спекулировали, брали взятки, бриллианты, золото?

Она посмотрела мне в глаза и встала, произнесла презрительно:

– Слушайте, что вы корчите из себя честного? А вы бы не брали, когда дают? Я простая баба – я люблю мужиков, жизнь, бриллианты. И не корчу из себя целку! Вон Рада Хрущева корчила из себя честную и – что? Теперь живет на одну зарплату и по утрам стоит в очереди за маслом! Мне плевать на отца, он свое уже пожил, но спасите мне Борю, и я вас озолочу!

И второй раз за эти два дня я подумал: а не послать ли их всех к бениной маме: и Брежнева, и все его «святое семейство». Если бы вчера не погибла Ниночка...

Я посмотрел в глаза этой пятидесятилетней влюбленной дуре и спросил:

– А Бакланову вы предлагали взятку?

В это же время

В отделе кадров Большого Театра следователь Тарас Карпович Венделовский получил целую пачку фотографий Бориса Бурятского – во весь рост, в анфас, в профиль. Действительно, наводчица-домушница Элеонора Савицкая была права: внешность у Бурятского была весьма импозантная, с фотографий сразу бросались в глаза горделивая осанка, с немалой долей театральности, холеные руки и лицо, большие темные, чуть навыкате глаза, длинные черные волосы и уже наметившийся пышный подбородок, подпираемый кружевным жабо. Взглянув на эти фото, любой тюремный надзиратель подтвердил бы первичный диагноз одного из ведущих раскольщиков Бутырской тюрьмы «Доцента» Грузилова: «Артист, психика слабая, за сутки сломается».

Из Большого Театра Венделовский отправился в Союз художников СССР за фотографией еще одного арестованного приятеля Вигуна – грузинского художника Сандро Катаури.

В это же время

Светлов приехал в МУР злой, как черт.

– Где Шамраев? – спросил он в дежурке капитана Ласкина.

– У вас в кабинете допрашивает Галину Брежневу.

Светлов положил перед Ласкиным пачку фотографий, изъятых им на квартире Тамары Бакши из ее семейного фотоальбома.

– Посмотри, пожалуйста, в картотеке «блядского отдела» – нет ли там этой сучки,– приказал он.– Если нет, поезжай в гостиницу «Украина», покажи фотки администратору. И пошуруй по другим злачным местам – к вечеру эту шалаву нужно найти!

Ласкин вышел, а Светлов, оставшись в одиночестве в дежурке своего III-го отдела, тут же снял трубку городского телефона и, заглянув в телефонный справочник, набрал номер главврача вендиспансера № 7 Гольберга: – Лев Аронович? Светлов беспокоит из МУРа. Здравствуйте. Один вопрос. На какой день после контакта с больной венерической болезнью могут появиться признаки триппера или сифилиса? Рези? Нет, резей пока нет. Цвет мочи? Черт ее знает!..

Выслушав Гольберга и положив трубку, Светлов взял со стола стакан и ушел в туалет.

В это же время

Выйдя из ОВИРа, Николай Афанасьевич Бакланов подошел к своей запорошенной снегом служебной милицейской «Волге» и увидел, что поджидавший его шофер, старшина милиции Андреев мирно спит за баранкой на первом сиденье, разомлев от тепла в хорошо обогреваемой кабине, а машина, между тем, накренилась на спущенное левое заднее колесо.

Бакланов разбудил шофера и молча показал ему на эту беду.

– Ох, еф тать! – засуетился шофер.– Где ж это я гвоздя схватил? Но это одну минутку, Николай Афанасьевич, сейчас запаску переброшу...

Он ринулся к багажнику и сунул ключ в замок, но ключ в замке багажника не проворачивался, и багажник не открывался.

– Паскуда! – выругался шофер, стуча кулаком по замку багажника.– Не иначе вода в замок попала, замерз, сука!..

Дальше пошли небольшие шоферские хитрости московских водителей: Андреев стал греть ключ над пламенем спички и совать его в замок горячим, но это не помогло.

Бакланов стоял на тротуаре, держа в руке свой неизменный черный кожаный портфель, и с тоской смотрел на эту суету. Хотелось есть, время было уже почти двенадцать. И в этот момент рядом с ним остановился проезжавший по Колпачному переулку чистенький, сияющий зеленый «Жигуленок», и из машины, обрадованный встречей, шел к Бакланову какой-то хорошо одетый, в пыжиковой шапке мужчина:

– Николай Афанасьевич, родной! Сколько лет, сколько зим! Не узнаете? И в жизни не узнаете! А я вас сразу узнал!

Ну? Ну, угадайте – кто я? Ну, пожалуйста! Ха! Никогда не угадаете! Михаил Беляков!

Ни фамилия, ни внешность этого веселого мужчины ни о чем не говорили Бакланову, но в жизни следователя такие встречи бывают, как минимум, раз в месяц – ваши бывшие подследственные узнают вас на улице, в ресторанах, в кино, и, в зависимости от срока, который они когда-то получили, либо плюют вам вслед, либо бросаются навстречу с распростертыми объятиями. Похоже, это был второй вариант...

– Ну как же?! – говорил Беляков.– Не помните? А дело Ростовского винтреста в 69-ом году помните? Нас тогда 140 человек по делу проходило. Но вы меня тогда не под хищение, а под растяпство подвели, я всего три года получил. Но все! Я теперь честный человек, институт закончил, в «Мосшвейторге» работаю. Николай Афанасьевич, за ради такой встречи – в любой ресторан, я приглашаю!

Бакланов вспомнил, что действительно вел в 69-ом году дело Ростовского винтреста, но поди вспомни, кого ты тогда под какую статью подвел!

– Извините, я не могу в ресторан, я занят...– сказал Бакланов.

– Да бросьте! Мы все заняты! А жизнь-то идет! Уходит, подлая! – настаивал Беляков.– Ну хоть по пивку, Николай Афанасьевич! Ей Богу, кровно обидите! Вы же мне как отец родной, на всю жизнь урок дали! Тут пивной бар рядышком, на Таганке, я как раз туда еду. Пиво обожаю...

Бакланов посмотрел в его просящие глаза, потом – на своего шофера, который, матерясь, безуспешно мучился с замком багажника, потом снова на своего соблазнителя. И спросил:

– А пиво-то есть там сейчас?

– Для меня? – воскликнул Беляков.– Для меня всегда есть! Поехали! Садитесь! Я вас потом в любое место подброшу...

И через семь минут Бакланов и Беляков уже были в шумном, набитом людьми пивном баре неподалеку от знаменитого Театра на Таганке. Влажный пивной дух, теснота за столиками, неяркий свет лампочек, тонущих в сигаретном дыму, очередь за бочковым пивом и какое-то особое духовное родство любителей пива привычно расслабили Бакланова.

18*

Беляков цепким взглядом оглядел зал, высмотрел возле какого-то фиксатого мужика свободный уголок столика и приказал Бакланову:

– Занимайте место, Николай Афанасьевич! А я мигом, я без очереди пивка раздобуду! – и ринулся вперед, к стойке: – Братцы, я тут стоял, бля буду! – и уже кричал продавщице: – Олечка, ты мне шесть пива должна!

– Бакланов очистил доставшийся им просто чудом уголок столика, поставил у себя между ногами свой черный кожаный портфель, а сияющий Беляков уже нес на столик шесть кружек пенистого пива – по три кружки в каждой руке...

И первые глотки холодного пива ублажали усталую душу Николая Бакланова. Он и не заметил, как у него за спиной бывший король одесских домушников «Фикса», обменявшись коротким взглядом с жизнерадостным Беляковым, подменил у него в ногах его черный кожаный портфель на точно такой же. Рядом с Баклановым, не останавливаясь ни на секунду, трещал жизнерадостный Беляков:

– Я, как вышел из тюряги, сказал себе: все! Иди учиться...

В туалете пивного бара, запершись в кабинке, «Фикса» и «Пахан», не читая, фотографировали все извлеченные из баклановского портфеля бумаги.

12 часов 00 минут

Большие напольные часы в старинной тумбе красного дерева мелодично пробили полдень. Из-за светло-дубовой двери кабинета Андропова появилась фигура его помощника, статного розовощекого майора, он произнес негромко:

– Прошу вас, товарищи, к Юрию Владимировичу.

Сидевшие в приемной поднялись и направились к двери кабинета, старательно соблюдая неписаный табель о рангах: сначала гости – Генеральный прокурор СССР Рекунков и с ним Министр Внутренних дел СССР Щелоков, затем начальник отдела разведки генерал Краснов и с ним начальник следственной части Прокуратуры СССР Герман Каракоз, а дальше хозяева – Заместители Андропова Цинев, Пирожков, Матросов, начальник Следственного Управления КГБ Борис Курбанов.

Из глубины кабинета, из-за обширного письменного стола навстречу гостям шел пожилой плотный крупноголовый, с залысиной в седых волосах, в роговых очках на полном, чуть удлиненном лице мужчина с внимательными глазами – Юрий Владимирович Андропов, Председатель КГБ СССР. Он поздоровался с гостями за руку и коротким жестом показал на стол для заседаний, стоящий отдельно от письменного стола. Отличный, как на картине, вид на Москву и Кремль открывался из окон этого кабинета. Фигура каменного памятника Дзержинскому в длиннополой шинели стояла на площади спиной к кабинету Андропова и лицом к Москве и Кремлю. И портрет того же Дзержинского висел в кабинете рядом с портретами Ленина, Брежнева и Суслова, причем угол портрета Суслова был уже в черной, как и положено, ленте. Под портретами, на просторном книжном стеллаже – Большая Советская Энциклопедия, полное собрание сочинений Ленина, труды Брежнева, Дзержинского и большое количество книг на английском языке, включая «КГБ», «Большой террор» и «Горький-парк». Отдельно на журнальном столике – свежие «Нью-Йорк таймс», «Вашингтон пост», лондонская «Таймс». Все говорило, о том, что хозяин кабинета знает английский язык.

Пройдя по застилавшему весь пол кабинета персидскому ковру, гости расселись за столом для заседаний. Андропов, как вежливый хозяин, сел последним, и не во главе стола, а, чтобы не выпячивать свою хозяйскую роль,– рядом с Генеральным прокурором и министром МВД Щелоковым. Помощник вручил ему кожаную красную папку с грифом «Секретно». Но прежде, чем открыть папку, Андропов сказал:

– Собственно, дело, по которому я пригласил вас, вам знакомо. Нужно сказать, что этот январь вообще стал для нас месяцем больших испытаний. Не говоря уже о всяких сложностях в Польше и Афганистане, сразу в течение одной недели две такие утраты: Семен Кузьмич Вигун и Михаил Андреевич Суслов. Некоторые западные корреспонденты пытаются даже связать два эти события и дают тем самым пищу для инсинуаций своим газетам и радиостанциям. Я начал с этого потому, что любая нездоровая шумиха вокруг имен руководителей нашего государства отражается на престиже нашей партии и страны. И в свете этого крайне важно объединить наши усилия в расследовании обстоятельств смерти Семена Кузьмича Вигуна. Мне лично с самого начала это самоубийство показалось странным, а теперь, после сообщения товарища Щелокова о признаниях некоего Бурятского...

Со стен кабинета смотрели за окно, на каменную фигуру Дзержинского портреты Ленина, Брежнева, Суслова. Каменный Дзержинский смотрел дальше, на Москву, на проспект Маркса. Метельный ветер сдувал снег с его длиннополой шинели.

В это время

В широких окнах первого этажа редакции газеты «Известия» стояли большие броские фотостенды ТАСС, целиком посвященные «Новому позорному агрессивному акту Израиля – аннексии Голландских высот». Постояв возле них, Вера Петровна Вигун вошла в телефонную будку и набрала номер, который она знала наизусть уже семнадцать лет. На противоположном конце провода, в квартире Леонида Ильича Брежнева на Кутузовском проспекте ответили незамедлительно, но настороженно:

– Алло...

– Викторию Петровну, пожалуйста.

– А кто ее спрашивает? – сказал мужской голос.

– Ее сестра.

– Виктории Петровны сейчас нет в Москве.

– А где она?

– Я не могу вам сказать...

– Но может быть она на даче? Я звоню уже третий раз!

– Я знаю. Я вам третий раз говорю, Вера Петровна, ее действительно нет в Москве. Она... на юге.

Вера Петровна медленно повесила трубку и стояла в холодной, с выбитым стеклом и продуваемой ветром телефонной будке. Надежды на то, что посвященный дням ее юности фильм «Незримая война» будет снят, не было, но самое обидное, что ее родная сестра Вика не желает с ней видеться. Что ж, решила Вера Петровна, тем хуже для нее и для Брежнева.

И с этой мыслью она достала из кармана своей старенькой каракулевой шубы тонкий, без марки конверт, который нашла сегодня утром в своем почтовом ящике. И не спеша, старательно разорвала этот конверт на мелкие клочки. Затем вышла из телефонной будки и по привычке, присущей чистоплотным московским старожилам, бросила эти клочки в мусорную урну. И, не оглядываясь, пошла в кинотеатр «Россия» на фильм «Пираты XX века».

В это время

Бригадиру следственной бригады
Шамраеву И.И.

Рапорт

Выполняя ваше поручение, сегодня, 26 января 1982 года предъявил служащим гостиницы «Россия» 26 фототаблиц с фотографиями десяти мужчин грузинской национальности в возрасте от 30 до 45 лет и шестнадцати мужчин русской и еврейской национальности, брюнетов того же возраста. В числе предъявленных фотографий были фотографии Гиви Мингадзе, Бориса Бурятского и Сандро Катаури. На этих фототаблицах дежурная по десятому этажу Елизавета Коняева, буфетчица Ксения Масевич и уборщица Дарья Широкова категорически опознали в Гиви Мингадзе и Борисе Бурятском тех «чистильщиков ковров», которые производили чистку ковров на десятом этаже гостиницы за день до пожара 26 мая 1976 года.

Старший следователь по особо
важным делам при Генеральном
прокуроре СССР советник юстиции
Т.Венделовский.

– Этим рапортом мы прижмем Веру Петровну Вигун,– сказал я Светлову.– Не может быть, чтобы эта старуха не знала, что пожар в «России» – дело рук ее мужа. А я бы очень хотел иметь пиджак, который треснул на Вигуне. Так что свяжись с Ожерельевым, пусть приглашает Веру Петровну на беседу.

Но телефонный звонок опередил Светлова. Он выслушал чей-то доклад и нахмурился, сказал мне:

– Они потеряли эту Веру Петровну в кинотеатре «Россия». Идиоты! Но нашли какое-то письмо, которое она выбросила по дороге. Сейчас доставят.

12 часов 32 минуты

Из рапорта майора Ожерельева

...В 12.17 минут, выйдя из телефонной будки, объект выбросила в мусорную урну мелкие клочки какой-то бумаги и двинулась к кассам кинотеатра «Россия». Сопровождавшая объект и переодетая под домашнюю хозяйку младший лейтенант Синицына П.О. вынуждена была задержаться у этой урны, чтобы собрать раздуваемые ветром клочки бумаги. Тем временем объект, купив с рук билет, вошла в переполненный публикой кинотеатр, где затерялась среди публики. Принимаю все меры к обнаружению объекта, все входы и выходы из кинотеатра блокированы. В случае вашего приказа сеанс будет прерван и зрители будут выпущены только через одну дверь.

Собранные клочки бумаги препровождаю с нарочным.

Жду указаний.

Майор *В. Ожерельев*

Клочков бумаги было 27. Мы со Светловым принялись наклеивать их на чистый лист бумаги. Это была занудная и непростая работа, Светлов ерзал и явно томился этой «белибердой». Тут прозвучал новый телефонный звонок и, выслушав очередной доклад, Светлов сказал мне:

– Я помчался к своим уркам. Они уже вернули Бакланову портфель, нужно проявить пленки. А это ты сам доклеишь!

– Подожди,– удержал я его.– Тут, кажется, что-то интересное.

Действительно, текст изорванного Верой Петровной письма подбрасывал новую головоломку. Округлым женским почерком на одном листке бумаги было написано:

«Уважаемая Вера Петровна!

Надеюсь, Вы еще помните меня, я – Аня Финштейн, я работала монтажницей на фильме по сценарию Вашего мужа «Фронт без флангов», а мой папа был звукооператором этого фильма. И я уверена, что Вы помните моего жениха Гиви Мингадзе. 18 июля 1978 года, как раз накануне нашей с ним свадьбы, Ваш муж арестовал его и посадил в тюрьму, а нам пришлось срочно эмигрировать из СССР.

Больше трех лет я не знала, как папе удалось тогда за один день получить выездную визу в Израиль и почему мы так спешно бежали из Советского Союза. Месяц назад мой папа умер и перед смертью рассказал мне все. Конечно, я могла тут же сообщить израильской разведке, в ЦРУ или западным корреспондентам, где в Москве лежат 24 бобины магнитофонных пленок, которые мой отец не успел уничтожить в спешке отъезда. Вы понимаете, что они сумели бы вывезти эти пленки из СССР. Но я не сделала этого, а написала Вашему мужу письмо прямо в КГБ. Я считала, что даже если цензура вскроет это письмо — все равно отдадут Вигуну, ведь они ему подчиняются. В этом письме я предложила Вашему мужу обмен: он отдает мне Гиви Мингадзе, а я называю адрес, где спрятаны эти пленки. Конечно, зная Вашего мужа и, вообще, что такое КГБ, я не указала свой домашний адрес, а только номер почтового бокса в том почтовом отделении, где моя подруга работает заведующей. 12-го января на этот адрес пришел ответ — открытка, где было сказано: «Аня, нужно обсудить обмен. 14-го января, 2 часа дня, кафе «Пенаты» на углу Дитзенгофф и Фишман в Тель-Авиве». Но в тот же день моя подруга обратила внимание на незнакомых мужчин и женщин, которые, сменяя друг друга, топчутся на почте у стенки с почтовыми боксами. Они дежурили там 12-го, 13-го и 14-го, и я, конечно, не пошла на эту встречу. Кроме того, Ваш муж никогда не называл меня Аней... 15-го и 16-го в моем почтовом боксе лежали телеграммы с настойчивой просьбой встретиться, а 17-го я обнаружила возле моего дома двух подозрительных женщин. (Знаете, у нас в Израиле есть целое поселение арабов, которые понавезли себе жен из России. Так вот, те две бабы были похожи на воронежских ткачих, одетых в арабские платья).

В тот же день я покинула Израиль.

Уже в Европе я узнала, что Ваш муж умер.

Я не знаю, кто послал тех людей — Вигун или кто-то другой, но если бы они хотели совершить честный обмен, они

*не стали бы меня выслеживать, не так ли? И Семен Кузьмич
назвал бы меня так, как называл, когда приходил в нашу мон-
тажную...*

*Я удрала от этих гэбэшников, Вашего мужа нет в живых,
а я хочу все-таки вытащить моего Гиви из тюрьмы и из СССР.*

Поэтому я делаю через вас последнюю попытку.

*ПЕРЕДАЙТЕ ВАШЕМУ ШУРИНУ ЛЕОНИДУ ИЛЬИ-
ЧУ, ЧТО ЕСЛИ Я В ТЕЧЕНИЕ НЕДЕЛИ НЕ ПОЛУЧУ ГИ-
ВИ, ТО Я НАЗОВУ АДРЕС, ГДЕ ЛЕЖАТ ЭТИ ПЛЕНКИ,
ЗАПАДНЫМ КОРРЕСПОНДЕНТАМ И РАЗВЕДКАМ.*

*И эти записи начнут передавать по «Голосу Америки» и
опубликуют в западной печати. И весь мир услышит, что в
домашнем кругу говорят Брежнев, его сын, дочь, брат и его
приятели Устинов и Вигун о советской власти, членах вашего
политбюро, внутренней и внешней политике Сов. правительства, военных планах Генштаба и так называемом международном коммунистическом движении.*

*Телефон, по которому со мной можно связаться в Европе:
0611-34-18-19, но имейте ввиду: это только «ансверинг сервис»
– служба приема записок по телефону.*

*Итак, вы получите это письмо 26-го, я жду освобождения
Гиви ровно неделю, а если не получу своего жениха – 4-го
февраля иду к американским корреспондентам.*

Аня Финштейн

Европа, 23 января 1982 г.

*P. S. Не бойтесь, это письмо Вам доставит не ЦРУ. Я
нашла человека, который сегодня летит в СССР в турпоезд-
ку.»*

– Ха! – сказал Светлов.– Наивная дура! Я сейчас запрошу
списки туристов, которые прибыли в Москву за последние два
дня, и найду этого типчика...

– Подожди,– сказал я.– Ты понимаешь что-нибудь в этом
письме?

– Что ж тут понять! Ее папа каким-то образом записал
домашние разговоры Брежнева, а потом почему-то бежал из
СССР, а пленки не вывез и не успел уничтожить. И теперь она
будет шантажировать нас этими пленками, чтобы мы ей отдали преступника, который поджег «Россию». Фигу ей! Ей Вигун
его не отдал, а мы уж... Подожди! – вдруг прищурился он и

снова стал перечитывать письмо.– Но ведь ее первое письмо могло и не попасть к Вигуну... И тогда... Тогда это и есть те пленки, которые ищут Краснов, Бакланов и Маленина.

Я снял телефонную трубку и, полистав телефонный справочник, набрал номер Начальника Главпочтамта Москвы Мещерякова.

– Виктор Борисович, вас беспокоит следователь Шамраев из Прокуратуры СССР. Я вам в субботу отправил постановление о выемке почтово-телеграфной корреспонденции Вигуна...:

– Я знаю, знаю,– пробасил он.– Я вам как раз готовлю ответ.

Дело в том, что всю почту товарища Вигуна с 19-го января изымает Следственное Управление КГБ СССР.

– А до 19-го?

– А до 19-го вся почта ему доставлялась, лично.

– Вся?

– Ну, конечно! А как же!

– Спасибо,– я положил трубку и повернулся к Светлову.– Поехали на Комсомольскую площадь, в цензуру.

– Но меня урки ждут! – сказал он.– И кроме того, что делать Ожерельеву с женой Вигуна? Он ждет указаний. Я еду мимо него.

– Сначала мы с тобой едем в цензуру,– сказал я.– А жена Вигуна пусть пока смотрит кино. Во всяком случае, нам сейчас не до нее, пусть Ожерельев ее пока на трогает,– я сложил письмо Ани Финштейн и спрятал в карман.– Поехали!

Светлов посмотрел на меня и вздохнул:

– Не было печали! Мало двух убийц искать, так теперь еще эти пленки! На хер ты ввязался в это дело?!

– Мы эти пленки искать не будем,– ответил я. И продолжил в ответ на его удивленный взгляд. – Если это те пленки, которые ищут Краснов, Бакланов и Маленина, то мы тут в гонку ввязываться не будем. Мы просто отдадим ей этого грузина и все. Если он еще жив, конечно.

В кабинет вошел капитан Ласкин, доложил:

– Марат Алексеевич, эту Тамару Бакши опознали в «Национале». Каждый вечер бывает там в валютном баре. Вечером мы ее там прихватим.

– Нет уж! – воскликнул Светлов.– Прихватывать ее буду я!

13 часов 00 минут

Заседание у Андропова продолжалось. Здесь, в этом просторном кабинете, сидели сейчас люди, которым практически принадлежит вся надзирающая и карательная власть в стране. И они знали это, а потому их речь была нетороплива, никто не форсировал голос, не пикировался. Все были отменно вежливы и взаимно внимательны.

–...Приходится признать,– говорил Начальник Следственного Управления КГБ Борис Курбанов,– что при осмотре места происшествия 19-го января лично я допустил несколько ошибок. Я не заметил там ни следов борьбы, ни следа второй пули на форточке, и, поскольку я не подозревал, что это может быть убийство, я не послал на экспертизу предсмертную записку Семена Кузьмича. Все это, как я знаю, сделал следователь Шамраев. И, если бы не эти подозрительные контакты Бориса Бурятского с иностранными агентами, я бы первый сказал товарищу Краснову: отдайте этого Бурятского Прокуратуре, пусть они разбираются. Но, если этот Бурятский – завербованный иностранный агент, то тут все сложней. Тут возникает не только перспектива разоблачения враждебной акции иностранных разведок, но и более интересная идея – перевербовка агентов, с которыми имел дело этот Бурятский, то есть контригра с западными разведками. А это уж целиком в ведении нашего 8-го Управления. Конечно,– улыбнулся он,– у Прокуратуры или у МВД может возникнуть впечатление, что они провели всю основную работу, а мы тут снимем пенку...

Все рассмеялись, Краснов сказал:

– Лично мы готовы пожертвовать наградами ради дела...

И все присутствующие взглянули на Генерального Прокурора СССР Рекункова и начальника следственной части Прокуратуры Германа Каракоза. Рекунков взял у сидевшего рядом с ним Щелокова красную коленкоровую папку с грифом «СОВЕРШЕННО СЕКРЕТНО» и надписью «Дело Б.Бурятского», и, листая его, негромко прокашлялся в кулак, произнес:

– Кх-м!.. Честно говоря, я с самого начала мечтал сдыхаться

от этого дела. Как говорится, баба с возу...

Снова все разулыбались, Краснов даже облегченно откинулся в кресле, но тут Рекунков продолжил:

— Но я вижу, что при расследовании дела мой следователь Шамраев и товарищи из Отдела разведки допустили ряд промахов. Например, нет протоколов допроса телохранителя Вигуна и его шофера...

— Они оба в отпуске, где-то на юге...– сказал Пирожков, чуть нервничая.

— Ну, это не важно, их можно вызвать,– заметил Андропов.

— Вот именно,– сказал Рекунков.– Нужно их вызвать, допросить: как так, что они выстрелов не слышали? Все-таки два выстрела прозвучало, если верить этому Бурятскому. А кроме того, надо провести следственный эксперимент – отвезти этого Бурятского на квартиру, пусть он по минутам покажет, как дело было. А внизу, в вестибюле, где сидел телохранитель, посадить человека, пусть послушает, слышны там выстрелы или нет.

— Это все и мы можем сделать,– сказал Курбанов.– Он у нас не только по минутам, он по секундам все покажет!

Все усмехнулись, а Генеральный все тем же, чуть врастяжку тоном сказал:

— Я понимаю... Но и вы меня поймите: мне же идти к Леониду Ильичу и говорить ему, что я отказываюсь от этого дела. Но для этого мне нужны веские причины,– и он посмотрел в глаза Щелокову: – Вот положите в дело протоколы допроса телохранителя и шофера Вигуна, результаты следственного эксперимента с этим Бурятским и все, я поеду к Леониду Ильичу, доложу, что убийца или там неубийца найден, и мы отдаем его в руки КГБ.

— Но это еще черт знает сколько времени займет,– сказал Краснов.

— Ну, а куда спешить? – спросил его Рекунков.– Бурятский от нас не сбежит, я надеюсь?

В это же время

На Комсомольской площади, слева от Ленинградского вокзала, во дворе старого кирпичного здания грузовой таможни стоит новый серо-бетонный многоэтажный куб с узкими окнами – «Отдел досмотра почтовых вложений при Министерстве Связи СССР». Но, хотя сотрудники этого «Отдела» получают зарплату действительно в Министерстве связи, ни для кого из посвященных в их работу людей не секрет, что подчиняется этот отдел не министру связи, а КГБ.

Когда-то, до хрущевского десанта и еврейской эмиграции поток писем из-за рубежа был сравнительно небольшой, люди боялись переписываться даже с живущими на Западе близкими родственниками, и тогда «Отдел досмотра» обходился сравнительно небольшим штатом сотрудников и занимал всего лишь полэтажа в здании таможни. Но в последние 10-15 лет на Советский Союз обрушилась лавина писем из Америки, Канады, Израиля и Европы, штаты «Отдела досмотра» не успевают расти, и даже в новом, спешно построенном здании, скученность, теснота, по шесть цензоров в одном кабинете. Еще бы! 17 миллионов выходцев из России живут за границей, даже если только половина из них напишет в год лишь по одному письму в милую их сердцу Россию,– на «Отдел» обрушится больше 8 миллионов писем, и каждое из них нужно вскрыть, не оставляя следов вскрытия, прочесть, оценить – пропустить к адресату или не пропустить, и во всех случаях – снять копию и отправить в Спецотдел КГБ, где этот «материал» отсортируют по персоналиям получателей, уложат в Хранилище и будут держать там дни, месяцы, годы – до той минуты, когда появится необходимость превратить этот архивный материал в материал обвинительный.

Предъявив военизированной охране свои служебные удостоверения, мы со Светловым поднялись на третий этаж и по длинному коридору направились к кабинету начальника Отдела Сухорукову. Слева и справа были двери с надписями «Английский сектор», «Японский сектор», «Немецкий сектор», «Еврейский» и так далее. За этими дверьми не звенели телефоны, и вообще по нормам трудовой дисциплины здесь должна стоять идеальная рабочая тишина, но на самом деле почти за каждой дверью слышались веселые голоса – это сотрудники секторов либо обменивались последними московскими сплетнями, либо читали друг другу что-либо особо занятное из получаемых из-за границы писем. Вот и сейчас мимо нас, держа в руке какое-то вскрытое письмо и давясь от смеха, прошмыгнула по коридору из сектора США в немецкий сектор молоденькая цензорша в форме лейтенанта таможенной службы, и мы услышали оттуда ее голос: «Девочки, послушайте! Из Америки. Вчера мне приснилась московская кулебяка...»

Открыв дверь с табличкой «Начальник Отдела почтовых вложений СУХОРУКОВ Р.В.», я удивился: вместо знакомого мне Героя Советского Союза, инвалида Отечественной войны, бывшего летчика-истребителя Романа Сухорукова в его небольшом скромном кабинете теснились четыре заваленных письмами стола, и за одним из этих столов сидела Инна Борисовна Фиготина, его заместитель – маленькая, сухая, лет под 60 женщина в форме майора таможенной службы.

– Здравствуйте,– сказал я.– А где Сухоруков?

– Здравствуйте, Игорь. Роман Викторович здесь больше не работает.

– Как так? Я же его видел тут перед Новым годом.

– То было до Нового года...– сказала она грустно.– А теперь у нас новый начальник – Ксана Аксенчук. Если вы к ней, то она себе выбрала другой кабинет, побольше этого, комната 302. Но вряд ли она сейчас у себя...

Я подсел к ее столу, сказал:

– Инна Борисовна, мне, собственно, не обязательно к ней. Я веду дело о смерти Вигуна, и мне нужно взглянуть в ре- гистрационные книги за прошлый декабрь и этот январь.

– А что вас там интересует?

– Вся почта на имя Вигуна – когда поступала, от кого, кому направлена.

Фиготина посмотрела мне в глаза, потом перевела взгляд на Светлова, и я спохватился, представил его:

– Это Марат Алексеевич Светлов, мой близкий друг и начальник Третьего отдела МУРа. По указанию Брежнева мы вместе расследуем дело Вигуна.

Она еще раз посмотрела на него и на меня, помедлила в раздумье, потом сказала:

– Тогда закройте дверь поплотней, пожалуйста.

Светлов выполнил ее просьбу, после этого она спросила:

– А что именно вас интересует в почте Вигуна?

– Письмо некой Анны Финштейн из Израиля. Оно должно было поступить или перед самым Новым годом, или сразу после него.

Фиготина молча полезла в стол, вытащила папиросы «Беломор», закурила, окутав себя облачком дыма, прищурилась и, наконец, спросила:

– Игорь, как вы узнали об этом письме?

– Ну...– сказал я уклончиво.– Узнали...

– Что ж,– сказала она.– Значит, Бог есть все-таки. Это большой сюрприз!

– Инна Борисовна,– улыбнулся я,– мы пришли не от Бога, мы пришли от Брежнева. Поэтому некоторые подробности об этом письме нам не помешают.

– Хорошо,– сказала она.– Я бы к вам никогда не пришла, но если вы уже здесь... В регистрационных книгах вы ничего об этом письме не найдете. Но оно было. Вообще-то, мы уже давно не придаем значения письмам из-за границы с угрозами Брежневу, Андропову или начальнику ОВИРа Зотову. Такие письма который день пачками приходят и, в основном, от евреев. Требуют выпустить их братьев, мужей, родителей. Угрожают убить. Даже дети пишут: «Брежнев, если ты не выпустишь моего папу, я тебя заколдую». Ну, и прочие глупости. Но письмо от этой Финштейн было особенное. Оно пришло сразу после Нового года, второго или третьего января. И это был какой-то крик души, мы его тут все читали, оно ходило по рукам. Она просила у Вигуна выпустить из тюрьмы ее жениха, какого-то грузина, а в обмен предлагала какие-то магнитофонные пленки с записью домашних разговоров Брежнева. Ну, над этим мы, конечно, посмеялись – чего только не выдумают эти сумасшедшие влюбленные еврейки! И Сухоруков хотел обычным порядком отправить это письмо в канцелярию Вигуна. И вдруг это письмо пропало. Сколько не искали – нету. Ну, вы же знаете Сухорукова – старик разнервничался, кричал, устроил тут выяснение: кто последний держал это письмо в руках? И выяснил, что Ксана Аксенчук, младший цензор арабского отдела, племянница Пирожкова, зампреда КГБ. Но она – ни в какую, говорит, что и не видела этого письма. Так это и забылось. Но 19-го умирает Вигун, в тот же день Сухоруков получает приказ – всю поступающую на имя Вигуна почту немедленно, не вскрывая, отправлять в Следственное Управление КГБ. Потом появляются слухи, что Вигун не умер, а покончил с собой после разговора с Сусловым, а три дня назад, в пятницу, Сухорукову предлагают уйти на пенсию и вместо него начальником «Отдела» назначают – представьте себе кого? – Ксану Аксенчук! Надеюсь вам все ясно? Теперь она у нас начальник, а Сухоруков с инфарктом лежит в Боткинской больнице.

13 часов 45 минут

В зале кинотеатра «Россия» вспыхнул свет, фильм «Пираты XX века» закончился. Зрители, в основном, 12-ти и 14-ти-летние подростки ринулись к выходам из зала, но из 12-ти широких выходных дверей были открыты только три, да и то лишь на одну дверную створку – так, чтобы зрители могли выходить только по одному и, таким образом, майор Ожерельев смог снова найти Веру Петровну Вигун. Но он и не предполагал, на что способны 1200 подростков, только что посмотревших фильм «Пираты XX века» – в зале поднялся ужасающий свист, топот, подростки забарабанили в закрытые двери ногами и кулаками, а потом – подражая только что гулявшим по экрану пиратам – пошли на «штурм» дверей.

И напрасно взывало к этим подросткам радио, по которому администрация кинотеатра просила ребят успокоиться, под их напором уже гнулись закрытые дубовые двери, и в толпе у этих дверей уже раздавались отчаянные крики полузадавленных малышей. Казалось, еще несколько секунд – и толпа, топча малышей, вырвется из зала, сметая слабые милицейские кордоны.

Но Ожерельев спас положение. Он ворвался в кинопроекторскую будку с криком:

– Начинайте фильм! Начинайте фильм, ети вашу мать!

Испуганный киномеханик тут же включил кинопроектор, и «Пираты XX века» снова появились на экране.

И в ту же минуту точно с тем же напором, с каким они только что штурмовали выходы из зала, подростки устремились назад, в зал, на свои места, с ликующими криками и восторженным свистом. Еще бы! Второй раз и «за бесплатно» посмотреть «Пираты XX века»!

– Но они так никогда и не выйдут из зала,– сказала Ожерельеву младший лейтенант милиции Полина Синицына.

– И пусть! – ответил он.– Зато старуха выйдет. Зачем ей смотреть эту муру второй раз?

Он оказался прав: когда зал угомонился, Вера Петровна Вигун двинулась к выходу. Но теперь она была единственной зрительницей, которая покидала зал, и физиономии топтавшихся у входа переодетых милицейских агентов заставили ее насторожиться. Кто-кто, а Вера Петровна Вигун, бывшая чекистка и жена бывшего Первого заместителя Председателя КГБ СССР на столь близком расстоянии безошибочно угадала в этих ребятах что-то родное, гэбэшное. И поняла, из-за кого двери кинотеатра только что были превращены в контрольно-пропускной пункт. Похолодев сердцем и ожидая, что ее сейчас, вот сию секунду арестуют, Вера Петровна медленными шагами прошла через двери на улицу.

Но никто не арестовывал ее, не хватал за руки, не швырял, заткнув рот, в машину. Напряженная, прямая, с гулко ухающим в груди сердцем, Вера Петровна на неживых ногах двигалась по Страстному бульвару прочь от кинотеатра «Россия». И утвердилась в своей догадке: бредя, как в полусне, по Страстному бульвару, она боковым зрением разглядела на другой стороне бульвара неказистый «Москвич», который не спеша, но и не отставая, сопровождал ее вдоль бульвара. Куда-то в низ холодеющего живота упало сердце, и Вера Петровна Вигун познала в эти минуты то предощущение ареста и состояние отчаянной беспомощности простого советского человека перед всесильным КГБ, которым столько лет наслаждался ее муж генерал Вигун. Вера Петровна не сомневалась, что именно КГБ следит за ней, что, видимо, они уже арестовали того, кто утром подбросил в ее почтовый ящик это проклятое письмо Ани Финштейн, а теперь они схватят и ее, и будут пытать, пытать, пытать об этих злополучных пленках...

«Но почему? Почему они не берут меня сейчас, здесь?!» – билось в ее седой голове.

Она не знала, что сидевший в «Москвиче» майор Ожерельев – сотрудник вовсе не КГБ, а МУРа – тщетно разыскивал в эту минуту по радиосвязи своего шефа Марата Светлова и следователя Шамраева, чтобы выяснить тот же вопрос: «Брать или не брать Веру Петровну Вигун ?»

В это время

Не в профессиональной фотолаборатории МУРа, не в Институте судебных экспертиз и даже не в Институте криминалистики, а дома у жизнерадостного Белякова, в крошечной каморке – любительской фотолаборатории его старшего сына Алеши мы со Светловым проявили и печатали пленки, полученные у «Пахана» и «Фиксы». И на мокрых еще листах фотобумаги проступали любопытные документы:

Первое: Акт изъятия ценностей на квартире начальника ОВИРа генерала – К.Зотова. В том числе изъята вещественная улика – диадема из платины с гравировкой на тыльной стороне «Дорогой Анечке от Гиви».

Второе: Протокол допроса начальника ОВИРа К. Зотова – семь страниц этого допроса свидетельствовали о том, что Бакланов изобличил Зотова во взяточничестве: 18-го июля 1978 года Зотов за один день оформил выездную визу в государство Израиль Аркадию Борисовичу (Боруховичу) Финштейн, его жене Раисе Марковне и дочери Анне Аркадьевне, получив за это вышеуказанную диадему из платины, три золотых браслета с бриллиантами и восемь мужских и женских золотых перстней с драгоценными камнями.

Третье: Фотографии Анны Финштейн, ее матери и отца, изъятые из «Выездного дела А. Б. Финштейна № 56197», а также многочисленные фотографии Ани Финштейн, полученные Баклановым при опросах и допросах всех бывших работников киногруппы «Фронт без флангов», начиная от кинорежиссера Игоря Фростева и кончая киноактером Николаем Тихоновым.

Четвертое: Протоколы допросов бывших соседей и сослуживцев Анны и Аркадия Финштейнов. По этим протоколам можно было судить, что Бакланов безуспешно пытался установить с помощью этих людей: а) где мог Финштейн спрятать коробку с пленками; б) израильский адрес этих Финштейнов. Но в одном Бакланов преуспел: работавшие с

Финштейнами кинематографисты рассказали ему, что в 1978 году Аркадий Финштейн – замечательный радиоинженер и изобретатель – конструировал своему будущему зятю какой-то уникальный минимагнитофон со сверхчувствительным микрофоном, и вообще, прирабатывал к своей мосфильмовской зарплате тем, что ремонтировал на дому у друзей и знакомых импортные стереоустановки или оборудовал стерео и радиоаппаратурой частные автомобили.

Пятое и самое любопытное: рабочий блокнот Бакланова со следующими короткими записями, которые приоткрывали тайну над тем, какими методами агенты КГБ выслеживали Аню Финштейн в Израиле. Бакланов рассуждал: «А.Финштейн можно найти:

– по телефонной книге Израиля (сложности: распространенная фамилия, однофамильцы, вероятность изменения фамилии)

– через эмигрировавших в Израиль советских киношников, список взять в Союзе кинематографистов у Бориса Марьямова

– если она недавно похоронила отца, то на Тель-Авивском кладбище, у администрации может быть записан адрес родственников усопшего. Кроме того, она должна посещать его могилу.

– Финштейн вывез автомобильные права. Следовательно, у него в Израиле могла быть машина. Подкупить чиновника их автомобильной полиции...

– Н-да! – произнес Светлов, разглядывая фотографии этой Ани Финштейн.– Эта красотка попала в хороший переплет! Они ее из-под земли достанут! Если уже не достали...

С фотографии на нас смотрело удивительно красивое, чистое двадцатилетнее лицо с большими темными глазами, тонким овалом чуть удивленного лица и большими, едва приоткрытыми губами. Пышные светлые волосы обрамляли это лицо и падали ей на плечи.

– Похоже, что еще не достали,– сказал я, размышляя над идеей, которая уже больше часа бродила в моем мозгу.– Во всяком случае, ясно, что эти пленки – реальность и что Бакланов, Краснов и КГБ сделали всю мыслимую работу, чтобы их отыскать. Поэтому нам остается одно...

Я вышел из темной каморки-фотолаборатории в комнату,

снял с аппарата телефонную трубку и набрал номер ЦК КПСС, Сурена Пчемяна.

– Сурен Алексеевич? Шамраев беспокоит. Мне нужно срочно увидеться с Леонидом Ильичом.

– Насколько срочно? – спросил Пчемян.

– Максимально.

– Хорошо. В 5.30 вечера приезжайте к Спасским воротам, вас встретят.

– А раньше? Раньше нельзя?

– К сожалению, нет. Сейчас в Женеве Громыко совещается с Хейгом, и Леонид Ильич постоянно говорит с Громыко по телефону. Кроме того, в Варшаве Ярузельский снова выступает перед сеймом, там очень напряженная обстановка. Поэтому раньше 5.30 ничего не выйдет.

– Хорошо, я буду.

Я взглянул на часы. Было 13 часов 50 минут. В 14.00 мой сын Антон выходит из школы. Я сказал Светлову:

– Мне нужно срочно на Пресню, встретить сына. Подбросишь?

– Одну минуту,– ответил он и, прихватив из фотолаборатории какую-то пустую стеклянную колбу, озабоченно ушел в туалет.

– Что ты бегаешь в сортир каждые десять минут? – удивленно крикнул я ему в след.

– Гольберг сказал, что при триппере какие-то хлопья должны быть в моче. Но пока нет,– ответил он.

13 часов 58 минут

Проводив гостей и подчиненных, Юрий Владимирович Андропов и Николай Анисимовмч Щелоков остались наедине. Андропов снял очки и устало протер переносицу и надбровные дуги:

– Странно, что этот Рекунков ерепенится...– произнес Щелоков.

– Похоже, он тянет время... Конечно, это безобразие, что твой же отдел МУРа работает против нас.

– Это не страшно,– пренебрежительно повел головой

Щелоков.– Зато они на виду. Наклепали фотороботов и ринулись по больницам. Ничего они не найдут, это пустой номер,
так что пусть бегают. Хуже, что эта жидовка куда-то запро-
пастилась в Израиле...

Это прозвучало как ответный укол, намек на то, что
андроповская резидентура в Израиле вторую неделю не может
найти там какую-то бесхитростную эмигрантку. Но Андропов
спокойно ответил:

– Она уже не в Израиле, она в Европе. Мои люди установили в аэропорту Бен-Гурион, что она 17-го вылетела в Рим
рейсом компании «Аир Итали», и билет у нее был только до
Рима. Нам это только на руку: из Европы ее куда легче вывезти в Союз, чем из Израиля...– он взглянул на часы и, повернувшись в кожаном кресле, открыл дубовые створки книжного
шкафа. За створками, на полке стоял большой, новейшей
марки западногерманский радиоприемник «Грюндик». Приемник был уже настроен на нужную волну, и, едва Юрий
Владимирович нажал блестящую металлическую клавишу, как
приемник откликнулся позывными западно-германской
радиостанции «Свобода», заглушаемыми монотонным и над-
садным воем глушилок. Сквозь этот вой послышался мужской
баритон:

– Говорит радиостанция «Свобода»! Говорит радиостанция «Свобода». Вы слушаете нашу передачу на волне 19 и 7
десятых метров. У микрофона Олексо Боярко и Мила Карева.
Передаем последние известия. Москва...

Тут голос диктора напрочь пропал под воем глушилок, но
Юрий Владимирович набрал на селекторе короткий внутренний номер и негромко распорядился в микрофон:

– Качалов, прекрати глушение...

И в ту же секунду вой глушилок исчез, и сильный, чистый,
хорошо поставленный голос диктора самой враждебной
радиостанции заполнил кабинет Председателя КГБ:

–...Советское телеграфное агентство «ТАСС» сообщило,
что вчера в возрасте 79 лет умер главный идеолог Кремля,
Секретарь ЦК КПСС Михаил Суслов. Западные советологи
обращают внимание на то, что это уже вторая смерть в
Кремле за последние несколько дней. Как известно, 19-го
января ушел из жизни Первый заместитель Председателя КГБ

генерал Семен Вигун, шурин Леонида Брежнева. Аккре-
дитованные в Москве иностранные корреспонденты связы-
вают смерть Вигуна с массовыми арестами лидеров советской
левой экономики, которые происходят последнее время в
СССР. Сообщают также, что арестован близкий друг дочери
Брежнева, Галины, некто Борис Бурятский по кличке
«Цыган», подвергается допросам сама дочь Брежнева, Галина,
а его сын – Первый заместитель Министра внешней торговли
СССР Юрий Брежнев – уже несколько дней не появляется в
своем кабинете. Полагают, что они находятся в тесной связи
с деятельностью подпольных хозяйственных мафий, и генерал
Вигун был инициатором этих разоблачений, что вызвало гнев
Михаила Суслова и Леонида Брежнева. В Москве циркули-
руют слухи, что после острого разговора на эту тему с Михаи-
лом Сусловым Вигун покончил жизнь самоубийством, и этим
объясняют тот факт, что некролог Вигуну, члену ЦК КПСС
и близкому родственнику Брежнева, не подписали ни Брежнев,
ни Суслов, а тело бывшего члена Советского правительства
и второго хозяина КГБ захоронено на неправительственном
кладбище. Теперь сообщается, что главный кремлевский
идеолог и блюститель чистоты кремлевских риз Михаил Суслов не надолго пережил генерала, который осмелился вскрыть
коррупцию в верхах советского руководства. Варшава...–
сменил диктора женский голос.

Андропов снова нагнулся к селектору и негромко приказал:

– Качалов, можешь дальше глушить. Это раз. Второе.
Видимо, то же самое сегодня скажут по «БиБиСи» и «Голосу
Америки». Эти сообщения не глушить.

И откинувшись в кресле, не без гордости взглянул на
Щелокова. А эфир тем временем снова заполнило шумом
глушилок, сквозь которые враждебное радио пыталось сообщить русским слушателям об очередной волне арестов в
Польше.

– Красиво...– не без зависти произнес Николай Анисимо-
вич Щелоков.

– Это только начало,– сказал Андропов.– Мы им еще что-
нибудь интересное подбросим. Особенно про Галю и этого «Цыгана». Они это любят. А под этим соусом и отец ее выглядит не

лучшим образом. А?

«Н-да...– подумал Щелоков.– Не зря у тебя мать армянка! Чтобы даже эту дохлую историю с Вигуном перекрутить себе же на пользу и заставить западную прессу прославлять генерала КГБ за разоблачение коррупции в советском правительстве – на такое способны только армянские да еще, быть может, еврейские мозги. Куда нам, русакам!...»

Негромкий голос секретаря доложил:

– Обед накрыт, Юрий Владимирович.

– Пойдем пообедаем,– поднялся Андропов и повел гостя в задние комнаты кабинета, где была еще столовая и покои для отдыха. Из двух окон столовой тоже открывался вид на Кремль и на многолюдную площадь Дзержинского. На обеденном столе, застеленном белой льняной скатертью, был накрыт обед на две персоны. В красивой супнице из чешского фарфора парился горячий борщ, в фарфоровой же салатнице были свежие овощи, на нескольких тарелках, тарелочках и вазочках лежала закуска и черная икра. И в центре стола стояли запотевший графинчик холодной водки, «Джони Волкер», советский «Нарзан» и американская содовая. Белоснежные льняные салфетки были рулончиками заправлены в серебряные кольца и лежали рядом с серебряными приборами.

. Андропов подошел к столу, налил себе в хрустальную. рюмку «Джони Волкер» – совсем немножко, на донышко. С тех пор как врачи определили у него диабет, он уже не мог пить так как в молодости, но многолетняя, с молодости любовь к «Джони Волкер» была выше медицинских предписаний. С рюмкой в руке он отошел к окну, сказав гостю:

– Распоряжайся...

Щелоков налил себе водку из графина, положил в свою тарелку малосольный огурчик, а на хлеб ложку черной икры – первую закуску под первую стопку водки. Он знал, что Андропов будет пережидать у окна пока он выпьет и съест то, что самому Андропову запретили есть и пить врачи. «Этот диабет,– подумал Щелоков,– породнил Андропова с Сусловым даже внешне, из полнощекого партийного вундеркинда Андропов превратился в сурового аскета с впалыми щеками». Но вслух Щелоков сказал:

– Все-таки я думаю, что после смерти Суслова нам лучше

отступить.

– А, собственно, чего отступать? – усмехнулся Андропов.– Мы с тобой и не наступали. Мы чисты перед Брежневым и партией. Операцию «Каскад» ты начал по приказу Суслова. Он приказал – ты выполнил. А что эта операция окончилась смертью Вигуна – это не твоя вина, это Суслов очистил партию от взяточника. И, вообще, при смене власти многое придется почистить. За последние 18 лет партийный аппарат действительно превратился в касту взяточников. Для них эпоха Брежнева – просто золотой век. Что бы там не говорили о Сталине, но при нем партийные должности не продавались. А сегодня в Азербайджане должность секретаря райкома партии можно купить за 120 тысяч рублей. Мы с этим покончим, как только придем туда...– он кивнул за окно, на Кремль.– Не сразу, конечно, но... Сначала надо будет дать народу чуть-чуть передохнуть – продуктов подбросить в магазины, пусть даже из военных складов. И какие-нибудь мелкие экономические реформы... А главное, чтобы народ понял, что к власти пришло, наконец, честное правительство, которое покончит с воровством и взяточничеством в партийном аппарате. И тут нам очень помогут западные радиостанции. Уже помогают, мы их снабжаем информацией, каждый день подбрасываем что-нибудь остренькое. А этим западным станциям народ у нас верит больше, чем своим...

Он умолк. За окном, за белой рябью снегопада перед ним был Кремль – совсем недалеко, каких-нибудь три квартала, просто рукой подать. И, глядя на этот Кремль своими серо-голубыми глазами, Андропов чуть пригубил «Джони Волкер».

В это время

Школьный звонок был слышен даже на улице, а спустя минуту шумная ватага подростков вывалилась из пятиэтажного здания школы, словно варварская орда. Гиканье, крики, чехарда, швыряют друг в друга снежками, толкают девчонок в снег, сбивают друг с друга шапки-ушанки. Сквозь эту орущую, хохочущую и гикающую толпу шли, пригнув спины и укрыв головы от града снежков, четверо мальчишек. Ватага четырнадцатилетних подростков забрасывала их увесистыми комьями снега и ледышек, била портфелями по плечам, по спинам, кто-то с разбегу толкнул одного из них в сугроб, а среди нападающих я увидел своего сына Антона. С криком «Бей жидов!» он дал одному из этих ребят подножку, и тот, под хохот окружающих, неуклюже ткнулся лицом в снег.

— Я рванулся к сыну, с силой схватил его за шиворот.

— Ты что делаешь?!

— А чего они Голландские высоты забрали, паскуды?! — сказал он и, рванувшись, вывернулся у меня из-под руки.

— Кто — они? — спросил я.

— Кто-кто! Жиды!

Я с оторопью смотрел на своего сына. Может быть, впервые я увидел, что передо мной стоит почти взрослый парень, которому уже не надерешь уши и не всыпешь ремнем. Он смотрел на меня исподлобья, хмуро. А ватага школьников пронеслась мимо нас к выходу из школьного двора, подталкивая еврейских мальчишек: «Катитесь в свой Израиль!!».

— Подожди,— сказал я сыну.— А ты-то кто? Ты же сам частично еврей!

— Я не еврей!! — зло, с ожесточением выкрикнул он мне в лицо.

И оглянулся — не слышит ли кто наш разговор.

— Постой, успокойся,— сказал я сыну, пытаясь и сам взять себя в руки.— Твоя бабушка, моя мама была еврейкой. И, значит, я наполовину еврей, а ты — ну, скажем, на четверть. А кроме того...

— Я не еврей, и ты не еврей! — перебил он.— У тебя жена была русская и все твои любовницы русские! Ты спишь с русскими, ты живешь в России, ты говоришь и думаешь по-русски. Ты знаешь хоть одно еврейское слово?! Может быть, ты по ночам учишь иврит?

— Ну, в принципе, я хотел бы знать еврейский язык...

— А я не хочу! — снова перебил он.— Ни еврейский язык, ни свою бабушку-еврейку! Я — русский! У меня мать — русская! И я хочу быть русским!!

— Пожалуйста, никто тебе не запрещает. Ты можешь себя считать русским и любить Россию. Я тоже люблю Россию. Но зачем быть антисемитом? Это далеко не национальная русская черта. У меня полно русских друзей, и никто из них не бьет меня за то, что я наполовину еврей.

– Будут бить,– сказал он.– Вот посмотришь! Зачем ты пришел? Познакомить меня с твоей очередной Ниночкой? Или предложить мне сделать обрезание?

Я молча смотрел ему в глаза. В них было затравленное мальчишеское остервенение и слезы.

– Хорошо,– сказал я и, нагнувшись, поднял с земли облепленный снегом камень, протянул Антону.– Возьми и брось в меня. Я ведь жид. Ну! Смелей! Назови меня жидовской мордой. Что ты стесняешься?

Он повернулся и пошел от меня прочь. Я стоял, держа в протянутой руке камень, и смотрел ему вслед. Сын, СЫН уходил от меня по хрустящему под ногами московскому снегу.

– Антон!! – крикнул я.

Он не оглянулся, только ускорил шаг. Мне стало ясно, что эти сусловы, андроповы, щелоковы, маленины и красновы не только убили Нину, они отняли у меня сына. И пока они ломали его душу, я им прислуживал и продолжаю служить...

Я с силой запустил камень в какой-то сугроб. И первой мыслью было – оглушить себя стаканом водки.

На улице, за воротами школьного двора стояла машина Светлова. Когда я подошел к машине, Марат сказал:

– На тебе лица нет. Что случилось?

– В кабак! – ответил я.– В любой кабак поблизости!

В это время

Из рапорта следователя В.Пшеничного бригадиру следственной бригады И.Шамраеву

«Медсестра районной поликлиники № 49 Диана Темногрудова показала при опросе, что 19-го января с.г. примерно в 17 часов с минутами в филиал медсанчасти при станции метро «Арбатская», где она работает по совместительству, неким полковником милиции был доставлен молодой человек со сквозным пулевым ранением в правое бедро. Потерпевший потерял много крови и был слаб. Дежурный врач Левин сделал первичную обработку раны, а Д. Темногрудова наложила временную повязку, после чего потерпевший в сопровождении того же полковника милиции отбыл, по их словам, в Институт скорой помощи имени Склифосовского, куда им выписал направление врач С. Левин.

На предъявленных Д. Темногрудовой фототаблицах свидетельница опознала потерпевшего в фотороботе-портрете, созданном по описанию несовершеннолетней свидетельницы Екатерины Ужович...

14 часов 17 минут

Видя, что ее никто не хватает и не арестовывает, Вера Петровна Вигун несколько успокоилась. Память о чекистских делах ее юности вернулась к ней и, не меняя ритма своего шага и никак не показывая, что она засекла эту слежку, Вера Петровна принялась рассуждать. О том, чтобы бежать, скрыться от агентов КГБ не может быть и речи. Стоит ей уйти сейчас от слежки – это дело нехитрое, в свое время ее обучал этому сам Берзин, учитель Абеля и Рихарда Зорге,– как эти гэбэшники перекроют все аэропорты и вокзалы, и ей не сесть ни в самолет, ни в поезд...

Вера Петровна мысленно искала лазейку в системе, построению которой ее муж и она сама отдали всю жизнь. И она пришла к горькому выводу, что за эти десятилетия система была продумана и отработана без изъянов.

Оставалось одно – повернуться и пойти им навстречу. Пусть берут, пусть арестуют – лишь бы кончилась эта истязающая душу неизвестность.

И в эту минуту Вера Петровна вспомнила о Прокуратуре. Ведь это из Прокуратуры приходил к ней следователь. Как его фамилия? Черт, она не помнила фамилию следователя, который по приказу Брежнева расследовал обстоятельства смерти ее мужа. И, вообще, она, практически, выставила его из своей квартиры. Но сама-то Прокуратура где-то здесь, рядом, на Пушкинской улице. Только не выдавать волнение, только не менять ритма своих шагов, не спешить, не бежать, не оглядываться – так учил Берзин. Спокойно. Пока тебя не взяли, пока не зажали руки наручниками – ты еще хозяйка ситуации...

Вера Петровна свернула направо. Всего два квартала отделяли ее от Прокуратуры Союза, но эти два квартала в сопровождении все того же тихо следующего за ней «Москвича», стоили ей, быть может, десятка прожитых лет.

В 14 часов 28 минут Вера Петровна Вигун, проходя по Пушкинской улице мимо дома № 15-А, вдруг рывком метнулась в сторону, к высоким желтым деревянным дверям Прокуратуры, ухватилась за бронзовую дверную ручку, толкнула дверь и, буквально падая, сказала дежурному охраннику:

– Я – жена Вигуна. Мне нужен следователь, который...

В это время

Следователь, которого искала Вера Петровна Вигун, то бишь я, сидел с Маратом Светловым в полупустом занюханном ресторане «Стрела». Конечно, можно было пойти и в фешенебельный «Арбат» и в закрытые элитные рестораны Дома Журналиста или Дома Писателей, но я не хотел видеть сейчас сытые рожи наших благоухающих воспитателей населения. Простой, с единственным мясным блюдом в меню – жестким, как подошва, ромштексом, с теплой водкой «Стрелецкая», грязными скатертями и неопрятными наглыми официантками ресторан-забегаловка «Стрела» был мне сейчас в самую пору. Мы выпили уже по второму стакану этой «Стрелецкой», однако, я еще не остыл от встречи с сыном, и меня продолжала бить внутренняя лихорадка. Но, похоже, водка брала свое, я хмельно наклонился через стол к Светлову:

– Слушай, тебе мешает, что я – еврей?

– Что за бред?! Успокойся, закусывай...

Но я повернулся к полупустому залу и спросил громогласно:

– А кому тут мешает, что я – еврей?!

– Тихо!..– просил меня Светлов, но через весь зал к нам уже спешил администратор. У него было решительное пышнощекое, в угрях лицо, полные губы и маленькие бледно-свинцовые глазки. Увидев милицейские полковничьи погоны Светлова, он смешался и только спросил, подойдя к нашему столику:

– Что тут за шум, товарищи?

Светлов вытащил из кармана кителя красное удостоверение МУРа, показал администратору и сказал просто и негромко:

– Отвали.

– Понял...– тут же холуйски согнулся администратор.– Может, вам закуски какой добавить, товарищ полковник?

– Добавь.

Администратор исчез, а через минуту уже самолично нес на подносе не значащиеся в меню семгу, буженину, салат из огурцов и дымящиеся на тарелке пельмени.

– Закусывайте, товарищи...– ворковал он, ставя все это на наш столик.– Все в ажуре! «ЦСК» выиграло у «Динамо» 3:2. Отдыхайте, закусывайте. Может вам шашлычков сделать? Немороженое мясо минутку назад завезли.

– Твоя как фамилия? – спросил у него Светлов.

– Н-н.. Незначный, товарищ п-полковник...– почему-то заикнулся перед полковником милиции пышнощекий администратор.

– Имя-отчество?

– Ф-ф... Фрол Исаич...

– Еврей? – спросил Светлов.

– У-у...– застряло что-то в горле у испуганного Незначного.– Еврей, но это... я член партии, товарищ полковник!

– Ну и как? Тебе мешает жить то, что ты еврей?

– Никак нет, товарищ полковник! Что вы?! У меня, вообще, жена русская, она ко мне прекрасно относится! Я ни в чем не ущемлен, я совершенно не чувствую свою национальность...– его холуйская спина разогнулась, грудь выпятилась и блиноподобное лицо с маленькими глазками даже изобразило возмущение – как можно подозревать, что еврея Незначного, члена КПСС, что-то не устраивает в советской жизни?! От этого возмущения даже угри поблекли на его лице.

– Вот видишь,– повернулся ко мне Светлов.– Никому тут не мешает, что ты еврей.– И сказал администратору: – Ладно, пойди поставь нам шашлык.

– В один момент...– и Незначный ушел на кухню, распрямив плечи и выпятив грудь.

– Блядская страна! – сказал я, глядя ему вслед.

– Почему? – удивился Светлов.– Потрясающая страна! Где еще при одном виде твоей красной книжки тебя будут так обслуживать?

– Марат,– сказал я Светлову, наливая водку в граненые

стаканы.– Мне теперь наплевать – хорошо в этой стране евреям или нет. И кто будет тут у власти – Брежнев, Черненко или Андропов. Тут все равно никогда ничего не изменится. Но одно я должен сделать – рассчитаться за Ниночку и за Антона, которого у меня отняли. Ты можешь мне в этом помочь? Ты же понимаешь, что ее убил не тот, кто столкнул ее с платформы, а те, кто послали столкнуть...

– За Нину мы рассчитаемся,– сказал он.– Я сам вчера в морге поклялся.

15 часов 40 минут

Из рапорта следователя В. Пшеничного:

Врач филиала медсанчасти при станции метро «Арбат-ская» Сергей Левин опознал на предъявленном ему портрете-фотороботе мужчину, который 19-го января с. г. примерно в 17 часов с минутами обращался за неотложной помощью в связи со сквозным огнестрельным ранением в бедро. Левин сообщил приметы полковника милиции, который сопровождал раненого: высокий брюнет, примерно 50 лет, сутулится, глаза карие, нос с горбинкой. По словам С.Левина вышеописанный полковник запретил ему зарегистрировать раненого в книге регистрации, не предъявил свое милицейское удостоверение и пренебрежительно отнесся к предложению Левина выписать направление в Институт Склифосовского.

Проверкой регистрационных книг и тщательным опросом всего медицинского персонала Института скорой помощи имени Склифосовского установлено, что ни 19-го, ни 20-го, ни 21-го января к ним не поступил ни один мужчина с пулевым огнестрельным ранением в области правого бедра.

Несмотря на то, что след раненого преступника в настоящий момент фактически потерян, прихожу к заключению, что: поскольку медсанчасть станции метро «Арбатская» расположена вблизи улицы Качалова, где в доме № 16-А произошло убийство генерала Вигуна, и в связи с тем, что раненый потерял, по словам врача Левина, много крови, злоумышленники были вынуждены по дороге в неизвестную нам еще больницу обратиться в эту медсанчасть за неотложной помощью.

Вверенная мне группа оперативно-следственных работни-

*ков МУРа продолжает поиски преступника в московских и
подмосковных больницах.*

*Врач Сергей Левин и медсестра Дина Темногрудова достав-
лены в НТО МУРа для создания фоторобота-портрета
полковника милиции, который сопровождал раненого...*
15 часов 45 минут

В вытрезвителе № 9 Краснопресненского района мне
оказывали неотложную помощь в связи с пищевым и
алкогольным отравлением. Проклятый и жесткий, как
подошва, ромштекс в сочетании с нечистой водкой и семгой
подозрительной свежести...– будничная жизнь вносила свои
коррективы даже в работу персонального следователя
Брежнева – прямо по пословице «От великого до смешного –
один шаг». А Светлову – хоть бы что! Никакого отравления.
Более того, пока мне делали промывание желудка, и я метался
между койкой и сортиром, он еще издевался: «У тебя
еврейский желудок. Не берет нашу русскую пищу!...»

16 часов с минутами

В кинозале НТО Женя Агранович, доктор Сергей Левин
и медсестра Дина Темногрудова компоновали на киноэкране
фоторобот-портрет полковника милиции, который 19-го
января вечером сопровождал раненого.

В полумраке зала дремал в кресле Валентин Пшеничный.
По-моему, это был его первый отдых за все дни нашего следствия. Я и Светлов стояли у двери и вглядывались в возникаю-
щее на экране темноволосое лицо с носом горбинкой, тонкими
ноздрями, низкими надбровными дугами и жесткой попереч-
ной складкой на выдвинутом вперед подбородке.

– Олейник,– шепнул мне на ухо Светлов.– Полковник
Олейник, одно лицо.

Я кивнул ему и подошел к креслу Пшеничного. Очень не
хотелось его будить, но пришлось. Я тронул его за плечо, и
он тут же встрепенулся, вскинул на меня свои запавшие от
усталости голубые глаза. Я подсел к нему, сказал негромко,
чтобы слышали лишь он один:

– Валя, когда будет готов портрет – никому не показывать

и не тиражировать. Отдашь его мне и сам поедешь домой спать.

– Но я же еще не нашел преступника...

– Ты его уже нашел, только трогать его пока нельзя. Заканчивай здесь, сдай мне портрет и иди спать. Это приказ. Мне нужно, чтобы ты выспался.

Он кивнул, и я со Светловым вышли из кинозала. По пустому коридору НТО, который одновременно был музеем криминалистики МУРа – здесь в стеклянных витринах и шкафах стояли самые различные экспонаты-трофеи МУРа в борьбе с преступным миром,– мы с Маратом шли в другое крыло здания, в III-й Отдел МУРа. Мимо разнокалиберных пистолетов, финок, кастетов, обезвреженных мин, самопалов, отмычек, капканов, удушек, аэрозольных баллончиков с уже испарившейся отравляющей жидкостью, динамитных зарядов без взрывателей и взрывателей без динамита.

– Выбирай,– усмехнулся Светлов, показав на эти экспонаты.– У меня еще в камере вещдоков такого барахла до фига.

– Выберу,– ответил я.– Когда срок придет.

Свернув за угол коридора и пройдя через ряд дверей и переходов, мы оказались совсем в другом мире – среди привычного будничного МУРовского мата, телефонных звонков, грохота сапог и густого запаха табака. А в дежурке-предбаннике светловского кабинета мы застали странную картину: чуть не половина оперативного состава III-го отдела, то есть человек двадцать офицеров, сгрудилась вокруг стола со «Спидолой», которая вещала чистым, непрерываемым глушилками голосом:

–...Аккредитованные В Москве западные корреспонденты сообщают, что генерал Вигун, Первый заместитель Председателя КГБ был инициатором арестов лидеров левой экономики и разоблачения связей с ними дочери и сына Леонида Брежнева, что вызвало гнев Михаила Суслова и Брежнева. По слухам, Вигун покончил жизнь самоубийством после...

– Что это такое? – спросил, нахмурившись, Светлов.

– Это «Голос Америки», Марат Алексеевич,– сказал капитан Арутюнов.

– Я сам слышу чей это голос. Что это значит, я у вас спрашиваю?!

– Это значит, что сначала мы вкалывали на Отдел развед-

ки и «Каскад», сейчас – на Прокуратуру, а все лавры за
разоблачение левой экономики достаются КГБ. Ведь это вся
страна слышит,– усмехнулся капитан Ласкин.– И самое интересное, что именно это сообщение никто не глушит...

Словно иллюстрируя его слова, в эфире прозвучало:

–...полагают, что смерть Суслова обострит борьбу за
власть в одряхлевшем кремлевском руководстве. Женева. В
Женеве происходят совещания Александра Хейга с...–
мощный шум глушилок тут же покрыл голос заморского
диктора.

Ласкин и все остальные красноречиво посмотрели на меня
и Светлова.

– Выключи,– приказал Светлов Арутюнову. Затем в разом
наступившей тишине он прошелся по дежурке и сказал: –
Братцы! Мы никогда не лезли в политику и не лезем. Мы –
сыскные ищейки, уголовный розыск. Если где-то убили человека, мы должны найти убийцу – вот и все. Лично я поэтому
работаю в МУРе, а не где-то в другом месте. Поэтому давайте
делать свое дело, и нехер слушать эти «голоса» – от них только
бессонница по ночам. Нам поручено найти убийцу Вигуна и
надо найти. Нам за это деньги платят...

– Но выходит, что мы работаем против КГБ...– сказал
Колганов.

– Или Отдела разведки. А это наше собственное министерство! – добавил Арутюнов.

– Ясно же, что это убийство – их работа...– выкрикнул еще
кто-то.

– Тихо! – шарахнул по столу раненной рукой Светлов и
скривился от боли.– Падла-а!...– Но тут же выпрямился: – Мне
плевать – КГБ или не КГБ! Мы выполняли задание, и в ходе
этой работы какая-то падла убила нашего человека – Нину
Макарычеву, которая еще вчера работала с нами и поила нас
тут чаем. Для меня это значит, что убили одного из нас – тебя
или тебя! ВСЁ! А если мы уже ̃̃аем, что ее убийца и убийцы
Вигуна – одна компания, то что? Замнем это дело? И пусть
нас шарахают из-за угла кому не лень – КГБ, Отдел разведки,
потом ГАИ начнет – да?

Все молчали.

– Короче,– произнес, остывая, Светлов.– Вы взяли след

этого раненого – вот и дуйте по нему. И чтобы через 24 часа...

– След потерян,– перебил его Ласкин.

– Глупо искать его по больницам,– хмуро сказал Арутюнов.

– Если его прячет от нас ГБ или Отдел разведки, то хер найдешь,– произнес Колганов.

– Надо найти! – сказал Светлов.

– Ка-ак?! – воскликнул Арутюнов.

– Мозгами,– ответил Светлов.– Если бы я хотел тебя спрятать от ГБ, куда бы я тебя засунул?

Арутюнов пожал плечами.

– Мало ли... В тюрягу...

– Есть еще одна версия,– произнес с порога появившийся в двери Тарас Карпович Венделовский.– Под Москвой, в Подольске есть два госпиталя для раненых в Афганистане. Один – офицерский, другой – солдатский. Там по тыще человек лежит, и все с пулевыми ранениями.

За его спиной стояли Вера Петровна и Ожерельев.

16 часов 25 минут

Едва Вера Петровна Вигун убедилась в том, что ей не грозят допросы и пытки в КГБ, и все ее страхи были напрасны, она разительно изменилась. Среди будничной суматохи МУРовских коридоров, тяжелых, но не имеющих лично к ней отношения, шагов конвоиров, густого мужского мата, офицерских мундиров, телефонных звонков, криков и запаха табака она ожила, выпрямилась, даже помолодела, словно попала в свою боевую чекистскую юность.

И в кабинет Светлова она вошла следом за мной легкой, свободной походкой, уселась перед столом, закурила и сказала:

– Я могу дать вам ценную информацию. Очень ценную. Не только об убийстве Вигуна, а еще важней. Такую, что, может быть, Брежнев даже у власти останется. Но при одном условии. Если на «Мосфильме» возобновят съемки фильма «Незримая война» по книге Вигуна «Мы вернемся» и, конечно, с гарантией, что этот фильм выйдет на экран.– И с этими словами она выложила из своей сумочки журнал

19*

«Знамя» № 5 за 1981 год.

– Повторяю, у меня в обмен есть очень ценная информация.

Я посмотрел ей в глаза и сказал:

– Если вы имеете ввиду письмо Ани Финштейн, то эту информацию вы нам уже дали.

– То есть? – удивилась она.

Я вытащил из кармана аккуратно сложенный в конверт лист бумаги, на который были наклеены клочки письма Ани Финштейн, и показал ей:

– Вера Петровна, в другом месте – не будем уточнять в каком – за это письмо вам бы пришили нелегальную связь с заграницей. И уже не помогло бы, что вы – родственница Брежнева. Я не буду этого делать. И я даже не стану выспрашивать у вас, как называл ваш муж эту Аню Финштейн – «Антоша», «Анюта», «Анна» или просто какой-нибудь кличкой. Это любопытно, но несущественно, я могу это выяснить у режиссера картины, оператора или вообще не выяснять. Все, что меня интересует, да и то чисто психологически, это фигура ее жениха Гиви Мингадзе. Конечно, скоро он и сам мне о себе расскажет, но предварительные данные мне бы не помешали.

Она подавленно молчала.

– Ну как? – спросил я.– Может, чаю попьем? Вы есть не хотите?

– Хочу...– сказала она негромко. И спросила с отчаянием: – А как же фильм?

Я пожал плечами:

– Я не министр культуры,– и выглянул из кабинета, попросил дежурного старшину: – Старшина, притащите пару бутербродов из столовой и два стакана крепкого чая. Вот деньги.

– При чем тут министр культуры! – в сердцах сказала Вера Петровна.– Это не он решает, это решают в ЦК. Но какая им разница – по Вигуну фильм или по другому писателю? А для меня теперь в этих фильмах вся жизнь! Если будут делать это кино – я для вас в лепешку разобьюсь, честное слово! А Брежнев пусть правит – черт с ним! Конечно, я могла отнести это письмо Андропову и с ним договориться, но... я уверена, что весь «Каскад» и смерть Вигуна – это его рук дело. Не могла же я пойти к убийце!

– Все, что я могу вам обещать – поговорить об этом в ЦК сегодня вечером. Но без всяких ультиматумов.

В дверь, постучав, вошел дежурный старшина, неся на подносе тарелку с бутербродами и два стакана чая. И у меня сразу кольнуло сердце – еще вчера с этим же подносом сюда входила Ниночка...

РАССКАЗ ВЕРЫ ПЕТРОВНЫ, ЖЕНЫ ВИГУНА

– Гиви Мингадзе... В 75-м году Галя Брежнева привела к нам в гости двух полунищих забулдыг – Бориса Бурятского и этого Гиви Мингадзе. Где она их подобрала – не знаю. Кажется, в каком-то ресторане, где этот Бурятский пел цыганские песни. Этим забулдыгам было лет по тридцать, а Гале тогда было сорок пять, но она влюбилась в этого цыганского певца по уши! А Гиви... Что ж, я должна сказать, что это был очень остроумный и легкий молодой человек. Шалопай без особых занятий, но в карты играл замечательно. А Семен Кузьмич – заядлый преферансист, это вы знаете. Короче, этот Гиви стал его постоянным партнером по игре в преферанс, а играли, в основном, на квартире у Яши Брежнева, брата Леонида. Яша был металлургом когда-то, инженером по металлургии, но вышел на пенсию и сел писать мемуары, да играл в карты. Они же оба любят мемуары писать – что Леонид, что Яков. Только за Леонида журналисты пишут, а Яков сам кропал, но дело не в этом. Этот Гиви подружился с Яковом – просто своим человеком стал в семье. И устроил такую коммерцию на этом знакомстве: брал от всяких жуликов взятки и с помощью Якова Брежнева устраивал их на высокие должности. Что стоило Якову Брежневу снять трубку и позвонить какому-нибудь министру да сказать тому: «Это Яков Брежнев говорит. Слушай, у меня тут есть хороший человек, очень толковый, друг нашей семьи, а у тебя вроде свободна должность директора пивного завода в Ленинграде...?» И все – такого звонка было достаточно, кто же откажет брату Генерального Секретаря ЦК! Но Семен Кузьмич ничего не знал об этом, это все у него за спиной, а так-то – ну, играют они по вечерам в карты и всё. Галя своего цыгана в Большой театр устроила, а этот Гиви вроде при Якове Брежневе, мемуары ему

помогает писать. И однажды увидел на книжной полке у нас книгу Семена Кузьмича «Фронт без флангов». Семен Кузьмич ее еще в пятидесятых годах написал, когда мы в отпуск с ним на Валдай ездили. То есть, ну, в общем, мы ее вместе с ним писали – про наши фронтовые годы. Переделали кое-что, досочинили и придумали себе общий псевдоним – «Семен Днепров». Чтобы не было сплетен, что руководитель КГБ пользуется своей властью и свои мемуары печатает. Короче, взял Гиви эту книжку почитать и через три дня приводит к нам какого-то своего приятеля, режиссера с «Мосфильма» Игоря Фростева. И тот нам стал рассказывать, какой замечательный фильм о работе чекистов можно сделать по этой книге. Так закрутилось это кино. Были, конечно, всякие сложности. Например, артист Вячеслав Тихонов, вы его знаете, он в «Войне и мире» князя Болконского играл, так он отказался играть главную роль. А там главный герой – чекист, командир отряда СМЕРШа, ну, то есть сам Семен Кузьмич имелся ввиду. Фростев – к Вигуну, так, мол, и так: Тихонов отказывается играть главную роль, даже на кинопробу не приехал! Семен Кузьмич человек негордый был – сам позвонил этому артисту, пригласил его в КГБ и объяснил, что органы возлагают на него большие надежды – нужно создать положительный образ советского чекиста. Ну, Семену Кузьмичу трудно отказать, вы сами понимаете! К тому же Тихонову сразу прекрасную квартиру выделили... Короче, так собрали лучших артистов, и я целиком с ними в эту работу ушла. Сначала мы сделали «Фронт без флангов», потом – вторую серию: «Война за линией фронта», потом третью начали – «Незримая война». И меня эта работа целиком поглотила и примирила с тем, что... ну, что у нас с Семеном Кузьмичом семейные отношения давно развалились. Развод он не хотел оформлять, а просто жил с этой... как ее?... ну, в общем у него была женщина, я знала. Но у нас в Политбюро не любят, когда кто-то из членов правительства разводится и женится на молодых, вы же знаете. Короче, он жил на две семьи – со мной чисто товарищеские отношения, а где он бывал все остальное время – меня не касалось. Мы на эту тему вообще не разговаривали. Я увлеклась кинематографом и, между прочим, мы с Семеном Кузьмичом за эти фильмы ни копейки не получили – весь гонорар пожертвовали в фонд помощи детям Вьетнама. Чтобы в ЦК не говорили, что мы на кинематографе наживаемся. И, между прочим, на съемках второго фильма в начале 78-го года Гиви Мингадзе познакомился с нашей монтажницей Аней Финштейн. Это была очень красивая девочка – еврейка с огромными глазами, вот такие волосы до спины, Эсфирь, принцесса! Вигун ее так и называл, кстати. Но... Этот Гиви оказался негодяем. За все добро, что мы ему сделали и, особенно, Яков – он нам по-черному отплатил. Он спрятал на квартире у Якова Брежнева магнитофон, и два месяца этот магнитофон записывал там все разговоры. А ведь туда и Брежнев приходил, и Устинов, и Галя и Юра Брежневы. Ну, Семен Кузьмич его разоблачил, конечно. Отнял пленки и отдал Брежневу. А самого Гиви мы пожалели – Боря Бурятский за своего друга у Вигуна в ногах валялся, вот мы его и пожалели. Вместо того, чтобы расстрелять негодяя за политическую диверсию, оформили ему десять лет по валютному делу. А теперь оказывается, что у него не все пленки тогда отняли, а какие-то черновые пленки были у отца этой Ани Финштейн... Но Семен Кузьмич не получал от нее никакого письма – это точно, он бы мне сказал...

– Это письмо перехватила цензура и доставила в КГБ Пирожкову,– сказал я Вере Петровне.

– Ну видите! Так вот какие пленки они у меня дома искали. Но те пленки давно у Брежнева. Он из-за них своего брата уже три года на даче под домашним арестом держит. А они их у нас искали, идиоты!

Я усмехнулся:

– Вера Петровна, вы рассказали нам только часть правды. Если у вас были товарищеские отношения с вашим мужем, то вы не можете не знать, что Гиви Мингадзе и Борис Бурятский в 67-м году по приказанию Вигуна сожгли в гостинице «Россия» весь штаб Отдела разведки МВД СССР. А кроме того, вы наверняка знаете, откуда такое совпадение: Гиви Мингадзе был арестован 17-го июля 1978-го года, и в этот же день умер от инфаркта Федор Кулаков, а через день Суслов слег в больницу. Это по их заданию Гиви записывал семейные разговоры Брежнева?

— Я об этом ничего не знаю,– сухо сказала Вера Петровна.

В это же время

В соседнем кабинете Марат Светлов «распекал» капитана Арутюнова:

— Изверг! Такую грандиозную идею – и при всех ляпнул! Ты же понимаешь, что мы все у них под колпаком! За каждым нашим шагом следят и стучат, если не Краснову, то Щелокову! Мы их переиграть должны, переиграть у них же на виду! А ты!.. Это же так просто – спрятать раненого в тюремной больнице, куда никакой следователь, даже я, не могут войти без пропуска! Ох ты сукин сын, армянская голова! – живые глаза Светлова блестели азартом.– Значит так! Поручаю лично тебе, но чтобы ни одна живая душа не знала, даже Пшеничный! Завтра с утра берешь за шкирку городскую санэпидстанцию, трех врачей и по-тихому объясняешь им задачу: во всех тюремных больницах устроить санитарную проверку. На чуму, на холеру, на вшивость, на дизентерию, на триппер – это меня не касается, это они сами пусть придумывают. Важно, чтобы они обошли все больничные палаты в тюремных медчастях и осмотрели всех больных. И если среди них нет этого раненого, значит, он может, быть в областных тюрьмах, делаешь проверку и там. Только сам ни в одну тюрьму носа не суй, чтобы не спугнуть зверя, ты понял? А Пшеничный со своей бригадой пусть лазит по больницам, и Венделовский – по госпиталям. Для прикрытия, для отвода глаз...– Светлов взглянул на ручные часы и спросил у Арутюнова без всякого перехода:

— Слушай, ты не знаешь во сколько в «Национале» собираются валютные бляди?

17 часов 40 минут

— Может, рюмку коньяка для храбрости? – предложил мне Чазов перед дверью брежневского кабинета.

Я сморщился – после отравления в «Стреле» при одной мысли об алкоголе к горлу подступала тошнота.

— Нет. Нарзан бы я выпил...

– Нарзан там, у Леонида Ильича в кабинете. Пошли.

Генерал Жаров еще раз похлопал меня по карманам брюк и пиджака приговаривая: «Не обижайся, порядок такой. Это для порядка. Тебя не обыщешь, другого не обыщешь, а там глядишь... Прошу!» – и сам открыл перед нами дверь в кабинет.

Просторный, тепло натопленный кабинет тонул в рубиновом полумраке. За окнами, совсем близко, в каких-нибудь 50 метрах ярко горела на Спасской башне рубиновая звезда, и этот ее свет красил брежневский кабинет рубиново-красными отблесками, в которых тонули и обстановка кабинета, и маленькая дежурная настольная лампочка тоже под красным, в тон рубиновой звезде абажуром. В этом единственном пятне света сидел за письменным столом круглолицый седой человек с розовым от света лампы лицом и мокрыми губами – Константин Черненко. Он что-то писал – молча, старательно, быстро. А у окна, в кресле-качалке спал Леонид Ильич Брежнев, завернутый в клетчатый плед, с безвольно обмякшим во сне мясистым лицом. Он дышал открытым ртом, старческий подбородок висел над краем шерстяного пледа. На коленях у него дремал рыжий котенок, держа лапами его маленькую пухлую руку.

Неслышно ступая по толстому ворсистому ковру, Чазов кивнул на ходу Черненко, подошел к Брежневу, постоял над ним, слушая дыхание, потом взял от стены стул и поставил этот стул напротив Брежнева, в двух шагах от него. И кивнул мне на этот стул. Я сел. Все так же хозяйски, молча, Чазов открыл в этом красном полумраке какой-то стенной шкаф, который оказался холодильником, вытащил бутылку «Нарзана» и налил мне минеральную воду в фужер. Звук булькающей и шипящей воды разбудил Брежнева.

– А? – встрепенул он знаменитыми на весь мир густыми черными бровями. Потом взглянул на меня с интересом и пожевал со сна губами.– Ты кто?

– Это следователь Шамраев Игорь Иосифович,– сказал ему Чазов.

– Здравствуйте,– брякнул я, не зная с чего начать, и мой голос прозвучал излишне громко в тишине этого кабинета. Испуганный котенок хотел спрыгнуть с колен Брежнева, но он удержал его рукой и произнес врастяжку:

– Это... сейчас... от тебя... зависит – здравст... здравств... здравствовать мне... или в постель ложиться...

Его нижняя челюсть двигалась с видимым усилием, словно что-то мешало ей сомкнуться с верхней, и оттого длинные слова проходили через этот рот с трудом, почти без согласных, но глаза Брежнева смотрели на меня цепко, в упор:

– Ну? Что с Вигуном?... Его убили?

Я произнес:

– Леонид Ильич, я должен говорить с вами наедине.

Сидевший в глубине кабинета за письменным столом Черненко удивленно вскинул лицо, а Брежнев сказал мне:

– Не бойся... Здесь... все свои...

– Я могу выйти,– сказал Чазов.

– Леонид Ильич, есть факты, которые я могу сказать только вам и без свидетелей. Это мой долг следователя,– сказал я и повернулся к Черненко.– Извините, Константин Устинович.

– Ну, раз долг...– Брежнев сделал короткий жест мягкой рукой, чтобы Чазов и Черненко вышли, и спросил у меня с усмешкой: – И кота убрать?

Я отпил минеральную воду, Чазов и Черненко вышли.

– Так...– сказал Брежнев, не двигаясь в кресле.– Ты выяснил... кто... его... убил?

– Да.

– Анд... Анд... Андропов? – его нижняя челюсть все же преодолела это трудное сочетание согласных.

– Я могу оперировать только фактами, Леонид Ильич,– я открыл свою папку, вытащил фоторобот – портрет раненого.– Этого человека Вигун ранил в момент самообороны. А этот,– показал второй фоторобот – портрет полковника Олейника,– сопровождал раненого от дома Вигуна в больницу.

И неожиданно при виде этих конкретных документов-фотографий Брежнев совсем не по-инвалидски, не по-старчески, а как-то живо, энергично подался ко мне от спинки своего кресла и спросил без пауз, без трудностей с челюстью:

– Чьи это люди?

– Раненого я еще не знаю, а второй – полковник Олейник из Отдела разведки МВД.

– Арестован? – выстрелил вопросом, и даже «р» прозвучало ясно, коротко.

– Нет еще, Леонид Ильич. Рано.

– Что значит рано? Я тебе дал срок до третьего числа...

– Леонид Ильич, дело не столько в том, кто конкретно убил, сколько в том, ПОЧЕМУ убили...

– Нет! – перебил он жестко.– Именно – КТО убил и ЧЕЙ выполняли приказ? Щелокова? Суслова? Андропова? Гришина? Кириленко? Чей? Молодец! Молодец, Леонид Ильич! Не зря я этот месяц в кровати провалялся! Давай бери весь отдел разведки, и пусть раскалываются – чей приказ выполняли? – он энергично закачался в кресле-качалке, а я с изумлением глядел на него – только что, минуту назад это был престарелый, с безвольно обвисшим лицом, с еле двигающейся челюстью полупокойник, и вдруг...

– Что ты смотришь на меня как баран на новые ворота? – усмехнулся он.– Это бегинская хитрость. Как ему в Кнессете ихнем вотум недоверия хотят вынести, так у него сердечный приступ. А Чазов, умница, углубил идею: чуть что – Суслов или Кулаков или еще какая-нибудь сволочь на мое место метит – так я еле живой, умираю. Ну, и они ждут, когда я помру, зачем же насильно скидывать, если я сам не сегодня-завтра Богу душу отдам. Но пока то-сё, мы тут производим перестановочку сил и... И как только мне доложили, что Вигун покончил жизнь самоубийством, я сразу понял – крышка им! Крышка! Вот тут они у меня, в кулаке,– его рука сжала котенка за загривок так, что котенок даже пискнул и засучил в воздухе лапами, но Брежнев посмотрел на него и усмехнулся: – Когти подрезаны, а? Не можешь царапнуть? Так и мы им сейчас когти укоротим. Влипли они с этим самоубийством. И я их красиво надул – сделал вид, что поверил, даже покойника обидел – не пришел на похороны, но зато – тебе это помогло, точно? А то бы они куда чище замели следы убийства... Давай, Шамраев, действуй дальше, мне к третьему нужно все знать, все! И – документально. Можешь идти.

– Извините, Леонид Ильич,– сказал я.– Я должен задать вам несколько вопросов.

Он удивленно взглянул на меня:

– Допросить, что ли?

Я промолчал.

Он откинулся к спинке кресла, тяжелое лицо снова поплыло вниз и губы приоткрылись.

– Ну... спрашивай, если нужно...– произнес он с явным усилием.

Тем не менее я сказал:

– В июне 1978 года Вигун передал вам пленки с записями, которые были сделаны неким Гиви Мингадзе на квартире вашего брата Якова Ильича. Эти пленки у вас?

Он молчал. Рубиновый свет от звезды на Спасской башне заливал его и, наверно, меня, и я не мог понять – от этого ли света или от прилива крови его лицо стало красным. Но дыхание его сделалось громче, трудней. Потом он сбросил с колен котенка и спросил, закрыв глаза:

– Так... Что еще ты... хочешь спросить?

– Может быть, позвать Чазова?

Он отрицательно качнул головой:

– Нет... Спрашивай...

У меня уже вертелся на языке вопрос о связи этих пленок со смертью Кулакова, но я пожалел старика. Я сказал:

– Примерно месяц назад на имя Вигуна пришло из Израиля письмо от невесты этого Мингадзе. Она сообщала, что где-то в Москве спрятан не то дубликат этих пленок, не то оригинал, не знаю. Она просила Вигуна отдать ей ее жениха, и в обмен предлагала назвать адрес, где эти пленки спрятаны. Но письмо попало не к Вигуну, а к Пирожкову. Теперь КГБ охотится за этой невестой Мингадзе в Израиле, а Отдел разведки ищет эти пленки здесь. Я думаю, что Суслов мог требовать эти пленки у Вигуна во время их последнего разговора.

– Вы... нашли эти пленки? – произнес он, не открывая глаз, и почему-то перейдя со мной на «вы».

– Нет, об их существовании я узнал только несколько часов назад.

Он открыл глаза и произнес жестко, быстро, на одном дыхании:

– Их надо найти! Они не должны попасть к Андропову! Нет!...

– Леонид Ильич, эти пленки уже три недели ищет весь аппарат Отдела разведки. Я им не конкурент, я не берусь за это.

– Эти пленки надо найти! – снова подался он ко мне всем телом.– Ты понял?! Любой ценой!

В дверь обеспокоенно заглянул генерал Жаров, но Брежнев махнул ему рукой – мол, закрой дверь.

– Леонид Ильич, есть только один путь найти эти пленки раньше, чем их найдут КГБ и Отдел разведки. Он простой – отдать ей ее жениха.

Брежнев смотрел на меня, не мигая.

– Слушай,– произнес он наконец с хрипотцой,– налей мне «Боржом».

Я встал, открыл шкаф-холодильник, который был окружен книжными стеллажами с томами сочинений Л.И.Брежнева – «Малая земля», «Возрождение», «По заводскому гудку», «Речи Л.И.Брежнева», изданные на всех языках советских национальных республик. Я налил старику «Боржом», он отпил несколько глотков и отдал мне фужер. В красном полумраке кабинета котенок возился у стула – царапал деревянную ножку, но лапы соскальзывали с поверхности дерева. Брежнев перевел взгляд с котенка на меня, спросил:

– Отдать? А иначе – никак?

– Иначе пробуют КГБ и Отдел разведки. И не исключено, что в любой момент они схватят на Западе эту Аню Финштейн и...

– Понятно. Но если они не могут найти эту Финштейн, как же ты ее найдешь?

Я коротко рассказал ему о втором письме Ани и изложил свой план:

– Я должен срочно встретиться с этой Аней в Западном Берлине, и в обмен на адрес этих пленок ей выпустят из Восточного Берлина ее жениха.

– А если она надует, скажет не тот адрес?

– Когда она назовет адрес, я прямо оттуда позвоню в Москву своим помощникам, и как только они найдут пленки и отзвонят мне, этот Мингадзе пройдет через Берлинскую стену на Запад. Только сделать все нужно быстро, срочно, пока ГБ не нашло эту Финштейн.

Брежнев откинулся в кресле-качалке и медленно закачался в нем, обдумывая. Потом спросил:

– Думаешь... она... поверит тебе?... А вдруг... мы... возьмем пленки... а жениха не выпустим?...

– Я же буду у нее заложником, Леонид Ильич.

С минуту он разглядывал меня. Потом спросил:

– Ты женат?

– Я разведен.

– Родители есть?

– Родителей уже нет в живых, Леонид Ильич.

– Так... Значит... разведен... родителей нет... а девушку твою убили... Где же... у нас гарантии... что ты не... сбежишь на Запад?

– У меня здесь сын, Леонид Ильич.

Собственно, это и был самый кульминационный момент нашего разговора. Здесь решалось все, что могло и должно было произойти потом.

– Сын?... Н-да... дети держат... не всех, правда...– он покачался в своем кресле-качалке и глянул за окно. Стрелки часов на Спасской башне приближались к шести. Он увидел это, тут же проворно отбросил края шерстяного пледа и почти без усилий встал. Мне даже не пришлось поддержать его под руку. На нем была шерстяная, навыпуск рубашка с отложным воротником, спортивные шерстяные брюки и толстые шерстяные носки. Короткими, но легкими шагами он подошел к своему письменному столу, за которым только что сидел Черненко, выдвинул ящик и достал оттуда какую-то небольшую, красочную, явно импортную коробочку. Из этой коробочки он извлек небольшие белые мягкие, словно ватные, тампоны-пробки и – я с удивлением наблюдал за ним – заткнул этими пробками уши. И в ту же секунду куранты на Спасской башне ударили первым металлически-звонким ударом. Брежнев стоял у своего письменного стола, в розовом свете своей настольной лампы, придерживал руками ватные тампоны в ушах, но при каждом ударе кремлевских курантов его лицо вздрагивало судорогой боли. После шестого удара он вытащил пробки из ушей и с явным облегчением вздохнул:

– Засранец этот Владимир Ильич...– произнес он.– Придумал эти куранты на мою голову! У меня от них голова каждый час трещит!... Хорошо, ты будешь у нее заложником, а твой сын – у нас... Это хорошо. А где сидит ее жених, в какой тюрьме?

– Они его от меня прячут. Но если вы подпишете Указ Верховного Совета о его помиловании, я найду Мингадзе, не беспокойтесь. Достаточно прижать начальника ГУИТУ Богатырева...

Он сел в кресло за письменным столом, задумался, помолчал. Потом спросил:

– А другого пути, значит, нет?...

– Нет,– сказал я как можно тверже.

– И ты уверен, что тебе отдадут этого Мингадзе живым или тебя самого не прихлопнут за Красной стеной?

– Сейчас – нет. Сейчас ни ГБ, ни Отдел разведки не будут мне мешать. Они захотят переиграть меня на последнем этапе и отнять пленки. Но это уже продумано...

– Ну, на последнем этапе я их сам переиграю... Слушай, ты знаешь какой-нибудь свежий анекдот про меня?

– Про вас? – изобразил я удивление на лице.

– Ладно, только ты мне ваньку не валяй, про меня полно анекдотов ходит. Особенно, про то, что я эдакий старичок блаженный, ничего уже не соображаю. Например, ты слыхал такой анекдот? Брежнев приходит на работу, а секретарь ему говорит: «Леонид Ильич, у вас один ботинок коричневый, а другой красный». «Ну да,– отвечает Брежнев,– а у меня дома остался один коричневый и один красный». Понял? Брежнев уже такой старый, что ничего не соображает, блаженный. И это замечательно! Это значит, что в глазах народа я ни в чем не виноват – ни в продовольственных трудностях, ни в афганских делах, ни в польских. А еще анекдот хочешь? На заседании ЦК Брежнев говорит: «Товарищи... Мы... хотим... наградить товарища Черненко... орденом Ленина и орденом Первого Кавалера Советского Союза... Вы спросите «почему»?... Потому что, когда мы хоронили товарища Суслова... и заиграла музыка... товарищ Черненко первый пригласил даму на танец...

Я рассмеялся, а он взглянул на меня удовлетворенно и сказал:

– Нравится? Это я сегодня придумал. Только никому не рассказывай до похорон Суслова, ладно? Вообще, я тебе скажу, я очень боюсь, что будет со страной, когда я умру? Если Андропов захватит власть – ох! – он тяжело вздохнул.–

Ведь он пятнадцать лет работал с Сусловым душа в душу. Все международные акции они вдвоем разрабатывали. Суслов курировал международное коммунистическое движение и по этой линии зазывал к нам всяких молодых коммунистов из арабских и латиноамериканских стран, а Андропов здесь готовил из них террористов. И теперь придется ему бросить кость – отдать пост Суслова. Но пока я у власти – ладно, а вот если я умру завтра, что будет с партией, со страной?..– он явно устал и нажал кнопку на своем столе. В ту же секунду Жаров открыл дверь. Брежнев приказал устало: – Устинова и Белкина срочно ко мне. И еще этого... как его? Начальника лагерей и тюрем...

– Генерала Богатырева,– подсказал я.

– Да, его...

– А Белкин нам зачем? – спросил я.

– У него журналистский паспорт с визами во все страны Европы,– объяснил Леонид Ильич.– Он может сегодня вылететь в Париж или в Лондон и оттуда позвонить этой еврейке. А из Москвы ей звонить нельзя – КГБ прослушает. Кто тебе еще нужен сейчас?

– Марат Светлов,– сказал я и подумал: да, этот кремлевский старичок не так прост, как кажется даже своим советникам.

18 часов 45 минут

В коридоре третьего этажа гостиницы «Националь» Марат Светлов с озабоченным видом врал майору КГБ Шаховскому:

– Срочно нужна ваша помощь, майор! Как говорится, вы – нам, а мы – вам. В долгу не останемся.

– А в чем дело? – майор Шаховский руководил в КГБ отделом по «сервировке» иностранных туристов проститутками, и гостиница «Националь» была его штаб-квартирой.

– Сегодня утром, по моим данным, из Вознесенского монастыря пропали золотой оклад и четыре иконы 16-го века. По моим данным грабители собираются сплавить их за рубеж через иностранцев с помощью вот этой красотки,– и Светлов показал майору фотографию Тамары Бакши.– Твоя?

Майор посмотрел на фотографию и произнес только одно слово:

– Убью!

– Как раз этого делать не надо,– сказал Светлов.– Просто выдай ее мне, я хочу с ней поговорить. А когда тебе что-то понадобится – МУР к твоим услугам, сам понимаешь.

– Пошли! – сказал майор и повел Светлова в конец коридора, говоря на ходу: – Ее еще нет, по-моему. Она сейчас занимается шведом...

В конце коридора перед обычной дверью гостиничного номера № 321 сидел на диванчике и читал «Вечернюю Москву» плотный молодой парень в сером костюме. Он вопросительно посмотрел на майора и Светлова, но Шаховский сказал ему:

– Читай, читай. Это свой.

И ключом открыл дверь номера 321, пропустил Светлова вперед, и они оказались в просторном трехкомнатном люксе, обставленном вовсе не гостиничной мебелью. Здесь стояли пульты дистанционного управления телекамерами, над пультами были большие и малые телеэкраны, рядом стояли стационарные звукозаписывающие установки и прочая аппаратура скрытого наблюдения. За пультами сидели одетые в штатское сотрудники КГБ, но вся атмосфера в комнате была еще полурабочей – двое, сидя на диване, играли в шашки и пили чай, рядом с ними кто-то читал свежий «Плейбой», и лишь несколько сотрудников «работали»: перед ними на телеэкранах были видны почти все нужные им уголки гостиницы «Националь» – парадный вход, где сновали иностранные туристы и куда подкатывали за этими туристами легковые машины «Интуриста», вестибюль с его сувенирными и парфюмерными киосками, стойка администраторов, коридоры гостиницы, зал ресторана и валютный бар. В валютном баре был интимный полумрак, играла негромкая музыка, несколько компаний иностранцев с русскими девушками сидели за столиками. Музыка из бара звучала в «апартаментах» Шаховского, но не мешала тем, кто работал – они сидели за пультами в наушниках. Увидев вошедшего Шаховского, один из них повернулся к нему и сказал:

– Этот бразилец на Люську тоже не клюет, сука! Третью

бабу ему подставляю и – кикс. По-моему, он вообще педик.

– Значит, позвони в Отдел, закажи педиков,– сказал ему Шаховский и подошел к другому столу, за пультом сидел толстый, бородатый, с вьющимися и всклокоченными черными волосами 37-летний мужчина. Приминая эти волосы, его круглую голову обхватывал тонкий обруч, на котором держались наушники, но было похоже, что он работает вполуха – глаза его были вовсе не на экране, а на какой-то английской книжке, которую он перелистывал одной рукой, а второй рукой он что-то быстро писал на длинном листе бумаги, из-под которой выглядывал черный край копирки и еще один белый лист.

– Козел, ты опять на работе халтурой занимаешься?! – незло сказал ему Шаховский.– Ну-ка, включи мне номер этого шведа, с которым Тамара работает. Может они в номере?

– Нет, они отвалили еще днем. Она его повела в музеи. Но у них на семь столик заказан в баре,– ответил бородатый, не отрываясь от книжки.

– Придется подождать,– сказал Шаховский Светлову.– Располагайся, садись.– И спросил опять у бородатого: – Что ты читаешь?

– Офуительная книжка! Новый американский детектив про нашу жизнь,– отозвался тот, не прекращая строчить что-то на бумаге чуть вздрагивающей от спешки рукой.– Знаешь, я простой человек и скажу без всякой неловкости – всю ночь читал до восьми утра. Дико увлекся. На каждой странице аромат аутентичности.

– Так что? Ты ее решил от руки переписать? – спросил Шаховский насмешливо.

– Нет, рецензию пишу. Для АПН – в журнал «Новый африканец», для «Московского комсомольца» и в английскую редакцию Всесоюзного радио. Надо же разоблачить, что эта книга служит разжиганию ненависти к нашей стране. Приходится выдергивать какие-то фразы из контекста и клеймить книгу за обилие секса и провинциализм.

– Вовчик, на хера тебе столько денег? – спросил из другого конца комнаты маленький, похожий на корейца, мужчина.– Газеты, радио, КГБ и еще, небось, фильмы переводишь в Доме кино?

– А какая тут зарплата в КГБ? Херня! – отозвался бородатый, застегивая пуговицу рубашки, которая тут же расстегнулась под напором его толстого, нависающего над ремнем живота. И вдруг насторожился, плотней прижал рукой наушник к уху, сказал майору: – Граф, девочки подошли к делу. Будешь слушать? – и движением ручки на пульте навел невидимую в валютном баре телекамеру ча столик, за которым сидели два молодых иностранца с двумя девушками – блондинкой и брюнеткой.

– Включай,– сказал ему Шаховский.

– А-а-а...– протянул бородатый с намеком, кивая в сторону постороннего Светлова.

– Это свой, включай,– приказал Шаховский.

Бородатый щелкнул на пульте рычажком переключателя звука, и в ту же секунду из стоящего на пульте динамика донеслись в комнату голоса разговаривающих внизу, за столиком бара двух девушек и иностранцев.

–...У него мать была оседлая цыганка, а отец русский,– говорила пышногрудая крашенная блондинка, посасывая коктейль из фужера.

– Как ты сказала? «Оселая»? Что это такой? – спросил у нее молоденький, высокий, с аристократически бледным лицом иностранец, записывая что-то в свой блокнот.

– Как тебе объяснить? – задумалась блондинка.– Ну, цыгане обычно кочуют, ну, ездят с места на место. А его мать уже не кочевала, а жила на одном месте. Осела, понимаешь? Ну, да это не важно. Важно, что до того, как он с Галей познакомился, его никто не знал, он в каком-то ресторане цыганщину пел. А Галя его в Большой театр пропихнула. Еще бы!...

– Iодожди,– снова перебил ее молоденький иностранец.– Что такой «припихнула»?

– Ну, устроила туда по блату,– нетерпеливо сказала брюнетка, неуклюже пытаясь выудить соломинкой вишню из своего уже пустого фужера.– Вообще, я слыхала, что эта Галя такие дела делает – если бы КГБ дали это все раскрутить – фью-у!

– Какие дела? – спросил его приятель, раскуривая сигару. Он ничего не записывал, но на столике перед ним рядом с коктейлем лежал портативный магнитофон.

– Товарищ майор, японцы прибыли,– сообщил от другого пульта маленький, похожий на корейца сотрудник. Перед ним на экране телепульта были видны четыре японца, которые молчаливо, каждый держа в руках по портфелю-дипломату, усаживались за свободный столик.

– О чем говорят? – тут же перешел к его пульту Шаховский.

– Ни о чем. Молчат.

– Суки! – огорченно сказал Шаховский.– Таскают с собой эти «дипломаты», ни на секунду из рук не выпускают. Физики сраные! – он повернулся к сотрудникам, которые играли на диване в шашки.– Братцы, кончай филонить! Иностранец попер...

Действительно, на экране, показывавшем вход в валютный бар, было видно как по вестибюлю идут в бар группы иностранных туристов – рослые американцы и канадцы, субтильные французы, дородные немцы. В дорогих шубах или в прекрасных вечерних костюмах. Некоторых мужчин сопровождали явно русские девицы.

– Смотри,– кивнул Светлову на этот экран Шаховский.– Хер его знает, на каких соках они там растут, эти иностранцы. От наших в момент отличаешь! А вот и твоя...

Под руку с рослым шведом к входу в бар двигалась, чуть гарцуя бедрами, стройная брюнетка – Тамара Бакши. Та самая, с которой Светлов провел ночь в моей квартире с пятницы на субботу. Светлов порывисто встал, двинулся к выходу, но Шаховский остановил его:

– Стой! Ты что в кителе туда попрешься? Офигел, что ли? Пойди в ту комнату, там у нас реквизит. Между прочим, всё импортное. Подбери себе костюм и галстук. Галстук умеешь завязывать?

Через несколько минут Светлов – уже в штатском костюме и при галстуке – был внизу, в валютном баре. Там, в интимном полумраке, было уже многолюдно, шумно, на небольшой балюстраде играл эстрадный квартет, возле него танцевали несколько пар. Светлов оглядел потолок бара, пытаясь определить, где же находятся скрытые объективы подвижных телекамер, но не обнаружил ни одного,– потолок тонул в темноте. Светлов выпил за стойкой бара рюмку водки и затем словно бы случайно увидел свою Тамару – она сидела за столиком с рослым конопатым шведом лет сорока пяти.

Изобразив на лице учтивость, Светлов подошел к их столику и сказал шведу:

– Извините, могу я пригласить вашу даму на танец?

Швед смотрел на него непонимающим взглядом, и Светлов негромко сказал побледневшей Тамаре:

– Переведи ему, пожалуйста, что я твой старый знакомый и ты согласна со мной потанцевать.

Тамара на ломаном английском выполнила его приказ.

– О, шур! шур! – сказал ей швед.– Карашо!

Светлов увел Тамару к балюстраде, к оркестру – подальше от вмонтированных в каждый столик скрытых микрофонов. Здесь грохот джазового квартета покрывал все голоса, и Светлов, крепко прижав к себе Тамару здоровой левой рукой, сказал ей на ухо:

– Детка, вопрос первый: у тебя есть триппер или сифилис?

Тамара возмущенно дернулась, но Светлов держал ее жестко и крепко, и при этом нежно улыбался.

– Только не врать! – сказал он.– Я все равно отправлю тебя завтра к врачу на проверку. Есть?

– Нету, честное комсомольское...– почти со слезами проговорила Тамара.

– Только без слез! Откуда ты знаешь, что нету? Ты когда проверялась?

– На той неделе. И вообще, я перед этим делом антибиотики принимаю...

– Где проверяешься и откуда антибиотики?

– У меня есть свой врач.

– Агапова Светлана Николаевна, да?

Тамара молчала

– Вопрос второй,– сказал Светлов.– Кто тебя подослал ко мне в ту ночь?

– Никто! Честное слово! Мне Нина позвонила, это же при вас было! Вы к ним в гости приехали, и она при вас позвонила...

– Куда она тебе звонила? Ты же дома не бываешь...

Вокруг них иностранцы азартно танцевали с русскими и своими иностранными женщинами, разговаривали, смеялись, пили коктейли и чистую русскую водку, и Светлов рассеянно улыбался окружающим, но его рука железной хваткой держала

Тамару за талию.

– Она меня случайно у Ирины застала. Ну, вспомните,– просила Тамара.– Она же не мне звонила, а Ирке, нашей подружке.   .

Светлов вспомнил – действительно, в тот вечер, когда он прикатил ко мне с коньяком и оставшимися после полета из Адлера цыплятами-табака, Ниночка обзвонила несколько своих подружек по цирковому училищу и вытащила ему эту Тамару из какой-то компании. Похоже, она не врет и даже не знает, что Нина и ее врач Агапова погибли,– подумал Светлов и спросил:

– Вопрос третий. Агапова тебя знакомила когда-нибудь с Вигуном? Только честно.

– Да...– еле слышно сказала Тамара.

– В той же квартире на Качалова 16-А?

– Но это было давно, полгода назад. Честное слово! Я была там только два раза...

– И ты спала с Вигуном?

Тамара молчала. Но Светлова взбесила эта вероятность того, что он с Вигуном «побратимы» по этой девочке. И он так сжал ее талию, что у Тамары перехватило дыхание:

– Я тебя спрашиваю: ты спала с Вигуном?

– Нет. Отпустите, Марат Алексеевич. Мне больно. В чем я виновата?

– Для кого же она тебя приводила туда?

– Там была компания. Марат Алексеевич, я не знаю как вам сказать... Ну, вы знаете, бывают люди, которые не могут быть с женщиной в одиночку. Их возбуждает, только если кто-то рядом тоже... И этот Вигун – он был такой...

– Ясно. Когда ты последний раз видела Агапову?

– В субботу. Но что в этом такого? Я ей только сказала, что была с вами на квартире у ее Вигуна.

– И дала ей телефон Шамраева?

– Да. А что тут такого?

– А зачем ты звонила вчера утром Нине?

– Я? – изумилась Тамара.– Я не звонила. Клянусь!

– Хорошо. Ты можешь сейчас как-нибудь отделаться от этого шведа?

– Нет. Но он уедет завтра. И у меня будет три дня отгулов,– сказала Тамара и кокетливо заглянула ему в глаза: – Вам позвонить?

– Да. Но перед этим съезди в седьмой диспансер к доктору Гольбергу, проверься. Скажешь ему, что ты от меня.

– Зачем? Меня Светлана Николаевна проверит.

– Она тебя уже не проверит,– сказал Светлов и повел ее к столику, где нетерпеливый швед уже сидел, нахмурившись, за третьей порцией русской водки. Светлов улыбнулся ему и почему-то по-французски сказал: – Мерси.– Потом усадил Тамару на стул рядом с ее шведом и добавил для нее по-русски: – А после Гольберга поедешь к себе домой и наведешь там порядок. Цветы полей.

Выйдя из бара, Светлов поднялся лифтом на третий этаж, в номер 321 за своим милицейским полковничьим мундиром.

– Ну что? – спросил у него Шаховский.– Будешь ее брать?

– Сегодня – нет,– ответил, переодеваясь, Светлов.– Не хочу твоей работе мешать. И вообще, она чистая – в смысле, к иконам не имеет отношения. Ошибочка у нас вышла. Но все равно – я твой должник, если что – обращайся.

– Спасибо,– сказал Шаховский.

...На улице, в милицейской «Волге» Светлова, которая стояла сбоку от ярко освещенного подъезда в гостиницу «Националь», трещал зуммер радиотелефона. Но прежде, чем взять трубку, Светлов завел машину и включил обогреватель кабины – на улице был мороз и в машине тоже. Передернув от холода плечами, Светлов выдернул трубку из клеммы и сказал грубовато:

– Ну чего?

– Марат Алексеевич, говорит дежурный по городу полковник Кремнев. Вас срочно вызывают в Кремль. Езжайте к Спасским воротам.

После семи вечера

Из журнала регистрации исходящих документов личной канцелярии Л.И.Брежнева

ТЕЛЕФОНОГРАММА
ПАРИЖ, СОВЕТСКОЕ
ПОСОЛЬСТВО,
СЕКРЕТАРЮ ПОСОЛЬСТВА
тов. *ГОНЧАР А.П.*

По личному поручению Леонида Ильича Брежнева для освещения в прессе положительной реакции Французского народа на подписание «контракта века» о сооружении газопровода «Тюмень – Париж», сегодня в 20 часов 10 минут рейсом «Аэрофлота» № 81 вылетает в Париж корреспондент газеты «Комсомольская правда» Вадим Белкин. Встречайте аэропорту «Орли», забронируйте гостиницу.

Заведующий личной Канцелярией Председателя Президиума Верховного Совета СССР товарища Л. И. Брежнева
М. В. Дорошин

Отправлена из Кремля

26 января в 19 часов 22 минуты

Принято в Париже

Дежурным по Посольству

тов. *Сперанской М. Е.*

Из Протокола допроса Начальника Главного Управления Исправительно-трудовых учреждений МВД СССР генерал-лейтенанта *И. Д. Богатырева:*

ВОПРОС СЛЕДОВАТЕЛЯ ШАМРАЕВА: Вы подозреваетесь в сокрытии данных о местонахождении заключенного гр. Мингадзе Гиви Ривазовича, а также изъятии этих данных из Центральной картотеки и Справочно-Компьютерного отдела МВД СССР. Что вы можете сказать по поводу исчезновения этих данных?

ОТВЕТ: Лично я ни в каком сокрытии этих данных или изъятии их из Картотеки не участвовал. Приблизительно в начале этого месяца я получил запрос из Отдела разведки нашего министерства на этого Мингадзе и сообщил им, что он находится в Тюменском лагере строгого режима. После этого я получил сообщение от начальника этого лагеря, что для допроса этого Мингадзе в лагерь прилетел старший следователь Прокуратуры СССР товарищ Бакланов. И затем, по требованию этого следователя заключенный Мингадзе был доставлен под Москву, в Балашихинский лагерь строгого режима. Но данные об изменении его местонахождения могли задержаться в канцелярии ГУИТУ и не поступить своевременно на компьютер.

РЕПЛИКА ПРИСУТСТВОВАВШЕГО НА ДОПРОСЕ НАЧАЛЬНИКА КРЕМЛЕВСКОЙ ОХРАНЫ ГЕНЕРАЛА ЖАРОВА: Брось... (шесть нецензурных слов) Задержаться! Кто тебе приказал, чтобы эти данные задержались? Говори, иначе... (восемь нецензурных слов).

ОТВЕТ: Я просто высказал предположение, товарищ генерал. Данные о перемещении заключенных идут через Отдел учета заключенных при ГУИТУ в Центральную Картотеку МВД. Может быть, кто-нибудь из сотрудников...

ВОПРОС СЛЕДОВАТЕЛЯ ШАМРАЕВА: Значит, в настоящий момент заключенный Мингадзе находится в Балашихинской колонии строгого режима? Это в зоне расположения дивизии КГБ имени Дзержинского, не так ли?

ОТВЕТ: Нет, три дня назад, в субботу, я получил телефонограмму от начальника этой колонии Скворчука, что в целях безопасности этого заключенного он по личному распоряжению начальника Отдела разведки МВД генерала Краснова отправлен в лагерь особо строгого режима № 274 под Фергану Киргизской ССР. Там, если вы знаете, урановые разработки. Но я думаю, что за три дня он туда еще не доехал. Пересылка идет поездом, в спецвагонах... Я думаю, что за три дня он мог доехать только до Урала...

Из журнала регистрации исходящих документов личной канцелярии Л. И. Брежнева

ТЕЛЕФОНОГРАММА-РАСПОРЯЖЕНИЕ

НАЧАЛЬНИКУ УПРАВЛЕНИЯ ЖЕЛЕЗНОДОРОЖНО-ТРАНСПОРТНОЙ МИЛИЦИИ генерал-лейтенанту

СОЛОМИНУ В. У.

По личному распоряжению товарища Леонида Ильича Брежнева немедленно остановите все железнодорожные составы с вагонами для перевозки заключенных и выявите местонахождение осужденного по статье 88 УК РСФСР Мингадзе Гиви Ривазовича, 1945 года рождения. О результатах проверки докладывать мне лично каждые 20 минут.

Заведующий личной Канцелярией Председателя Президиума Верховного Совет СССР товарища Л. И. Брежнева

М. В. Дорошин

Отправлено из Кремля

26 января 1982 г. в 19 часов 47 минут

Принято Дежурным по Управлению

Железнодорожно-транспортной милицией

полковником *Масленниковым И. П.*

В восемь часов вечера Вадим Белкин, получив мои инструкции, уже вылетал из Шереметьевского аэропорта во Францию. А я сидел со Светловым и Золотовым в Кремлевском буфете, пил бульон с сухариками и зубрил немецкие слова:

– Гутен таг – добрый день. Гутен абен – добрый вечер. Гутен морген – доброе утро. Вифил костед дас – сколько стоит?

– Ву кан ман телефонирен – где можно позвонить? – подсказывал Золотов.

Пришедший в себя после допроса генерал Богатырев пил со Светловым коньяк, утирал потный лоб и говорил Светлову:

– Я ни ухом ни рылом в этом деле, клянусь!..

– А как насчет Ирины Бугримовой? – лукаво спрашивал у него Светлов.

– Ну, у нас с ней товарищеские отношения...

– Ладно, товарищ генерал, кому вы рассказываете? Товарищеские отношения с цирковой актрисой?

– Дак она же укротительница тигров! К ней подойти страшно!...

Зазвонил телефон, вечерняя официантка сняла трубку, выслушала и протянула ее мне:

– Вас, товарищ Шамраев.

Я взял трубку и услышал:

– Это Дорошин. Пришла телефонограмма от начальника Свердловского управления железнодорожной милиции. Поезд № 32 с вагоном для перевозок заключенных № 94621, в котором едет этот Мингадзе, прибыл на станцию «Свердловск-22». Это закрытый город оборонного значения, весь под охраной войск КГБ. Пожалуйста, поднимитесь к Леониду Ильичу.

> Из журнала регистрации исходящих документов личной Канцелярии Л.И. Брежнева

ТЕЛЕФОНОГРАММА-РАСПОРЯЖЕНИЕ

НАЧАЛЬНИКУ
ЖЕЛЕЗНОДОРОЖНОЙ СТАНЦИИ
«СВЕРДЛОВСК-22» товарищу Козыреву Р. И.
копия: НАЧАЛЬНИКУ
ЖЕЛЕЗНОДОРОЖНО-ТРАНСПОРТНОЙ
МИЛИЦИИ СТАНЦИИ «СВЕРДЛОВСК-
22» майору *СЫТИНУ Д. У.*
копия: ВОЕННОМУ КОМЕНДАНТУ Ж-Д.
СТАНЦИИ «СВЕРДЛОВСК-22»
подполковнику *РАДОВСКОМУ Д. М.*

По личному распоряжению товарища Леонида Ильича Брежнева незамедлительно отцепить от поезда № 32 вагон № 94621 с находящимися в нем заключенными. Вагон окружить всей наличной военной и железнодорожной милицейской охраной и не допускать к вагону посторонних до прибытия Командующего Свердловским военным округом генерал-лейтенанта Махова Б. Б. Об исполнении доложить незамедлительно.

Заведующий личной Канцелярией Председателя Президиума Верховного Совета СССР товарища Л. И. Брежнева

> *М. В. Дорошин*
> Отправлено из Кремля по
> железнодорожной телефонной связи

26 января в 20 часов 39 минут

ТЕЛЕФОНОГРАММА – ПРИКАЗАНИЕ

КОМАНДУЮЩЕМУ
СВЕРДЛОВСКИМ
ВОЕННЫМ ОКРУГОМ
ГЕНЕРАЛ-ЛЕЙТЕНАНТУ
МАХОВУ Б. Б.

ПРИКАЗЫВАЮ ВАМ ЛИЧНО: незамедлительно прибыть с военным подразделением на ж-д станцию «Свердловск-22» и освободить из-под стражи гражданина Мингадзе Г. Р., находящегося в вагоне № 94621 под охраной железнодорожной милиции и военной комендатуры станции. В случае малейшего сопротивления конвоя, сопровождающего вагон, сопротивление подавить и конвой арестовать. Вышеназванного Мингадзе Г. Р. срочно отправить в Москву военным самолетом с аэродромом приземления в г. Жуковский Московской области.

На исполнение боевого задания по освобождению гр. Мингадзе из-под стражи срок – один час. На транспортировку гр. Мингадзе военным самолетом в г. Жуковский срок – три часа.

Освобожденного из-под стражи гр. Мингадзе Г. Р. передать под личный надзор и попечение следователя по особо важным делам при Генеральном прокуроре СССР тов. Шамраеву И. И.

ПРЕДСЕДАТЕЛЬ СОВЕТА
ОБОРОНЫ СССР
МАРШАЛ *Л. БРЕЖНЕВ*

Москва, Кремль,
26 января 1982 г. 21 час

Из журнала регистрации исходящих документов личной Канцелярии Л. И. Брежнева

РАСПОРЯЖЕНИЕ

НАЧАЛЬНИКУ ПАСПОРТНОГО СТОЛА
г. МОСКВЫ
товарищу *МЕДВЕДКИНУ И. А.*

В течение двух часов оформить выездные паспорта:

гражданину ШАМРАЕВУ Игорю Иосифовичу, 1935 года рождения, следователю по особо важным делам при Генеральном Прокуроре СССР;

гражданину МИНГАДЗЕ Гиви Ривазовичу, 1945 года рождения, без определенных занятий.

Паспорта доставить сегодня же в Кремль, в Канцелярию товарища Брежнева Л. И.

Заведующий личной Канцелярией Председателя Президиума Верховного Совета СССР товарища Л.И.Брежнева

М. В. Дорошин

Отправлено из Кремля нарочным

26-го января 1982 года в 21 час

Доставлено т. Медведкину на

квартиру в 21 час 17 минут

После полуночи

Я, Богатырев и Жаров спали в креслах, в приемной кабинета Брежнева. Сам Леонид Ильич, а также Золотов, Чазов и остальная свита Брежнева давно отбыли по домам. Запущенная в обход КГБ военная и государственная машины уже работали без них. Но мы оставались здесь с дежурным по ЦК, и только удары кремлевских курантов каждый час заставляли нас вздрагивать во сне. Действительно, эти куранты могли хоть кого вывести из себя. И только сам инициатор сооружения этих часов нетревожно спал в Мавзолее на Красной площади. И каждый час под звон этих курантов у его Мавзолея сменялся почетный воинский караул. Печатные удары шагов этого караула гулко бряцали в морозной ночной тишине и долетали к нам тихим эхом через открытую форточку приемной. В 21 час 35 минут военным телеграфом пришло сообщение от командующего Свердловским военным округом генерал-лейтенанта Махова, что при освобождении Мингадзе из-под стражи конвой никакого сопротивления не оказал. В 22 часа 40 минут Махов сообщил, что военный самолет под управлением Героя Советского Союза летчика-истребителя полковника Пчелякова, имея на борту освобожденного Гиви Мингадзе и восемь автоматчиков охраны, взлетел со Свердловского военного аэродрома и взял курс на Жуковский. В 22 часа 50 минут насмерть перепуганный начальник Московского паспортного стола Медведкин лично примчался на проходную Спасской башни Кремля с двумя красными выездными паспортами для меня и Мингадзе, а в портфеле у него было еще несколько чистых паспортных бланков и печать – на всякий случай.

Все шло хорошо, гладко, как и положено при вмешательстве Кремля.

КГБ молчало.

Я знал, что в этом молчании еще не было капитуляции.

В шесть утра из Парижа в редакцию «Комсомольской правды» позвонил Вадим Белкин. Он продиктовал дежурной стенографистке свой первый репортаж, почти целиком построенный на выдержках из вчерашних вечерних французских газет:

«НА ПРИНЦИПАХ ВЗАИМНОСТИ. Французская печать продолжает широко комментировать подписанное на днях в Париже соглашение о поставке советского природного газа. Оно стало главной новостью и в экономическом, и в политическом плане. Парижские газеты указывают как на объем контракта, который они называют «контрактом века», так и на его долгосрочный характер. Выступая по телевидению, министр экономики и финансов Ж. Делор отметил, что подписание этого соглашения отражает принцип взаимности и, в свою очередь, предусматривает «присутствие нашей промышленности на восточном рынке»... ну и так далее – всего 120 газетных строк, подпись: «Ваш корреспондент в Париже Вадим Белкин» и телефон: 331-37-34-05.

Ночная стенографистка перепечатала репортаж в двух экземплярах и копию отдала Марату Светлову, который ради этого репортажа провел ночь в стенографическом бюро редакции «Комсомольской правды».

В 6.20 по еще пустой, заснеженной Москве, когда лишь у станций метро видны темные фигуры спешащих на работу людей, Светлов промчался по улице Горького к Красной площади в Кремль.

В 6.40 мы уже расшифровали с ним нехитрый репортаж Белкина. Сам репортаж означал, что Вадим Белкин, прибыв в Париж, позвонил по указанному Аней Финштейн телефону 0611-34-18-19, продиктовал телефон своего гостиничного номера, и Аня Финштейн позвонила ему по этому номеру. А две условные фразы в этом репортаже сообщали, что она готова встретиться со мной в Западном Берлине уже сегодня, 27-го января после часу дня.

Я чувствовал, что игра, которую я затеял против тех, кто убил Нину, приближается к концу. В ней оставалось сделать всего несколько последних ходов. Они должны были стать роковыми либо для меня, либо для них.

В Жуковском, в военном аэропорту, под охраной взвода автоматчиков Свердловского военного округа и военного коменданта Жуковского военного аэропорта меня уже три часа дожидался ничего не понимающий Гиви Мингадзе.

Но только после сигнала Белкина имело смысл мчать в Жуковский, а оттуда военным самолетом – в Восточный Берлин.

Я набрал домашний телефон Коли Бакланова. Похоже, что он не спал – трубку сняли сразу, и голос у Бакланова был незаспанный.

– Алло...

– Это Шамраев,– сказал я.– Коля, у меня бессонница, и я все вспоминаю наш самый первый разговор в Прокуратуре в субботу утром. Помнишь? Слушай, почему бы тебе не взять сегодня свою жену и малыша и не поехать с ними куда-нибудь за город, в дом отдыха. Ты ведь тоже переутомился, А?

Он молчал. И я тоже молчал, я сказал ему все, что мог, даже больше.

– Ну? – сказал он, наконец.– Что дальше?

– Это все, старик. У тебя прекрасный малыш, ему будет полезно погулять с отцом на свежем воздухе.

– Пошел ты в жо...! – спокойно ответил он и повесил трубку.

ТЕЛЕФОНОГРАММА

КОМАНДИРУ АВИАЦИОННОЙ
ДИВИЗИИ № 69
ГЕНЕРАЛ-МАЙОРУ ВОЕННО-
ВОЗДУШНЫХ СИЛ СССР *ЯНШИНУ Г. С.*
                    город ЖУКОВСКИЙ,
срочно, секретно, военной спецсвязью

*В связи с незамедлительным вылетом в расположение
группы Советских войск в Восточном Берлине группы правительственных лиц, которые прибудут к Вам в ближайшее
время в сопровождении начальника Кремлевской охраны генерал-
майора Жарова, подготовьте военно-транспортный самолет и
опытный летный экипаж.*

ДЕЖУРНЫЙ ПО ЦК КПСС
АРЦЕУЛОВ Б. Т.
Москва, Кремль, 27 января 1982 г.
Передано по военной спецсвязи в 6.45 утра
Принято Дежурным по авиадивизии № 69
полковником ВВС *Отамбековым Ш. Ж.*

— С Богом! — сказал мне генерал Жаров.— Нам с тобой до
Жуковского даже на «Чайке» полчаса переться.

— А я уже могу идти домой? — спросил начальник ГУИТУ
генерал-лейтенант Богатырев.

— Ты сидишь здесь до приказа полковника Светлова! —
приказал ему Жаров.— Когда ты ему понадобишься, он тебя
отсюда вывезет. И никто кроме него. Я уже приказал охране,
ты понял?

— Слушаюсь...— испуганно ответил Богатырев.

Три операции оставались в Москве на плечах у Марата
Светлова и одну из них он мог выполнить только при личном
участии этого Богатырева.

Я подошел к столу ночного дежурного по ЦК КПСС
Борису Арцеулову и взял со стола телефонный справочник
Большой Москвы.

— С возвратом, хорошо? — сказал я Арцеулову.

— Ладно уж, можете не возвращать,— ответил он.

Светлов, я и Жаров спустились вниз, к поджидавшей нас «Чайке». В Москве еще было темно, и шел все тот же метельный снег. Тревожным рубиновым светом горела на Спасской башне красная звезда. При свете этой звезды я пожал Светлову правую руку, и он поморщился от боли:

– Падло! Болит еще... Ладно, катись в Берлин, жду твоего звонка. И не дрейфь, здесь все будет в порядке, будь спок. Я им устрою салют в память Ниночки.

Часть 7

Пропускной пункт «Чарли»

27-го января, среда, после 9-ти утра

Сплошная низкая облачность укрывала заснеженную Россию, Белоруссию, Польшу. В салоне военно-транспортного самолета нас было только двое – я и Гиви Мингадзе, 37-летний, среднего роста, наголо бритый, худой, измочаленный тюремными пересылками человек. Щетина на небритых скулах и подбородке, стеганая зековская телогрейка, ватные брюки и кирзовые лагерные ботинки с заплатами делали его похожим на беглого уголовника. И только темные грузинские глаза, лучистые, как у Омара Шерифа, и тонкие руки с ссадинами на пальцах, которые нервно сжимали в коленях ватную шапку-ушанку, меняли первое общее впечатление об этом «помилованном».

РАССКАЗ ГИВИ РИВАЗОВИЧА МИНГАДЗЕ

– Когда говорят, что все грузины – спекулянты, это неправда. Это сейчас на Московских базарах стоят грузины и торгуют цветами и мандаринами из Сухуми. Но когда раньше было такое? Грузин, настоящий грузин – это воин, это всадник на коне с кинжалом, это мужчина, который помогает бедным и красиво ухаживает за женщинами. Мужчина, понимаете! Тысячи лет мы жили в горах, наши цари были рыцари и поэты. А сейчас из нас действительно сделали спекулянтов. И из меня тоже, да. Надо сказать, я долго этому сопротивлялся – до тридцати лет. Жил, как нищий студент, кончил музыкальное училище, играл на кларнете и хотел стать дирижером эстрадного оркестра, или – киноартистом. Не знаю, наверно, в молодости у меня просто был ветер в голове. Но никакими спекуляциями я не занимался. Что нужно грузину, слушайте? Немножко денег, немножко удачи и много друзей. Это у меня было. У меня было много друзей,

и я жил в Москве без прописки то у одного, то у другого. Но в 75 году мой друг Боря Бурятский закрутил любовь с Галей Брежневой и привел меня к ее дяде Вигуну. Кто мы были с ним, слушайте? Два шалопая, вольные люди! Он в ресторане цыганщину пел, а я сначала на кларнете играл, а потом на ударных. И куда мы с ним попали? К самому Вигуну, к Гале Брежневой! Сначала так просто в карты играли, в преферанс, а потом Вигун стал мне мелкие поручения давать – тому позвони, от этого десять тысяч получи, от того – двадцать. И – закрутилось! Через полгода у меня уже своя машина была, «Волга»! А вы знаете, что такое в Москве молодой грузин на собственной «Волге»? Царь! Да еще если за спиной такая сила – сам хозяин КГБ твой друг. Я уже дома сидеть не мог – вся Грузия мой телефон обрывала, с утра до ночи звонили. Эх-х, красиво жил, ничего не могу сказать. По газонам мог на своей «Волге» ездить. И много, оч-чень много денег через мои руки пришло из Грузии к Вигуну. И у меня немало было – большие деньги! Но в 76-м году Вигун меня так употребил – я ему никогда не забуду! Ни ему, ни его жене! Ох... Короче, вы говорите, что я гостиницу «Россию» поджег. Хорошо, слушайте. Там, в «России» мы действительно большие махинации делали, это правда. А потом на одиннадцатом этаже вдруг Отдел разведки МВД свой штаб устроил. И стали за нами следить. Жену Мжаванадзе почти накрыли и еще многих. И на меня у них, конечно, полно было материала – и мои разговоры, и дела с грузинскими «лимонщиками», и фотографии, и кинопленки. Короче, в один прекрасный вечер Вера Петровна и Семен Кузьмич мне говорят: «Гиви, беда! Тебя пасет Отдел разведки, а через тебя – и на нас выйдут. Но имей ввиду, что если тебя арестуют, мы тебя выручить не сможем. Нас Брежнев выручит, но тебя мы не сможем выручить, потому что кого-то же нужно под суд отдать для отвода глаз. Поэтому ты будешь «паровозом» в этом деле, все на себя возьмешь. Или – есть другой выход. В Баку на секретном заводе разработан реактив, который на расстоянии десяти метров разлагает оптику и пленки. То есть, если подсунуть этот реактив куда-нибудь под штаб Отдела разведки, у них за несколько часов вся аппаратура выйдет из строя, все пленки почернеют, и даже стекла на окнах потрескаются. И тогда – все, никаких материалов ни против тебя, ни против кого!» Ну, я идиот, поверил. И мы еще много смеялись, представляя, как это будет смешно, когда у них в штабе стекла *в окнах лопнут и все материалы – к чертям собачьим. Дальше вы знаете: я слетал в Баку, взял эту жидкость, потом мы с Борисом переоделись в уборщиков, как будто мы идем полы чистить. Не в штаб Отдела разведки, туда бы нас не пустили, а ниже этажом. И как раз под номерами этого Штаба сбрызнули этой жидкостью все ковры. А наутро я узнал, что в гостинице был пожар и десятки людей погибли. Ну, со мной – истерика, и с Борисом – тоже. А Вигун говорит нам, что это – случайность, что какой-то иностранец в одном из этих номеров спьяну сигарету уронил на ковер, и реактив самовоспламенился. Но так или иначе, я стал преступником и был у Вигуна вот здесь, в кулаке. Что в таких случаях настоящий грузин делает? Убивает себя? Пьет? Нет! Мстит! И я решил им всем отомстить: и Вигуну, и его жене, и всей их семье. Потому что как они живут, я видел! Эта Вера Петровна десять лет в одном пальто ходит, но вы посмотрите ножки у ее кровати. У нее ведь такая старая кровать с железными ножками. И в этих ножках у нее бриллиантов и золота – еще с войны, когда она со своим Вигуном в СМЕРШе работала. Это сейчас она за Вигуна книжки пишет о героях-чекистах. И я сам эту макулатуру в кино пристроил, привел к ним одного режиссера с «Мосфильма». Но они с Вигуном еще во время войны были миллионерами, они же проверяли весь багаж, который наши солдаты везли в 45-м году из Германии. А наши много тогда из Германии вывезли, сами знаете, и золота, и драгоценностей. А Вигунша лучшие вещи отнимала – не часы, не одежду, а камушки – бриллианты. Короче, я решил мстить им за то, что они из меня убийцу сделали. И пока я с братом Брежнева в карты играл, да деньги ему тащил за разные должности, на которые он всякое жулье устраивал, я придумал, как отомстить. Идиот, конечно, мальчишка! Но вы бы послушали, что они дома говорят о советском строе, о народе и всей их коммунистической партии! А тогда как раз Федор Кулаков в гору лез, честного из себя строил, как Суслов. Но я уже ни тем не верил, ни этим. Просто у меня была мечта сбросить и Вигуна, и Брежнева. И я сказал Кулакову, что дам ему пленки семейных разговоров этой компании. Кулаков был хваткий мужик, сразу все понял. И уж он мне расписал как-то по пьянке, каким он будет прекрасным царем, если сбросит Брежнева и придет к власти... Короче, я кинулся на «Мосфильм» к отцу моей Анечки. Он был звукооператор, радиоинженер, а мне нужен был такой магнитофон,* который бы сам включался от звука голоса и сам выключался, когда люди перестают разговаривать. Ну, я ему не сказал, что я этот магнитофон в квартире у Якова Брежнева поставлю, я ему наврал что-то и притащил штук двадцать лучших иностранных магнитофонов и штук сто микрофонов. И он мне сделал малюсенький магнитофон со сверхчувствительным микрофоном, но один был дефект – этот микрофон брал любой звук, даже шум машины на улице. Так что разобрать разговоры было очень трудно. Ну, и когда я набрал штук сто кассет с записями, а ничего на них толком прослушать нельзя, я снова к аниному отцу. Стал он эти пленки с одного магнитофона на другой гонять – переписывать, чистить. А когда услышал на них голос Брежнева – старика, чуть удар не хватил. Но я ему поклялся, что никто не узнает, ни одна душа, даже Аня. И лишь бы он вычистил эти пленки как следует, я притащил ему все, что у меня было: все драгоценности, бриллианты, золото, целый мешок. И 17-го июля я получил от него десять кассет с чистыми записями и поехал с ними в Сандуновские бани. Там у меня была назначена встреча с Кулаковым. Он был крепкий мужик, обожал настоящую русскую баню и любого мог пересидеть в парилке – сердце здоровое было, как у быка. Конечно, когда он приезжал в Сандуны, там заранее знали и никого посторонних не пускали. Но я-то был не посторонний! Он там сидел в парилке и ждал меня. И не знал, конечно, что за ним гэбэшники следят. Короче, когда я в парилке передавал ему эти пленки, нас схватили. Ему сразу брызнули что-то в лицо, он упал на лавку без сознания. А меня скрутили и к Вигуну на допрос. Только про аниного отца я ему ни слова не сказал, сдержал клятву, которую дал старику. Иначе бы они и старика замели, и Аню, сами понимаете. Но я выдумал, что купил этот магнитофончик у какого-то иностранца, и это было похоже на правду, поскольку весь магнитофон был собран из иностранных деталей... А через два дня в газетах было, что Кулаков скоропостижно умер от сердечного приступа. Но я уже в лагерь ехал – Вигун мне приговор московского суда заочно оформил... И еще чудо, что не расстрелял, Боря Бурятский вымолил... Три недели назад ко мне в лагерь прилетал следователь Бакланов, пытал меня об этих пленках и Ане, потом самолетом отвез в Москву, в Балашихинскую тюрьму, где меня допрашивали какие-то генералы и полковники, но что я мог им сказать? Я понятия не имею, куда старик Финштейн мог упрятать эти пленки...

В 10 часов 23 минуты мы приземлились на окраине Восточного Берлина, на мокром военном аэродроме – в Берлине было плюс три по Цельсию. У трапа самолета нас встречал румяно-щекий полковник, улыбчатый, пятидесятилетний крепыш с окающим вятским говорком.

– Полковник Трутков Борис Игнатьевич,– представился он.– Целиком в вашем распоряжении, а вы на моем попечении. Как там в Москве? Холод собачий?

– Познакомьтесь,– сказал я ему.– Это товарищ Мингадзе Гиви Ривазович. Его нужно переодеть в приличный костюм...

– Переоденем, переоденем! И в баньку сводим, а как же! У нас тут прекрасная солдатская баня, с березовыми вениками, по всем правилам. Никогда не думал, что в Германии березы растут, а оказывается – пожалуйста, прямо как у нас на Вятке...

Действительно, вокруг военного аэродрома был березовый лес, в этом лесу стоял военный городок с двухэтажными кирпичными солдатскими казармами, совсем, как в Жуковском, из которого мы вылетели два с половиной часа назад. Говорливый полковник усадил нас в зеленую армейскую «Волгу» и повез завтракать в офицерскую столовую.

– Сначала пожрать нужно! Пожрать – это первое дело для мужика! У нас сегодня в столовой девки блины напекли – прямо как на Масленицу, пальчики оближите...

Он болтал, не переставая, обволакивая нас своим окающим говорком, но в течение всего разговора умудрился ни разу не встретиться с моим взглядом.

В это время в Москве

Из рапорта капитана Э. Арутюнова Начальнику III-го Отдела МУРа полковнику М. Светлову

По Вашему поручению сегодня, 27-го января 1982 года группа проинструктированных мной врачей Московской городской санэпидстанции в составе: старший врач санэпидстанции Аида Розова, старший врач Алексей Спешнев, врач Геннадий Шолохов и лаборант Константин Тыртов произвели санитарную проверку медсанчастей в Бутырской тюрьме, Краснопресненской пересыльной тюрьме и в следственном изоляторе «Матросская тишина». В результате этой проверки и осмотра находящихся в этих медчастях заключенных старший врач Аида Розова выявила в медсанчасти следственного изолятора № 1 («Матросская тишина») больного, имеющего пулевое ранение в бедро и похожего по приметам на составленный по описанию свидетельницы Екатерины Ужович портрет-фоторобот разыскиваемого нами преступника.

Согласно моим инструкциям доктор Аида Розова ничем не выдала свой интерес к этому больному, продолжила беглый осмотр медсанчасти и находящихся в ней больных (в количестве 7 человек) и завершила этот осмотр в 10 часов 11 минут, после чего на санитарной машине вернулась в Московскую городскую санэпидстанцию, где сообщила мне, что опознанный ею преступник находится в тяжелом состоянии в связи с быстро развивающейся гангреной правой ноги.

– Суки! – сказал Светлов, прочитав этот рапорт.– Своего человека бросили, как собаку, в тюремную больницу и даже нормальных врачей боятся к нему позвать!

– Но как мы его оттуда вытащим? – спросил Арутюнов.– Нам его охрана не выдаст.

– Выдаст! – ответил Светлов.– У меня для этого сам Богатырев сидит в Кремле под арестом. Поехали!

Через сорок минут Начальник Главного Управления исправительно-трудовых учреждений СССР генерал-лейтенант Богатырев в сопровождении, а, точнее, под конвоем Начальника кремлевской охраны генерала Жарова лично пожаловал на окраину Москвы, в Сокольники, в следственный изолятор № 1, т. е. в тюрьму, которая стоит на улице с поэтическим названием «Матросская тишина».

Генерал Богатырев был единственным в СССР человеком, перед которым мгновенно раскрывались любые тюремные двери, и все начальники тюрем стоят навытяжку. Не сказав начальнику «Матросской тишины» ни слова, Богатырев и Жаров хмуро прошагали по заснеженному тюремному двору прямо к одноэтажному обшарпанному бараку медсанчасти. За ними тихо катилась кремлевская «Чайка» Жарова. Надзиратели ринулись отгонять от зарешеченных окон любопытных заключенных.

Через пару минут генералы Богатырев и Жаров на своих собственных руках вынесли из медсанчасти раненого. Он был в бессознательном состоянии. Богатырев и Жаров втащили раненого на заднее сидение «Чайки».

Взвыв сиреной, «Чайка» вымахнула из тюремного двора и

помчалась из Сокольников в центр Москвы, на Грановского, в хирургическое отделение Кремлевской больницы. Это был первый в практике кремлевских врачей случай, чтобы больного доставили им на хирургический стол прямо с тюремного матраца. Дежурный хирург, приказав ассистентам готовить больного к ампутации ноги, сказал Светлову, что в ближайшие час-полтора о допросе больного не может быть и речи. Светлов, матерясь, вышел из ординаторской, сказал генералу Жарову:

– Хорошо бы здесь охрану поставить, товарищ генерал. Потому что он такой же сахалинец и Сидоров, как я!

– Поставлю. Надо брать этих Краснова и Олейника...

– Нет,– ответил Светлов.– Пока не надо. Рано.– И взглянул на часы. Было 11 часов 50 минут. С момента гибели Нины Макарычевой прошло чуть меньше 42 часов. И совсем немного оставалось до расплаты с ее убийцами, до «салюта», о котором мы говорили с ним сегодня рано утром у Кремлевской стены.

Оставив в больнице капитана Арутюнова, Светлов поехал в МУР ждать телефонного звонка из Западного Берлина.

12 часов 50 минут, в Восточном Берлине

Армейская «Волга» полковника Труткова выехала из ворот крепости, где размещается Советское посольство, прокатила по Унтер Дер Линден и свернула на Фридрих-штрассе. Говорливый румянощекий полковник уже осточертел мне своей дотошной заботливостью и болтовней. Можно было подумать, что он родился и вырос в этом городе, удивительно похожем на какой-нибудь Сталинград или Куйбышев не столько деталями своей архитектуры, сколько общим впечатлением от нее. Та же тяжелая, серо-влажная окаменелость зданий и витрины с фотостендами местных газет и портретами передовиков социалистического труда, совсем, как в какой-нибудь краснодарской или воронежской «Правде». И на улицах люди с точно такими же озабоченно-замкнутыми лицами. Даже возвышающиеся чуть не на каждом перекрестке стеклянно-бетонные стаканы с полицейскими сделаны по нашему милицейскому образцу. Или наши – по-ихнему, черт его знает!.. Полковник Трутков отвлекал меня от этих сравнений. Он без умолку сыпал названиями исторических мест, улиц, площадей с той самой минуты, как мы еще два часа назад въехали в Берлин, чтобы получить западно-германские визы и отметиться в Советском посольстве. Бранденбургские ворота, университет имени Гумбольдта, Комическая опера, Лейпцигштрассе, руины какого-то универмага, руины еврейской синагоги, «Вечный огонь» напротив Государственной оперы возле которого точно, как в Александрийском саду у Кремля или на Красной площади у Мавзолея, чеканно-гусиным шагом происходит смена караула. И снова тяжелые прусские здания и улицы с редкими и потрепанными, как в каком-нибудь Воронеже, автомобилями.

У меня было стойкое ощущение того, что, перелетев через Польшу, я оказался все-таки не на Западе, а где-то на юго-востоке от Москвы, в какой-то поволжско-немецкой области, где местный румянощекий обкомовский инструктор в полковничьих погонах угодливо показывает прибывшему из Московской прокуратуры гостю свои владения. Даже липовая роща на Фридрих-штрассе, несмотря на аккуратные асфальтовые островки в ней, была своей, родной, русской. В конце концов, я же наполовину русский, подумал я, оттого мне именно эти липы показались своими. А черт его знает, какие деревья могут быть родными моей второй генетической половине! Что там растет на моей «исторической» родине – кактусы, авокадо? Я их никогда не видел и не думаю, что мог бы назвать их родными даже наполовину...

– Говорят, что до войны здесь были роскошные отели,– трепался полковник Трутков.– Я видел фотографии. Действительно, первый класс, роскошь. Рестораны – обалдеть можно! Но ничего, Игорь Иосифович, вернетесь из Западного Берлина – мы с вами в «Ратскелере» обмоем операцию. Это на Александрплаце лучший в Берлине ресторан. Даже западные немцы оттуда заказывают столики...

Удивительным образом он умудрялся все это время обращаться только ко мне, напрочь игнорируя присутствие Гиви Мингадзе. Словно Мингадзе был просто вещью при мне, моим вторым портфелем, неодушевленным предметом, который через каких-нибудь двадцать-тридцать минут нужно будет обменять вон там, за красно-белыми деревянными барьерами, которые уже возникли перед нами в перспективе Фридрихштрассе при выезде на Потсдамерплац. Даже, когда утром мы в офицерском гарнизонном магазине подбирали для Гиви гражданский костюм и пальто, Трутков говорил: «Какой нам нужен размер, товарищ Шамраев? А какой мы цвет возьмем?» Человек, уходящий на Запад, уже не был для него человеком.

В 13.00 мы прибыли на Потсдамерплац к контрольно-пропускному пункту «Чарли». Высокая бетонная стена, знаменитая Берлинская стена была перед нами. Возле нее – башни с прожекторами, сеть маленьких квадратных домиков с узким проходом между ними к самому пропускному пункту и бело-красные барьеры, капканы для автомобилей. А еще – восточно-германские пограничники чуть не через каждые два метра и дежурные офицеры в серой военной форме. Я впервые подумал о той Ане Финштейн, с которой мне предстояло встретиться за этой стеной, в том чужом и незнакомом мире. Я впервые подумал о ней, как о живой, из плоти женщине. Любовь к этому грузину, любовь простой русско-израильской еврейки, за которой уже три недели охотится в Израиле и Европе вся кагэбэшная агентура, не только сотрясла всю государственную машину страны – от КГБ, МВД и ЦК КПСС до военных штабов в Адлере, Свердловске и Берлине – но вот-вот должна была проломить эту многометровую бетонную стену с до зубов вооруженной охраной. О, как кряхтела и скрипела государственная машина, не желая уступать этой Ане Финштейн. Кровью Вигуна и его любовницы, инфарктом Суслова и гибелью совершенно непричастных к этому делу «Воротникова»-«Корчагина» и моей Ниночки заплатила эта машина за свою неуступчивость. Но и еще не рассчиталась до конца – сейчас, в 13.00 убийцы Нины Макарычевой еще сидят в своих кабинетах, ездят в персональных машинах и продолжают мечтать о министерских креслах в «Правительстве Нового курса». И уже истекал 44-й час их жизни в мире, из которого они удалили ее простым толчком в спину...

Держа в руке наши красные выездные паспорта, полковник Трутков уверенно повел нас мимо восточно-германских дежурных офицеров и солдат к двери металлической избушки-накопителя, где несколько иностранных туристов стояли в очереди за своими паспортами. Здесь пахло дезинфекцией и табаком, на полу валялись окурки сигарет. Полковник оставил нас и скрылся в комнате начальника таможенной службы. Я взглянул на Гиви. Он был серо-бледный, с резко очерченными скулами на худых щеках, и его пальцы напряглись добела, сжав прожженную лагерную брезентовую варежку, неизвестно как оставшуюся у него после того, как мы переодели его в этот плащ и костюм в гарнизонном универмаге. Я и сам нервничал.

Возле нас какой-то иностранный турист спросил у торчащего в этом «зале» дежурного офицера:

– Их варте бэрайтс фирцик минутн. Ву зинт майне документэ?

– Нох найт фертинг,– ответил тот.

– Знаете что? – сказал я Гиви.– Пока мы ждем, напишите Ане записку.

Я открыл свой портфель – в нем были лишь московский телефонный справочник, русско-немецкий разговорник, карта Западного Берлина и стопка машинописных листов – моих записей по делу Вигуна. Я стал искать среди них чистый лист бумаги, но Гиви сказал:

– Не нужно. Если у вас есть фломастер...

Я дал ему ручку-фломастер, и он разгладил в руках свою брезентовую лагерную варежку и написал на ней только три слова: «Я здесь. Гиви»

Я положил эту варежку в карман своей потертой дубленки, и мы успели обменяться с Гиви взглядом, когда к нам с одним – моим – паспортом в руках подошел полковник Трутков.

– Все в порядке,– сказал он мне.– Дальше я вас не провожаю – там зал таможенного досмотра и выход на Запад. Но вас и проверять не будут, я дал указание. Так, повторим еще раз, все ли учли. Как пользоваться немецкими телефонами я вам показал. Западные марки вам сейчас обменяют – просите побольше мелочи для телефона. Разговорник у вас есть. На той стороне вас остановят американцы, но это ерунда – формальная проверка документов, а документы у вас в порядке. Мой телефон у вас записан. Кажется, все. Да, на той стороне можете взять такси или сесть в автобус № 29, он довезет вас до Кюрфюрстендамм – это главная улица Западного Берлина. Там полно магазинов, совершенно роскошных, но имейте ввиду, в этих магазинах уже шныряют наши карманники, эмигранты из Одессы. У моего приятеля весь задний карман вместе с бумажником бритвой срезали, он и не слышал. Не знаю, или нарочно своего же русского обокрали, или...

Казалось, он никогда не заткнется и не отпустит меня. Я не выдержал и перебил его довольно грубо:

– Ладно, я пошел.

– Извините, а что со мной? – остановил меня Гиви Мингадзе.

По примеру полковника Труткова он тоже разговаривал только со мной. Я взглянул на Труткова, пытаясь этим заставить его обратиться к Гиви и самому объяснить нервничающему Мингадзе, как будут развиваться события. Но Трутков и здесь вышел из положения, сказав мне:

– Он останется здесь. Когда я получу сигнал из Москвы, я позвоню сюда, и ему отдадут его паспорт, а после этого – скатертью дорога!...– с этими словами полковник протянул мне руку и, кажется, впервые за все время нашего короткого знакомства посмотрел мне в глаза.– Ну? Ни пуха!

Несмотря на благодушную и доброжелательную, просто отеческую улыбку, у начальника 1-го спецотдела Управления Разведки при Генеральном Штабе группы советских войск в Восточной Германии полковника Бориса Игнатьевича Труткова были совершенно холодные серо-голубые глаза. Такие глаза я видел только несколько раз в жизни, в северных лагерях особо строгого режима у собак лагерной охраны.

Через минуту я прошел по деревянному настилу узкого контрольно-пропускного пункта «Чарли», показал последнему восточно-германскому пограничнику свой паспорт, и он нажатием кнопки открыл передо мной металлические ворота Восточно-германского комплекса безопасности. За этими воротами был странный мир, который называется коротким словом «Запад».

В это время в Париже

В одной из лучших парижских гостиниц «Нико», в номере № 202 раздался первый телефонный звонок, из-за которого Белкин не покидал свой номер с самого утра. За окном был удивительно теплый после московских морозов Париж – плюс 10 по Цельсию! За окном были парижанки, парижские кафе, бульвары, запахи весны и цветов, которыми бойко торговали два молодых араба, бросаясь с букетами прямо к окнам пересекающих перекресток легковых автомобилей. Но прикованный к телефону Белкин мог лишь в окно глазеть на Париж, на витрину кондитерской напротив его отеля или валяться на кровати с журналом «Знамя» № 5, где была опубликована повесть Вигуна «Мы вернемся». Синцов попросил Белкина прочесть эту повесть, чтобы решить судьбу фильма по этой книге. Книга описывала героические подвиги командира полка

Особого назначения майора КГБ Млынского, который в октябре 1941 года сорвал наступление передовых частей гитлеровского генерал-полковника фон Хорна на Москву. Белкин читал:

«– Кемпе, мы должны немедленно вернуть утерянный плацдарм. Чего бы это нам не стоило. Это не только мой приказ. Это повеление фюрера. Мы должны напрячь все силы. Наступает решающий момент!» *

Вадим с презрением отшвырнул эту муть. Читать в Париже эту выспренную белиберду, которую, скорее всего даже и не Вигун написал, а какой-нибудь наемный борзописец, который сочинял это с тем же отвращением, с каким сам Белкин сочиняет последние месяцы хрестоматийно-слащавую биографию Брежнева. При всем цинично-потребительском отношении к этой работе и девизе «Чем хуже – тем лучше!» Белкин уже не раз ловил себя на том, что из-под его руки все трудней выходят простые человеческие русские слова, которые всего два года назад отличали его репортажи от стандартной газетной серятины. Да, всего два-три года назад Белкин был одним из самых заметных очеркистов страны. Он летал по всей стране, в самые горячие точки: на таежные пожары, к кавказским наркоманам, к пограничникам на китайскую границу, к рыбакам и якутским оленеводам, к тюменским нефтяникам, и всегда его репортажи и очерки отличались точным, простым и образным русским языком, энергичным стилем и острым сюжетом. Именно это и сделало его любимым журналистом Брежнева, и Брежнев забрал его из редакции «Комсомольской правды» в специальную литературную бригаду для создания своих мемуаров. Но с тех самых пор, как Белкин стал писать «житие великого Брежнева», все чаще, все привычней ложились на бумагу все эти «выполняя решения», «мобилизуя резервы» и «напрячь все силы». Наткнувшись у Вигуна на эти же «напрячь все силы», Белкин отшвырнул от себя журнал «Знамя», как зеркало, в котором увидел свой явно разжиревший на кремлевском пайке подбородок...

Телефонный звонок спас его от бесплодных самоуничижений. Он схватил телефонную трубку.

* С. Вигун, «Мы вернемся», журнал «Знамя», 1981 г. №№ 5,6,7,8.

– Это я,– сказал женский голос.

– Аня?

– Да.

– Откуда вы звоните?

– Это не важно.

– Я имею ввиду – вы уже в Берлине?

– Это не важно,– снова повторил настороженный женский голос.– А ваш друг уже в Берлине?

– Он должен! Он должен быть уже давно в Западном Берлине! Я жду его звонка с минуты на минуту!

– Хорошо, я вам перезвоню через десять минут.

– Подождите! Что мне ему сказать, когда он позвонит?

– Опишите мне, как он выглядит.

– Как он выглядит? – Белкин замешкался. Нужны простые человеческие слова. Именно те, которыми он писал свои репортажи два года назад.– Ну, как он выглядит? Ну, очень просто. Такой, ну... среднего роста, 45 лет, шатен...– больше ничего не приходило Белкину в голову.

– В дубленке? – спросил женский голос.

– Да! У него есть дубленка. Да, вчера он был в дубленке, верно! Откуда вы знаете?

– Какого цвета дубленка?

– А-а... темно-рыжая, короткая, до колен... И такой же портфель...

– Портфель до колен? – усмехнулся женский голос.

Белкин вспотел. Простая эмигрантка ловила его на языковых «ляпах»!

– Нет, что вы! – сказал он.– Я имел в виду, что портфель такой же темно-рыжий, как дубленка...

– Понятно. Спасибо,– и гудки отбоя.

– Алло! Алло! – крикнул Вадим в трубку, затем в сердцах бросил ее на телефон и прямо из горлышка початой бутылки с армянским коньяком «Арарат» отхлебнул сразу несколько глотков. Потом вытер губы тыльной стороной ладони и внятно сказал сам себе:

– Мудак!

В это время в Москве

Из рапорта капитана Э. Арутюнова начальнику III-го отдела МУРа полковнику Светлову

...Придя в себя после операции, подозреваемый в участии в убийстве генерала Вигуна показал, что его фамилия Хуторской Петр Степанович, 1947 года рождения, уроженец станции Подлипки Московской области, и что он является капитаном внутренней службы, штатным оперативным сотрудником Отдела разведки МВД СССР.

Поскольку на допрос капитана Хуторского дежурный врач больницы выделил мне лишь пять минут, я успел в ходе этого предварительного допроса выяснить следующее:

19-го января с. г. капитан П. Хуторской принимал участие в незаконном обыске квартиры-явки Первого заместителя Председателя КГБ тов. Вигуна С. К. Обыск производился под руководством Начальника Отдела разведки МВД СССР генерал-майора А. Краснова и при участии его заместителя полковника Б. Олейника и сотрудника Отдела разведки Запорожко И. М. Одновременно такие же обыски производились другими руководящими работниками Отдела разведки на загородной даче Вигуна под Москвой, ялтинской даче Вигуна и в его служебном кабинете, в квартире его жены В. П. Вигун и в квартире его сожительницы С. Н. Агаповой. Целью этих обысков было изъятие магнитофонных пленок с записью домашних разговоров Генерального Секретаря ЦК КПСС тов. Л. И. Брежнева и всех материалов, имеющих отношение к негласной слежке, которую вел Вигун за М. А. Сусловым и другими членами Политбюро. Судя по показаниям П. Хуторского, Вигун появился в доме № 16-А на улице Качалова в самом начале обыска, тогда как предполагалось, что М. А. Суслов задержит его в своем кабинете не менее двух-трех часов. Войдя в квартиру и застав обыск, генерал Вигун, стоя в прихожей, успел сделать два выстрела и одним из этих выстрелов ранил П. Хуторского в бедро, в связи с чем П. Хуторской не видел, кто нанес генералу Вигуну смертельный выстрел в висок. Затем тело убитого генерала Вигуна перенесли в гостиную и наспех инсценировали его самоубийство. Вслед за этим полковник Б. Олейник и генерал-майор А. Краснов спустились в вестибюль и разоружили телохранителя Вигуна майора Гавриленко и шофера Вигуна капитана Боровского. Таким образом, имеющиеся в деле предсмертная записка Вигуна и рапорты майора Гавриленко и капитана Боровского являются поддельными. Поскольку П. Хуторской истекал кровью, полковник Б. Олейник и капитан Запорожко вывели его из дома, и полковник Б. Олейник отвез его сначала в ближайший медпункт при станции метро «Арбатская» на перевязку, а затем в закрытую медсанчасть КГБ на Лубянке, где под видом медицинской помощи ему сделали общий наркоз. Спустя сорок или пятьдесят минут он очнулся в одиночной палате медсанчасти следственного изолятора № 1 («Матросская тишина»).

На предъявленном П. Хуторскому портрете-фотороботе предполагаемого убийцы Н. Макарычевой и С. Агаповой, составленном по описанию свидетеля преступления Ю. Аветикова, капитан П. Хуторской опознал сотрудника Отдела разведки МВД СССР капитана И. Запорожко.

Примечание 1. Докладываю, что причастный к убийству генерала Вигуна П. Хуторской находится в тяжелом состоянии, выражается, в основном, матом (особенно, в адрес упрятавших его в «Матросскую тишину» генерала Краснова и полковника Олейника), и потому более подробный допрос произвести было невозможно.

Примечание 2. По сообщению врачей, у П. Хуторского II-я (вторая группа крови, как и у С. Вигуна). Полагаю, что это совпадение было умышленно использовано при инсценировке самоубийства генерала Вигуна.

13 часов 15 минут, Западный Берлин

Я много раз слышал, что советского человека потрясает и ошеломляет первая встреча с Западом. Одна моя приятельница рассказывала мне как-то, что, вернувшись в Москву из туристической поездки в Лондон и Париж, она, потрясенная Западом, неделю не могла выйти из дома... Я не сноб и не партийный пропагандист, но я должен сказать, что Западный Берлин меня ничуть не потряс. Наоборот, с той самой минуты, когда я миновал «Чарли» и пешком прошел по пустому, охраняемому американскими элдатами кварталу, до Кохштрассе, где уже не было никаких солдат, а начался Западный Берлин – с этой самой минуты меня не покидало ощущение, что я попал в естественный, нормальный, человечески правильный мир. И не потому, что стеклянно-глянцевые витрины магазинов были завалены давно не виданным в Москве изобилием колбас, мяса, рыбы, зелени, овощей, фруктов. И не потому, что над всем этим сияла яркая реклама, а по улице катили чистые, сияющие лаком «Мерседесы», «Фольксвагены», «Пежо» и «Тойоты». А потому, что здесь, у метро стоял ошеломительно красивый и огромный цветочный киоск с совершенно удивительными яркими цветами. Гвоздики, астры, розы, тюльпаны. Это был вернисаж цветов, праздник весны, и когда – в январе месяце! И совершенно непонятно, куда подевалось все внутреннее напряжение последних дней, вся нервная вздыбленность хитроумной борьбы с КГБ, МВД, с Рекунковым, Жаровым, Богатыревым, Синцовым и самим Брежневым за то маленькое удовлетворение местью, которое уже было рассчитано мной и Светловым с точностью до минут. Десятки людей в Москве, Белкин в Париже, Трутков в Берлине, Гиви Мингадзе в пропускном пункте «Чарли» и Аня Финштейн где-то здесь, в Западном Берлине ждали моего звонка, готовые действовать, мчаться в машинах, посылать кодированные телефонограммы по военной спецсвязи, и даже кремлевский хитрец Леонид Ильич Брежнев выжидал в Кремле результатов моей миссии, а я стоял в это время перед удивительным киоском и думал о том, что товарищ Господь Бог именно для того и послал нас в этот мир – жить среди цветов, ярких красок, в праздничных одеждах... И еще одна мысль пришла мне в голову: я иду на свидание. Да, я ведь иду на свидание с женщиной, чья любовь пробила даже две стены – Кремлевскую и Берлинскую! Пусть она любит не меня, меня никто и никогда так сильно не любил и уже, наверно, не полюбит, моя Ниночка была лишь знаком, намеком на вероятность такой любви и преданности, не потому ли я должен отомстить за ее гибель?... Да, пусть эта женщина-эмигрантка, пусть она любит бывшего шалопая, спекулянта, наперстника и подручного Вигуна – я шагнул к этому цветочному киоску, ткнул пальцем в букет роскошных ярко красных тюльпанов и спросил выученной накануне фразой:

– Фрау, вифил костед дас?

Она ответила, но, честно говоря, я не понял сколько это в переводе на русский, а просто протянул ей ту небольшую пачку немецких марок, которую получил только что в пропускном пункте «Чарли» в обмен на брежневские деньги. Она вытащила из этой пачки три бумажки, и стала заворачивать мне букет в бледно-голубую, с тиснением бумагу, а я усмехнулся про себя: я покупал цветы израильской гражданке Анне Финштейн на деньги Леонида Ильича Брежнева и, таким образом, он вместе со мной протянет ей этот букет. Неплохо для какого-нибудь душещипательного романа... Я взял цветы, услышал при этом непривычное «Данке шен – спасибо» и спросил:

– Ву кан ман телефонирен?

Цветочница показала мне рукой на ближайший телефон-автомат. Держа в одной руке и цветы, и портфель, я подошел к этому телефону и стал забрасывать в щель автомата непривычно легкие германские монетки.

– Если вы звоните в Париж, то можете не тратить деньги,– произнес у меня за спиной женский голос на совершенно чистом русском языке. Я вздрогнул и повернулся. Загорелая блондинка в темно-вишневом замшевом пальто, с пышными волосами и большими темными глазами стояла передо мной. Анна Финштейн. Она была точно такой, как на тех фотографиях, которые вчера извлекли из баклановского портфеля жизнерадостный Беляков, бывший король ростовских домушников «Фикса» и «Пахан», ныне мастер московского автомобильного завода. Я тупо смотрел на нее, не понимая, как могла произойти эта встреча.

– У вас ужасно глупый вид,– засмеялась она, и я увидел, что ее глаза чем-то отличаются от глаз, которые были на тех фотографиях. То были просто большие, красивые, темные еврейские глаза, а эти... в них было еще что-то, какой-то странный отблеск выжженных песков, яркого солнца, теплого моря.

– Все очень просто,– продолжала она. Я видела, как вы выходили из «Чарли», и позвонила в Париж вашему другу. Впрочем, я могла и не звонить – русских на Западе узнать нетрудно. Правда, ваш друг в Париже ждет, чтобы я назвала ему какое-нибудь кафе, где мы с вами встретимся, но... Если бы вас прислали, чтобы меня похитить и пытать, где эти пленки, вы бы не стали покупать тут цветы, не так ли? Давайте знакомиться. Я – Аня Финштейн.

И она протянула мне узкую загорелую руку.

– Шамраев, Игорь Шамраев...– сказал я и неловко протянул ей букет цветов.

– Так это мне? – удивилась она.– Ну, тогда я могу отпустить свою охрану.– И с этими словами она повернулась к маленькому старому «Фольксвагену», который стоял совсем рядом. В нем сидели двое молодых мужчин и женщина. Аня махнула им рукой и сказала что-то на совершенно незнакомом мне гортанном языке. Они коротко ответили ей, и она перевела мне: Они не хотят уезжать, на всякий случай. Но они нам не будут мешать, не бойтесь. Это мои израильские друзья. Пойдемте в какое-нибудь кафе... И спасибо вам за цветы. Это наши, израильские тюльпаны. Мы экспортируем цветы во все страны Европы...

Это «мы» звучало у нее с каким-то особым, гордым оттенком.

– Подождите, Аня,– сказал я.– Мы пойдем в кафе, но сначала я должен позвонить в Москву...

– Но я вам назову адрес, где лежат эти пленки, только в обмен на Гиви,– жестко сказала она.

– Я знаю. Об этом мы поговорим чуть позже. Держите пока,– я вытащил из кармана брезентовую лагерную рукавицу и протянул ей.

– Что это? – нахмурилась Анна.

– Прочтите.

Она прочла три слова, которые пятнадцать минут назад написал на рукавице Гиви. Не было ни слез, ни слов. Просто ее рука сжала эту рукавицу, а ее глаза смотрели на меня в упор, сухо и жестко. Отблеск горячих южных песков был в ее темных зрачках. Я повернулся к телефону-автомату и набрал сначала код Москвы – 7095, потом – телефон Марата Светлова. Он ответил тут же, словно держал руку на телефонной трубке:

– Алло!

– Это я.

– Ну что? – быстро спросил он, и его голос был совсем рядом, словно я звонил в соседний дом, а не через пол-Европы.

– Все в порядке, она стоит рядом со мной. Записывай адрес: страница 227, восьмая строка сверху. В гараже, на чердаке, в левом углу большая железная банка. Киношники называют такие банки для хранения пленки «яуфом»...– я говорил спокойно и внятно, чтобы у тех, кто сейчас подслушивает этот разговор в Москве не было сомнений, о чем идет речь.

– Лады, я поехал! Салют! – сорвавшимся голосом сказал Светлов.

Я медленно повесил трубку. Остатки мелочи высыпались из автомата. Я не обратил на это внимание. Там, в Москве, Светлову осталось сделать последний ход, но любая мелочь еще могла сорвать задуманный нами «салют».

– Я не понимаю,– сказала Анна.– Что за адрес вы продиктовали? Я же вам еще ничего не сказала.

– Теперь мы, пожалуй, позвоним моему другу в Париж,

чтобы он не волновался там. А потом пойдем в кафе, и вы мне
все скажете,– ответил я.

В это время в Москве

Милицейская «Волга» Марата Светлова шла по осевой
линии Проспекта Мира на север, к Ярославскому шоссе. Через
Колхозную площадь, мимо Рижского вокзала. Светлов
выжимал из форсированного двигателя машины все, что мог.
Дворники метались по лобовому стеклу, сметая падающий снег.
На Крестовском мосту, перед светофором был затор – светофор
горел и горел красным светом и куда-то запропастился
регулировщик. Машины нетерпеливо гудели, но Светлов сидел
спокойно, пережидая пробку. В боковом зеркальце он видел
сзади него, через несколько машин те две «Волги», которые
стартовали за ним из боковых переулков Петровки сразу, как
только он выехал из МУРа. Но по дороге они явно отстали,
чтобы не выдавать себя, они следовали за Светловым не по
осевой, а в потоке машин. И поэтому регулировщик получил
по радио приказ притормозить Светлова. Теперь эти две серые,
без всяких знаков принадлежности к милиции или КГБ «Волги»
догнали Светлова, и тут же возник в своей будке регулировщик,
и светофор снова зажегся зеленым светом.

Светлов усмехнулся – рыба явно заглотила наживку, теперь
нужно не дать ей опомниться, тянуть и тянуть. Чуть морщась
от боли в правой руке, Светлов включил первую скорость,
потом вторую, третью. И, усмехаясь, снова погнал по осевой.
У ВДНХ, рядом с построенной французами гостиницей
«Космос», та же история, новая пробка, отчаянные гудки вечно
спешащих таксистов. Но пока две серые «Волги» снова не
пристроились в тыл к машине Светлова, на светофоре горел
«красный». Теперь нельзя отрываться от них далеко, они
должны видеть, когда он свернет в Ростокинский проезд, туда,
где жили до эмиграции в Израиль Финштейны. Поворот,
короткий взгляд в зеркальце заднего обзора – серые «Волги»
на месте. Мимо многоэтажного дома, в котором жили Финштейны, дальше, на окраину Москвы, к длинному ряду частных и кооперативных гаражей, которые вытянулись белыми,
запорошенными снегом коробками вдоль замерзшей реки
Яузы. У Финштейнов никогда не было своей машины, но
старик Финштейн часто прирабатывал тем, что устанавливал

в частных машинах радиоаппаратуру. Все выглядело логично, просто. Серые «Волги» без колебаний двигались за Светловым. Перед самым въездом в гаражи они приотстали, чтобы не обнаружить себя, и Светлов по пустой, наезженной колесами частных машин снежной колее прокатил в самую глубину безлюдного двора. Время было дневное, рабочее, в гараже было пусто, на каждой двери гаража висели большие амбарные замки. Светлов остановил машину у гаража № 117, богатого, каменного, с чердаком-надстройкой и голубятней на крыше. Гараж был закрыт, на нем висел такой же, как и на всех, амбарный замок. Четырьмя пистолетными выстрелами Светлов расколол металлическую замочную накладку, и всполошенные голуби шумно взлетели над гаражом. Светлов открыл дверь гаража, в полусумраке поднялся по стремянке на чердак. В углу чердака, накрытая ветошью, лежала большая, цилиндрической формы металлическая коробка со следами давней ржавчины. Вчера он сам поставил здесь эту коробку, это и был наш секрет. Светлов выглянул в крохотное, запорошенное снегом окошко чердака. Две серые «Волги» медленно и почти бесшумно катили по снежной колее к гаражу № 117. Он усмехнулся, взял тяжелую железную банку-яуф и не спеша спустился с ней по стремянке. Выйдя из гаража, он увидел наведенные на него пистолеты. Краснов, Олейник, капитан Запорожко и Николай Бакланов.

– Спокойно, полковник,– сказал ему генерал-майор Краснов.– Есть два решения. Ты отдаешь нам пленки и через неделю получишь генеральские погоны, или – пуля в лоб. Решай.

Светлов посмотрел им в глаза. Успокоившиеся голуби, стрижа крыльями воздух, возвращались в голубятню. Светлов взглянул в глаза Коле Бакланову. В них была та же жесткость, что и в холодных светлых глазах молодого капитана Запорожко. Этому Запорожко Светлов протянул тяжелый яуф. Тот взял коробку и в окружении остальных понес ее к серой «Волге». Светлов посмотрел на голубей, поднял с земли ком снега и с силой запустил им в голубятню. Краснов и Бакланов недоуменно оглянулись, а голуби снова вспорхнули в низкое, сеющее снег московское небо. Где-то неподалеку прогрохотала электричка. Светлов торопливо, почти бегом прошел к своей машине, которая тихо урчала невыключенным двигателем. И еще не сев, как следует, за баранку, Марат включил первую скорость. В зеркальце заднего обзора он видел как четверо, поставив на капот своей «Волги» этот яуф, пытаются приоткрыть примерзшую крышку. Он успел переключиться на вторую скорость и дать газ. Спустя секунду капитан Запорожко все-таки сдернул крышку с яуфа, и тут же прозвучал оглушительный взрыв, который взметнул в воздух четыре фигуры в милицейской форме и их серую машину. Салют по погибшей Ниночке состоялся.

В это время в Западном Берлине

...Отец отнес половину гивиных бриллиантов в ОВИР, прямо Зотову в кабинет, и в тот же день мы получили все выездные документы. А вторую половину папа оставил Бурятскому, чтобы он как-нибудь вытащил Гиви из тюрьмы. И мы уехали голые, даже без чемоданов – боялись, чтобы к нам из-за чего-нибудь не придрались на таможне,– закончила свой рассказ Аня Финштейн.

Мы сидели вдвоем в каком-то уютном небольшом кафе почти пустом в это время дня. На столике перед нами рядом с чашечками кофе и двумя рюмками какого-то ликера в красивой вазочке стояли израильские тюльпаны, которые я преподнес Ане. Их поставила в эту вазочку заботливая официантка, и это тоже было крохотной приметой нового, человеческого мира. Я сказал:

— Аня, есть только один путь получить сюда вашего Гиви. Вы назовете адрес, где лежат пленки, и я позвоню в Восточный Берлин, в генштаб. Оттуда по спецсвязи это это в ту же минуту придет в Москву кодированным текстом к моему помошнику. И если пленки будут на месте, вашего Гиви выпустят из «Чарли» на Запад.

— А если не выпустят? Если возьмут пленки, а его не отдадут?

— Тогда я в вашей власти. Я — заложник. Вы и ваши друзья можете сделать со мной что угодно.

Она подумала с минуту и сказала:

— Да, похоже, что иначе действительно нельзя. Хорошо, записывайте. Пленки лежат на «Мосфильме», в подвалах фильмохранилища. 693-й стеллаж, коробка номер 8209. На коробке написанно: «Фонограмма к фильму "Чайковский"», но «Чайковского» там нет, там Брежнев.

Я открыл портфель и достал телефонную книгу Москвы. На 306 странице была длинная колонка телефонов киностудии

«Мосфильм». В самом конце этой колонки, на 38 строке, было написанно «Фильмохранилище», и тут же стоял телефон. Но телефон был мне не нужен. Я выписал в блокнот номер страницы и номер этой строки и подошел к телефону-автомату, набрал номер, который несколько часов назад дал мне полковник Трутков.

Его громкий, окающий говорок ударил мне в ухо:

— Ну, как дела? Как там Западная Европа? Все жиреют, подлецы?

— Записывайте, — сказал я сухо. — Страница 306, строка 38. Записали? Дальше: 692-й стеллаж, коробка №8208.

— Слушай, Шамраев, — сказал Трутков, — а ты не можешь теперь послать эту жидовку подальше и вернуться? Чтоб этого грузина ей не отдавать. А?

— Не могу, — сказал я. — Их тут восемь человек, они держат меня под пистолетом.

Он молчал.

Похоже, взвешивал, что они потеряют если меня тут действительно прикончат.

— Имей ввиду, полковник, — сказал я. — Если Гиви не выйдет, у меня будет только один путь выжить — рассказать здесь журналистам все, что я знаю. Ни Брежнев, ни Устинов тебе этого не простят.

— Я понял, — сказал он хрипло. — Ладно, придется отдать ей этого грузина, хрен с ним! Сейчас передаю шифровку в Москву. Диктуй мне номер телефона, с которого ты звонишь.

Я прочел на телефонном диске многозначный номер и продиктовал ему.

— Ладно, — сказал он. — Жди звонка.

Спустя минуту в Москве

Рядом с Арбатской площадью, в тяжелом каменном доме Генерального штаба Советской Армии, в шифровальном отделе приняли берлинскую шифровку и вручили сидевшему в вестибюле Валентину Пшеничному. Валентин открыл телефонный справочник Москвы, нашел нужную страницу и вышел из Генштаба. У каменных ступеней его ждала «Чайка» Жарова. Сам генерал-майор Жаров устало спал на заднем сиденье. Пшеничный открыл дверцу машины и разбудил генерала. Через восемь минут правительственная «Чайка» въезжала на

территорию киностудии «Мосфильм». Перепуганный начальник ведомственной охраны студии показал, где находится
фильмохранилище – в самой глубине мосфильмовского двора:
за площадкой натурных съемок, где как раз в это время
знаменитый режиссер Сергей Бондарчук, Лауреат Ленинской
премии и кандидат в члены ЦК КПСС снимал очередную
массовую сцену к новому суперколоссу «Десять дней, которые
потрясли мир». Бондарчук сидел на операторском кране вместе
с оператором, парил над массовкой. Кремлевская «Чайка»
врезалась в кадр, двигаясь прямо на крохотный бутафорский
броневик, с которого артист Каюров, загримированный под
Ленина, картавя, произносил пламенную ленинскую речь.
Знаменитая ленинская кепка была зажата в его простертой к
массам руке.

– Стоп! – закричал в мегафон Бондарчук.– Откуда машина?! Убрать!!!

– Пошел на хер,– небрежно проворчал в «Чайке» генерал-
майор Жаров. И приказал водителю: Езжай, езжай!

Прервав пламенную речь вождя всемирной революции,
кремлевская «Чайка» пересекла площадку натуральной съемки и подъехала к двухэтажному длинному серому зданию
фильмохранилища. Там, в огромных залах с особым увлажнен-
ным микроклиматом, среди тысяч коробок с кино– и магнит-
ными пленками, Пшеничный и Жаров нашли стеллаж номер
693 и на нем – большую стандартную коробку, яуф
№ 8209 с этикеткой «Фонограмма к «Чайковскому». В яуфе
лежали бобины с коричневыми магнитофонными пленками.

– Вы хотите послушать музыку к «Чайковскому»? – удивленно спросил у генерала Жарова заведующий фильмохрани-
лищем Матвей Аронович Кац.

– Да, хочу.

Матвей Аронович взял из яуфа пленки и заправил первую
бобину на тяжелом стационарном звукостоле. Нажал кнопку
воспроизведения звука. Вместо музыки Чайковского динами-
ки отозвались глуховато-затрудненной речью, голосом Леонида Ильича Брежнева.

– Выключай! – приказал Кацу Жаров.– Эти пленки я
забираю.

– Подождите! – сказал изумленный Кац.– В этой коробке
должны быть пленки с музыкой Чайковского...

15 часов, Западный Берлин

Мы стояли с Аней Финштейн напротив пропускного пункта «Чарли». Между нами и железными воротами в Берлинской стене были только американские офицеры, белая линия нейтральной полосы и березовая аллея, которая тянется вдоль западной стороны Берлинской стены. Аня напряженно всматривалась в глухие железные ворота. «Фольксваген» с ее друзьями стоял у нас за спиной.

Наконец, железные ворота открылись, и Гиви Мингадзе вышел из них осторожной, напряженной походкой.

– Гиви!! – крикнула ему Аня.

Он резко повернул голову в нашу сторону – закатное солнце било ему в глаза. Американский офицер подошел к нему, протянул руку за его паспортом, мельком заглянул в него и тут же вернул, сказал, как и мне пару часов назад:

– Велкам ту тзе Вест.

Я смотрел, как они бежали друг другу навстречу – Аня и Гиви. Алые израильские тюльпаны выпали у Ани из рук и упали на мостовую, на белую нейтральную полосу. Я усмехнулся – я вспомнил нашу популярную песню «А на нейтральной полосе цветы необычайной красоты...» На этой полосе они стояли, обнявшись, Аня и Гиви. Потом они подошли ко мне вдвоем, и Аня сказала:

– Спасибо. Сегодня ночью мы улетаем в Израиль. Может быть, и вы с нами? А? Решайтесь! У нас там совсем тепло уже тюльпаны цветут.

В ее глазах снова были отсветы жарких песков, знойного солнца и теплого южного моря.

Я покачал головой:

– К сожалению, я не могу,– и кивнул за Берлинскую стену.– У меня там сын...

ЭПИЛОГ

Срочно, секретно, военной спецсвязью

ПРЕДСЕДАТЕЛЮ СОВЕТА ОБОРОНЫ СССР
маршалу Советского Союза товарищу *Леониду Ильичу БРЕЖНЕВУ*
МИНИСТРУ ОБОРОНЫ СССР маршалу Советского Союза товарищу *Дмитрию Федоровичу УСТИНОВУ*

Донесение о выполнении боевого задания
№ ОС371 от 27-го января 1982 г.

По Вашему приказу сегодня, 27 января 1982 года, в 15 часов 19 минут в Восточном Берлине, на Фридрих-штрассе, вблизи контрольно-пропускного пункта «Чарли» погиб в автопроисшествии присланный по Вашему распоряжению в Берлин следователь по особо важным делам при Генеральном Прокуроре СССР старший советник юстиции тов. ШАМРАЕВ Игорь Иосифович.

Расследованием происшествия занимается Главное Управление полиции Министерства Внутренних дел Германской Демократической Республики.

Начальник 1-го Спецотдела
Управления разведки при Генеральном
штабе Группы Советских войск в
Восточной Германии Полковник
Б. Трутков

Восточный Берлин, 27 января 1982 г.

Секретно, с нарочным

НАЧАЛЬНИКУ
1-го СПЕЦУПРАВЛЕНИЯ
МИНИСТЕРСТВА
ВНУТРЕННИХ ДЕЛ ГДР
полковнику *Генриху Шарппу*

Рассмотрев материалы Вашего рапорта о наезде машины армейского образца без опознавательных номерных знаков на гражданина СССР тов. Шамраева И. И., предлагаю Вам принять меры к прекращению расследования этого автопроисшествия за нецелесообразностью. Все материалы предварительного расследования, проведенные полицией, прошу незамедлительно прислать мне лично.

Начальник 1-го Спецотдела
Управления разведки при Генеральном
штабе группы Советских войск в
Восточной Германии Полковник *Б.
Трутков*

Восточный Берлин, 28 января 1982 г.

«БОРИС ЦЫГАН ПОКОНЧИЛ С СОБОЙ»
(Из газеты «Новое русское слово»,
Нью-Йорк, 10 апреля 1982 г.)

«Москва, 9 апр. Иностранным корреспондентам в Москве стало известно, что приятель дочери Брежнева, Галины – 35-летний артист Большого театра Борис Бурятский по прозвищу «Цыган» покончил с собой на Лубянке вскоре после ареста в конце января...»

Из письма Заведующего Сектором
печати ЦК КПСС
В. Ильичева Главному редактору
газеты «Комсомольская правда»
Л. Корнешову
Согласно поступившему из Советского посольства во Франции сообщения сегодня, 31-го января с. г. специальный

корреспондент Вашей газеты Вадим Белкин попросил политическое убежище у Правительства Франции. При встрече с представителями нашего посольства Вадим Белкин сообщил, что совершает этот поступок обдуманно в знак протеста против отсутствия свободы творчества в СССР и из желания стать честным писателем. Предлагаю осудить этот поступок на общем партийно-комсомольском собрании редакции и усилить идейно-воспитательную работу среди сотрудников газеты.

Из распоряжения Министра МВД
Н. Щелокова
Начальнику ГУИТУ генералу
И. Богатыреву

…Бывшего полковника милиции М. Светлова, осужденного за ликвидацию руководителей Отдела разведки МВД СССР А. Краснова, Б. Олейника, И. Запорожко и следователя Н. Бакланова и приговоренного к заключению в лагере строгого режима сроком на 15 лет, и бывшего следователя Прокуратуры В. Пшеничного, осужденного за административные нарушения следственной практики и приговоренного к заключению в лагере общего режима сроком на 10 лет, направить в лагерь особострогого режима № 274 под Фергану Киргизской ССР и содержать на особо тяжелых работах. Лишить обоих права переписки…

Из доклада Ю. В. Андропова на торжественном заседании в Кремлевском Дворце Съездов, посвященном 112-й годовщине со дня рождения В. И. Ленина («Правда», 23 апреля 1982 г.)

– Товарищи! Нелегко идти дорогой, которой еще никто не шел. Многое здесь невозможно заранее предугадать, высчитать. Чтобы уверенней двигаться вперед, учит партия, важно сочетать смелость и гибкость…

Из заявления
Шамраева Антона Игоревича,
14 лет, при вступлении в ряды
Всесоюзного Ленинского
Комсомола

Прошу принять меня в ряды Всесоюзного Ленинского комсомола – верного подручного Коммунистической партии Советского Союза. Вступая в ряды ВЛКСМ, торжественно клянусь выполнять устав и программу ВЛКСМ, во всем следовать заветам великого Ленина, соблюдать моральный кодекс строителя коммунизма, по-ленински жить, учиться, бороться и побеждать под руководством Коммунистической партии Советского Союза. Обещаю свято соблюдать девиз комсомола: «Партия сказала – «надо», комсомол ответил – «есть»!

Антон Шамраев, Москва, 28 мая 1982 года

СОДЕРЖАНИЕ

Корректор — *Юлия Зотова*
Тех. редактор — *Татьяна Лазаренко*

Лицензия ЛР № 070013 от 25.06.91 г.

Сдано в набор 21.11.94. Подписано в печать 16.12.94. Уч.-изд. л. 30,53. Усл. печ. л. 33,60. Формат 84×108 1/32. Гарнитура «Times». Печать офсетная. Бумага типографская. Тираж 65 000 экз. (II з-д — 40 000 экз.). Заказ 4655.

Издательский центр «Гермес», 344011, г. Ростов-на-Дону, ул. Красноармейская, 3а.

Отпечатано с диапозитивов на Смоленском полиграфическом комбинате Комитета Российской Федерации по печати. 214020, г. Смоленск, ул. Смольянинова, 1.

Издательский центр «Гермес» представляет
полное собрание сочинений Эдуарда Тополя
в шести томах.
По вопросам приобретения обращаться
в филиалы издательства «Гермес»

В РОСТОВЕ-НА-ДОНУ (8632) 67-99-00,
67-32-37, 67-69-94

В МОСКВЕ (095) 916-20-54, 917-42-46

В ВОЛГОГРАДЕ (8442) 37-19-48

В КАЛИНИНГРАДЕ (0112) 44-29-97

В СОЧИ (8622) 99-93-60

В ПЕРМИ (3422) 30-69-83, 30-69-87

ВО ВЛАДИВОСТОКЕ (4232) 27-18-00

В САНКТ-ПЕТЕРБУРГЕ
(812) 314-94-94

В КИЕВЕ (044) 547-04-94

В НИЖНЕМ НОВГОРОДЕ
(8312) 36-37-13

В ХАРЬКОВЕ (0572) 21-37-67, 21-44-20

В МАРИУПОЛЕ (0629) 33-45-79

Книги ИЦ «Гермес» можно заказать по адресу:
344011, г. Ростов-на-Дону, а/я 489